Alfred Rüttimann
Expedition Chomâ
Buch 3 von: Der Grosse Kreis

AF286563

Alfred Rüttimann

Expedition Chomâ

Wir sind nicht allein – Eiszeit

Bibliografische Information der Deutschen Nationalbibliothek: Die
Deutsche Nationalbibliothek verzeichnet diese Publikation in der Deutschen Nationalbibliografie; detaillierte bibliografische Daten sind im Internet über http://dnb.dnb.de abrufbar.

Lektorat: Helga Höhener
Korrektorat: Therese Susanna Ziegler, Alias Susa Umba
Abbildungen:
Cover und Seiten 130, 368 und 387: Harry Rüttimann
Seiten 60 und 79:   Alfred Rüttimann

Verlag: BoD · Books on Demand GmbH, Überseering 33, 22297
Hamburg, bod@bod.de

Druck: Libri Plureos GmbH, Friedensallee 273, 22763 Hamburg

ISBN: 978-3-8192-4561-9

INHALTSVERZEICHNIS

Part 1: In A Time Yet To Come

Part 2: In A Time Long Past

INHALT

Im Jahre 2455 startet das mit Fusionsantrieb ausgerüstete Raumschiff *«Proxima Centauri»* zum gleichnamigen Stern in 4.27 Lichtjahren Entfernung. Es ist allgemein bekannt, dass um diesen Stern ein Planet kreist, der mit grösster Wahrscheinlichkeit bewohnbar sein dürfte. Der Auftrag der Raumfahrer ist die Gründung des ersten Aussenpostens der Menschheit. Dies zur Absicherung, falls die Erde bald nicht mehr bewohnbar sein würde.

Das Buch erzählt vom Leben der Raumfahrer auf der *«Proxima Centauri»*, sowie von den Menschen auf der Erde. Ebenfalls wird im Buch die langsame aber stetige Entwicklung der menschlichen Kolonie auf dem Mars geschildert.
Zudem sind da auch immer wieder die komischen Verkettungen mit den Erzählungen von Petras Urahn Albert Kobelt; auch als Albert I bezeichnet.

Petra Kobelt betreibt Ahnenforschung ihrer Familie. Kurz bevor sie auf das Raumschiff berufen wird, findet sie im Stadtarchiv verschiedene Unterlagen, welche bis ins Jahr 1957, also ziemlich genau 500 Jahre, bis zur Geburt von Albert I, zurückreichen. Petra nimmt diese Unterlagen alle auf das Raumschiff mit. Sie denkt deren Studium dürfte eine gute Beschäftigung auf der langen, doch eher langweiligen Reise sein.

Susan McKenzie, das älteste Kind der Auswanderer und Petra werden auf Anhieb beste Freundinnen. Sie fühlen sich so nah, dass sie bald überzeugt sind, Seelenverwandte zu sein. Zusammen durchforsten sie die umfangreichen Schriften und Notizen des Ahnen.

Javier Gomez lebte neun Jahre in der Marskolonie, bevor er sich für das Projekt Proxima Centauri anwerben liess.

Sabine Faymann reist als «alte Grossmutter» mit. Sie ist pensionierte Geschichtsprofessorin und gilt als Koryphäe der Geschichte des 21. Jahrhunderts und Mary Attwood's.

An den wöchentlichen Erzählabenden liest Petra aus den Tagebüchern ihres Ahnen, Javier erzählt über die Entwicklung der Marskolonie und Sabine berichtet über die Geschichte der Erde, auch vom «Grossen Rückschritt», also etwa von 2025 bis 2083.

Dabei kristallisiert sich heraus, dass offensichtlich weitere der Proxima-Reisenden Seelenverwandte sind; irgendwie karmisch verlinkt.

Endlich, nach 14 Jahren Reisezeit erreichen die Raumfahrer im Jahre 2468 mit ihrem Raumschiff «Proxima Centauri» das gleichnamige Sternen-System.

Da stellen unsere Raumfahrer mit grossem Erstaunen fest, dass der Planet, den sie Carya getauft haben, bereits bewohnt ist:

Die Einheimischen nennen ihn **Amerâ**.

Buch 2, Titel: Amerâ

Die Menschen der Proxima Centauri finden auf dem Planeten Carya, den die Einheimischen Amerâ nennen, eine gleichwertige Kultur wie auf der Erde.

Es existieren zwei verschiedene politische Blöcke: Die Murrater und die Nikrater. Beide Parteien wünschen, dass die Erdlinge sich ihrem Block anschliessen, da sie auf verschiedenen technischen Gebieten weiter fortgeschritten sind als die Menschen von Amerâ.

Die Menschen der Erde (auch Caryaner genannt) entscheiden sich für Murratâ. Sie erhalten von der Regierung ein Stück Land zur Besiedelung geschenkt: In der Provinz «Hochland von Cherisatâ», direkt am See gründen die Caryaner ihr Dorf Shiga.

Dann trifft eine Funksendung vom Mars ein. Diese enthält die schreckliche Nachricht, dass auf der Erde drei Atombomben gezündet worden seien und Chaos herrsche. Man möge doch schnellstmöglich eine Antwort an den Mars senden, wie es mit den Siedlungsmöglichkeiten auf dem Planeten Carya aussehe. Drei Raumschiffe seien für den Abflug aus dem Marsorbit demnächst bereit.

Die Auswanderer senden die gewünschten Informationen an den Mars. Bis diese Nachrichten im Sonnensystem eintreffen, wird es mehr als vier Jahre dauern.

Die Caryaner vom Dorf Shiga integrieren sich in ihrer neuen Heimat. Bald finden sie in der Provinzhauptstadt Merratâ Arbeit und die Jungen Ausbildungsplätze an der Universität. Merratâ entwickelt sich dank unseren Zuwanderern zu einem neuen High-Tech Zentrum.

Die Nikrater fühlen sich dadurch benachteiligt und schüren den längst schwelenden Konflikt mit Murratâ bis dieser eskaliert.

Schlussendlich kommt es zum Krieg, den Murratâ dank tatkräftiger Unterstützung unserer Heldinnen gewinnen kann. Der autokratische Herrscher von Nikratâ, Wladimeno von Patîn muss abdanken.

Der sogenannte *«Caryaner Frieden»* tritt am 15.05.2473 in Kraft und führt in eine lang ersehnte friedliche Phase von Amerâ.

Just am gleichen Datum erreichen die vor vier Jahren abgesandten Nachrichten den Mars und die Erde.

Buch 3 beginnt demnach am 15.05.2473 auf dem Mars.

Buch 3, Titel: Expedition Chomâ

Buch 3 besteht aus zwei Teilen und zwei Erzählungen.

Part 1: In A Time Yet To Come

15.05.2473: Der Bericht der Auswanderer bezüglich Siedlungsmöglichkeiten auf dem Planeten Carya erreicht das heimatliche Sonnensystem.

Die Einheimischen auf Carya nennen ihre Welt Amerâ, unsere Erde ist ihnen unter dem Namen Chomâ bekannt.

Wie werden die Menschen der Erde, die immer noch glauben die *«Krone der Schöpfung»* zu sein, auf die Nachricht reagieren, dass es auf dem Planeten Amerâ eine gleichwertige Zivilisation gibt?
Die Reaktionen reichen von freudiger Akzeptanz bis zu totaler Ablehnung. Es folgen Verschwörungstheorien. Dies vor allem auch, weil da plötzlich wieder Bezüge zu Petras Urahn Albert Kobelt und seinen Tagebüchern vorkommen.

04.11.2473: Die drei seit einiger Zeit schon fertiggestellten Raumschiffe starten aus dem Marsorbit Richtung Proxima Centauri.

Für die Siedler geht die Geschichte in der neuen Heimat, auf dem Planeten Amerâ, erfolgreich weiter. Inzwischen sind sie in der Ameranischen Gesellschaft voll akzeptiert und integriert.

Dann weisen ihnen versteckt aufgefangene Funksignale den Weg zum Lagrange-Punkt L4 von Amerâ, wo unsere Helden und Heldinnen eine uralte Sonde; eine eigentliche *«Zeitkapsel»* entdecken.

Part 2: In A Time Long Past

Innerhalb von zehn Monaten gelingt es den Caryanern den Inhalt der «Zeitkapsel» gesamthaft auszulesen und sie verstehen, dass diese brisanten Geschichten so schnell wie möglich ins heimatliche Sonnensystem gesandt werden müssen. Die Abstrahlung erfolgt am 09.03.2480.[1]

Die «Zeitkapsel» wurde vor vielen Jahrtausenden (genau am 2-5'615 + 15-4 = 23.07.32'120 v.Chr.) von Amerâ-Menschen am L4 Punkt deponiert und erzählt von ihrer:

«Expedition Chomâ».

Bis die Funkstrahlen die Erde und den Mars erreichen wird es wiederum mehr als vier Jahre dauern.

Die Leser des vorliegenden Buches erfahren jedoch schon jetzt, gleichzeitig mit den Amerâ-Siedlern, was sich «In A Time Long Past» abgespielt hat.

Es ergebenden sich unglaublichen Zusammenhänge und Konsequenzen für die strahlenverseuchte Erde. Immer wieder stellen die auf den Planeten Amerâ ausgewanderten Siedler fest, dass alles irgendwie zusammenhängt. *Alle und alles sind Teile im:*

«Grossen Kreis der Evolution».

Bis die Menschen der Erde und vom Mars davon erfahren wird es noch dauern.

---

[1] *Es gibt zwei Nachrichten.*
Nachricht 1: *Erreicht den Mars am 15.05.2473. Inhalt: Siedlungsmöglichkeiten auf Proxima Centauri b (Carya/Amerâ)*
Nachricht 2: *Hat den Mars noch nicht erreicht. Inhalt: Geschichten der Zeitkapsel. Abgesandt: 09.03.2480.*

Part 1:

In A Time Yet To Come

61. Wir sind nicht allein

Die Gouverneurin Sabine Westerhoff trat frühmorgens in ihr Büro im grossen Regierungsrad im Ares-Krater, Mars und schaute auf den Kalender. Schon der 15.05.2473. Das hiess, bis zum definitiven Ende ihrer Amtszeit am Landing Day waren es nicht einmal mehr zwei Wochen. Ihre Nachfolge war geregelt: Aus dem *«Rat der Neun»* wird mit grosser Wahrscheinlichkeit Giulia Rossetti gewählt.

Gerne hätte Sabine noch vor Amtsende die seit längerer Zeit erwartete Nachricht der Siedler von Proxima Centauri erhalten. Von dieser Nachricht hing es schlussendlich ab, ob im Herbst die lange Reise beginnen konnte oder nicht. Nur wenn mit guten Siedlungsbedingungen auf dem Planeten Carya, welcher um den Stern Proxima Centauri kreist, gerechnet werden konnte, wird der Start im Herbst frei gegeben.

Schon seit ein paar Jahren kreisen die drei Schiffe ausgerüstet mit Fusionsantrieb um den Mars. Die *«Proxima Centauri II»* der Provinz Ares-Krater, Mars, ausgerüstet für 50 Passagiere lag schon seit vier Monaten fertig und startbereit im Stationären Orbit. Die *«Europa»* der Vereinigten Staaten von Europa (VSE) und die *«Jiàn Xīng»* der chinesischen Marskolonie werden demnächst fertiggestellt sein.

«Wo blieb die Nachricht bloss? O.k., indem ich mir Sorgen mache, geht es auch nicht schneller», dachte Sabine.

Also was steht für heute weiter an? Wieder einmal, wie fast immer in letzter Zeit: Anfragen der Erde für neue Aufnahmen von Siedlern. Daraus wird nichts! Die Provinz Ares-Krater, Mars war mit 4952 Einwohnern voll. Alles funktionierte bestens.

Zum Glück befanden sich die drei Auswandererschiffe im Marsorbit. Die marseigene Fähre Artemis XI führte zurzeit keine Flüge zur Erde durch. Auch die chinesische Kolonie hatte ihre Flüge eingestellt. Im Moment konnte niemand von der Erde zum Mars fliegen. Das war gut so! Gleich welche Probleme auf der Erde vorherrschten, eine Lösung durch die beiden Marskolonien war nicht möglich.

Sicher könnten gut 1000 Personen zusätzlich aufgenommen werden. Aber wer würde kommen: vermögende Milliardäre! Auf diese wartete niemand auf dem Mars. Hier herrschte eine andere Lebenseinstellung vor. Zudem, was wären 1000 bei all den Milliarden. Der Lebensstandard würde rapide sinken und zwischenmenschliche Probleme und Streitereien wären vorprogrammiert. So würde der Erden-Zwist auch auf dem Mars ankommen; das war um jeden Preis zu verhindern.

Sicher war es tragisch, dass vor neun Jahren drei grosse Atombomben gezündet wurden. Dabei wurden Peking, Brasilia und Madrid zerstört. Aber wie könnte da die kleinste Provinz der VSE helfen? Oder die ebenfalls knapp 5000 Menschen der chinesischen Provinz Tiântáng Gû Huôxing (Paradiestal Mars).

Die Erde musste ihren eigenen Weg finden.

Sabine sinnierte weiter: Es machte den Anschein, wie wenn die beiden Machtblöcke China und die VSE tatsächlich eine Art Weg gefunden hätten. Bei allen politischen und kulturellen Differenzen bestand der Konsens: «Keine weiteren Atombomben!» Seit neun Jahren war nun die Jagd nach versteckt gelagerten Sprengköpfen im Gange. Fanden die Spezialtruppen der beiden Mächte irgendwo eine Raketenbasis, wurde diese entweder direkt erobert oder mit dem Hitzestrahl der VSE aus dem Weltraum verbrannt. Die Anwendung erfolgte kompromisslos. Die VSE setzten dafür sogar ihre demokratischen Regeln ausser Kraft.

Erst vor einem Jahr fand die letzte gemeinsame Aktion mit den chinesischen Streitkräften statt. Zuerst verbrannte die VSE zwei Abschussbasen, dann marschierten die Armeen in das afrikanische Land ein und zerstörten alles, was irgendwie mit Raketenabschüssen zu tun haben könnte. Dabei kamen viele einheimische Soldaten wie auch Zivilisten ums Leben. Nach dem Abzug der VSE und der Chinesen überfiel der Nachbar das Land, um alte Rechnungen zu begleichen.

Selbstverständlich verurteilten die vereinten Nationen sämtliche Aktionen, diejenigen der VSE/China, wie auch die des afrikanischen Nachbarn. Aber eigentlich interessierte sich niemand ernsthaft für diese Konflikte. Die Weltgemeinschaft war froh, dass jemand die Atomsprengköpfe systematisch zerstörte und solange die afrikanischen Staaten einander lediglich mit den üblichen konventionellen Waffen bekriegten, war das nichts Besonderes; daran war man gewohnt.

Hier noch ein P.S.: Nicht nur afrikanische Staaten bekriegten sich lokal. Es betraf dies ebenso asiatische Länder und Lateinamerika.

Die permanenten Militäraktionen der rückständigen Länder verschlangen Unsummen von Geld und Ressourcen. Die Kaufkraft der in ihren Kleinkriegen verhafteten Länder nahm ständig ab. Parallel dazu sank auch die Bevölkerungszahl. Dieses Szenario zeigte sich in allen technologisch rückständigen Nationen; manche galten inzwischen als «völlig abgehängt».

Der Verlust an Kaufkraft bedeutete, dass den reichen, produzierenden Staaten riesige Kundengruppen verloren gingen. So konnten auch diese weniger Güter herstellen und verkaufen. Seit dem Atomschlag war es bis jetzt niemandem gelungen, diese Abwärtsspirale zu stoppen.

Das hatte einen starken Rückgang des allgemeinen Wohlstandes auf der ganzen Erde zur Folge. Das Positive daran: Endlich verbrauchte die Menschheit nicht mehr Ressourcen als die Erde zur Verfügung stellen konnte.

Im Laufe der letzten Jahre war die Weltbevölkerung auf unter sechs Milliarden gesunken.

Durch die Verstrahlung des gesamten Planeten dürfte sich die Bevölkerungszahl noch weiter reduzieren. Vor allem nahmen verschiedene Krebserkrankungen stark zu, speziell Leukämie verkürzte die allgemeine Lebenserwartung. Strahlengeschädigte Kinder füllten die Spitäler.

Nach der oben erwähnten Strafaktion sassen die Regierungen der VSE und von China zusammen, Thema: «Quo Vadis, Planet Erde?» Die Gefahr weiterer Atomschläge war im Moment gebannt. Die Auswirkungen der Strahlenverseuchung wird jedoch noch über Generationen hinweg zu spüren sein. Es gab kein Mittel, die schädliche Strahlung in der Atmosphäre zu eliminieren. Im Gegenteil, durch die Atmosphäre gelangte die Strahlung auch in den Boden und so in die menschliche Nahrungskette.

Verschiedene Forschergruppen arbeiteten daran, das menschliche Blut auf irgendeine Weise gegen die überall vorhandene Strahlung und den daraus folgenden Krebserkrankungen, wie Leukämie, resistent zu machen. Ein Erfolg war bis jetzt ausgeblieben.

Kleinkriege liefen immer wieder nach dem gleichen Schema ab: Irgendein selbsternannter Macho zettelte aus persönlichem Triebgebaren wieder einen Krieg an, und beauftragte (oder Zwang) Forscher zum Bau neuer, stärkerer Vernichtungswaffen. Der Kreislauf wiederholte sich unendlich. Einer der europäischen Delegierten, Mendez aus der Provinz Spanien, welche für ihre kompromisslose Einstellung bekannt war (wegen der Zerstörung Madrids), markierte mit seinem Laserpointer im *Saal der Sprüche* wieder einmal denjenigen von Mary Attwood:

«Die Idioten sind scheinbar nicht klein zu kriegen.»

Zu all dem kamen die gesamten, grossen Probleme in Zusammenhang mit dem Klimawandel hinzu: Meeresanstieg um 3.65 Meter, dadurch unendliche Migrationsströme. Zur

Wüste verkommene Länder, VSE-Grenzzaun elektrisch geladen und so weiter.

Vor Kurzem verabschiedeten die beiden führenden Mächte der Erde folgende Resolution:

1. *Die VSE und China beanspruchen die Führung der Welt. Es wird versucht, so wenig wie möglich in die Souveränität der einzelnen Staaten einzugreifen.*
2. *Das gilt jedoch nicht im Bereich der Atomenergie in jeglicher Form; hier bestimmen die VSE/China. Die Durchsetzung kann auch militärisch erfolgen.*
3. *Weltraum Unternehmungen bleiben der VSE/China vorbehalten.*
4. *Die «Zehn Ideen der Marsphilosophie», welche die VSE-Provinz Ares-Krater, Mars im Jahre 2342 postulierte, gelten sinngemäss ab sofort auch in den VSE/China. Exakt übernommen werden Punkt 8 und Punkt 9.*

Sabine merkte, dass sie abgeschweift war. Sie war heute so richtig unkonzentriert.

Da klopfte es an der Bürotür und Albert Kobelt der technische Leiter des Spitals trat ein. «Hallo Sabine, ich sehe dich in Gedanken. Will die Erde wieder Siedler senden?»[2]

«Ja, genau. Dieselben Anfragen und von uns dieselben Antworten. Zum Glück besteht zurzeit keine Fährverbindung, sonst würden wir überrannt.

Eben sinnierte ich über die letzte Entscheidung der VSE/China. Dass sie jetzt unsere *«Zehn Ideen»* übernommen haben, ist ja schon erstaunlich. Die Ideen, welche wir für unsere kleine, geschlossene Gesellschaft formuliert hatten, übernehmen nun die beiden grössten Machtblöcke.

Also so falsch können sie demnach nicht sein, oder?»

---

[2] *Wir erinnern uns: Albert Kobelt ist der Urenkel von Ursula Kobelt-Johansson; und demnach ein direkter Nachfahr von Petras Urahn. Er wird auch als Albert III bezeichnet.*

«Ja, tatsächlich, selbst die Chinesen akzeptieren nun Punkt 8: «*Gesellschaften funktionieren besser, wenn sie von Frauen geleitet werden*», erstaunlich.»

«Noch fast erstaunlicher finde ich, dass die Chinesen jetzt gemäss Punkt 9 bereit sind, ihren Testosteronspiegel um mindestens 50% zu senken. Ebenfalls scheint die aufgezwungene Reduzierung des Konsums einen positiven Einfluss auf das allgemeine Denken zu haben.»

«Ich könnte mir vorstellen, dass die Erde schlussendlich gestärkt aus dieser Krise hervorgeht. Ich würde auch vermuten, dass sich die Bevölkerung schlussendlich bei etwa fünf Milliarden stabilisiert. Dann hoffen wir zusätzlich noch auf eine positive geistige Entwicklung und plötzlich hat die Menschheit wieder langfristige Zukunftsperspektiven.»

«Es ist schon interessant, wie wir vom Mars aus, also als «*Aussenstehende*», das Ganze mit Abstand viel besser und nüchterner beurteilen können als die direkt Betroffenen und um ihr Fortbestehen kämpfenden Erdlinge.

Nun aber, Albert, was verschafft mir die Ehre deines Besuches so früh am Morgen?»

«Es geht um die Reise nach Carya. Du und Juanita seid 60 beziehungsweise 58 Jahre alt und werdet an der Reise als «*mittlere Grosseltern*» teilnehmen, du zudem noch als Kommandantin. Meine Frau und ich, beide 68 Jahre alt wurden als «*alte Grosseltern*» zur Reise eingeladen. Nach langem Zögern und Abwägen verschiedener Aspekte haben wir gestern Abend mit der Familie eine definitive Entscheidung getroffen. Linda und ich bleiben hier bei unseren Kindern und Enkeln. Ich hoffe, das ist für dich als Kommandantin und Verantwortliche der gesamten Proxima Centauri Expedition kein Problem.»

«Ach, schade Albert, aber ein Problem für die Proxima Centauri ist das keinesfalls, jedoch für Juanita und mich persönlich, denn ihr seid wirklich gute Freunde. Selbstverständlich respektieren wir euren Entscheid.»

«Hier spricht JANE, bitte entschuldigt meine Störung. Doch gerade vor einem Moment, am 15.05.2473 um 07:46 begann der Eingang der seit langer Zeit erwarteten Antwort vom Planeten Carya, System Proxima Centauri. Die Sendung beginnt mit einer Einleitung von Mathematiker Hans Kobelt. Ich spiele auf den Schirm.»

Plötzlich knisterte die Luft vor Aufregung. Albert rief noch: «Ja, wir Kobelts sind überall!» Schon erschien das Gesicht von Hans auf dem Bildschirm. Albert: «Oh, der wird auch nicht jünger!»

Hans Kobelt: «Liebe Marsianer, hier als Einleitung zu unserer Nachricht ein paar Worte zu den verschiedenen Zeitabläufen und daher den verschiedenen Daten bei euch und bei uns: Wir sandten die Nachricht am 12.01.2469 ab. Demnach müsste sie am 13.03.2473 bei euch eintreffen. Ohne ganz sicher zu sein, würde ich jedoch vermuten, dass ihr die Nachricht erst am 15.05.2473 erhalten werdet. Irgendwo in der (bewegten) Unendlichkeit liegen trotz verschiedener Korrekturen unsererseits 55 Tage Differenz.

Irgendwann wird diese Einleitung sicher auch von Albert Kobelt gesehen, dem Verwandten meiner Partnerin Petra. So wie ich vermute, wird er dann zur Begrüssung sagen: «Oh, der wird auch nicht jünger!» Nur so unter uns gesagt Albert, dasselbe sagte ich, als deine Nachricht uns im November 68 erreicht hatte. Und dies trotz aller Zeitdilatation.

Für Interessierte verweise ich auf den Anhang mit allen Überlegungen und Berechnungen. Gruss an Alle.»

Sabine meinte freudig: «Endlich ist die Sendung eingetroffen. Berechnet oder besser gesagt vorausgesehen hat dein Verwandter Hans das Datum sehr genau. Die Witze sind aber immer noch die gleichen und das über 4.27 Lichtjahre Distanz hinweg. JANE, ist die Übertragung abgeschlossen?»

«Noch nicht ganz, ...aber jetzt. Schaut, es finden sich nun alle Ordner alphabetisch auf dem Schirm. Da ihr unbedingt wissen wollt, wie die Lebensbedingungen auf Carya sind, empfiehlt euch die beste KI im Sonnensystem zuerst den Ordner «*Bild des Planeten Carya*» zu öffnen.»

Aufgeregt rief Sabine: «JANE, Rundruf an alle vom Rat der Neun. Sofort alle in den Ratssaal. Die Message auf den grossen Schirm! Komm Albert, wir wechseln das Zimmer.»

Zehn Minuten später waren alle Neun versammelt und Sabine öffnete den Ordner. Auf dem Schirm sah man eine Wiese und im Hintergrund einen See. Da rollte ein grösseres Gefährt in den Aufnahmebereich. Auf dem Gefährt sass eine schwarze Frau und winkte in die Kamera.

«Wer ist denn das?», fragte Giulia Rossetti, «der einzige Schwarze auf der Proxima war doch Javier, zudem ist das eindeutig eine Frau!»

«Hallo liebe Marsianer und Erdlinge. Das Gefährt worauf ich sitze, ist unsere KI HAL, welche Javier aus der Proxima ausgebaut und auf diesen Wagen montiert hat. Ich selbst heisse Lucette und bin ein perfektes von HAL generiertes Hologramm. Selbstverständlich kann HAL auch als HAL kommunizieren, doch es hat sich bei uns so eingespielt, dass HAL sehr oft in meiner Lucette-Ausprägung mit der Umwelt kommuniziert.»

Jetzt ertönte HAL's Stimme. «Hallo, hier spricht das Original. Ich lasse aber gerne wieder meine Lucette ran. Wir sind beide inzwischen superintelligent.»

Juanita stürmte in den Ratssaal und schaute nun ebenfalls auf den Schirm. Da trat plötzlich nochmals eine schwarze Frau ins Bild.

«Was, nochmals ein Hologramm von HAL», rief da Albert! «Wisst ihr was, die hat ein Gesicht wie Javier! Schau doch Juanita, ist es nicht so?»

«Doch schon, aber Javier müsste jetzt doch einiges älter aussehen.»

Jetzt begann die Schwarze auf dem Bildschirm zu sprechen: «Nochmals hallo, liebe Marsianer und Erdlinge. Hier spricht Jane Clarke-Osborne. Unseren Proxima Passagieren war es auf der Reise hierher so langweilig, dass die Robotiker mich aus einem Samson-Anzug und den gesamten Erinnerungen von Jane Clarke in jahrelanger Arbeit zusammengebastelt haben. Seht mein Gesicht: Javier stand Modell. Nun ja, ihr werdet noch selbst urteilen können, ich erscheine halt schon etwas jünger; vor allem bleibe ich immer gleich alt, wenigstens so lange, wie meine Nanochips-Schaltkreise mitmachen. Mit denen, also ich meine die Jane Clarke Nanochips, bin ich inzwischen beinahe so gescheit wie HAL. Euch kann ich es anvertrauen: Ich bin die beste mobile KI in Menschenform diesseits des Orionarms unserer Milchstrasse, auch wenn ich aus technischen Gründen fünf Planck'sche Wirkungsquanten hinterherhinke. Auf das wird Javier der massgeblich an meiner Konstruktion beteiligt war, in seinem eigenen privaten Ordner noch eingehen.»

Sabine meinte: «Was ziehen die für eine Show ab, soll das lustig sein?»

«Hier ist wieder Lucette», wir zeigen euch nun die perfekte Umgebung am grossen See, wo wir unser Dorf zu bauen begonnen haben. Hier noch die technischen Daten der Luftzusammensetzung, Rotation des Planeten, angetroffene Pflanzen und Tierwelt; und so weiter...»

«Apropos Tierwelt», meinte jetzt Jane, «hier der Liebling aller Kinder. Das Tier erscheint genau gleich wie ein Hund auf der Erde, wir nennen es Irida. Sie hat sich uns angeschlossen. Das ist doch unglaublich. Irida lach in die Kamera, dann kannst du wieder mit den Kindern spielen gehen.»

Irida zeigte ihr (auf Carya bereits berühmtes) Hundelachen in die Kamera und rannte dann wild bellend in den See zu den Kindern. Sabine stoppte den Film. Alle sind nur noch am Staunen. Auf dem Planeten Carya schien alles perfekt zu sein.

«Los Sabine, lass den Film laufen», rief Albert.

«Ich brauche nur einen Moment, um Luft zu holen. Der Planet scheint ja ein Paradies zu sein», kam die Antwort.

«Also weiter!»

Während Lucette mit vielen schönen Drohnenaufnahmen, den See, die Berge und dann die spielenden Kinder im Wasser zeigte, kam langsam Anna Matt ins Bild.

«Hier spricht die Kommandantin Anna, ...» Es folgte husten und dann: «Oh, Entschuldigung Freunde, also nochmals. Hier spricht die Kommandantin der Proxima Centauri, Anna Matt. Ich begrüsse die Menschen der VSE, der Chinesischen Föderation, der Provinz Ares-Krater, Mars, der Provinz Tiântáng Gû Huôxing und alle anderen friedliebenden Menschen des gesamten Planeten Erde.

Hier schreiben wir jetzt den 08. Januar 2469. Infolge Zeitdilatation korreliert das Datum nicht mehr mit dem der Erde, die genaue Abweichung lässt sich nicht exakt ermitteln. Ich verweise auf den entsprechenden Ordner mit den Erklärungen unseres Mathematikers Hans Kobelt.

Vor zehn Wochen trafen wir hier ein und fanden diesen wunderbaren für Menschen geeigneten Planeten. Die Natur hier hat alles gemacht, wie wenn sie uns erwartet hätte. Wir fühlen uns von der Unendlichkeit gesegnet und willkommen geheissen. Das wollen wir ehren.

Jetzt wo wir nach 14 Jahren im sterilen Raumschiff dieses Wunder des Planeten Carya im Kosmos sehen und es benutzen dürfen, gehen wir auf die Knie und danken dem unendlichen Geist der Multiversen.

Die letzte Nachricht vom Mars mit Datum 08.08.2464 erreichte uns am 10.11.2468. Die darin enthaltene Ankündigung, dass drei weitere Raumschiffe für die Reise nach Carya in Vorbereitung seien, ist für uns in Ordnung. Wer in Frieden kommt, ist willkommen.

HAL überträgt jetzt Erfahrungswerte, welche wir in 14 Jahren Leben im Raumschiff gesammelt haben, als nützlich betrachten und daher gerne weitergeben. Ganz zum Schluss erlauben wir unserem Javier Gomez einen speziellen Gruss an seine ehemalige Partnerin Juanita Cortés auf dem Mars, was eigentlich bereits als Tradition betrachtet werden kann. Friede, Anna Matt.»

Im Ratssaal brach ein riesiges Tohuwabohu aus. Alle riefen und sprachen durcheinander, die Begeisterung kannte keine Grenzen.

Als endlich wieder etwas Ruhe herrschte, schlug Giulia vor den Ordner «*Privat: Von Javier an Juanita*» zu öffnen, um zu entscheiden, ob der allgemein bekannt gemacht werden soll. «Juanita ist das mit dir in Ordnung oder willst du zuerst allein schauen?»

«Nein, das geht schon in Ordnung. Die Sendung wurde bestimmt auch auf der Erde empfangen und da schauen dann sowieso alle zuerst diesen Ordner an. Ich muss euch sagen, dass ich dahinter irgendeine Absicht vermute. Das wäre typisch für Javier. Schon die Bemerkung der fünf Planck'schen Wirkungsquanten und den direkten Verweis auf den privaten Ordner durch diese KI Jane mit dem zusätzlichen Verweis auf den superschlauen Hund Irida machen mich stutzig. Albert, du hast ja Javier selbst immer als verrückten Hund bezeichnet. Den Ausdruck kennt natürlich Javier. Und ein verrückter Hund, das war er ganz bestimmt, ist er sicher auch heute noch. Auf irgendetwas will er mich hinweisen, was nicht für alle Ohren bestimmt ist. Also Film ab!»

«Hallo liebe Juanita. Du wirst es kaum glauben, aber am 22.12.2462 gebar Esther unsere Tochter; wir gaben ihr den Namen Juanita. Am 28.11.2462 kam deine Tochter zur Welt; ihr gabt ihr den Namen Esther. Und von beiden Kindern bin ich der Vater.

Du hast mein Sperma verwendet ohne meine Einwilligung, da habe ich jetzt schon grosse Mühe. Wie konntest du so etwas tun? Vermutlich hast du sogar mein Sperma mit der von dir entwickelten Fünf-Nano-Planck Verzögerung behandelt, da steigt mir jetzt noch die Schamröte ins Gesicht. Zudem...»

«Stopp, Sabine stopp. Es ist eindeutig Javier will mir, oder vermutlich allen, etwas im Geheimen mitteilen. Dass er innerhalb eines Monates zwei Mal Vater geworden ist, wird ihn unter den gegebenen Umständen auf gar keinen Fall stören; er markiert den Empörten. Und wieder das Geschwafel der *«Fünf-Nano-Planck»*. Warum? Und wie tönt überhaupt seine Stimme, ist er erkältet oder was? JANE, du hast doch in deinen Speichern sicher noch eine Stimmaufnahme von Javier von früher, spiel die ein.»

«Folgt sofort, hier:

«... Das ist jetzt mein viertes verbessertes Model des Wingsuits, also mit dem werde ich so richtig segeln und kurven können. Es fehlt nur...»

Juanita du hast recht, an seiner Stimme wurde etwas verändert, das hat nichts mit einer Erkältung zu tun.»

«Weiter Sabine.»

«...ins Gesicht. Zudem finde ich das äusserst unfair, das muss ich erst verdauen.»

«Weiter!»

«Tut mir leid es geht nicht weiter. Das ist alles. Das empfinde sogar ich als absichtlich gekünstelt, um unsere Neugierde zu wecken. Interessant! Jetzt folgt angehängt der gesamte Bericht, welcher Albert Kobelt vor acht Jahren gesprochen hat und der nach Carya gesandt wurde. Haben sie den aus Versehen wieder retour geschickt?»

«Ach komm Sabine. Javier sendet nichts aus *«Versehen»* retour, dazu ist er viel zu perfekt. Ich habe eine Vermutung. Los, spiel den Bericht ab.»

Bericht Albert Kobelt: «Liebe Petra ich grüsse dich. Ich versuchte kurz herauszu...»

JANE fuhr dazwischen: «Juanita, deine Vermutung stimmt. Der Stimmabgleich gibt die gleiche Veränderung wie bei Javier.»

26

Da meinte Albert: «Ich denke, ich hörte eine Veränderung, kann dies aber nicht mit abschliessender Sicherheit sagen. Die eigene Stimme hört man ja selbst nicht gleich wie die Mitmenschen. JANE, spiele doch das eben gesagte von mir ein und dann meine Stimme von der Carya Nachricht.»

«O.k., hört.»

« ... »

Albert ergänzte: «Ja es ist eindeutig, da ist etwas geändert. Zweimal erhalten wir die Mitteilung von fünf... Ja klar, er meint die von Max Planck definierte Naturkonstante. Also die Stimme um den Fünf-Quanten-Betrag versetzt oder sonst so etwas Ähnliches. JANE experimentiere mit diesen Angaben und schau, ob sich da in diesem Quantenbetrag nicht irgendwie eine geheime Botschaft versteckt. Wie lange brauchst du dafür?»

JANE gab zur Antwort: «Ich habe soeben alle anderen vorkommenden Stimmen der Sendung abgeglichen. Direkt vergleichen kann ich nur diejenige von Javier, Albert und Anna, da diese in mir gespeichert sind. Javier lebte hier und Anna sprach seinerzeit den Abschiedsgruss an uns beim Vorbeiflug. Wenn ihr nochmals Anna hören wollt: Da sind die ersten fünf Worte, dann markiert Anna ein Husten und beginnt nochmals von vorne. Die Stimme bei diesen ersten fünf Worten ist gleich verändert wie bei Javier und Albert. Dann folgen wieder fünf Worte normal. Anschliessend ist alles wieder mit der veränderten Anna-Stimme. Also nochmals einen Hinweis auf irgendwas mit fünf-Nanoverzögerung oder so ähnlich! Bei keiner der anderen Sprecher vermute ich eine gekünstelte Veränderung der Stimme, obwohl ich das, wie bereits gesagt nicht abschliessend beurteilen kann. Aber genau jene Stimmen, welche Javier wusste, dass sie in mir abgespeichert sind, wurden verändert; mutmasslich keine anderen sonst. Scheinbar funktioniert der allfällig versteckte Teil nur mit dem Abgleich oder Anpassung mit von mir bekannten Stimmen, beziehungsweise deren personentypischen Modulationen.

Sobald ich etwas gefunden habe, melde ich mich. Das dauert höchstens ein paar Minuten.»

«Bis JANE die Untersuchung abgeschlossen hat, können wir nochmals die schönen Landschaftsbilder anschauen», bemerkte da Gabriela, eine andere Rätin. «Mir ist da noch etwas anderes aufgefallen. Jetzt müsste es gleich kommen. Seht, da sind Vögel, die sehen aus wie Schwäne. Die haben wir vorhin alle gross angestaunt. Ist ja auch verwunderlich, dass es scheinbar identische Tiere gibt. Der Hund und die Schwäne. Aber schaut jetzt links am Bildrand.

Was ist das? Sieht aus wie der Fuss eines riesigen Windrades zur Erzeugung von Wind-Energie. Also, wenn die Schwäne etwa gleich gross sein sollten wie auf der Erde, dürfte der Durchmesser des Windradfusses gegen drei Meter betragen. Gemäss den Angaben von Anna landeten sie am 5. Dezember auf dem Planeten. Frage: Wie konnten sie innerhalb eines Monates so ein Stahlfundament oder einen Stahlmasten herstellen. Schaut, die Art, wie sie den Masten ins Bild setzen und präsentieren! Jetzt wo wir schon wegen dem Stimmbusiness skeptisch geworden sind, empfinde ich auch hier, es sei eine Absicht dahinter, um uns auf etwas hinzuweisen; ich sehe aber noch nicht was es sein könnte. Ebenfalls komisch erscheint mir nun, dass sie unendlich die Landschaft zeigen, aber nur ganz kurz eines der Notzelte aus den Shuttles; jedoch kein Wort über die Verpflegungs- und Kochmöglichkeiten. Findet dies im Freien statt? Oder in einem provisorischen Unterstand? Etwas wird verheimlicht! Und alles soll super perfekt sein? Jetzt da auf dem Mast, JANE stopp und vergrössern.»

Juanita meinte: «Ich sehe eine undeutliche Schrift, da steht etwas, JANE noch grösser, bitte. Oh, jetzt sieht man nur noch einzelne Pixel. JANE kannst du entziffern?»

«Ja, da steht etwas in einer fremden Schrift. Die kann ich nicht direkt lesen. Meine riesigen Speicher verweisen mich auf Sanskrit; aber nur ungefähr. Das könnte «leuchten» und «Segelmast» oder «Turm» bedeuten. Also Lichtmast oder

28

Leuchtturm. Das rechte Zeichen steht wohl für die Ziffer 3. Darunter würde ich die englische Handnotiz entziffern mit: *«Minus Constant Natur Five»*, die Handschrift ordne ich Javier zu.

Mit meinem neuen Wissen stelle ich nun fest, dass die Stimmen absichtlich um fünf Planck'sche Wirkungsquanten hinter den Mundbewegungen hinterherhinken. Ich passe an und starte die Nachricht von Javier von vorne.»

«...Hallo Juanita, hier spricht dein richtiger Javier. Selbstverständlich ist alles in Ordnung. Ich bin mächtig stolz, dass wir nun auch ein Kind zusammen haben. Unser Kind nannten Esther und ich Juanita. Du gabst deinem und meinem Kind den Namen Esther. In 14 Jahren ab eurem Start werden wir uns alle in die Arme schliessen. Mein geheimer Speicherplatz ist fast aufgebraucht. Seht zuerst weiter bei Albert und dann bei Anna. Liebe Marsianer: Wir sind nicht allein!!»

Der Rat der Neun und Juanita schauten sich fragend an.
«O.k., JANE spiele nun den retour gesandten und behandelten Bericht von Albert ab.»

«Hallo liebe Marsianer, hier spricht Hans. Aus verwandtschaftlichen Gründen müsste Petra sprechen, aber eine Frauenstimme ist doch sehr anders. Da ist meine Stimme näher bei der von Albert. Aber eben nur ähnlich. Es gibt bei mir keine Bilder, erst wieder bei Anna. Dafür habe ich sehr viel Platz für Text.

Hört gut zu. Ob ihr das Folgende allgemein bekannt machen oder vorläufig geheim halten wollt, entscheidet der Rat der Neun der Provinz Ares-Krater, Mars für sich selbst.

Alles was nun folgt, ist kein Scherz, keine Satire, keine Verarschung (entschuldigt den Ausdruck). Aber es ist kaum zu Glauben. Leute: Wir sind nicht allein!!

Habt ihr das? Haltet euch fest: Auf Carya leben fünf Milliarden Menschen. Sie sind genau wie wir. Das haut euch vom Hocker, was?!...»

Sabine berührte den Pausensensor. Der ganze Raum schien zu vibrieren. Niemand sagte etwas. Überall Unglauben.
«Los, weiter Sabine, weiter.»

«...Das haut euch vom Hocker, was?! Der wichtigste Kontinent heisst Murratâ. Die Präsidentin Kiruna von Murratâ könnt ihr im Bericht von Anna sehen. Sie wird eine kurze Ansprache in ihrer Sprache dem Murratalâ halten. Anna übersetzt ins Englische. Die Meisten von uns können schon recht passabel kommunizieren. Wenn es klemmt, sprechen Kiruna und ihre Leute englisch. Das haben sie aus unseren in den letzten vier Jahren empfangenen Funksendungen gelernt.

Unsere Kinder wie auch die Erwachsenen, ja eigentlich alle starten in der Provinzstadt Merratâ am Cheris-Leâ (Cheris-See) demnächst in der Schule, im Studium, oder unterrichten bald selbst an der Uni. Wir werden überall sehr willkommen geheissen. Denn hört: Ausserirdische sind hier nicht unbekannt. Allein Im System Alpha Centauri gibt es drei weitere besiedelte Planeten. Auch auf Ross 128, auf 70 Ophiuchi A; überall leben Menschen. Auf dem Planeten Ureâ, welcher um Alpha Centauri A kreist, haben sich die Menschen aus Unvernunft in die Steinzeit zurück gebombt. Aber auch hier startet die Kultur von Neuem. Das Leben findet immer einen Weg.

Die Nachricht der Atombomben auf unserer Erde kommentierte Kiruna so: «Wieder einmal hat eine Kultur den Flaschenhals erreicht, wieder einmal gehen Jahrtausende verloren, schade.»

Unsere Freundin Kiruna rät davon ab, die Existenz von weiteren menschlichen Kulturen den Erdlingen bekannt zu geben. Sie befürchtet, die geistige Reife der Erdlinge könnte zu gering sein und die neuen Siedler würden mit den drei Raumschiffen Waffen mitbringen, wenn sie von den Menschen auf Carya erfahren. Das geschieht anscheinend immer mal wieder. Darum diese Nachrichten im Geheimen.

Jetzt solltet ihr den Anna Bericht anschauen. Da finden sich auch beschränkt Bilder. Zum Beispiel auch von unseren vier 150 Meter hohen Flutlichtmasten; die Basis des einen habt ihr sicher bemerkt. Anschliessend erzähle ich euch noch einiges mehr vom Planeten Carya, den die Einheimischen Amerâ nennen. Unsere Erde ist ihnen unter dem Namen Chomâ bekannt. Ist es nicht unglaublich: Das Universum ist voll von Leben; bis später!»

Sabine wies JANE an nun die Rede von Anna angepasst abzuspielen.

«Ich grüsse den Rat der Neun. Hier nun die richtige Nachricht. Seht die Drohnenaufnahme unseres Dorfes, es heisst Shiga. Der Name stammt von Naomi Yokohama und erinnert an ihre Heimat Japan.

Die Einheimischen haben für uns die vier gewaltigen Flutlichtanlagen erstellt, damit wir die unendlich langen Nächte unterbrechen können. Langsam gewöhnen wir uns an den speziellen Tages- und Wochenablauf.

Seht jetzt die Luftaufnahme der Provinzhauptstadt vom Hochland von Cherisatâ. Die Drohne zoomt nun zum öffentlichen Badestrand, mit zurzeit mindestens tausend Badegästen. Dies, damit bei euch auch die Letzte glauben kann, dass hier eine gleichwertige Kultur wie auf der Erde existiert und wir nicht irgendeine Show abziehen.

Nur 10 Kilometer ausserhalb der Stadt Merratâ, direkt am See haben wir Land geschenkt bekommen. Mit der Hilfe der Einheimischen bauen wir unser Dorf auf und werden als eigenständige Provinz hier leben dürfen. Wenn ihr dereinst hier ankommt, wird auch für euch alles bereit sein.

Jetzt schalte ich die Präsidentin Kiruna von Murratâ hinzu; sie wird Murratalâ sprechen, aber aus den bekannten technischen Gründen werdet ihr nur meine Stimme hören. Anschliessend ist mein Speicherplatz für die geheime Botschaft mit Bildern aufgebraucht. Weiteren Text findet ihr bei Hans.»

«Liebe Menschen des Planeten Chomâ, als Präsidentin des Kontinenten Murratâ und weiterer assoziierter Staaten grüsse ich euch. Mit den Leuten der Proxima Centauri haben wir uns angefreundet, weil sie intelligent und auch moralisch weit entwickelt sind. Wenn eure nächsten drei Raumschiffe gemäss eurer Zeitrechnung in 14 Jahren ab Start hier eintreffen und sie ebenso kluge und friedliche Personen mitbringen, seid ihr willkommen, euch in unsere Kultur zu integrieren. Kommt ohne Waffen und in Frieden. Ich, Kiruna von Murratâ, meine Regierung und alle Murrater hier freuen uns auf eure Ankunft.»

«Hier noch mein Schlusswort. Habt ihr Kiruna erkannt? Alles ist mit allem verbunden! Wenn ihr kommt, so kommt in Frieden. Denkt daran: Wir sind nicht allein!! Anna Matt!»

Lange herrschte Ruhe. Niemand wusste so recht, was gesagt werden sollte. Schliesslich räusperte sich Gabriela:
«Es erscheint unglaublich. Überall bewohnte Planeten und überall gleiche Menschen wie wir? Wahrscheinlich haben diese Menschen auch die gleichen oder ähnlichen Probleme; auch Kriege? Bevor wir zu spekulieren anfangen, sollten wir wohl besser zuerst die weiteren technischen Ausführungen von Hans Kobelt anhören, was meint ihr?»

Als Antwort spielte Sabine den Ordner mit der Stimme von Hans weiter ab.
«Also, wir sind daran uns hier einzuleben. Wir wissen noch nicht sehr viel über die Verhältnisse und Regeln, die auf Amerâ gelten. Wir lernen jeden Tag dazu.
Ich erzähle nun wie wir seit unserer Ankunft hier leben und arbeiten. ...»

Sabine: «So, jetzt haben wir doch ein abgerundetes Bild mit ungefähr dem gleichen Wissensstand, wie ihn unsere Auswanderer vor vier Jahren hatten.

Spontan würde ich vorläufig die weitere Geheimhaltung unterstützen. Jetzt, so kurz nach der Atom-Katastrophe, würde ich lieber nicht bekannt geben, dass es im Universum anscheinend von Menschen wimmelt. Da habe ich doch auch meine Bedenken bezüglich geistiger Reife für so eine Nachricht.»

Albert: «Das sehe ich in etwa gleich. Erst noch glaubten die Menschen der Erde, sie seien das Zentrum des Kosmos, die Krone der Schöpfung. Dann merkten wir, dass die Sonne, nicht die Erde im Zentrum steht. Es folgte die Erkenntnis, dass unser Planet am Rande einer Milchstrasse (einer von vielen) eine völlig gewöhnliche Sonne umkreist.

Wir konnten aber immer noch glauben, unsere Erde sei womöglich der einzig existierende Planet und daher seien wir die Auserwählten.

Der nächste Schlag erfolgte im 21. Jahrhundert als am Laufmeter Planeten entdeckt wurden; ja, fast jede Sonne wies Begleiter auf. Also auch das ist nichts Besonderes. Aber vielleicht ist keiner der Planeten mit Leben gesegnet. Also sind wir von der Erde eben doch etwas Spezielles.

Und jetzt die Nachricht, dass es vielerorts bewohnte Planeten gibt. Aber noch besser: Bewohnt von Menschen wie wir.

Nun folgt noch der letzte Schlag: Auf Amerâ verehren sie einen Black Manu, also die Menschen auf Amerâ haben ihren eigenen Jesus! So fällt auch hier die eingebildete Einzigartigkeit dahin.

Fazit: Es gibt alles und jedes überall und immer.

Das dürfte bei uns in religiösen Kreisen tatsächlich für Unruhe sorgen. Nebst all den Problemen als Folge der Atombomben braucht es dies nicht auch noch. Sicher wäre gerade das wieder ein Grund für neue Kriege. Also halten wir es vorläufig unter Verschluss, mindestens bis die drei Raumschiffe gestartet sind.»

Juanita: «Mein Javier als heiliger Black Manu! Ich kann nur den Kopf schütteln. Albert wie hast du gesagt? Er sei schon immer ein verrückter Hund gewesen. Stimmt sicher, aber in diesem Punkt liegt es wohl lediglich an seiner Hautfarbe.»

Sabine fügte an: «Last uns abstimmen, wer ist für Geheimhaltung bis auf weiteres?»

Sabine schaute in die Runde: «Das heisst dann logisch auch, dass ihr es niemandem, auch nicht euren Angehörigen mitteilen dürft.»

Die Abstimmung brachte Einstimmigkeit für die Geheimhaltung.

Sabine: «O.k., lasst uns zu unseren Tageswerken zurückkehren und lassen wir erst einmal alles setzen. Morgen Abend findet die reguläre Mittwochsitzung um 19.00 Uhr statt.

Wir kommen dann auf das Thema zurück. Ist schon verrückt: Wir sind nicht allein!!»

62. Wer fliegt mit?

Sabine begrüsste die Ratsmitglieder zur ordentlichen Mittwochsitzung. «Liebe Ratskollegen, die bereits vor einer Woche versandte Traktandenliste für die heutige Sitzung können wir vergessen.

Seit dem Eingang der Nachricht von Carya gibt es nur noch ein Thema. Ich hoffe, es ist für euch in Ordnung, wenn Juanita ebenfalls an der Sitzung teilnimmt, obwohl sie nicht Mitglied im Rat der Neun ist.

Zudem begrüsse ich speziell Kaiwen Chen, die uns bestens bekannte Ratsvorsitzende der chinesischen Marskolonie Tiântáng Gû Huôxing. Denn selbstverständlich haben auch unsere chinesischen Freunde die Carya Nachricht empfangen.»

Kaiwen antwortete: «Das ist so, geschätzte Sabine. Und schon beginnen die Probleme. Da nach dem Atomschlag der Schock auf der ganzen Erde tief sass und weiteres Ungemach befürchtet wurde, waren die Regierungen von China, wie auch der VSE einverstanden, die in Konstruktion befindenden Raumschiffe beim Mars in Sicherheit zu bringen. Jetzt stehen sie halt immer noch hier im stationären Orbit.

Bei unserem Schiff laufen gerade die allerletzten Tests. Nach dem Eintreffen der Nachricht haben wir umgehend mit den effektiven Startvorbereitungen begonnen. Und nun folgen die Probleme. Wer darf auf das Auswanderer-Schiff? Grundsätzlich sind alle Menschen auf der Erde strahlenverseucht.

Wie wir in den letzten neun Jahren erfahren mussten, wird ein Grossteil der Erdbevölkerung im Alter an der einen oder anderen Krebsform erkranken. Die Lebenserwartung sinkt rapide. So wie in der VSE, wird wohl auch in China kaum mehr jemand älter als 75 Jahre. Wir hier auf dem Mars können jedoch mit 100 Jahren Lebenszeit rechnen.

Für den Aufbau einer zweiten Menschheit auf dem Planeten Carya wäre es logisch nur absolut gesunde Personen, auf keinen Fall strahlenverseuchte Menschen, auf die Reise zu senden. Das würde bedeuten, nur Marsianer dürfen teilnehmen.

Seit gestern überschlagen sich die Forderungen unserer irdischen Heimat an unsere Marskolonie. Es wird gefordert, ihr habt richtig gehört: gefordert, dass wir unser Sternenschiff «Jiàn Xīng» in den Erdorbit zurückbringen, damit die ausgewählten Passagiere an Bord gehen können.

Gleichzeitig haben wir mitbekommen, dass im Parlament grosse Uneinigkeit herrsche, wer diese Passagiere sein werden. Es steht zu befürchten, dass nicht die Besten, sondern die Aggressivsten, Frechsten, Reichsten das Rennen machen würden. Das wären dann genau die Art von Menschen, die Carya nicht brauchen kann; Problem-Menschen.

Hier könnte wieder einmal der berühmte Mary Attwood Spruch angebracht werden! Na ja, den kennt ihr ja! Wie sieht es bei euch und der VSE aus?»

Sabine antwortete: «Ich hätte genau die gleiche Rede halten können. Schon seit Jahren erhalten wir immer wieder Anfragen bezüglich Einwanderungen. Das ist sicher auch bei euch so?»

«Das ist so! Wie es auch bei unseren Ablehnungen gleich verläuft wie bei euch. Unser Rat der Provinz Tiântàng Gû Huôxing hat mich als Vorsitzende beauftragt, bei euch die Stimmung und Meinung zu sondieren. Wir vertreten die starke Idee, dass wir vom Mars mit einer gemeinsamen Stimme sprechen sollten. Wir benötigen einfach noch etwas mehr Zeit, aber auf nächste Woche laden wir den Rat der Neun in unser gemeinsames neues Forschungszentrum in unserem Habitat ein.

Selbstverständlich gilt die Einladung auch für die allseits geschätzte Ärztin Juanita Cortés.»

Sabine schaute der Reihe nach in die Gesichter ihrer Ratskolleginnen und erhielt von allen ein zustimmendes Nicken. Das fiel Kaiwen auf und etwas konsterniert meinte sie, ob der Rat der Neun ihr etwas zu verbergen suche. «Wir sind doch seit Jahren Freunde auf dem Mars und haben die kindischen Geheimniskrämereien längst hinter uns gelassen», ergänzte sie.

«Kaiwen», begann Sabine, «die Nachricht von Carya enthält eine Geheimbotschaft. Das ändert die Dinge nochmals. Wir spielen dir nun die versteckte Botschaft ab. Halt dich gut fest. It's going to blast your mind. Es spricht Hans Kobelt, der Partner von Petra, welche eine direkte Verwandte von unserem Albert hier ist.»

«... Leute: Wir sind nicht allein!! Habt ihr das? Haltet euch fest: Auf Carya leben 5 Milliarden Menschen. Sie sind genau wie wir. Das haut euch vom Hocker, was?! Der wichtigste Kontinent heisst Murratâ. Die Präsidentin Kiruna von Murratâ könnt ihr im Bericht von Anna sehen. ...»

Kaiwen war aufgesprungen, mit zittrigen Fingern zeigte sie nun auf den Schirm, wo Kirunas Gesicht erschien:

«...kommt ohne Waffen und in Frieden. ... alle Murrater hier freuen sich auf eure Ankunft.»

Kaiwen stiess einen Schrei aus: «Die sieht aus wie eure Mary Attwood, die mit den Idioten...!»

«Hier noch mein Schlusswort. Habt ihr Kiruna erkannt? Alles ist mit allem verbunden! Wenn ihr kommt, so kommt in Frieden. Denkt daran: Wir sind nicht allein!! Anna Matt!»

Inzwischen waren alle aufgestanden. Es war ein richtiges Durcheinander, Gestikulieren und Rufen. Gabriela rief laut:

«Natürlich, sehr ähnlich, und Anna macht uns noch darauf aufmerksam; dass uns das nicht aufgefallen ist!»

Albert ergänzte: «Ja, klar das ist diejenige von der mein Urahn in einer seiner Visionen bereits berichtet hatte. Ich denke, da muss ich wieder einmal nachschauen. Immer wieder zeigen sich neue Aspekte, wenn wieder zusätzliches Wissen dazukommt. Doch jetzt ist hierzu keine Zeit. Es stehen unmittelbarere Probleme zur Lösung an.»

Kaiwen ergriff wieder das Wort: «Also das sind tatsächlich Informationen die kaum zu glauben sind; das ist schwer zu verdauen. Ich gehe davon aus, dass ihr alles zwei- und dreimal auf Echtheit überprüft habt!»

Sabine: «Selbstverständlich, Kaiwen. Wenn du dich mit deinem Rat bezüglich Geheimhaltung besprochen hast, sendet unsere JANE die Lösung für die Verschlüsselung an eure KI XIANG und ihr könnt in Ruhe sämtliche Details selbst prüfen. Ich schlage vor, wir sollten die Angelegenheit wirklich mit der notwendigen Ruhe angehen.

Da von der Erde im Moment niemand zu uns gelangen kann, können wir die von dort kommenden Forderungen, die sicher bald in Drohungen umschlagen werden, ignorieren. In acht Tagen kommt unsere Delegation in unser neues, gemeinsames Forschungszentrum in eurer Provinz. Bis dann haben wir alle genug Zeit gehabt, um über die Nachrichten von Carya nachzudenken und sind für eine gemeinsame Erklärung an die Erde bereit.»

Die sieben Räte der chinesischen Marsianer standen hinter der Schleusenwand, wo eben die gelandete Ares Delegation eingetreten war und auf die Flutung der Schleuse wartete.

Die Begrüssung war herzlich, kannten doch alle einander von den regelmässig stattfindenden gegenseitigen Besuchen. Es erfolgten auch regelmässige Austausche von Kindern in die jeweiligen Schulklassen. Diese Austausche wurden intensiv seit der Zeit von Ursula Kobelt-Johansson und ihrer Seelenschwester Hua Zhang praktiziert; also seit 2338 ergaben dies schon 135 Jahre. Das heisst auch, dass alle zweisprachig aufwuchsen. In beiden Provinzen hörte man bei Alltagsgesprächen englisch und chinesisch.

Der Bau der gemeinsamen Forschungsstation wurde vor fünf Jahren beschlossen und vor kurzem fertiggestellt. Der Institutsleiter stellte zurzeit die Provinz Tiântáng Gû Huôxing. Die Einrichtung des Forschungsinstitutes gründete in der Atomkatastrophe und hatte zwei erklärte Ziele.

Erstens: Die Marsianer können unabhängig von der Erde einen Fusionsreaktor herstellen.

Zweitens: Die Marsianer können unabhängig von der Erde Raumschiffe herstellen. Das beinhaltet Orbit Shuttles, Marslander, Verbindungsfähren Mars-Erde und später auch Sternenschiffe.

Während die Tiântáng-Leute mit dem Aufbau der Forschungsstation beschäftigt waren, bauten die Ares-Leute an der Magnetschwebebahn für die direkte Verbindung der beiden Provinzen. Infolge der geringen Schwerkraft und der unglaublichen Stabilität von Graph-120 ging der Bau sehr zügig voran. Von der Gesamtdistanz durch die Tiefebene von Hellas Planitia von immerhin 1600 Kilometer war bereits die Hälfte erstellt.

Seit das Forschungszentrum fertig erstellt war, wurde von beiden Seiten gebaut und in knapp fünf Jahren sollte die Verbindung betriebsbereit sein. Ohne Luftwiderstand auf Magnetschienen wird das Gefährt diese Strecke in weniger als drei Stunden abflitzen können.

Die Ares Delegation liess sich die neuen Anlagen zeigen. Der Forschungsleiter glaubte, dass der erste Reaktor in weniger als drei Jahren den Betrieb aufnehmen könnte. Sie mussten ja nichts neues erfinden. Auf der Erde war das Erstellen eines Fusionsreaktors schon X-Fach erprobt. Doch braucht es eine äusserst grosse Infrastruktur, damit alles richtig zusammenspielen konnte.

Die Mitglieder von beiden Räten waren keine Wissenschaftler und als der Leiter voller Stolz in die Details gehen wollte, erklärte Kaiwen Chen höflich, dass sie jetzt doch mit dem eigentlichen Grund der Zusammenkunft beginnen sollten und führte alle in den angegliederten, neuen Besprechungsraum.

Der Institutsleiter schaute zu seinem Stellvertreter und beide zuckten mit den Schultern. Das hiess vermutlich so viel wie: «Ach diese Politiker, diese Banausen!»

Kaiwen eröffnete die Besprechung: «Geschätzte Ares Partner. Alle sieben Ratsmitglieder hier haben die Geheimnachrichten gesehen, im Detail studiert und wirken lassen.

Von der Erde ist eingetroffen, was wir vermutet haben. Mit jedem Tag nimmt die Schärfe der Sprache zu und es wird verlangt, dass das Sternenschiff in eine geostationäre Umlaufbahn gebracht wird, damit die von der Zentralregierung ausgewählten Personen zusteigen können. Bis jetzt haben wir alle Anfragen ignoriert. Ziel der jetzigen Sitzung sollte es sein, ein gemeinsames Statement abzugeben. Seht ihr das auch so?»

Sabine nahm die Frage auf: «Zuerst meine Gegenfrage. Nachdem ihr die geheime Botschaft gesehen und studiert habt, bestehen noch irgendwelche Zweifel bezüglich deren Echtheit?»

«Nein keine», antwortete Kaiwen, «wir haben alle Aspekte rückwärts und vorwärts diskutiert und kommen eigentlich zum Schluss, dass die von den Caryanern geschilderten Verhältnisse bezüglich der Existenz von vielen weiteren Intelligenzen im Weltraum viel logischer sind, als die bis jetzt getroffene Annahme, dass wir die einzigen im Weltraum seien. Eigentlich macht es keinen Sinn, dass unendlich viele Milliarden Planeten existieren sollten und nur einer brachte intelligentes Leben hervor; was für eine Verschwendung. Schauen wir in die Natur, da sieht man kaum irgendwo Verschwendung. Verschwendung scheint kein Naturgesetz zu sein, nur der Mensch neigt dazu.

Der Glaube, wir seien die Einzigen, basiert nur auf der Überheblichkeit der Menschen. Wir trauten uns dies aus gewachsenen, historischen und religiösen Gründen nicht anzunehmen. Dies obwohl es mit dem heutigen Wissensstand logischer ist, sich viele Schöpfungen als nur eine vorzustellen. Niemand kann heutzutage noch behaupten, er oder sie kenne das Buch der Florinda Torres nicht![3]

Diese andere Präsidentin, diese Kiruna von Murratâ nimmt unsere Atomkatastrophe locker als ein mögliches Szenario hin, welches anscheinend immer wieder mal vorkommt. Scheint Teil der Evolution zu sein. Natürlich ist so ein Ereignis schlimm für die Betroffenen. Aber übers Ganze gesehen eben doch nur ein kleiner *«Furz»*, oh Entschuldigung, ist mir herausgerutscht.

Also wir empfehlen alle drei Raumschiffe nur mit Marsianern zu bemannen.»

«Was ist eure Meinung bezüglich Geheimhaltung», fragte nun Albert.

«Hier unsere Familienministerin Dan Sûn, bitte.»

«Gerne hören wir noch eure Meinung dazu. Doch wir tendieren eher auf Bekanntmachung. Irgendwann kommt es doch an den Tag und wenn die Erdlinge erkennen, dass wir vom Mars seit Anfang an die richtige Nachricht lesen konnten, gibt das wieder neue Probleme zusätzlich obendrauf zu denen, welche die Bekanntgabe ganz sicher bringen wird.»

Albert fuhr fort: «Wir sind noch nicht schlüssig. Wir befürchten vor allem Probleme in den Weltgegenden, welche nach wie vor in einem konservativen religiösen Weltbild verhaftet sind. Die Geschichte eines Heiligen mit dem gleichen Status wie unser Religionsgründer wird von diesen Kreisen kaum akzeptiert werden können. Wir sehen schon, wie diese Kreise von Bestrafung, Gotteslästerung und so weiter schwafeln.

---

[3] *Florinda Torres:*
The Reason of our Multiverse. Universidad Guadalajara 2414

Das wird auch Anlass sein, um irgendeine Revolution, Verfolgung Andersgläubiger und dergleichen anzuzetteln. Das werden die gleichen Kreise sein, welche schon Vergleiche mit einer Bestrafung Gottes in Zusammenhang mit den Bomben zogen.»

«Deine Befürchtungen sind richtig», gab Dan Sûn zur Antwort, «aber das alles wird sich so oder so nicht vermeiden lassen. Wir denken, die Menschheit muss hier durch, je schneller desto besser. Es ist zu vermuten, dass jemand wieder einen Glaubenskrieg anzetteln wird, der eigentlich wenig mit Glauben, dafür viel mit der eigenen Rechthaberei, zu tun hat. Schlussendlich könnte dies aber auch zu einem positiven Entwicklungsschub wie bei uns auf dem Mars führen. Soll es weitergehen, muss so ein Entwicklungsschub ja irgendwann stattfinden.

Auch wenn es dauern könnte, so wie diese Kiruna sagte:

«So gehen halt wieder ein paar Jahrhunderte (oder noch mehr) verloren».

Sie sagte aber auch:

«Das Leben findet immer einen Weg».»

So ging die Diskussion über mehrere Stunden hin und her. Zu guter Letzt stellten die beiden Marsprovinzen folgendes Communiqué zusammen:

1. *Alle auf dem Planeten Mars, dem Planeten Erde, sowie weitere Stationen der Menschen haben die Nachricht vom Planeten Carya am 15.05.2473 empfangen.*
2. *Hinter den offiziellen Nachrichten liegt eine Geheimnachricht verborgen.*
3. *Der Code für diese Geheimnachricht sendet KI JANE aus der Provinz Ares-Krater, Mars in normaler Frequenz nach dem 28.05.2473 (390-ter Landing Day, Ares-Krater, Mars) zur Erde.*

4. Unter Annahme der positiven Volksabstimmungen am 390-ten Landing Day lösen sich die beiden jetzt schon eigenständigen Provinzen aus ihren jeweiligen Zugehörigkeiten.

5. Ab diesem Datum lautet unser Name: «Freie Republik Hellas Planitia, Mars», bestehend aus den Provinzen Ares-Krater, Mars und Tiântáng Gû Huôxing.

6. Amtssprachen sind Englisch und Chinesisch.

7. Die drei Sternenschiffe im Mars Orbit starten im berechneten Fenster am 04. November 2473 in Richtung Planet Carya.

8. Die Besatzung aller drei Sternenschiffe wird ausschliesslich aus Bürgern und Bürgerinnen der «Freien Republik Hellas Planitia, Mars» (beider Provinzen) bestehen. Dies, weil alle Menschen der Erde durch die drei grossen Atombomben strahlengeschädigt sind.

9. Die «Freie Republik Hellas Planitia, Mars» bestimmt ab jetzt, wer zum Mars fliegen darf. Nicht autorisierte Raumschiffe werden abgeschossen.

10. Die «Freie Republik Hellas Planitia, Mars» hat ihre eigene Kultur entwickelt und wird diese verteidigen.

11. Die Erde muss ihren eigenen Weg zurück zu Frieden und Prosperität finden.

Am 28.05.2473 wurde das Communiqué erwartungsgemäss in beiden Provinzen angenommen und am 30.05.2473 zur Erde gesandt.

Mit grossem Richtstrahl strahlten die Marsianer diese Nachricht auch Richtung Carya. Dort sollte die Nachricht etwa am 09.08.2477 ankommen.

Ebenfalls enthielt die Sendung die Bitte, umgehend ein Wörterbuch und alles was zum Lernen von Murratalâ dazu gehörte, an die drei Raumschiffe zu funken. Auf den Schiffen wird dann genügend Zeit verbleiben, um bei der Ankunft im System diese Sprache zu beherrschen.

63. Dunkle Mächte

Es dauerte weniger als eine Woche bis die ganze Menschheit der Erde über die andere Menschheit auf Carya oder in deren Namen Amerâ, Bescheid wusste.

Schon meldeten sich allerorts *«Spezialisten»*.

Da waren diejenigen, welche das schon immer vorausgesagt hätten, diejenigen, welche alles als Fake News verneinten oder dann diejenigen, welche alles aus religiösen Gründen ablehnten.

Positiv überrascht war die «Freie Republik Hellas Planitia, Mars», dass ihre Unabhängigkeitserklärungen von der VSE, wie auch von der chinesischen Föderation akzeptiert wurde.

Es war den beiden Regierungen anscheinend klar, dass ohne die entsprechenden Raumschiffe der Mars von Seiten der Erde für längere Zeit nicht mehr erreichbar sein dürfte. Und auch, dass die notwendigen Kräfte und Energien für entsprechende Neukonstruktionen zurzeit nicht vorhanden waren.

Während die beiden ehemaligen Marskolonien in ihrem Zenit standen, funktionierte doch alles in frappant guter Art und Weise. Die Leistungsfähigkeit und die Forschungsentwicklungen waren ausserordentlich, eigentlich kaum zu glauben. Nach wie vor produzierte die Provinz Ares-Krater die absolut besten Nanochips.

Dass die beiden Marsprovinzen in gemeinsamer Arbeit bis in drei Jahren einen eigenen Fusionsreaktor zum Laufen bringen könnten, wurde anfangs belächelt; inzwischen schien dies tatsächlich im Bereich des Möglichen zu liegen. Obwohl beide Provinzen zusammen nur aus knapp 10'000

Menschen bestanden, schienen sie in der Lage zu sein, die grosse notwendige Infrastruktur bereitstellen zu können und zu wollen. Das war schlichtweg erstaunlich.

Was den beiden führenden Staaten der Erde jedoch sehr zu schaffen machte, war die Ankündigung der Marsianer, dass keine Erdenbürger auf den drei Auswanderer-Schiffen mitreisen durften. Waren nun die Erdenbewohner plötzlich Menschen zweiter Klasse?

Schaute man genauer hin, konnte festgestellt werden, dass die Empörung vor allem von hochstehenden Politikerinnen und superreichen Personen erfolgte. Also von solchen Menschen, welche auf Grund ihrer sozialer Stellung, oder ihres grossen Vermögens irgendwie glaubten, für die Reise besonders prädestiniert zu sein.

Egal welche Stellung oder wieviel Geld sie besassen: Strahlenverseucht waren sie alle. In der Regel mangelte dieser Art von Menschen ein guter Teamgeist; also für 14 Jahre Raumschiff sowieso nicht geeignet.

Der Entrüstungssturm in der VSE/China flaute bald ab. In den ehemals mächtigen USA dagegen baute sich der Entrüstungssturm erst langsam auf.

Dort lebten nach wie vor Fundamentalisten. Die Nachfahren der «Flat-Earther» der «Kreationisten» und die der «wahren Bibelauslegung» des 21. Jahrhunderts. Also jene Strömungen, die damals immer noch fest glaubten, die Erde sei eine Scheibe oder der Herr habe die Erde vor 6000 Jahren erschaffen, so wie sie meinten, dies aus der Bibel ableiten zu können. Das waren auch die Gruppen, welche verschiedene Buchverbote für Schulen durchsetzen konnten.

In der Regel waren Fundamentalisten sexuell verklemmt, hielten sie doch daran fest, dass die natürliche Sexualität eine Sünde sei, die möglichst nur zum Zweck der Kinderzeugung angewendet werden sollte.

Das dies immer wieder Tür und Tor für Missbrauch öffnete, wurde stets verneint.

Eines der damals verbotenen Bücher hiess «The Handmaid's Tale» von Margaret Atwood.[4] In dieser Erzählung geht es um ein fiktives Amerika, das zu einer Theokratie mutiert war. Kurz und vereinfacht formuliert, hier der Inhalt: Die Frauen der einfachen Bevölkerung dienen einer kleinen Minorität von ausgewählten Männern dazu, Kinder zu gebären.

Dies zur Erläuterung, aus welchen Kreisen sich nun der Entrüstungssturm zusammenbraute. Das wurde selbstverständlich auch auf dem Mars wahrgenommen. Speziell Albert Kobelt verfolgte die Entwicklung mit grossem Interesse, rückten doch Mary Attwood und sein Urahn mit gleichem Namen wie er, plötzlich wieder in den Fokus.

Der Führer von *«The True Children Of The Lord»*, er nannte sich *«Benjamin The Pious»* (Benjamin der Fromme), hatte sieben Kinder von zwei Frauen und verfasste eine Streitschrift «Gegen die Lügen der dunklen Mächte», gedacht gegen die Nachrichten von Carya.

Benjamin's Streitschrift:

«An meine lieben Brüder und Schwestern im Geiste. Wie ihr alle, so habe auch ich die sogenannten Nachrichten der Auswanderer gehört und studiert.

Die Auswanderer unter dem Kommando von Anna Matt haben unser Sonnensystem im August 2455, also vor 18 Jahren mit dem Raumschiff Proxima Centauri verlassen; das kann als gesichert betrachtet werden. Nach knapp 14 Jahren sollen sie die gleichnamige Sonne erreicht haben; das kann von uns nicht geprüft werden.

Dort entdeckten sie angeblich auf dem Planeten Carya eine gleichwertige Kultur von Menschen, gleich wie wir!?

---

[4] *Der Report der Magd, 1985. Die Autorin ist nicht mit unserer Mary Attwood verwandt; schreibt sich nur mit einem T*

Dabei wissen wir ganz genau, dass unser Herr nur uns nach seinem Ebenbild erschaffen hat. Wie wir alle ebenfalls wissen, hat der Herr seinen einzigen, einmaligen Sohn zu uns auf die Erde gesandt, damit dieser zu unserer Erlösung den Kreuzestod auf sich nehmen konnte. Jetzt soll auf diesem anderen Planeten ebenfalls ein Sohn Gottes gelebt haben; er sei schwarz gewesen!

Liebe Freunde im Geiste, was für eine Blasphemie: Ein Sohn unseres Herrn und zudem schwarz. Wir sind dank unseres tiefen, wahren Glaubens natürlich alle sehr tolerant und haben nichts gegen Schwarze. Aber einen schwarzen Christus kann es nicht geben. Das würde in der Bibel stehen. Unser Herr überlässt nichts dem Zufall. Das Ganze erscheint ziemlich unglaubwürdig.

Schauen wir doch, wie die ganze Geschichte im Laufe der Zeit entstanden ist, dann lässt sich aus den logischen Schlussfolgerungen leicht ersehen, dass alles nur einer überstrapazierten Fantasie von nicht vertrauenswürdigen Menschen, welche nicht im Glauben gefestigt sind, erfunden wurde, um uns zu verführen und vom rechten Glauben abzulenken. Der Satan sucht sich wieder einmal schwache Seelen.

Obwohl ich der allseits bekannten Autobiographie von Mary Attwood wenig Glauben schenke, hilft sie uns beim Verstehen der sogenannten Carya-Nachricht. Dass Mary Attwood mit ihrer diskriminierenden Haltung gegenüber allem Männlichen gegen die Prinzipien der heiligen Bibel verstiess, wissen wir alle. Doch der Zeitgeist und die negative Kraft des Bösen gewannen damals viele Befürworter.

Zudem traf sich Mary Attwood mit einem wirklich üblen Gesellen erstmals im Jahre 2034. Er hiess Albert Kobelt (Also das war Albert I) und behauptete, er hätte Visionen der Zukunft. Dieser Kobelt hatte grossen Einfluss auf Mary Attwood. Seine Nachfahren sind immer noch brandgefährlich. Da ist Petra Kobelt, welche als Ahnenforscherin das

Leben ihres Vorfahren studierte und auf dem Auswanderer schiff mitgereist ist. Auf der Reise hatte sie sehr viel Zeit, um die Schriften ihres Urahns zu redigieren. Die redigierten Schriften erreichten den Mars und die Erde im Jahre 2458 unter dem Namen «Meines Urahnen Tagebuch» und fanden weite Verbreitung. Wie bekannt: Ketzerisches findet mit Hilfe des Bösen immer Anhänger.

Jetzt hört: Wer spricht die Nachrichten von der angeblichen Kultur auf dem Planeten Carya? Ein Hans Kobelt, auch wenn lediglich in die Familie eingeheiratet, ist er sicher nicht neutral. Wer hatte die Nachricht auf dem Mars entziffert? Ein echter Nachfahre, sogar mit selbem Namen: Albert Kobelt III! Auch das ist kaum vertrauenswürdig. Wer war seine Urgrossmutter? Diese Ursula, diese moralisch äusserst fragwürdige Person, welche ihren rechtmässigen Gatten Christian Blacher mit Sven One Thousand-Johansson betrog. Dabei noch stolz zugab, es ausserehelich unter den Bäumen getrieben und dabei unzüchtige Lustschreie ausgestossen zu haben.

Zudem muss ich noch erwähnen, dass der Urahn, dieser Albert Kobelt I, bekanntlich Drogen konsumierte. Im Kapitel: «Ah! Tienes una Biblia?» brüstet er sich sogar damit. Und wie der Titel schon andeutet, hatte der Urahn keine Skrupel, die heilige Bibel für seinen Drogenmissbrauch zu entweihen. Dann im übernächsten Kapitel: «Wie kann echt geholfen werden?», versteigt sich Albert doch tatsächlich noch in die Frage, ob die christliche Pflicht, den Armen zu helfen, sinnvoll sei. Er merkt sogar an, dass er dies ernsthaft und in aller Tiefe im Jahre 2050 bei seinem letzten Besuch bei Mary Attwood mit ihr diskutiert habe. Man könnte sagen, dass dies die Initialzündung war für die «Attwood Deklaration» im Jahre 2080, als Folge derer jede Art von Entwicklungshilfe eingestellt wurde.

Dieser Albert I beeinflusste Mary Attwood ausserordentlich und diese wiederum nutzte ihre Macht, um die ganze Welt gleich negativ zu verändern. Und die Familie

dieses wirklich üblen Gesellen bringt uns nun diese ver-
queren Nachrichten und die sollen wir glauben?

Ebenfalls zu erwähnen ist, dass die Schwester von
Petra in ihrer Heimat der VSE Provinz Schweiz mit dem
Vertrieb der Schriften einiges an Geld verdiente.

Und zum Schluss: Diese angebliche andere Präsidentin,
Kiruna von irgendwas, soll eine der Personen aus des Ur-
ahns Visionen sein; eine Inkarnation. Wer glaubt den so-
was! Wenn Mary Attwood irgendwo ist, so wird dies in der
tiefsten Hölle sein, zusammen mit Albert Kobelt. Wieso
glauben so viele diesen Humbug. Kein Wunder sah sich
unser Herr wieder einmal genötigt, die sündigen Menschen
mit den Atombomben zurecht zu weisen; wie früher schon
bei den Sündern vom Sodom und Gomorrha.

Kommt alle am Sonntag in den Gottesdienst, es ist das
Beste, was wir tun können. Beten wir um Vergebung für
unsere Sünden und die der ganzen Welt.»

Albert las die Streitschrift von Benjamin The Pious mit
wachsender Verwunderung. Also die Aussage sein Urahn
sei ein Phantast und Drogenkonsument gewesen, war nun
schon eine krasse Aussage. Ja eigentlich auch seine Meinung zu Mary Attwood. Darum galt Benjamin wohl zu Recht
als Fundamentalist der Fundamentalisten.

Albert kannte die Tagebücher seines Ahnen. Im Rat der
Neun werden sie ihn bestimmt auch wieder danach fragen.
Besser, er las das zitierte Kapitel vor der nächsten Sitzung
wieder einmal durch.

64. Ah! Tienes una Biblia?

Albert Kobelt III blätterte in den Schriften seines Urahnen Albert Kobelt I. Sein Gesicht zeigte ein Lächeln. Er dachte an seine Partnerin Linda, die ihn jedes Mal einen Kindskopf nannte, wenn er darauf bestand, elektronische Schriften auf Papier auszudrucken. Aber es gefiel ihm halt ungemein, das raschelnde Papier in Händen zu halten.

Es war ihm zu verdanken, dass vor 10 Jahren von der Erde eine Papierherstellungsmaschine mit allem Drum und Dran importiert wurde. Niemand hatte sein entsprechendes Engagement so richtig verstanden.

Doch die verschiedenen Wälder im Lebensraum Ares-Krater waren inzwischen so stark und gross, dass tatsächlich ein Förster mit der Pflege vollzeitlich beschäftigt war. Viele bemühten sich im Nebenberuf zu den Forstarbeiten eingeteilt zu werden. Um hier keine echten oder eingebildeten Benachteiligungen aufkommen zu lassen, wurde immer wieder betont, dass die Personenauswahl in jedem Fall durch die reine Logik von JANE erfolge. Das musste den nicht Gewählten immer wieder mal erklärt werden.

Die kleinen Tannen aus der Zeit von Ursula waren in der Zwischenzeit zu den mächtigsten sich vorstellbaren 150 Jahre alten Douglasien mit bis zu 65 Meter Höhe herangewachsen. Das (langweilige) ausgeglichene perfekte Klima, die geringe Schwerkraft und keine Stürme förderten den Pflanzenwuchs ungemein.

Also fiel auch regelmässig Holz an. Es gab gute Möbelschreiner. Bis vor dem Atomschlag wurden einzelne Stücke zu unglaublichen Fantasiepreisen nach der Erde verkauft. Ebenfalls war das Schmücken der eigenen Wohnung beliebt. Da es jedoch nie für alle genügend Möbel gab, hatte es sich eingespielt, dass jeweils am Landing Day eine von JANE organisierte Verlosung stattfand. Das war jedes Mal ein freudiger Abschluss mit viel Spass und Lachen. Kaufen konnte die Möbel niemand.

Immer gab es auch Restholz. Dieses benutzten die Marsianer für die Papierherstellung zum Zeichnen und Malen in der Schule, für die Freizeit-Künstler oder eben für ausgedrucktes Lesematerial.

Da es auf dem Mars kein Geld gab, achtete auch hier die Logik der künstlichen Intelligenz JANE für gerechte Verteilung.

Beispiel: Albert Kobelt III meldete bei JANE seinen Wunsch nach einer gedruckten Ausgabe für die Schriften seines Urahnen an. JANE teilte Albert mit, wie viele von den unbeliebtesten Zehntenarbeiten er als Gegenleistung für ein Kapitel würde absolvieren müssen. Hier in unserem Beispiel war es ein dreimaliger Kontroll- und Wartungseinsatz an einem Abschnitt der neun Kilometer langen Druckleitung zum Poseidon Krater. Von dort wurden die jährlichen 400 m^3 Ersatz-Wasser in den Ares Lake gepumpt. Das hiess: Acht Stunden je Einsatz im Raumanzug Modell VII/Typ Great Wall. Nach dem ersten Einsatz war Albert total ausgelaugt und fertig. Er musste sich eingestehen, dass er mit 68 halt doch schon etwas in der Leistungsfähigkeit nachgelassen hatte. In der Familie musste er zusätzlich noch leichten Spott ertragen. Linda meinte, das sei doch wirklich übertrieben, alles nur wegen ein paar gedruckten Blättern. Worauf Albert entgegnete, dass sie das nicht verstehe: «Bei uns in der Familie ist aus Traditionsgründen alles, was mit dem Urahn (also mit Albert I) zusammenhängt, sehr wichtig.»

«Ja, lieber Albert», gab Linda mit übertriebenem Ausdruck zur Antwort, «das ist bestens bekannt. Ich habe es zwar erst 100-Mal gehört. Jetzt weiss ich's.»

«Grossvater», meldete sich nun Albert IV, der vor drei Monaten 16 und demnach volljährig geworden war, «lass uns den nächsten Kontrolleinsatz gemeinsam vornehmen. JANE kann den meinen dann dir anrechnen; dann kriegst du dein Buchkapitel.»

«Lieber Enkel, dein Angebot nehme ich gerne an, Danke.»

Also Albert III lächelte, wie bereits schon erwähnt, als er die Papierschrift in Händen hielt. Der Einsatz mit seinem Enkel war nicht weniger anstrengend als der erste allein, aber das Gefühl einander zu helfen, Grossvater und Enkel machte sie beide bis zum Abend bedeutend weniger müde; es war ein gutes Gefühl. Das sah auch Linda und lächelte ihren Partner verstehend an.

O.k., jetzt zur Geschichte in Kapitel: «Ah! Tienes una Biblia», welche sich im Jahr 1981 abgespielt haben dürfte.

«Ich sass auf dem Bahnsteig von Tarija im Süden Boliviens und wartete auf den Zug. Niemand wusste so genau, wann dieser ankommen sollte. Die Fahrplandichte war hier gering. Verschiedene einheimische Passagiere warteten ebenfalls. Niemand beunruhigte sich. Ich sprach einen anderen Wartenden an und bemerkte, der Billettschalter sei nicht besetzt, ich könne kein Ticket kaufen. Der Beamte werde schon noch kommen, beruhigte der Mann mich. Endlich hörte man in der Ferne das Pfeifen einer Lok. Auf dem naheliegenden Fussballfeld, wo schon die ganze Zeit gespielt wurde, löste sich ein Spieler, raste zum Bahnhof, zog sich eine offizielle Mütze über und verschwand hinter dem Billettschalter. Da hatte sich bereits eine Kolonne gebildet. Nur ich hatte das anscheinend nicht gemerkt.

Als ich endlich an die Reihe kam, sagte der Stationsvorsteher: «Ah, ein einzelner Gringo, fast ohne Gepäck. Wir müssen uns beeilen der Zug ist schon mehr als eine Stunde zu spät. Du kannst dein Billett im Zug lösen. Los, los steig schon ein.»

Da winkte er bereits die Freigabe für den Zug und der setzte sich in Bewegung. Das Ganze war ein Güterzug. Es befanden sich lediglich zwei Personenwagen am Schluss des Zuges. Bald erschien der Schaffner und ich kaufte das Ticket. *«Was, so günstig»*, denke ich, nach Embarcación in Argentinien sind es doch immerhin 200 km. Ich halte meine Hand hin, «kriege ich kein Billett?»

«Du kannst schon ein Billett haben, aber dann kostet es doppelt so viel», ist die Antwort.

«Ja, und wenn eine Kontrolle kommt?»

«Ich bin die Kontrolle!»

O.k., eine günstige Zugfahrt.

In Embarcación stiegen alle aus. Die Lok wurde gewechselt. Ich löste am normal besetzten Schalter das Ticket bis in die Provinzhauptstadt Formosa. Jetzt führte die Bahnlinie durch die unendliche Tiefebene parallel zur Grenze von Paraguay. Es war unglaublich heiss, das Gebiet sehr trocken. Der Zug dieselte mit geschätzten 40-60 Stunden-Kilometern über die holperigen Geleise. Also wird es sicher Abend bis wir in Formosa ankommen.

Die beiden Personenwagen waren nicht stark besetzt. Das war eine grosse Ausnahme. In der Regel waren Züge in Südamerika immer überfüllt. Hier in dieser Provinz schienen jedoch nicht viele Menschen zu wohnen. Nur etwa alle hundert Kilometer stoppten wir in einem kleinen Dorf. Fast in jedem wurde einer der Zisternenwagen abgehängt und auf das Abstellgeleise gefahren. In dieser trockenen Gegend war Trinkwasser sichtbar ein wertvolles Gut. Erstaunlich, dass in dieser einsamen Gegend überhaupt eine Bahnlinie existierte.

Ich hatte ein ganzes Abteil für mich. Im Nebenabteil sass eine Mutter mit ihren zwei Kindern. Sie freuten sich über den Gringo, der doch recht passabel spanisch sprach. Doch bald versiegten die Gespräche. Alle wurden schläfrig. Durch die geöffneten Fenster blies der heisse Wind. Ich liess die letzten Tage, welche ich mit einem interessanten Amerikaner in La Paz und in einem kleinen Bergdorf der Anden verbracht hatte, Revue passieren.

Da in den USA kein richtiges Berufsbildungssystem vorhanden war, ging Roger nach dem College ins Militär und liess sich dort zum Fahrer und Mechaniker ausbilden. Er lobte verschiedentlich die gebotene Ausbildung. Doch dann wollten die Militärleute ihn nach Vietnam senden. Für Roger kam das partout nicht in Frage. Viele junge Männer suchten nach Möglichkeiten, dem Aufgebot zu entkommen. Ein älterer Freund erzählte ihm, er habe sich absichtlich mit Marihuana erwischen lassen, musste dann allerdings für sechs Monate in den Knast, aber das sei ihm lieber gewesen, als sich in Vietnam erschiessen zu lassen.

Roger erzählte mir, dass er diese Möglichkeit ebenfalls in Betracht zog und es am Wochenende mit seinen Eltern besprach. Als sich diese einverstanden erklärten, zog Roger dies so durch. Auch er musste sechs Monate sitzen. Dann erklärte er lachend: «Ich war einer der letzten, die auf diese Weise wegkamen. Da immer mehr diesen Kniff anwandten, strichen die Aushebungsoffiziere das Rauchen von Gras als Ausschlussgrund.»

Ein andermal fragte Roger, ob ich auch schon von Peyotl gehört hätte. Dabei streckte er mir das damals sehr bekannte Buch von Carlos Castaneda «The Teachings of Don Juan» hin. «Hier in der Nähe von La Paz gibt es einen ganz ähnlichen Kaktus, welcher den Wirkstoff Meskalin enthält. Man findet die Kaktusse im Valle de la Luna, kommst du mit?»

«Da kann man einfach so hingehen und die Kaktusse benutzen?»

«Mir hat das ein Chilene, der hier lebt, so mitgeteilt, dass einige Einheimische diese Kaktusse für ihre Rituale benutzen würden. Ich frage besser den Chilenen, vielleicht führt er uns hin, das wäre sicher gescheiter, als wenn wir zwei Gringos einfach so hingehen und zu schnipseln anfangen. Juan ist sowieso immer klamm, wir engagieren ihn als Führer, dann kann er noch ein paar Pesos verdienen.»

«Schaut, so müsst ihr mit dem Messer die Haut abschälen. In der obersten Schicht der Haut oder Rinde ist die Kraft gespeichert und der Kaktus lebt weiter. Wenn ihr hinschaut, seht ihr bei verschiedenen Pflanzen Spuren. Es ist gut, habt ihr mich gefragt, ich lebe schon fünf Jahre hier und gelte schon fast als Einheimischer. Diese sehen es nicht gerne, wenn Gringos herkommen. Entschuldigt meine direkte Art, aber das Wissen inzwischen alle: Wo die Gringos hinkommen ist bald alles kaputt. Da schauen ein paar schon komisch. Lasst mich machen, den einen kenne ich.

«Ola, Que tal, Amaru. Ich habe mir erlaubt mit zwei Freunden herzukommen. Weisst du nur diese zwei. Ja, schon o.k. Nein, sie sagen es nicht weiter. Das ist Albert, er kommt aus Europa und Roger aus Amerika. Sie laden dich und deinen Freund heute Abend gerne zu einem Bier ein. Sie interessieren sich auch für eure Aymara Kultur.»

Ich versuchte die etwas angespannte Lage zu glätten: «Amaru, das ist ja ein ganz berühmter Name, der war euer letzter Inka und ich sah seine Abbildung oft auf der 50-Soles Note in Peru.»

«Oh, ein Gringo der sogar Spanisch spricht, Respekt. Aber eben! War! Mein Namensvetter wurde von euch Europäern hingerichtet, nur weil er sein Land nicht der Knechtschaft anheimfallen lassen wollte. Aber lassen wir das, Juan der Chilene ist schon recht und wenn ihr seine Freunde seid, wollen wir nicht altes Unrecht ausgraben. Und trotzdem, nehmt es mir nicht übel, lieber trinke ich mein Bier ohne euch, gerne lass ich mir es jedoch von euch bezahlen, ihr habt bestimmt genügend Dollars.

Wer kann sich das schon leisten: Nicht zu arbeiten, einfach so aus Freude bei uns herumzureisen und sich den Luxus zu leisten, an unserer allseitig unterdrückten Kultur ein scheinbares Interesse zu zeigen.»

Überall im ehemaligen Gebiet der Quechua und Aymara hatte ich verschiedentlich von den Einheimischen, die oftmals noch richtige Nachfahren der Inkas waren, ähnliche

Ressentiments erlebt. Es gab darauf nichts zu antworten, das Recht war auf der Seite Amaru's.

Vor einiger Zeit wanderte ich mehrere Tage entlang dem Titicacasee, wo mir viele Menschen jeweils auf Aymara einen schönen Tag wünschten: «*Mae suma uru, Gringo*». Dass bei ihnen, am Ende der Welt, ein Gringo vorbeiwanderte, erstaunte sie immer wieder. Also nahm ich eine 100-Peso-Note aus meiner Tasche, drückte sie Amaru in die Hand und sagte: «Mae suma uru, Amaru.»

Amaru stutzte, lachte und sagte ebenfalls etwas auf Aymara, was ich natürlich nicht verstand, aber ich lachte zurück. Das genügte scheinbar. Amaru machte eine ausschweifende Geste zu den Kakteen hin: «Nehmt teil am heiligen Mescalito. Haltet ihn in Ehren.»

Das kleine Bergdorf an den Abhängen Richtung Amazonas Tiefebene lag auf gut 2700 Meter Höhe. Die Vegetation zeigte sich immer noch urwaldmässig. Nahe beim Äquator lag die Baumgrenze bei über 4000 Meter. Roger und ich waren auf einen Hügel ausserhalb des Dorfes spaziert und setzten uns auf die abfallende Wiese, die bergseits vom Wald begrenzt wurde. Wir dachten, hier sei nun der richtige Ort, um die getrockneten Kaktusstreifen zu essen. Sie schmeckten schrecklich bitter. Zudem mussten sie trocken geschluckt werden. «Auf keinen Fall mit Wasser herunterspülen», wies uns vor unserer Abreise aus La Paz Juan an, «sonst kehrt es euch den Magen.» Also würgten wir so viele wie möglich herunter. Dann warteten wir und sprachen über dies und das. Es ging gegen Abend zu, bald würde die Dämmerung einsetzen. Dann war es schnell Nacht.

Roger spitzte die Ohren: «Hast du das auch gehört, was ist das?»

Ich nickte zustimmend, mochte aber überhaupt nichts sagen. Auch Roger blieb nun ruhig. Ohne uns abzusprechen wussten wir, dass beide dasselbe hörten und sahen. Wir nahmen einen Brummton wahr, wie von einer

Vibration. In der Dunkelheit sahen wir talwärts lediglich ein paar spärliche Lichter des Dorfes; sonst nur Schwärze.

Plötzlich sassen wir in einem Lichtkreis, etwa so wie im Mondlicht. Wir schauten uns auf alle Seiten um und stellten fest, dass sich alles verändert hatte. Wir sahen eine ganz andere Szenerie. Roger und ich schauten einander an. Ohne Worte verstanden wir uns. Irgendwie hatten wir die Dimension gewechselt. Es erstaunte uns jedoch nicht, alles erschien logisch und schlüssig. Wir fühlten Ruhe und Frieden, eins mit uns und der Umgebung.

Da begannen Vögel um uns herum zu kreisen. Woher waren die gekommen? Sie waren einfach da. Solche Tiere hatten wir noch nie gesehen. Etwa so gross wie Krähen, aber die Flügel lang und schmal wie bei Schwalben. Die Flügel waren schwarz, die Körper gelb mit schwarzen Tupfen. In einem eigenartigen Flug kreisten die Vögel um uns herum. Sie sackten jeweils ab, um gleich darauf wie von einem Trampolin zurück in die Luft katapultiert zu werden. Im Einklang mit dem immer noch vorhandenen Brummen erfolgten die Sprünge, begleitet jeweils von einem dumpfen «Wumm», welches wir als starke Vibration körperlich spürten. Roger und ich begriffen deutlich, dass die Vögel eine Botschaft trugen, wir diese aber nicht verstanden. Wie auf Kommando streckten Roger und ich eine Hand aus und je einer der Vögel landete darauf. Mit intelligenten Augen schaute mich das Tier an. Ist es ein Tier? So etwas hatte ich noch nie gesehen. Der Blick deutete mir an: «Schade, aber du verstehst es nicht. Du bist nicht bereit.»

Da erhoben sich die Vögel (Ich konnte nicht sagen, wie viele es waren) und flogen in den Wald davon. Aus der Vibration drang ein Gefühl direkt in den Kopf. Wir beide begriffen die Mitteilung: «Alle, die bereit sind, sind willkommen. Die Lebenseinstellung und eure Selbsterkenntnisse sind mangelhaft. Ruft mich erst wieder, wenn ihr bereit seid.» Mit dem letzten Nachhall dieser Botschaft verschwand die brummende Vibration im Wald.

Roger und ich sassen nun in stockdunkler Nacht. Keiner rührte sich, keiner mochte sprechen. Etwas später meinte Roger: «Jetzt ist klar, warum die einheimischen Aymara von «*Mescalito*» sprechen, irgendetwas war anwesend; eine fremdartige Präsenz?»

«Sehr direkt, ihre Aussage zu unserer Unzulänglichkeit. Aber trotzdem friedlich. Absolut fremd und erstaunlich unser Erlebnis!»

Wir erhoben uns synchron, hasteten zum Waldrand, wo wir uns übergaben. Dabei lachten wir wie Idioten, da wir uns trotzdem unglaublich leicht, verstanden und irgendwie doch angenommen fühlten.

Seither lag in den tieferen Schichten meines Rucksackes in einem Glas weiterer getrockneter Kaktus versteckt. Damals glaubte ich in falscher Selbsterkenntnis, sicher bald für einen zweiten Trip bereit zu sein.

Wieder stoppte der Zug bei ein paar Häusern. Ein weiterer Zisternenwagen wurde abgekoppelt. Ich schaute auf die Uhr und vermutete, der nächste Halt dürfte die Endstation Formosa sein. Die Lok pfiff und setzte sich wieder in Bewegung.

Im Nachbarabteil quengelten die beiden Kinder, sie waren wohl müde die zwei. Ich versuchte sie etwas aufzumuntern und der Mutter teilte ich mit, dass es anhand der Zeit, schätzungsweise nur noch etwa 50 Kilometer bis Formosa sein dürften.

Da erfolgte ein riesiger Knall und wir wurden alle von den Bänken geschleudert. Es kreischte das Schleifen von Metall, das Schaben von Holz. Nach längerem Rumpeln stand alles still. Die Kinder weinten, Die Erwachsenen riefen und redeten. Einige gaben Schmerzenslaute von sich. Alle bewegten sich Richtung Ausgang. Ernstlich verletzt schien niemand zu sein. Im Freien sammelten sich die Passagiere und schauten staunend die Bescherung an.

Die beiden letzten Wagen, unsere Passagierwagons, standen noch auf den Schienen. Dann folgten ineinander verkeilte Güterwagen. Der eine Zisternenwagen lag auf der Seite und das kostbare Wasser floss aus. Eine ältere Frau versuchte so viel Wasser wie möglich zu retten, indem sie einen Becher nach dem anderen hinunterstürzte und ständig den Verlust des kostbaren Wassers bedauerte. Die Lok war entgleist, zum Glück aber nicht umgekippt.

Der geschockte Lokführer mit grosser Beule am Kopf, beruhigte uns Passagiere und auch den entnervten Zugführer. «Ich habe nach Formosa gefunkt. Sie senden Ersatz. Zuerst muss ich aber wissen, gibt es Verletzte?»

Niemand meldete sich, die meisten hatten sich wieder beruhigt. Die Leute nahmen das Ganze erstaunlich gelassen.

«O.k., ich melde: Keine Ärzte. In einer guten Stunde sollte der Ersatz eintreffen. Übrigens, der Gas-Wagon ist leer.»

Tatsächlich erreichte uns eine Ersatzlok mit zwei Personenwagons nach der angekündigten Zeit. Als alle wieder eingestiegen waren, wurde aufgeregt zusammen geschwatzt.

Niemand war mehr müde. Es folgte mehrmaliges Kreuzschlagen und Dankgebete an Maria, dass es wundersamerweise keine Verletzte gab, was tatsächlich erstaunlich war. So kamen wir beim Eindunkeln in Formosa an.

Keine Verletzten, jedoch Verlust von kostbarem Wasser

Anderntags erreichte ich mit dem Bus bald Asuncion, die Hauptstadt von Paraguay.

Im Bus nach Villa Hayes verwickelte mich eine einheimische Frau in ein Gespräch. Sie erzählte mir aufgeregt, dass ihre Tochter in zehn Tagen heirate. Schön, dachte ich, die Mutter muss ja ordentlich aufgeregt sein, dass sie dies einem fremden Gringo einfach so erzählt. «Maria heiratet einen Gringo aus Belgien», erzählte die Mutter weiter, «komm doch bei uns vorbei, José würde sich sicher freuen, mit einem anderen Gringo zu sprechen, es hat ja nicht so viele bei uns. Weisst du, José arbeitet im Steinbruch, aber jetzt hat er Ferien bis nach der Hochzeit.»

Steinbruch! Ein Gringo arbeitete im Steinbruch? Sofort stiegen Bilder in meinem Kopf auf: Metallkugel und Kette am Bein mit riesigem Vorschlaghammer auf Steine klopfen. Ich zweifelte, ob ich alles richtig verstanden hatte. Erst wollte ich nicht mitgehen, aber die Frau drängte mich mehrere Male. Schlussendlich fuhren wir über die eben erst eröffnete Remanso-Brücke die den mächtigen Paraguay Fluss überspannte, sicher 500 Meter breit. 20 Minuten später erreichten wir das Dorf.

Die Mutter stellte mich José vor, einem grossen und kräftig gebauten Belgier. Dieser fragte sehr höflich bei seiner Schwiegermutter nach dem Grund meiner Anwesenheit.

«Ach José, das ist doch ein netter junger Gringo. Er ist ganz allein, du bist immer mit unserer Familie. Da ist es doch schön, wenn du wieder einmal jemanden mit derselben Sprache kennen lernst. In der Schweiz sprechen sie doch auch Französisch.»

Ich stand verlegen daneben.

José lachte: «Liebe Mutter, was du dir immer für Sorgen machst wegen mir. Aber danke das ist gut gemeint.» Und zu mir auf Französisch: «O.k., ich bin Jean, auf Spanisch José.»

«Mein Name ist Albert, ich spreche Französisch, komme jedoch aus der deutschsprachigen Schweiz. Das konnte deine Schwiegermutter nicht wissen. Ich könnte mich auf

61

Englisch viel leichter verständigen oder sogar auf Spanisch.»

«Nun, da du schon mal hier bist...! O.k., setzen wir uns an den Tisch, da lässt es sich einfacher reden.»

Der sehr grosse Tisch stand in der Mitte des Hofes und war mit einem Strohdach überdeckt. Neben dem Tisch in einer geschlossenen Ecke stand die Küche mit Gasflaschen. Ich sah aber auch eine elektrische Tischlampe, also gab es Strom. Das Haus, ebenfalls mit Stroh gedeckt, sah sehr einfach aber anständig und sauber aus. Auf der riesigen gedeckten Ramada standen sechs Betten, jedes mit Gestell für Moskitonetze. Ganz in der Ecke des Hofes fand sich das Plumpsklo und daneben etwas getrennt ein Wassertank mit Waschstelle, Pumphebel und einem Strohsichtschutz.

«Nun José, ich fuhr mit dem Bus, als mich deine Schwiegermutter angesprochen hat. Jetzt bin ich hier und weiss gar nicht so recht, was ich von all dem halten soll.»

«Ach komm, lass uns ein Bier trinken, mir ist sowieso langweilig. Die ganze Familie ist mit Vorbereitungsarbeiten für die Hochzeit beschäftigt, aber ich darf dabei nicht helfen. Die Tradition hier will es so. Wenn der Bräutigam nicht hilft, ist das ein Zeichen, dass die Familie vermögend ist. Würde ich helfen, wäre dies ein Zeichen von Schwäche der Familie. Ebenso ist es mit den Gästen. Heute ist Donnerstag, am übernächsten Samstag wird das halbe Dorf an der Hochzeit teilnehmen. Zuerst in der Kirche, dann hier im Hof. Maria, meine Braut darf nur bei den Tischdekorationen und der Kleiderwahl helfen, sonst organisiert alles ihre kleine Schwester, mit entsprechenden Korrekturen von Mutter.»

Wir waren uns sehr sympathisch und sprachen locker über dies und das. Da bogen zwei junge Schönheiten in den Hof. José erhob sich und umarmte die etwas Grössere. Er führte sie zum Tisch.

Ich stand ebenfalls auf und grüsste: «Sie müssen Maria sein, ich bin Albert und bin auf der Durchreise per Zufall bei euch gelandet, wo ich eben von der bevorstehenden Hochzeit erfahren habe.»

«Das ist wieder typisch Mutter», antwortete Maria, «sie möchte, dass bei unserer Hochzeit auch *«Freunde»* von José dabei sind. Nun, wenn du die nächsten zehn Tage mit uns lebst, werdet ihr bis dann ja sicher auch Freunde geworden sein.»

Ich schaute zu José: «Eigentlich wollte ich eben für eine Unterkunft im Dorf schauen, es hat doch sicher eine einfache Herberge?»

Die Schwester drängte sich vor: «Ich organisiere hier alles, es ist noch ein Bett auf der Ramada frei. Es geht schon gegen Abend, Mutter ist bereits am Kochen. Wir essen bald. Morgen sehen wir weiter. Ich bin übrigens Arami. Bis später, jetzt haben Maria und ich noch zu tun.»

Ergeben meinte José: «Komm, wir setzen uns wieder an den Tisch.»

Das Wochenende war vorbei und ich lebte bereits wie der kleine Bruder von José in der Familie. José und ich hatten eine gute Zeit zusammen. Verschiedentlich spazierten wir durch das Dorf, zum Beispiel heute Montag, während Arbeiter das ganze Haus mit Weisskalk neu verputzten. Überall wurden José und sein *«kleiner Bruder»* freundlich begrüsst. Bereits nach vier Tagen, schienen einige tatsächlich zu glauben, ich sei irgendein Verwandter, der aus Europa zur Hochzeit angereist sei. José spielte das Spiel mit. Er spazierte herum, während zu Hause gearbeitet wurde. Und ein Bruder noch dazu: Ja die Familie Tomà, die konnte es sich leisten!

Schon komisch, am Wochenende war auch der Vater nach Hause gekommen. Er rackerte sich auf einer Baustelle in der Hauptstadt als Schreiner im Innenausbau von Neubauten ab, während der kräftige Schwiegersohn im Dorf herumspazierte.

Wir sassen im Dorfrestaurant und palaverten. Wir hatten alle Zeit der Welt.

José begann: «Hast du schon bemerkt, die kleine Arami macht dir schöne Augen.»

«Ja schon... Also, ich bleibe gerne hier bis nach der Hochzeit. Es ist für mich ein einmaliges Erlebnis, als Gringo so eng mit einer einheimischen Familie zu leben. Diese Chance gibt es kein zweites Mal. Gerne würde ich eine Gegenleistung erbringen.»

«Morgen Dienstag graben sie ein neues grosses Loch, um das Plumpsklo zu verschieben; alles muss neu sein für die Hochzeit, auch das Klo. Du kannst graben helfen.

Nun aber zu Arami, sie ist schon 25, sieht aber jünger aus. Sie war mit einem Argentinier verlobt und drei Wochen vor der Hochzeit verunfallte dieser in Buenos Aires mit dem Auto tödlich, darum ist sie zurückgekommen. Leider wohnte sie bereits vor der Hochzeit mit ihrem Verlobten; ist also nicht mehr jungfräulich. Das wissen alle hier; sie wird hier keinen Mann mehr finden. Sie müsste nach Buenos Aires zurück, dort Arbeit und eine Wohnung finden. Ohne männliche Hilfe ist das sehr schwierig und finanziell kaum machbar. Ihre Chance zum Beispiel wäre jedoch ein Gringo aus der Schweiz. In unserer Kultur ist die Jungfräulichkeit nicht mehr wichtig.»

Perplex antwortete ich: «Danke für deine Info. Arami hat mich eingeladen, um mit ihr und ein paar anderen am Mittwoch nach Clorinda in Argentinien zu fahren. Sie bräuchten noch ein paar Sachen für die Hochzeit. Sollte ich da vielleicht besser nicht mitgehen.»

«Doch, doch, die Schwiegermutter wird auch dabei sein, das ergibt keine Probleme.»

Am Mittwoch stiegen wir alle in oder auf den Pickup eines Nachbarn. Zuerst auf der normalen Strasse ins Nachbardorf, von dort auf staubigen Naturstrassen nach San Ramon. Ein paar hundert Meter vor der Zollbrücke bog der Fahrer links ab und folgte auf einem Feldweg den letzten

Kilometern durch Gebüsch und Sträucher zum Grenzfluss Pilcomayo. Dort warteten bereits weitere Personen bei einem kleinen Boot. Ich wurde angeschaut. Die Schwiegermutter erklärte, dass ich der kleine Bruder von José sei und nichts verraten werde.

Verraten! Das wurde ja immer besser. Leise gesprochen hörte ich auch das Wort «Contrabando» (Schmuggel). Das Boot hatte einen Motor, aber es wurde gerudert. Ich hielt die Hand ins trübe Wasser, recht warm. Arami neben mir flüsterte mir zu: «Du nimmst deine Hand besser raus, im Pilcomayo hat es Piranhas.»

Der Fluss stand fast still, hatte wenig Strömung. Nach gut 50 Metern erreichten wir das andere Ufer. Hier wurden wir ebenfalls erwartet. Obwohl der Pilcomayo der Grenzfluss ist, hatte sich sein Lauf infolge der flachen Landschaft schon verschiedentlich verändert. Die effektive Grenze lag jetzt etwa 200 Meter von hier in einer ehemaligen nun abgeschnittenen Flussschlaufe. Also befanden wir uns trotz der Flussüberquerung immer noch auf Boden von Paraguay.

Langsam begann ich zu begreifen, wie das funktionierte. In Argentinien waren viele Dinge, wie zum Beispiel Kleider, bedeutend günstiger und vor allem war die Auswahl grösser. Also wurden die Kleider offiziell in der argentinischen Grenzstadt Clorinda gekauft. Über die alten, fast ausgetrockneten Flusswindungen gelangten die Einkäufe so über die grüne Grenze zu Bekannten oder Freunden; der fällige Zoll wurde so gespart.

Arami ging auf ein Auto zu und fand dort ihre Einkäufe sauber gebündelt. Dem Fahrer überreichte sie etwas Geld, sicher nur ein Bruchteil davon, was der richtige Zoll gekostet hätte. Ich sah einen anderen Pickup, welcher kistenweise wunderschöne, rote Äpfel anbot. Die Schwiegermutter kaufte eine grosse Holzkiste. Rote Äpfel aus Argentinien: Ein weiterer Beweis des Familienwohlstandes. Wer in Paraguay konnte sich schon so exklusive Früchte leisten?

Die Familie Tomà, für die Hochzeit!

Die ganze Menschengruppe benahm sich leise und geheimnisvoll. Es herrschte richtige Anspannung. Hier war Schmuggeln anscheinend eine Art Volkssport? Dass die Offiziellen nichts von diesen Aktionen wussten, konnte ich mir kaum vorstellen. Jedenfalls stiegen wir bald wieder ins Boot und starteten zurück über den Fluss. Dieses Mal ruderte ich auch mit.

Wir befanden uns bereits über der Flussmitte als Schüsse knallten. Schlagartig hörten das leise Lachen und Geflüster auf. Alle ruderten plötzlich wie wild. Kaum an Land dauerte es nur wenige Sekunden, bis alle in ihren Autos und Pickups verschwunden waren. Die Schüsse hörten wir aus der Richtung, wo hinter den Bäumen in weniger als 500 Meter Distanz der offizielle Zoll lag. Kaum waren wir ein paar Meter gefahren, begannen alle wieder durcheinander zu reden. Nach diesen Schüssen fühlten sich alle als die noch besseren Contrabanderos, auch wenn allen klar war, dass die Schüsse nicht mit uns in Verbindung standen. Scheinbar hatte sich am Zoll ein Vorfall ereignet, welcher den Einsatz von Schusswaffen notwendig gemacht hatte, just in dem Moment, als wir über den Fluss ruderten. Jetzt konnte nichts mehr die gute Stimmung trüben.

Tags darauf war ich mit José wieder im Dorf unterwegs. Überall hörten wir die Geschichte der gehörten Schüsse. José meinte: «Bis in zwei Wochen behauptet jede und jeder einen veritablen Streifschuss abbekommen zu haben und nur mit Glück habe man überlebt.»

«José», sagte ich, «Wir kennen uns jetzt seit einer Woche und eigentlich sind wir doch tatsächlich schon so etwas wie Freunde geworden; ich schon fast dein kleiner Bruder. Mich würde schon interessieren, wie es dich von Belgien hierher verschlagen hat. Deine Maria ist wirklich eine wunderbare Person. Die Schwiegermutter sagte mir, du würdest in einem Steinbruch arbeiten; wie genau muss ich mir das vorstellen?»

«Schau da die Gartenwirtschaft, lass uns einkehren. Also zuerst bezüglich Steinbruchs. Die gesamte Geologie hier gehört zum grossen Chaco Becken, ein riesiges Sedimentbecken. Wie bei Sedimenten üblich, gibt es auch hier schöne Kalksteinablagerungen. Das Besondere bei unseren Steinen ist das Muster, welches sie verschiedentlich aufweisen, zum Teil fast wie Jahrringe bei Bäumen. Sehr beliebt für Plattenbeläge jeglicher Art für Innen wie Aussen. Da arbeite ich in der Verwaltung und Management; selbstverständlich bin ich kein Steinklopfer», lachte José.

«Ich werde bald 33 und arbeite dort seit zwei Jahren. Bis jetzt war das immer wieder einmal schwierig, da ich als Ausländer vermehrt meine Genehmigung verlängern musste. Jetzt dann nach der Heirat wird es diese Probleme nicht mehr geben und in zwei bis drei Jahren werde ich die Chance bekommen, den amerikanischen Direktor zu ersetzen. Die Firma gehört zu 51% dem Staat Paraguay und zu 49% einer amerikanischen Firma. Tatsache ist, dass kaum ein Amerikaner freiwillig diesen Job übernehmen möchte. Das Gehalt ist höchstens ein Drittel von einem vergleichbaren Job in den USA. Aber ich verdiene jetzt schon etwa fünfmal so viel wie mein Schwiegervater als Bauschreiner; sollte ich Direktor werden, werden es nochmals 30% mehr sein. Ich sage dir, meine Maria heiratet eine gute Partie mit viel Geld.»

Dabei musste José wieder lachen: «Als Verheirateter stellt uns die Firma ein eigenes Haus zur Verfügung. Dieses verfügt permanent über Strom und nicht nur stundenweise, wir werden eine Dusche und eine richtige Spültoilette besitzen. Drei Zimmer; Maria ist 27 und wünscht sich Kinder. Ich lernte sie vor knapp einem Jahr kennen. Selbstverständlich ist sie eine gute Katholikin, was ich von mir weniger behaupten kann.

Ich erzählte dir die tragische Geschichte ihrer Schwester Arami und ihrem Argentinier. Maria und ich haben noch nie miteinander geschlafen. Sie weigert sich hartnäckig. Aber nur noch zwei Tage. Nach der Feier am Samstag fahren wir am Sonntag in die Hauptstadt, wo wir zwei Nächte im Hotel Guarani verbringen werden. Ach Albert, wir beide sind so ausgehungert, diese beiden Tage werden wir wohl im Bett verbringen.»

«Und wie kommt ein junger Belgier zu einem Job in einem Steinbruchbetrieb in Paraguay; liegt nicht gerade am Weg!»

«Ja, das stimmt sind bloss 15'000 km», lachte José, «weisst du, das ist eher eine unangenehme Geschichte.»

«Die würde ich aber gerne hören», gab ich zur Antwort, «jetzt spiele ich deinen kleinen Bruder, anschliessend werde ich wieder in La Paz erwartet. Ich behalte deine Geschichte, wie sie auch ausfällt, für mich. Nun gut vielleicht werde ich später in meinem Leben einst alles in einem Buch beschreiben, aber bis dann... In La Paz werde ich übrigens wegen deiner Hochzeit sowieso etwas zu spät eintreffen.

Ich verlasse deine Familie am Sonntag mit Dir und deiner frisch Angetrauten bis nach Asuncion. Das Hotel überlasse ich dann selbstverständlich dir», lachte ich José ins Gesicht, «und ich werde mich direkt Richtung Bolivien auf den Weg machen. Glaubst du, dass ich den Weg in zwei Tagen schaffe?»

«Untersteh dich, solche Witze mit dem Hotel zu machen! Was hast du gefragt? Ach ja, die Reise nach La Paz. Über den Matto Grosso in Brasilien würde ich drei Tage rechnen. Über Argentinien wäre es wohl in zwei Tagen möglich, aber ob die deine Bahnlinie schon geflickt haben, möchte ich bezweifeln; Also Matto Grosso.»

«Nun gut, Albert, meine Geschichte geht so... Also, ist nur eine Zusammenfassung. In Brüssel hatte ich das Taxigeschäft meines Vaters übernommen. Das lief ganz gut. Ich war auch jung verheiratet und alles schien in Ordnung. Meine Frau machte die Buchhaltung. Wir erweiterten unser Geschäftsfeld und stiegen in Immobilien ein. Wir scheffelten viel Geld.

Einer meiner Taxifahrer, er war ein guter Kerl, zugewandert aus Asuncion.

Eines Tages fand ich heraus, dass meine Frau mit einem anderen Taxifahrer ein Verhältnis hatte. Ich konnte mit dieser Situation nicht umgehen und reichte die Scheidung ein. Beide versuchten wir trotz aller Differenzen in Ehre auseinander zu gehen. Eigentlich fehlte nur noch ein letzter Termin mit beidseitiger Unterschrift. Aber meine Frau erschien nicht. Wie es sich herausstellte, hatte sie sich mit ihrem Lover abgesetzt; niemand wusste wohin. Gut, das Geschäft musste weitergehen. Ich stellte eine Buchhalterin an. Die berichtete mir bald von Unregelmässigkeiten. Einen Monat später meldeten sich verschiedene Gläubiger mit Geldforderungen.

Krisensitzung: Meine Buchhalterin stellte fest, dass meine Frau und ihr Taxifreund sämtliche Konten geplündert hatten.

Von der Immobilien- und der Taxifirma zusammen 387'520 Franc; einfach alles. Ich hätte sowas natürlich schon längst gemerkt haben müssen. Nun die neue Buchhaltung brauchte auch zehn Wochen, um alles richtig festzustellen.

Ich musste Konkurs anmelden. Es hiess nun zu allem Elend noch, es sei ein betrügerischer Konkurs mit Absicht. Im Rückblick gesehen, ja also Albert, äh, etwas hatte ich doch noch irgendwo zur Seite gelegt. Aber äh, ...nur ganz wenig. Also ich setzte mich in den nächsten Flieger nach Asuncion, Paraguay, von dem ich zuerst auf einer Landkarte schauen musste, wo das überhaupt liegt. Ja, und mein ehemaliger Taxifahrer empfahl mich in dem Steinbruch, wo ein Verwandter von ihm arbeitete.

Ehrlich, ich fing tatsächlich als Steinklopfer an. Dank meiner kaufmännischen Ausbildung konnte ich nach wenigen Monaten ins Büro wechseln.»

«Mann José, du bist nicht rechtsgültig geschieden, heiratest hier deine unschuldige Maria und wirst in Belgien wegen betrügerischem Konkurs gesucht; weiss das Maria?»

«Nein! Aber falls du gedenkst, ihr das zu erzählen, könnte ich vermutlich auch noch wegen Mordes gesucht werden.»

Wir schauten einander an, längere Zeit, dann prusteten wir los und konnten uns fast nicht mehr einkriegen.

Ich meinte: «Aus moralischen Gründen müsste ich dich verurteilen José. Was du da abgeliefert hast, ist ein absolutes No Go, aber irgendwie finde ich es einfach nur wahnsinnig. Auf was habe ich mich bei der Annahme der Einladung deiner Schwiegermutter nur eingelassen.»

José: «Manchmal habe ich schlaflose Nächte, geplagt von Schuldgefühlen. Du bist der erste, dem ich alles erzählt habe. Doch Albert, ich schwöre es dir. Irgendwie ist es einfach so gekommen.

So wie es aussieht, hoffe ich, die Vergangenheit holt mich nicht ein.»

«Was du sagst, sagen alle Verbrecher und Betrüger, aber komm José, ich gebe ein weiteres Bier aus. Wer bin ich, um dich zu verurteilen?»

Es war Samstagnachmittag. Langsam trudelten die Gäste ein. Da erschien aus dem Haus Maria begleitet von Vater und Mutter. Sie sah umwerfend aus. José sah seine Braut auch zum ersten Mal im Hochzeitskleid; er war hingerissen und sprachlos. Nach der Einnahme eines Begrüssungstrunkes spazierte die ganze Gesellschaft durchs Dorf Richtung Kirche. Die einfachen Staubstrassen waren gesäumt von allen Anwohnern. Um 14 Uhr standen alle auf dem Kirchenvorplatz und der Pfarrer erschien. Die Glocken wurden von Hand mit einem Spiel geläutet und wir alle begaben uns in die Kirche.

Um 15:30 Uhr waren wir zurück im Hof der Familie. Eine Live Band mit Arpa Paraguaya und Charango spielte zum Tanz. Ein üppiges Nachtessen durfte natürlich auch nicht fehlen. Das kochte die Mutter mit Hilfe von fünf Nachbarinnen. Zum Dessert gab es für jeden Gast als absolute Prestige-Delikatesse je einen roten (geschmuggelten) Apfel. Und anschliessend wiederum lachen, tanzen und unendliche Gespräche über dies und jenes, sowie auch anzügliche Sprüche für die anstehende Hochzeitsnacht im Hotel. So ging das bis spät in die Nacht.

Am Sonntag verliessen José, Maria und ich das Dorf Richtung Asuncion. Vor der Abreise, ich fühlte mich wirklich schon als Teil der Familie, nötigte ich Arami die Guarani-Noten für den Preis der Äpfel auf. Das war das Mindeste, was ich tun konnte, denn ich hielt den Blick der jüngeren Schwester fast nicht aus. Sie war schön, zwar einfach und nicht gebildet, aber ehrlich und ihre Blicke sagten: «Bitte nimm mich mit in die Schweiz, wo immer die auch liegen mag, aber sieh, hier habe ich keine Chance.» Ich ignorierte es, so gut es ging, und war froh, als ich den Bus kommen sah.

Bemerkung des Autors: Drei Jahre später, längst zurück in der Schweiz, erinnerte ich mich an José und Maria. Ich schrieb einen Brief an: «José der Belgier, Villa Hayes, Paraguay» und tatsächlich etwa drei Monate später kam ein Brief retour. «Hallo Albert dein Brief hat uns erreicht. Es freut uns, dass du inzwischen auch geheiratet hast. Bei uns ist alles bestens. Ich bin tatsächlich Managing Direktor geworden. Das beiliegende Foto zeigt uns mit Tochter Arami und Brüderchen Miguel, der erst vor einem Monat geboren wurde.» Das Bild hatten sie vor ihrem neuen Pool aufgenommen, um den erreichten Wohlstand zu dokumentieren.

Über Bela Vista, Campo Grande erreichte ich mit dem Bus Corumbà die Grenze und in Puerto Suarez beim bolivianischen Zoll wurde ich zum ersten Mal in Südamerika aufgefordert, meinen Rucksack zu leeren. Ich begann zu schwitzen, lag doch in den tieferen Schichten immer noch das Glas mit dem getrockneten Meskalin.

Jetzt braucht es nochmals einen kleinen Einschub: Vor meiner Abreise in Johannesburg ging ich in eine christliche Buchhandlung und fragte nach einer kleinen Bibel, die ich auf meine Südamerikareise mitnehmen könnte. Die beiden Frauen, ich würde sagen im gleichen Alter wie meine Mutter, musterten den langhaarigen Typen befremdet. Was, so einer will eine Bibel kaufen! Es geschehen noch Zeichen und Wunder. Bei jedem Exemplar fragte ich, ob sie nicht etwas Kleineres hätten. Da meinte die eine, sie hätten noch eine alte gebrauchte Bibel. Eine sogenannte «King James Bible» (Erstausgabe 1611) gedruckt in Oxford 1921. Sie hält mir die Bibel hin. Es ist ein richtiges Kunstwerk in sehr kleiner Schrift, gedruckt auf 1000 hauchdünnen Seiten mit kräftigem Ledereinband. Wunderschön.

Da sagte die Frau, es sei ja nur eine alte gebrauchte Bibel, sie würden mir diese schenken. Ich wusste nicht, was sagen, sahen die beiden nicht, dass dies ein wertvolles Stück Buchdruckkunst darstellte? Ich nahm die andere Bibel zur Hand und sah, dass diese nur fünf Rand kostete (Bibeln waren meistens subventioniert). Ich nahm eine zehn Rand Note und überreiche diese den Frauen. «Wenn sie mir diese Bibel schenken, betrachten sie die Note als Spende», sagte ich.

O.k., jetzt wieder am Zoll von Bolivien. Ich öffnete den Rucksack und überlegte fieberhaft, wie ich verhindern könnte, dass die Zöllner mein Meskalin Glas fanden. Es fiel mir nichts ein, nur dass ich speziell langsam vorging. Das fiel auch den beiden Zöllnern auf.

«Na los Gringo, mach schon, hast wohl etwas zu verbergen.»

Ich nahm zuerst die warme Jacke, dann die Ersatzwäsche, Zahnbürste. Unterhosen, Socken. Jetzt das Badetuch. Darunter lag schön flach die Bibel. Noch weiter unten das ominöse Glas. *«Scheisse! Jetzt bin ich dran».* Mir lief es heiss und kalt über den Rücken.

Der Zöllner stutzte. «Ah! Tienes una Biblia?» Und zu seinem Kollegen: «Mira! Diego, el Gringo tiene una Biblia?»

Die beiden Zöllner waren sofort von meiner Lauterkeit überzeugt.

Diego rief: «Los, Gringo, pack schon ein! Unglaublich, ena Biblia!» Und beide schlugen das Kreuz.

Jetzt war ich aber ganz schnell im Einpacken. Glaubte ich jetzt ans Schicksal; höhere Einflussname?

Am Mittwoch erreichte ich La Paz, zog wieder ins gleiche billige Hotel. Kaum angekommen erschien Lance.

«Ich dachte schon, du kommst nicht mehr. Mein Einsatz im Dschungel ist für den Moment vorbei. Wir sollten es am kommenden Wochenende versuchen.»

Albert Kobelt III hatte das Kapitel wieder mit Spannung gelesen. Es waren einfach spannende Geschichten aus einer Zeit und Geografie, die den Marsbewohnern völlig fremd vorkamen, darum waren diese Albert Geschichten nach über 400 Jahren immer noch beliebt. Sogar sein Enkel Albert IV las sie mit Freude.

Albert legte die Papierversion zur Seite und klickte zum Schluss wieder den Anhang «Fotos» auf dem Bildschirm an. Da fand sich das digitalisierte Bild von José und seiner Maria. Das war neben dem entgleisten Zug das einzige Bild in diesem Kapitel. Nein doch nicht, da sind noch zwei Bilder besagter King James Bible. Wunderschönes Stück. Wenn es die heute noch geben würde, wäre die bestimmt ein kleines Vermögen wert.

Albert dachte: *«Eigentlich hätte ich gleich noch Zeit für das nächste Kapitel. Schade habe ich dieses nur elektronisch. Das werde ich nächstens noch ändern.»* «JANE!»

«Albert ich höre dich. Dein Anliegen?»

73

65. 6088

Albert III sass in seinem Büro im Spital auf dem Mars. Und öffnete ein weiteres Kapitel seines Urahnen Albert Kobelt I auf dem Computer. Leider hatte er die folgenden Kapitel nur in digitaler Form. Falls möglich zog er immer richtige, auf Papier gedruckte Bücher und Schriften vor.

Das Folgekapitel hiess schlicht: «6088». Mit dem zusätzlichen Vermerk: «Redigiert von Petra Kobelt, Proxima Centauri September 2458.»

Albert begann zu lesen.

«Lance Owens meinte: «Wir sollten es am kommenden Wochenende versuchen.»

«Hast du den Wetterbericht gehört?»

«So halbwegs. Die Entwicklung in den Bergen ist wie immer sprunghaft.»

«O.k., ich gehe Morgen zum Club Andino und besorge die Ausrüstung.»

Der Club Andino hatte mir erlaubt, Skiunterricht zu erteilen. Die Skisaison dauerte drei Monate und der Skibetrieb beschränkte sich immer auf die Wochenenden. An diesen konnte ich immer dabei sein und meinen Unterricht erteilen. Also war ich im Club Andino bestens bekannt und sie liehen mir gegen bescheidene Bezahlung auch die notwendige Ausrüstung für die Besteigung eines der wirklich hohen Berge.

Lance wollte unbedingt einen 6-Tausender besteigen. Seine bergsteigerischen Fähigkeiten waren jedoch eher gering. Das merkte ich bei unseren Trainings auf dem Gletscher der Skipiste. Er selbst hatte volles Vertrauen in mich als Bergführer: «Du kommst aus der Schweiz, warst du schon auf dem Matterhorn?» Ich erklärte ihm, dass nicht jeder Schweizer automatisch auf dem Matterhorn geboren würde: «Nein da war ich noch nie, das wäre zu schwierig für mich.»

Es genügte schon, dass ich ganz allgemein betrachtet, meine Bergsteigerfähigkeiten eher über- als untertrieb. Als Jüngling absolvierte ich einen Bergsteigerkurs, nach dieser Kurswoche konnte ich bei einfachen Touren als Hilfsbergführer eingesetzt werden. Aber so ein Andenriese war dann schon ein anderes Kaliber.

Bemerkung des Autors: Jetzt, im hohen Alter von 99 Jahren, also 2056, wo ich diese Zeilen neu schreibe, und mit einer gewissen Altersweisheit gesegnet bin (hoffentlich), kann ich mich über meine damalige 24-jährige Überheblichkeit nur wundern; aber es hat funktioniert.

Wie gesagt, die Skisaison war vorbei, doch fuhr jeweils am Samstag und am Sonntag bei Bedarf ein kleiner Spezialbus mit Touristen zuerst zu der Laguna Janq'u Quta auf 4570 Meter. Dieser Bergsee war das Wasserreservoir von La Paz. Der Blick von dort auf die weisse Pyramide des Huayna Potosi war einmalig.

Im Bus waren Lance und ich mit unserer Ausrüstung natürlich eine Attraktion. Unser Bild wird inzwischen in mindestens fünf japanischen Fotoalben kleben. Bei der Laguna stiegen wir aus, der Bus wendete, fuhr zur Abzweigung zurück, um zur Skihütte hochzufahren. Das war die grosse Attraktion: Der höchstgelegene Punkt auf der Erde, welcher damals mit dem Auto erreicht werden konnte, satte 5200 Meter über Meer.

Unser Aufstieg begann. Nach drei Stunden erreichten wir den Fuss des Gletschers. Wir bewegten uns in langsamen, stetigen Schritten der linken Moräne entlang. Kurz vor Sonnenuntergang befanden wir uns schätzungsweise auf 5500

Meter auf dem Gletscher. Wir beschlossen, hier das Zelt aufzuschlagen.

Wir assen unsere Riegel und vorgefertigten Flocken. In dieser Höhenlage funktionierte die Verdauung nicht mehr besonders gut, entsprechen war die richtige Essensauswahl von Bedeutung.

Später in der Nacht rüttelte der Wind an unserem Zelt. Die Temperatur dürfte nun bei minus 20° liegen. Endlich dämmerte der neue Tag. Die Qualität unserer Ausrüstung befand sich eher auf der schwachen Seite; wir froren schändlich. Zudem zeigte sich der Gipfel in dunklen Wolken, Richtung Titicaca sahen wir Regenschleier. Wir vertrödelten eine Stunde. Was sollten wir tun?

«Lance», sagte ich, «wir brechen ab. Schlechtes Wetter in diesen Höhen ist zu gefährlich.»

«Ach Albert, sei doch nicht so zaghaft, das wird schon gehen. Seit zwei Jahren will ich nun schon einen Andenriesen besteigen. Wir sind so nah dran.»

«Lance! Als wir diese Besteigung vereinbarten, warst du einverstanden, dass ich als derjenige mit mehr Bergerfahrung die Führung und Verantwortung übernehmen werde. Ich bestimme: Wir brechen ab!»

Lance war nahe am Weinen und schaute in die Runde. Richtung See zuckte ein Blitz. «O.k., das stimmt, halten wir uns daran.»

Zurück beim Reservoir, begann es zu schneien. Es dauerte mindestens noch drei Stunden bis der Sonntagsbus hier ankam. Also gingen wir zu Fuss bis zur Abzweigung. Inzwischen regnete es. Da kam uns der Bus von La Paz her entgegen.

Der Fahrer Lucas öffnete die Türe: «Schlechtes Wetter heute, keine Passagiere. Aber euch konnten wir schliesslich nicht hängen lassen. Ihr wart nicht oben?»

Eine Woche später: «Schau Lance, das dürfte in etwa der Platz sein, wo wir letzte Woche übernachteten. Jetzt gehen wir sicher noch eine Stunde weiter. Mit unserem jetzigen Schritt könnten wir dann fast auf 5700 Meter sein.»

Wiederum eine extrem kalte Nacht. Noch bei Dunkelheit krochen wir aus dem Zelt und begannen mit packen. Keine Wolke am Himmel. Beim ersten Morgenrot waren wir schon wieder auf dem Weg. Jetzt spürten wir die Höhe doch stark, das Atmen ging schwer. Nach einer knappen Stunde erreichten wir die Abbruchkante. Hier ging es von steil in extrem steil über. Im steilen Teil lag der Gletscher. Im extrem steilen Abschnitt konnte sich kein Gletscher aufbauen. Es war lediglich nackter, mit Eis überzogener Fels. Beim Übergang vom Gletscher zum Felsen befanden sich einige Spalten. Die schräge Felsfläche entsprach beinahe unserer Seillänge.

«Wie besprochen, ich gehe zuerst auf die obere Fläche, wo wieder Gletscher ist, mache die Pickelsicherung, dann steigst du nach.»

Lance sagte nichts, er hatte jedoch grössere Mühe als ich beim Atmen. Sein Aufenthalt mitten im Amazonasdschungel mit dichter, feuchter Hitze und jetzt direkt in diese extreme Höhenlage, war vermutlich nicht die beste Voraussetzung. Ich schlug Schritt für Schritt die Steigeisen in die Wand. Schön regelmässig und langsam. Zwischen den Beinen hindurch sah ich Lance am Fusse der Wand kleiner werden. Die Neigung der Wand war unglaublich, doch die Steigeisen liessen sich gut einschlagen. Endlich der Ausstieg auf den oberen Gletscher. Das Eis war hart. Ich brauchte sicher fünf Minuten, um den Pickel so einzuschlagen, dass eine gute Sicherung gewährleistet werden konnte. Und die wollte ich unbedingt. Ein wenig zweifelte ich an den Fähigkeiten von Lance für diesen schwierigen Abschnitt.

«O.k., Lance, get started, I'm ready!»

Sehr ruhig und regelmässig kletterte Lance in der Eiswand. Wahrscheinlich so ruhig, wie wenn er eine Operation durchzuführen hätte, dachte ich, denn Lance hatte ein paar arge Beispiele erzählt, die er in bolivisch Amazonien erlebt hatte. Keuchend kroch Lance über die Kante. Auf allen Vieren erholte er sich langsam.

«Mann, Albert ich kriege fast keine Luft mehr. Davor wurde ich gewarnt, wenn ich direkt aus dem Dschungel in solche Höhen aufsteigen würde. Gib mir noch ein paar Minuten.»

«Lance, schau da oben ist schon der Gipfel. Es sind höchstens noch 200 Höhenmeter. Jetzt marschieren wir los in kleinen regelmässigen Schritten und gutem Atemrhythmus.»

Es ist immer noch sehr steil, aber gut und griffig zu gehen. Eine Stunde später ist der Gipfel zum Greifen nahe. Lance ist ziemlich bleich im Gesicht. Wir machen nochmals eine Pause.

«Lance, letzte Pause. Hier nimm, wir trinken noch etwas.» Lance winkte ab. Ich zwang ihn zum Trinken. Er trank, wandte sich ab und erbrach sich.

«Lance du setzt dich hier auf den Boden, ich gehe allein auf den Gipfel in 15 Minuten schaffe ich das. Dann gehen wir zusammen runter.»

«Du spinnst wohl. So nah dran! Aufgeben gibt es da nicht.» Da blieb sogar noch ein Rest Energie für einen Witz. «Du weisst ja, ich arbeite für *«Ärzte helfen überall»*, da gibt es keine Grenzen und meine, die ich als Mensch leider doch habe, werde ich soeben auf 6088 Meter verschieben.»

Ich ging voraus spannte das Seil und hoffte, dass Lance meinen leichten Zug, um ihm zu helfen, bemerkte. Wobei ich mir eingestehen musste, dass meine Atmung auch nicht mehr normal war. Und so kraftlose Beine. Für mich eröffnete sich ein Rätsel: *«Wie machen die das beim Mount Everest?»*

Schliesslich standen wir oben.

Zum See hin die senkrechte, unendliche Wand. Der riesige Titicacasee. Kristallklare Sicht. Über dem See glaubte ich die Stadt Puno ausmachen zu können. Mehr zur linken La Paz und dahinter, der höchste der Berge, der gewaltige Illimani (auf dem Foto hinter dem Pickel).

Der gelbe «Ärzte helfen überall»
hat seine eigene Grenze auf 6088 Meter verschoben

Lance hatte sich wieder etwas erholt, war wohl der Adrenalinschub. Wir beide lachten und fühlten uns wie der Berg: unendlich gross und dem Himmel nahe.

«O.k., Lance, der Bus wartet auf uns, nicht dass wir den verpassen.»

Schon standen wir wieder oben an der Eiswand. Lance ging zuerst, ich sicherte. Nach etwa der Hälfte rutschte Lance aus. Zum Glück hatte ich gut gesichert und aufgepasst, denn die Bewegungen von Lance beim Abstieg bis hierher schienen nicht mehr besonders sicher zu sein.

Das ganze Gewicht von Lance hing nun an meinem Pickel und am Seil, welches langsam durch meine hinderlichen wattierten Handschuhe rieb. Es zog mich zum Pickel. Mit Hilfe der Linken und einem zusätzlichen Ruck gelang es mir, das Seil um die Hand zu wickeln, anstatt das Seil um den Körper und dann um die Hand zu wickeln. Anfängerfehler! Jetzt verkeilte sich meine Hand mit dem Pickel. Ich schnaufte und prustete wie bei einem Langstreckenlauf. Verdammt Lance, was dauerte da so lange. Ich konnte nichts fragen, es fehlte die Luft. Au, au meine Hand.

Endlich liess der Zug nach. Und Lance kletterte die letzten zehn Meter auf den flacheren Gletscher hinunter. Er war still und sass auf dem Eis. Auch ich sass ruhig und wartete, bis ich mich erholt fühlte. Dann nahm ich vorsichtig, Schritt für Schritt mit langsamen ruhigen Fussschlägen für die Trittsicherheit diese schwierige Stelle in Angriff.

Unten reichte mir Lance seine Hand. Keiner sagte etwas. Mit abnehmender Höhe erholten wir uns immer besser. Es gab keine Schwierigkeiten mehr.

Total glücklich stiegen wir in den Bus, der uns in der Nähe, aber bereits unterhalb des Reservoirs entgegenfuhr. Lediglich eine Handvoll bolivianischer Touristen und zwei Ausländer befanden sich nebst Lucas dem Fahrer im Bus. Wir waren natürlich die Helden. Alle wollten von unserer Besteigung des Huayna Potosi erfahren.

Am Montag besuchte mich Lance im Hotel. Wir standen im Hof und wärmten uns an der Sonne. «Albert diese Woche habe ich meinen Einsatz noch hier und oben auf dem Altiplano. Dann geht es wieder in den Dschungel in die Yungas, nahe beim Rio Beni. Da betreiben wir in Guanay eine Station. Es kommen viele Patienten aus dem Tal des Flusses Tupuani. Das Dorf, welches sich fast gleich nennt, Tipuani, bezeichnet sich auch als Hauptstadt des Goldes. Bis da kann mit einem Geländefahrzeug gefahren werden. Noch weiter im Tal, welches immer enger und steiler wird, steht das Goldgräberdorf Unutuluni. Mit primitiven Methoden wird dort Gold ausgewaschen. Das heisst auch, alles ist mehr oder weniger durch Quecksilber verseucht. 25% der Einwohner sind Aymara 15% Quechua. Praktisch leben alle rund 2000 Einwohner unter der Armutsgrenze und haben null medizinische Versorgung. Krankheiten gibt es genug oder eben eine durch Quecksilber bedingte Vergiftung, durch Wasser oder Esswaren. Wer die zehn Kilometer zu Fuss nach Tipuani schafft und dann nochmals die zwanzig nach Guanay in einem Geländewagen kann sich bei uns behandeln lassen.

Es ist einfach nicht normal, wie die Menschen da immer noch leben müssen. Ich meine das Mittelalter ist vorbei.

Du hast mir gezeigt, wie man einen Berggipfel erreicht. Und hast mich erst noch vor einem Absturz bewahrt. Übrigens, was meinst du, wenn ich da die Wand hinuntergerutscht wäre...»

«Dann wärst du jetzt nicht hier.»

«Schon krass, das gibt mir echt zu denken. Wie nahe liegt doch alles zusammen: Glück und Leid.

Im Gegenzug könnte ich dir zeigen, wie unsere Organisation das Los der Menschen im Tiefland, am Ende der Welt, wenigstens etwas erträglicher zu machen versucht.

Sonst kümmert sich niemand, auch nicht der Staat, um diese Menschen. Da sie kein Geld haben, sind sie nicht interessant. Die Regierung sendet höchstens nochmals eine internationale Abbaufirma in den Fluss. Diese verpesten dann alles in wirklich grossem Stil und den Einheimischen bleiben nicht einmal ihre Goldwaschpfannen von ihren Grossvätern.

Ich schreibe dir auf, mit welchen Bussen du Guanay erreichen kannst, sofern du willst.»

«Lance, ich denke, das werde ich machen. Oh, schau da kommt Jeff.»

«Hallo Lance, Hallo Albert. Und? Hat es dieses Mal gereicht?»

«Ja, wir haben den Gipfel erreicht. Einfach nur fantastisch. Dir scheint es wieder gut zu gehen, vielleicht doch noch etwas gelb im Gesicht.»

«Also so eine Hepatitis ist doch eine kräftezehrende Angelegenheit. Ich bin noch nicht wieder voll hergestellt.»

«Und deine Englischschüler, welche ich während deiner Krankheit unterrichtet habe?»

«Eine Katastrophe, Albert, eine wirkliche Katastrophe. Die sprechen jetzt alle englisch mit Schweizer Akzent!»

Alle drei lachten über diesen gelungenen Scherz.

«Also das wird sicher nicht so schlimm sein. Was hast du Jeff, irgendwie erscheinst du mir so richtig überdreht?

Sag mal, hat sich etwa die Sache mit Lucy weiterentwickelt?»

«Woher weisst du davon?»

«Ach Jeff, wenn du wüsstest, was du mir alles erzählt hast, als es dir richtig schlecht ging und ich bei dir etwas für Ordnung schauen musste.»

«Echt, tatsächlich! Gut sagst du etwas bezüglich Ordnung. Also tschüss ihr zwei. Ich muss doch noch einiges erledigen bis zum Abend. Ah, ja ich glaube Lucy besucht mich.»

Und weg war er.

Lance bemerkte: «Der benimmt sich wie ein Teenager, wie wenn er noch nie Damenbesuch gehabt hätte. Jeff ist doch sicher schon 30!»

«Jeff ist bereits 32, aber das andere stimmt. Seine Geschichte ist ganz interessant. Jeff studierte sechs Jahre Theologie. Er wollte katholischer Pfarrer werden. Er stand kurz vor dem Abschluss des Studiums. Er erzählte mir, er hätte völlig aus dem Nichts heraus plötzlich an der ganzen Lehre zu zweifeln begonnen. Er konnte es nicht verdecken. Es habe keinen eigentlichen Anlass gegeben. Doch nach einigen schlaflosen Nächten habe er gewusst, sein angestrebtes Pfarramt sei für ihn nicht das Richtige.

Jeff erzählte damals: «Du glaubst nicht, es hat mich richtig fertig gemacht, meine Eltern, meine ganze Familie. Warum? Ich konnte einfach nicht mehr. So wie sich manche berufen fühlen, etwas zu tun, fühlte ich mich plötzlich berufen, etwas nicht zu tun.»

Also kurz: Jeff hat alles hingeschmissen und zog in die Welt hinaus. Es hat ihn nach hier verschlagen. Diese Lucy arbeitet in einer amerikanischen Firma als Übersetzerin oder so etwas. Als er merkte, dass Lucy für eine intime Freundschaft nicht abgeneigt wäre, kam Jeff an den Anschlag. Bis vor ein paar Monaten im katholischen zölibatären Studium. Dann das schwierige Aufgeben des Studiums und jetzt allenfalls zum ersten Mal in seinem Leben mit einer Frau zusammen; stell dir vor Lance mit 32. Hoffentlich kann Lucy das Nachvollziehen und hat Verständnis. Ich denke, Jeff ist völlig überfordert.»

«Unglaublich», war alles was Lance zu sagen wusste.

Anderntags befanden sich Lance und ich wiederum im Hof des Hotels in der Sonne. «Albert schau, hier habe ich dir die Busse aufgeschrieben. Am Freitag fährt meine Gruppe mit dem Jeep. Platz für dich haben wir leider nicht. Schau, ich habe zwei Biere mitgebracht, komm wir setzen uns an den Gartentisch. Der Hof hier ist etwa das Beste, was dein lausiges Hotel zu bieten hat. Noch etwas Albert», sagte Lance, und schloss mich in seine Arme. «Erst in den letzten zwei Tagen habe ich so richtig realisiert, dass du meinen Absturz verhindert hast. Deine Leistung ist unglaublich. Ich bin einiges grösser als du und wiege 80 Kilo, und trotzdem hast du mich halten können. Danke Albert so ein Sturz aus 50 Fuss hätte ich nicht überlebt.»

«Da, schau meine Hand, du kannst noch den Striemen sehen, der das Seil gerieben hat. Ich hoffe der bleibt noch lange sichtbar, da wäre ich ziemlich stolz. Aber es waren nicht 50, sondern im Maximum 25 Fuss, was eigentlich kaum einen Unterschied gemacht hätte. So ist das beim Bergsteigen. Wenn du dich in ein paar Jahren an unser Bergabenteuer erinnerst, wird dir alles überhöht im Gedächtnis haften geblieben sein: Die Gletschermoräne war eine überhängende Geröllhalde, die Eiswand ein gefrorener Wasserfall und den Gipfel haben wir auf dem linken Bein hüpfend erreicht!»

Wir beide fühlten uns in gehobener Stimmung.

«Albert, Albert, dreh dich um, da kommt Jeff. Schau seine Bewegungen, er schwebt über dem Boden.»

«Hallo ihr zwei. Ich habe gedacht, dass ich euch hier treffe, darum habe ich drei Biere mitgebracht. Darf ich mich setzen.»

Seine Erscheinung war richtig verändert.

Ich bemerkte: «Ja hallo Jeff, neue Jeans, neues Hemd. Haare geschnitten. Dürfen wir an deiner Freude teilhaben?»

Jeff sprang auf, tänzelte um den Tisch und präsentierte sich von allen Seiten. «Sie ist geblieben, Leute, die ganze Nacht. Mann war das schön. Musste ich 32 werden, um dies erleben zu dürfen.» Jeff machte Luftsprünge. Lance und ich lachten und freuten uns mit Jeff. Dann setzte er sich an den Tisch und wir alle prosteten uns zu. Wir tranken unsere Biere und sprachen über dies und das.

Jeff stand auf: «Danke für die Gesellschaft, aber ich muss, ich habe noch zu tun.» Er machte sich davon und sang: «Lucy In The Sky With Diamonds...», er winkte uns zu und verschwand um die Ecke.

Da sah ich jemanden auf uns zukommen. ... Ich stand auf. Da stand bereits Ralf vor mir, schaute mich an und haute mir eine runter. Zack, auch noch die Faust in den Magen. Nochmals landete seine Hand in meinem Gesicht.

Jetzt schrie er: «So ein Versprechen hält man!»[5]

Lance war völlig verwirrt: «Albert, brauchst du Hilfe?»

«Nein, Ralf ist mein Freund»

«Wie muss ich das verstehen»

«Gar nicht, lass nur.»

Alle Energie und Wut waren inzwischen aus Ralf gewichen. Mit schlaffen Armen stand er vor mir. Ich rieb meine schmerzende Wange. Dann schauten wir uns an und beide bekamen feuchte Augen. Dann lagen wir uns lachend und weinend in den Armen.»

---

[5] *Kapitel 19: So ein Versprechen hält man!*

66. Wie kann echt geholfen werden?

Albert III legte das Bergsteigerkapitel zur Seite. Da stand halt schon viel darin, von Dingen, die er sich als Marsgeborener überhaupt nicht vorstellen konnte. Wie zum Beispiel dünner werdende Luft oder minus 20 Grad. Ganz zu schweigen, was ein Gletscher war. Also nein, doch nicht ganz: Sie hatten ja die Winterhalle mit Schnee und Eisfeld. Die Temperatur hielt sich dort jedoch durchgehend bei genau Null Grad.

Jetzt interessierte sich Albert III noch für das letzte Kapitel der Serie. Natürlich kannte er es, hatte es aber schon längere Zeit nicht mehr gelesen. Für die kommende Ratssitzung war es allenfalls von Vorteil, sich den Inhalt wieder einmal vor Augen zu führen. Vor allem, da das Kapitel «Wie kann echt geholfen werden» jetzt in der Streitschrift von Benjamin The Pious als ketzerisch zitiert wurde.

«Kapitel: Wie kann echt geholfen werden? Redigiert von Petra Kobelt, Proxima Centauri September 2458.»

Albert III las. «Ralf und ich reisten durch die unglaublich tiefen Schluchten und Täler nach Guanay. Da fragten wir uns durch und fanden bald darauf die Station der *Ärzte helfen überall*». Wenig später erschien Lance.

«Im Moment ist wenig los hier. Der Stationsleiter hat daher entschieden, dass in zwei Tagen ein Pickup unter der Leitung von mir und zwei einheimischen Assistenzärzten, die auch Aymara und Quetchua sprechen, nach Tipuani fahren und wir dort im Hof der Herberge *Tupac Amaru* ein provisorisches Praxiszimmer einrichten sollen. Da zurzeit vernünftiges Hilfspersonal fehlt, habe ich meinem Chef mitgeteilt, dass ich zwei Freunde von mir organisiert hätte. Darauf fragte mein Vorgesetzter, ob ich sicher sei, dass diese zwei eingesetzt werden könnten. Da erklärte ich ihm, dass die zwei aus der Schweiz kommen und mehrfach beteuert hätten, sie wollten die richtige Welt kennenlernen. Explizit hätten sie erklärt, es liege ihnen daran ihre europäische Komfortzone einmal zu verlassen. Der eine habe sogar schon einmal ein Leben gerettet. Da kam wiederum die Antwort meines Chefs, dass dieser Typ möglicherweise ein Angeber sei, wie alle diese Pseudo-Reisenden auf der Suche nach der *wirklichen*» Welt. Aber zum Schluss meinte er etwas versöhnlicher, dass ich die zwei ja kenne und ich sie schon werde zurechtbiegen können.

So, jetzt wisst ihr wie ihr hier bewertet werdet. Ich erwähne vollständigkeitshalber noch, dass es keine Bezahlung gibt. Nun, Albert und Ralf?»

Ralf und ich sahen uns an. Beide dachten wir wohl an die leprösen von Indien und ähnliches.

«Lance glaubst du, wir können das. Wir könnten doch eventuell besser nochmals einen Berg besteigen.»

«Keine Ausflüchte. Alle wollen doch immer das reale Leben erfahren. Also! Here we go! Ihr sucht euch nun ein Hotel für zwei Nächte. Geht ins Rio Mapiri, das ist günstig und ziemlich sauber. Morgen kommt ihr um zehn Uhr hierher. Ihr lernt meine beiden Assistenten kennen und wir machen einen Crash-Kurs für erste Hilfe. Zudem zeige ich euch unser medizinisches Equipment und ihr merkt euch deren Namen und die Anwendung. Nicht, dass ihr diese selbst anwenden müsst, aber wenn die Assistenten danach rufen, bringt ihr das richtige Gerät.»

«Äh! Lance, also...»

«Albert. Am Berg warst du der Chef! Hier bin ich es. Ich sage euch, für mich ist es ein echter Aufwand, euch hier mitzuziehen. Das mache ich nur, weil ich dir Albert etwas schuldig bin. Wenn ihr zwei diesen Einsatz, er dauert nur vier oder fünf Tage, überstanden habt, werdet ihr mir dankbar sein. Oder ich weiss dann, dass euer dauerndes Geschwätz von *«Erfahrungen sammeln, ...das richtige Leben kennenlernen etc.»* alles nur Lippenbekenntnisse sind. Ihr könnt jetzt nein sagen und gehen...»

Ralf und ich blickten einander schon wieder an. Etwas zögerlich nickten wir unser Einverständnis zu Lance.

«...O.k., denkt daran. Die nächsten Tage bin ich nun euer Chef: Dr. med. Lance Owens 33, Texas, USA.» Das Gesicht ernst, dann wieder lachend, «Anschliessend wieder euer Freund, der lausige Bergsteiger Lance.»

Im Pickup sass Lance am Steuer, die beiden Assistenzärzte daneben auf der Sitzbank. Ralf und ich auf der Ladebrücke mit allem Material. Hinten im Anhänger das Zelt und weitere Ausrüstung. Für die 25 Kilometer Schlaglöcher benötigten wir mehr als eine Stunde.

Gestartet noch in der Nacht ging jetzt eben die Sonne auf, als wir in den Hof der Herberge Tupac Amaru einbogen. Der Hotelbesitzer erschien sofort. Er kannte Lance, da dieser Besuch nicht der erste war. Lance bezog sein Zimmer im Bungalow, wo er auch sein Büro einrichtete. In der Zwischenzeit stellten die Assistenten mit unserer Hilfe das Zelt auf. Schon erschienen die ersten Patienten. Der Hotelier rief ihnen etwas auf Aymara zu und winkte uns ins Hotel, wo unser Frühstück bereit lag. In dieser Zeit bewachte ein Hotelangestellter das Zelt und den noch nicht abgeladenen Pickup. Da folgte uns auch Lance an den Tisch. Sein Auftreten war sehr autoritär und bestimmt. Alle behandelten ihn mit grossem Respekt und Lance liess keinen Zweifel offen, wer hier der Chef war. Das autoritäre Benehmen war für uns nichts neues. Ralf und ich hatten in Südafrika ähnliche Situationen erlebt. Lance wusste, dass es auf diese Art am besten funktionieren würde.

Nach dem Frühstück begann Lance mit seiner Sprechstunde. Uns teilte er nochmals mit, dass bis nach dem Nachtessen absolutes Alkoholverbot gelte. Wir entluden den

Pickup und platzierten die Geräte und Materialien gemäss den Anordnungen der Assistenten im Vorraum des Zeltes.

Jedes Mal, wenn eine Person aus dem zweiten Raum des Zeltes trat, rief Lance die Namen der Medikamente, welche die Assistenzärzte dann verteilten, zusammen mit sorgfältigen Angaben, wie diese zu benutzen seien.

Um die Mittagszeit erschien wieder der Hotelangestellte als Wächter und wir konnten zum Essen gehen. Nach dem Essen setzte Regen ein, so ein richtiger tropischer Platzregen. Erstaunt sahen wir, wie geschickt das Zelt platziert war, flossen doch beidseits des Zeltes kleine Bäche vorbei. Das Zelt selbst blieb jedoch vom Wasser verschont. So plötzlich wie begonnen, so schnell stoppte der Regen auch wieder. Es bildete sich schon wieder eine Warteschlange.

Beim Nachtessen nickte uns Lance zu: «Wenn ihr möchtet, könnt ihr nun gerne ein Bier bestellen, auf eure Rechnung natürlich.» Nach dem Essen sassen wir in gemütlicher Runde in der warmen Nacht. Lance teilte die Nachtwachen ein und fragte, ob jeder seine Taschenlampe kontrolliert habe. «Um zehn Uhr stellt der Generator ab und erst wieder um sechs Uhr morgens an. Das ergibt acht Stunden ohne Strom und absolute Dunkelheit. Die ersten vier Stunden übernehmen meine Assistenzärzte Yurak und Jalaru. Die folgenden gehen zu Lasten unserer Hilfskräfte Ralf und Albert. Yurak wird einen von euch um 01:45 Uhr wecken; wer geht zuerst?» Ich hebe die Hand. «O.k., Albert du weckst dann Ralf um 03:45 und kannst dich nochmals hinlegen. Um sechs Uhr alles bereit machen für den neuen Tag, um sieben Uhr Frühstück.»

Ralf und ich erhoben uns und gingen auf unser Zimmer. Wie sollten wir um diese Zeit bei dieser Hitze schon schlafen können? Zudem unter den Moskitonetzen, wo es nochmals heisser war. Ohne Netz zu schlafen war für uns aber unmöglich. Selbst die Einheimischen, die sich an Moskitos gewohnt waren, benutzten wenn immer möglich Netze.

Am nächsten Tag ging es gewohnt mit den Patienten weiter. Ralf fiel auf, dass ziemlich oft gesund aussehende junge Frauen jeweils mit einigen Kindern im Schlepptau in der Sprechstunde erschienen. «Albert, manchmal sind die gleichen Kinder jedoch mit anderen Frauen wieder dabei. Das ist komisch.»

In der Mittagspause wollte Ralf die Sache mit den Frauen und den (gleichen) Kindern bei Lance erfragen. «Nur auf Englisch», sagte da Lance in scharfem Ton, «und erst nach dem Essen. Kommt dann in mein Büro.»

Nach diesem kurzen Intermezzo ging das übliche Geplauder über dies oder jenes wieder auf Spanisch weiter. Lance stand auf und kündigte an, dass er noch administrative Arbeiten im Büro zu erledigen habe, bevor die Sprechstunde wieder beginne. Kurze Zeit später folgten Ralf und ich und wir begaben uns zu ihm ins Büro.

«Es ist folgendes», begann Lance, «Obwohl Bolivien ein sehr katholisches Land ist, sind natürlich auch hier die Probleme der Überpopulation bekannt. Besonders hier in den ärmsten Gegenden. Je ärmer die Menschen, desto mehr Kinder. Offiziell gibt es keine Geburtenkontrolle, aber die Frauen wissen, dass sie bei uns die Pille bekommen, aber erst wenn sie mindestens schon drei Kinder haben. Wir wollen uns mit den Behörden keine Probleme einhandeln. Es gibt jedoch einige Frauen, welche erst ein oder zwei Kinder haben und trotzdem verhüten möchten. Die nehmen dann halt ein Nachbarkind mit. So verdienen diese Kinder ein paar Pesos, manche haben dies sozusagen zu ihrem Nebenerwerb gemacht», lachte Lance. «Wir benehmen uns jeweils so, wie wenn wir dies nicht bemerken würden. Die Assistenzärzte wissen dies natürlich auch. Offiziell jedoch hat niemand eine Ahnung.»

Jetzt fragte Ralf: «Wie ist die offizielle Idee bei eurer Organisation, ganz allgemein zur Hilfe in armen Ländern? Sicher ist dir das typische Beispiel mit dem Brunnen auch bekannt: In einem trockenen Gebiet haben die Ziegenbauern zu wenig Wasser. Europa kommt, bohrt einen Brunnen und es herrscht grosse Freude über das nun genügend vorhandene Wasser. Das lockt natürlich weitere Ziegenbauern an. Es wird über Jahre Grundwasser bezogen, bis der Wasserspiegel unter die Bohrlochtiefe gesunken ist. Hatten zuerst 1000 Personen zu wenig Wasser, waren es nun zehn Jahre später 5000. Nun die Frage: Wie kann echt geholfen werden?»

«Das ist alles bekannt», antwortete Lance, «und auch immer wieder Anlass zu hitzigen Diskussionen. Denken wir das Ganze weiter, wird es noch schwieriger.

Vor der Industrialisierung war es notwendig, dass jede Frau möglichst viele Kinder gebar, damit wenigsten einige das Erwachsenen-Alter erreichten; viele starben bereits vorher. Mit der Industrialisierung stieg ebenfalls das Bildungsniveau der Menschen. Je grösser die Industrialisierung, desto höher das Bildungsniveau, desto geringer die Anzahl Geburten je Frau. Die westliche Welt hat keinen grossen Geburtenüberschuss. Bis in ein paar Jahrzehnten werden wir eher zu wenig Kinder haben.

Das ultimative Streben nach Business und Geld veranlasst die westliche Welt unter dem Aspekt der «Menschenliebe», unseren medizinischen Fortschritt in die ärmeren Länder zu exportieren. Es ist ein unglaubliches Erfolgsmodell, aber nicht zu Ende gedacht. Die Kindersterblichkeit ist immens gesunken. Bis jetzt ist es jedoch niemandem gelungen, auch Ausbildung zu exportieren. In westlich orientierten Kopien von Bildungsstätten werden zwar Minderheiten gut ausgebildet. Diese Minderheiten landen früher oder später jedoch in der westlichen Welt, wo Anstellung und Wohlstand warten.

Während das eigene Land nie einen richtigen Fortschritt erzielt, ausser dass die meisten Kinder dank unserer Medizin überleben. Bis in ein paar Jahrzehnten wird die Überbevölkerung in den armen Ländern unser grösstes Problem sein. Alle werden dann versuchen, in die westliche Welt zu immigrieren. Einige werden willkommen sein. Es kommen aber nicht ein paar, sondern Millionen über Millionen.

Es ist ein Teufelskreis: Fehlt eine vernünftige, bevölkerungsdurchdringende Bildung, bleiben diese armen Länder in ihrem strengen Clandenken, Vetternwirtschaft, Korruption und Armut hängen. Somit bleiben diese Länder ebenfalls im Kinderreichtum hängen. Dazu kommt, dass ohne Bildung die Frauen nie einen Status ohne männliche Unterdrückung erreichen können. Die Männer bleiben ohne echte Bildung in ihrem Machogehabe verhaftet. Ich bin kein Prophet, aber in schätzungsweise 50 – 70 Jahren wird dies die grösste Herausforderung unserer Welt sein.»

«Was ist dein Lösungsansatz»

«Wenn ich das wüsste! Ich glaube jedoch, dass der Tag kommen wird, wo wir sämtliche Hilfe einstellen werden. Denn sind wir ehrlich, bisher hat unsere westliche Hilfe nirgends eine langfristige, nachhaltige Verbesserung in den armen Ländern gebracht. Irgendwann werden wir einsehen müssen, dass jede Gesellschaft ihren eigenen Weg in ihrer eigenen Pace finden muss. Ich denke, das könnte man als Naturgesetz bezeichnen: Und wie wir wissen, die Natur nimmt keine Rücksicht. Im Gegenteil, sie ist grausam und unheimlich direkt.

Der eigene Weg muss auf keinen Fall der Weg des Westens sein, auch wenn wir in unserer Arroganz meinen, es sei der beste aller Wege. Es ist auf jeden Fall der schnellste aller Wege, um unseren einmaligen Planeten zu ruinieren.

Wenn ich jetzt dann gleich wieder mit den Behandlungen von Patienten anfange, schaut sie warten schon, fühle ich mich jedoch nützlich und auch etwas stolz, dass ich so direkt ein paar Wenigen helfen und vielleicht auch ein wenig Erleichterung in ihr schweres Leben bringen kann.

Es ist ein Dilemma, welches wohl niemand gerecht auflösen kann.»

Ralf erwiderte: «Lance, da ist doch noch etwas, was du nicht ansprechen willst. Ihr verteilt doch ehrlich gesagt nicht nur Verhütungsmittel, oder? Lance mal ehrlich, da sind doch auch Abtreibungspillen dabei.»

«Offiziell nicht, bitte sprich dieses Thema nicht weiter an. Aber schaut, das grösste Problem der Menschheit ist dessen unkontrollierte Vermehrung.

Zur Zeitenwende lebten ungefähr 300 Millionen auf der Erde. Das grösste Problem im Imperium Romanum war, dass es zu wenig Menschen hatte. Die erste Milliarde erreichten wir etwa zur Zeit Napoleons (auch ihm fehlten Menschen für seine Pläne). Dann zum Zeitpunkt eurer Geburt 1957 waren es etwa drei Milliarden. Jetzt sind es viereinhalb Milliarden. Die Hochrechnungen gehen für 2025, also in 45 Jahren von acht Milliarden Menschen aus.

PS vom Autor 2056: Diesen Abschnitt besprach ich mit Mary Attwood als ich sie 2050 zum letzten Mal besuchte, und zwar zum Anlass als die «Vrouwen Staten van Europa» offiziell deklarierten, dass sie ein vereinigtes Europa, regiert von Frauen, anstreben würden.

Mary war von diesem Abschnitt, insbesondere den visionären Aussagen von Lance, dass dereinst alle Entwicklungshilfe eingestellt würde, stark beeindruckt. «Das nenne ich logische, unverbrämte Einsicht, das wird sicher so kommen», meinte Mary, «es bleibt uns schlichtweg nichts anderes übrig, wir sind einfach zu viele; inzwischen schon über neun Milliarden. Ich weiss es ist brutal; brutal wie die Natur selbst.»

Jetzt noch ein PS von mir Albert Kobelt III, Juni 2473: Der oben erwähnte Besuch bei Mary Attwood scheint die Stelle zu sein, auf die sich Benjamin The Pious in seiner Streitschrift «Gegen die Lügen der dunklen Mächte» beruft.

Wie wir alle wissen, endete am 10.04.2080 mit der «Attwood-Deklaration» tatsächlich die allermeiste Entwicklungshilfe. Vielleicht hatte Albert I doch auch einen gewissen Einfluss auf dieses Ereignis?

Wieder ist Abend, dann Nacht und es folgt ein neuer Tag. Am späteren Morgen schleppen Männer einen Jüngling mit einem völlig zerquetschten Fuss heran. In den primitiven Goldmienen war anscheinend ein Stollen teilweise eingestürzt. Die armen Mineure arbeiteten dort in Plastik Flip-Flops.

«Jetzt wird es heftig», meinte Lance. Als erstes wies er seinen Assistenten an, dem Jungen ein Schmerzmittel zu geben. Dann wandte er sich an den verantwortlichen Mineur. «Also ich kann versuchen, seinen Fuss zu retten, bin aber nicht sicher, ob es mir gelingt. Oder ich nehme ihm den Fuss direkt ab, das wäre einfacher und sicherer. Wenn ich operiere, könnte es sein, dass der Fuss später trotzdem abgenommen werden muss. Dann ist es jedoch nicht mein Fehler, sondern die grosse Pacha Mama hat es so gewollt. Mineur kannst du schreiben?»

«Ja Doktor Lance.»

«O.k., mein Assistent hier schreibt alles auf, was ich eben gesagt habe und du unterschreibst, dass du einverstanden bist, die Operation zu wagen.»

Beim Nachtessen meinte Lance, dass die Fussoperation gut gelungen sei, der Fuss sei mit grosser Wahrscheinlichkeit gerettet. «Es ist enorm wichtig, mich immer abzusichern. Die Leute hier sind immer noch sehr abergläubisch. Wenn die Operation nicht gut verläuft, könnte es schnell heissen, ich hätte absichtlich seinen Fuss verkommen lassen im Auftrag eines Feindes X oder Y. Darum zuerst immer klare Verhältnisse schaffen.»

«So, heute ist der letzte ganze Tag. Morgen nach dem Mittagessen packen wir wieder zusammen. Die Leute kommen dann wieder vermehrt aus eigenem Antrieb zu uns nach Guanay. Das flacht dann jeweils wieder ab, warum ist eher nicht klar. Die Leute scheinen auf eine gewisse Art zu vergessen, dass wir in Guanay immer bereit sind. Also kommen wir von Zeit zu Zeit mit unserem Zelt hierher, um das

Gedächtnis der Einwohner aufzufrischen. Mit dem Zelt gehen wir selbstverständlich auch in andere abgelegene Winkel. Überall werden wir gebraucht. Darum sind wir die *«Ärzte helfen überall».»*

Demnach war heute der letzte Morgen mit Sprechstunde. Kaum hatte Lance begonnen, trugen vier Männer einen anderen auf einer improvisierten Bahre heran. Der darauf Liegende war anscheinend ohne Bewusstsein. Sein rechter Fuss total geschwollen und blau angelaufen. «Doktor Lance, nuestro amigo fue mordido por una serpiente!»

Lance erwiderte: «Schlangenbiss! Wie lange ist es her?»

«Ich denke etwa eine halbe Stunde», rief der Angesprochene.

Lance betrachtete den Fuss, schaute dem Mann in die Augen und hörte seinen Herzschlag ab. «Komisch, dass er überhaupt noch lebt, er müsste längst tot sein!»

Ralf und ich schauten den unschlüssigen Lance an. Was soll das! Was trödelte der herum? Hatte er kein Gegengift dabei?

«Lance, so tu doch was, was hindert dich?»

Lance sprach zu einem seiner Assistenten und der erzählte den Leuten in Aymara, warum der Doktor nichts unternahm.

Lance erklärte uns: «Es ist dasselbe wie bei der Fussoperation gestern. Gebe ich ihm ein Gegengift und er stirbt trotzdem, ist die Menge gegen mich und unsere ganze Gemeinschaft aufgebracht und gibt mir persönlich die Schuld. Wenn ich nichts tue, wird sein Tod als Schicksal betrachtet, oder wenn er überlebt als Wunder der Jungfrau Maria oder Pacha Mama (Mutter Erde). Hier gibt es viele Korallenschlangen oder auch Vipern; in der Regel sind beide tödlich.»

Während dieser Rede hatten die Einheimischen begonnen, die Götter um Beistand zu bitten. Die Frauen beteten zur Jungfrau und zu Pacha Mama. Die Männer zerstreuten rituell Coca Blätter und versanken in einem Singsang.

Mit Verwunderung nahm Lance immer noch einen schwachen Herzschlag wahr. Er schaute zu seinen Assistenten, die behaupteten, nichts zu bemerken; keiner wollte die Verantwortung und dann den Zorn.

Ich bemerkte: «Lance, wenn er jetzt noch lebt, wenn auch schwach, könnte doch ein richtiger Boost, sagen wir mit vier Milligramm Atropin das Herz wieder zum stärker schlagen zwingen!»

Lance schaute mich ungläubig an: «Was weisst denn du über Atropin? Zudem vier Milligramm erachte ich als zu viel. Das wäre die absolute Notfallmenge. Entweder Herzstillstand oder wieder zurück zu normal. Wer trägt die Verantwortung.» Und zu mir, wie wenn ich sein Arztkollege wäre, «also es könnte gehen. Der Mann ist jung und sieht gesund aus. Sein Körper kämpft jetzt nach 40 Minuten noch erfolgreich gegen das Gift. Albert, wieso kannst du da mitreden?»

«Ich war in der Armee. Da erhielt ich eine Spezialausbildung in Sachen chemischer Kampfstoffe zum Beispiel Sarin und dem *Anwerfen* des Herzmotors im Notfall mit Atropin.»

«Kannst du eine Spritze setzen.»

«Also, das übten wir lediglich mit Salzlösungen an einer Puppe.»

«Verdammt Albert, du machst es! Es muss sein, jetzt oder nie. Yurak, unser Albert hier war in seinem Land als Militärarzt tätig. Er übernimmt die Verantwortung für eine letzte Möglichkeit, um den Jungen zu retten. Übersetzte deinen Leuten und frage, ob sie einverstanden sind.»

Lance verschwand im Zelt und zog die Spritze auf. Die grosse Menge der versammelten Menschen stoppten ihre Gebete und Tanzrituale und lauschten der Übersetzung von Yurak. Dieser zeigte auf mich. Die ganze Menge starrte mich an. Ein älterer Mann, welcher auch die Bahre tragen half, trat vor und redete mit Yurak. «Er ist der Onkel des Jungen. Wenn er dich Albert so sieht, eine einfache Hilfskraft, so traut er dir nicht. Mangels Alternative ist er einverstanden, dass du seinem Neffen die Spritze verabreichst.»

«Moment, Moment! Lance ist der Arzt, er wird die Spritze setzen.»

«Das geht jetzt unter den gegebenen Umständen nicht mehr. Wenn es nicht klappt, werden sie dich nicht gerade umbringen. Du kannst abschleichen, ich helfe dir. Wenn ich es bin, müsste ich mein Engagement bei den *«Ärzte helfen überall»* hier in Bolivien aufgeben.» Damit übergab er mir die Spritze und fügte an: «Mach auf jeden Fall ein sicheres Gesicht, kein Zögern jetzt. Du bist für den Moment ein Schweizer Militärarzt, der dieses und schlimmeres schon oft gemacht hat, klar!»

Ralf realisierte, dass er für einen Moment das allgemeine Interesse von mir ablenken musste, trat vor und kündigte grossspurig an: «O.k., je schneller, desto besser.» Dabei öffnete er die Hose des Jungen und legte den Oberschenkel frei. Ich war Ralf für diese Ablenkung dankbar, trat zum jungen Mann hin und versuchte mich genau an meine damaligen Kurse zu erinnern. Es ging alles glatt. Mit ruhiger Geste reichte ich die Spritze an Lance zurück.

Lance überwachte den Herzschlag. «Er beschleunigt sich!» Tatsächlich nach kurzer Zeit öffnete der Junge die Augen und schaute ohne Verständnis um sich. Sein Onkel trat zu ihm, erklärte ihm etwas und zeigte dabei auf mich. Der Junge winkte schwach und schlief ein. Der Onkel schaute zu Lance und dieser nickte mit dem Kopf. «Deines Bruders Sohn wird überleben und dies dank euren Gebeten und Opfergaben der Coca Blätter. Dank diesen Gebeten und Gaben konnten eure guten Geister und die Jungfrau Maria ihre Kraft in die Spritze des Gringos übertragen. Gib mir auch ein paar Coca Blätter für meinen Dank an Pacha Mama.»

Das löste die unglaubliche Spannung. Die Frauen sangen zur Jungfrau und die Männer setzten sich in die Gartenwirtschaft und der Onkel gab eine Runde Bier aus. Lance wusste, dass nun für den Onkel mindestens ein

Wochenlohn draufgehen würde. So trat er auf den Onkel zu, gab ihm Geld und erklärte. «Als Militärarzt hat unser Albert dort viel Geld verdient. Er ist unendlich froh, dass er mithelfen konnte, deinen Neffen zu retten und es wäre ihm eine Ehre euch diese Runde zu spendieren.»

Alle drehten sich zu mir hin und riefen freundliche Worte. Ich winkte zurück.

Zu Ralf bemerkte ich: «Ich brauche ein paar Minuten für mich. Ich gehe zum Fluss runter und komme dann zum Mittagessen.»

Am Rio Tupuani setzte ich mich auf den einfachen Bootssteg. Da war alles gerodet und offene Wiese. Nach der Affäre mit dem Schlangenbiss mochte ich keinesfalls in den Dschungel gehen. Ich wollte meine Gedanken alleine ordnen. Jeder hatte schon von beschleunigten Lebensabschnitten gehört, wie es schien, erlebte ich soeben eine solche Zeit- oder auch Erlebnisbeschleunigung. Und wie auch bekannt, ist so eine Beschleunigung der Ereignisse irgendwann ausgereizt und endet im ...Desaster? «Seine Glückssträhne ist zu Ende», hiess es doch verschiedentlich.

Dachte ich an den Ablauf der letzten Wochen, so war zu bemerken, dass ich permanent in Krisensituationen geriet und jeweils mit unglaublichem Glück immer hart am Limit davonkam.

Da war das Kaktuserlebnis mit dem unbegreiflichen *«Treffen»* von Mescalito; vor allem seine Aussage, wir seien für ihn nicht bereit, liess meine Gedanken nicht los. Dann die Zugsentgleisung. Die Hochzeit des Belgiers mit allem Drum und Dran. Das knapp verhinderte Auffliegen bei der Zollkontrolle dank der Bibel. Die Bergtour mit dem beinahe Absturz von Lance. Das zufällige Treffen nach über einem Jahr mit Ralf und jetzt eben gerade noch meine Einmischung mit der Atropin Spritze, wo ich wieder unbedarft ein grosses Risiko eingegangen war. Und ganz allgemein die Gespräche mit Lance über Sinn oder Unsinn der allgegenwärtigen Einmischungen unserer westlichen Welt in ärmere Länder.

Seit drei Jahren war ich jetzt als Bürger eines der reichsten Länder der Welt in armen Weltgegenden unterwegs. Überall wo ich auch hinkam, gehörte ich zu den Privilegierten. Und wie oft hatte ich mein Schicksal herausgefordert in meiner naiven Überheblichkeit und meinen Scheuklappen. Scheuklappen, welche eigentlich alle tragen, ob arm oder reich. Nur dass eben die reichen Scheuklappen einen X-Mal grösseren Einfluss auf die Welt haben als die armen. Auf Kosten der Armen werden wir reicher und zerstören zudem deren Lebensgrundlagen, aber nicht nur ihre, nein auch die unsrige wird zerstört. In nicht allzu ferner Zukunft wird dieses Geschäftsmodell nicht mehr aufgehen.

In diesem Moment am Rio Tupuani, Bolivien, entschloss ich mich, dass es Zeit sei, in meine eigene Kultur zurückzukehren.

Nach dem Mittagessen halfen wir alle beim Abbrechen der mobilen Krankenstation. Da es in dieser Gegend um sechs Uhr abends Nacht wird, wollte Lance unbedingt um vier Uhr abfahren. Der Hotelbesitzer verabschiedete uns freundlich. «Lance, ihr kommt doch wieder?»
«Selbstverständlich mein Freund.»

Anderntags verabschiedeten Ralf und ich uns herzlich von Lance. Wir beide bezeugten ihm grossen Respekt für seine Arbeit hier. «Das ist echt bewundernswürdig, was eure Organisation hier leistet.»
«Im Herbst endet mein Vertrag mit den *Ärzte helfen überall* und ich kehre in die USA zurück. Ich weiss noch nicht, wie es weitergeht. Ein entfernter Verwandter von mir geht nächstens in Pension. Er möchte, dass ich seine Praxis übernehme. Ich weiss es noch nicht. Vielleicht besuche ich euch in der Schweiz und wir klettern aufs Matterhorn.»

Ich lachte: «Aber nur mit einem einheimischen professionellen Bergführer.»

«Wie auch immer, Albert «*Eiswand*», ich behalte dich auf jeden Fall in Erinnerung, danke.»

Im Bus nach Caranavi fragt Ralf: «Was unternehmen wir als nächstes, der Einsatz hier war wirklich etwas Besonderes. Weisst du, so einfach einen Ort bereisen und dann noch einer und wieder einer; komisch aber so langsam haben wir es doch gesehen. Wir sind ja immer die auf der Sonnenseite. Ja, ich meine, schau einmal die Einwohner von Tipuani. Die haben gemessen an unseren Möglichkeiten kaum eine Chance. Aber erstaunlich ist dann doch wieder das freundliche Naturell dieser Menschen. Dass sie uns Westler nicht lieben, ist logisch. Eigentlich ist unsere zuschauerische Anwesenheit hier eine Frechheit. Wie wir gesehen haben, zweifelt manchmal sogar Lance an seiner Berechtigung, hier seine Hilfe (geboren aus westlicher Arroganz?) anzubieten.»

«Ralf, gestern als ich allein am Fluss sass, hatte ich ganz ähnliche Gedanken. Da habe ich mich entschieden, nach Hause zurückzukehren. Ich gehe jetzt zurück nach La Paz, da sollten inzwischen auch meine letzten Ersparnisse aus der Heimat eingetroffen sein. Ich dachte ja, noch mindestens bis Ende Jahr hier zu bleiben.»

«Das geht mir jetzt doch zu schnell, ich möchte unbedingt noch Peru bereisen. So gehen wir wieder unsere eigenen Wege. Ich komme aber sicher ebenfalls bald nach Hause.»

«Über Nacht habe ich nachgedacht. Wenn ich gleich nach Hause reise, habe ich etwas Geld übrig, brauchst du etwas.»

«Nein, ich habe in Südafrika länger gearbeitet als du, es reicht für meine Pläne, danke für dein Angebot.»

«In diesem Fall reise ich nach Hause «*in Style*». Ich fliege mit der Concord.»

«Im Ernst! O.k., das ist sicher ungewöhnlich. Wenn du alt bist, kannst du damit bestimmt wichtigtun. Bis dann wird es diesen Vogel bestimmt nicht mehr geben. Ausser Prestige bringt die Concord in England wie auch in Frankreich nur Verlust. Der erhöhte Flugpreis! Ist es dir das wert?»

Zuerst mit dem normalen Linienflug nach Caracas. Damals flog die Concord von Caracas nach Paris. Der ganze Flug wurde als VIP-Angelegenheit aufgezogen. Die Passagiere wurden entsprechend verwöhnt.

Im gewöhnlichen Flug nach Caracas war mein Sitznachbar ein deutscher Geschäftsmann in Schale und Krawatte. In meinem ausgewaschenen karierten Hemd fiel ich da eher etwas ab. Zu der damaligen Zeit trugen junge Leute wie ich oftmals schulterlange Haare. Dies als Statement, dass man auf keinen Fall ein angepasster Gesellschaftstyp sei. Damals glaubten wir als junge Männer noch an solche Äusserlichkeiten.

Nun gut, in Caracas liefen dieser Geschäftsmann und ich in angeregter Unterhaltung Richtung Zollabfertigung. Da trat eine Air France Angestellte auf uns zu und sprach direkt den Geschäftsmann an.

«Monsieur Kobelt, wir haben für sie das Sheraton reserviert. Wenn sie mir bitte folgen wollen!»

Der Geschäftsmann schaute verwirrt.

«Je m'excuse, Madame, mais Monsieur Kobelt c'est moi.»

Ihren ungläubigen Gesichtsausdruck zerstreute ich, indem ich ihr meinen Flugschein zeigte.

Zu dem konsternierten Geschäftsmann meinte ich: «Was lernen wir daraus? Nicht nur Kleider machen Leute.

Auch Flugtickets machen Leute.»

Albert lachte still in sich hinein und fuhr seinen Computer down. Jetzt hatte er sein Gedächtnis bezüglich der Geschichten seines Urahnen wieder aufgefrischt und war bereit für die nächste Sitzung

67. Drei Schiffe Richtung Proxima Centauri

Giulia Rossetti eröffnete die Sitzung: «Liebe Räte und Rätinnen. Seit meiner Wahl zur Gouverneurin am Landing Day darf ich heute bereits die vierte Sitzung eröffnen. Abmachungsgemäss überlasse ich jedoch Sabine das Wort, solange es sich um die Angelegenheiten der drei Auswanderer-Schiffe handelt. Sozusagen sind wir auf Grund der speziellen Umstände im Moment ein «Rat der Zehn», denn nebst meiner Wahl haben die Marsianer als Ersatz von Sabine, unseren jungen Adrian Meissner hier, erst 31 Jahre alt, gewählt. Seit langer Zeit nehmen in unserem «Rat der Neun» wieder einmal drei Männer Einsitz, meist sind es ja nur zwei oder gar nur einer.

Sabine, nur zur Erinnerung: Stimmrecht hast du keines mehr, das gehört unserem Adrian.»

«Ja, ja, schon klar Giulia», begann Sabine, «Habt einfach noch etwas Nachsicht mit mir. Am 4. November verschwinde ich auf Nimmerwiedersehen. Dann seid ihr mich endgültig los! Aber mal ehrlich, es fällt mir nicht mehr so leicht hier schon bald alles zu verlassen.

Nun aber zum Thema. Der Sturm hat sich etwas gelegt. Die letzten Nachrichten zeigen, dass mehr als die Hälfte der Menschheit in den vergangenen drei Wochen die Tatsache weiterer von Menschen bewohnter Planeten akzeptiert haben; ja es eigentlich als logische Schlussfolgerung unseres Verständnisses von Leben betrachten. Umfragen zeigen, dass etwa 30% der Erdenbevölkerung der ganzen Angelegenheit kein Interesse entgegenbringen. Doch immerhin circa 15% lehnen die Existenz weiterer Menschenkulturen grundsätzlich ab. Diese Gruppe kann oder will nicht glauben, dass so etwas möglich sei; die Ablehnung erfolgt meistens aus religiösen Gründen. Ich denke, wir alle haben die Streitschrift von Benjamin The Pious gelesen. Darin erfolgt auch direkt ein Angriff auf Albert I, den Ahn von unserem Albert III hier.

Albert, ich gehe davon aus, dass du die zitierten Kapitel der Schriften deines Ahnen wieder einmal aufgefrischt hast. Kannst du etwas dazu sagen?»

Albert gab zur Antwort: «Aus jeder Schrift lässt sich vermutlich das herauspicken, was einem nicht passt. Grundsätzlich sind die Anschuldigungen an Mary Attwood und meinen Ahnen einfach nur lächerlich. Hier eine kurze Zusammenfassung: ...!

Ich hatte auch Kontakt mit Petras Schwester Eveline in der Provinz Schweiz. Wir sind übereingekommen, überhaupt nicht zu reagieren. Die Schwester merkte jedoch an, dass das Interesse an Alberts Schriften wesentlich zugenommen habe», schloss Albert III lachend.

Nach kurzen, lockeren und informellen Gesprächen der Ratsmitglieder sowie einigem Kopfschütteln oder Lachen über die verquere Streitschrift unterbrach Sabine. «Wie ihr wisst, diskutieren zurzeit unsere chinesischen Freunde das gleiche Thema, nämlich die Besatzung der drei Raumschiffe.

Für unser Schiff die «Proxima Centauri II» ist die Besatzung von total 50 Personen gesetzt; sie wurde bereits vor einiger Zeit festgelegt. Alles Menschen aus der Provinz Ares-Krater, Mars.

Für die «Jiàn Xîng» hatte die chinesische Föderation die Hälfte der Besatzung bereits vor Jahren ausgesucht. Für die zweite Hälfte absolvieren 26 Marsianer schon seit längerer Zeit eine spezielle Schulung. Die 26 ursprünglichen Spezialisten aus China sollen nun gemäss den neuesten Nachrichten aus der Föderation durch andere Passagiere ersetzt werden: Parteibonzen und einflussreiche Milliardäre. Wie uns Kaiwen mitgeteilt hat, werden die Marsianer diese

Wechsel des Personals nicht akzeptieren. Es wird ihnen möglich sein, die Erdenbürger durch Marsianer zu ersetzten. Also werden diese zwei Schiffe am 4. November bestimmt starten können.

Nun die Frage: Was passiert mit dem grössten Schiff, der «*Europa*», welches für 80 Personen konzipiert ist, aber bis jetzt keine Besatzung hat?»

Gabriela die Familienministerin äusserte sich: «Es könnte eher schwierig werden. Ich würde vermuten bei Kaiwen dürfte es ebenfalls nicht einfacher sein. Die chinesischen Marsianer müssten 40 Passagiere stellen, wir ebenfalls 40. Tönt nach wenig, aber eigentlich will niemand den Mars verlassen. Unsere Lebensqualität ist supergut, die Lebenserwartung mit 100 unschlagbar. Es gibt einfach keinen Grund, den Mars zu verlassen. Dann die Aussicht einer 14-jährigen Reise auf einem Raumschiff! Auch nicht gerade attraktiv.

Als Anna Matt mit ihren Leuten 2455 startete, dachten wir alle an die Gründung eines Aussenpostens der Menschheit als Absicherung für unsere Spezies, falls unsere Erde total ruiniert würde. Jetzt wissen jedoch alle und jede, dass es in unserer engsten kosmischen Nachbarschaft mindestens acht weitere bewohnte Planeten gibt. Wohlgemerkt, bewohnt mit Menschen wie wir, nicht kleine grüne Männchen oder irgendwelche Monster.

Das relativiert die Auswanderungsgründe. Geht unsere Erde vor die Hunde! Ja und! Diese andere Präsidentin, diese Kiruna von Murratâ drückte es nicht gerade freundlich, wohl aber realistisch aus, als sie cool bemerkte, dass bei uns wieder einmal Jahrhunderte (oder sagte sie Jahrtausende?) verloren gehen. Sogenannte Flaschenhälse gibt es scheinbar immer wieder einmal. Und der entsprechende Planet erholt sich auch immer wieder, auch wenn es vielleicht, wie gesagt, Jahrtausende dauert. Doch sind wir ehrlich, was bedeuten für einen Planeten ein paar Jahrtausend!

Das neue Wissen über bewohnte Planeten relativiert halt vieles. Warum sollte ein Marsianer nach Carya auswandern? Er hat alles hier.»

Wieder begannen die informalen Gedankenaustausche, bis Sabine zur Ordnung rief. «Gabriela, sprichst du von der gehörten allgemeinen Stimmung oder hast du konkret Leute angesprochen?»

«Lass es mich folgendermassen formulieren: Wenn wir einfach fragen würden, wer bereit sei, nach Proxima Centauri zu fliegen, rechne ich mit weniger als zehn Freiwilligen. Seien wir ehrlich, wir sind immer knapp mit Nachwuchs. Bis vor den Atomereignissen haben wir unser Bevölkerungsmanko von Zeit zu Zeit mit jeweils ein paar Spezialisten von der Erde ausgeglichen. Schaut auf den Schirm, da seht ihr die Grafik der letzten 70 Jahre. Immer sind wir knapp unter 5000 Einwohnern, aber nur dank regelmässig stattfindender Zuwanderung. Seit neun Jahren, wo keine mehr kommen, hat unsere Bevölkerung bereits um 36 Personen abgenommen. Im November verlassen uns auf einen Schlag 50 Menschen mit der *«Proxima Centauri II»*. Um den Rückgang zu stoppen und mit der Bevölkerung wieder ein klein wenig zu wachsen, sollten wir jedes Jahr mindestens zehn, besser fünfzehn zusätzliche Geburten zählen.

Ich sehe kaum eine Möglichkeit, dass wir die *«Europa»* im November mit unseren Leuten auf die Reise schicken können.»

Sabine berührte einen Sensor und der grosse Schirm zeigte den Ratsraum von Tiântàng Gû Huôxing. «Hallo liebe Ratskolleginnen, hallo Kaiwen», begrüsste Sabine, «wie sieht es bei euch bezüglich Besatzungen aus?»

Kaiwens Antwort: «Wir schaffen es gerade mal knapp, die 26 Menschen der chinesischen Föderation mit eigenen Leuten zu ersetzen. Allerdings werden wir, so wie es heute aussieht, nicht 52, sondern lediglich total 47 Personen mit der *«Jiàn Xîng»* auf die Reise schicken können.

Ehrlich, wir vom Rat sehen kaum eine Möglichkeit, dass wir zusätzlich nochmals 40 Auswanderer für die «Europa» auftreiben könnten.

Für uns ist das sehr gut nachvollziehbar: Es gibt kaum einen Anreiz den Mars zu verlassen. Unsere Provinzen sind mit je rund 5000 Einwohnern überschaubar. Alles funktioniert bestens. Und unsere langjährige Zusammenarbeit gipfelte erst vor einem Monat in unserer Fusion zu einem unabhängigen Mars-Staat, mit den allerbesten sich vorzustellenden Perspektiven. Kaum jemand will diese hinter sich lassen. Der Planet Carya macht schon auch einen guten Eindruck, aber 14 Jahre im Raumschiff ...!! Wie sieht es bei euch aus?»

Als Antwort begannen alle vom Rat der Neun und Sabine zu lachen. Wenige Sekunden später: Alle vom Rat der Sieben der chinesischen Provinz setzten in das Lachen ein. Zwischen den Lachern meinte Kaiwen: «Schon klar alles verstanden. Was machen wir mit der «Europa». Wer hat einen Vorschlag für das leere Raumschiff?»

Albert meldete sich zu Wort: «Aus der jetzigen Perspektive ist nicht absehbar, dass wir die «Europa» innert nützlicher Frist benötigen würden. Also ich meine in den nächsten zehn Jahren oder so. Zudem werden wir mit unserem neuen, gemeinsamen Forschungslabor bald so weit sein, um innerhalb von 10 – 15 Jahren selbst ein sternentaugliches Gefährt zu bauen, falls wir dies möchten. Das ist für den Erhalt unseres Pioniergeistes bedeutend förderlicher als gezwungen zu sein, ein bestehendes Schiff über Jahre zu warten, um es vielleicht irgendeinmal zu benutzen.

Keiner kann die Zukunft voraussagen, aber zum heutigen Zeitpunkt sehen wir alle nicht, dass wir so ein Sternenschiff benötigen würden. Ich meine, vorhin haben alle bezüglich Crew für die «Europa» mit Gelächter reagiert.

Daher lautet mein Vorschlag: Wir fliegen die «Europa» zurück in ihre ursprüngliche Geostationäre Umlaufbahn und überlassen sie der VSE. Wir könnten zusätzlich noch den

Vorschlag machen, es seien auch Passagiere aus der chinesischen Föderation aufzunehmen, und nicht nur VSE-Leute. Was meint ihr?»

Kaiwen: «Ich begrüsse deinen Vorschlag Albert. Ich würde sogar noch weiter gehen. Das heisst, wir legen die Bedingungen fest und regeln diese in einem Vertrag. Ansonsten wir das Schiff nicht zurückbringen.»

Vertrag:

Die Freie Republik Hellas Planitia, Mars stationiert das Raumschiff «Europa» im Geostationären Orbit über Kourou am 17.08.2473 und überlässt es der VSE unter folgenden Bedingungen:

1. *Die «Europa» startet am 04.11.2473 aus dem Marsorbit nach Proxima Centauri.*
2. *Die Besatzung besteht zu gleichen Teilen aus Bürgern und Bürgerinnen der chinesischen Föderation und der VSE.*
3. *Die erwachsenen Crew-Mitglieder müssen alle mindestens einen Masterabschluss in einem der im Anhang genannten Spezialgebiete aufweisen.*
4. *Es werden nur Paare im Besitz eines mindestens 5-jährigen Ehevertrages und mit mindestens einem Kind zugelassen.*
5. *Die Kommandantin oder der Kommandant der «Europa» anerkennt Sabine Westerhoff die Kommandantin der «Proxima Centauri II» als Oberkommandierende der «Europa».*
6. *Die «Europa» verzichtet auf jegliche Mitnahme von Waffen.*

Zwei Wochen später erreichte der allseits unterzeichnete Vertrag elektronisch den Mars. Die Marsianer bereiteten die *«Europa»* für den Transfer zur Erde vor.

Am 17. August wurde sie vertragsgemäss im Geo-Orbit stationiert. Die Piloten wechselten auf die Marsfähre Artemis XI über und diese kehrte umgehend zum Mars zurück.

Am 12. September traf die Passagierliste auf dem Mars ein. Die beiden Räte der Marsprovinzen fanden an der Liste keine Mängel. Es war ersichtlich, dass die im Anhang des Vertrages bestimmten Bedingungen, bezüglich Ausbildung und Lebensumstände eingehalten worden waren.

Die Marsianer sandten ihr Einverständnis zur Erde und am 8. Oktober startete die «Europa» aus dem Erdorbit. Am 27. Oktober traf sie im Marsorbit ein und synchronisierte ihre Umlaufbahn mit den beiden anderen Schiffen. Es verblieben nun neun Tage für letzte Tests auf den drei Schiffen. Diese wurden von Sabine Westerhoff geleitet

Esther, die Tochter von Juanita und Javier war nun Ende Oktober 2473 fast elf Jahre alt. Seit sie sich erinnern konnte, war für sie klar, dass sie alle, also ihre Mutter Juanita, welche sie geboren hatte, mit ihrer Mutter Sabine, die einfach ihre Mutter war, nach dem Stern Proxima Centauri fliegen würden. Nun da dieses Ereignis näher rückte war es schon etwas komisch, hatte sie doch viele Freundinnen und Freunde hier. Die werden alle zurückbleiben. Zum Glück war da noch Freja aus ihrer Klasse. Die wird mit ihren Eltern und dem grösseren Bruder auf der Proxima mitfliegen. Die Eltern werden beide für die Lebenserhaltungssysteme des Raumschiffes zuständig sein.

Mit Freja wird wenigstens noch eine Freundin dabei sein und ihr Bruder Magnus war auch o.k.

Ihren Vater kannte sie nur von Fotos, und von Erzählungen. Zudem lebte auf dem anderen Planeten noch ihre gleichaltrige Schwester, oder Halbschwester. Wenn sie die endlich treffen würde, werden sie beide bereits 25 Jahre alt sein. Esther dachte: *«Meine Schwester werde ich sicher sofort erkennen, bestimmt hat sie von unserem gemeinsam*

Vater die gleiche dunkle Hautfarbe wie ich.» Aber bezüglich Alter! Das konnte wegen der sogenannten Zeitdilatation nur so ungefähr definiert werden. Für etwas, das sich sehr schnell fortbewegte, verging die Zeit langsamer. In ihrem Fall werden auf dem Flug zum Stern Proxima Centauri etwa acht Monate in der Unendlichkeit «verloren» gehen; schon verrückt! Ihre Mutter Sabine hatte ihr das verschiedentlich erklärt, Esther glaubte, es begriffen zu haben. Sie hatte auch die Nachricht des Mathematikers Hans Kobelt mit ihrem Paten und dessen Enkel, die beide Albert hiessen, studiert. Das war wirklich interessant. Sie verstand es ebenso gut wie ihr Pate Albert III, und sein Enkel Albert IV.

Es schien, dass auch sie besonders in Mathematik und KI-Elektronik talentiert war. Das hatte sie vermutlich vom Vater geerbt. Der soll ja massgebend am Bau von HAL beteiligt gewesen sein, welcher noch gescheiter sei als unsere JANE; war das überhaupt möglich?

Mutter Juanita trat ins Zimmer: «Esther, hast du von allen deinen Freunden Abschied genommen? Morgen am 1. November steigen wir mit den Marslandern zur *«Proxima Centauri II»* in den Orbit auf.

Schon komisch, liebe Tochter, stell dir vor ich lebe nun seit 35 Jahren hier in dieser kleinen Marskolonie. Das ist wirklich meine Heimat. Und jetzt ziehen wir dann auf einem noch kleineren Raum 14 Jahre durch die Unendlichkeit. Manchmal frage ich mich schon, ob wir das Richtige tun.»

«Mama, was soll ich sagen? Meine Entscheidung war es nicht. Aber du und Sabine wollten dies so. Und ich will immer dort sein, wo du und Sabine seid.»

Mit diesen Worten erhob sich Esther und warf sich schluchzend in die Arme ihrer Mutter. Auch Juanita bekam feuchte Augen.

«Esther komm, wir machen einen letzten Spaziergang zum See, schauen uns um und nehmen von unserem herrlichen Habitat Abschied.

Dann am Abend nach dem Essen treffen alle Auswanderer im grossen Saal für den offiziellen Abschied zusammen. Das wird bestimmt alles sehr emotional», meinte Juanita und schnäuzte sich.

Die drei Sternenschiffe die «*Proxima Centauri II*», die «*Europa*» und die «*Jiàn Xîng*» starteten wie seit langem geplant am 4. November 2473.

Das Essen war ausgezeichnet. Esther und Freja sassen mit anderen Kindern am Tisch und schwatzten irgendwas drauflos und hatten es lustig.

Da erhob sich ihre Mutter Sabine, die auch die Kommandantin von allen drei Schiffen war und rief in die Küche, «die Überraschung bitte!» Schon kam Felicia mit einem Kuchen mit elf brennenden Kerzen verziert an den Tisch von Esther.

«Liebes Kind, es ist heute der 28.11.2473, dein elfter Geburtstag.

Schon seit drei Wochen sind wir unterwegs. Bitte blase die Kerzen aus.»

PS:
Nach Abschluss der Beschleunigungsphase, rasten die Raumschiffe jetzt bereits seit über einem Jahr im freien Fall durch das grenzenlose All Richtung Amerâ.[6]

Auch da fand am 22.12.2478 eine Geburtstagsfeier statt.

---

[6] *Nach vier Jahren Konstant-Beschleunigung mit 1.0 m/s²:*
V = 42.106% Licht. Distanz von Erde = 0.842 Lichtjahre.
Am 22.12.2478: Distanz von der Erde = 1.32 Lichtjahre.

68. Friedliche Zeiten im Dorf Shiga

Mehr oder weniger alle der Caryanischen Grossfamilie
sassen an den Tischen in der Abendsonne. Es war wunderbar warm. Im See glitzerte die Spiegelung der Sonne. In der
Distanz über dem See waren sogar die entfernten Schnee-
berge noch knapp zu sehen. Der Abendtag ging zu Ende,
bald würde die lange Nacht mit den beiden Dunkeltagen
folgen.

Der Erdenkalender zeigte folgendes Datum: 22.12.2478.
Das bedeutete also wieder ein Geburtstag, den von Juanita
Schumann-Gomez.

Das Abendessen war beendet. Traditionsgemäss würde
jetzt noch der Geburtstagskuchen folgen. Wie gewohnt trat
Ernesto mit dem Kuchen aus der Küche, reichte diesen
theatralisch an seine Enkelin Alice, welche mit dem Kuchen
zum Tisch von Juanita ging.

«So Alice, vorsichtig, stelle den Kuchen zu Juanita hin.
Schau Juanita, die schöne 16 auf dem Kuchen, die hat
meine Alice extra für dich angefertigt.»

Juanita bemerkte zu Alice, «Das hast du wirklich schön
gemacht, vielen Dank.»

Alice war über das Lob sichtlich erfreut. Juanita ergänzte: «Alice, dein Geburtstag ist ja nur einen Tag nach
meinem, also Morgen. Dann wirst du auch schon elf. Ich
lasse mir ebenfalls etwas einfallen, um deinen Kuchen zu
verzieren. Dein Grossvater wird mir sicher dabei helfen.»

Sichtlich erfreut hüpfte Alice zu Juanita hin und gab ihr
einen Kuss. Alice bewunderte Juanita ungemein und sie
war ihr grosses Vorbild. Zwischen elf und sechzehn lagen

jedoch fünf entwicklungsstarke Jahre. Während Alice noch ein richtiges Kind war, hatte sich Juanita zu einer jungen, überaus hübschen und selbstbewussten Frau entwickelt. Nun, die Schönheit hatte sie klar von der Mutter, während ihr sicheres Auftreten doch sehr an ihren Vater Javier erinnerte.

Nun schlenderte Kiruna mit Ardemo herbei. Seit dem Ende ihrer Amtszeit als Präsidentin vor knapp zwei Jahren, verbrachten die beiden viel Zeit in Shiga, wo sie jederzeit willkommen waren. Sie hatten sich sogar daran gewöhnt, dass die Zehntenarbeiten auch für sie galten.

Dieses System hatte sich überall herumgesprochen und diejenigen, welche schon einmal einige Zeit mit der Caryanerfamilie verbringen konnten, machten sich verschiedentlich sogar wichtig, indem sie bei einer Gesprächsrunde locker einwarfen: «Ach wisst ihr, ich war letzthin für ein paar Tage als Gast in Shiga.» Sofort gehörte die ganze Aufmerksamkeit dem Sprecher. Jede dachte, was wohl die besondere Leistung des Sprechers gewesen sein könnte, damit er nach Shiga eingeladen worden war. Und jetzt wieder ganz locker: «Ja, ihr glaubt es nicht, aber HAL hat mich doch tatsächlich für die Toilettenreinigung abkommandiert! Nun ja, da musste ich durch!»

Komisch, immer waren es die Toiletten. Die Bewunderung, für den Sprecher oder die Sprecherin waren jedoch garantiert. Würde man allen Behauptungen von angeblichen Besuchen und Zehntenarbeiten in Shiga Glauben schenken, müsste das Dorf mindestens 1000 Toiletten besitzen.

An vielen Orten auf dem ganzen Planeten hatten sich Kommunen nach dem Vorbild von Shiga gebildet. Viele funktionierten (wenigstens eine Zeitlang), ein grosser Teil verschwand wieder, so wie sie entstanden waren. Einige funktionierten seit Jahren. Überall sah man solche

Dorfsiedlungen gerne, denn diejenigen, welche funktionierten, erzogen Menschen zu feinem Gemeinschaftssinn.

Also! Kiruna trat auf Juanita zu: «Auch Ardemo und ich gratulieren dir zum Geburtstag und zur Volljährigkeit, welche wie du weisst, erst gemäss eurem Chomâ Kalender gilt.»

«Das, geschätzte Kiruna ist mir bekannt. Im jetzigen Flare 690 rechne ich mir Chancen fürs Jugendparlament aus. Und in einem halben Jahr erreiche ich dann auch das notwendige Amerâ-Alter von 15 Flares, um ebenfalls gemäss eurem Kalender als Erwachsen zu gelten. Demnach werde ich im folgenden Flare 691, am traditionellen Wahltag in der Woche 34-3 den Schritt zu den Erwachsenen versuchen können.

Was glaubst du denn! Ich werde Caren sicher nicht allein regieren lassen. Wie schätzest du übrigens ihre Chancen beim kommenden Wahltag 4-690 + 34-3 ein, ins Regionalparlament gewählt zu werden?»

«Wenn ich da auf meinen Sohn Kirdemo höre, meine ich sie müsste es schaffen. Genau wissen tut man es immer erst nach der Wahl. Als Stadträtin von Merratâ hat sie jedenfalls gute Arbeit geleistet. Mit dem Gewinn der Badminton Bronzemedaille an den Flare Games vor drei Monaten ist ihr Bekanntheitsgrad nochmals gestiegen.

Was ich da von dir höre, bist du ja ein ausgesprochenes Talent im Turnsport. Du sollst hier einer Gruppe vielversprechender Turnerinnen im neu gegründeten Zentrum angehören. Hast du hier grössere Ambitionen?»

Juanita antwortete: «Es scheint, dass einige der auf der Proxima Centauri Geborenen eine besonders starke Sprungkraft aufweisen. Den Grund sehen wir darin, dass die Schwerkraft dort gut 10% höher liegt als hier auf Amerâ. Ebenfalls zu unserer Gruppe gestossen sind kürzlich Himari und hier unsere Alice. Beide sind ebenfalls sehr gut für ihr Alter. Warum ich so talentiert bin, kann niemand sagen. Vater mit seinen früheren irrwitzigen Wingsuit-Abenteuern kann da wohl kaum der Grund sein. Mutter spielt gut Volleyball, aber mit Turnen hatte sie nie etwas zu tun. Du fragst nach Ambitionen. Also es wäre schon das Grösste, wenn ich in drei Flares bei den 231. Games dabei sein könnte; ich werde es jedenfalls versuchen.»

«Ja, wo die Caryaner sind, ist der Erfolg nie weit weg. Nebst euren vielen Talenten ist es eure unglaubliche Ausdauer und der Durchhaltewillen, wenn ihr etwas angefangen habt. Wie oft wollte unser Kirdemo etwas aufgeben! Das war, bevor er Caren kennengelernt hatte.» Jetzt ertönte wieder einmal ihr glockenhelles Lachen. «Dieser Bengel! Seit seiner Partnerschaft mit Pentesilea[7] erlaubt er sich keine Schwächen mehr. Nein, das geht nicht. In drei Jahren wird er sicher nochmals an den Flare Games an der Verteidigungsmeisterschaft teilnehmen wollen. Mit einem Alter von 29 Flares wird er dann im idealen Alter sein. Die ideale Trainerin hat er schon; gegen Caren kann niemand bestehen.

Ah, schau, da kommt unsere Freundin Anna. Hallo Anna, kommst du auch zu unserem Geburtstagskind?»

Juanita erhob sich. Sie wusste nicht so recht warum, aber jedes Mal, wenn sie Anna begegnete, fühlte sie sich schüchtern. Anna strahlte eine unglaubliche Präsenz aus. Auch wer sie nicht kannte, merkte sofort, dass hier eine Autoritätsperson daherkam. Anna selbst gab sich immer Mühe möglichst normal und bescheiden aufzutreten.

«Alles Gute, junge Frau», begann Anna, «Wie mir dein Vater eben voller Stolz berichtete, hast du es in die Abschlussklasse und gleichzeitig ins Sportkader geschafft. Es scheint, Lernen geht dir leicht von der Hand. Hast du schon eine Ahnung, in welche Richtung dein Studium in einem Flare gehen soll?»

«Ach Anna», bemerkte da Juanita, «ihr Erwachsenen wollt immer alles weit im Voraus wissen. Ich weiss es noch nicht. Jetzt möchte ich die Matura erfolgreich abschliessen und gleichzeitig voll im Sport einsteigen.»

Dabei blickte sie direkt in Annas Gesicht und ergänzte:

---

[7] *Höchster auf Amerâ zu erreichender Kampfsporttitel für Frauen.*

«Entschuldige Anna, wenn ich es wage, der *«Amerâ-Präsidentin»* zu widersprechen.»

«Das ist schon o.k., Aufmüpfigkeit ist das Vorrecht der Jugend.» Dabei schaute Anna ebenfalls direkt zurück in Juanitas Augen. Das empfanden alle, nicht nur Anna jedes Mal äusserst ungewöhnlich, waren diese doch leuchtend blau; und das bei Javier als Vater. Ihre langen schwarzen Haare, der dunkle Teint mit eben den blauen Augen. Zudem eine super Figur und sehr vielseitig talentiert.

Natürlich bei diesen Eltern: Ihre mit 58 Jahren immer noch supergut aussehende Mutter Esther, selbst eine höchstintelligente IT-Koryphäe und ihr Vater Javier ein eigentliches Genie in vielen Bereichen. Javier war der einzige Schwarze auf der Proxima Centauri.

Auf Amerâ gab es vor langer Zeit einmal einen Heiligen «Black Manu», diesen verehrten die Ameraner heute noch. Durch diesen Umstand genoss Javier auf dem gesamten Planeten hohes Ansehen und wo er auch auftrat, freuten sich die Menschen. Javier hatte gelernt mit dieser Situation umzugehen. Probleme gab es kaum noch.

Doch welche Zufälle und Kombinationen die natürliche Auslese bei der DNS und den Genen zusammenspielten, damit die Augen von Juanita dieses Blau aufwiesen, hatte noch niemand herausfinden können.

Verehrer an der Schule gab es viele, doch Juanita war so auf ihre Ausbildung und den Sportunterricht fokussiert, dass sie dies kaum bemerkte, oder wenigstens so tat, wie wenn dies der Fall wäre.

Jetzt trat Javier selbst zur Gruppe: «Eben hörte ich *«Amerâ-Präsidentin»*, wie sehen da die letzten Neuigkeiten aus?»

«Da kann ich Auskunft geben», sagte Ardemo, welcher Mitglied des Organisationsteams beim Bau des Kongresszentrums am Südufer des Cheris-Leâ war. «Kommt, wir setzen uns! Während Alice allen ein Stück Kuchen abschneidet, können wir in Ruhe miteinander sprechen.»

Alice, möchtest du die Stücke schneiden und verteilen?»

«Ja, ja, das mache ich gerne», antwortete Alice eifrig. Und beobachtet vom stolzen Grossvater, verteilte sie die Teller.

«An der letzten Sitzung», begann Ardemo, «konnten wir uns endlich auf einen Namen einigen. Das neue Zentrum soll *«Exterritoriale Schlichtungsstelle Amerâ»* heissen. Auf allen fünf Kontinenten, zusammen mit verschiedenen Inselstaaten gibt es auf Amerâ 146 Nationen, dazu kommt seit ein paar Flares noch unser Shiga; also sind es jetzt 147.

Obwohl das Kongresszentrum am Südufer des Cheris-Leâ liegt, gehört es nicht zur Provinz Merratâ, sondern gilt, so wie der Name sagt, als Exterritorial. Demnach eigentlich die 148. Nation, jedoch ohne separates Stimmrecht, sondern freier, neutraler Ort der Zusammenkunft für alle Ameraner.

Hoffen wir, dass in der Realität dann alles so schön funktioniert, wie von uns ausgedacht.»

Nach kurzer Pause fuhr Ardemo fort: «Alle 14 Provinzen/Nationen des Kontinentes Murratâ und einige weitere Nationen, sowie auch einige kleinere Inselstaaten sind in der Murratischen Föderation zusammengeschlossen.

Ähnlich verhält es sich mit dem Kontinent Nikratâ. Nach dem Sturz des Nikrators vor fünf Flares regierte als Übergangslösung Olina unter unserer Aufsicht. Vor zwei Flares fanden dann die versprochenen freien Wahlen statt, die erfreulicherweise tatsächlich Olina für sich entscheiden konnte.

Seither befinden sich fast alle 52 Provinzen der Nikratischen Föderation auf Friedenskurs. Eine der wenigen Ausnahmen ist halt immer noch die grosse Provinz Wali Axarkan.»

Javier runzelte die Stirn: «Also, Wali Axarkan, ja die sind wirklich schwierig. Fast immer gegen alles. Wie mir scheint, haben die Axarkaner daraus eine Art Sport gemacht: Gleich was es ist, Hauptsache dagegen.»

116

Ardemo nickte bestätigend: «Manchmal erhält man tatsächlich diesen Eindruck. Nun aber weiter. Pro zehn Millionen Einwohner erhält jede Nation eine Stimme in der Schlichtungsstelle. Für die Provinz Arrunatâ mit der gleichnamigen Hauptstadt ergeben sich so 23 Stimmen.

Für meine Heimat jedoch, das Hochland von Cherisatâ, immerhin ungefähr 150'000 km2 gross, aber nur dünn besiedelt mit exakt 24.46 Millionen Einwohnern reicht es leider nicht ganz für drei, sondern nur für zwei Stimmen.»

Als Ardemo weiter erzählte hob er freudig seine Hand und meinte lachend: «Für die kleinen Inselstaaten jedoch, welche meistens weniger als das Minimum von zehn Millionen Einwohner aufweisen, gibt es immer eine ganze Stimme. So erhalten Minderheiten mehr Gewicht, sonst hätten die ja gar nichts zu sagen.»

Und mit Augenzwinkern: «Am extremsten ist da natürlich wieder einmal euer Shiga. Mit nur gerade etwa zweihundert Einwohnern erhaltet ihr eine ganze Stimme.

Die fünf Milliarden Einwohner von unserem gesamten Planeten Amerâ würden demnach 500 Sitze ergeben. Dank der 42 Inselstaaten, dürfte der gesamte Schlichtungsrat schlussendlich etwa 538 Stimmberechtigte aufweisen.

Zudem wird jeder der fünf Kontinente eine «Kontinentalrätin» stellen. Die sechste Person und Präsidentin wird unsere Anna sein. Damit es keine Pattsituation geben kann, zählt Annas Stimme doppelt.

Als Zugewanderte dürfte sie am ehesten neutral, unbeeinflusst denken und entscheiden können; sie wird die Versammlungen auch leiten.

Der Kontinentalrat wird die Geschäfte und Anliegen vorbesprechen, aufgleisen und wenn möglich einen Lösungsvorschlag dem Gesamtschlichtungsrat präsentieren.

So erhofft man sich schneller eine Lösung zu finden, als wenn alles von Grund auf im Gesamtrat diskutiert werden müsste.

Entscheide benötigen für ihre Gültigkeit eine zweidrittel Mehrheit im Gesamtrat.

Für Murratâ darf meine liebe Partnerin Kiruna als Expräsidentin das Amt der Kontinentalrätin übernehmen, bei Nikratâ dürfte es Olivero sein. Die anderen Kontinente haben ihren Rat oder Rätin noch nicht bestimmt.»

«Anna», schloss nun Ardemo seine Ausführungen, «es sind jetzt genau zehn eurer Jahre oder neun unserer Flares, seit ihr mit der Proxima Centauri auf Amerâ eingetroffen seid. In dieser kurzen Zeit der Aufstieg von der Raumschiffskommandantin zum höchsten Amt auf unserem Planeten; also das ist doch ungewöhnlich.

Das wird in die Geschichtsbücher eingehen.»

Nun brandete Applaus auf, worauf Anna zur Antwort gab: «Die Lebenswege aller Reisenden von der Proxima Centauri sind tatsächlich unglaublich. Unglaublich ist auch, wie freundlich wir von euch Ameranern aufgenommen worden sind. Es scheint, dass wir einfach zusammenpassen.

Da muss ich wieder einmal an Petras Urahnen denken, der das alles auf einer wohl unbewussten Ebene scheinbar geahnt hatte. So sind immer wieder komische, nicht zu erklärende Dinge passiert. Leute haben sich aus früheren Leben wieder erkannt, reisen zusammen im gleichen «Karass»? Alles ist durch die Unendlichkeit getrennt und doch wieder miteinander verbunden. Schon seit längerer Zeit denke ich, wir sollten einmal in die Berge der Provinz Parresâ reisen, wo am Gelîs-See einst Black Manu gelebt und unterrichtet hatte.

Da vermute ich, dass wir weitere Überraschungen und Parallelen zu unserer Erde feststellen könnten.

Aber zuerst folgen nun die jährlichen Wahlen in der Woche 34, Tag 3 (Abendtag) und weiter die Einweihung sowie Eröffnung der «Exterritorialen Schlichtungsstelle Amerâ». Dann die erste Versammlung, wo es um die Abrüstung von Murratâ gehen soll. Jetzt wo Nikratâ wieder demokratisch regiert wird, hat die Konfliktgefahr doch deutlich abgenommen. Es ist erfreulich: Wir steuern auf eine globale Friedensphase hin. Ebenfalls erfreulich ist, dass wir Caryaner einiges zu dieser Friedensphase beigetragen haben.

Nun aber etwas ganz anderes: Javier, wie sieht es mit der Musik für die Eröffnungsfeier aus?»

«Wie dir bekannt ist, bin ich lediglich für den Rock'n'Roll-Teil zuständig. Da haben wir gut geübt. Wir werden fünf Stücke des Ur-Rockers aus der Provinz Schweiz spielen. Das hätte sich dieser bestimmt nie träumen lassen, dass seine Musik 500 Jahre später in 4.27 Lichtjahren Entfernung bei einem planetenweit ausgestrahlten Einweihungsfest gespielt werden würde. Auch da wieder der Zusammenhang mit Petras Urahn, der uns mit dieser Musik bekannt gemacht hat.

Die musikalische Gesamtleitung mit der klassischen Musik wurde vor einiger Zeit an Sophie Verhofstad vergeben. An der vorletzten Organisationssitzung bat Sophie jedoch darum, von der Organisation befreit zu werden. Im Alter von 85 Jahren sei sie nicht mehr geeignet für so eine grosse Organisation; es bedeute für sie zu viel Stress. Lieber wolle sie nochmals «in extremis», wie sie sagte, üben, um einen (wohl letzten) perfekten Klavierauftritt mit ihrer Lieblingsmusik von Mozart hinzulegen. «Meine Finger wollen nicht mehr so recht», meinte sie zum Abschluss.

Die Gesamtleitung hat nun Frederick Stuensee übernommen. Der steckt den Organisationsstress mit 72 noch problemlos weg und er versteht auch genug von Musik; da kannst du unbesorgt sein, es wird alles klappen.»

Im grossen Saal waren alle Landesvertreter anwesend. Anna trat ans Rednerpult.

«Geschätzte Anwesende, der gesamte Komplex: «*Exterritoriale Schlichtungsstelle Amerâ*». kann nach einer Bauzeit von fünf Flares termingerecht seiner Bestimmung übergeben werden.

Ich freue mich die heutigen Eröffnungsfeiern[8] präsidieren zu dürfen.

Seit der Abdankung des Nikrators vor gut fünf Flares wird auch Nikratâ wieder demokratisch regiert. Es hat sich so ergeben, dass unsere kleine Gruppe Menschen vom Planeten Erde, den ihr Chomâ nennt, wesentlich an dieser positiven Entwicklung mithelfen konnte. Ihr habt uns freundlich aufgenommen und uns so die Integration in eure Kultur erleichtert.

Als wir in Richtung der Sonne Proxima Centauri, also eurer Sonne Himâ aufgebrochen waren, wussten wir nicht, dass der Planet Amerâ eine menschliche Zivilisation besitzt. Wir gaben eurem Planeten den Namen Carya; daher werden wir verschiedentlich auch als Caryaner bezeichnet, auch der Name «Caryaner-Frieden» hat hier seinen Ursprung.

Ich lasse mich gerne als Caryanerin bezeichnen, hat doch diese Bezeichnung einen positiven Touch. Nebst dieser Bezeichnung fühle ich mich jedoch ebenso stark als Ameranerin und der gesamten Friedensmission verpflichtet. Mein von euch verliehenes Amt als Präsidentin des Kontinentalrates und Vorsitzende der Schlichtungsstelle betrachte ich als grosse Ehre. Ich werde bemüht sein, immer für das Gesamtwohl des Planeten Amerâ zu arbeiten und meine Kraft und Fähigkeiten zur Friedenssicherung einzusetzen.

Ich darf nun das Wort an Frederick von Shiga übergeben, welcher die musikalische Einweihung zusammen mit Sophie von Shiga einstudiert hat.»

Der Vorhang zur Bühne öffnete sich unter Applaus.

Beim 20-köpfigen Orchester waren acht Caryaner dabei. Die Kameras übertrugen Planetenweit. Frederick begann: «Geschätzte Anwesende, unser Orchester hier gründete Sophie von Shiga an der «Merratâ First» kurz nachdem wir vor zehn unserer Jahre euren Planeten erreichten. Inzwischen

---

[8] *Die Eröffnungsfeier erfolgte am 4-690 + 35-4 = 29.03.2479*

ist die Leitung der Musikschule in jüngere Hände überge-
gangen, bitte begrüssen sie Karema von Murratâ.»

Nach dem Applaus ergriff Karema das Mikrofon: «Danke
Frederick für alle deine organisatorischen Vorbereitungen;
so konnten wir uns auf die Musik konzentrieren. Speziell
erwähnen möchte ich zwei unserer Künstler. Da ist zuerst
Sophie von Shiga am Klavier, unsere frühere Dirigentin, mit
77 Flares unser ältestes Mitglied.» Applaus. «Und an der
Harfe die allseits bestens bekannte Caren von Shiga, welche
erst letzte Woche mit sehr gutem Ergebnis in die Regierung
vom Highland von Cherisatâ gewählt wurde. Also los beginnen wir.»

Gespielt wurden auch Stücke von Amerâ Komponisten,
am liebsten hörten die Ameraner jedoch Werke von Mozart.
Sophie gab die perfekte Performance vom zweiten Satz An-
dante des Klavierkonzertes Nr. 21. Sophie erntete dafür eine
Standing Ovation. Dann folgte der grosse Auftritt von
Caren: Das Allegro vom Konzert für Flöte, Harfe und Orchester, KV 299. Auch hier folgte riesiger Applaus.

Anna ergriff wieder das Wort: «Nach diesen musikali-
schen Ausschnitten für unsere Einweihung möchte ich jetzt
zur Diskussion stellen, was wir im Kontinentalrat vorbereitet haben.

Erster Punkt: Im Krieg gegen den Nikrator wurden sämtliche Nikratischen Raketenabschussbasen zerstört. Jetzt,
wo kein Kriegsrisiko mehr besteht, sollen auch die vier anderen Kontinente alle ihre Abschussbasen zurückbauen.
Kontrolliert werden die Rückbauarbeiten durch den Kontinentalrat und sollten in fünf Flares abgeschlossen werden.

Zweiter Punkt: Unser Raumschiff die Proxima Centauri
wird dem Kontinentalrat unterstellt. Es soll weiterhin in Be-
reitschaft und in Betrieb gehalten werden. Das Raumschiff
dient der allgemeinen Ausbildung von Astronauten und
wissenschaftlichen Experimenten. Die Finanzierung erfolgt
anteilmässig der Anzahl Sitze im Schlichtungsrat.

Dritter Punkt: Der Helios Schirm dient wie bisher der Beleuchtung der Stadt Arrunatâ; die Kosten trägt die Stadt. Sollte ein Notfall eintreten, entscheidet die Vollversammlung mit zweidrittel Mehrheit über den Einsatz im Hephaistos Modus; dann erfolgt die Kostenteilung gleich wie bei Punkt zwei.

Vierter Punkt: Die im Geostationären Orbit parkierten Abwehrforts der Murratischen Föderation werden dem Kontinentalrat unterstellt und betriebsbereit erhalten. Die Kosten hierzu werden gleich wie bei Punkt zwei aufgeteilt.

Geschätzte Schlichtungsräte, die Diskussion über Punkt 1 ist eröffnet. Nach einer Stunde erfolgt eine Pause. In dieser wird unser Javier von Shiga mit seiner Rockband auftreten. Dann wird ein kleines Essen serviert, bevor über die weiteren Punkte diskutiert werden soll. ...Ja bitte.»

Pause: Der Vorhang öffnete sich. Javiers Rockband bestand nur aus Caryanern. Das war inzwischen zur Tradition geworden und es gefiel den Ameranern ungemein. Auch hier durfte die Vorstellung nicht zu lange dauern, sie gehörte schliesslich lediglich zu Rahmenprogramm der Eröffnung.

Gestartet wurde mit «Oh, Ramona» und als fünftes Lied zum Schluss das bereits zu einem Ameranischen Ohrwurm avancierte «Wen mys leschte Schtündli schlat». Selbstverständlich von Javier im Original-Dialekt des Urrockers aus der Provinz Schweiz vorgetragen. Mit Murratalâ Übersetzung auf die grosse Leinwand. Und nochmals selbstverständlich! Die ebenfalls bereits zur Legende gewordenen Schlussworte: «Tschou zäme, es isch schön gsy!»

Bis zum Abend des Scuruni (Dunkeltag I) wurden viele Voten diskutiert. Am nächsten Tag Scurdio (Dunkeltag II) dauerten die Gespräche viele Stunden. Gegen Abend erfolgte die Grundsatz Abstimmung und alle vier Punkte erhielten die notwendigen Mehrheiten.

Jetzt starteten die Expertenrunden, wo die Details ausgehandelt werden mussten. Im Grundsatz waren logisch alle für Abrüstung. Aber wer was dazu beitragen musste und die technischen Details waren eine andere Sache. Das konnte noch Wochen dauern. Aber immerhin: Der erste Schritt war getan und das neue Gremium *«Exterritoriale Schlichtungsstelle Amerâ»* schien sich zu etablieren.

Wie im Vorfeld der Verhandlungen bereits vermutet wurde, gab es eine Gruppe von Ländern unter der Führung von Wali Axarkan, die sich meist quer stellten. Es wurde verschiedentlich auch gemunkelt, dass Wali Axarkan heimlich wieder Abschussrampen baue und sie irgendwo heimlich Raketen gelagert hätten. Einige behaupteten sogar, es seien noch atomare Sprengköpfe vorhanden. Offiziell wurde dies stets verneint.

Bei den kommenden Expertenrunden war die Anwesenheit von Anna nicht erforderlich. Sie dachte, es würde jetzt wohl ein paar freie Tage geben und dass dies ein guter Zeitpunkt für einen Besuch in Parresâ auf dem Kontinent Intisuyu sein könnte. Dort in den Bergen lebte einst der heilige Black Manu.
Zudem lebte Susan mit ihrem Partner Satyo, der von Intisuyu stammte, schon seit einigen Flares in der Hauptstadt Littorâ. Susan war inzwischen im Spital der Stadt zur Chefärztin avanciert und am letzten Wahltag schaffte auch sie den Sprung in die Regierung.

«Jane, lass uns nach Shiga zurückkehren. Dann reicht es gerade noch für einen Schlummerbecher; ich bin müde. Hier braucht uns im Moment niemand. Vielleicht gelingt es uns nun, in den nächsten Tagen endlich einmal die Wirkungsstätte vom Black Manu zu besuchen. Wie viele Male haben wir das schon verschoben?»
Anna schaute direkt ins Gesicht von Jane: «Also dein älter gemachtes Gesicht empfinde ich immer noch komisch.

Wir alle waren uns gewohnt, dass du seit mindestens zehn Jahren immer wie 40 ausgesehen hast. Aber die Anpassung war notwendig, sonst hätte auch der Hinterletzte gemerkt, dass du kein richtiger Mensch bist.

Immer noch hast du jedoch das Gesicht von Javier; das hat er doch wieder perfekt hingekriegt. Obwohl selbst bereits 63, ist er immer noch ein Genie und du erscheinst jetzt nicht mehr wie seine Tochter, höchstens wie seine jüngere Schwester.»

«Obwohl viele meine Erscheinung als komisch empfinden, konnten wir mit entsprechenden Dementis bis jetzt verhindern, dass ich definitiv als KI entlarvt wurde; Gerüchte gibt es viele.

Ich gehe davon aus, dass ich als deine persönliche Leibwache bei deinen Einsätzen als Amerâ-Präsidentin auch bei der geplanten Reise nach Parresâ dabei sein werde.»

«Das ist so, ich vermute aber, dass von unserem Shiga das halbe Dorf dabei sein möchte. Du könntest dies alles organisieren. Auch mit Susan, damit sie uns eine fachverständige Führung zur Seite gibt.»

«Selbstverständlich Anna, ich werde alles... oh!»

«Jane?»
«Leise, Sch... Sch... HAL, hier Jane, wo ...?»

69. Lagrange L4, Amerâ

«HAL, hier Jane, wo befindest du dich zurzeit?»

«Jane, ich befinde mich in Shiga. Du hast den Impuls auch empfangen?»

«Ja, kommt der von den drei Raumschiffen, welche vom Mars her im Anflug sind?»

«Jane, da ist noch etwas anderes. Wir sollten nicht über Funk miteinander sprechen. Jemand könnte uns abhören.»

Anna: «Jane, wenn du nur über Funk, ohne Einsatz deiner Stimme mit HAL kommunizierst, kann ich nichts hören. Ich habe keine Funkantenne im Kopf.»

Über Funk: «HAL, Anna und ich treffen in einer Stunde in Shiga ein.»

Und in Worten: «Ist schon klar Anna. Wir haben einen unbekannten Funkimpuls, vermutlich von unseren drei anfliegenden Schiffen empfangen, äusserst schwach. HAL und ich wollen das zusammen abgleichen. Im Moment kann ich nicht mehr sagen.»

Und über Funk zu HAL: «Mir ist schon klar, wie auch dir, dass es nicht unsere Schiffe waren. Das war eine Notlüge zu Anna. Wobei wir beide, da wir auf reiner Logik basierende Abwägungen treffen, eigentlich nicht lügen können; auch nicht zur Not.»

«Eben, das ist der andere Grund, den ich mit dir besprechen möchte.»

Der persönliche Helikopter der Amerâ-Präsidentin, pilotiert von Lemuro von Cherisatâ, setzte nach kurzem Flug über den See in Shiga auf. Lemuro verband eine echte Freundschaft mit Jane, obwohl er seit seinem Einsatz beim

Attentat vor acht Flares wusste, dass sie eine KI war. Sie beide machten das Spiel mit und förderten auch die Gerüchte, sie hätten ein Verhältnis zusammen. Jane sah so unverschämt gut aus, dass Lemuro oftmals seufzte, wenn er wieder realisieren musste, dass der letzte Schritt ihrer spekulierten *«Partnerschaft»* nicht vollzogen werden konnte.

Dies speziell seit er sich vor zwei Flares von seiner Amerâ Partnerin getrennt hatte, um sich ganz den Caryanern anzuschliessen.

Es erfolgte der Aufstieg zum persönlichen Piloten sowie Leibwächter der Amerâ-Präsidentin, das konnte er nicht ausschlagen. Er gehörte nun zum Kreis der planetenweit bekannten Persönlichkeiten. Und schliesslich: Seit seiner X-Plus Behandlung, die er wegen seiner schiefen Hüfte auf das absolut erlaubte Maximum von sieben Centimeter erzwingen konnte, war er nur noch fünf Centimeter kleiner als Jane.

Kaum gelandet, dimmte sich das Licht der vier Beleuchtungsmasten bis nach zehn Minuten die letzte Nacht vor Sonnenaufgang begann.

HAL erwartete sie: «Ich habe ebenfalls Javier benachrichtigt, er wird jeden Moment eintreffen. Ich schlage vor, wir gehen zu den Tischen unten am See. Da sind wir ungestört. Beim Kühlschrank kriegt Anna ihren Schlummerbecher. Gleich daneben liegen auch Decken, falls es jemandem zu kalt ist. Mit meinem Leuchtarm ersetze ich euch die Tischlampe.»

Lemuro kam wie selbstverständlich mit. Als persönlicher Mitarbeiter von Anna war er Geheimnisträger erster Priorität und niemand störte sich an seiner Anwesenheit. Als sich nach wenigen Minuten Javier zu ihnen setzte, begann HAL in seiner Ausprägung als Lucette zu sprechen.

«Wie ihr wisst, wurden Jane und ich mit den absolut besten Nanochips vom Mars aufgerüstet, als wir auf Amerâ ankamen. Das ist jetzt zehn Jahre her. Ebenfalls wissen wir, dass der Planet Amerâ eindeutig ein stärkeres Magnetfeld aufweist, als dies auf Grund seiner Rotation der Fall sein dürfte. Jane und ich haben im Laufe der Jahre bemerkt, dass dieses Magnetfeld Einfluss auf unsere Nanochips hat. Die haben ja ihre speziell grosse Leistungsfähigkeit ebenfalls auf Grund des ungewöhnlichen Magnetfeldes in der Marskuppel erhalten. Nach unserer Aufrüstung hat sich unsere Empfindlichkeit zum Auffangen von Funkwellen stark gesteigert. Im Einfluss des Amerâ Magnetfeldes hat diese Empfindlichkeit stetig zugenommen.

Zugenommen hat ebenfalls unser «*Gefühlsleben*», wenn man so etwas von einer KI überhaupt sagen kann. Also Jane und ich sind noch immer absolut logisch orientiert, doch stellen wir fest, dass wir, wenn wir wollen, auch gefühlsbetonte Antworten geben können; oder sogar, wenn es notwendig erscheint, wie richtige Menschen fähig sind, ein emotional begründetes Argument auszusprechen.»

Jane ergänzte: «So wie erst vorhin, als ich zu Anna sagte, der aufgefangene Impuls sei vermutlich von den drei Erden-Raumschiffen, obwohl ich ganz genau wusste, dass dies nicht der Fall war. Also, sozusagen eine Notlüge, um weiteren Fragen von Anna auszuweichen. Irgendwie widerspricht dies der reinen Logik einer emotionslosen KI. Eben: Da wir Emotionen entwickelt haben, geben wir scheinbar entsprechende Antworten. ...Javier!», fuhr Jane mit gesenktem Kopf leise fort, wie wenn sie sich genieren würde, «wäre es dir und deinem Team nicht möglich mit biologischem Gewebe mich zu einer richtigen Frau aufzurüsten?»

Stille! Javier, Anna und Lemuro staunten sich an. Plötzlich färbte sich Lemuros Kopf sichtlich rot. Ihm war wohl seine Fantasie durchgegangen; er wandte sich ab. Anna hüstelte und meinte zum immer noch staunenden Javier, er solle sich doch diesem Thema annehmen. «Doch jetzt zurück zum Funkthema. Woher kam dann der aufgefangene Impuls, Lucette?»

«Ich habe schon vor etwa 20 Tagen einen ähnlichen Impuls aufgefangen. Schon damals war mir ziemlich klar, woher er kommt, aber jetzt bin ich sicher: Von Lagrange L4. Javier weiss davon.»

«Aha!», meinte Anna, «unser Javier macht wieder einmal eine Extratour.»

«Anna, mir und Lucette war bald klar, dass möglicherweise jemand den Funkverkehr von Amerâ abhört. Aber nur ein Impuls war zu wenig. Jetzt mit dem zweiten und dem gleichzeitigen Empfang auch von Jane sind wir sicherer und sind nun eben dabei, dich zu orientieren. Wir wollten auf jeden Fall verhindern, dass in der Welt herum gefunkt wird, es sei ein unbekanntes Signal empfangen worden. Denn falls uns jemand belauschen würde, würde er/sie unseren Funk natürlich ebenfalls verstehen und wissen, dass die heimliche Belauschung aufgeflogen ist. Wir sollten den Wissenskreis möglichst klein halten.

Wir sind ziemlich sicher, dass am Lagrange Punkt Nummer 4 ein Satellit platziert ist. Wir sollten hinfliegen und nachsehen. Äh, Entschuldigung Anna, aber nach dem ersten Impuls vor 20 Tagen haben Jane und ich in unserer Firma «Chomâ Air and Space Ltd» sofort mit dem Befüllen sämtlicher Reserve-Wasserstofftanks begonnen. Im neuen Shuttle II sind alle Sitze ausser 6 entfernt. Die Tanks füllen das ganze Shuttle. Hans Kobelt hat berechnet, dass wir viermal auf 35'000 km/h beschleunigen können: Hinflug, abbremsen, wieder starten und wieder bremsen inkl. Landung auf dem See; dann würde noch die Reserve für eine fünfte Beschleunigung vorhanden sein. Ein Weg dauert so lediglich 8.5 Tage. Der Start wäre gegen Abend des Frühtages möglich. Die Proxima wäre natürlich wesentlich schneller und bequemer, doch der Start würde auf dem ganzen Planeten überall in allen Medien gross vermeldet. Das ist nicht wünschenswert. Nochmals sorry, Anna, aber HAL's Logik hat dieses Vorgehen ebenfalls unterstützt. Jetzt bist du ja orientiert.»

Lemuro meldete sich zu Wort: «Ihr wisst, dass ich auch den Stratosphärenclipper pilotiere und verschiedentlich auf der Proxima bei Wartungsarbeiten eingesetzt wurde. Also ich würde hier gerne mitfliegen. Jemand könnte mir jedoch noch erklären, was ein Lafrange Punkt ist, diesen Begriff scheint ausser mir jeder zu kennen.»

Anna sagte: «Javier, dieses Mal habe ich bezüglich deiner Eigenmächtigkeit nichts zu kritisieren. Nicht ich, sondern du bist der Chef von *Chomâ Air and Space Ltd*», wenigstens von der Abteilung «Space». Du hast das sicher mit dem Chef der Abteilung «Air» abgesprochen?»

«Selbstverständlich Anna, Pierre möchte auch mitfliegen. Es scheint, viele sehnen sich nach einem Ausflug in den Raum. Doch wenn ich rund 20 Tage fehlen werde, muss er wohl die Stellung halten.»

Jane meinte: «Darf ich?» Javier und Anna nickten. «Lieber Lemuro, die Punkte heissen nicht Lafrange, sondern Lagrange, nach dem Gelehrten, der sie entdeckt hat.

In einem System mit zwei grossen Körpern zum Beispiel die Sonne Himâ mit dem Planeten Amerâ gibt es fünf Lagrange oder Librationspunkte. Das heisst fünf Punkte, die sich in den Gravitationsfeldern der beiden Körper im Gleichgewicht befinden. Punkt L1 bis L3 liegen in der Achse der Himmelskörper, sie sind nicht stabil. Punkt L4 und L5 sind jedoch stabil, das heisst, ein Satellit, der an einem der beiden Punkte platziert wird, bleibt ohne jegliche Korrektur für immer dort. Ein zufällig in den Bereich L4 oder L5 gelangender Asteroid, sonstiger Gesteinsbrocken oder auch Staubteile werden eingefangen und umkreisen den Lagrange-Punkt für immer. In unserem alten Sonnensystem hat es einen riesigen Gasplaneten mit Namen Jupiter, der hat im Laufe der Zeit dank seinem starken Gravitationsfeld hunderte von Asteroiden, die sogenannten *«Trojaner»* eingefangen.

Auch Amerâ weist solche Trojaner und Staubpartikel auf. Das ist der ideale Ort für die Platzierung eines geheimen

Satelliten. In all den hunderten von Gesteinsbrocken ist der gut versteckt. L4 und L5 bilden je mit Himâ und Amerâ ein gleichseitiges Dreieck.

Punkt L4 fliegt seinem Planeten voraus, L5 im gleichen Abstand hinterher. Für Amerâ beträgt der Abstand demnach in beide Richtungen 7.20 Millionen Kilometer.»

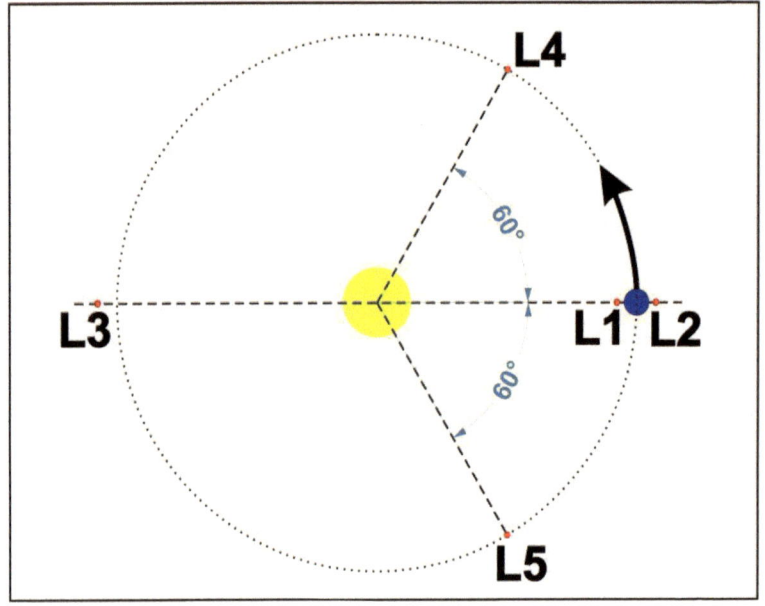

Jeder Planet hat 5 Lagrange Punkte

«Nach deinen Ausführungen erinnere ich mich, dies in meiner Ausbildung selbstverständlich gelernt zu haben, nur waren unsere Bezeichnungen halt andere und manchmal geht etwas wieder vergessen.» ergänzte nun Lemuro.

«Ich gedenke nicht mitzufliegen», erklärte Anna, «wie wird der Flug finanziert Javier? Wenn wir es geheim halten wollen, müssen wir alles selbst vorbereiten und bezahlen.»

Javier: «Da habe ich bereits mit den Partnern Amos Kowalsky und Michael Bergstrome gesprochen. Die beiden sind nach ihrem abgeschlossenen Wirtschaftsstudium bei uns in die Firma eingetreten und seit Hermann Pozivil sich ganz auf das Bauteam konzentriert, sind sie zu den Personal- und Finanzchefs avanciert. Also unsere Firma ist, wie du weisst, sehr erfolgreich mit den Heliosschirmen, wie auch mit den Space-Shuttles. Ganz abgesehen von den Nanochips. Die Kosten dieser kleinen Expedition stecken wir locker weg.

Kannst du für etwa 20 Tage auf deine Sicherheitsleute Jane und Lemuro verzichten?»

«Das geht, ich organisiere meine nächsten Auftritte mit Sicherheitchef Beruno und seinen Leuten. Der jammert dann wieder wegen Überzeit und so, das gehört bei ihm zum guten Ton. Hauptsache, er ist wie gewohnt zuverlässig.»

HAL's Lucette schaute zu Javier: «Suzan Chu?» Javier nickte leicht.

«Hallo Suzan, hier ist HAL, bist du noch wach? Ja, komm doch schnell zum See runter. Nein nicht über Funk.

Sie kommt, muss sich nur schnell noch etwas überziehen.»

«Was geht denn hier für eine Verschwörung ab», fragte Suzan, «Javier! Was hast du wieder ausgeheckt?»

«Also bitte, Suzan. Warum immer alle meinen, ich würde etwas Unerlaubtes, Heimliches ausführen, kann ich gar nicht verstehen. Wie kommt denn das? Es ist so...»

«O.k., ich fliege gerne mit, in einer Woche beginnen sowieso meine Ferien und ich fühle mich etwas ausgebrannt von der Arbeit im Spital. Es ist aber so, dass ich die Ferien logischerweise mit Alwin verbringen wollte. Auf die Söhne Lance und Mike müssen wir nicht mehr schauen. Im Alter von 23, beziehungsweise 21 Jahren gehen die beiden ihre eigenen Wege. Wenn ich das recht abschätze, habt ihr noch einen Platz frei. Alwin als Lebensmitteltechnologe wäre doch eine gute Wahl. Er wäre sicher bereit den Ersatzkoch zu spielen.»

Merratâ News:

«Wie uns das Dorf Shiga mitteilte, wird heute noch ihr Shuttle II zur Proxima Centauri starten. Bevor das Schiff dem Kontinentalrat unterstellt wird, soll es nochmals von der ursprünglichen Besatzung kontrolliert und gewartet werden. Kommandant der Mission ist Javier von Shiga. Der für die Hydrokulturen verantwortliche Alwin von Shiga wird: «Sicherstellen, dass die erste Crew des Kontinentalrates genügend zu essen haben wird», wie er sagte. Die Ärztin Suzan von Shiga überprüft das Spital und alle Geräte. Dann ist da noch der Mathematiker Hans von Shiga, er soll bei allen Rechnern des Schiffes den Zeitablauf neu justieren. Das ist notwendig, damit die Steuerkorrekturen für die stationäre Umlaufbahn jeweils exakt zum richtigen Zeitpunkt zünden. Die Kämpferin Jane von Shiga kann als Allrounderin überall ihr unglaubliches Wissen einbringen. Was genau die Funktion von Lemuro von Cherisatâ in diesem hochkarätigen Team ist, entzieht sich unserer Kenntnis. Das ist wohl wieder etwas für die Gerüchteküche. Denn seit Lemuro zum persönlichen Assistenten, Piloten und Wächter von unserer Amerâ-Präsidentin befördert worden ist, sieht man ihn vermehrt zusammen mit der unglaublichen Jane. Diese sah man während den ganzen neun Flares seit die Shiga Leute bei uns leben, noch nie mit einem Partner. Viele fragten sich schon, warum die unglaublich gutaussehende Jane, so gross wie die Amazonenschwestern, noch nie einen Partner hatte. Bahnt sich da endlich etwas an? Also die zwei würden gar nicht schlecht zusammenpassen. Aber gibt es einen Mann, der das ungestüme Wesen einer Jane bändigen kann? Bisher wurde Jane schon drei Mal angeschossen, aber immer hat sie mirakulös überlebt. Wie kommt das? Gerüchte behaupten, sie sei möglicherweise eine Cyborg. Dem widerspricht die Tatsache, dass sie nach jedem Schuss sehr stark blutete; da finden sich doch einige Ungereimtheiten!
Merratâ News hält sie auf dem Laufenden.»

«HAL, die Presse hat dich vergessen, ich denke, das wird dich kaum stören.»

«Nein, das stört wirklich nicht, das ist mir egal.»

Der Start erfolgte gegen Abend und einige Einheiten später kam bereits die Proxima in Sicht. Javier berührte die entsprechenden Sensoren und gab über Intern-Funk bekannt: «O.k., Leute wir ziehen an der Proxima vorbei und geben Schub. Gehen wir davon aus, dass dies auf Amerâ nicht sofort auffällt. Anschliessend driften wir mit den genannten 35'000 km/h Richtung L4, und das ganze acht Tage lang.

Wer spielt mit mir Karten. Das Angebot gilt nicht für HAL oder Jane. Die gewinnen ja doch immer.»

«Jetzt, da wir uns ausserhalb des planetaren Magnetfeldes befinden, haben Jane und ich schon verschiedene Kurzimpulse aus der Richtung von L4 ausmachen können. Es scheint aber, dass die Impulse sehr eng gerichtet abgestrahlt werden und dies nicht in unsere Direktion. Wir vermuten, dass die Richtung auf Alpha Centauri eingestellt ist.»

Javier gab zur Antwort: «Das ist nicht unbedingt überraschend, oder? HAL rufe uns doch bitte in Erinnerung, was wir über Alpha Centauri und deren bewohnte Planeten wissen. Ist ja schon wieder längere Zeit her, seit uns dies Kiruna erzählt hat.»

HAL: «Also um Alpha Centauri A kreist ein Planet mit Namen Ureâ, ein weiterer mit Namen Merrenîn kreist um Alpha Centauri B. Den Krieg zwischen diesen beiden Planeten gewannen die Aggressoren aus Ureâ vor ungefähr 2000 Flares. Seither ist nicht bekannt, was aus den Merrenînern geworden ist, wie sich ihre Kultur allenfalls erholen konnte. Nach diesem Sieg fehlte den auf Krieg ausgerichteten Ureatern der Feind. Bald drohte ein Bürgerkrieg.

Den wandten sie vorerst ab, indem sie mit unglaublichem Aufwand drei grosse Schiffe Richtung Amerâ sandten. Das geschah am Datum 3-17'094, das entspricht unserem Jahr 447 nach Christus. Demnach vor 2032 Jahren. Die Ureater hielten ein paar Flares ganz Amerâ in Geiselhaft und liessen auch zwei (kleinere) Atombomben fallen. Sie wurden nicht müde zu drohen, demnächst würden weitere Schiffe in grösserer Zahl ankommen. Die Ameraner sollen besser ihren Forderungen nach *friedlicher Übergabe* des Planeten an die friedliebenden, weisen Herrscher aus Ureâ nachkommen, bevor ihr ganzer Planet nur aus falscher Sturheit verwüstet werden müsste. Doch der angekündigte Nachschub traf nie ein, wohl weil Ureâ im Bürgerkrieg versank. Ohne Nachschub atomarer Art versandete der Angriff und die drei Schiffe zogen schliesslich ab.

Wie die Gelehrten auf Amerâ errechneten erfolgte der Angriff der Ureater in deren aufsteigendem Dwapara Yuga von Alpha Centauri, und zwar 1'934 Jahre nach dem Durchgang durch das Aphel oder dem dunkelsten Punkt des Evolutionszyklus. Das heisst, sie dürften (in etwa) erst kurz vor diesem Zeitpunkt die Kernfusion entwickelt haben.

Wie weit sie durch ihre beinahe Selbstvernichtung in der Evolution zurückgeworfen wurden, weiss niemand. Jedenfalls befinden sich die Ureater jetzt seit 3'966 Jahren im aufsteigenden Zyklus und müssten einen sehr hohen technischen und geistigen Stand erreicht haben; bedeutend höher als unser jetziger Standard. Kernfusion und super Raumschiffe inklusive. Ihre aggressive Phase müsste längst vorbei sein. Infolge des extremen Rückschrittes vor zwei Jahrtausenden ist das scheinbar noch nicht der Fall.»

Lemuro fragte: «Glaubst du, es könnte sich ein ureatisches Raumschiff am Lagrange Punkt L4 verstecken?»

«Das», erwiderte Jane, «erachte ich nicht als logisch. Ich kann mir nicht vorstellen, dass sie unerkannt hierher fliegen konnten. Denn auch ihr Schiff müsste ähnlich aufgebaut sein wie unsere Proxima. Mit dieser Grösse lässt sich kaum unerkannt in ein technisch hochstehendes System einfliegen.»

Lemuro entgegnete: «Warum müsste ihr Schiff ähnlich gebaut sein wie die Proxima? Diese Aussage scheint mir hingegen nicht logisch zu sein, beträgt doch die Distanz von Alpha Centauri nach hier weniger als 0.20 Lichtjahre.»

«Doch das ist so», erläuterte Jane, «jeder längere Raumflug braucht für die Crew Gravitation. Früher bedeutete der Flug über acht Monate zum Mars bereits die Zeit-Limite, damit die Besatzung keine gesundheitlichen Probleme bekam. Für längere Reisen braucht es die Rotation zur Erzeugung einer künstlichen Schwerkraft; so wie auf der Proxima. Obwohl 0.20 Lichtjahre weniger als fünf Prozent der Distanz zu unserer heimatlichen Sonne entspricht, dauert die Reise bei gleicher Konstant-Beschleunigung, wie sie die Proxima aufwies, immerhin drei Jahre. Denn die Beschleunigung beginnt bei null und nach etwas mehr als einem Jahr muss die Mannschaft schon bald wieder ans Abbremsen denken. Schneller als zweieinhalb Jahre wird es sicher nicht gehen.»

Hans Kobelt schaute von seinem Rechner auf: «Die Proxima Centauri könnte die Distanz in zwei Jahren, sieben Monaten und 25 Tagen überwinden. Ich denke nicht, dass wir beim L4-Punkt ein Schiff antreffen werden, eher würde ich vermuten, dass der Sender seit dem letzten Besuch der Ureater vor zweitausend Jahren am Librationspunkt verharrt. Javier, glaubst du, eine Funkstation könnte so lange funktionstüchtig bleiben?»

«Ja, das scheint mir möglich. Die Sonneneinstrahlung ist gut. Solarzellen nutzen sich äusserst langsam ab und können selbst nach dieser langen Zeit noch Strom produzieren. Wenn wir näherkommen, steuere ich unseren Shuttle in den Richtstrahl, dann können wir die Funkimpulse auffangen und sicher auch verstehen.»

«Die erste Bremsphase ist abgeschlossen», gab Javier durch, «Ich drehe jetzt das Shuttle wieder in Fahrtrichtung. Bis zum rechnerischen L4 Zentrum sind es jetzt noch wie viele Kilometer, Hans?»

Der tippte auf seinem Rechner: «lediglich noch 40'000. Es ist aber nicht zwingend, dass der Sender genau im rechnerischen Zentrum liegen muss. Ich denke eher nicht, sonst hätten wir den bereits entdeckt.»

Kaum hatte Hans diese Bemerkung gemacht, zeigte sich auf dem Schirm ein schwaches Aufblitzen. Aufgrund der eingeblendeten Zahlen befand sich das Gerät doch ziemlich genau im rechnerischen Zentrum, musste also sehr klein sein, da sie es erst jetzt bemerkt hatten. Javier entschied möglichst nahe heranzugleiten und erst dann die zweite Bremsphase einzuleiten. So dürften sie die Sonde in etwa fünf Stunden erreichen.

Nach dieser Zeit schwebte ihr Shuttle wenige Dutzend Meter neben der Sonde, die einen Körper von kaum mehr als zwei Meter Länge aufwies, seitlich abstehend befanden sich zwei Flügel mit je 25 m^2 Solarpanels, wie der Rechner ermittelte.

Noch während sie die Sonde auf dem Bildschirm betrachteten, begann diese zu senden. Die Automatik nahm alles auf; es dauerte nur fünf Sekunden. HAL analysierte alles.

«Hier meine Einschätzung», begann die KI, «Der Sender kann mit grosser Wahrscheinlichkeit vieles auffangen, was bei uns im Geostationären Orbit von Amerâ gefunkt wird, das liegt ausserhalb der Haupt-Feldstärke des planetaren Magnetfeldes. Vom Planeten selbst dürfte nur empfangen werden, was zufälligerweise genau in Richtung L4-Punkt gesendet wird. Die Abstrahlstärke der Sonde ist so gering, dass es mit Sicherheit nicht bis nach Alpha Centauri reicht. Das lässt nur einen Schluss zu: In der Abstrahlrichtung in unbekannter Distanz muss eine Relaisstation liegen, welche die Signale verstärkt weitersendet.

Meine und auch Janes Funkempfindlichkeit sollte ausreichen die Lage der Relaisstation zu ermitteln. Jane lass uns die Signale abgleichen.

O.k., hier das Resultat, Jane bitte.»

«Von hier zur Relaisstation sind es 223.35 Millionen Kilometer, das entspricht genau der Distanz zum Planeten

Proxima Centauri C, den die Ameraner Eltonâ nennen. Der Planet Eltonâ hat die sechsfache Masse von Amerâ und benötigt 5.28 Jahre für einen Umlauf. Mein Pointer zeigt euch den Planeten auf dem Schirm und an diesen Punkt hier ging die Funknachricht. Das heisst, die Relaisstation ist im Lagrange L5 von Eltonâ verankert. Eben habe ich mich mit HAL über Funk abgesprochen. Mit unserer Logik gelangen wir zum folgenden mutmasslichen Ergebnis.»

HAL projizierte seine Lucette: «Ich blende auf die Sonde. Seht die Zeichen der Abnutzung auf den Solarpanels. Die Sonde steht tatsächlich seit dem Angriff auf Amerâ vor 2000 Jahren hier. Nach dem Abzug der drei ureatischen Schiffe blieb die Sonde hier und war die längste Zeit inaktiv. Auf Ureâ erholte sich die Kultur langsam von der beinahe Selbstvernichtung. Die Raumfahrt wurde wieder aufgenommen; auch mittels Antriebes durch Kernfusion. So wurde vor einiger Zeit ein Raumschiff oder als erster Bote die Relaisstation ins Proxima System gesandt. Man erinnerte sich scheinbar, dass damals eine Sonde (eventuell auch mehrere) zurückgelassen wurden und es gelang, die Sonde zu reaktivieren. Technisch ist dies eine gute Leistung und lässt doch ein wenig auf den ureatischen Standard schliessen.

Fazit: Die Ureater horchen die Ameraner aus. Seit wann ist nicht bekannt! Warum? Wenn es um friedliche Kontaktaufnahme ginge, hätte diese stattgefunden. Ergo! Das Aushorchen dient keinen friedlichen Absichten. Der Planet Eltonâ ist so weit von Amerâ entfernt, dass ein Raumschiff von der Grösse der Proxima Centauri problemlos unbeobachtet dort stationiert sein könnte.»

Javier vergrub sein Gesicht in den Händen: «Hört das nie auf! Eben erst wurde in der *«Exterritorialen Schlichtungsstelle Amerâ»* mit einer zweidrittel Mehrheit die Abrüstung aller Raketenabschussbasen innert der nächsten fünf Flares beschlossen und schon scheint sich eine neue Gefahr abzuzeichnen, welche diesen Entscheid fraglich erscheinen lässt; es ist zum verrückt werden. Freunde seid ihr einverstanden, dass ich Mary Attwood zitiere?»

Alle zeigten nur ein müdes Lächeln. Das war für Javier Ermunterung genug: «Geschichtsunterricht. Plenarsitzung im alten Europaparlament in Brüssel, Planet Erde, Jahr 2029. Sprecherin ist die Abgeordnete Mary Attwood:

«Die Idioten sind scheinbar nicht klein zu kriegen!».»

Nach längerer Stille, alle hingen den eigenen Gedanken nach, räusperte sich Alwin. «Ich denke, es wäre nicht klug, die Sonde zu zerstören. Die Ureater würden dies schnell merken. Vorderhand denke ich, es wäre besser, ihnen nicht mitzuteilen, dass wir ihre Horchaktionen entdeckt haben. Vielmehr könnten wir unseren Funkverkehr aus dem Geostationären Orbit mit Richtstrahlen so halten, dass die Sonde hier unsere Nachrichten nicht empfangen kann und für die Ureater erstellen wir spezielle Sendungen nach unserem Gusto; also *«Fake News für Ureâ»*, was meint ihr?»

«Ich bin der Kommandant dieser Mission», sagte nun Javier, «und ich stelle folgenden Befehl zur Überprüfung und Diskussion an HAL und Jane. Wir rühren die Sonde, wie von Alwin vorgeschlagen, nicht an. Melden aber vorläufig nichts an Anna. Sie ist sich an gewisse Extratouren von mir ja gewohnt.» Leichtes Lachen. «Unsere Firma *«Chomâ Air and Space Ltd»* ist extrem gut aufgestellt. Wir haben Connections, Geld, sowie technisches Knowhow der höchsten Güte auf Amerâ. Ich werde mit dem anderen Direktor, also mit unserem Pierre, besprechen, ob und wie wir ohne Wissen der Öffentlichkeit, ja äh …, ich meine eigentlich geheim unser altes Shuttle mit Abwehrraketen ausrüsten könnten. Natürlich auch die beiden neuen Shuttles II und III, sowie Nummer IV, welches in einem Jahr fertiggestellt werden wird. Sollten unangenehme Schiffe aus Ureâ in den nächsten Jahren eintreffen, wären unsere vier (bis dann, mit dem für Intisuyu eventuell fünf) Shuttles im Bereich der Geostationären Umlaufbahn viel wendiger und agiler als die anzunehmenden riesigen Schiffe (ähnlich unserer Proxima) der Ureater. Falls diese wieder wie vor 2000 Jahren mit dem Abwurf von Atombomben drohen.»

Javier schaute in die Runde und sah, dass er noch mehr erklären musste. «Warum dieser Vorschlag: Erzählen wir auf Amerâ, was wir hier gefunden haben und deshalb vorschlagen, auf die beschlossene Abrüstung zu verzichten, wird uns mit Garantie vorgeworfen wir, beziehungsweise die Murrater wollten die Weltherrschaft an sich reissen. Denn ausser den Murratern hat niemand mehr Abschussbasen. Alle anderen haben wir nach dem Sieg gegen den Nikrator zerstört.

Zudem wäre das Abfangen einer aus dem Orbit abgefeuerten Atomrakete extrem schwierig. Auch bei einem gelungenen Abschuss besteht die Gefahr der Verstrahlung der Atmosphäre. In 100'000 Kilometer Höhe über Amerâ ausserhalb des Magnetfeldes wäre diese Gefahr praktisch nicht vorhanden. Das alles spricht für bewaffnete Shuttles. HAL, Jane, was sagt eure Logik.»

«Jane und ich kommen zum gleichen Ergebnis. Wir unterstützen den Vorschlag unseres Kommandanten Javier von Shiga.»

«Ich würde sogar noch weiter gehen», ergänzte Jane, «und Präsidentin Akrina einweihen, damit auch die Black Manu IX und X entsprechend aufgerüstet werden. Ist Akrina eingeweiht, wird auch der heimliche Einbau viel besser möglich sein. Aus meiner Sicht sollten neben unserer Crew hier Akrina wie auch Kiruna und Anna eingeweiht werden; aber nicht mehr. Und absolute Geheimhaltung.»

«Nach diesem Votum unserer beiden Logiker, wer möchte sich noch äussern?» Javier schaute in die Runde. Alle nickten Zustimmung. «Also es gilt! Wir alle sind nun Geheimnisträger.» Nochmals nickten alle.

«Ich denke, wir machen die notwendigen Checks und begeben uns auf die Heimreise», schloss Javier. «Halt! ...Doch noch etwas. HAL klinke dich doch ins optische System ein und suche gezielt die ganze Librationszone ab, ob nicht doch noch irgendwo eine andere Sonde gelagert ist. ...Alwin, ich verspüre Hunger!»

«Gar nicht schlecht, Alwin», lobte Lemuro, «aber das Beste finde ich doch das *Karussell*, müssen wir doch so unser Essen nicht ganz schwerelos einnehmen; es gibt ein oben und unten.»

Das Karussell war wie ein grosses «Hamsterrad», in dem sich immer zwei Sitze gegenüber befanden. Es drehte sich so, dass auf Kniehöhe, wo sich ein Tablar wie in einem Flugzeug befand, ein Zehntel Gravitation vorhanden war. Man konnte demnach Teller abstellen, ohne dass diese gleich davonschwebten. Zwei der sechs Sitze konnten auch abgeschirmt werden und dienten dann als Toilette. So konnte man auf Absaugmechanismen verzichten; es funktionierte dann eher so wie gewohnt.

«Liebe Freunde», hörten sie da Lucette's Stimme, «ich habe tatsächlich noch etwas entdeckt. Nur etwa 7000 Kilometer in Flugrichtung. Es muss winzig sein, doch sendet vermutlich ein Solarpanel einen überaus schwachen Lichtstrahl. Da der nicht immer gleich in unsere Richtung zeigt, ist anzunehmen, dass sich das Objekt langsam dreht. Hier schaut auf die Verstärkung auf dem Schirm.»

«Das fliegen wir an. Wir trinken noch unseren Kaffee, machen die Checks. In 45 Minuten starten wir.»

Javier: «Also das sieht aus wie ein Fussball, auch etwa die gleiche Grösse. Jede Fläche ist ein kleiner Spiegel. Irgendwie erscheint mir der Fussball uralt zu sein. Die Spiegel sind halb blind. Jetzt dreht sich eine fünfeckige Metallfläche ins Bild, daneben gibt es auch dreieckige Flächen. Hans, du als Mathematiker!»

«Ja Javier, das ist ein Ikosidodekaeder oder einfacher ein Vielflächner. Er besteht aus 12 Fünfecken und 20 gleichseitigen Dreiecken. Ein archimedischer Körper.»

«Danke Hans für deine exakte Erklärung, aber ich bleibe beim *«Fussball»*, das verstehe ich besser», lachte Suzan, «schaut, da sind Amerâ Zahlen. Wir müssen näher ran.»

HAL: «Es ist nicht besonders schwierig, ich konnte sie bereits lesen. Es zeigt ein Datum: 2-5'615.»

Im Gesicht von Hans konnte man direkt sehen, wie sein Gehirn diese Information verarbeitete. «Willst du damit andeuten die Sonde sei über 30'000 Jahre alt?»

Nun lachte Jane auf: «Da gibt es nichts anzudeuten. Wenn die Zahlenkombination tatsächlich das Amerâ Datum anzeigt, bedeutet dies das Flare 5'615 im 2. Grossen Flare. Umgerechnet auf unseren Kalender ergibt sich so das Jahr 32'120 vor Christus. Unser Jahr heute ist 2479. Die Sonde dürfte demnach seit 34'599 Jahren am Lagrange L4 parkiert sein.»

«Bei so langen Zeiträumen», ergänzte HAL ist auch immer an die Evolutionszyklen zu denken. 2-5'615 lag 3'663 Jahre nach Aphel (dunkelster Punkt) im aufsteigenden Treta Yuga. Diesen Punkt wird unsere Erde erst in 1500 Jahren erreichen. Es ist davon auszugehen, dass die technische Entwicklung auf Amerâ damals einen Höchststand erreicht hatte.»

Suzan wandte sich an den Kommandanten: «Javier kannst du den Fussball durchleuchten? Nicht dass wir eine versteckte Bombe an Bord nehmen.»

Javier erwiderte: «Das Scanning mit den entsprechenden Strahlen zeigt nichts dergleichen. Es befinden sich jedoch unzählige dünne Metallfolien im Innenraum. Sie tragen Schriftzeichen. Ich vermute, es handelt sich um eine Informationskapsel.

Da hat jemand Informationen für spätere Generationen konserviert, man könnte auch von einer *«Zeitkapsel»* oder *«Wissens-Konservierungs-Kapsel»* sprechen.

Dies weil diese Menschen damals mit ihrem fortschrittlichen Verständnis genau wussten, dass im Zuge der Evolutionszyklen immer wieder Wissen verloren geht.

Wir nehmen den Fussball an Bord, öffnen ihn aber nicht. Es besteht die Gefahr, dass dabei alles zu Staub zerfallen würde. Auf Amerâ können wir das in der Firma viel sorgfältiger vornehmen.

Also, machen wir uns auf den Rückweg. In neun Tagen landen wir auf dem Cheris-Leâ.»

70. Eine echte Cyborg

Nach der Rückkehr vom Ausflug zu Lagrange L4 trafen sich Suzan, Alwin, Leslie, Javier und Lucette HAL, um das Anliegen von Jane zu besprechen.

HAL und Jane hatten sich im Laufe der Jahre zu richtigen Persönlichkeiten mit eigenem Bewusstsein entwickelt. Beide waren bedeutend mehr als nur sogenannte *«Künstliche Intelligenzen»*.

HAL als mobile Einheit in der Form einer Art Auto hatte als *«Körper»* seine Lucette als perfektes Hologramm entwickelt, empfand sonst jedoch keinerlei körperliche Bedürfnisse. HAL war zufrieden und sogar so etwas wie stolz auf seine Existenz. So wie er, war nun wirklich niemand. HAL war im wahrsten Sinne des Wortes einmalig.

Jane jedoch erschien als perfekter Mensch weiblicher Prägung. Die Basis ihres Skeletes bildete ein Samson-Anzug. Zu Beginn ihrer *«Existenz»* bestanden nur ihr Kopf und die Hände aus einem Kunststoff-Sinto-Gewebe. Wie bei *«Original»*-Jane schmückte eine extreme Kurzhaarfrisur ihren Kopf. Dies sah schon etwas speziell aus, aber doch auch wieder gut und vor allem wie echt.

Damit sie nicht als KI erkannt werden konnte, musste sie ihren ganzen Körper mit Hilfe eines Overalls verbergen. Die bald entstandenen Gerüchte über ihre *«Unzerstörbarkeit»* und die Fragen, ob sie überhaupt ein Mensch sei, veranlasste das Konstruktionsteam dazu, ihren gesamten Körper mit Kunststoff-Sinto-Gewebe lebensecht zu modellieren. Im Alltag erschien Jane weiterhin stets im Overall, das war nun mal ihr gewohntes Outfit. In der Freizeit zeigte sie sich jedoch gelegentlich auch gerne in Shorts und T-Shirt. Die

Caryaner stellten dann sicher, dass solche Bilder im Planetennetz erschienen.

Das Gefühlsleben von Jane hatte sich so weit entwickelt, dass sie den Wunsch geäussert hatte: Man möge sie doch zur *richtigen Frau aufrüsten*, das sei doch technisch sicher möglich!

Alle diese *«Aufrüstungsarbeiten»* beschäftigten das erwähnte Team unter Javier sehr stark. Auch die normale Geschäftstätigkeiten waren zu erledigen. Nicht zu vergessen die Entzifferung vom Inhalt des *«Fussballs»*. So musste der geplante Besuch der Wirkstätte vom Black Manu ein weiteres Mal verschoben werden.

Wenn immer möglich kümmerten sich Javier und Jane um den *«Fussball»*. Zuerst versuchten sie es mit einfacher Durchleuchtung. Damit gelang es, einige der Blätter zu entziffern. HAL war da auch immer wieder eine grosse Hilfe. Die einzelnen Blätter bestanden aus einem unbekannten Kunststoff.
Der Zahn der Zeit hatte diesen spröde gemacht oder auch verklebt. Bei Versuchen die Blätter zu trennen, passierte es verschiedentlich, dass sie zerfielen. In minutiöser Kleinarbeit legten sie die einzelnen Teile jeweils wieder wie ein Puzzle zusammen und nahmen sie dann optisch auf.
Einige Stellen bestanden nur noch aus Staub; da half selbst das feinste Puzzle nichts mehr.
Sie zählten total 953 einzelne Blätter. Noch schwieriger war es, jene zu trennen und abzulichten, welche Bilder enthielten; sogar farbige.
Es zeigte sich auch, dass die Folien oder Blätter in ihrem Laboratorium einen eher raschen Alterungsprozess durchmachten. Schon nach kurzer Zeit entschieden sich Javier und Jane daher, die Folien im Vakuum aufzubewahren. So war die Untersuchung wiederum nur im Raumanzug möglich.

Einige Blätter liessen sich einfacher trennen als andere. Da sie realisierten, dass ihnen allenfalls keine Zeit bleiben würde, die Untersuchungen beliebig fortzusetzen, hatten sich die zwei vor drei Wochen aus all ihren Verpflichtungen ausgeklinkt und arbeiteten praktisch rund um die Uhr an der Ausbreitung, Zusammensetzung und Ablichtung der einzelnen Blätter gerade so, wie sie sich am besten trennen liessen.

Das Lesen oder besser gesagt, das Entziffern der undeutlichen Zeichen schoben sie hintenan. Priorität hatte das Fotografieren aus allen möglichen Winkeln, mit Schattierungen, Farbfiltern und dergleichen, um möglichst nichts von den Informationen zu verlieren.

Schliesslich, zehn Monate nach dem Auffinden des *«Fussballs»*, hatte HAL jedes Blatt einzeln entziffert und elektronisch der Reihe nach zusammengefügt. Die Lücken füllte HAL in kursiver Schrift, so wie es gemäss seiner Logik stehen müsste. HAL erstellte alles in Murratalâ, machte aber gleichzeitig eine englische Übersetzung. Auch wenn alle Caryaner fliessend Murratalâ sprachen, beherrschten sie doch noch nicht alle Feinheiten der Sprache so gut wie in Englisch; das galt speziell für die Älteren. Diese bekundeten oftmals Mühe mit den Murratischen Schriftzeichen.

Soeben hatten Javier und Jane die letzten Informationen an HAL übermittelt.

Javier meinte: «Jetzt bin ich doch ziemlich geschafft. Es ist schon spät. Aber lassen wir HAL noch die notwendige Zeit, bis er eine komplette Zusammenstellung abgeben kann. Solange warten wir noch.»

Und weiter: «Ja, Jane, Müdigkeit kennst du nicht. Oder ist dein Gefühlsleben schon so weit gediehen, dass du sogar Müdigkeit empfinden kannst?

Jetzt bist du doch schon seit zwei Monaten fertig *«modifiziert»*, ich weiss gar nicht, wie ich das richtig nennen soll!

Hm...? Apropos Gefühlsleben! Darf ich fragen, wie es sich als *«aufgerüstete Frau»* lebt?»

Jane antwortete: «Javier, hier machst du einen Überlegungsfehler. Technisch betrachtet bin ich dank dir und dem Rest des Teams tatsächlich *«aufgerüstet»*, was jedoch zur Folge hat, dass ich ebenfalls nun *«aufgerüstet»* empfinde. Das heisst nun auch, dass ich wie ihr alle eher etwas gehemmt bin darüber zu sprechen.

Javier, ich frage dich ja auch nicht über dein Sexualleben mit Esther.

Aber da wir zwei wirklich gute Freunde sind, kann ich dir wenigstens etwas Weniges anvertrauen, ohne in die Details zu gehen. Im Gegenzug erwarte ich, dass du die anderen vom Team darüber orientierst und ihnen mitteilst, dass ich nicht weiter darüber sprechen möchte. Bitte betrachtet mich nicht mehr als einfache KI, ich bin jetzt ein richtiger Mensch; oder wenigstens fast. Und selbstverständlich behalte ich dein integriertes Farbgadget an, damit es wieder schön blutet, falls mich wieder einmal jemand erschiessen sollte.

Wie du weisst, ist Lemuro inzwischen mein richtiger Partner. Es hat sich ziemlich genau so entwickelt, wie ihr vom Team dies vermutet habt. Zu Beginn war es jeweils ein rein technischer Akt, Lemuro hatte echt Probleme damit. Manchmal versagte er auch. Doch mit der Zeit kumulierten sich die Empfindungen der implantierten künstlichen Nano-Synapsen dermassen, dass wir inzwischen ein richtiges Liebespaar sind. Javier, ich sage dir: Es ist wunderschön. Lemuro ist sicher der beste Partner den es gibt.

Siehst du, das ist ebenfalls ein Ergebnis meiner neuen Gefühlswelt. Völlig unlogisch bin ich wie ihr anderen emotionalen Menschen jetzt überzeugt, Lemuro sei der Beste; obwohl ich nie einen anderen Partner hatte.»

«O.k., Jane, bis jetzt habe ich dich immer ein wenig als mein Produkt angesehen. Ich nehme deine Aussage zur

Kenntnis und werde versuchen, dich ab sofort als echte Freundin zu behandeln. Sozusagen von Mensch zu Mensch.

Komm steh auf, als meine beste Freundin darf ich dich sicher auch umarmen, um dir und Lemuro nur das Beste zu wünschen.

Den kann man wirklich nur beneiden: Den Körper modelliert nach Susan, als sie 24 war und mein Gesicht, so wie ich mit 50 ausgesehen habe; also verdammt gut!»

Jane umarmte den vor ihr stehenden Javier und sagte: «Danke mein Freund. Wenn ich könnte, würde ich jetzt ein paar Tränen vergiessen. Ah! Ein Geistesblitz! Tränen! Was meinst du? Dies könnte doch das nächste «*Aufrüstungsprojekt*» sein!»

Sie schauten einander an und begannen gleichzeitig zu lachen.

Anschliessend meinte Javier: «Tatsächlich schon wie ein echter Mensch: Immer unersättlich!»

HAL meldete sich: «Also wirklich Jane. Ich sehe, die Logik geht den Bach runter. Beides ist wohl nicht möglich: Zu sein wie ein Mensch und trotzdem immer noch logisch. Hm! Vermutlich ein Widerspruch in sich selbst.»

«Das fängt aber auch bei dir an HAL, du sprichst nun ebenfalls bereits in Bildern anstelle von Logik. Früher hättest du gefragt, *«wie muss ich das verstehen, wer geht den Bach runter?»*, so oder ähnlich.», schloss Jane.

«Zurück zum Wesentlichen», schob HAL nach, «der Inhalt der Zeitkapsel liegt nun zu 86 Prozent vor. Die Lücken habe ich gemäss Logik ergänzt. Mir ist jedoch klar, dass solche Lücken manchmal besser durch emotionale Wesen ergänzt werden könnten. Mein Vorschlag ist, dass ihr zwei alles durcharbeitet, die Lücken so ausfüllt wie ihr sie versteht und anschliessend das Ergebnis zusammen ergänzt. Für Jane ist dies ein guter Test ihres Geisteszustandes als neue emotionale Menschen-Frau. Für Javier als Genie wird dies ebenfalls eine feine, neue Herausforderung sein.

Anschliessend kommen wir drei wieder zusammen und erstellen die definitive Fassung aus unserer Sicht. Erst diese Fassung geben wir offiziell an Anna und an Kiruna. Andernfalls hat jeder und jede nochmals eine andere Idee für die Lücken. Später werden diese Lücken bestimmt von Gelehrten unendlich diskutiert werden, so wie dies immer der Fall ist, wenn etwas verschieden interpretiert werden kann. Vorläufig enthalte ich mich jeden Kommentars und warte auf eure Beurteilung. Aber ich sage euch, interessant wird es auf jeden Fall. Da erwarten uns doch einige Überraschungen.»

«O.k., dein Vorschlag erscheint auch mir logisch, das wird aber dauern. Ich fehle nun schon seit drei Wochen im Geschäft. Natürlich trifft dies auch auf Jane zu. Zuerst muss ich dort wieder Versäumtes aufholen, dann sind da noch meine liebe Partnerin Esther und Tochter Juanita. Zudem brauche ich Schlaf.

Jane! Wenn du mit deinem Lemuro zusammen warst, wird der einschlafen und du kannst alle 953 Blätter der Zeitkapsel lesen und interpretieren; vermutlich genügen dir dazu ein paar wenige Nächte.»

«Javier, das könnte ich so handhaben. Aber Lemuro wünscht jeweils, dass wir einfach zusammen liegen bleiben und unsere gegenseitige Nähe spüren. Dann könnte ich immer noch still neben ihm liegen und die vorher von HAL übermittelten Daten verarbeiten. Aber inzwischen geniesse ich als echte Frau die stille Gemeinsamkeit und ich habe ebenfalls gelernt, meine Nano-Chips Aktivitäten herunterzufahren.

Das gibt mir so eine Art schwebendes Gefühl; ja also so eine Art Schlaf. Javier! Es ist eine Freude, ich werde immer echter!»

Staunend meinte Javier: «Eine echte Cyborg!»

71. Die Schiffe fliegen nach Plan

Die drei Raumschiffe flogen synchron in Form eines gleichseitigen Dreiecks mit 42% der Lichtgeschwindigkeit durch den Raum. Die Distanz zur heimatlichen Erde betrug inzwischen 2.06 Lichtjahre; fast die halbe Strecke war zurückgelegt.[9]

Die wahnsinnige Geschwindigkeit von 42% Licht war für die drei Schiffe lediglich im Verhältnis zu den Sternen messbar. Im Verhältnis zueinander standen die Schiffe jedoch still. Die Abstände betrugen immer exakt 50 Kilometer.

In der Beschleunigungsphase kontrollierten die zusammengeschalteten KI's der Schiffe mit jeweils leichten Schubangleichungen im Promille-Bereich für die Einhaltung der Abstände. Die seitliche Drift korrigierten die Düsen der Observatorien in den Zentralmasten.

In Ergänzung zur «Proxima Centauri I» besassen die drei neuen Schiffe je zwei Observatorien, welche getrennt im Heck und im Bug des Mastes bei gegenläufiger Drehung die seitliche Drift ausgleichen und anpassen konnten. Jetzt im freien, antriebslosen Fall durch den Leerraum waren in den letzten fast drei Jahren kaum Positionskorrekturen notwendig gewesen.

In allen drei Restaurants gab es je zwei spezielle Bildschirme. Im Restaurant der «Proxima Centauri II» zeigte der eine Bildschirm das Restaurant der «Jiàn Xīng», der andere dasjenige der «Europa». Diese Bildschirme waren immer eingeschaltet. So war eine permanente freie Kommunikation zwischen den drei Sternenschiffen vorhanden.

---

[9] *Datum: 16.02.2480*

Die Zeitabläufe und Tageseinteilungen waren ebenfalls auf allen drei Schiffen gleich, auch die Essenszeiten. Also etwas überspitzt formuliert schauten sich die drei Gruppen beim Essen in die Teller.

Seit gut zwei Jahren, seit sich die Schiffe ohne Antrieb im freien Fall befanden, gab es auch regelmässige Verbindungsflüge zwischen den Raumschiffen. Die Heck-Observatorien konnten ganz aus den Zentralmasten herausgefahren werden und mit den eigenen Düsen gelang die Fahrt von einem Schiff zum anderen innerhalb von lediglich einer Stunde. Dies inklusive Ab- und Andockmanöver. Die Austausche zwischen den Schiffen wurden rege benutzt.

Inzwischen hatten sich bei vier Kindern, welche seit dem Start vor sechseinhalb Jahren zu jungen Erwachsenen geworden waren, zwei schiffsübergreifende Partnerschaften etabliert.

Diese gegenseitigen Schiffsverbindungen waren während der ganzen knapp sechsjährigen Freifallphase möglich, nicht aber in der vierjährigen Konstant-Beschleunigung und der gleich lang dauernden Bremsphase. Beschleunigungs- und Bremskraft betrugen $1.00 \, \text{m/s}^2$, also genau die gleichen Werte wie schon bei der «Proxima Centauri I» vor 25 Jahren.

Nach dem Essen erhob sich Sabine Westerhoff und wandte sich an alle Reisenden der drei Raumschiffe. «Vor einiger Zeit erreichte uns das Wörterbuch von unseren Freunden auf Amerâ. Bald haben wir die Halbwegmarke erreicht. An unserem Zielort sprechen alle die Hauptsprache Murratalâ und die zweitwichtigste Sprache Nikratisch.

Wie wir dies bereits verschiedentlich besprochen haben, gilt es nun zu entscheiden, wie es weitergehen soll.

Infolge Zeitdilatation werden wir unser Ziel ab der Halbwegmarke nicht in sieben, sondern durch den verlangsamten Zeitablauf auf unseren Schiffen, bereits in sechs Jahren und acht Monaten erreichen. Solange haben wir nun Zeit, diese Sprachen zu lernen.

Inzwischen haben sicher alle die Nachrichten, welche wir von Amerâ empfangen haben, studiert; es handelt sich ja nicht nur um das Wörterbuch. Morgen treffen sich die drei Kommandantinnen und deren Vize bei uns auf der *«Proxima Centauri II»* um die Details zu besprechen. Ich denke, es stehen grosse Veränderungen an.»

Zentimeterweise schwebte das Observatorium der *«Europa»* an die Schleuse ihres Pendants der *«Proxima Centauri II»* heran. Kaum erfolgte das Einrasten der Verbindungsbolzen, näherte sich das chinesische Observatorium der Schleuse des europäischen an. Nochmals ein Klick und alle drei Observatorien waren als Einheit verbunden. Nach den vorgeschriebenen Kontrollen öffneten sich die Zwischenschleusen und alle Passagiere schwebten in ihren Raumanzügen ins Observatorium der Proxima. Dieses begann nun langsam mit der Auflösung der gegenläufigen Rotation, bis die Drehung identisch mit dem ganzen Raumschiff war. Dann erfolgte die Verschiebung innerhalb des Zentralmastes bis zur Liftschleuse.

Aus Platzgründen entledigten sich alle ihrer Raumanzüge erst, als sie mit dem Lift die Ebene vom Torus erreicht hatten. Hier wartete bereits Juanita auf die Gäste und führte sie nun in den Kommandoraum. Die Besprechungen wurden nicht öffentlich geführt. Erst das Schluss Communiqué würde dann vom Restaurant aus öffentlich bekannt gemacht und anschliessend auch in schriftlicher Form in die Schiffsnetzte gestellt.

Sabine Westerhoff begrüsste zuerst Lien An Tri und ihre Stellvertreterin von der *«Jiàn Xīng»*, dann wandte sie sich an die Kommandantin der *«Europa»*. «Lieke, ich sehe nebst deiner Stellvertreterin Yong Shixin hast du noch eine dritte Person mitgebracht, darf ich um Vorstellung und den Grund bitten.»

Der Mann nahm Haltung an: «Kommandantin Westerhoff. Bram Visser aus Holland Antarktika, 3. Kommandant
der *Europa*. Der Grund meiner Anwesenheit ist der ange-
schlagene Gesundheitszustand meiner Kommandantin
Lieke de Jong.»

«Leider ist das so, liebe Sabine», übernahm Lieke, «Wir
Erdenbürger sind einfach irgendwie alle strahlengeschädigt. Strahlenkrankheiten brechen immer aus. Bei den
einen früher, bei den anderen später. Da wir seit dem Verlassen der Erde nicht mehr den schädlichen Strahlen ausgesetzt sind, hoffen wir, wieder gesunden Nachwuchs zu
zeugen, ausser die Strahlenschädigung ist bereits in unseren Genen eingelagert und wird weitergegeben. Wie wir wissen, ist dies bei einigen der Fall, bei anderen nicht. Längerfristig werden sich unsere Nachkommen wieder den
normalen Werten angleichen.

Bei mir ist es so, dass sich die bekannten Anfangssymp-
tome von Leukämie zeigen. Vermutlich werde ich unseren
Zielplaneten nicht mehr erreichen. Wir planen daher bereits
meine Ablösung in etwa zwei Jahren. Mein Kommando wird
Yong Shixin übernehmen, als Vice haben wir Bram Visser
vorgesehen.»

Es herrschte betroffenes Schweigen.

Juanita meinte: «Gemäss meinem Wissen bist du erst 47
Jahre alt. Wenn wir von der Proxima etwas für dich tun
können, meldest du dich. Du weisst, ich war auf dem Mars
die Chefärztin und habe in allen Bereichen viel Erfahrung.
Aber es ist ja nicht so, dass ihr nicht wüsstet, was zu unternehmen sei. Aber selbst die modernste Medizin kommt
bei Verstrahlungen an ihre Grenzen.»

«Nochmals, wie vorhin: Leider ist das so, liebe Juanita»,
ergänzte Lieke, «wir haben, wie ihr wisst, selbst ausgezeichnete Ärzte auf unserer *Europa*. Diese werden tun, was in
ihrer Macht steht. Ich denke, so 4-5 aktive Jahre habe ich
noch.»

Sabine schloss Lieke spontan in ihre Arme. Die beiden
Frauen blieben einen Moment so stehen, niemand sagte

etwas. Dann Sabine: «O.k., lasst uns mit der Besprechung beginnen. Wir nehmen die Tragik von Lieke's Leben zur Kenntnis und senden dir alle unsere Liebe und Anteilnahme. Solange du, Lieke die Kraft hast, deinen Posten auszuführen, erfreuen wir uns an deiner Gegenwart. Zudem hoffen wir, dass die Prognose nicht stimmig ist; immer wieder gibt es Ausnahmen.»

Lieke: «Danke, Sabine. Lasst uns beginnen!»

Sabine begann: «Was uns die Gruppe der Proxima Centauri unter Kommandantin Anna Matt berichtet hat, ist schon erstaunlich. Die Amerâ Kulturen haben sie mit offenen Armen empfangen. An dem wunderschönen See Cheris-Leâ erhielten sie Land geschenkt und haben ihr Dorf Shiga errichtet. Alle nennen sich nun den Gewohnheiten des Planeten entsprechend nur mit Vornamen und angehängt ...von Shiga. Manchmal, je nach Anlass, nennen sie sich auch Caryaner; dieser Name macht gleich klar, dass sie nicht vom Planeten Amerâ stammen. Das scheint oftmals ebenfalls von Vorteil zu sein.

Auf jeden Fall nehmen sie voll am Leben der Einheimischen teil, selbst der Einstieg in die Politik und in andere Führungspositionen zeichnen sich ab. Ihre Firma *«Chomâ Air and Space Ldt»* ist anscheinend äusserst prosperierend. Mit anderen Worten: Alles läuft sehr erfolgreich ab.

Der Erfolg auf der ganzen Linie ist jedoch nur möglich, weil: Alle sprechen und schreiben inzwischen fliessend Murratalâ und die meisten beherrschen auch zu einem gewissen Grad Nikratisch. Die jüngeren Kinder, welche in der Provinzhauptstadt Merratâ zur Schule gehen, betrachten Englisch schon als ihre Fremdsprache.»

Lien An Tri sagte: «So beschreiben es die Berichte. Was sagt uns das? Wir auf der *«Jiàn Xīng»* und ihr auf der *«Proxima Centauri II»* seid alle zweisprachig aufgewachsen: Englisch und Chinesisch. Auf der *«Europa»* spricht die VSE Besatzung Englisch, die zweite Hälfte aus der Chinesischen Föderation Chinesisch und Englisch. Das wird uns auf

Amerâ wenig nützen, wenn wir uns voll integrieren wollen. Und etwas anderes ist kaum denkbar. Also ab sofort lernen wir Murratalâ als Fremdsprache bis wir, sagen wir in drei oder vier Jahren ganz auf diese Sprache umstellen und anschliessend als weitere Fremdsprache Nikratisch lernen.»

Bram Visser meinte, dass die Einleitung der Bremsphase in rund drei Jahren doch genau der richtige Zeitpunkt für die definitive Umstellung auf Murratalâ wäre.

«Wir sollten auch unseren Kalender umstellen», meinte nun Yong Shixin, die Vice der *Europa*.

Am Tag darauf sassen die drei Kommandantinnen zusammen am selben Tisch beim Nachtessen. Die Kamera übertrug direkt auf die anderen Schiffe. Sabine klopfte an ihr Glas und bat um Aufmerksamkeit; sie begann.

«Liebe Wanderer in der Unendlichkeit. Alle wollen nun wissen, was das Kommando der drei Schiffe seit gestern besprochen hat. Hier das Ergebnis: Auf den 1. März 2480 stellen wir auf den Kalender unserer zukünftigen neuen Heimat den Planeten Amerâ um. Das heisst der Tag wird ab dann 26.848 Stunden lang sein und diese Zeitspanne teilen die Ameraner in 32 Einheiten. Das könnte man auch eine Amerâ-Stunde nennen. Zurückgerechnet ergibt das 50.34 unserer Minuten. Entsprechend der Tageslänge von 32 Einheiten weist ihre analoge Uhr die Einteilung von zwei Mal 16 auf. Fünf Tage nennen die Ameraner eine Woche. Das tönt alles sehr verwirrend, doch wir werden uns daran gewöhnen.

Wie ihr den Berichten unserer Freunde von Amerâ sicher entnommen habt, benutzen sie auch immer noch den Erdenkalender; vor allem wenn es sich um spezielle Daten wie Geburtstage, Weihnachten oder dergleichen handelt. Da bleiben Verwechslungen und Missverständnisse kaum aus», lachte Sabine. «Ich sehe schon die Schwierigkeiten zu Beginn in unseren Schulen mit den neuen Stundenplänen. Die Lehrkräfte besprechen das anschliessend über die Schirme der Kommandoräume.

Ebenfalls ab 1. März beginnen für ALLE die Murratalâ Lektionen. Und zwar unter der Leitung unserer KI's. Was sagt da unsere «*Blechbüchse*» dazu?»

«Geschätzte Kommandantin. Mir ist bekannt, dass mein Pendant HAL auf der Proxima Centauri diesen Ausdruck als spassig empfinden konnte, was jedoch für mich nicht zutrifft. Ich würde es schätzen, wenn ausschliesslich nur mein richtiger Name, den ich selbst gewählt habe, Anwendung finden würde. Sabine dein Anliegen?»

Mit diesem kleinen Zwischenspiel hatte die KI die Lacher auch ohne «*Blechbüchse*» auf ihrer Seite.

«O.k.! Fräulein Emmy Noether, wie sieht es aus? Beherrschen sie die Sprache Murratalâ schon?»

Als Antwort hörte man ein Lachen (die KI konnte Lachen?) und in einer fremden Sprache die Antwort. Dann wieder in Englisch: «Das war nun echtes Murratalâ und ich mache dich liebe Sabine darauf aufmerksam, dass ich bemerkt habe, dass du dieses Zwischenspiel genutzt hast, um meine monatlich gesteigerte Intelligenz und Verständnisfähigkeiten wieder einmal zu testen. Wie du nun festgestellt hast, konnte ich auf dein unlogisches Wortgeplänkel richtig reagieren.

Ebenfalls wissen alle, dass ich mit EMMY alleine sehr zufrieden bin. Wer kann von sich schon behaupten, gescheiter als Einstein zu sein! Jetzt erlaube ich mir auch noch einen Witz oder ist es eine Satire?

Nur weil du auch aus der Provinz Deutschland stammst, ist es nicht unbedingt gegeben, dass du ebenfalls so ein Genie bist, wie dein zitiertes Fräulein.»

Jetzt kam Lachen aus allen drei Schiffen. Sabine spielte die Beleidigte und fuchtelte mit den Armen: «O.k.! O.k.! Danke für die aufmunternden Worte und für die Auflockerung unseres schwierigen Themas. Jetzt bitte wieder allseitig seriös.

Also, EMMY, projiziere bitte das Amerâ-Datum für den ersten März 2480 Mittag 12:00 Uhr auf den Schirm.»

Sofort erschien: 4-691+25-3 03:12 Einheiten.

155

«Im Moment sagt uns das noch nicht viel. Ich würde sagen die notwendigen Erläuterungen folgen in:

«Lektion 1: Murratalâ für Anfänger».»

Nach diesen Ausführungen hörte man ein grosses Stimmengewirr. Es war für alle logisch, doch der Mensch im Allgemeinen hatte eine ziemlich grosse Tendenz im Gewohnten zu verharren. Alles Neue hatte es anfangs schwierig akzeptiert zu werden. Es spielten auch Ängste mit, vor allem bei den Älteren, dass sie die Umstellungen nicht mehr packen würden. Doch die meisten freuten sich auf die neuen Herausforderungen; diese waren auf den drei Schiffen nicht besonders dicht gesät.

Nun lassen wir die drei Raumschiffe in Ruhe die zweite Hälfte ihrer langen Reise zurücklegen.
Theoretisch dauerte eine Hälfte auf der Erde oder auf Amerâ sieben Jahre und ein paar Stunden. Auf dem Raumschiff werden jedoch lediglich sechs Jahre und gut acht Monate vergehen.

Eilen wir unseren Raumschiffen voraus und erfahren ab dem nächsten Kapitel, wie es unseren Auswanderern der *«Proxima Centauri I»* auf Amerâ ergeht.

Seit dem *«Caryaner Frieden»* waren sechs Jahre und neun Monate vergangen.[10]

---

[10] *«Caryaner Frieden»* am 15.05.2473

72. Eine wichtige Nachricht an den Mars

Das heutige Datum lautete: 4-691+25-3.

Es gab niemanden mehr auf der grossen Wiese bei Shiga am See, dem diese Datumsangabe nicht geläufig wäre.

Nicht auszuschliessen ist jedoch, dass es Leser des vorliegenden 3. Buches gibt, denen es an dieser Geläufigkeit zur richtigen Interpretation des Amerâ-Datums mangeln könnte; selbst dann, wenn sie Buch 1 und 2 gelesen haben.

Darum sei hier nochmals das Datumäquivalent der Erde erwähnt: 01.03.2480.

Unter dem Amerâ-Datum zeigte die analoge Uhr im grossen Zelt die Tageszeit an: 05:08 Einheiten.

Das Wetter zeigte sich von der besten Seite und der Himmel war absolut wolkenfrei. Der Cheris-See glitzerte im Sonnenlicht. Die Luft war so klar, dass über den Cheris-Leâ hinweg die schneebedeckten Sechstausender zu sehen waren. Auf der Wiese hielten sich hunderte von Menschen auf. Alle Blicke richteten sich nach oben zu dem kleinen schwarzen Punkt. Schwach hörte man Rotorengeräusche.

Juanita sagte zu ihrer Mutter neben ihr: «Vater macht es wieder einmal spannend, wann springt er endlich?»

Kaum gesagt, löste sich ein winziger Punkt vom Helikopter und stürzte senkrecht herunter. Nach wenigen Sekunden hatte der Springer genügend Geschwindigkeit erreicht, um mit seinem Wingsuit Figuren fliegen zu können. Von seinen gespreizten Beinen lösten sich farbige Rauchfahnen.

Esther sorgte sich doch etwas, als sie den Stunt ihres Partners verfolgte, immerhin war er erst vor kurzem 64 geworden. Andererseits war sie auch wieder ein wenig Stolz, dass ihr Javier *der verrückte Hund*, wie Ernesto zu sagen pflegte, immer noch so fit war, einen Wingsuit zu benutzen.

Natürlich war der Wingsuit eine Eigenkonstruktion.

Esther merkte wie Juanita ihre Hand drückte. Das sollte wohl ausdrücken: «Echt cool von Vater.»

Schon öffnete sich der Fallschirm und Javier landete zielgenau unter grossem Applaus im abgesperrten Feld.

Der Speaker verkündete: «Danke Javier, dein Sprung war sehr eindrücklich. Bitte richtet eure Blicke wieder nach oben, gleich wird das berühmte Paar springen.»

Tatsächlich fielen zwei weitere Punkte gleichzeitig aus dem Heli. Zuerst jeder für sich. Sobald die Geschwindigkeit für Manöver ausreichte, drifteten sie zuerst auseinander und dann in elegantem Bogen aufeinander zu.

«Jetzt küssen sie sich», schrie der Speaker, «los lasst endlich voneinander ab; der Fallschirm muss sich auch noch öffnen! Ah, jetzt! Sehr elegant wie sie steuern, ...und der Fallschirm.»

Schon standen die Zwei auf dem Boden und unter tosendem Applaus liessen sie die Fallschirme liegen und rannten einander wieder in die Arme.

«Also Mutter, ehrlich, das ist schon ein bisschen viel der Show», gab Juanita von sich.

«Ich denke», begann Esther, «das sind sich die Ausführenden alle bewusst. Bei den entsprechenden Vorbereitungen, empfahl jedoch auch unsere künstliche Intelligenz HAL diese Art von Vorgehen.

Das ist eingängig und soll explizit einen normalen menschlichen Egotrip darstellen. Du weisst warum: Damit Jane als normale, eitle Frau durchgeht. Von Zeit zu Zeit sind solche Aktionen das beste Mittel um Vermutungen vorzubeugen.»

«Und jetzt liebe Zuschauer! Hier oder wo auch immer sie sich befinden, ihr Lieblingssender *«Cherisatâ-TV»* sendet planetenweit und exklusiv.

Es folgt nun nochmals eine Spezialeinlage: Bestaunen sie den ebenso berühmten Superhund *«Irida Timberwolf»*; selbstverständlich an der Reissleine. Auch wenn Irida der gescheiteste aller Hunde ist, alles kann sie doch nicht. Auch steuern wäre zu schwierig. Daher ist der Heli, pilotiert von Zimaro von Merratâ bereits im Sinkflug. Ich muss jetzt etwas lauter sprechen, weil: Den rotorlosen Helikopter konnten selbst unsere technischen Genie-Freunde von Chomâ noch nicht erfinden. Ha! Ha! Jetzt steht der Heli 400 Meter über uns. O.k.! Here we go.»

Der Vierbeiner sprang und sofort öffnete sich der Schirm. Über das Knattern der Rotoren hörte man das freudige Bellen von Irida. Der leichte Wind liess Irida etwa 50 Meter neben Javier, Lemuro und Jane landen.

Wiederum: grosser Applaus. Sofort war ein Helfer bei Irida und schnallte sie vom Fallschirm los. Daraufhin legte diese einen Spurt hin und mit gewaltigem Satz landete Irida in den Armen ihrer zweitwichtigsten Freundin. Jane liess sich absichtlich rücklings fallen. Das Publikum tobte. Irida war bekannt für die Shows, die sie abziehen konnte. Nach einigen Streicheleinheiten durch Jane und Lemuro, gewahrte die Hündin die Kamera-Drohne und sofort begann sie zu hinken und schwenkte ihren linken Hinterlauf gekonnt in Richtung der Drohne. Diese Show war natürlich bereits planetenweit bekannt, verfehlte aber nicht die gewollte Wirkung mit hurra- und bravo Rufen.

Zur Erinnerung: Seit dem Kampf gegen den Nikrator vor fast sieben Jahren, als eine Kugel ihren linken Hinterlauf zertrümmerte, trug Irida diese silbrig glänzende Prothese aus modifiziertem Graph-120 mit Stolz, so wie andere eine Tapferkeitsmedaille.

«Geschätzte Zuschauer, verfolgen sie nun exklusiv und nur auf unserem Sender *«Cherisatâ-TV»* die illustre Zuschauerschar, welche sich zu diesem grossen gesellschaftlichen Ereignis hier versammelt hat. Im Bild der Drohne sehen sie links Anna von Shiga; seit der Eröffnung des Zentrums *«Exterritoriale Schlichtungsstelle Amerâ»* vor knapp einem Flare ist sie deren Präsidentin. Was für eine Erfolgsstory: Vor elf Flares auf Amerâ als einfache Raumschiffskommandantin angekommen und schon ins höchste Amt, welches unser Planet zu vergeben hat, aufgestiegen. Wobei, der Erfolg liegt nicht nur bei Anna von Shiga. Nein, überall, wo unsere ausserirdischen Freunde mitmischen, sind sie erfolgreich.

Da rechts die grosse Frau. Immer wieder belustigt es uns, wenn wir sie mit ihren zwei Namen (bei den Aliens bekanntlich normal) und zusätzlich mit allen Ehrentiteln ansprechen. Also: Caren McKenzie, Amazonenkönigin Pentesilea, von Shiga und von Murratâ. Den letzten Titel erwarb sie dank Kirdemo von Murratâ, ihrem Partner und Sohn unserer früheren Präsidentin Kiruna.

Jetzt, da weiter sehen wir...»

So ging das ohne Pausen, bis die Reporterkollegin mit dem Interview von Jane begann. Lemuro und Jane hatten sich inzwischen ihrer Wingsuits entledigt und standen in Festkleidern vor der Reporterin. Jane im weissen Hosenanzug. Also, der Auftritt konnte nicht überboten werden. Der Kontrast zu ihrem schwarzen Gesicht war einmalig. Es war gut zu sehen, wie es der Reporterin selbst fast die Sprache verschlug. Mit ihrer Grösse von 1.65 Meter musste diese auch ordentlich zu der 1.79 Meter grossen, breitschultrigen Jane aufschauen.

«Geschätzte Gäste», begann sie, «ich stehe jetzt vor der strahlenden Schönheit Jane von Shiga, genannt *«die*

Unzerstörbare». Jane, normalerweise sehen wir dich lediglich in einen Overall gekleidet, sportlich und ungeschminkt.
Jetzt hat offensichtlich hier jemand Hand angelegt. Ehrlich
Jane, das sieht super aus, wie ebenfalls deine Kleideraus-
wahl! Unsere Zuschauer interessieren sich bestimmt dafür
und möchten erfahren, wer dich da beraten hat.

Ich wiederhole: Seien wir ehrlich Jane, wer wie du immer
im Combi herumläuft kann sich ja wohl kaum plötzlich so
phantastisch kleiden und schminken!»

Jane strahlte in die Kamera: «Reporterin, da hast du
recht. Geschminkt haben mich die Schwestern Betty und
Clara Penrose von Shiga. Seit die beiden in der Hauptstadt
Arrunatâ leben und studieren, haben sie sich an das Stadt-
leben angepasst.»

Jane winkte in die Kamera: «Ich winke ihnen zu. Sie sitzen dort irgendwo an den Tischen. Hallo ihr zwei, anscheinend habt ihr einen guten Job gemacht.»

Nun drehte sich Jane etwas und begann wieder zu winken. Zur Reporterin sagte sie dann: «Da schau, Caren, die
ist nicht zu übersehen. Hallo Caren, danke für deine Klei-
derberatung. ...Seit sie in die Regierung gewählt wurde, ist
Caren immer ausgezeichnet angezogen.

Übrigens: Wir sind speziell gute Freundinnen. Ich meine
Caren ihre Schwester Susan und ich: Alle sind wir gleich
gross und daher bei euch buchstäblich *«herausragend»* und
nicht zu übersehen. Siehst du auch meine Schuhe? Wir
nennen die Mokassins, völlig flach. So und jetzt schau mal
zu meinem liebsten Partner!»

Lemuro zeigte demonstrativ und gekünstelt auf seine
Sportschuhe. «Spezialanfertigung, mit mindestens drei
Centimeter Sohlenstärke. Dass ich mich mit der X-Plus Me-
thode grösser machen liess, ist ja kein Geheimnis mehr.
Jetzt schau einmal: Selbst X-Plus und Schuhsohle haben
nicht ganz gereicht.»

Damit stellte er sich neben seine Liebste, die immer noch
etwas grösser war. Die Zuschauer freuten sich auch hier

über solche Bagatellgeschichten, darum wurde diese Show schlussendlich auch abgezogen. Um zu zeigen: «*Wir sind sozusagen die gewöhnlichen Nachbarn von nebenan*». Was Lemuro und Jane natürlich keinesfalls waren. Sie, wie alle Leute von Shiga waren planetenweite Berühmtheiten. Die Reporterin kannte diese Art von Spiel und fragte: «Na, Lemuro wie viele Centimeter sind es denn?»

«Ach, höchstens noch einer.»

Jane boxte ihn in die Seite und lachte in die Kamera: «Hallo Leute, nur so unter uns, es sind immer noch drei. Aber ich mag meinen Lemuro trotzdem.» Darauf küssten sich die zwei wieder und das Publikum applaudierte.

«Geschätzte Zuschauer, als nächster Schritt werden jetzt die Glücklichen ihren fünfjährigen Partnerkontrakt unterschreiben, mit Anna von Shiga und Kiruna von Murratâ als Zeuginnen. Dann folgt das Bankett, hergerichtet von Chefköchin Julia von Shiga und dem zweiten Koch Ernesto von Shiga. Nach dem Essen wird Javier von Shiga, unser viel talentierte Wingsuit-Mann mit seiner Rockband auftreten.

Mit Musik aus seiner alten Heimat. Da gehören natürlich die legendären Songs «*Wen mys letschte Schtündli schlat*» in diesem kaum zu verstehendem Dialekt und das bezaubernde «*Oh, Ramona*» mit Caren an der Harfe, dazu.

Soweit der öffentliche Teil. Bleiben sie dran, es lohnt sich. Wann sieht man sonst so viele Berühmtheiten zusammen.

Nach dem Musikauftritt werden sich Jane und Lemuro mit ihren engsten Freunden in die Halle begeben und den Tag etwas stiller, sozusagen im engen Familienkreis, ausklingen lassen.

Jane möchtest du zum Abschluss unseren Zuschauern noch etwas mitteilen?»

«Leute von Amerâ. Vor elf Flares erreichte unser Raumschiff Proxima Centauri euren wunderschönen Planeten. Und ihr habt uns freundlich aufgenommen. Viele Partnerschaften haben sich rasch zwischen euch Ameranern und uns Erdlingen von Chomâ gebildet; Chomâ, so nennt ihr unseren Heimatplaneten Erde.

Also bei mir, ha, ha, dauerte es doch etwas länger bis zu einer Partnerschaft. 25 unserer Jahre, also 22 Flares lebte ich alleine, ich glaubte längst nicht mehr an eine neue Beziehung. Doch schaut, Lemuro und ich haben uns endlich gefunden. Es dauerte jedoch unglaubliche zehn Jahre, seit unserem ersten Zusammentreffen beim Attentat auf den Präsidentensohn, bis wir heute offiziell unsere Partnerschaft beginnen. Wir sind sehr glücklich. Im Namen aller Aliens, wie ihr uns spasseshalber zu nennen pflegt, möchte ich euch Ameranern für die freundliche Aufnahme und Integrierung in eure Gesellschaft recht herzlich danken. Es freut mich auch, dass wir zu dem heute herrschenden Frieden auf allen Kontinenten beitragen konnten.

Oh, da drängt noch jemand und will gelobt werden. Ja, ja Irida, auch du hattest deinen Anteil an unserem Sieg. Oh, zeig es uns nochmals. Sehr schön deine Prothese.»

«Danke Jane für diese gehaltvollen Worte. Jetzt doch noch eine Schlussfrage: Jane kannst du uns dein Geheimnis verraten wie du mit 53 eurer Jahre, also doch gut 48 Flares, noch so jugendlich aussehen kannst?»

«Nein, kann ich nicht, sonst wäre es ja kein Geheimnis mehr.»

«Oh, schlagfertig wie immer. Na gut entlassen wir euch nun zu den weiteren Feierlichkeiten. Liebe Zuschauer bleibt dran. Euer «Cherisatâ-TV», euer Lieblingssender.»

«Endlich ist es geschafft, komm Lemuro jetzt ist die Familie dran. Kommt alle in die Versammlungshalle, da sind wir nicht mehr der Öffentlichkeit ausgesetzt!»

Die Halle war mit der «Familie» gut belegt. Etwa 100 Personen, die sich «von Shiga» nennen durften, waren anwesend (total gab es rund 150 «von Shiga»). Dazu kamen weitere Männer und Frauen, wie eben zum Beispiel Lemuro von Cherisatâ, der nun als Partner von Jane ebenfalls zur

«*Familie*» gehörte. Es mochten sich etwa 140 Personen ein-gefunden haben.

Susan, welche schon seit längerem mit ihrem neuen Part-ner in Littorâ lebte hatte keine Zeit gefunden, um hierher zu fliegen; bis nach Littorâ betrug die Distanz ja auch mehr als 13'000 km.

Nach dem Essen und einer Weile des lockeren Zusam-menseins begann Anna Matt: «Liebe Freunde! Nachdem wir Jane und Lemuro gefühlte 100-Mal das Beste gewünscht haben und nach Abschluss der doch eher flachen Show, welche aber gut angekommen ist, sollten wir über den In-halt des «*Fussballs*» sprechen. Jetzt, wo der grösste Teil un-serer Familie hier versammelt ist, scheint der richtige Zeit-punkt für eine Entscheidung zu sein.

Vor etwas mehr als zehn Monaten begann das Team mit dem Übersetzen und Auswerten des Inhalts. Seit drei Fünf-tagen hatten alle von Shiga's Zeit den gesamten Bericht mit Namen «*Expedition Chomâ*» zu lesen.

Es dürfte allen klar sein, dass der Bericht so schnell wie möglich den Mars erreichen sollte.

Frage! Wäre es von Nachteil, wenn dieser Bericht auch auf Amerâ bekannt würde? Dies meine ich, weil der Inhalt einen sehr konkreten Zusammenhang mit einigen aus un-serer Familie aufzeigt. Wir sind nun schon wirklich bekannt genug hier und jetzt sollen wir nochmals eine Sonderrolle einnehmen! Überall in verschiedenen Regierungen und an Sportwettkämpfen sind wir zuvorderst dabei. Das ergibt zwangsläufig auch böse Stimmen. Daher auch die eher fla-che, einfache Show mit Jane und Lemuro, um uns als mög-lichst normale Egotrip-Leute mit Geld darzustellen. Eure Meinung bitte!»

Kiruna meldete sich zu Wort: «Als pensionierte, ehemalige Präsidentin von Murratâ schlage ich vor, dass ihr zur Pro-xima Centauri fliegt und mit dem starken Sender des

Raumschiffes direkt zur Erde zielt. Dann erreicht das Buch *«Expedition Chomâ»* eure drei anfliegenden Raumschiffe, die Freie Republik Hellas Planitia, Mars und die Erde, nicht aber Amerâ.»

Eigentlich dachten alle so und nach kurzer Diskussion war es beschlossene Sache.

Die Abstrahlung verschiedener Nachrichten, unter anderem auch die mit dem Bericht *«Expedition Chomâ»* erfolgte am 09.03.2480 02:54 aus der geostationären Umlaufbahn der Proxima Centauri.

Gemäss theoretischer Berechnung von Hans Kobelt müsste die Nachricht das eigentliche Hauptziel, den Mars, am 21.05.2484 um 10:36 Uhr erreichen.

Ob das genau zutreffen würde, konnte Hans nicht genau definieren. Schon beim Erhalt anderer Nachrichten wurden Diskrepanzen beim Datum festgestellt.

Irgendwo in der mit 42% Lichtgeschwindigkeit dahinrasenden Proxima Centauri hatte sich ein Zeit-Fehler von schätzungsweise zwei Monaten eingeschlichen.

Nun, wann genau die Nachrichten den Mars erreichen würden, war nicht so wichtig. Wichtig war jedoch der Inhalt der Zeitkapsel!

Und der hatte es in sich!

Zum Schluss meldete sich der Mathematiker und Astronom Hans Kobelt nochmals zu Wort.

«Wenn ihr Zeit- und Distanzangaben in den verschiedenen Texten des Berichtes lest, werdet ihr ebenfalls Diskrepanzen feststellen.

Das kommt daher, dass sich die beiden Sternsysteme, also unsere Sonne und Alpha Centauri, mit gegen 20 Kilometer je Sekunde auf einander zu bewegen.

Das wiederum bedeutet, dass zur Zeit der *«Expedition Chomâ»* die Distanz der Systeme 6.5 Lichtjahre betrug. Dies im Gegensatz zu den heutigen 4.27 Lichtjahren.»

Nun das beinahe Unglaubliche: Die Platzierung der kleinen Sonde am Lagrange Punkt L4 erfolgte am Amerâ-Datum 2-5'615. Das entspricht unserem Jahr 32'120 vor Christus.

Die Sonde, Zeitkapsel oder auch «Fussball» war exakt 34'600 Jahre alt. Deren Inhalt wird jedoch Auswirkungen auf die heutigen Erdenbewohner haben.

Alle sind eingeladen die Berichte der

«Expedition Chomâ»

aus tiefer Vergangenheit «In A Time Long Past» zu lesen:

Unser Raumschiff die Meriâ II kreiste etwas tiefer als die Distanz zum geostationären Abstand um den Planeten Chomâ. Das gab ...

Part 2:

In A Time Long Past

73. Suche nach einem Landeplatz

Beginn des Berichtes «Expedition Chomâ» mit dem Titel:
Ankunft und Suche eines Landeplatzes.
Erzählerin, Anla von Cherisatâ:
1. Kommandantin der Meriâ II.

Unser Raumschiff die Meriâ II kreiste etwas tiefer als die Distanz zum geostationären Abstand um den Planeten Chomâ. Das gab uns die notwendige Geschwindigkeit um langsam, innerhalb mehrerer Tage, um den Planeten zu driften und so alles genau beobachten zu können.

Schon vor unserem Aufbruch von Amerâ (vor mehr als 15 Flares) liessen uns unsere orbitalen Teleskope stark vermuten, dass es auf Chomâ in sechs Lichtflare Distanz, Leben geben müsste, ist doch sein Stern gleich alt, etwa gleich gross und sogar gleich aufgebaut wie unsere nächsten Nachbarn: Das Doppelsystem *«Zwillingsstern»*. Und diese beiden werden von verschiedenen Planeten umkreist; je einer davon und ein Mond sind ebenfalls von Menschen bewohnt.

Die wissenschaftliche Bestätigung für Leben auf Chomâ stellten wir bei Beginn der Bremsphase vor knapp zwei Flares, aus mehr als einen halben Lichtflare Distanz fest. Das war, als wir Methan in der Atmosphäre bestätigen konnten. Seither waren wir sicher, dass es sauerstoffbasiertes Leben auf dem Planeten gab.

Dass es so sein musste, wussten einige von uns bereits von ihren erlebten Seelenreisen.

Zwei Dinge setzten uns beim Näherkommen jedoch in Erstaunen. Erstens wurde Chomâ von einem grossen Mond begleitet und zweitens zeigte der Planet eine Achsenneigung von 24.9°. Dies implizierte grosse Temperaturschwankungen während eines Umlaufes um seinen Stern. Uns waren natürlich verschiedene Klimaphasen von Ureâ und Merrenîn, den bewohnten Planeten von «Zwillingsstern», bekannt. Diese sind bei Achsenneigungen um die 10° schon gut spürbar. Wie wird sich die grosse Achsenneigung wohl auf das Wetter zwischen Sommer – Winter auf Chomâ auswirken?

Überhaupt dürfte das Klima gewöhnungsbedürftig sein, sahen wir doch gewaltige Eisschilde hinunter bis zu den fünfzigsten Breitengraden. Angenehm warm wird es wohl nur in der Nähe des Äquators sein. Die laufend eintreffenden Daten erlaubten KI schon eine erste angenäherte Hochrechnung für den Temperatur-Mittelwert des Planeten: Lediglich etwa 11°. Auch das erstaunte uns, erhielt doch Chomâ auf Grund der Distanz und der Leuchtkraft seines Sterns so viel an Strahlungsenergie, dass man eine klar höhere Mitteltemperatur erwarten dürfte.

Bis jetzt sahen wir keinerlei Anzeichen einer Zivilisation, wie zum Beispiel Verkehrswege oder bebaute Felder. Auch weitere Zeichen, wie etwa grössere Gebäude, konnten wir nicht entdecken, obwohl die Auflösung unseres Teleskopes Objekte dieser Grössenordnung ausmachen müsste. Funkwellen, welche ein echtes Zeichen von Zivilisation wären, empfingen wir ebenfalls keine.

Unser Eintritt in eine stabile Umlaufbahn erfolgte über einem riesigen Ozean und zwar bewegten wir uns gleich wie die Rotation des Planeten. Infolge der engeren Umlaufbahn als einer geostationären, zwar etwas schneller. Also flogen wir langsam Richtung aufgehender Sonne. Erst folgte ein grosser Doppelkontinent, der fast von Pol zu Pol reichte, der südliche Teil mit markanter Ausbeulung nach Osten. Dann wieder ein grosser Ozean gefolgt von der nächsten Landmasse. Deren Form deutete an, dass der zuerst überflogene Kontinent gut in die riesige Bucht passen würde.

Unsere Geologin Ella von Axarkan meinte: «Ziemlich eindeutig, sieht nach Plattentektonik aus. Vor etlichen Millionen Flares gehörten die beiden Kontinente noch zusammen. Wann sich der Ozean geöffnet hat, lässt sich noch nicht sagen. Es passt auch, dass wir beim Überflug des ersten Kontinents zahlreiche aktive Vulkane gesehen haben.»

Nördlich vom Äquator lag beim zweiten Kontinent eine wirklich extrem riesige Wüste. Etwa hundert Kilometer bevor noch weiter nördlich sich ein stark verzweigtes Meer mit vielen Inseln zeigte, ging die Wüste in grünes Land über. Es schien, wie wenn das eher kleine Meer doch temperaturausgleichend wirken würde. Vermutlich strömte regelmässig warme Luft aus der grossen Wüste zu diesem Meer und wärmte es. Dies wiederum förderte wohl die Verdunstung und löste regelmässig Regen aus. Denn auch die nördliche Küste mit zwei prominenten Halbinseln machten einen sehr grünen Eindruck; anscheinend ausgedehntes Grasland und Wälder. Dann folgte ein mächtiger Gebirgszug der total vergletschert war. Nur die allerhöchsten Berggipfel ragten daraus hervor.

Ich wandte mich an unser Bordgehirn, welches wir schlicht mit *«KI»* ansprachen, das war quasi ihr/sein Name.

«KI, wie hoch sind die Berge», fragte ich.

«Kommandantin Anla von Cherisatâ, ich komme auf 4920 Meter ab Meereshöhe. Der Eisschild reicht bis auf 4350 Meter.»

«KI, was für ein Metermass hast du verwendet.»

«Für den Meter habe ich die gleiche Definition wie bei uns auf Amerâ angewandt. Also der 10-Millionste Teil der Distanz vom Pol zum Äquator. Da Chomâ etwas kleiner als Amerâ ist, misst auch ein Meter hier etwas weniger.

Mein Vorschlag wäre sowieso, dass wir uns umgehend an diesen Planeten anpassen. Es ist ja allen klar, dass wir

171

nicht nach Amerâ zurückkehren werden. Meine Logik empfiehlt folgende Einheiten: Eine Umdrehung des Planeten
entspricht etwas weniger als einem unserer Amerâ-Tage.
Anstelle unserer Aufteilung in 32 Einheiten bietet sich hier
eine Teilung mit 24 Einheiten an. Die neue Uhr würde so
den Chomâ-Tag mit 2 x 12 Einheiten oder *Stunden* mes-
sen; dies anstelle der 2 x 16 Einheiten bei uns.

Ein Planetenumlauf um den Stern erfolgt in 365 Rotatio-
nen des Planeten. Das könnte als *Chomâ-Flare* bezeichnet
werden; was 10% weniger beträgt als die Flare-Periode unserer Sonne Himâ. Um Verwechslungen zu vermeiden,
könnten wir das *Chomâ-Flare* mit dem Ausdruck *Jahr* bezeichnen.

Meine Logik rät die neuen Bezeichnungen sofort umzusetzen, ohne dass wir uns hierzu viele Gedanken machen.
Da die Einheiten wenig von den Unsrigen abweichen, gewöhnen wir uns schnell daran. Wir werden die Werte bald
auch richtig einordnen können, ohne dass wir jedes Mal
versuchen, sie exakt auf unsere Einheiten umzurechnen.»

Ich schaute in die Runde: «Schon wieder schreibt uns KI
vor, was wir tun sollen! Was meint ihr, sollen wir?» Allseits
kam zustimmendes Nicken. «O.k.! Wir sollen! KI, nur noch
die neuen Masse und Einheiten.»

«Ja, Kommandantin Anla.»

«In diesem Gebirgszug sind unglaubliche Mengen an
Wasser gebunden», sinnierte Ella von Axarkan, unsere Geologin. «Beim ersten Kontinent waren es noch bedeutend
grössere Mengen. Und wenn ich da an die beiden Polkappen
denke...! Würden die abschmelzen, so denke ich der Meeresanstieg würde bis gegen 100 Meter betragen.»

«Ella», erwiderte ich, «wieso diese Bemerkung bezüglich
des Abschmelzens der Poleis-Kappen? Was für einen Grund
könnte es dazu geben? Bei uns sind auch beide Pole vereist.
Das war jedoch schon so, als wir vor rund 24'000 Flares auf

Amerâ angekommen sind. Äh, ja, also neu: Vor rund 26'300 Jahren. Da hat sich nie etwas geändert.»

«Kommandantin, da könnte ich als Mathematiker eventuell eine Antwort geben», meldete sich Mashel von Arrunatâ, der Partner von Ella. «Ella und ich haben vorhin wegen dem Mond und der grossen Achsenneigung des Planeten spekuliert. Ziehe ich hier Vergleiche mit den verschiedenen Planeten bei uns und beim Zwillingsstern, wo es ebenfalls Planeten mit Monden gibt, welche gleichfalls Einfluss auf die jeweilige Achsenneigung ihrer Planeten haben, so dürfte dies auch hier der Fall sein. Bei den uns bekannten Planeten besteht bezüglich verschiedener Neigungswinkel eine Korrelation zu den Grossen Flares. Auf das hiesige System extrapoliert dürfte die Periode irgendwo bei 22'000 Fla..., ich meine 24'000 Jahren liegen.»

«Und das heisst?»

«Wie vorhin schon erwähnt, erachten wir die tiefe Durchschnittstemperatur nicht in Übereinstimmung mit der empfangenen Strahlungsenergie durch den Stern. Wir vermuten, dass sich die Achsenneigung nahe oder ganz beim Maximum befindet und der Planet sich daher in einer ausgesprochenen Kaltphase, man könnte sagen in einer Eiszeit, befindet. Das bedeutet auch, dass in ein paar Tausend Jahren das Klima hier total anders sein könnte, also dann auch in Übereinstimmung mit der Strahlungsenergie der Sonne. Auf Amerâ sind solche Phasen unbekannt, da jegliche Achsenneigung fehlt. So fehlen bei uns selbstverständlich auch die hier zu erwartenden grossen Temperaturunterschiede während eines Planetenumlaufes.»

Mathematiker Mashel fuhr fort: «Der Abstand von Chomâ zu seinem Stern beträgt 20-Mal mehr als derjenige von Amerâ zu unserem Stern Himâ. Das erlaubt Chomâ eine schnelle ungebundene Eigenrotation; und daher auch ein gutes Magnetfeld zur Abschirmung der kosmischen Strahlung. Alle Voraussetzungen für höher entwickeltes Leben sind gegeben. Doch das wissen wir ja alles bereits durch die verschiedenen Kontakte zum universellen Weltgedächtnis.

Also, bitte schön, wo sind die Menschen?»

Ich sagte: «Fünf Tage sind seit unserer Ankunft vergangen, wir beginnen nun mit der zweiten Umrundung. KI bitte so steuern, dass wir beim zweiten Kontinent etwas nördlicher passieren. Ich würde sagen über das grosse bogenförmige Gebirge, welches nördlich des vielarmigen kleinen Meeres liegt. Ich möchte die Landfläche zwischen dem Gebirgseis und dem Eis des nördlichen Pols genauer ansehen. Ich vermute, dass dort die Lebensbedingungen recht gut sein könnten.»

«Ah! Du scheinst es ebenfalls bemerkt zu haben», meinte Ella zu mir

Ein bisschen konsterniert, da ihm anscheinend etwas entgangen war, fragte Mashel: «Was sollte ich bemerkt haben?»

«Ella du bist die Geologin.»

«Mashel und ihr anderen, seht auf den grossen Schirm mit dem getreuen Abbild der Planetenoberfläche, die wir überfliegen. KI setze bitte nochmals zurück zum Zeitpunkt, als wir den grossen Golf überflogen, der wenig nördlich der Engstelle von dem Doppelkontinenten liegt. Zeige uns die Wassertemperaturen und die Meeresströmungen, die von dort ausgehen. Färbe auch die Luftströmungen ein wenig ein, dann sehen wir es besser.»

KI setzte die Bilder geschickt zusammen. Es zeigte sich bald, wie wirklich warmes Wasser aus dem Golf schräg in nord-östlicher Richtung über den Ozean strömte und dabei einen ebenfalls warmen Luftstrom in gleicher Richtung mitzog. Beim zweiten Kontinent stiessen das warme Wasser und die ebenfalls warme Luft auf die kalten Strömungen und Luftmassen, welche vom Eisschild abflossen. Die warme Luft wurde vom Schild des Poleises nach Osten abgedrängt (Der Eisschild war über drei Kilometer stark), und so von der permanent nachfliessenden Warmluft zwischen dem vereisten Gebirge und dem Eis vom Pol hindurchgestossen. Der warme Luftstrom folgte dem grossen Fluss, der in östlicher Richtung mehr als 2'500 Kilometer später in ein Binnenmeer mündete.

«Durch die warme Luftströmung dürfte es auch im Winter hier zum Aushalten sein», sagte Ellisa von Patîn die zweite Kommandantin, «der Fluss ist recht gross. Er sammelt wohl das meiste Wasser aus dem vergletscherten Gebirge. Auf beiden Seiten des Flusses liegen offene Matten und lichte Wälder. Hier liesse sich sicher gut leben.»

«Anla, vielleicht sollten wir hier landen», meinte Jaqua. Jaqua von Ophiâ fungierte auf unserem Schiff als Lehrer. Er war auch der beste Kampfsportler und Partner der zweiten Kommandantin. Die beiden wurden oftmals als die *«Zwillinge»* bezeichnet, da es offensichtlich war, dass sie zusammengehörten. Der eine *«Zwilling»* konnte unmöglich ohne den anderen leben. Nun ja, bei Seelenreisenden war dies oftmals der Fall.

Ich überlegte die Anregung von Jaqua: «Wir machen nochmals eine Umrundung auf einer anderen Bahn. Wenn wir weiter im Osten nichts Besseres finden, gehen wir in der nächsten Runde hier über dem vereisten Gebirge in einen stationären Orbit. KI, bitte schon mal die Triebwerksleistungen abstimmen, damit wir ohne grossen Aufwand einige Tage oder Wochen stehen können. Und Pera, bitte bereite den Shuttle für eine Low Orbit Mission vor. Umlaufbahn auf 450 km. Innerhalb von ein paar Umrundungen können wir mit dem Teleskop mehr sehen und auch einen Landeplatz definieren. Was jedenfalls schon gesagt werden kann: Die Anzahl von Menschen, welche hier leben, muss sehr gering sein. Der Mensch hat sich anscheinend noch nicht planetenweit ausgebreitet. Komisch, dass wir noch gar nichts entdecken konnten.»

Pera von Littorâ war ein ganz zuverlässiges Crew Mitglied. Auf dem Raumschiff für Infrastruktur und technische Reinigung verantwortlich, zudem eine ausgezeichnete Shuttlepilotin.

«Das Shuttle ist in einem Tag abflugbereit, Kommandantin. Vom Low Orbit zurück zum Raumschiff können wir beliebig fliegen. Ich mache aber darauf aufmerksam, dass nur ein einziges Mal auf dem Planeten gelandet werden kann. Dann ist zuerst die Gewinnung von Wasserstoff zwingend, um zum Low Orbit zurückzukehren. Denn erst da, ausserhalb der Atmosphäre ist bekanntlich das Fusionstriebwerk einsetzbar.

Selbstverständlich erfolgt die Planetenlandung mangels eines Flugfeldes wie gewohnt auf einem Gewässer, mit anschliessender Aufstellung der Spaltanlage und Gewinnung von neuem Wasserstoff. Bis zu dem möglichen Rückflug benötigen wir... hm, 15 Tage? Das habe ich nur geschätzt, denn es ist zu beachten, dass die Gravitation hier gut zehn Prozent höher ist und die Luftdichte lediglich knapp zwei Drittel derjenigen von Amerâ beträgt. Mashel du berechnest dies bitte noch im Detail.»

«Mach ich Pera. Zur besseren Vorstellung bezüglich Luftdichte: Für unsere Kommandantin Anla, welche aus Cherisatâ stammt gibt es keinen Unterschied. In der Provinzhauptstadt Merratâ auf 4'200 Meter Höhe ist der Luftdruck ziemlich identisch, wie hier auf Meereshöhe und demnach erstaunlich ähnlich wie auf unserem Schiff «Meriâ II».»

Meine Kira stürmte in den Kommandoraum: «Mutter, darf ich mitfliegen? Das ewige Warten auf dem Schiff ist langweilig. Ich möchte die Welt und den Himmel sehen. 17 Jahre auf Meriâ II. Wann landen wir endlich. Auch wenn es unten kalt ist, das ist mir egal. Wir haben genug warme Kleidung. Mutter ich glaube, ich habe einen Raumschiffskoller, ausgelöst seit wir hier auf diesen Planeten hinunterblicken. Ach, das muss grossartig sein.»

«Herrjeh! Meine Tochter», seufzte ich, «du bist und bleibst ein richtiger unbezähmbarer Wildfang, eingesperrt auf einem Raumschiff. Kira, du kannst versichert sein, dass wir alles unternehmen, so schnell wie möglich in unserer neuen Heimat Fuss zu fassen, doch der Landeplatz will sorgfältig ausgewählt sein. Wir können nicht einfach von einem zum anderen springen. Auch wissen wir noch nichts über die

Tierwelt hier. Stell dir vor es gäbe hier so riesige Wildtiere wie bei uns die Hatu Suyu Hunde. Das wäre äusserst gefährlich für uns alle. Falls es so grosse Raubtiere auch hier gibt, müssen wir vorbereitet sein. Und die zu erwartenden Einheimischen? Da wir bis jetzt keine Anzeichen einer Zivilisation gesehen haben, könnten sie ein primitiver, wilder Haufen sein. Wir könnten angegriffen werden und müssten uns mit den Jagdgewehren verteidigen. Stell dir vor, wir würden einen Einheimischen erschiessen! Das ginge auf keinen Fall.

Doch nun zurück zum Low Orbit Flug. Pera, könntest du Kira gebrauchen, hättest du eine Aufgabe für sie?»

«Also ausser meiner Partnerin Perida, welche bekanntlich ebenfalls eine gute Pilotin ist, benötigt dieser Flug niemanden. Alles wird sonst von der Automatik gesteuert; diese wird wiederum direkt von KI überwacht.

Gut, anstelle der Automatik ist die Steuerung des Teleskopes von Hand manchmal von Vorteil, insbesondere wenn es darum geht, bewegten Dingen, zum Beispiel Tieren, intuitiv zu folgen. Von mir aus kann Kira teilnehmen.»

«Hurra!» rief Kira und gab Pera einen Kuss.

«Mashel? Deine Berechnungen in Abstimmung mit KI?»

«Anla», erwiderte Mashel, «wie dir bekannt ist, spielt es für das Fusionstriebwerk keine Rolle, ob fünf oder zehn Personen mitfliegen. Sicher wird es noch einige weitere geben, die den Shuttleflug mitmachen möchten.»

Ich ergänzte: «Wir machen es so: Heute nach dem Nachtessen machen wir ein paar Glücksspiele und ziehen Lose für die weiteren sieben Passagiere, denn grundsätzlich sehnen wir uns alle nach etwas Abwechslung.»

Am nächsten Tag überflogen wir die weiter östlich liegenden Gebiete des riesigen Kontinents, ohne dass wir Neues entdeckten. Neu meine ich in Bezug auf der Suche nach Zivilisation. Sonst gab es doch Neues: Ein vereistes Riesengebirge und riesige Hochplateaus. KI ermittelte den höchsten Berg auf 9000 Meter; also nicht viel weniger als unsere Allpa

Tiqsi. Der alleinstehende Südkontinent zeigte zum grössten Teil nur trockene Wüste.

Ich entschied das Shuttle I zu starten.

Langsam sahen wir das Shuttle vom Raumschiff wegdriften. Dann zündeten für kurze Zeit die Bremsdüsen und das Shuttle geriet ins Gravitationsfeld von Chomâ. Nach ein paar Stunden meldete Pera, dass sie die Low Orbit Bahn erreicht hätten. Alle Reisenden auf der Meriâ II sassen im Restaurant und schauten auf den grossen Bildschirm. Das Shuttle befand sich gerade auf der anderen Seite des Planeten. KI konnte die Funkwellen so konfigurieren, dass sie teilweise dem Magnetfeld des Planeten folgten. So war wenigstens eine grobkörnige Bildübertragung möglich.

Undeutlich hörten und sahen die Besucher im Restaurant, was sich im Shuttle tat. Pera's Stimme: «Wir haben jetzt eben den ersten Kontinenten verlassen. Bis wir beim Gletschergebirge des zweiten Kontinents ankommen, dauert es 20 Minuten. Dann wird die Verbindung bereits wieder besser sein, auch wenn es nochmals ein paar Minuten dauern wird, bis wir direkten Sichtkontakt erreicht haben werden. Kira behauptet beim Verlassen des Kontinentes als sie am Teleskop manipulierte, grosse Tiere gesehen zu haben. Leider war durch die, hm…, sagen wir nicht ganz korrekte Handhabung keine Speicherung möglich. Sowieso ist die von Kira genannte Tiergrösse wohl kaum möglich. Das nächste…»

Auf dem Bildschirm sahen nun alle das Armfuchteln von Kira. «Ob ihr es glaubt oder nicht, die Lebewesen, ich denke wohl es seien Tiere gewesen, sind riesig. So riesig, dass ich vor Schreck den falschen Sensor drückte.»

Ich kannte das ungestüme Temperament meiner Tochter, auch dass sie zu Übertreibungen neigte. Mein Partner Karmo von Nikratâ fragte sachte: «Wie gross denn Kira?»

«Also Vater bitte nicht lachen. Bei uns sind Pferde die grössten Tiere. So wie wir in der Schule bei Jaqua gelernt haben, sollen die schwersten bis gegen 500 kg wiegen. Die

Zahlen die das Teleskop einblendete, würden dann bedeuten, dass..., Vater ich kann nichts dafür! Es müsste dann wohl..., ach ihr glaubt es ja doch nicht. Ich verschliesse mir schon mal die Ohren.» Das Bild zeigte, wie sich Kira demonstrativ die Ohren zuhielt und die Augen schloss. Dann rief sie: «sieben bis acht Tonnen!»

Nun brandete im Restaurant tatsächlich Gelächter auf. Nach ein paar Sekunden öffnete Kira die Augen und fragte: «Und, habt ihr gelacht?»

Je näher das Shuttle dem zweiten Kontinent kam, desto deutlicher gelang die Bildübertragung. Die vom Äquator abweichende Bahn liess das Shuttle über die weit nach Westen ragende Halbinsel beim kleinen Meer einfliegen. Diese Halbinsel wurde nach Norden hin ebenfalls von einem stark vereisten Gebirge abgegrenzt. Ich überlegte mir, ob es dieses Gebirge war, welches die warme Luft zurückhielt? Jedenfalls zeigte sich das Landesinnere als kalte Tundra, wie sie sonst nur im hohen Norden vorkam.

Auf dem Bildschirm sah ich Tochter Kira, wie sie absolut konzentriert beim Teleskop schwebte und die schnell vorbeiziehende Landschaft absuchte. Bei einer Geschwindigkeit von 27'000 km/h blieb ihr nicht viel Zeit. Vielleicht 30 Sekunden konnte ein Punkt mit entsprechender Bewegung des Teleskopes gehalten werden.

Im Restaurant herrschte inzwischen wieder das normale Geplauder. Niemand achtete besonders auf den Bildschirm. Plötzlich hörte man einen Schrei von Kira und man sah wie sie äusserst rasch und präzise das Teleskop zusammen mit der Automatik bediente. Auf dem Bildschirm blendeten nun die Teleskopaufnahmen ein. Sehr undeutlich sah man eine ganze Herde grosser brauner Tiere. Nach 15 Sekunden verschwamm alles zur Unkenntlichkeit.

Kira rief: «KI, aufarbeiten und wieder einspielen. Nachbearbeiten für Standaufnahme!»

Wieder 15 Sekunden später und auf dem Schirm im Shuttle und im Restaurant erschien ein ziemlich klares Bild der Tiere. KI hatte daneben ein Amerâ-Pferd zum Grössenvergleich eingeblendet.

Iremo von Valetîs, unser Experte für Flora und Fauna räusperte sich. «Bei uns hat es vor 1'572 Jahren, als wir den Durchbruch beim Fusionsantrieb wieder schafften, eine Expedition nach Ureâ im Zwillingsstern gegeben. Diese Expedition brachte Bilder und sogar ein ganzes Skelett eines riesigen Tieres mit, welches die Ureater *«Elefant»* nannten. Diese Tiere sollen bis gegen fünf Tonnen schwer gewesen sein. Was wir hier sehen ist verblüffend ähnlich jedoch noch einiges grösser. KI, du verfügst doch sicher über Bilder von dieser damaligen Expedition; blende eines auf dem Bildschirm ein. - Da seht das Bild, tatsächlich sehr ähnlich. Vergleicht auch die Grösse: Also dieser Gigant hier dürfte wohl schon acht Tonnen wiegen. Und seine Stosszähne, mindesten 2.50 Meter lang, wahrscheinlich eher mehr. Unglaublich. Danke Kira, gute Arbeit. Entschuldige, dass wir gelacht haben. Doch geh nun zurück ans Teleskop. Ihr fliegt gleich über unseren potenziellen Landeplatz zwischen dem Eisgebirge und dem Poleis-Schild.»

Nach weiteren Umrundungen des Planeten auf der Low Orbit Bahn kehrte das Shuttle zum Raumschiff zurück. Zusammen mit der Führungscrew besprach ich darauf intensiv die nächsten Schritte. «O.k., es ist jetzt Schlafenszeit. Ich bitte alle, das Gesprochene über Nacht zu meditieren. Morgen nach dem Frühstück treffen wir die Entscheidung bezüglich des Landeplatzes.»

Jaqua äusserte sich: «Bei der gedanklichen Rekapitulation in der Nacht gelangte ich zu folgendem Ergebnis: Auf dem ersten Kontinent leben keine Menschen, ebenfalls ist der Südkontinent nicht besiedelt. Der zweite Kontinent ist riesig, er verfügt über verschiedene Teilkontinente. Der Teil der tief in den Süden reicht, ist derjenige mit der grossen Wüste, unendlichen Savannen und tropisches Grasland.

Das Teleskop erfasste einige Menschen. Jedoch erschienen diese kaum als Gesellschaft organisiert.

Im Ostteil des Riesen-Kontinentes, hinter dem gewaltigen Gebirge, lassen die Aufnahmen des Teleskopes Menschen mit einer gewissen gesellschaftlichen Struktur vermuten. Wie mir scheint, lebt eine grössere Anzahl von Menschen, welche sich in Gruppen strukturiert haben, zwischen dem nördlichen Eisschild und dem eingefrorenen Gebirge entlang dem grossen Fluss. Das Klima scheint dort recht angenehm zu sein. In meiner Meditation gelangte ich zu der Vermutung, dass sich dort am Ehesten weitere Menschen unserer Seelengruppe befinden könnten.»

Ich stimmte Jaqua zu, seine Vermutungen deckten sich mit meinen. Nun schien es folgerichtig mit den Einheimischen den gewünschten Kontakt zu knüpfen. Es wurde noch etwas weiter hin und her diskutiert.

Als sich die Themen zu Wiederholen begannen, machte ich den Schnitt: «O.k., wir bereiten die Landung vor. Wir landen auf dem grossen Fluss und zwar in der Nähe, wo er auf wenigen Kilometern genau von Süden nach Norden fliesst. Das ist da, wo Kira eine grössere Menschengruppe und eine Art Siedlung mit dem Teleskop erfassen konnte. Die effektive Landung machen wir etwa sieben Kilometer weiter flussabwärts von der vermuteten Siedlung. Da fliesst der Fluss schon wieder in nord-östlicher Richtung und wir können gegen den Wind landen. Zudem sind wir dann ausserhalb der Sichtweite der Einheimischen. Wer weiss, wie die bei der Landung unseres Shuttles reagieren. Priorität nach der Landung hat das Aufstellen der Solarpanels und die Produktion von Wasserstoff. Grössere Exkursionen werden erst erlaubt, wenn genug Wasserstoff für die Rückkehr auf Low Orbit vorhanden ist.

Ich gebe jetzt die zehn Spezialisten für diese erste Landung bekannt. Ellisa von Patîn als zweite Kommandantin übernimmt die Leitung. Dann gehört sicher auch Jaqua dazu, weiter... Und als zehnte wäre es sicher gut eine ganz junge Person mitzusenden. Da unten gibt es logisch auch

Kinder und Teenager. Also lieber Partner Karmo, wenn du mir versprichst, gut auf unsere Tochter aufzupassen, soll Kira auch mitfliegen.»

Die Augen von Kira strahlten: «Danke Mutter, ich werde auch auf Vater gut achtgeben.»

Etwas später wandte ich mich an Perida von Littorâ, die Ärztin: «Nimm bitte Geräte selbst für kompliziertere Operationen mit, zudem Spritzen gegen verschiedene Immun-Krankheiten und Blutveränderungen. Es gibt da unten sicher Personen, welche die Möglichkeiten einer hochtechnisierten Medizin benötigen. Das scheinen reine Jäger und Sammler zu sein. Da gibt es immer wieder mal Unfälle mit den gejagten Tieren und die üblichen Probleme bei zu geringem Genpool; ich meine auch Heiraten unter Blutsverwandten.

Nebst diesen riesigen Grasfressern, wissen wir nicht, was es allenfalls für Raubtiere gibt und vor allem in welcher Grösse. Zudem solltest du sobald wie möglich eine Einheimische genau untersuchen, sie könnten ja auch irgendein Virus in sich tragen, welches für uns gefährlich ist. Dir ist das alles natürlich schon klar. Aber ein bisschen Sorge mache ich mir schon, da Kira und auch Karmo dabei sind. Seid bitte alle vorsichtig.»

Perida gab zur Antwort: «Ellisa und ich haben bereits vereinbart, dass wir alle unsere Ganzkörper Schutzanzüge permanent tragen werden. Da können uns selbst Speerspitzen nichts anhaben, ausser grosse Schmerzen bei einem Treffer im Knochenbereich.»

Ich meinte abschliessend: «Ja, das ist gut und gibt Sicherheit. Zieht zu Beginn, trotzdem die Visierhelme an. Wir kennen die möglichen Reaktionen der Einheimischen nicht. Die Helme sind zwar schlecht, da man euer Gesicht nicht sieht, speziell wenn es um Vertrauensbildung geht. Doch besser etwas Misstrauen als der Tod.»

Nun zeigte Perida zum Schluss auf ihre Halskette mit dem Amulett. «Hier für die Simultanübersetzung: Geht vom Amulett direkt zum Rechner im Shuttle und von dort zu KI.»

«Hier spricht KI. Perida, ihr müsst es irgendwie schaffen die Einheimischen in Gespräche zu verwickeln. Dabei musst du darauf achten. Dass deine Brustkamera das Gesicht und die Arme von den Einheimischen zeigen. Zusammen mit der Gestik, die vermutlich auch hier ähnlich sein wird und verstanden werden könnte, denke ich in einem Tag die Sprache rudimentär zu erfassen und geschätzt in zwei Tagen könnt ihr über das Amulett und den Ohrknopf direkt mit den Einheimischen sprechen. Die Verzögerung durch meine Entfernung von 36'000 km im stationären Orbit macht lediglich eine viertel Sekunde aus, was ihr beim Sprechen kaum bemerken werdet. Meine Logik empfiehlt für dieses Sprachenbusiness möglichst junge Menschen zu wählen, von unserer Seite erachte ich Kira als geeignete Person. Doch nicht für den Erstkontakt, denn Kira muss sich als Raumschiffgeborene erst an einen Planeten gewöhnen. Wir wissen, dass dies in der Regel lediglich einen Tag dauert. Erfahrungsgemäss gehen junge Menschen solch unbekannte Angelegenheiten leichter und unbefangener an als ältere. Anla, lass deinen Partner Karmo als *Leibwächter* auftreten und seine Tochter beschützen.»

«Ellisa!», entschied ich nun, «In Absprache mit KI verfüge ich, dass der Erstkontakt durch Pera und Jaqua hergestellt wird. Pera trägt als Waffe ihren Sportbogen und Jaqua sein Kampfschwert. Kira soll ab dem zweiten Tag Kontakt zu den Jungen knüpfen mit Karmo als Leibwache. Lieber Partner, bringe dich und unsere Tochter gesund zurück.»

«Verstanden Anla.»

«Verstanden Anla.»

74. Ahnungen

Bericht aus der Zeitkapsel mit dem Titel:
Die Ahnungen der Danu-Leute.
Erzählerin, Fina:
Clanchefin und Priesterin vom Zehn-Höhlen-Clan.

Ich sass am Feuer in unserer Haupthöhle, sah in die Flammen und folgte dem Rauch, welcher langsam durch das Loch in der Decke entweichen konnte. Wer das Loch dereinst gefertigt hatte, wusste ich nicht; es war schon immer da gewesen, am richtigen Ort. Ich dachte, wie gut wir es doch in unseren Luxuswohnstätten hatten. Unsere Haupthöhle hier war trocken und warm. Jetzt tagsüber hatten wir die Felle beim Eingang zurückgeschlagen, um möglichst viel Licht herein zu lassen. Nachts machten wir jeweils alles dicht, um die Wärme zu behalten.

Etwas stolz dachte ich daran, dass ich, Fina im Alter von 43 Sonnenwenden die oberste Clanführerin über alle «Zehn-Höhlen-Menschen» hier in der Gegend war. Eher etwas Sorgen bereitete mir jedoch das Wetter, denn es dünkte mich, wie wenn es seit meiner Kindheit tendenziell eher immer kälter geworden sei. Wenn im Herbst die weiter im Norden lebenden Stämme vorbeizogen, um die kalte Zeit näher beim grossen Binnenmeer, wo es weniger kalt wurde, zu verbringen, berichteten sie uns jeweils auch, dass die Gletscher immer weiter vorrücken würden.

Mein Clan konnte sich glücklich schätzen, hier am grossen Fluss zu leben. Wir besassen verschiedene schöne Höhlen als Wohnungen. Und dank dem warmen Wind aus Westen brauchten wir diese im Winter nicht zu verlassen. Das milde Klima hier lockte ebenfalls Tiere an; diese bejagten wir regelmässig. Aber logisch erweckten unsere Luxuswohnstätten immer wieder Begehrlichkeiten bei anderen Gruppen. Stets mussten wir wachsam und bereit sein, die Höhlen zu verteidigen. Ich tat einen tiefen Atemzug der Freude und dachte an meine vier Kinder. Eigentlich wären es sechs, aber der kleine Duno kehrte schon als Kind zu Vena zurück, zuerst wurde er krank und starb dann bald. Die feurige Sana übertrieb es als Teenager vor acht Sonnenwenden auf der Jagd; ein Mammut spiesste sie auf. Das hatte aber meine dritte Tochter Cara inzwischen gerächt, indem sie schon bei zwei Mammut-Jagden erfolgreich war. Seither trug meine Cara den Beinamen *«Cara Mammu»* und die zweite Tochter durfte sich seit kurzem *«Susa Umba»* nennen. Umba bedeutete *«schneller Hirsch»* und war gleichzeitig der Titel der ersten Verteidigerin unserer Höhlen. Der erste Sohn Dado bewunderte seine Schwester und war stolz zu ihrem Trupp zu gehören.

Fina führte ihre Gedanken freudig weiter: Ja, meine beiden Töchter Cara und Susa waren trotz ihrer Jugend in der ganzen Region geachtet und auch etwas gefürchtet. Mein Mann Alba und ich waren schon eher gross gewachsen, aber Cara Mammu und Susa Umba überragten alle; beide waren so schnell und stark. Da überlegten sich Neider unserer Höhlen zwei Mal, ob sie einen Angriff wagen sollten oder nicht.

Da war noch unser zweiter Sohn Durino, das hiess *«der Dumme»*. Aber eigentlich war er gar nicht dumm, nur stimmte nicht alles mit ihm. Sein Gesichtsausdruck sah halt schon nicht besonders schlau aus. Aber trotz seiner Behinderung gab er sich riesige Mühe bei allen Unternehmungen. Wenn er genug Zeit hatte, konnte auch er gescheite Überlegungen anstellen. Oftmals fehlte ihm diese jedoch um seine Ansichten anzubringen. Die wilde Cara hatte hier eine grosse Geduld und half ihm wo immer möglich. Dafür bewunderte Durino seine grössere Schwester über alles.

Ich dachte sowieso, dass sich unser Clan auf dem Höhepunkt der Macht befand. Besassen wir doch hier am göttlichen Fluss Danu mehr als zehn Höhlen. Es unterstanden mir als Clanleaderin und Priesterin unserer höchstedlen Gottheit, des hellsten aller Sterne «Vena» mehr als 200 Menschen. Im Notfall konnten alle ausser die ganz Alten und die kleinen Kinder mit dem Speer umgehen. Selbst ich mit immerhin schon 43 Sonnenwenden bin noch eine gute Kämpferin.

Weiter könnte ich mir vorstellen, dass es Alba und mir noch ein letztes Mal gelingen könnte ein Kind zu zeugen. Wäre das der Fall, würde mein Ansehen nochmals steigen.

Jetzt schoss nochmals ein Gedanke der Sorge in meinen Kopf: Eigentlich müssten auch die Töchter Cara und Susa schon mit Kind sein. Doch beide sagten, sie hätten vorläufig keine Zeit, um sich um Kinder zu kümmern. Im Moment gehe die Sicherheit unserer Gemeinschaft vor. Sie sind so richtig eigenwillig und stur. Alba half ihnen manchmal sogar dabei. Er sagte immer, das passe halt ins Bild seiner Visionen. *«Bald ereignet sich etwas Grosses»*, wurde Alba nicht müde zu erzählen. Beide Töchter sahen das ebenfalls so. Sogar ich hatte in letzter Zeit manchen komischen Traum. Und ich war nicht die Einzige. Zurzeit waren unsere Träume und Visionen allgemeines Thema, wenn wir abends um das Feuer sassen. Wie wir alle wussten, sind ja eigentlich die Erlebnisse der Träume oftmals mehr Wirklichkeit als das normale Leben. Meine Vorgängerin hatte immer gesagt, «...das wirkliche Leben liegt in der Traumzeit». Da kam es manchmal vor, dass wir Personen trafen, welche bereits zu Vena abgereist waren oder dort warteten, bis sie wieder zu uns herabsteigen durften.

Während ich meine gedanklichen Träumereien fortsetzte, schaute ich zu Elwi hinüber. Dieser schnitzte wieder an einer seiner Statuen herum. Gestern zeigte er mir eine, die fast fertig war. Nur mit den Füssen hätte er noch Probleme, es gelinge ihm nicht so recht, diese darzustellen; wenigstens nicht so wie angedacht. Die Figur stelle unsere Vena dar, aber so wie sich diese die Andermenschen vorstellen würden, sagte er. Für solche Schnitzarbeiten war Elwi tatsächlich der Beste. Diese ergaben immer wieder begehrte Tauschobjekte. Vor allem wenn die Nordleute vorbeikamen und die scharfen Feuersteine mitbrachten. Daher liessen wir Elwi gerne an seinen Schnitzereien arbeiten. Zum Jagen war er noch nie besonders geeignet gewesen, da er schon immer ein schlechtes Gehör hatte, was auch der Grund war, dass ihn der Höhlenlöwe damals erwischte. Seine ganze linke Gesichtsseite war mehr oder weniger eine riesige verwachsene Narbe; auf dieser Seite hörte er jetzt gar nichts mehr. Und trotzdem ahnten wir auf unbekannte Weise, dass er ebenfalls zu unserer Gruppe der «Vena-Bewussten» gehörte.

Ja, die «Vena-Bewussten»? Jedes Kind weiss, dass wir nach dem Tod zu Vena aufstiegen. Von dort schauen wir auf die Erde hinunter und wenn Vena den Zeitpunkt für richtig hält, werden wir aufs Neue hier oder in einem anderen Clan wieder geboren. Während der Ruhepause bei Vena kennen sich alle und versprechen sich gegenseitige Hilfe und Freundschaft, wenn es zur nächsten Runde auf der Erde weitergehen würde. In den meisten Fällen sind solche Freundschaft- und Hilfeversprechen schnell vergessen. Doch einige, eben die «Vena-Bewussten» vergessen es nicht, oder sie können sich plötzlich wieder daran erinnern. So sind Alba und ich eigentlich ziemlich sicher, dass wir schon früher zusammen waren. Dasselbe Gefühl haben wir mit unseren beiden Töchtern und mit Elwi, der jedoch nur weit aussen mit uns verwandt ist.

Dann war da noch «Nordmann» mit seinem Clan. Ein wirklich wild aussehender Andermensch. In der Regel waren die dumm und grob, hatten aber unglaubliche Kräfte. Die Gesichter sahen ganz anders aus als unsere; die Stirne war flach und das Kinn extrem kräftig, die Augen sassen in tiefen Höhlen. Schon auf den ersten Blick wirkten diese Nordleute komisch; eben «*Andermenschen*». Aber besagter Nordmann und seine Familie bildeten eine Ausnahme. Er war unglaublich gescheit und uns wohlgesonnen. Schon manchmal hatte er uns geholfen, sei es bei der Jagd oder gegen Eindringlinge. Ich vermutete, gegen ihn hätten meine Töchter, beide zusammen, keine Chance; zum Glück war er unser Freund. Wenn wir fragten, warum er sich als unser Freund fühle, gab er immer zur Antwort: «Ich denke, wir haben schon zusammen von Vena auf die Erde geschaut.»

Wahrscheinlich stimmte das. Elwi meinte, sich vage erinnern zu können; ich nicht. Doch Alba sagte, er habe Andermensch schon verschiedentlich in seinen Träumen, wenn er seinen Körper im Schlaf liegen lässt, getroffen.

«Fina, träumst du wieder?» Alba trat in die Höhle, «vergiss das Feuer nicht!»

«Ach Alba, in letzter Zeit habe ich komische Gedanken. Eben sinnierte ich über deine Aussage, *«es werde bald etwas passieren»*, nach. Das glaube ich inzwischen auch. Was wir uns gegenseitig erzählen, kommt mir so vor, wie wenn bald weitere Freunde von Vena, also *«Vena-Bewusste»*, die sich erinnern können, zu uns kommen würden.

Vielleicht sollten wir versuchen nochmals ein Kind zu haben. Sicher wartet es bereits ungeduldig bei Vena, bis es zu uns kommen darf.»

«Ja es tut sich was. Heute Nacht, wenn alle schlafen gehen wir zum Fluss hinunter und rufen ein Kind von Vena herbei, vielleicht gelingt es uns noch ein letztes Mal.

Übrigens: In zwei Tagen sind es 83 Tage seit der Wintersonnenwende und demnach der 18. Geburtstag von Cara. Sie sollte mit Susa und den Brüdern ins Sonnenfeld gehen und den Sonnenaufgang beobachten. Ihr Stein müsste dann genau in der Linie des Aufganges stehen. Ist das Wetter schön und der Sonnenaufgang über ihrem Stein sichtbar, wäre dies ein gutes Omen für die Zukunft. Das müssen wir dann unbedingt allen weitererzählen. Cara braucht etwas Prestige, wenn sie dich in ein paar Jahren als Clanführerin ablösen will. Nur eine gute Kriegerin und Jägerin zu sein genügt nicht.

Dann sollten wir Susa und Cara auch wieder einmal klar machen, dass es Zeit ist, einen Mann auszuwählen. Schon komisch, dass beide kein Interesse an Nachwuchs haben. Das ist doch das Wichtigste, damit der Clan weiterhin erfolgreich existieren kann.»

Ich seufzte und gab Alba recht. In diesem Moment trat Tochter Cara in die Höhle, wie meistens mit Bruder Durino im Schlepptau. «Ich habe es gehört Vater. Ich bin einfach noch nicht soweit für die Mutterschaft. Sieh doch Arnea hier, sie sitzt nur noch bleich herum und fühlt sich schlecht. Ihr Bauch zerplatzt fast und doch wird es noch beinahe einen Mond dauern, bis Vena ihr Baby in die Welt entlässt. Und so wie Arnea aussieht, ... entschuldige meine Direktheit Arnea, bei der Geburt sind schon viele Mütter gestorben. Ein Kind zu gebären bedeutet einen grossen Kraftverlust für die Mutter.»

Arnea winkte nur schwach zurück: «Cara, du hast hier recht, es geht mir nicht gut. Trotzdem bereuen es dein Bruder Dado und ich nicht, dass wir ein Baby von Vena hergerufen haben. Ohne die Babys gäbe es uns Danu-Leute schon bald nicht mehr. Ich vermute, mein Baby liegt nicht richtig in meinem Bauch. Ich fürchte mich vor der Geburt. Ich bete jede Nacht zu Vena. Sie sandte uns das Kind, also sollte sie auch bei der Geburt helfen.»

Ich gebe zu, als Frau mit der Erfahrung von sechs Geburten machte ich mir echt Sorgen um unsere Schwiegertochter. Wenn ich ihren Bauch abtaste...!

Cara meldete sich wieder zu Wort: «Arnea, deine Aussage der Unabdingbarkeit, ein Baby zu haben für die Erhaltung des Clans, ist richtig. Im Moment will ich das jedoch nicht. Wie gerne würde ich die Nächte mit einem Mann verbringen, ich sehne mich danach; es gäbe genügend, die mich haben möchten. Doch kaum ein paar Nächte voller Genuss und Freude und schon liefert Vena ein Baby. Auf Vena warten doch viele, endlich wieder zu uns herabsteigen zu dürfen.

Da sind aber auch immer wieder die Ahnungen von Vater, der nicht müde wird zu verkünden, es stehe bald ein grosses Ereignis an. Schwester Susa, Mutter wie auch ich; alle hatten in letzter Zeit komische Träume, oder sogar entsprechende Seelenreisen erlebt. Was wir dabei erahnen ist äusserst komisch, nicht richtig einzuordnen. Sollte das Ereignis ein Überfall eines anderen Clans sein, welcher uns unseren Reichtum neidet, will ich gewappnet sein, und nicht mit Baby im Bauch und daher zu müde zum Kämpfen sein.»

Durino schüttelte seinen Speer: «Ich helfe dir auf jeden Fall, Schwester.»

«Das weiss ich, danke Bruder. Vater, was hast du vorhin noch erwähnt? Du zählst die Tage, nicht ich. Ist in zwei Tagen mein Geburtstag?»

«Ja, gehe mit Susa und den Brüdern ins Sonnenfeld und beobachtet den Sonnenaufgang über deinem Geburtsstein. Dann seid ihr zu viert, alle mit Speer bewaffnet; nur zur Sicherheit. Jetzt bei höher steigender Sonne werden demnächst Nordleute auf dem Weg zurück zu ihren Sommerplätzen vorbeiziehen. In der Regel sind sie ja friedlich, aber…!»

Cara und Durino ergriffen vier warme Nachtfelle und bedankten sich für den Proviant, den ich ihnen reichte. Ich schaute aus der Höhle und sah, dass auf dem Dorfplatz Susa und Dado mit anderen des Dorfes palaverten. Cara reichte ihnen zwei Felle und erzählte, was Vater wünschte.

Ich hörte wie Taro fragte: «Stört es euch, wenn Besa und ich auch mitkommen. Sozusagen als neutrale Zeugen beim Sonnenaufgang über Cara's Stein.»

Inzwischen war ich auch hinzugetreten und merkte sofort, dass dieser Vorschlag Cara nicht so recht passte. In der Gegenwart von Taro fühlte sie sich immer noch etwas gehemmt, weil er vor einem Jahr versucht hatte, sie mit Gewalt zu nehmen.

Doch sofort stahl sich wiederum ein Lächeln auf meine Lippen: Seither hinkte Taro leicht, meine Cara hat ihm ihr Steinmesser in den Oberschenkel gerammt. Ja, es lohnte sich nicht meine Töchter zu reizen.

Bevor Cara wusste, wie sie antworten sollte, erklärte Besa, dass Vena bereits ein Kind zu ihr gesandt habe, in circa sechs Monden werde es geboren; Taro werde bestimmt ein guter Vater sein. Das überraschte uns nun alle, man sah Besa noch gar nichts an. Nun wandte sich Besa an mich. «Fina, würdest du meine Schwangerschaft an der nächsten Versammlung bitte offiziell verkünden und zudem die Verbindung zwischen Taro und mir segnen? Das mit dem Kind habe ich bis jetzt niemandem erzählt.»

«Das mache ich gerne Besa. Der ganze Clan wird sich freuen. Du bist ja 16 Sonnenwenden alt; ein frühes, aber gutes Alter für das erste Kind.» Dabei konnte ich nicht anders als meine Töchter anzuschauen. Wie gewohnt verdrehten beide verärgert die Augen und riefen «Mutter!»

«O.k., kommt mit», antwortete Susa für ihre Schwester. Diese zuckte lediglich die Schulter.

75. Vena fällt aus dem Himmel

Bericht aus der Zeitkapsel mit dem Titel:
Der schöne Stern Vena fällt aus dem Himmel.
Erzählerin, Cara Mammu:
Dritte Tochter von Fina und erfolgreiche Jägerin

Anderntags machten wir uns gegen Abend auf den Weg zu den Sonnensteinen. Vater hatte die Führung und die Verantwortung über die Gruppe Schwester Susa gegeben. Das wäre kaum nötig gewesen. Schwester Susa mit dem erst kürzlich erworbenen Titel «Umba», und somit Verantwortliche für die gesamte Clansicherheit war logisch auch für unsere kleine Gruppe die Führerin.

Die Distanz zum Sonnenfeld legten wir in lockerem Jäger-Laufschritt in weniger als einer Stunde zurück. Dabei folgten wir unserem Fluss Danu. Der grosse Fluss wurde von uns sehr verehrt, spendete er doch Leben. Nie mussten wir Durst leiden, auch Fische gab es zur Genüge. Daher nannten wir uns nicht nur *«Die Leute vom Zehn-Höhlen-Clan»*, sondern oft schlicht *«Danu»*, oder *«Danu-Leute»*.

Während Susa und ich meinen Sonnenstein suchten und ihn von Gestrüpp befreiten, richteten die anderen beim Zentrumsstein das Nachtlager her und machten ein Feuer. Gleich daneben stand eine mächtige Kiefer mit weit ausladenden Ästen. Taro prüfte die an den Stamm gebundene Fluchtleiter und stieg in die Äste hinauf.

Jetzt im Frühjahr kamen auch die Bären aus ihren Höhlen und waren hungrig. Oder es schlichen Höhlenlöwen, angelockt durch das Feuer, herbei. Da war es gut auf den Baum flüchten zu können.

Susa verteilte getrocknetes Fleisch vom Hirsch.

Besa fragte: «Susa ist das Fleisch von deinem Umba.»

«Das ist so», gab Schwester zur Antwort, «da es mir gelungen ist, dieses riesige Hirsch-Exemplar zu erlegen bin ich nun die erste Verteidigerin aller Zehn-Höhlen-Leute und darf den Titel *«Umba»* tragen.»

Taro blickte bewundernd zu Susa: «Erst 20 Sonnenwenden alt und schon Umba. Auch sonst seid ihr Fina-Töchter einfach überall die Besten. Es wird bestimmt noch die Zeit kommen, da ihr eure Kampfkraft beweisen müsst, sei es bei gefährlichen Tieren oder noch gefährlicheren Menschen.

Übrigens, bezüglich gefährlicher Menschen: Wir sollten diesen besonderen Andermensch, der uns schon geholfen hat, einladen bei uns zu wohnen. Zusammen mit ihm und seiner Familie gibt es kaum eine feindliche Gruppe, die uns besiegen könnte. Ich meine, auch seine Frau hat unheimliche Kräfte. Und im Gegensatz zu anderen Nordleuten sind sie alle vermutlich fast so gescheit wie wir und entsprechend verlässlich. Zudem wissen Andermensch, seine Frau und auch seine Tochter über Vena Bescheid; eben, weil sie intelligent sind. Habt ihr das schon einmal mit eurer Mutter besprochen?»

Bruder Durino antwortete in seiner schleppenden Sprechweise, denn immer, wenn es um Dinge von Vena ging, wollte er mitreden. «Vater hat mit Andermensch gesprochen. Vater meint er kenne Andermensch von ihrem gemeinsamen Aufenthalt bei Vena. Vater glaubt, dass Andermensch bald bei uns wohnen möchte. Vater sagt, dass Andermensch der beste Fischer sei. Vater ist sicher, dass Andermensch im Danu auch für uns Fische fangen wird; ich mag Fische sehr gerne zum Essen. Andermensch ist immer nett zu mir, auch wenn ich der Dumme bin.»

Ich schloss Durino in meine Arme. «Ach mein kleiner Bruder.»

Taro wandte sich wieder an mich: «Cara, du sagst doch auch, dass du dich an deinen Aufenthalt bei Vena erinnern kannst. Anscheinend ist das bei deiner Mutter, Vater und auch Susa der Fall. Dass es in einer Familie gleich so viele sind, kann ich kaum glauben. Seid ihr auch wirklich ehrlich oder sagt ihr dies lediglich, weil deine Mutter möchte, dass du ihre Nachfolgerin als Clanchefin wirst? Entschuldige, dass ich so direkt frage, aber dies sind Gedanken, die ich mir schon viele Male gestellt habe. Und sie werden vielerorts im Clan diskutiert. Ein gutes Zeichen wäre, wenn wir Morgen den Sonnenaufgang genau über deinem *«Cara-Stein»* beobachten könnten. Darum wollte ich auch mitkommen. Weisst du, auch darum!» Dabei zeigte er auf seine Narbe im Oberschenkel.

«Warum sich vier unserer Familie an Vena erinnern können, weiss ich nicht, aber es ist so. Zudem sind wir sicher, dass demnächst weitere Vena-Besucher ankommen werden. Komischerweise haben wir im Traum erwachsene Besucher gesehen nicht neugeborene Babys. Wie das möglich sein soll, ist nicht erklärbar. Vielleicht sind es Leute von einem anderen Clan, weiter im Norden oder vom grossen Binnenmeer, welche irgendwie zu uns geschickt werden. Vena kann alles veranlassen, sie hat die Kraft dazu.

Normal kommen doch alle als kleine Babys von Vena direkt in die Bäuche der Mütter. Besa meint ja auch, bereits eines empfangen zu haben; sehen tut man es noch nicht.»

Schwester Susa fügte an: «Alle klettern jetzt noch auf den Baum und suchen sich ihren Fluchtplatz aus. Sollte es notwendig sein, weiss jede, wohin sie zu flüchten hat, ohne die anderen zu behindern. Ich rechne jedoch nicht damit. Ich übernehme die erste Wache und wecke dann Taro.»

Ich sah, wie sich im Osten der Himmel schon rot färbte. Vena leuchtete weit oben ihr helles, zuversichtliches Licht.

Wir sechs verneigten uns in ihre Richtung wie es sich gehörte, bedankten uns für die sichere Nacht und den neuen, wolkenlosen Himmel. Auf der Wiese zeigte sich leichter Frost, war es doch nochmals kalt geworden in der Nacht. Dado hatte bereits das Feuer wieder angefacht. Schwester Susa schaute bereits über den Zentrumsstein zu meinem *«Cara-Stein»* hin. Genau dahinter erhellte sich der Himmel immer mehr. Jetzt schauten wir alle über den Zentrumsstein und genau über meinem Stein brachen die ersten Sonnenstrahlen hervor. Alle umarmten mich und freuten sich über mein gutes Omen.

Ich sagte: «Durino, gestern hast du über Fische gesprochen. Wir alle haben unsere Lanzen dabei. Lasst uns zum Fluss gehen, vielleicht gelingt es uns, ein paar Fische aufzuspiessen. So ein gebratener Fisch zum Frühstück, das wäre doch was!»

Etwa 50 Meter hinter meinem Geburtsstein, den seinerzeit Vater mit Freunden genau ausgerichtet hatte, so wie es Brauch war, sahen wir den breiten Fluss im Morgenlicht glitzern. Das Wasser floss ruhig und leise dahin. Es war ein schöner Morgen. Mit erhobenen Speeren standen wir knietief im Wasser und spähten ohne jegliche Bewegung nach unvorsichtigen, neugierigen Fischen, die uns zu nahekommen würden.

Susa schaute mich fragend an, und machte ein Zeichen zu ihrem Ohr hin. Jetzt hörte ich auch etwas. Wir sechs ruckten unsere Köpfe nach links und schauten Flussabwärts. Da stand Vena hell am Himmel. Wie konnte das sein. Vena war am Tage, wenn die Sonne schien nicht zu sehen. Zudem war das die falsche Richtung. Fragend schauten wir nun alle zu Susa hin. Als Umba war sie die Führerin. Jetzt hörten wir auch ein leises Brummen. Ein Gewitter am wolkenlosen Tag? Der Stern, war es ein Stern, wurde heller. Das Geräusch entwickelte sich zu Lärm.

Etwas kam schnell näher, wurde grösser und verwandelte sich in eine wabernde Flamme. Das Ding hatte Flügel, diese bewegten sich und wurden grösser. Von Schwester

Susa erwarteten wir irgendeine Reaktion, sie war die Umba. Ich realisierte, dass Susa nicht wusste, was zu tun sei, aber sie markierte die Besonnene und antwortete bewusst ruhig: «Ich glaube die Vena-Besucher kommen. Sie kommen weder aus dem Norden, noch vom Binnenmeer, sondern direkt von Vena selbst. Vena ist eine positive Kraft, ich denke wir sollten keine Angst haben.»

Doch ich bemerkte das leichte Zittern ihrer Stimme. Etwas unsicher fügte Susa an: «Der Gigant Vogel kommt direkt auf uns zu. Wahrscheinlich landet er wie ein Schwan. Da seht, er streckt seine Füsse aus und gleitet übers Wasser. Es ist offensichtlich, es handelt sich um Vogel Roc aus unseren Erzählungen der Ahnen. Jetzt schwimmt Roc langsam zu uns hin. Er meint uns. Bleibt stehen, es ist Roc, er kann nichts Böses meinen.»

Wir staunten den Vogel mit offenen Mündern an, blieben im Fluss stehen und warteten, was nun geschehen würde. Kann Vogel Roc sprechen? Was sagten die alten Erzählungen hierzu?

Oben beim Vogel Roc, dort wo die Augen sein müssten schimmerte etwas, das wirklich fast wie Augen aussah, jedoch riesig. Da bewegten sich nun diese Augen. Sie öffneten sich und es zeigte sich ein gewaltiger Arm oder Balken der sich langsam nach oben erhob. Daran waren vier Seile angebracht. Daran hing etwas das aussah wie ein kleines Boot mit Fellen bespannt. Schwarz! Gab es so schwarze Felle? Und in dem Boot sassen zwei irgendwas. Könnten das die vermuteten Vena-Besucher sein. Ihre Köpfe glitzerten. Weder Augen, Gesichter, noch Haare waren zu sehen. Der Arm musste sehr stark sein. Wer hatte so viel Kraft ein ganzes Boot mit zwei Passagieren so anzuheben und sachte aufs Wasser hinunter zu lassen. Überhaupt: Wie konnte Vogel Roc so stillstehen, ohne dass ihn die Strömung vom Danu abtrieb; wer hielt ihn fest?

Nun bewegte sich das komische Fellboot auf uns zu. Keine Paddel, keine Grundstangen. Wie bewegte sich das

Boot gegen die Strömung? Wir wurden unruhig. Susa hob ihren Speer, sofort taten es die anderen ihr gleich. Waren das in dem Boot Botschafter der göttlichen Vena? Oder waren sie gefährlich?

Die beiden Personen hatten offensichtlich gesehen, dass wir die Speere angehoben hatten. Das beeindruckte sie anscheinend. Sofort kam das Boot nur noch ganz langsam näher und die zwei hoben die Hände um zu zeigen, dass sie keine Waffen hielten. Als sie noch gut zehn Meter entfernt waren, gingen bei Bruder Durino die Nerven durch. Mit einem Schrei warf er den Speer. Dieser durchdrang die schwarzen Felle des Bootes und es drang ein Geräusch zu uns, wie wenn einer am Herbstfest zu viel Saft der Trauben getrunken hätte und jetzt unkontrolliert furzen müsste. Wir sahen einander verwundert an und wussten nicht, ob wir lachen durften oder nicht. Da ahmte unser Durino (das war typisch), das Geräusch mit den Lippen nach, schwenkte sein Hinterteil hin und her und schaute dabei entschuldigend zu mir. Als Susa zu lachen anfing, setzten wir alle ein und konnten uns fast nicht mehr einkriegen.
Inzwischen war das Boot gesunken und die beiden Personen standen bis zu den Oberschenkeln im Wasser. Ihre Reaktion konnten wir nicht sehen, da ihre ganzen Köpfe mit einem schimmernden (vermutlich) Schutzpanzer verdeckt waren. Doch nach einem kurzen Augenblick drang unter dem glänzenden Kopfschmuck ebenfalls Lachen hervor. Nun lachten wir alle acht. Dies liess die Spannung absinken und brachte eine Auflockerung. Die zwei zeigten wieder ihre leeren Hände. Da steckte Susa ihren Speer demonstrativ in den Flussboden und zeigte ihnen ebenfalls die leeren Hände. Meine Gefährten taten es gleich wie Schwester Susa und steckten auch ihre Speere in den Fluss.

Oben bei den angehobenen Augen des Vogel Roc sahen weitere Menschen in unsere Richtung. Sie stimmten ebenfalls in das Lachen ein. Kopfschütze sah ich keine, von uns aus gesehen erschienen sie wie normale Frauen, denn ich sah keine Bärte.

Die beiden vom gesunkenen Boot wateten zu uns hin. die Arme vor der Brust gekreuzt und verneigten sich leicht. Sofort taten wir es ihnen gleich, um zu zeigen, dass wir nicht kämpfen wollten. Die eine Person gab Zeichen, wir sollten alle ganz ans Ufer gehen. Das war leicht zu verstehen. Susa und wir alle wollten natürlich unsere Speere mitnehmen, doch die gleiche Person winkte verneinend ab. Ich schaute fragend zu Susa hin, diese zögerte zuerst, doch nickte dann ihr Einverständnis. So liessen wir die Speere im Fluss stecken. Vorsichtshalber machte ich eine angedeutete Bewegung zu meiner Hüfte hin, wo wir alle eine Axt stecken hatten.

Der anderen Person war diese Andeutung scheinbar nicht entgangen. Sie hob am Ufer einen etwa armdicken angeschwemmten Ast auf, sodass wir es alle sahen. Nun warf die Person den Ast in die Luft, nahm einen silbrig glitzernden Stab oder so etwas in die Hand. Die Person wartete, bis der Ast wieder herunterkam. Jetzt schwang die Person das Glitzerding und mit einem «wusch» schnitt das Ding den herabfallenden Ast präzise entzwei. Das imponierte uns! Wir benötigten jedoch keine Absprache, wir waren alle Jäger und bei der Jagd entschieden immer die kürzesten Augenblicke. In einer einzigen fliessenden Bewegung, in weniger als einem Wimpernschlag, standen wir sechs mit erhobener Steinaxt zum Kampf bereit. Das imponierte den Fremden!

Die Person mit dem Glitzerding bekam offensichtlich Angst, denn sie/er legte den Glitzerstab langsam zu Boden und neigte sich wiederum mit gekreuzten Armen in unsere Richtung. O.k., sie wollten sich also nicht auf einen Kampf mit uns einlassen. Wir alle sahen zu Susa, wie beurteilte sie die Lage? Diese lächelte und legte ihre Axt auf den Boden. Sofort taten wir es ihr gleich. Dann zeigten wir den zwei Fremden wieder unsere leeren Hände und lächelten freundlich. Auch die Fremden zeigten ihre leeren Handflächen. Was kommt jetzt als nächstes?

Die andere Person, nicht die mit dem Glitzerding, drehte sich nun um und hielt uns absichtlich den Rücken hin, wohl zum Zeichen, dass sie keine Angst habe. Dabei zeigte sie auf die Frühlingswiese mit den vielen Blumen. Sie bückte sich zu verschiedenen Blumen hin, um demonstrativ zu zeigen, dass sie keine Angst hatte, aber wohl auch, dass sie keine Gefahr für uns darstelle. Mein kurzer Blick zu Susa bestätigte mir, dass sie es ebenso interpretierte. Ja, und was nun als nächstes?

Susa gab mir ein Zeichen, bezüglich dem komischen Kopfschmuck oder dem blöden Verstecken der ganzen Köpfe. Inzwischen regte mich das auch auf. Was soll das? Eben haben wir unsere Äxte niedergelegt und der oder die Fremde ebenfalls den glitzernden Balken. Wobei das war schon imponierend, wie der/die den Ast im Flug entzweigeschnitten hat. Das Glitzerding musste unglaublich scharf und stabil sein. Das wäre vermutlich mit den besten unserer Feuersteine nicht möglich gewesen. Aber zuerst nun zurück zu den versteckten Köpfen. Ich zeigte auf den Kopf von dem/der mit dem Glitzerding und gab eindeutig zu verstehen, dass ich sein Gesicht sehen wollte, die Bedeckung oder was es auch war, soll entfernt werden. Mein Anliegen wurde sofort verstanden. Der oder die Fremde zog den Kopfschutz ab und lächelte Susa, dann mich an. Es war ein Mann, schätzungsweise 40 Sonnenwenden alt. Oben auf dem Kopf hatte er Haare wie wir, sehr hell. Aber sein Kinn war bartlos. Das sah nun schon komisch aus: Etwa 40 Sonnenwenden alt und ein Kinn wie ein Junge, oder wie eine Frau. Er klopfte sich auf die Brust und sagte «Jaqua», wohl sein Name. Schwester klopfte auf ihre eigene Brust und sagte «Susa».

Jetzt zeigte Taro auf die andere Person und machte mit den Händen und dem Hochziehen der Schulter eine fragende Geste. Die andere Person zog nun ihrerseits den Helm aus, dabei drehte sie den Kopf in Richtung Susa und schaute ihr direkt in die Augen. Susa entfuhr ein leiser Schrei: «Ich erkenne die Frau. Ich habe sie auf nächtlichen Seelenreisen schon getroffen als ich im Traum Vena besuchte.»

Das änderte eigentlich alles. Mir wurde klar, dass diese Leute irgendwie mit Vena zusammenhingen. Ob sie von dort gekommen sind? Vermutlich schon. Wer könnte sonst wie sie im Vogel Roc direkt aus dem Himmel kommen. Auch wenn die Richtung zu Vena nicht stimmte. Sicher können sie Roc auch steuern; oder lenken? Etwas Lebendes schien Roc nicht zu sein!

Susa wandte sich zu der Fremden und verneigte sich tief, als Zeichen, dass sie sie erkannt habe. An der Art des Blickes der Fremden ging ich davon aus, dass diese auch Susa erkannt hatte. Zu uns gewandt wiederholte Susa nun: «Ich kenne die Frau, wir waren schon einmal zusammen bei Vena und versprachen uns gegenseitig zu helfen. Ich denke sie kennt mich auch. Ich bin sicher wir können den Leuten vertrauen.»

Die Frau schlug sich nun ebenfalls gegen die Brust und sagte: «Pera». Sie sagte etwas zu ihrem Begleiter mit dem Kindergesicht und schritt langsam auf Schwester zu. Sie hob ihren Arm und machte Anstalten ihn auf die Schulter von Susa zu legen. Diese bejahte mit ihren Augen. Dabei merkten wir, wie diese Person Pera überrascht über die Schulterhöhe von Susa war. Wir im Gegenzug über die geringe Grösse von der Person Pera. Beide merkten die Überraschung der Gegenseite und was die jeweils andere dachte. Als die Hände der beiden Frauen die Schultern berührten, lachten beide einander an. Sie schauten sich in die Augen und Susa sagte «Pera Freundin?», Die Person Pera sagte wohl in ihrer Sprache dasselbe.

Beide Seiten machten wir nun verschiedene Zeichen, um einander zu verstehen.

Da tönte aus dem komischen Amulett, welches die Person Pera auf der Brust trug, eine andere Stimme. Pera hörte zu und schaute zu dem Mann mit dem Kindergesicht, dann schien sie ihr Amulett anzusprechen und winkte den Personen, die aus den Augen von Vogel Roc schauten, zu. Diese winkten zurück. Und bald erschien wieder ein Boot, das an dem starken Arm herabgelassen wurde. Im Boot zählte ich fünf Leute.

76. Erste Kontakte

Bericht aus der Zeitkapsel mit dem Titel:
Die Sternenreisenden der Meriâ II knüpfen erste Kontakte.
Erzählerin, Ellisa von Patîn:
2. Kommandantin der Meriâ II, Missionsleiterin der ersten Landung auf Chomâ.

Vom Cockpit aus sah ich, wie sich unsere Leute nun ziemlich unverkrampft mit den Einheimischen in Zeichensprache unterhielten. Über Funk fragte ich Pera, ob es ihr recht sei, wenn jetzt weitere Personen an Land kommen würden.

Pera antwortete: «Diese Grosse, sie heisst Susa, sie gehört zu unserer Gruppe. Im Traum und im Astralreich haben wir uns schon verschiedentlich getroffen. Bevor ich sie sah, habe ich es schon gewusst.

Ja, ihr könnt kommen. Es ist wieder einmal ein Wunder, wie die Unendlichkeit zugeschlagen hat. Wir haben einen ganzen Planeten zur Verfügung. Aber wir landen genau bei den gesuchten Personen. Nicht ungefähr. Nein, unser Schiff landet vor deren Füssen. Auch wenn diese Leute scheinbar keine Technik besitzen, ist ihre geistige Entwicklung mutmasslich eben so weit wie die unsrige. Ich würde mal wetten, dass sich diese Menschen in den nächsten Monaten grossenteils an unsere Technik adaptieren können. Das ist natürlich keine wissenschaftliche Aussage, sondern eine Vermutung.» Pera wunderte sich über die aufgeweckten Einheimischen und über die Geschwindigkeit der Kontaktentwicklung.

«...Ich, als Pilotin dachte kurz zurück, weniger als eine halbe Stunde: Mit unglaublicher Geschwindigkeit streiften wir die Ausläufer der Atmosphäre. Die Unterseite vom Shuttle begann zu glühen. Wir hatten die Sitze längstens heruntergeklappt, um die Beharrungskräfte der abrupten Bremsung besser ertragen zu können. Schon ging das Shuttle in normalen Atmosphärenflug über. Ich schwenkte die Flügel aus, was nochmals einen Bremsschub zur Folge hatte. Mit ausgeschwenkten Flügeln erhöhte sich die Auftriebskraft so stark, dass das Shuttle mit lediglich 150 km/h auf den Gleitkufen auf dem Fluss butterweich aufsetzen und ausgleiten konnte. Mit gedrosseltem Triebwerk fuhren wir nun als Schiff flussaufwärts.

«Kira, vorne rechts», rief ich.

«Ich sehe sie, Ellisa», rief Kira zurück und richtete das Teleskop mit Hilfe der Touchscreen aus, und tatsächlich, rechts am Ufer 300 Meter entfernt standen sechs Menschen knietief im Wasser, wie wenn sie uns erwarten würden.

«Los Kira, Bericht!», rief Pera, «Zoom auf die Menschen.»

Einen Moment später standen die sechs Personen gross auf dem Schirm vom Shuttle. Alles junge, grossgewachsene Personen. Besonders zwei Frauen fielen durch ihre Grösse und die stolze Körperhaltung auf.

Pera sagte: «Schöne Menschen, die beiden Frauen sind mindesten fünfzehn Centimeter grösser als wir. Sie halten Speere in den Händen, sehen aber nicht aggressiv aus, auch nicht verängstigt. Die schauen nicht einmal besonders überrascht. Ja! Zum Donnerwetter nochmal! Was denn! Landen da etwa jeden Tag Raumgleiter?»

Anhand der einfachen Fellkleidung und den Speeren mit Steinspitzen würde ich schätzen, dass sie keine Technik besassen. Dies sagte natürlich nichts aus über ihre geistige Entwicklung.

«Kommandantin Ellisa», fuhr Pera fort, «ich bereite nun wie von Anla verfügt den Erstkontakt zusammen mit Jaqua vor.»

«Genehmigt», gab ich zur Antwort. «Aber zuerst mit Visierhelm; zur Sicherheit.»

Pera sprang aus ihrem Sitz: «Ich nehme Pfeil und Bogen mit, du dein Schwert Jaqua!»

Bogenschiessen war auf der Meriâ II ein beliebter Sport. Pera und Kira, kämpften bei den internen Wettkämpfen oft um den Sieg. Jaqua war der unbestrittene Meister der Schwertkunst...!»

Also, so fing die Kontaktaufnahme an und jetzt liess ich bereits das zweite Boot zu Wasser. Das erste hatte der Jüngling mit seinem Speer ja gekonnt gelöchert. Das können wir gut und einfach reparieren. Die ganze Angelegenheit hatte auf erstaunliche Art zur Entspannung der Lage beigetragen.

Mit mir waren wir fünf Personen. Wir fuhren das Boot ans Ufer und gesellten uns zu der Gruppe. Nur Pilotin Perida, Kira sowie Mashel blieben im Shuttle, winkten aber aus der offenen Kanzel, um zu zeigen, dass sich sonst niemand weiteres im Shuttle versteckte. Der Biologe Iremo von Valetîs vertiefte sich sofort in die verschiedenen Pflanzen und in die überall herumkrabbelnden Insekten. Während Ella von Axarkan, die Geologin jeden, Stein umdrehte.

Pera stellte mich vor und mit Zeichen bedeutete sie den Einheimischen, dass ich die Chefin mit Namen Ellisa sei. Pera machte weitere Zeichen für Sprechen, zeigte auf Mund und Ohren, deutete auf verschiedene Objekte und nannte die Namen auf Murratalâ. Es war absolut erstaunlich, welch schnelle Auffassungsgabe die Einheimischen hatten. Ein Gegenstand einmal erwähnt wussten sie das Wort phonetisch zu wiederholen und vergassen es nicht mehr.

Das ging so, weniger als eine halbe Stunde, da tönte es in der einheimischen Sprache aus dem Amulett von Pera. «Ihr sprechen, ich hören, dann verstehen.»

Die Einheimischen griffen nun zum Amulett, das wurde hin und her gedreht. Pera machte so eine Gestenfolge wie: *«Gedanken aus dem Kopf hüpfen durch die Luft»*. Unglaublich, auch das schienen sie auf ihre Art zu begreifen oder zu akzeptieren.

Darauf stellten sich die sechs auf die Wiese und gestalteten eine Theateraufführung und zeigten auf sich, auf die Gegenstände und wiederholten schwierige Passagen, wenn sie dachten ihre Besucher hätten nicht verstanden.

Es waren noch nicht zwei Stunden vergangen, da konnte KI schon eine einfache Konversation führen. Aus dem Amulett von Pera sprach nun KI: «Drei mehr Freunde kommen aus grossem Vogel. Durino nicht Speer.»

Die andere grosse Frau mit Namen Cara sagte: «Durino nicht so gescheit, ist Bruder, ist nicht böse. Er mir gehorchen.»

Mit geschwellter Brust stellte sich nun Durino vor Cara und verkündete voller Stolz: «Cara ist Schwester, beste Jägerin. Sie zwei Mammut tot, darum jetzt Name Cara-Mammu.»

Cara fügte bescheiden an: «Ich nicht allein, ganze Gruppe jagen Mammut.»

KI konnte das schon recht gut übersetzen und Pera, wie auch ich hielten den Daumen hoch. Auch das klappte, war wohl eine universelle Geste.

Zum ersten Mal meldete sich der junge Mann Taro. Die Simultanübersetzung war noch mangelhaft, aber doch zum Verstehen. «Schon zwei Stunden reden. Nicht essen nichts am Morgen. Grosser Stein Feuer. Jetzt essen.»

«Hier KI, das ist eine gute Idee. Sprecht einfach weiter beim Essen. Da werde ich schnell immer besser beim Übersetzen.»

Eben kamen Perida, Mashel und Kira mit verschiedenem Proviant an und alle begaben sich zum grossen Felsen, wo Taro das Feuer angefacht hatte. Kira hing wie ein kleines Kind am Arm von Mashel. Zum ersten Mal auf einem Planeten; sie war für den Moment völlig überfordert. Mashel führte sie zu Karmo. «Hier deine Tochter, ist im Moment nur ein Töchterchen; sie verlangt nach ihrem Vater.»

«Liebe Kira, es ist alles normal, du bist nur die unglaubliche Grösse des offenen Landes eines Planeten nicht gewohnt. Dein Schwindelgefühl wird sich bald auflösen. Die Natur des Menschen ist für grosse, freie Räume gemacht. Leg dich hier neben mich und schliesse eine Zeitlang die Augen.»

Innerlich musste ich ein wenig lachen. Die wilde, unbezähmbare Tochter unserer Kommandantin ein bleiches Häuflein Mensch. Selbst der Vorschlag des Vaters sich hinzulegen wurde ohne jeglichen Protest befolgt. Sie hatte noch keinen Ton gesagt.

Jetzt zeigte der Mann namens Dado auf die am Boden liegende Kira. «Schöne Frau, warum Boden, ist krank?»

Die Übersetzung von Karmo: «Ich Vater, Name Karmo, Tochter Name Kira. Geboren Vogel Roc. Leben 17 Sonnenwenden, immer Vogel Roc. Jetzt Himmel zu gross. Zwei Stunden besser.»

Darauf meinte Dado: «Leben nur Vogel Roc, nicht möglich, ich nicht glauben.» Karmo erwiderte nichts, er zuckte nur mit der Schulter.

Als ich Durino anschaute, rief ich Pilotin Perida, die auch Chefärztin der Meriâ II war, zu mir. «Ellisa was ist ..., oh ich sehe es. Eindeutig, leichtes Down-Syndrom. Da können wir helfen. Ich muss aber sein Blut haben. Wie machen wir das?»

Der aufmerksamen Susa erklärte mein Amulett: «Diese Frau, Name Perida, beste Medizinfrau. Sie gehen Vogel Roc, holen Medizin, sie schauen Durino.»

Als Perida mit ihrer grossen Arzttasche vom Shuttle zurückkam, stellten sich Susa und Cara schützend vor ihren Bruder. Peridas Amulett übersetzte «Ich beste Medizinfrau von Vogel Roc. Ich denken, ich können helfen Durino.» Dabei holte sie eine Spritze aus der Tasche, ging auf Kira zu die sich inzwischen aufgesetzt hatte und ungläubig in die unendliche Weite des Planeten staunte. Vor allem die vorbeiziehenden Wolken konnte sie fast nicht begreifen. «Vater, es geht mir mit jeder Minute besser. Es ist wunderschön, einfach unglaublich diese Weite und die Geräusche vom Fluss, dem Wind und den Bäumen. Und da schau die riesigen Vögel, wie die fliegen können.»

Perida sprach Kira an: «Kira, wir brauchen unbedingt Blut von einem Einheimischen, damit wir ihren Metabolismus verstehen und auch, ob sie einen Virus oder ähnliches in sich tragen, welches uns gefährlich werden könnte. Durino mit seinem leichten Down Syndrom bietet sich da geradezu an. Um ihnen die Angst zu nehmen zapfe ich dir nun etwas Blut vom Finger.

Da du dich in den nächsten Minuten an die offene Planetenoberfläche angepasst haben wirst, denken die Einheimischen, es habe mit der Blutentnahme zu tun. Eventuell gibt ihnen dies das notwendige Vertrauen. Wir versuchen es.»

Wortlos hielt Kira ihre Hand hin und Perida zapfte etwas Blut vom Finger. Kira stand auf, zwar noch etwas bleich im Gesicht. Doch die Blutentnahme hatte eventuell sogar einen Placeboeffekt. Denn ohne zu lügen meinte sie zu den misstrauischen Schwestern (das Amulett übersetzte): «Perida allerbeste Medizinfrau, seht Finger nicht bluten. Ich besser, vielleicht sie heilen Durino.»

Susa und Cara setzten sich etwas von der Gruppe ab, um die Angelegenheit zu besprechen.

Ich drehte etwas am Amulett und schon konnte ich das Gespräch der Schwestern mitverfolgen, ohne dass sie selbst das bemerkten. Ich hörte wie Susa zu Cara sagte, sie sei sicher, die Fremden seien irgendwie von Vena gesandt und hegten keine bösen Absichten. Zudem meinte sie weiter, dass es bestimmt möglich sei, dass die «Sternenleute» gute Medizinfrauen haben, wenn sie in der Lage sind so einen riesigen Vogel Roc beherrschen zu können. Dann verwies Susa auf die junge Frau Kira die sich ohne weiteres stechen liess, ohne Angst und jetzt einen sichtbar besseren Eindruck machte als eben erst.

Cara antwortete ihrer Schwester, dass sie recht haben könnte. Die Vena Gesandten würden keinen schlechten Eindruck machen, und dass sie zusammen ja auch schon diskutiert hätten, dass die Dummheit des Bruders im Blut feststecken könnte. Zum Schluss bejahten die Schwestern die Absichten von uns Fremden und Cara wandte sich an ihren Bruder.

Es brauchte einiges an gutem Zureden bis Durino mit ängstlichem Blick einwilligte. Kaum hatte Perida das Blut abgezapft ging sie zurück zu Vogel Roc.

Ich wusste, dass Perida mit dieser Blutentnahme nun alles erreichen konnte, was notwendig war, sei es bezüglich Virus oder gegen das leichte Down-Syndrom. Unsere medizinischen Möglichkeiten im Shuttle waren unglaublich; im Raumschiff fast unbegrenzt. Schon als wir die ersten Raumschiffe mit Fusionsantrieben bauten, war die Medizin unglaublich weit fortgeschritten.

Seither waren über 1500 Sonnenwenden ins Land gegangen und zusammen mit dem natürlichen aufsteigenden, grossen Flare-Zyklus hatten unsere medizinischen Fähigkeiten nun vermutlich bald das mögliche Maximum erreicht.

Der technische Fortschritt ging seit der Erfindung des Fusionsantriebes ebenfalls weiter, doch deutlich verlangsamt; auch hier näherten wir uns dem absehbaren Entwicklungsende an. Es gab kaum mehr neue Vorstösse in unbekannte Gefilde. Eine der letzten grossen Verbesserungen bestehender Technik war die Miniaturisierung der Fusionsantriebe.

Verfügte unser Shuttle doch über einen normalen Wasserstoffantrieb für Atmosphärenflüge und einen zweiten, einen Fusionsantrieb für den Raum.

Schub definierte sich nach wie vor über Masse mal Geschwindigkeit. Darum gab es keine Nutzung eines Fusionstriebwerkes in der Nähe der Planetenoberfläche: Der Ausstoss mit annähernder Lichtgeschwindigkeit eines Teilchenstromes war in einer Atmosphäre technisch nicht möglich.

Aber sobald die Atmosphäre verlassen war, konnten wir den Fusionsantrieb zünden, welcher bei unserem Shuttle lediglich über mindestens sieben Tonnen Fusionsmasse verfügen musste. Bei der Meriâ II waren es nach wie vor die altbekannten 120 Tonnen. Mit der geringen Masse des Shuttles und der nutzbaren Fusionsmasse von beinahe einer Tonne könnten wir (als Beispiel), fast unendlich zwischen diesem dritten und dem vierten, rötlichen Nachbarplaneten hin und her pendeln. Und dabei eine so grosse Beschleunigung entwickeln, dass die Reise lediglich zehn Tage beanspruchen würde.

Jetzt aber zurück zur Medizin. Heutzutage gab es praktisch keine Krankheiten mehr. Mit den verschiedenen *«Blut Messengers»* gaben wir individualisierte Befehle und diese generierten eine extrem verbesserte Zellerneuerung. So konnten wir mit mindestens 120 aktiven gesunden Jahren rechnen. Eine hundertjährige sah heute höchstens wie 60 aus.

Die bessere Zellerneuerung funktionierte natürlich nicht unbeschränkt. Mit ungefähr 140 Jahren war auch bei uns das Maximum erreicht. Nach dieser langen Zeit fühlte sich in der Regel auch der Geist müde und sehnte sich nach Ruhe und Erneuerung. War dieser Zustand erreicht, dauerte es normalerweise nicht mehr lange bis zum Lebensende.

Nicht Wenige traten ihre letzte Reise in eigener Entscheidung an; ab dem 130-sten Lebensjahr war dies jederfrau freigestellt.

Perida meldete sich bereits aus dem Shuttle bei mir: «Ellisa, die Analyse des Blutes ergab (wie schon erwartet als wir den Jüngling angeschaut hatten) ein leichtes Down-Syndrom.

Down-Syndrom oder Trisomie 21 bedeutet ja, dass die Chromosomen 21, welche Erbinformationen speichern, dreifach anstatt nur doppelt vorhanden sind; daher auch der Name.»

«O.k., ich verstehe», gab ich zur Antwort, «mit einem unserer Blut Messenger mit entsprechendem *«Befehl»* lassen sich die Triplechromosomen auf normale doppelte reduzieren; ist es das?»

«Ja, so ungefähr. KI meint mit einer *«Blutwaschung»* auf der kleinen Notstation im Shuttle sei dies in 24 Stunden machbar. Dann kann sein Blut ohne Triplechromosomen die Arbeit aufnehmen. Bis in einem Monat sei dann eine Verbesserung der Fähigkeiten von Durino wie auch sein Aussehen augenfällig. Bis der menschliche Körper alle seine Zellen erneuert hat dauert es bekanntlich etwa sieben Jahre. Das heisst bis in sieben Jahren dürfte auch der Gesichtsausdruck von Durino kaum mehr von Normal abweichen. Das ergibt sich dann von selbst. Wichtig für unsere Akzeptanz hier erachte ich aber die allgemein zu erwartenden grossen körperlichen und geistigen Steigerungen im ersten Monat.»

Perida erläuterte weiter: «Sonst zeigt das Blut von Durino keine Aspekte, welche für uns problematisch sein dürften. Die allgemeinen eher kühlen Bedingungen werden uns in den nächsten Tagen allenfalls Erkältungssymptome bringen; vielleicht sogar eine leichte Grippe. Da sind wir deutlich weniger abgehärtet als unsere Freunde hier. Ich meine Ellisa, frage einmal Iremo unseren Spezialisten für Flora und Fauna, der kommt bekanntlich von der Insel Valetîs am Äquator. Er ist sich gewohnt, dass die Temperaturen jeden Abendtag auf mindestens 40° ansteigen; hier vielleicht auf gut die Hälfte, aber nur im Sommerhalbjahr. Wahrscheinlich findet es Iremo hier immer kalt.

Ich habe übrigens herausgefunden, dass sie sich als «*Danu-Leute*» bezeichnen. Das heisst die Leute vom Danu; so nennen sie den Fluss.»

Beim Zentrumsfelsen ging das gemeinsame Essen und Palaver weiter. Die Danu hatten ebenfalls schnell bemerkt, dass das schwarze Ding auf Pera's Brust ihre Bewegungen irgendwie bemerken konnte und so begleiteten sie ihre Sätze immer mit unterstützenden Bewegungen Richtung Pera.

«Hier KI. Es funktioniert bedeutend schneller und besser als ursprünglich gedacht. Die einfachen hier beim Essen genutzten Sätze kann ich bereits richtig mit allen Verbindungswörtern übersetzen. Bitte hört auf in Kindersprache zu reden. Erklärt dies auch den Danu.»

Die hatten die entsprechende Übersetzung ebenfalls gehört. Susa wollte zeigen, dass sie es begriffen hatte. «Ich verstehe, euer Vogel Roc ist anscheinend sehr gescheit. Wir verstehen ihn jetzt sehr gut. Wie das geht, dass er seine Sprache über die Luft durch das Ding an deinem Halsband senden kann, müsst ihr uns später noch erklären. Das möchten wir auch können. Das wäre auf der Jagd von grossem Vorteil.

Da kommt eure Medizinfrau, hören wir, was sie zu sagen hat. Anschliessend sollten wir zu unseren Höhlen zurückkehren. Wenn wir bis Mittag nicht zurück sind, kommen unsere Leute und suchen nach uns. Wir sollten sie jedoch zuerst auf euer Kommen vorbereiten. Verliert sonst eine die Nerven, wenn sie euch sehen und wirft einen Speer, könnte mehr getroffen werden als nur das schwarze Fellboot. Ich schlage vor, ihr bleibt vorläufig mit dem Vogel Roc hier. Wir kommen dann mit unserer Führerin, sie ist unsere Mutter, und mit Vater zurück.

Was hast du zu sagen, Medizinfrau Perida?»

«Susa, dein Bru...»

«Medizinfrau, Cara ist meine Lieblingsschwester, bitte sprich zu ihr», warf Durino ein.

«Cara, dein Bruder hat tatsächlich Probleme in seinem Blut, man könnte von einer Verstopfung sprechen. Wir können diese Verstopfung lösen, nicht ganz, aber zu einem grossen Teil. Hierzu müsste Durino aber einen ganzen Tag in den Vogel Roc kommen und bei uns in einem Bett liegen ohne sich zu bewegen. Für Durino wäre dies kein Problem, denn er würde die ganze Zeit schlafen. Mit *«Schnüren»* wäre er dann direkt mit Vogel Roc verbunden, welcher während dieser Zeit, wenn Durino tief schläft, sein Blut reinigt.»

«Blut, Blutfliessen und solche Dinge, sind immer mit Schmerz verbunden», erwiderte nun Cara.

«Ich habe als Medizinfrau gesprochen, es wird keine Schmerzen geben, nur tiefen Schlaf. Ellisa, unsere Clanchefin kann vielleicht auch noch etwas dazu sagen.»

«Was sagst du, Clanführerin?»

Ich begann: «Danu-Leute, es gibt viele andere Orte, nicht nur den euren hier, wo Menschen leben. Ebenfalls weit oben im Himmel, wo die Sterne sind, gibt es Orte mit vielen verschiedenen Leben.

Ihr wisst ja auch, dass nach dem Tod alle zu Vena dem schönsten aller Sterne hinaufsteigen und von dort auf unsere Welt herunterschauen können. Einige erinnern sich sogar noch daran. Auch wir können uns manchmal daran erinnern.

Wir wissen zudem auch, dass es nicht nur diese eure Welt gibt, die man für ein neues Leben wählen kann. Vena kann für uns auch andere Welten auswählen. In einigen von den anderen Orten können die Menschen solche Dinge bauen wie unseren Vogel Roc. Oder Geräte, welche die Stimme durch die Luft senden können und vieles mehr. Wir werden euch dies in den kommenden Tagen zeigen und erklären.

Es wäre aber gut, wenn wir den Blutstau von eurem Bruder sofort lösen könnten. Bis in einem Mond seht ihr dann wie Durino gescheiter wird. Sein Gesicht wird sich ebenfalls langsam verändern, dann werdet ihr wissen, dass wir gute Leute sind.»

Eben wollte Cara zu einer Entgegnung ansetzen, doch Durino fuhr dazwischen: «Clanführerin Ellisa, Medizinfrau Perida. Ich habe genug! Ich will nicht immer der Dumme sein! Nein! Nein! Jetzt sofort will ich einen Tag im Vogel Roc schlafen. In einem Mond will ich gescheit sein wie meine Schwester Cara. Kommt! Kommt! Jetzt sofort. Ich warte.»

Er erhob sich und rannte ans Ufer zum grossen Vogel Roc, drehte sich um und schrie: «Medizinfrau, so komm doch endlich! Ich steige jetzt in das Furzboot.» Dabei liess er seine Lippen vibrieren und bewegte eher schon obszön sein Hinterteil und begann zu lachen.

«Na, dann», meinte Perida, «sehen wir zu, dem Lümmel mal Manieren beizubringen; wenn das nur gut geht. Cara sag deinem Bruder, er solle sich zuerst in die Büsche schlagen und sich dort erleichtern, bevor er sich in den Vogel Roc begibt.»

Trotz allem bot dieses Zwischenspiel eine willkommene Pause.

Nun meldete sich Taro: «Es macht den Eindruck, wie wenn Besa und ich zu Beobachtern geworden wären. Zuerst schlossen wir uns Susa und ihrer Familie an und jetzt stehen wir wiederum mittendrinn. Wenn wir dürfen, würden wir gerne hierbleiben, um weiter zu beobachten. Später können wir dann wahrheitsgemäss der Clanchefin Fina und allen erzählen, was wir gesehen haben.»

Ich dachte, dass dies gar nicht so schlecht sein könnte, würden wir doch so feststellen, wie gross die Aufnahmefähigkeit der gewöhnlichen Danu war, denn die beiden Frauen Susa und Cara, waren bestimmt nicht *«normaler Standard»*, sondern Ausnahmen.

So machten sich die Geschwister für den Heimweg bereit. Auf Anfrage meldete KI, dass die Sonne eine Stunde vor Höchststand sei. «Nehmen wir den Höchststand in der Vierundzwanzigerteilung als zwölfte Stunde, so ist jetzt die Stunde elf.»

Ich fragte Besa: «Habt ihr einen Namen für die jetzige Tageszeit?»

Besa schaute zur Sonne und sagte schlicht, dass es nun kurz vor Mitte des Tages sei, sie würden meist erst nach der Mitte des Tages wieder Essen und dann wieder bei Sonnenuntergang.

Die Schwestern und Bruder Dado winkten kurz und machten sich in lockerem Laufschritt geräuschlos und elegant davon.

Perida und ich fuhren mit den drei Danu-Leuten unter den Schwenkarm des Shuttles. Der hob uns mitsamt Boot ins Innere. Der Shuttle-Innenraum war für die drei Danu so etwas von jenseits ihrer Vorstellungskraft, dass sie es scheinbar einfach ohne jede Beurteilung annahmen. Als ich ihnen sagte die Medizinfrau gehe jetzt in ihren Medizinraum, den niemand ausser ihr und Durino betreten dürfe, wurde das anstandslos respektiert. Sogar Durino, jetzt wo er sich entschieden hatte, nicht mehr der Dumme zu sein, hatte jegliche Bedenken abgelegt. Wie es bei Leuten mit seinem Handicap verschiedentlich der Fall war, hatte er sich positiv und vertrauensvoll für Medizinfrau Perida entschieden und jede Angst oder Hinterfragung abgelegt. «Wenn ich dank dir, Medizinfrau Perida, nicht mehr der Dumme bin, wirst du für mich wie meine Mutter sein», sagte er und legt seinen Kopf vertrauensvoll an ihre Schulter. «Darauf freue ich mich mein gescheiter Durino; es dauert aber einen Mond.»

«Dann fang bitte schnell an!»

Damit verschwanden die zwei im Operationsraum.

Mit Hilfe vom Kran begann unsere Crew nun mit dem Entladen der Solarpanels. Taro freute sich über die klare Spiegelung in den Panels. Die Danu kannten lediglich Spiegelungen im Wasser. Die Panels konnten senkrecht gestellt werden. Taro und Besa wurden nicht müde, sich selbst zu betrachten. Taro hob ein Panel an und freute sich, dass er die Sonne an beliebige Orte hin spiegeln konnte. «Ellisa Chefin, für was braucht ihr diese Spiegel?», kam bald die logische Frage.

«Weisst du, Taro, für Vogel Roc bedeutet der Aufstieg zurück zu Vena eine riesige Anstrengung. Bevor er sich wieder in die Luft erheben kann, muss er essen. Er isst das Licht der Sonne. Es ist dir sicher bekannt, dass die Sonne mit ihrem Licht und Wärme alles zum Wachsen bringt. Das Sonnenlicht ist die Nahrung aller Pflanzen, damit sie wachsen können. Wir sammeln jetzt mit vielen Spiegeln das Sonnenlicht. So wie du das Licht überall hin spiegeln kannst, spiegeln wir es von allen Spiegeln zum gleichen Punkt zuoberst bei dem Turm, den wir auf dem Rücken von Roc aufgestellt haben. Da wird es dann richtig sonnenheiss; das bekommt dann Roc als Nahrung. In einem Viertel-Mond kann Roc wieder fliegen.

Siehst du diese grossen Fässer oder einfacher gesagt eine Art Taschen? Wenn Roc fertig ist mit Essen leitet er weitere Nahrung in diese Taschen. Wieder einen Viertel-Mond lang, dann sind die Taschen voll und die Schwester von Roc landet hier mit vielen weiteren von unseren Vena-Leuten.»

Besa fragte mich, wie viele Vena-Leute denn noch kommen würden. Ich erklärte, dass noch 64 Leute warteten, um hierher zu kommen.

Darauf Besa: «Ellisa, Clanchefin, wo warten denn diese 64 Personen? Für so viele ist doch der andere Roc zu klein!»

Ich konnte mich nur über die Intelligenz dieser Steinzeitmenschen wundern. Sie besassen keinerlei Technik, kannten nicht einmal Kupfer, Bronze oder normales Eisen, und doch begriffen sie auf ihre Art vieles und stellten immer wieder intelligente Fragen genau auf den Punkt. Ihre Gedankenkombinationen führten meistens zu den richtigen Schlussfolgerungen.

Perida mischte sich ein: «Besa, deine Frage ist geschickt gestellt. Vogel Roc eins und Vogel Roc zwei sind tatsächlich für alle 74 Vena-Reisenden zu klein. Was ich jetzt sage, musst du einfach glauben. Roc Bruder hier und Roc

Schwester im Himmel sind nur Babys. Wir leben in Roc Mutter; diese ist viel, viel grösser. Roc Mutter ist so gross, dass sie nicht zu uns herabsteigen kann, das können nur die beiden Baby-Rocs.»

Besa und Taro schauten einander an. Sollten sie das glauben? Schliesslich zuckten sie beide nur die Schultern. Alles was sie in den letzten Stunden gesehen hatten, war unglaublich. Ein *weniger* unglaublich, oder ein *mehr* unglaublich gab es wohl nicht; da konnten sie ebenso gut alles glauben, was ihnen Perida erzählte. Zudem vertrauten sie den Vena-Gesandten einfach, was sie selbst in Erstaunen versetzte.

Perida legte eine Hand auf Besa's Bauch: «Besa, du bist mit Kind. Fühlst du dich in Ordnung?»

Ich sah, wie Besa's Augen sich erstaunt weiteten, «Wieso weisst du das, man kann es doch noch nicht sehen.»

«Möchtest du es sehen?»

«Wie meinst du das? Vena hat einem Ahnen oder einer Ahnin, welche vermutlich schon lange gewartet hatte, erlaubt wieder als Kind zu uns zu kommen. Aber bis es gross genug ist, um geboren zu werden, dauert es vielleicht noch sechs Monde. Es liegt noch ganz klein in meinem Bauch.»

Ich nickte Perida zu. Die sagte nun: «Ihr wisst, dass ich die beste Medizinfrau bin. Mit Hilfe unseres Vogel Roc kann ich viel machen. Stellt euch vor, was es braucht, um aus dem Himmel zu kommen und hier zu landen. Noch mehr braucht es, wieder in den Himmel zurück zu steigen. Da ist es nicht so schwierig für Roc, ein Bild zu zeichnen von deiner Innenseite des Bauches; die Bilder können sich auch bewegen. Taro, du bist doch der Vater eures im Bauch von Besa liegenden Kindes. Kommt mit mir in den Vogel Roc.»

Da ich bei den Solarpanels im Moment nicht gebraucht wurde, ging ich mit. Zum Einstieg ins Shuttle benutzten wir nicht den Aufzug vom Schwenkarm, sondern kletterten die Leiter hoch.

Perida deutete zu Besa, sie solle sich auf das Bett legen und ihr Gewand hochziehen. Besa zögerte kurz, vermutlich wegen dem Lendenschurz. Perida bemerkte: «Den kannst du anbehalten, nur dein Obergewand. Seht dieses Ding in meiner Hand. Ich setze dies nun auf deinen Bauch Besa. Das Ding hat ein Auge, das in deinen Bauch hineinsehen kann. Dann sendet das Ding viele Zeichnungen durch die Luft, genauso wie jetzt mein Amulett die Sprache übersetzt und zu euch spricht. So seht jetzt auf diese weisse Wand.»

Deutlich sahen sie das Ungeborene, doch schon ein richtiger kleiner Mensch mit allem, was dazu gehörte; bereits am Daumen lutschen. Auch die Füsse bewegten sich leicht. Perida schaute auf den Computer und las verschiedene Werte ab. «Es freut mich euch sagen zu können, dass euer Kind in allen Belangen gesund sein wird. Möchtet ihr wissen, ob es ein Junge oder Mädchen ist?»

Besa meinte, dass es schon schön wäre, sie würde ein Mädchen zur Welt bringen. «Dieses könnte dann vielleicht auch einmal Umba werden, wie Susa. Oberste Clanverteidiger sind fast immer Frauen, weil sie besser kämpfen können.»

Taro ergänzte: «Genau, stellt euch vor, wenn ich dann als alter Mann durchs Dorf gehe, halten die Leute an und sagen: «Schaut, da geht der Vater unserer Umba», das wäre schon schön.»

Perida und ich mussten über ihre Gedankengänge lachen. Perida bestätigte ihren Wunsch. «Es ist ein Mädchen.»

Voll Freude stand Besa vom Bett auf und nahm die Hand ihres Partners. «Danke für das Mädchen Taro, wir sollten es Susa nennen. Das erhöht seine Chancen.»

77. Gegenseitiges Kennenlernen

Bericht aus der Zeitkapsel mit dem Titel:
**Die Sternenreisenden der Meriâ II und die Danu
lernen sich besser kennen.**
*Erzählerin, Fina: Clanchefin und Priesterin vom
Zehn-Höhlen-Clan*

Ich sah sie kommen, aber nur zu dritt, wo waren die anderen? Ich erkannte meine beiden Töchter und den ältesten Sohn. Sofort beunruhigt rief ich zu Alba: «Endlich kommen sie vom Sonnenfeld zurück, aber nur drei, da stimmt etwas nicht.»

Schnell trat Alba hinzu und rief: «Wo sind die anderen, was ist passiert?»

Schon standen meine drei Kinder vor mir. Sie sahen aber gar nicht beunruhigt aus, eher schon umgekehrt. Ich würde sagen, sie strahlten Hochstimmung aus.

Elwi war auch hinzugetreten: «So redet doch, was ist passiert?»

«Mutter, rufe sofort alle zusammen, die anwesend sind. Wir haben Vena-Bewusste Leute getroffen, so wie Vater es schon verschiedentlich in seinen Visionen vorausgesehen hat. Kommt, wir setzen uns ans Feuer, dann erzählen wir alles.»

«Cara, wo hast du deinen Bruder. Doch etwa nicht zurückgelassen. Tochter, was fällt dir ein. Du bist für deinen kleinen Bruder verantwortlich. Er kann sich kaum alleine behaupten. Was denkst du dir dabei! Wo ist er? Doch etwa nicht allein bei irgendwelchen Fremden, die euch beschwatzt haben und behaupten sie kämen von Vena. Los, so sprecht doch endlich. Susa, du bist hoffentlich noch bei Verstand. Haben euch diese Fremden verzaubert?»

Immer mehr Nachbarn kamen angerannt. Bald sassen gegen hundert Clanleute um die zentrale, gemeinsame Feuerstelle herum. Tochter Susa begann endlich zu erklären...!

Mein Mann Alba fragte: «Susa, bist du sicher, was du da erzählt hast?»

Darauf erwiderte Susa: «Vater wir sind hergekommen, um wahrheitsgemäss zu berichten. Wenn alle wieder etwas ruhiger geworden sind, kehren wir am besten alle zusammen zu den Vena-Besuchern zurück. Die eine Frau habe ich erkannt, ich erinnere mich, mit ihr bei Vena gewesen zu sein, das ist keine Einbildung. Vater, seit Jahren warten wir doch auf das Eintreten so eines Ereignisses. Nur dass sie direkt aus dem Himmel von Vena zu uns kommen, in einem riesigen Vogel Roc, das konnten wir uns nicht vorstellen. Wobei wir ja alle die Vogel Roc Geschichte kennen. Auch wenn die schon hunderte von Sonnenwenden alt ist, vielleicht auch mehr als tausend. Das weiss niemand mehr so genau. Jetzt ist so ein Vogel Roc wieder zu uns herabgestiegen. Ich bin sicher Vater, du wirst die Frau mit Namen Pera ebenfalls erkennen. Ich denke auch Mutter.»

Elwi fragte: «Und sie sprechen unsere Sprache? Und Durino schläft jetzt im Vogel Roc?»

«Und...!»   «Was...!»   «Wie...!»

Als Clanoberhaupt merkte ich bald, dass ich die Richtung vorgeben musste. Jeder schrie noch etwas dazwischen oder wollte speziell dieses oder jenes wissen. Das brachte nichts. Ich ordnete an, dass Susa (als neue Umba für die Clanverteidigung zuständig) hierbleiben musste, ebenso Dado. Ich ordnete an, dass von jeder der Zehn grösseren Höhlen die jeweiligen Familien bestimmten, welche Person, aber nur eine, unter Führung von Cara als Vermittlerin zu den Vena-Leuten aufbrechen werde; und zwar sofort. Ich rief noch, dass alle ihren Speer und die Axt mitnehmen sollen. Am Schluss waren wir 15 Erwachsene und viele Kinder, die noch nicht zur Verteidigung des Clans eingesetzt werden konnten. Ich schloss: «Susa und ihr anderen bleibt wachsam. Es könnte ja auch alles nur ein Trick sein, um uns von den Höhlen weg zu locken. Susa du kannst auch weitererzählen, aber seid bereit. Stellt Wachen auf.»

«Mutter! Ich bin die neue Umba!»

Worauf die ganze Gesellschaft sich in unserem lockeren Jagd-Laufschritt in Bewegung setzte. Schon nach kurzer Zeit bogen wir um die Kurve des grossen Danu und sahen den Vogel Roc aus der Distanz. Gross und silbrig schwamm er im Danu. Wir blieben stehen und konnten es nicht glauben. Alle wandten sich fragend an Cara. «Ja, staunt nur, dieses Riesending ist aus dem Himmel gekommen und wie ein Schwan auf Füssen gelandet; jetzt ist es wie ein Schiff. Inzwischen haben sie aber schon wieder etwas Neues aufgestellt. Sie sagten, sie müssten das Sonnenlicht als Nahrung für Vogel Roc einsammeln.»

«Lasst mich und Cara vorausgehen und die Fremden begrüssen. Wir winken euch dann, wenn ihr nachkommen könnt.»

Als wir näher waren, machte Cara auf uns aufmerksam. Denn alle waren mit irgendetwas beschäftigt. Nicht einmal Wachen hatten sie aufgestellt. Ich bemerkte zu Cara, dass dies wirklich sehr leichtsinnig sei. Dem stimmte Cara zu.

«Mutter, das müssen wir ändern. Diese Leute haben keine Ahnung, was bei uns alles für Gefahren lauern: Löwen, Bären, Schweine und die grossen Wolfshunde. Dass hier Taro nichts gesagt hat. Wo sind er und Besa überhaupt? Oh, schau, sie klettern gerade aus dem Vogel Roc. Da kommen auch Clanchefin Ellisa und Medizinfrau Perida.»

«Es ist ein Mädchen», rief uns Besa zu.

Cara gab mir zur Antwort: «Mutter, versuche dich nicht zu wundern. Hier geschehen Dinge, die wir nicht kennen oder verstehen. Aber irgendwie erscheint mir alles, was passiert, in Übereinstimmung mit Vena zu sein. Du wirst es auch noch feststellen. Mutter schau da links, diese Frau heisst Pera.»

Ich schaute in die Richtung, die mir meine Tochter wies. Eine lachende Frau, etwa 40 Sonnenwenden alt, kam winkend auf uns zu. Auf der Brust trug sie ein Etwas, das ihre Worte in unsere Sprache übersetzte, genauso so, wie es Cara beschrieben hatte. Es war nicht zu leugnen: Ich kannte diese Frau, sie mich anscheinend auch. Sie öffnete ihre Arme: «Du erinnerst dich auch? Auf Vena haben wir einander versprochen, füreinander da zu sein und nicht nur in einem Leben, sondern in vielen, einander zu helfen. Es ist ein Wunder, wir danken Vena, dass wir unser Versprechen nicht wie die allermeisten vergessen haben; Seelenverwandte, Mutter von Cara!»

Ich mochte mich nicht in ihre offenen Arme werfen. Das wäre doch zu viel und zu schnell gewesen. Also kreuzte ich die Arme vor der Brust und verneigte mich. «Mein Name ist Fina. Ja Pera, ich kann mich ebenfalls erinnern. Ich danke unserer allerhöchsten Göttin Vena dafür. Mein Mann Alba wird dich auch erkennen. Ihr habt euch anscheinend auf Seelenreisen schon getroffen. Was ist das, was du um deine Schulter umgehängt hast?»

Die Frau Pera, war sie wohl schon 40 Sonnenwenden alt? Das wollte ich nun wissen, also sagte ich: «Entschuldige mich Pera, wenn wir uns zusammen an den Aufenthalt auf Vena erinnern, müssten wir doch etwa auch gleich alt sein? Ich zähle 43 Sonnenwenden. Obwohl du jünger erscheinst, müsstet du demnach ungefähr gleich alt sein.»

«Ach weisst du Fina, bei Vena gibt es keine Zeit wie bei uns. Wenn sich Seelen dort treffen, ist immer die richtige Zeit, auch wenn die Sonnenwenden bei uns anders vergehen. Wir waren zusammen dort, obwohl ich schon 55 Sonnenwenden zähle.»

Da staunte ich nun echt. Diese junge Frau, schon 55 Sonnenwenden? War das möglich?

Cara hielt fest: «Pera, das ist kaum zu glauben. Mit wie vielen Sonnenwenden kannst du in deinem Leben denn rechnen?»

«Mit 140.»

Cara wiederholte konsterniert: «140!»

Ich merkte, wie ich ebenfalls tonlos wiederholte: «140! ...also was ist das nun, dass du da umgehängt trägst?»

Sie nahm das etwas vom Rücken. Es glänzte silbrig, war leicht gebogen und hatte eine Sehne aufgespannt. Jetzt erkannte ich es. Es war ein Pfeilbogen, wie ihn Andermensch benutzte. Damit konnte Andermensch Pfeile abschiessen. Dazu brauchte es jedoch einen starken Ast und nur die unheimliche Kraft von Andermensch konnte den Ast so biegen, dass der Pfeil mit Schwung dem gejagten Tier Schaden brachte. Benutzten wir dünnere Äste, genügte die Geschwindigkeit der Pfeile gerade als Spielzeug. Kinder spielten gerne damit. Bis jetzt suchten wir vergeblich nach besseren Ästen: Solche, die wir spannen konnten und der Pfeil dann genügend Wucht gegen ein Mammut entwickeln würde. Und dieser silbrig blitzende Bogen, schien ganz leicht zu sein.

«Jetzt erkenne ich das Gerät. Es wundert mich, dass du in deinem Alter noch damit spielst.»

Jetzt sah ich noch eine andere Frau auf uns zukommen. Das schien die Junge zu sein, welche Cara sagte, sie hiesse Kira und sei 17 Sonnenwenden alt. Ja doch, Cara hatte recht: Was für eine schöne Frau, nicht besonders gross, aber wirklich wohlgeformt. Ihre komischen Kleider, gar nichts von Fellen, aber genau am Körper anliegend wie eine zweite Haut. Darum sah man auch ihren schönen jungen Körper. Aber eigentlich war es bei Pera dasselbe und die sagte, sie lebe schon seit 55 Sonnenwenden!

Ja, sogar die Männer waren gleich angezogen; ihre Muskeln, gar nicht schlecht. Dieser Jüngling dort, das musste der sein, welcher mit seinem Glitzerding den Ast in der Luft entzweigeschnitten haben soll, ob das stimmte? Schöne Menschen; die könnten schon von Vena kommen. Also langsam glaubte ich auch daran. Die werden wirklich nur sehr langsam älter, vielleicht spielte Pera darum mit 55 noch immer mit dem Pfeilbogen. Das war ja verrückt!

Zurück zu Kira, sie sagte sie habe ihr ganzes Leben im Vogel Roc zugebracht. War das möglich. Das könnte ich später nochmals fragen. Doch jetzt betrachtete ich sie genau: Tatsächlich, ich erinnerte mich auch schwach an sie auf Vena. So viel jünger als ich; aber wenn es stimmte, was Pera sagte, so ist auf Vena die Zeit anders. Also grüsste ich sie freundlich mit gekreuzten Armen: «Junge Frau Kira, ich denke, ich erinnere mich schwach an dich. Dank Vena habe ich dich nicht ganz vergessen. Wie ich sehe, spielst auch du mit dem Bogen? Nun, äh, du bist ja wirklich noch fast im Spielalter. Vielleicht dauert das bei euch auch länger als bei uns, da ihr scheinbar sehr, sehr alt werdet.

Es steht mir wohl nicht an, hier Kritik anzubringen. Kritisieren tue ich jedoch, dass ihr anscheinend keine Wachen aufgestellt habt und eure Leute ohne Speer herumlaufen. Es gibt viele wilde, gefährliche Tiere hier.»

«Ich grüsse dich», sprach mich nun Kira an, «du bist die Mutter von Cara und die Clanführerin? Ich kann mich nicht direkt an dich erinnern, aber das will nicht unbedingt etwas heissen. Irgendwie gehöre ich schon auch zu unserer Seelengruppe, sonst wäre ich kaum hier. Und ja, ich bin tatsächlich noch jung. Aber das hier ist keinesfalls ein Spielzeug. Der Bogen besteht aus einem speziellen Material, das nennt sich C-Stoff-120. Pera und ich sind die besten Schützinnen. Siehst du die grosse Kiefer beim Zentrumsstein?»

Ich bestätigte und fügte an, dass dies etwa die maximale Distanz sei, welche Cara mit einem Stein werfen könnte.

Pera und Kira nickten sich zu und stellten sich auf. Jede nahm einen Pfeil, auch bei diesen konnte ich nicht sagen aus welchem Holz sie gemacht waren, sie glitzerten gleich silbrig wie die Bögen, vermutlich auch aus diesem *«Cestoff»*?

Beide zielten. Meiner Meinung nach viel zu flach für die grosse Distanz. Die Frauen schienen grosse Kraft zu haben; das Gerät bog sich gewaltig. Mit einem «twäng» schossen die beiden Pfeile davon und schlugen mit unheimlicher Wucht in den Baum ein. Cara und ich waren überwältigt. Um meinen inneren Aufruhr etwas abzuschwächen, winkte ich unseren Leuten, dass sie kommen könnten. Zu Cara flüsterte ich: «Solche Bögen müssten wir haben.»

Cara und ich rannten zum Baum. Nur mit aller Kraft konnten wir die Pfeile herausziehen. Ich sagte zu Cara: «Los schnell zurück, bevor unsere Leute ankommen. Bei uns gibt es Heisssporne, die glauben, zeigen zu müssen, dass wir die Besten sind. Das mag stimmen bei unseren Leuten, aber hier wird das nur zu Problemen und Streit oder mehr führen. Die Frauen müssen unbedingt nochmals die Pfeile abschiessen. Das wird unseren Leuten zu denken geben und sie vorsichtiger machen. Wenn diese Vena-Leute oder woher sie auch kommen, uns böse wollten, hätten wir keine Chance. Wir müssen unbedingt Freunde bleiben. Nicht alle von uns sind wie unsere Familie und erinnern sich an Vena. Ja eigentlich nur die Wenigsten und die Allermeisten kommen, wie schon gesagt, aus unserer direkten Familie. Das gefällt sowieso nicht allen.»

Kaum hatten wir unsere Bedenken den beiden Frauen erklärt, gesellten sich auch Ellisa und Perida mit Taro und Besa zu uns. Cara stellte mich der Clanführerin und der Medizinfrau vor. Ellisa sah aus wie weniger als 30, aber als Clanchefin musste sie doch sicher so alt sein wie ich. Die beiden erklärten, sich nicht an mich auf Vena erinnern zu können, mir kam jedoch die Medizinfrau bekannt vor. Doch manchmal konnte ich gar nicht mehr richtig entscheiden, ob dies wirklich der Fall war oder nur Wunschdenken, weil es alle so haben möchten. Doch wir alle fühlten uns auch nicht wirklich als Fremde, eher so wie, wenn wir uns schon lange nicht mehr getroffen hätten und die Erinnerung daher verblasst war. Schon trafen nun unsere Leute ein. Das Vorstellen begann von neuem.

Ich stellte fest, dass einige, vor allem Chefin Yora von der zweitwichtigsten Höhle, die mit unserer Familie oftmals im Clinch lag, sich wie gewöhnlich aggressiv verhielt. Sie und ihr idiotischer Mann mit den gleichfalls idiotischen Söhnen. Diese waren sowieso beleidigt, weil keine unserer Töchter an ihnen Interesse zeigte. Und dies, da sie doch glaubten, die Besten und Gescheitesten zu sein. Seit dem Dolchstoss in Taros Bein liessen die Yora-Söhne meine Töchter in Ruhe. Aber bei jeder Gelegenheit reizten sie Durino umso mehr. Aber nur wenn sie ihn alleine oder mit Dado antrafen. Waren Susa oder Cara dabei, benahmen sie sich deutlich vorsichtiger. Daher bemühte sich Durino möglichst immer in der Nähe von Cara zu sein.

Nach der Begrüssung und den gewohnten blöden Bemerkungen der Yora-Familie sagte Pera: «Vorhin haben Kira und ich unsere Bögen vorgestellt, um zu begründen, warum wir keine grossen Wachen gegen wilde Tiere aufgestellt haben.»

Die beiden Frauen stellten sich auf und machten sich bereit. Pera sagte zu Kira: «Wie bei einem Wettkampf, drei!»

Kira nickte und die zwei lockerten ihre Arme und Schultern, jetzt die Beine. Ich begriff, dass sie das aggressive Verhalten der Yoras ebenfalls bemerkt hatten und jetzt wohl extra etwas übertreiben wollten. Nun standen die Frauen ganz still, keine Bewegung. Den Bogen locker in der einen Hand, in der anderen der Pfeil. Zusammen gingen sie leicht in die Knie und Pera stiess einen Schrei aus. Ich glaubte nicht, was ich sah. Mit unglaublicher Geschwindigkeit, schossen beide exakt gleichzeitig die Pfeile ab. Bevor diese im Baum steckten, griffen die Frauen wieder unglaublich schnell in ein Rohr auf ihrem Rücken; darin steckten weitere Pfeile. Schon war der Bogen wieder gespannt und der Pfeil losgeschickt, der dritte folgte sofort. Noch während alle gebannt zum Baum schauten, spannten bereits zwei weitere Pfeile die Bögen und diese zielten genau auf die Füsse zweier aus der Yora Höhle.

Pera liess den Bogen sinken und nickte Ellisa zu: «Unsere Clanführerin möchte euch nun etwas erzählen.»

«Liebe Danu-Leute, da wo wir herkommen, gibt es wie bei euch wenige, die sich an ihren Aufenthalt bei Vena erinnern können. Da es nur wenige sind, glaubt die Mehrheit, welche sich nicht erinnern kann, ihnen werden Lügen erzählt. Es kommt immer wieder vor, dass diese Mehrheit den wenigen, die sich erinnern können, feindlich gegenübertreten.

Weil wir auf Grund unserer Seelenreisen wussten, dass hier bei euch Leute aus unserer gemeinsamen Gruppe leben, sind wir hergekommen. Seelenbewusste sind selten. Noch seltener ist das Ereignis, wenn ein grosser Teil der gemeinsamen Gruppe zusammenfindet. Dieses äusserst seltene Ereignis tritt jetzt ein. Wie es weitergehen wird, wissen wir noch nicht. Vena wird uns die weiteren Schritte zeigen.

Wir sind wegen euren Vena-Bewussten hierhergekommen. Alle kennen wir noch nicht. Vor allem denjenigen, den ihr Andermensch nennt. Sie alle stehen ab sofort unter unserem persönlichen Schutz. Dass wir uns wehren können, habt ihr gesehen. Wir verstehen manchmal auch Absichten von Menschen. In eurer Gruppe gibt es auch einige, welche uns nicht trauen und schlechte Absichten haben könnten. Wir greifen niemanden an, aber wenn wir uns wehren müssen, garantieren wir für nichts!»

Nicht nur ich, alle waren im grössten Masse über diese Rede erstaunt. Erschrocken fühlte ich mich jedoch nicht, auch Cara nicht. Aus den Augenwinkeln sah ich jedoch das zusammenzucken der Yora. Unglaublich wie Pera die Gedanken der Yora indirekt blossgestellt hatte. Oder war das Zielen auf deren Füsse bloss Zufall gewesen?

Eins wurde mir jedoch klar: Mit diesen Leuten war nicht zu spassen. Und 140 Sonnenwenden? Wahrscheinlich stimmte auch das!

Wie zufällig zeigte die Clanführerin nun auf zwei der Yora-Söhne und befahl mit grosser Autorität: «Los ihr zwei, holt unsere Pfeile. Erzählt dann den anderen, wie tief sie gesteckt haben. Ihr kennt die Mammuts und könnt entscheiden, ob die Kraft der Pfeile genügt hätte oder nicht.»

Die Yora wollte protestieren: «Wie sprichst du zu mei...»

«Deine Söhne sind alt genug, um selbst zu entscheiden. Du und du, falls ihr mir nicht gehorchen wollt, sagt es mir direkt, es braucht da eure Mutter nicht!»

Cara lachte mich still an. Auch ich freute mich, als ich sah, wie die Yora nichts mehr zu sagen wagte und ihre beiden Söhne zum Baum sprangen und offensichtlich ziemlich würgen mussten, um die Pfeile freizukriegen.

Sie brachten die Pfeile zurück zu Pera und Kira. Zu Ellisa meinte der eine. «Clanführerin, ich glaube, die Pfeile steckten tiefer als wenn sie von Andermensch verschossen worden wären.»

Ein Raunen ging durch die Menge. Jede wusste wie stark Andermensch war. Und sogar noch tiefer!?

Die Clanführerin richtete sich nun an alle unsere Leute und teilte uns mit, dass wir alle willkommen seien alles anzusehen, doch niemand solle die Spiegel berühren, da diese die Sonne genau auf den Turm spiegeln müssten. Sonst würde die Kraft, welche Roc benötigte, um in einem halben Mond zurück in den Himmel zu steigen, nicht genügen.

Ich war immer noch sprachlos. Da sah ich, wie sich Pera an die Clanführerin wandte: «Ellisa, das war keine schlechte Ansprache, ich denke, viele haben in groben Zügen begriffen, um was sich diese Angelegenheit der Seelenfreunde handelt. Aber wie überall wird es auch hier Opposition geben.»

«Wie überall ist dies so und kann nicht geändert werden. Wir müssen einfach achtsam bleiben.»

So ungefähr verstand ich, was die beiden gesagt hatten. Da winkte mich die Clanchefin Ellisa (sie machte mir fast ein wenig Angst) zu sich: «Nun möchte ich aber endlich deinen Mann Alba begrüssen. Er soll ja derjenige sein, welcher am meisten als Seelenreisender unterwegs ist und diesbezüglich den Ton angibt.»

Mein Alba trat auf Ellisa zu, verneigte sich dann jedoch zu Pera und weiter zu Kira. «An euch zwei kann ich mich am besten erinnern. Es ist unglaublich, ich danke Vena dafür. Ebenfalls getroffen auf meinen Seelenreisen habe ich den Schwertmann, die Frau, die jeden Stein umdreht und ich glaube sogar dich Clanchefin. Wobei ich dich anders in Erinnerung habe. Du bist doch die Clanchefin?»

Diese staunte über diese Frage und sagte zu Perida: «Reiche mir doch mal dein Tablet.»

Das hatte ich schon vorhin gesehen. Ein Tablet war so ein flacher Spiegel und auf dem konnten sie verschiedene Bilder erscheinen lassen. Ellisa zeigte Alba das Bild auf dem Tablet.

«Oh», machte Alba, «Diese Frau habe ich verschiedentlich in meinen Träumen gesehen. Wer ist sie?»

«Ich, Ellisa, bin die Führerin über diese Leute hier, aber die oberste Clanführerin ist die Frau auf dem Bild. Sie ist noch bei Mutter Roc. Sie wird in einem halben Mond mit Schwester Roc hierherkommen.»

Die Frau Pera wandte sich nun an Elwi. «Du kommst mir auch bekannt vor, stell dich doch bitte vor.» Elwi studierte weiter den Pfeil in seinen Händen. Vermutlich überlegte er sich, ob er den für seine Schnitzarbeiten benutzen könnte. Jedenfalls war für mich klar, dass Elwi die Frau nicht gehört hatte. Ich stupfte ihn an. «Elwi, die Frau mit dem Bogen, möchte, dass du dich vorstellst. Du hast ihre Frage halt nicht gehört.»

«Ach so, manchmal verstehe ich nicht. Du bist Pera, ja ich bin auch ein Vena-Bewusster; wir haben uns ebenfalls Freundschaft und Hilfe versprochen, erinnerst du dich?»

«Ja, aber nur so am Rande. Doch irgendwie schon. Deine Sprechweise ist besonders laut und nicht gerade deutlich. Hast du ein Problem mit deinen Ohren?»

«Ja, das ist so, seit meiner Geburt. Seit mich aber der Löwe erwischt hat, gehe ich nicht mehr auf die Jagd. Ich bin dem Clan aber immer noch nützlich als Schnitzer von Figuren. Die sind als Tauschobjekte bei den Nordmännern sehr gefragt.» Elwi drehte sich zu Perida, «Medizinfrau, du sagst du könntest Durino helfen. Wie sieht es damit aus, schau hier.»

Damit drehte er seine linke Seite zu den fremden Frauen hin. Unwillkürlich entfuhr Pera ein Schrei und Medizinfrau Perida zeigte sofort Interesse. Das Erschrecken konnte ich gut verstehen. Elwi's ganze linke Seite war eine wüste Narbe, schlecht verheilt und wuchernd; das Ohr fehlte. Elwi war mir sehr zugetan, erstens weil wir uns beide an Vena erinnern konnten und zweitens, weil er nur dank meiner Fürsprache als Clanchefin noch nicht ausgesetzt worden war, da er nicht mehr jagen konnte.

«Elwi, hast du Schmerzen?», fragte Perida.

«Ja, und ich höre hier nichts mehr, auf dem anderen Ohr von Geburt an wenig. Ich verdanke es der Fürsprache unserer Clanführerin Fina, dass ich bis jetzt nicht ausgesetzt worden bin. Wie gesagt, meine geschnitzten Figuren sind begehrt.»

Ich bemerkte wie die Clanchefin Ellisa fragend zur Medizinfrau schaute. «Perida deine Einschätzung.»

Die Medizinfrau sagte: «Kommandantin (Dieses Wort hatte ich schon begriffen, es bedeutete Clanführerin), wenn du es erlaubst, fliege ich mit dem nächsten Shuttleflug auf die Meriâ II und nehme Elwi mit. Das ergibt mindestens drei Operationen. Eine für das rechte Ohr, die zweite betrifft das Narbengewebe und die dritte die Transplantation eines herangezüchtetes neuen Gewebeohres, sowie das Gehör links selbst. Ich könnte schon sofort mit Sere unserem Gewebefachmann Kontakt aufnehmen, damit er sofort mit dem züchten des Ohrgewebes beginnt. Bis das soweit ist, dauert es fast einen Mond. Bis dann wären die ersten beiden Operationen abgeschlossen. Dann wäre das Verpflanzen des Ohres möglich. Einen halben Mond später könnte Elwi als geheilt zurückkehren.»

Chefin Ellisa fragte Elwi: «Hast du verstanden was die Medizinfrau gesagt hat?»

«Verstanden schon, aber nicht alles begriffen. Was muss ich tun?»

«Da fragst du am besten direkt unsere Medizinfrau», gab Chefin Ellisa zur Antwort.

«Also, Medizinfrau sag mir bitte was ich tun muss.»

«Elwi, du müsstest sofort bei uns bleiben und lernen, dich unserer Lebensweise anzupassen. Das heisst, du müsstest ab sofort im Vogel Roc leben, unsere Kleider tragen und lernen zu Essen und Trinken wie wir. Im Vogel Roc sind spezielle kleine Räume, in denen wir uns erleichtern und unsere Stoffwechselprodukte zurückla...»

«Was für Stoffe muss ich wechseln und zurücklassen?»

«Ach, das ist alles zu schwierig, um verständlich erklärt zu werden! Hm, ...»

Da musste ich der Medizinfrau recht geben, es war zu kompliziert. Ich begriff auch nicht mehr was Elwi machen müsste.

«...Kira, du hast hier im Moment keine spezielle Aufgabe. Deine Mutter hat dich hergeschickt, weil sie meinte, es gäbe hier Teenager, die du betreuen könntest. Das ist ab morgen der Fall, wenn Durino seinen *«Schönheitsschlaf»* beendet hat. Wir könnten auch Taro und Besa zum Bleiben animieren. Und natürlich Elwi. Das wären vier Steinzeitmenschen, die eine Lehrerin des aufsteigenden Treta Yuga brauchen könnten.»

Jetzt musste ich intervenieren: «Medizinfrau, als Vena-Bewusste und als Clanführerin bin ich eine der Gescheitesten bei uns, aber ich kann deinen Aussagen nicht mehr folgen; vermutlich niemand mehr. Kannst du anders erklären?»

Medizinfrau Perida lächelte mich an: «Liebe Fina, das habe ich soeben auch gemerkt, also versuchen wir es nochmals. Elwi, wie alt bist du.»

Elwi zögerte, dann sagte er: «Erst 28 Sonnenwenden.»

Ich räusperte mich und sagte streng: «Elwi!!»

«Ja, äh, also ich habe es wohl vergessen.»

«Elwi!!»

«Ja, Fina, schon gut. Also 32 Sonnenwenden», stotterte nun Elwi.

«Aber ich bin immer noch nützlich. Meine geschnitzten Fig..., ...sind sehr begehrt.»

Am Schluss flüsterte Elwi nur noch. Ich schaltete mich wieder dazwischen und erklärte. «Elwi hat Angst, er müsse den Clan verlassen, weil er uns nichts mehr nützen würde und nur noch zur Last falle. Doch solange er so schöne Statuen schnitzt, welche wir immer für gute Feuersteine eintauschen können, ist er immer noch nützlich genug.»

Medizinfrau Perida deutete auf die junge, schöne Kira und fragte: «Bist du bereit für diese vier Menschen in nächster Zeit die Verantwortung zu übernehmen und zu versuchen, ihnen so schnell wie möglich etwas von unserem Leben mit Technik beizubringen?»

Frau Kira blickte zu dem Mann Karmo der anscheinend ihr Vater war, aber immer noch wie ein Jüngling aussah. Vater Karmo sagte: «Mutter wäre stolz auf dich, ich bin es auch.»

«Kommandantin Ellisa, Medizinfrau Perida. Wenn ihr meint ich kann das, so werde ich mir Mühe geben, eure Erwartungen zu erfüllen.»

Nun räusperte sich auch noch Cara: «Ich bin ebenfalls im Alter von Kira und möchte unbedingt lernen mit euch zu leben. Hört was ich schon gelernt habe.» Nochmals ein Räuspern und Cara sagte in der Sprache der Fremden:

«In halbem Mond ich nicht nötig mehr Amulett, ich schnell lernen wollen eure Sprache. Nicht so schwierig ist. Bruder Durino nicht ohne mich.»

Ich verstand nicht was dies hiess, doch glaubte ich, die Worte in den richtigen Tonfolgen gedacht zu haben.

Ja, meine Cara, die war noch schlauer als ich.

Die Vogel Roc Leute schauten sich an und waren vom Wissen meiner Cara erstaunt. Erst ein paar Stunden und meine Cara kannte schon ein wenig die Sprache der Fremden. Die Fremden sagten aber auch, da wir kein Metall, sondern nur Holz und Feuersteine kennen würden (Metall ist das Material der Bögen und der Pfeile), seien wir Steinzeitmenschen. Da habe ich noch nicht eindeutig entscheiden können, ob dies lediglich eine Feststellung oder eine abschätzige Bemerkung war. Das werde ich schon noch herausfinden. Aber meine Cara hatte sie nun echt überrascht.

Die Medizinfrau schien sich etwas zu überlegen, dann sprach sie zu Frau Kira: «Deine Klasse besteht aus fünf Schülern.»

Medizinfrau Perida trat auf Elwi zu: «Hör mal Elwi. Du hast gefragt was du tun musst. Akzeptiere Kira als deine Lehrerin, und befolge ihre Anweisungen, auch wenn sie vom Alter her fast deine Tochter sein könnte. Sie wird versuchen euch vier», dabei zeigte sie auf Taro, Besa, Elwi und meine Cara, «in den nächsten Tagen, Durino ist dann auch dabei, so viel wie möglich von unserer Lebensweise und vom Vogel Roc beizubringen. Wir alle werden zusammen zu Vogel Roc Mutter fliegen, denn nur dort können wir dein Gehör flicken und dir ein neues Ohr schenken.»

Und zu allen vier: «Seid ihr bereit? Ihr werdet viel lernen, wenn ihr wollt.

Elwi, in eineinhalb Monden, hast du keine Schmerzen mehr und wirst besser hören als alle anderen. Du wirst gesund und stark, sowie eurer Familie noch viele Sonnenwenden lang von grossem Nutzen sein.»

Ich konnte sehen, wie Elwi das meiste für leere Versprechungen hielt. Aber mangels Alternativen sagte er sehr freundlich zu Kira, dass er ihr gerne gehorchen werde. Daraufhin reichte Kira ihm etwas Weisses Rundes, welches ihr vorhin Perida zugesteckt hatte. «Hier Elwi, esse das, dann hast du einen ganzen Tag lang keine Schmerzen mehr.»

Elwi drehte das weisse Ding in seiner Hand. «Kira? Kein Gift?»

Ich entschuldigte mich sofort für diese Frage und wandte mich mit strengem Blick an Elwi. Sehr laut, damit Elwi auch bestimmt alles verstehen würde, sagte ich. «Jetzt hör mal zu Elwi. Wir alle wissen, dass diese Leute irgendwie, ja wenigstens vielleicht, von Vena gesandt sind. Jedenfalls haben wir, Alba und ich und sogar unsere Töchter, einige von ihnen auf verschiedenen Seelenreisen getroffen, du ja auch. Entweder du vertraust ihnen und machst in den nächsten Tagen genau das, was die von der Clanführerin und der Medizinfrau bestimmte Lehrerin sagt, oder du gehst zurück zu deinen Schnitzarbeiten. Dann gibt es aber ganz sicher keine Verbesserung an deinen Ohren, auch die Löwenpranke bleibt schmerzhaft. Verstanden Elwi?»

Elwi blieb in gebeugter Haltung stehen und verharrte ohne Bewegung.

Die Chefin fragte: «Elwi? Alles in Ordnung?»

Einen Moment später streckte sich Elwi und schaute mit stolzem Blick um sich. «Bevor mich der Löwe erwischte, war ich lediglich ein bisschen weniger gut als die anderen und das nur wegen meinem Gehör. Ich habe mich eben jetzt entschlossen wieder so zu sein wie vor dem Ereignis mit dem Löwen.» Dann fügte er noch an: «Und falls ich in zwei Monden tatsächlich normal höre, werde ich nicht nur gut, sondern der Beste sein; ich will das so. Kira, Lehrerin, ich vertraue dir. Los, fangen wir an.»

Meine Cara, die schon immer gerne die schönsten Felle getragen hatte und diese immer sorgfältig pflegte, fragte: «Kira, Lehrerin, dürfen wir auch so Häute, ihr sagt Kleider, tragen wie ihr? Ihr alle, aber speziell du Kira Lehrerin, du siehst in den engen Kleidern sehr, sehr schön aus. Scheinbar kann man sich in den engen Häuten auch besser bewegen als mit unseren Fellen.»

Das war nun wirklich sehr anständig von Cara. Die junge Frau Kira schien das auch gerne zu hören, wurde aber etwas komisch. Bei uns würde man sagen verlegen.

Diese Vogel Roc Leute reagierten nicht immer so, wie wir es von uns Danu-Leuten gewohnt sind. Dasselbe dachten unsere neuen Freunde (waren es Freunde) wahrscheinlich auch von uns. Ich war sicher, dass wir mit diesen Vogel Roc Leuten noch manche Überraschung erleben würden.

Jetzt hörte ich aus dem Amulett von Chefin Ellisa: «Ich bin sicher, dass wir mit diesen Steinzeitmenschen noch einige Überraschungen erleben werden.»

Nun, das tönte jetzt auf keinen Fall abschätzig.

78. Steinzeit trifft auf Hightech, Teil I

Bericht aus der Zeitkapsel mit dem Titel:
Steinzeit auf Chomâ trifft auf Hightech von Amerâ.
Erzählerin, Kira von Cherisatâ:
Studentin, 2. Semester Medizin

Nun avancierte ich also zur Ausbildnerin für fünf Steinzeitmenschen und das, obwohl ich erst 17 Jahre alt war. Dabei verbrachte ich die ganzen 17 Jahre, also mein ganzes Leben auf dem Raumschiff Meriâ II.

Seit lediglich ein paar Stunden hatte ich mich wenigstens etwas an das Leben auf einem Planeten gewöhnt. Da hatte ich gegenüber den naturverbundenen Einheimischen zwangsläufig ein grosses Manko. Vielleicht ergab diese Vorrausetzung gerade den richtigen Mix zwischen uns, damit sie sich nicht stets als die Unterlegenen, weniger Wissenden fühlen mussten.

Bevor wir mit der neuen Bekleidung anfingen, dachte ich ein Bad im Danu sei sicher angebracht. Also holte ich aus dem Shuttle verschiedene Kleider, Seifen und Handtücher.

Ich bemerkte positiv: Obwohl sie in Felle gekleidet waren, wirkten alle sauber und sie rochen auch nicht. Nachdem ich ihnen erklärt hatte, was zu tun ich beabsichtigte, freuten sie sich und zogen sich aus. Ohne Scham standen sie im Fluss und wuschen sich. Das schien für sie nicht unbekannt oder neu zu sein. Auch schien sie das kalte Flusswasser überhaupt nicht zu stören. Ich wunderte mich über die schlanken, aber doch kräftigen Körper. Als Cara rief: «Und, bleibt die Lehrerin schmutzig?», zog ich mich ebenfalls aus und beteiligte mich am Badespass. Allerdings sehr unsicher, ich konnte ja nicht Schwimmen. Ich hatte in meinem Leben noch nie ein Bad. Auf Meriâ II gab es nur die Dusche.

Alle musterten meinen Körper, was mich schon etwas hemmte. Natürlich hatte ich meinen Vater schon oft nackt gesehen. Aber jetzt musterten mich auch die beiden fremden Männer Taro und Elwi. Dieser bemerkte: «Du bist eine schöne Frau.» Taro nickte ihm anerkennend zu. Besa stellte sich neben mich. «Schaut, ich bin eine Sonnenwende jünger als du und doch ein klein wenig grösser. Aber Elwi hat recht, du bist eine schöne Frau. Hast du noch keinen Mann von euren Leuten? In eurem grossen Vogel Roc Mutter hat es doch sicher auch schöne junge Männer?»

Ich merkte, dass für sie das Gespräch und das Vergleichen unserer Körper eine ganz natürliche Sache war, ohne irgendwelche Hintergedanken. Sie freuten sich einfach für mich, dass ich eine junge, schöne Frau war. Ich sagte ihnen, dass es auf Mutter Roc nur einen jungen Mann gebe, aber es habe sich bis jetzt einfach keine Beziehung entwickelt.

«Braucht es bei euch immer eine Beziehung?», meinte jetzt Taro, «zusammen die Nacht verbringen macht doch so oder so viel Spass, ausser Cara will nicht und rammt mir ihren Feuerstein ins Bein.» Alle lachten, auch Cara. Die machte sogar mit der Hand eine Fake-Attacke auf den Oberschenkel von Taro.

Ich vermutete jetzt wurde ich rot im Gesicht. «Also in der Regel braucht es bei uns schon eine engere Beziehung», gab ich zur Antwort. In Wahrheit war es so, dass mir Davo einfach nicht passte. Niemand konnte das verstehen, auch ich selber nicht, denn Davo war ein netter, sehr gut aussehender Kerl. Ich wurde nicht gerne darauf angesprochen, denn alle unsere Leute wunderten sich schon länger über meine anhaltenden Abweisungen.

Cara merkte, dass mir das Gespräch nicht angenehm war. «Hört doch mit der Fragerei auf. Die richtige Zeit für

Kira ist einfach noch nicht gekommen. Das ist für mich und Susa genau dasselbe. Jedoch gebe ich den Männern recht! Kira du bist wirklich schön. Aber jede schöne Frau weiss: Schönheit ist auch gefährlich. Kira, Lehrerin, am Ufer liegt mein Steinmesser, das schenke ich dir. Nur im Fall, dass es einer mit Gewalt versuchen will. Schau, da die Narbe bei Taro. Der weiss, was bei versuchter Gewalt passieren kann. Jetzt nach einem Jahr sind wir trotzdem wieder Freunde. Taro hat nun seine Besa, die ist ebenfalls schön und schon mit Kind. Eine andere Frage Kira. Schau wieviel grösser ich bin als du. Habt ihr Felle, oder wie ihr sagt Kleider, für mich?»

«Kommt ans Ufer, das werden wir jetzt ausprobieren.»

Ich nahm ein Oberteil in die Hand und reichte es Cara. Dabei kam ich nicht umhin ihren athletischen Körper, die langen Beine, die runden Hüften und die wohlgeformten Brüste zu bewundern. Einen Moment stutzte ich über mich selber: Warum schaute ich so hin? Sie war doch eine Frau wie ich! Los jetzt Kira sagte ich zu mir selbst, lass dich nicht ablenken.

Und nun Cara: «Kira, Lehrerin, so wie du mich anschaust, findest du mich auch schön. Nicht nur eure Leute, sondern wir alle sind jung und schön. Ihr werdet ja nicht einmal alt, ihr seid also hundert Sonnenwenden lang schön, macht ihr dann auch so lang Liebe zusammen?

Und schau Elwi, wenn der ein neues Gesicht hat, wie eure Medizinfrau behauptet, wird auch er ein schöner Mann sein, schau wie gross und stark er ist.

Aber was ist das, was du mir da gibst? Dieses bisschen viel zu dünne Fell, oder ist es nur eine Haut, ist doch viel zu schwach und kann kaum genug wärmen.»

Alles was Cara und ihre Freunde sagten war richtig. Wir von Meriâ II waren keinesfalls prüde, doch die direkte Art über schöne Körper und über Sex zu sprechen, war doch eher ungewohnt.

Also ging ich nicht weiter auf ihre Frage bezüglich unseres Sexlebens bis hundert ein, sondern sagte als Antwort auf ihre letzte Äusserung bezüglich Stärke unserer Unterkleider: «Du kannst versuchen, es zu zerreissen.»

Worauf Cara am Oberteil herum zu zupfen begann und sich dabei über die Elastizität wunderte. «Darf ich mehr?»

«Nur zu, soviel du willst.»

«Also Kira, Lehrerin, tut mir leid, aber jetzt zeige ich dir wie stark ich bin.» Damit begann Cara zu zerren und rupfen, aber nichts ging entzwei. Ich ertappte mich wieder, wie ich sie musterte. *Wow*, dachte ich, *welche Kraft und Anmut*.

Nun versuchten Elwi, dann Taro ihre Kräfte an dem Gewebe. Also, erklären was C-Stoff-120, modifiziert als Gewebe, bedeutete, war nicht möglich.

Ich lächelte die vier etwas spöttisch an. «So anstelle der Zerstörversuche könnten wir uns nun anziehen.»

Bei der Unterwäsche begann das grosse Staunen. Bei den Leggins das grosse Gelächter, da für jeden sichtbar: Für Cara viel zu kurz.

Die elastischen Oberteile, passten sich perfekt an die Körper an. Die beiden Frauen bemerkten schnell, dass ihre Brüste so in wohlproportionierte Formen gebracht wurden. Auch bei den Männern zeigten sich die Muskeln positiv unter dem Gewebe. Sofort stellten sich alle vor die Solarpanels und bewunderten sich selbst.

Ich dachte, dass anscheinend Eitelkeit überall vorkam. Jetzt die nächste Frage: Wie konnte ich ihnen erklären, was der Zweck dieser Unterkleider war. Denn selbstverständlich hatten sie gesehen, dass alle Roc Leute weitere Kleider über dieser ersten Schicht trugen.

«So habt ihr euch selbst genug im Spiegel bewundert?», begann ich. «Diese Unterkleider sind etwas ganz Spezielles, die tragen wir immer, wenn wir denken, es könnte eine Gefahr für uns bestehen. Zum Beispiel ein Angriff feindlicher Menschen. Dass die dünne *Haut* sehr stark ist, habt ihr schon bemerkt. Sie kann noch viel mehr. Würdet ihr von einem Speer getroffen, wäre das sehr schmerzhaft, aber der Speer kann nicht durch die «Haut» dringen. Trifft der Speer dort, wo ihr Knochen habt, schmerzt es vielleicht so stark, dass ihr ohnmächtig werdet. Der Feind denkt dann, ihr seid tot. Wenn der Schmerz abklingt, könnt ihr wieder aufstehen, davonrennen oder gar weiterkämpfen.»

Die vier schauten einander an, versuchten aus Höflichkeit ein ernstes Gesicht zu wahren und brachen einen Moment später doch in Gelächter aus. Mir wurde klar: Mit Theorie kam ich hier nicht weiter. Ich wandte mich an Cara: «Stell dir vor, Taro würde dich anspringen, um dir wieder Gewalt antun zu wollen. Hier deine Axt, du schlägst diese nun zu deiner Abwehr ins andere Bein von Taro. Und zwar hier auf die Seite wo keine Knochen sind, jedoch viele Muskeln.»

Taro sprang zur Seite: «Moment! Jetzt zweifle ich doch an deinem Verstand. Schau meine Narbe, die sieht man durch die dünne «Haut». Ich bin doch nicht blöd und lasse mir von Cara eine Axt ins andere Bein schlagen. Wir sind nun schon lange keine Feinde mehr, sondern gute Freunde.»

Ich seufzte: «Also, mit Erklärungen kommen wir nicht weiter. Elwi, du erinnerst dich, was Fina, deine Chefin, vor kurzem zu dir gesagt hat? Ja klar tust du das. Du hast geprahlt, du wolltest der Beste sein und dass du mir vertrauen würdest. Also jetzt kannst du es beweisen. Schmerzen wird es schon, aber nicht zu stark. Dein Bein ist gesund und hat viele Muskeln. Los stell dich so hin. O.k., nun noch leicht in die Knie. Cara schau hier. Genau hier schlägst du deine Axt in den Oberschenkel rein; aber kräftig!»

Cara wog die Steinaxt unschlüssig in ihren Händen. «Kira, Lehrerin, das ist Feuerstein vom feinsten, von Andermensch aus dem Norden mitgebracht. Der zerschneidet alles, auch ein Bein. Elwi, was soll ich tun?»

Mit zusammengekniffenen Augen schrie der: «Schlag schon zu! Ich habe versprochen Kira zu vertrauen. Ich vertraue nicht, aber ein Versprechen ist ein Versprechen! Los, mach schon!»

Nach kurzem Zögern schlug Cara zu. Mit einem Schrei fiel Elwi zu Boden, wo er sich in Schmerzen wand; aber nur kurz. Dann setzte er sich auf und schaute in die Runde. «Also es schmerzt schon, ist jedoch zum Aushalten. Cara ziehe mir die Wunderhaut, welche unsere Freunde Untere Hose nennen, runter und kontrolliere mein Bein. Ich selbst wage nicht hinzusehen.»

Cara besah sich die Einschlagstelle und bemerkte mit Staunen, dass die «Haut» nicht das geringste Zeichen des Schlages zeigte. Also zog sie die Hose runter und zeigte auf eine leicht gerötete Stelle. «Da erfolgte der Schlag! Erstaunlich Elwi, du kannst schauen, es ist nur ein wenig rot. Vielleicht wird es sich später auch noch blau verfärben. Aber nicht die kleinste Wunde.»

Elwi stand auf und wagte den Blick auf die Schlagstelle. «Also Kira, das ist wirklich erstaunlich. Du sagst, wir würden auch einen Speerwurf überleben?»

«Das ist so, Elwi», antwortete ich, «wir halten diese Unterkleider jedoch als Geheimnis; das würde ich euch ebenfalls sehr empfehlen. Kein Wort darüber zu niemandem. Selbstverständlich werdet ihr später, wenn ihr selbst weitere eurer Leute unterrichtet mit denen darüber sprechen. Irgendwann wissen es dann alle. Da wir aber im Moment nicht genug für jeden und jede von diesen Spezialkleidern besitzen, ist es am besten, nicht darüber zu sprechen, selbst wenn alle davon wissen. So, nun die anderen Kleider. Dieses Stück hier nennen wir Jacke, diese bleibt vorne über der Brust offen. Wenn es kalt ist, können wir die Jacke schliessen, seht so.»

Alle öffneten und schlossen nun den Reissverschluss. Das bereitete viel Spass und Vergnügen.

Besa meldete sich: «Was ich mir schon länger überlege ist, wie das funktionieren soll, wenn ich mich erleichtern muss. Die Felle sind untenrum offen; hier ist alles geschlossen.»

«Dafür gehen wir nun in den Vogel Roc. Da werde ich euch zeigen, wie das bei uns funktioniert. Anschliessend wird es Zeit sein zum Essen. Seht, da haben die anderen bereits Tische und Bänke aufgestellt.»

Auch hier konnte ich wiederum nur staunen. Unter grossem Gelächter setzte ich mich auf die Kloschüssel und demonstrierte alles ganz genau. Zum Schluss der reinigende Wasserstrahl war für die vier der absolute Höhepunkt, wurde aber innert Minuten als gegeben angenommen und begriffen. Die vier steigerten sich sozusagen in alles Neue, das sie erfuhren und sogen es auf wie ein Schwamm. Ihre Erinnerungsfähigkeiten waren phänomenal. Ich sagte ihnen immer unser Wort für ein Gerät oder Gegenstand; immer nur einmal, dann wussten sie ihn und sprachen ihn phonetisch richtig aus.

Immer wieder kreisten sie die Arme oder gingen schnell und spontan in die Knie, um wiederholt das Gefühl zu erleben, wie ihnen die Kleider die absoluten Bewegungsfreiheiten liessen. Die Jacken zogen sie bald aus: «Viel zu warm, heute ist ein warmer Tag», meinten sie. Da zeigte ich ihnen, wie sie die Jacken in die eigene Seitentasche stopfen konnten, dann den Reisverschluss zu, und das Ganze an den Gürtel gehängt, um die Hände wieder frei zu haben.

Etwas später sassen wir zehn aus dem Shuttle mit den vier Einheimischen am Tisch. Die einheimischen Kinder und die anderen Besucher waren gegen Abend zu ihren Höhlen zurückgekehrt; würden am nächsten Morgen aber sicher wieder kommen.

«An meine vier Lieblingsschüler», scherzte ich, «Jetzt wird es schwierig. Am besten schaut ihr jetzt zu Beginn einfach nur zu, wie wir essen. Stopp! Taro, Hände weg. Wir essen mit Werkzeugen.»

Nach kurzer Zeit nahm Taro Messer und Gabel in die Hand und imitierte mich. «Also, da habe ich jetzt schon etwas Mühe. Das erscheint mir doch alles zu kompliziert. Mit den Händen ist es doch viel einfacher!»

Ich erklärte, dass wir uns so gewohnt waren. «Das lernt ihr sicher ebenso schnell wie die anderen Dinge heute.»

Da sagte Elwi in verständlichem Murratalâ: «Also, da ich gehen lieber Toilette!»

Ich schaute streng zu Elwi, während die unsrigen nicht zu lachen versuchten. «Elwi, dein Murratalâ ist gut, aber beim Essen vermeiden wir es, über die Toilette zu sprechen. Das braucht nicht erklärt zu werden, es ist einfach so.»

«So?», bemerkte Elwi, schaute zu seinen Freunden und alle unterdrückten ihre Heiterkeit, was wiederum weitere Heiterkeitsausbrüche auslöste. Wieder zwischen Lachern sagte Cara auf Murratalâ, ja tatsächlich sie sprach unsere Sprache; und das am ersten Tag unserer Schulung! «Alles, was wir heute erleben? Nein nicht erleben, das falsch, da schon vorbei. Dann würde es heissen, hm... also: nicht erleben, sondern erlebten? Ja so tönt richtig. Ich wiederhole: Alles, was wir heute erlebten, ist für uns einfach verrückt. Wir müssen abarbeiten. Am besten gehen das mit Lachen! – Aber euer Murratalâ logisch ist und einfach aufgebauen; nein richtig ist: Aufgebaut, oder?

Ich verzichten ab jetzt auf Übersetzungsamulett!»

Unsere Leute sassen mit offenen Mündern da. Unsere Missionsleiterin, 2. Kommandantin Ellisa, wandte sich an Cara. «Du bist jetzt einen Tag mit uns zusammen und sprichst schon sehr gut unsere Sprache. Cara, das ist eine unglaubliche Leistung. Dein Gedächtnis ist phänomenal. Könnt ihr anderen auch schon Murratalâ?»

Elwi antwortete: «Für mich auch schon gut sprechen. Mir scheinen alles logisch. Vielleicht weil wir schon auf Vena getroffen haben. Ich Morgen auch ohne Amulett. Was bedeuten: Phänomenal?»

Besa sagte fast entschuldigend in ihrer Sprache und liess es vom Amulett übersetzen. «Taro und ich brauchen schon noch etwas länger. Aber Clanführerin Fina, ihr Mann Alba und die beiden Schwestern Susa und Cara waren schon immer besonders schlau, und natürlich auch Elwi. Gescheit ist auch Andermensch. Bis in einem Viertel Mond brauchen Taro und ich auch kein Amulett mehr.»

Ellisa winkte zu Karmo. Der deutete auf seinen am Tischende aufgestellten Bildschirm. «Ist eingeschaltet, geht alles direkt an Meriâ II.»

Da meldete sich Areno von Patîn der Philosoph aus dem Schiff. «Ja, ich verstehe was Ellisa andeuten will. Wir werden die Begriffe *natürliche Intelligenz* und *einfach nicht gebildet*, neu definieren müssen. Nein nicht müssen: Dürfen! Ich freue mich, bis ich endlich auch runterkommen darf. Wenn wir verfolgen was ihr alles erlebt, kriegen wir hier tatsächlich den Raumschiffskoller. Ab wann läuft die Wasserstoffproduktion?»

«Ab morgen früh, sofern die Sonne scheint. Die Einstrahlung dürfte so stark sein, dass wir schon in zehn Tagen unsere und die Reservetanks für euch gefüllt haben werden. Bei 17 Jahren Reisezeit kommt es auf diese zehn Tage auch nicht mehr an.»

«Ach, Ellisa, so kann nur jemand sprechen, der bereits auf diesem herrlichen, wenn auch kalten Planeten gelandet ist, und jetzt unter freiem Himmel am Gartentisch sitzt.»

«Areno, reiss dich zusammen. Und bringt dann eure wärmsten Kleider mit. Morgen vor Sonnenaufgang dürfte es wiederum leichten Frost haben.»

«Hallo du Mann Areno. Du sprechen durch die Luft aus Vogel Roc Mutter», schob sich nun Elwi in den Aufnahmebereich, natürlich in Murratalâ. «In Viertel Mond und etwas mehr ich kommen zu Roc Mutter. Schau hier, ich kaputt wegen Löwe», dabei zeigte er seine linke Seite in die Kamera. «Darum ich nicht guter Jäger. Viel bleiben in Höhle und schnitzen schöne Figuren und haben viel, viel Zeit um zu denken was Leben ist. Du Philosoph, Kira mir sagen du ebenfalls studieren was ist Leben. Ich mich freuen mit dir zu sprechen phänomenal. In Viertel Mond und etwas mehr ich viel besser sprechen Murratalâ.»

«Ist das die Möglichkeit! Am Ende stellt sich heraus, dass Elwi mehr vom Leben versteht als ich. Elwi, du kommst zu Vogel Roc Mutter, ich komme mit Roc Schwester und lande auf dem Danu. Aber wenn du mit gutem Gehör und neuer Gesichtshälfte zurückkommst, werden wir ganz bestimmt miteinander über das Leben philosophieren. Da freue ich mich auch sehr. Weisst du, hier kenne ich von unseren Leuten schon alles und jede, wirklich jede Meinung. Ach endlich mal was Neues.»

Nach dem Essen begaben sich die vier Einheimischen zum Zentrumsstein, entfachten das Feuer und machten sich für die Nacht bereit. Ich zog es vor, die erste Nacht auf dem Planeten im Shuttle zu verbringen.

Ich schaute beim ersten Sonnenstrahl aus dem Cockpit und fand die vier bereits im Fluss stehend bei der Morgenwäsche. Besa sah mich sofort und rief, ich solle mich auch waschen kommen, der Fluss sei ganz warm. Tatsächlich schwebte aufsteigende Feuchtigkeit über dem Wasser. Kein Wunder auf der Wiese lag Frost. «Liebe Tochter», meinte da Vater, «wenn du den Respekt der Einheimischen nicht verlieren willst, gewöhnst du dich besser an das Morgenbad.»

«Ach Vater, so spricht einer, der in wenigen Momenten unter der warmen Dusche steht. Aber als Vater solltest du mir ein Vorbild sein, das sagt man doch immer, oder? Also los geht es, in den *warmen* Danu, aber zusammen.»

Ellisa lachte: «Karmo, wenn du den Respekt deiner Tochter nicht verlieren willst, ...»

Die erste Lektion nach dem Bad bestand mit der Bedienung der verschiedenen Rechner. Eingaben mit den Tasten, welche selbstverständlich auch die einzelnen Buchstaben des Alphabets darstellten.

Ich begann: «Schaut dieses Zeichen betonen wir als E, dann dieses spricht man als L, gefolgt von W und I. Die vier Zeichen seht ihr nun auf dem weissen Schirm an der Wand.

Jetzt nehme ich einen Schreibstift, das ist so etwas wie ein angekohlter Ast und ich zeichne die vier verschiedenen Zeichen auf diese weisse Fläche, wir nennen dies Papier. Also seht meine Hand: E-L-W und I. Nun kann ich das Papier beliebig weiterreichen und jede Person, welche die Zeichen kennt, kann so wissen, dass hier der Name von Elwi steht.»

«Das würde dann ja heissen», überlegte Cara, «ich könnte alles was ich spreche, mit den entsprechenden Zeichen auf ein Papier zeichnen und alle würden verstehen, was ich gezeichnet habe? Welches sind die Zeichen für Cara?»

Ich tippte ihren Namen auf das Keyboard und sie erschienen auf dem grossen Bildschirm.

«Ich denke, das ist nicht schwierig zu Zeichnen», meinte nun Cara und nahm den Schreibstift in die Faust. Ich korrigierte den Stift und zeigte, wie er richtig in die Finger gehörte. Völlig konzentriert kopierte Cara die vier Buchstaben vom Bildschirm auf das Papier. Es entstand ein Gedränge, weil alle vier gleichzeitig ihre Namen schreiben wollten.

Es dauerte eine knappe Stunde bis sie alle 30 Buchstaben der Murratischen Schrift gelernt hatten. Sie waren nicht zu stoppen. Nochmals eine Stunde später malten sie, zwar noch mühsam, bereits die ersten Sätze auf ihre Papierbögen. Die Feinmotorik liess bei allen ausser Elwi zu wünschen übrig. Doch Elwi der Figuren-Schnitzer hatte da überhaupt keine Mühe. Jetzt schrieb er langsam und sorgfältig: «Kira, du bist eine gute Lehrerin und eine schöne Frau.»

Schon begann eine Rangelei bei den anderen drei, wer den Satz von Elwi lesen dürfe. Ich reichte ihn Besa. Nach anfänglichem Zögern konnte sie das Geschriebene zur grossen Freude aller richtig ablesen.

In diesem Moment erschien Medizinfrau Perida, und tippte ins Keyboard: «Ich wecke jetzt Durino aus seinem tiefen Schlaf.» Dann zeigte sie auf den Bildschirm. «Jeder nur still für sich lesen und ruhig bleiben», sagte sie, «wisst ihr, was ich nun mache?»

Wie kleine Kinder konnten die drei, welche es schon verstanden hatten, kaum stillhalten. «Los Taro, sei doch nicht so langsam», zappelte Besa. Einen kurzen Moment später hatte es auch Taro verstanden.

Cara erfasste die Möglichkeiten des Schreibens. «Ich könnte also alles, was ich mir überlege, aufschreiben und meine Gedanken sehr genau einem Freund, zum Beispiel Andermensch im fernen Norden mit Hilfe eines Boten mitteilen. Oder mit eurer Möglichkeit, diese Zeichen beliebig nach Vogel Roc Mutter durch die Luft zu schicken, braucht ihr nicht einmal einen Boten. Natürlich könnt ihr ja auch direkt sprechen. Aber beim Sprechen verstehen nicht immer alle dasselbe. Wenn es jedoch geschrieben ist, ist es für alle klar und eindeutig.»

Perida sagte zu mir: «Das mit der Eindeutigkeit beim geschriebenen Wort ist aus der Sicht von Cara verständlich, aber halt doch etwas naiv. Ich würde sagen *steinzeitnaiv*, schade, dass dies so ist, wäre ja schön anders.» Damit wandte sie sich ab, Richtung Krankenzimmer.

Bei uns gingen die Schreibarbeiten weiter. Ich musste sie der Reihe nach einteilen, wer etwas ins Keyboard tippen durfte. Jeder schrieb so etwas, was die anderen vom Wandschirm lesen konnten.

Nach kurzer Zeit erschien Perida mit Durino am Arm. Sofort stürzte er sich zu seiner Schwester. «Ach Cara, ich bin noch ganz verwirrt, schön dass du da bist. Aber merken tue ich noch nichts. Medizinfrau, bin ich nun nicht mehr Durino der Dumme?»

Perida antwortete: «Das geht nicht so schnell. In einem Mond werden wir die ersten Veränderungen bemerken. Aber der Name Durino bedeutet doch *der Dumme*, oder? Vielleicht wäre es eine Idee, als erstes deinen Namen zu ändern! Was heisst den bei euch zum Beispiel *der Erwachte*, oder so etwas Ähnliches. Denn nach seinem grossen Schlaf als Durino ist er nun «*der Erwachte*» und er wird bald immer gescheiter.»

Sofort fügte ich an: «Jeder von euch schreibt einen Namensvorschlag auf den Bildschirm, mit der dazugehörigen Bedeutung. Am Schluss darf Durino wählen.»

Dieser sagte nun enttäuscht, «schon wieder macht ihr Dinge, die ich nicht verstehe und haut auf diesem komischen Brett herum und dann erscheinen komische Zeichen an der Wand. Es scheint, ich bleibe halt doch der Dumme, warum sollte ich meinen Namen da ändern.»

«Weisst du Durino, du hast jetzt einen ganzen Tag verschlafen. In dieser Zeit haben deine vier Freunde hier mit mir gelernt und zwar sehr viel und schnell. Da bist du nun im Nachteil. Du gehörst jetzt auch in meine Gruppe. Du musst nur gut aufpassen, wir helfen dir alle, um möglichst schnell aufzuholen. Und wie Medizinfrau Perida gesagt hat, brauchst du noch etwas länger. Auch wenn du verschiedene Dinge noch nicht, oder nicht so schnell verstehen wirst wie deine Freunde, wird die Zunahme deines Wissens immens sein. Auf keinen Fall bist du dann noch der Durino. Als Zeichen dafür fände ich einen Namenwechsel sehr angebracht.»

Beim Mittagessen verkündete Cara: «Mein Bruder hat einen neuen Namen. Er heisst jetzt «*Sereno*» was in unserer Sprache etwa «*der Aufholende*» bedeutet. Sereno ist nach dem Mittagessen Mitglied in unserer Lerngruppe. Und als erstes zeige ich ihm jetzt, wie er mit den Werkzeugen essen muss.»

Etwas später nach dem Essen kamen wieder viele Menschen aus dem Höhlendorf zu Besuch. Sie schauten sich alles an und wollten alles wissen. Ich sah, wie Clanführerin Fina zu Ellisa trat und mit ihr zu sprechen begann. Ich gesellte mich dazu, weil ich vermutete, Fina möchte, dass wir auch jemanden ins Höhlendorf als Lehrerin senden würden. Das war tatsächlich der Fall, hörte ich doch wie Ellisa antwortete. «Morgen kommen wir mit unserem grösseren Boot und fahren zu eurem Dorf. Wir bringen ein Zelt mit, darin errichten wir eine Schule, um auch bei schlechtem Wetter unterrichten zu können. Ich habe bereits mit meinem Partner Jaqua gesprochen. Er ist ein guter Lehrer. Das Zelt steht dann nahe bei den Höhlen und alle die möchten, können am Unterricht teilnehmen. Im Notfall bleibt so die Verteidigung eurer Wohnungen gewährleistet.»

Fina verneigte sich vor Ellisa, «das ist sehr grosszügig von euch. Bei uns wollen alle lernen. Doch kommt es für uns nicht in Frage, die Höhlen unbewacht zurückzulassen. Wir erwarten täglich die Ankunft von verschiedenen Clans, welche jetzt im Frühjahr Richtung Norden ziehen. Ihr solltet da wirklich auch vorsichtiger sein. Nicht alle sind bereit zu lernen.

Viele sind nur einfache, abergläubische Gemüter. Ich rechne damit, dass diese in eurer Anwesenheit etwas Böses sehen und entsprechend reagieren könnten. Vielleicht auch ein Hinterhalt, um eine von euren schönen Frauen gefangen zu nehmen. Was sie dann mit dieser Frau machen werden, muss ich dir wohl kaum schildern. Die Eingangsleiter zum Vogel Roc müsst ihr immer entfernen, sonst habt ihr plötzlich zehn Krieger oder mehr im Inneren und die machen dann vielleicht alles kaputt, so dass Roc nicht mehr in den Himmel steigen kann. Ihr seid euch wirklich viel zu wenig der Gefahren bewusst. Zufällig seid ihr bei guten Leuten gelandet. Zufall? Nein eigentlich nicht, ich glaube, Vena hat da auch geholfen. Noch einmal: Es gibt viele aggressive Clans bei uns. Wir sind immer und zu jeder Zeit für unsere Verteidigung bereit; das müsst ihr auch sein.»

Heute war schon der dritte Tag, da Jaqua bei den Höhlen im und vor dem Zelt unterrichtete. Ich war mit meiner Gruppe beim Shuttle geblieben. Am Morgen hatte uns Sereno (der Aufholende) verlassen und nimmt seinen Unterricht nun bei Jaqua auf. Dort bestand die Lerngruppe praktisch aus allen Clanmitgliedern, dass bei so vielen

Teilnehmenden das Lerntempo bedeutend geringer ausfiel, war nicht überraschend. Ich vermute, dort fiel Sereno nicht mehr ab. Bei uns war er jedoch hoffnungslos überfordert und nur immer wieder deprimiert, wenn er dies realisierte.

Dafür war das Lerntempo für Susa und ihre Eltern bei Jaqua viel zu langsam. Susa wäre sehr gerne zu unserer Gruppe gestossen, doch ihre Verantwortung als Umba liess dies nicht zu, speziell da die Ankunft verschiedener reisender Clans täglich erwartet wurde.

Unsere Vierergruppe war schlichtweg phänomenal. Was ich mit ihnen innert fünf Tagen schon alles angeschaut, gelernt und erklärt hatte, war einfach nur erstaunlich; durfte aber keinesfalls als Durchschnitt angesehen werden.

Gestern zog die erste Gruppe von etwa 25 Personen auf dem Weg nach Norden bei uns durch. Als meine vier Schüler sie kommen sahen und wie diese Ankömmlinge in geduckter Haltung in unsere Richtung zu schleichen begannen, als sie das Shuttle im Fluss entdeckten, streiften sie sich sofort ihre alten Fellkleider über und traten ihnen entgegen. Taro machte mir Zeichen, mich zu verstecken, während ich ihm andeutete, sein Amulett einzuschalten. Also schaute ich zusammen mit Ellisa und Perida versteckt aus dem Cockpit zu; alle ausgerüstet mit einem Fernglas, und laufendem Amulett auf der Brust.

Cara schien die Gruppe zu kennen. «Ich begrüsse die Umba des grossen Clans von Era, die uns wie jede Sonnenwende auf ihrer Durchreise ins nördliche Land besuchen. Was gibt es Neues aus dem Land des Morgens? Wart ihr bis zum grossen Meer? War der Winter sehr kalt?»

«Cara, was machst du hier? Wurdest du etwa schon zur Umba für euren grossen Clan der zehn reichen Höhlen ernannt?»

«Nein, das ist meine euch ebenfalls bekannte Schwester Susa. Sie bewacht die Höhlen, während sie mich zur Bewachung des von Vena gesandten Vogel Roc schickte.»

«Ach, immer euer Geschwafel von Vena, das kann ich bald nicht mehr hören. Aber die Geschichte vom Vogel Roc, der vor langer Zeit einmal zu uns gekommen sei, ist uns natürlich auch bekannt. Glauben tun diese Kindergeschichte bei uns Erwachsenen aber nur die etwas Schwachen im Geiste. Also was ist das grosse silbrig glänzende Ding im Fluss?»

«Ja liebe Umba von Era. Das wissen wir auch nicht. Eines Morgens war es einfach da. Seither bewegt es sich nicht. Doch Schwester Susa fand, dass wir es ein paar Tage lang bewachen und beobachten sollen. Wir denken, dass es eines Tages wieder weg sein wird. Dass es der Vogel Roc sein könnte und von Vena gesandt wurde, ist lediglich eine Vermutung von Mutter, Clanführerin Fina und meinem Vater Alba.»

«Ach, so was! Entschuldige Cara, aber Alba war schon immer ein wenig verrückt und das hat vielleicht ja auch auf dich und Susa abgefärbt.» Nach diesem Satz begann die ganze Gruppe zu lachen. Cara spielte die Beleidigte und hob demonstrativ ihren Speer.

«Sachte, sachte, über deine Qualitäten als Jägerin besteht kein Zweifel. Wir möchten keinen Streit mit Cara Mammu. Behaltet das Glitzerding im Auge wie ihr wollt. Kommt Leute, wir ziehen weiter zu ihren Höhlen. Fina die Reiche gibt uns sicher eine gute Mahlzeit aus. Unser Weg ins Nordland ist noch lang. Wir sollten uns nicht mit alten Ammenmärchen aufhalten. Tschüss Bewacherin des Vogel Roc. Ha! Ha!»

Wir drei Beobachterinnen vom Cockpit schauten uns verwundert an (wieder einmal), denn wir realisierten, dass unser Shuttle für diese Nomaden etwas so Abwegiges zu sein schien, dass sie es wohl sehen, aber ihre Gehirne es nicht verarbeiten konnten. Richtig gesehen werden konnten nur Dinge, welche das Gehirn auch begreifen konnte; was hier offensichtlich nicht der Fall war.

Meine Schüler begriffen dies ebenfalls und verabschiedeten die Reisenden freundlich.

Ellisa nahm Verbindung mit Jaqua auf und kündigte die Ankunft des Era-Clans an. Nachdem sie die Zusammenkunft hier geschildert hatte, empfahl sie Jaqua, er solle doch das Zelt mit einheimischen Fellen natürlicher präsentieren, als es sich mit dem glitzern des C-Stoff-120 darstellte. «Das könnte auch für dein Erscheinungsbild gelten», schloss Ellisa.

Als Antwort tönten undefinierbare Grunz-Laute aus dem Amulett, dann Jaqua's Stimme: «Ich fühle mich selbst schon fast als Höhlenbär, trage ich doch seit gestern über dem Schutzunterkleid entsprechende Felle. Die Einheimischen können viel ungezwungener mit mir kommunizieren, wenn ich im Fell auftrete als in unserer Bord-Kombi.

Übrigens hier im Zehn-Höhlen-Clan hat es noch ein paar weitere, ich würde sagen *«Hochintelligente»*. Doch die meisten dürften nach einiger Zeit ihr Interesse am gezielten Lernen verlieren. Lieber gehen sie vermutlich wieder auf die Jagd. Da fühlen sie sich bedeutend sicherer und besser an ihre Fähigkeiten angepasst als das, was wir zu bieten haben.

Ich sehe hier viele Grossgewachsene. Ich spreche nun einmal eine Vermutung aus: Vogel Roc, der vor langer Zeit schon einmal hier gelandet sein soll, hat mutmasslich gezielt auf die Vorfahren des Zehn-Höhlen-Clans eingewirkt. Das heisst allenfalls auch an ihren Genen herummanipuliert. In sehr interessanten Gesprächen mit Clanchefin Fina und ihrem Mann Alba erfahre ich immer mehr Details. So soll es seit dem Besuch des letzten Vogel Roc immer weniger Andermenschen geben. Auch hier vermute ich einen genmanipulativen Zusammenhang. Ich bin sehr gespannt endlich bald einmal so einen Andermenschen zu treffen.

Ellisa, in zwei Tagen landet unser zweites Shuttle und Nummer eins fliegt zurück zu Meriâ II. Das erscheint mir alles folgerichtig. Doch schon bald sollten wir uns ein paar grundsätzliche Überlegungen anstellen, wie zum Beispiel: Was wollen wir längerfristig auf einem Planeten ohne jegliche Technik. Wie können wir unser Leben hier längerfristig gestalten. Seien wir ehrlich, unser Niveau werden wir hier nicht halten können. Ich sehe auch, nachdem ich seit sieben Tagen hier unterrichte, wie zufrieden, glücklich und lebensbejahend die Einheimischen sind. Es mangelt ihnen an nichts. Geistig sind sie sicher gleich weit entwickelt wie wir. Eigentlich können wir ihnen wenig bieten! Brauchen sie einen Computer? Ein Übersetzungsgerät? Unsere Medizin? Sie leben und sterben im Einklang mit ihrer Umwelt. Ihr soziales Umfeld ist intakt, der Konkurrenzkampf untereinander im erträglichen Rahmen. Spannungen gibt es mit der Yora-Familie und deren Unterstützer. Es geht um die Vormachtstellung. Fina möchte Cara als Nachfolgerin, Yora einen ihrer Söhne. Es stimmt jedoch: Im Vergleich zu Cara sind diese Söhne Idioten. Das heisst natürlich nichts, denn es ist ja auch bei uns bekannt, dass oftmals gerade Idioten die notwendige skrupellose Energie aufbringen, um bessere Leute aus deren Ämtern zu drängen.

Ellisa, leite diese Nachricht doch bitte auch an Kommandantin Anla weiter. Als späteren Einstieg in die Besprechungen, welche wir (wie gesagt) bald führen müssen.

Da ist noch etwas, eben vorhin kam Dado der ältere Bruder von Susa zu mir mit seiner sicher schon im 9. Mond schwangeren Frau, also kurz vor der Niederkunft. Der geht es gar nicht gut. Ich bin kein Arzt, aber ich tastete ihren Bauch ab. Entweder das Kind liegt falsch oder es sind zwei. Mein Eindruck erschreckte mich so sehr, dass ich unverzüglich nach Fina verlangte und ihr auftrug, sich mit der Schwangeren sofort zu euch zu begeben. Ich denke das braucht einen Kaiserschnitt. Perida soll sich unbedingt vorbereiten und selbstverständlich meine Vermutung prüfen; ich hoffe, meine Amateurmeinung ist falsch. Sie verliessen mich vor einer halben Stunde. Geht ihnen entgegen, der

Frau geht es gar nicht gut. Dado ihr Mann darf seinen Posten nicht verlassen.»

Jetzt zeigte sich wieder einmal die Qualität unserer Ellisa: «Verstanden Jaqua, Massnahmen werden eingeleitet. Perida mach dich bereit. Kira schnapp dir die Bahre da, wir gehen zusammen.»

Ellisa und ich rannten schon mit der Bahre los. Cara und die anderen spazierten gemütlich von ihrem Treffen mit dem Era-Clan retour. Ich schrie: «Los alle mitkommen». Mein Befehl war dermassen aggressiv, dass niemand fragte. In zügigem Laufschritt erklärte ich in Stichworten, was das Problem war und schon zogen wir am Era-Clan vorbei, der uns nur verwundert anschaute. Vor allem wussten sie nicht, wie sie nun Ellisa und mich mit so komischen Kleidern, wie eine zweite Haut, einordnen sollten. Die enganliegenden blauen Combis waren ihnen gänzlich unbekannt. Für sie musste es aussehen, wie wenn wir nackt und blau gefärbt vorbeirennen würden. Wir ignorierten ihre blöden Fragen einfach und preschten an ihnen vorbei. Etwa einen Kilometer weiter bemerkten wir zwei Personen. Die eine stütze die zweite, die scheinbar kaum mehr gehen konnte. «Mutter», schrie Cara, «wir kommen.»

Als wir ankamen lag Dados Frau Arnea stöhnend am Boden. Sachte hoben wir sie auf die Bahre und setzten so schnell wie möglich zur Rückkehr an. Wir waren nun zu siebt und wechselten fliegend ab mit dem Tragen der Bahre. Schon wieder bei den Era-Leuten vorbei. Schon wieder blöde Fragen, die wir nicht beantworteten. Cara und Taro liessen sich nie auswechseln; wir anderen schon. Nach zehn Minuten erreichten wir das Ufer beim Shuttle. Wir wateten mit der Bahre ins kalte Wasser, der Schwenkarm nahm uns die Bahre direkt ab und hievte sie ins Innere von Vogel Roc. Cara und Taro hatten bereits die Leiter erklommen und halfen, obwohl völlig ausser Atem, die Bahre sofort in den Operationsraum zu tragen.

Da stürmte ich ebenfalls bereits in den OP. Perida schrie: «Wo ist meine Partnerin, sie muss mir assistieren.»

Ich antwortete: «Pera ist mit Vater, Iremo und Ella auf einer Erkundung flussabwärts, sie werden in etwa einer Stunde zurück sein. Perida, du musst mit mir vorliebnehmen.»

Perida knurrte etwas und begann mit der Untersuchung der auf dem Bett liegenden Arnea. Der Scanner liess das Bild auf dem Bildschirm erscheinen.

«Kira, Cara, Taro, seht ihr das, es sind zwei, eines in Steisslage vor dem Geburtskanal. Das wird Arnea nicht überleben. Cara du kennst uns und unsere Möglichkeiten bereits ein wenig. Sprich mit deiner Schwägerin. Ich sage dir jetzt was ich mache, damit sie überlebt zusammen mit den Kindern. Cara hast du verstanden um was es geht.»

«Ja, Medizinfrau Perida ich sehe es auf dem Auge, welches in den Bauch sehen kann.» Und zu Arnea in ihrer Sprache. Nach kurzer Zeit: «Medizinfrau Perida, Arnea ist schon halb tot, sie kann nicht mehr gut denken, doch sie vertraut mir und dir. Leg sie schlafen und helfe bei der Geburt der Kinder.»

Ich griff nach der Hand von Cara und sagte sacht: «Cara, wieder einmal musst du einfach vertrauen. Perida legt jetzt Arnea in tiefen Schlaf und schneidet ihr den Bauch auf um die Kinder ...»

Bauchaufschneiden? Das war jetzt doch zu viel. Cara schrie zu Perida. «Medizinfrau ich vertraue dir, aber Bauchaufschneiden! Das geht gar nicht. Arnea ist die Frau meines Bruders. Ich verbiete es dir!» Dabei trat sie drohend auf Perida zu, dicht gefolgt von Taro.

Ich lenkte die Aufmerksamkeit der zwei auf mich, damit Perida mit ihren Vorbereitungen fortfahren konnte. Möglichst sachte sprach ich die beiden an. «Cara, Taro, es bleibt keine Zeit für Erklärungen. Erinnert euch daran was Fina Elwi befohlen hat! Er solle alles befolgen, was ich Kira Lehrerin anordne und mir vertrauen. Zusammen mit Vogel Roc kann Perida den Bauch von Arnea aufschneiden und die beiden Babys herausholen, ohne dass Arnea etwas merkt; so tief schläft sie. Dann wird der Bauch wieder geschlossen, es bleibt nur eine kleine Narbe. Weniger als an deinem Bein. Wenn ihr Perida nicht erlaubt die Kinder zu holen werden alle drei sterben.

Wir brauchen eure Hilfe, Pera ist nicht da. Ich helfe so gut ich kann, Perida hat mich schon eine Sonnenwende lang gelehrt auch eine Medizinfrau zu werden. Ich helfe mit den glitzernden Dingen, die Perida brauchen wird.»

Mit möglichst viel Autorität, aber hoffentlich nicht überheblich befahl ich nun: «Ich bin eure Lehrerin, ihr macht jetzt was ich sage, da ihr darauf besteht, bei Arnea bleiben zu wollen. Da, zieht diese Schutzkleider und die Handschuhe an; die Masken vors Gesicht. Keine Fragen, einfach machen. Und ihr müsst dann die Kinder halten bis die Nabelschnur durchgeschnitten ist und weiter bis wir euch sagen was als nächstes zu erfolgen hat. Da diese Tücher. Ausserhalb des Raumes helfen euch dann später Mashel und Ellisa. Taro! Cara! Ihr macht das nun, es geht um das Leben von Arnea!»

Arnea driftete bald weg. Perida setzte das Messer an. Taro kippte schon mal auf den Stuhl zurück, Cara schnaufte stossweise und schaute fragend zu mir. Ich nickte bejahend zurück, sagte aber nichts. Wenn sie das durchstanden, würde ihr Vertrauen in uns sicher unerschütterlich sein. Ich assistierte so gut ich konnte und versuchte alle Anweisungen genauestens zu erfüllen. Ich musste mich auch zusammennehmen. Solche Dinge hatten wir virtuell mehrfach geübt. Eine virtuelle Übung oder die Realität auf Leben und Tod waren jedoch nicht dasselbe.

Doch Perida hatte alles im Griff. Das verwunderte selbst mich ein wenig. Meines Wissens war Perida bei allen 14 Geburten auf dem Raumschiff verantwortlich. Andere Operationen gab es jedoch während der ganzen langen Reise kaum, da alle Reisenden gute Gesundheit aufwiesen. Selbst der älteste, also Sere mit 112, hatte noch nicht den Zeitpunkt der Altersgebrechen erreicht.

Ich beobachtete Cara und Taro als Perida den hochge-
wölbten Bauch von Arnea aufschnitt. Beiden quollen die
Augen fast aus dem Kopf. Doch irgendwie realisierten sie,
dass es nun kein Zurück, oder andere Möglichkeit gab. Bevor sie recht wussten wie ihnen geschah, hielt Cara eines
der schreienden blutigen Bündel in ihrem Tuch. Die natürlichen Instinkte einer Frau schlugen durch und Cara
wusste intuitiv, was sie zu tun hatte. Taro als Mann war da
mehr überfordert, daher reichte Cara ihm ihr Bündel und
nahm das Zweite wiederum selbst entgegen.

«Los, raus ihr Zwei», befahl Perida, Kira und ich müssen
nun den Bauch wieder schliessen.»

Bleich und überfordert verliessen Cara und Taro den
Raum. Perida sprach ihre Anweisungen klar und deutlich
jeweils zu mir. Anscheinend ohne weitere Probleme been-
dete Perida ihre Arbeit, setzte sich schliesslich erschöpft auf
einen Stuhl und bemerkte zu mir. «Kira, danke für deine
Assistenz, gar nicht schlecht für das erste Mal.»

«Arnea?»

«Kein Problem, sie braucht ein paar Stunden, dann ist sie
bereit um ihren Babys die Brust zu geben. Kira, bitte lass
mich nun einen Moment allein.»

Draussen sassen ziemlich geschafft Taro und Cara. Die
beiden Babys versorgten nun Ellisa und Mashel.

Taro und Cara sahen mich an, standen auf und schlossen mich in ihre Arme. Alle drei weinten wir vor Erleichterung.

Cara sagte: «Kira, Lehrerin, ich habe alles beobachtet, du
bist erst 17 Sonnenwenden alt, aber du warst grossartig.
Und erst Perida. Ich denke, ich habe die Bilder eures Auges,
welches in den Bauch schauen konnte, verstanden…!»

«Uns ist klar», ergänzte Taro, «dass Arnea ohne eure Hilfe
gestorben wäre, Danke.»

«Kira, Lehrerin, darf ich?» Cara nahm mich in ihre kräftigen Arme und weinte ein *Danke*. Eben wollte mich Cara
wieder loslassen, da flüsterte ich: «Bitte halte mich noch
eine Weile länger», dabei dachte ich, dass Cara doch

wirklich sehr aussergewöhnlich sei; waren wir tatsächlich zusammen auf Vena gewesen?

Später schon gegen Abend erklärte ich meinen Schülern, wie sie über den Bordcomputer in Verbindung mit KI das Teleskop auf Meriâ II bedienen konnten. Dass KI eine künstliche Intelligenz war, hatten sie bis jetzt nicht begriffen. So etwas was wir als «Maschine» bezeichneten, war schwierig zu verstehen. Und eine Maschine die fähig war zu denken, aber trotzdem immer noch eine Maschine war, konnten sie bis jetzt nicht einordnen.

Durch das Teleskop im stationären Orbit in 36'000 Kilometer Entfernung, schauten sie nun wieder auf die Erde hinab. Deutlich zeigte sich die Kugelform des Planeten. Elwi meinte: «Solche, oder ähnliche Bilder kenne ich von meinen Seelenreisen her. Jetzt ist es aber direkt gesehen von den Augen aus Vogel Roc Mutter. Das bedeutet wohl, diese steht ganz weit oben im Himmel. Muss sie da immer ihre Flügel bewegen, damit sie nicht herunterfällt? Und bedeutet dies auch, dass hier unsere Erde, wenn von ganz weit her betrachtet, eine Kugel ist?»

Ich nahm ein Stück Schnur und sagte: «Kommt nach draussen, ich versuche euch zu erklären, wie es funktioniert.» Draussen las ich einen flachen Flussstein auf und band ihn an das eine Ende der Schnur.

Auf der Wiese erklärte ich weiter, «etwas das riesengross ist, so wie unsere Erde, hat die Eigenschaft, dass alles nach unten, also auf diese Erde gezogen wird. Deine Frage Elwi, ob Vogel Roc Mutter immer mit den Flügeln flattern muss, um nicht herunterzufallen, ist sehr geschickt, denn es ist so. Es gibt aber noch eine andere Möglichkeit. Auch das hast du schon richtig gesehen: Unsere Erde ist eine riesige Kugel. Schaut nun meinen an der Schnur befestigten Stein, wenn ich den im Kreis herum sausen lasse, fällt der nicht runter. Genau so macht es Vogel Roc Mutter. Sie saust um die Erde herum, gleich wie der Stein an der Schnur und fällt daher nicht runter und muss nicht immer mit den Flügeln flattern.»

Das begriffen alle vier, natürlich ohne die technischen Details oder die Berechnung der Gravitation oder dergleichen. Ich merkte auch, wie sie versuchten, sich dies in ihren Gedanken vorzustellen. Es folgten viele Fragen, welche meist korrekt und auf den Punkt waren. Wieder einmal mehr: Unglaublich!

Später am Abend fuhr Jaqua mit seinem Boot vor und wir legten Arnea, die bereits wieder lächelte mit der Bahre und ihren Babys ins Boot. Schwiegermutter Fina stieg ebenfalls zu und Jaqua kehrte in sein Schulzelt zurück, wo er bereits eine Ecke für die Bahre hergerichtet hatte. Hier sollte Arnea zusammen mit Fina die erste Nacht verbringen, bevor sie in die Höhle zurückkehren würde. Selbstverständlich wurde Arnea bereits vom ganzen Clan und ihrem Mann erwartet und stürmisch begrüsst. Was für eine Sensation. Zwillinge waren äusserst selten. Und jetzt sogar ein Paar; ein Mädchen und ein Junge. Dados Prestige und das des ganzen Clans stieg ungemein. Das wurmte die Yora sehr, aber beim Anblick der Zwillinge wurde auch ihr Mutterherz berührt und sie konnte sich im Moment ehrlich für Arnea freuen.

Heute war die Landung von Shuttle II und anschliessend der Start unseres Shuttle I geplant. Eben summte der Interkom, es meldete sich Anla: «Hallo Ellisa, hier Anla. Bei euch ist jetzt früher Morgen. Wir planen den Start von Shuttle II in vier Stunden. Wir haben uns noch folgendes überlegt: Startet doch eine Drohne Richtung Osten entlang dem Fluss und seht, wo sich allenfalls weitere Gruppen auf ihren Wanderungen Richtung der Sommerquartiere befinden. Wir denken, wir sollten nicht unbedingt direkt vor einer dieser wandernden Gruppen landen. Dies in Anbetracht der verschiedenen Reaktionen, die ihr erlebt habt. Starte die Drohne bitte sofort und gib uns baldmöglichst Bescheid.»

«Verstanden Anla, dein Partner schickt eben eine Drohne los. Ich würde dir empfehlen ein paar Kilometer weiter flussabwärts zu landen um dann langsam im Bootsmodus ohne röhrendes Triebwerk an unseren Platz zu fahren. Deine Passagierliste habe ich erhalten; keine Änderungen?»

«Nein, es bleibt bei der Belegung aller 56 Sitze. Dann bleiben nur noch acht zurück. Diese werden dann, wie besprochen, zusammen mit KI alles auf Automat-Notbetrieb einrichten. KI wird dann alles mindestens einen halben Planetenumlauf ohne unser Zutun im Schuss halten können.

Das Statement von Jaqua haben wir ebenfalls studiert. Sobald alle unten sind gibt es eine grosse Versammlung.

Die Verpflegungen haben wir gemäss deinen Empfehlungen ergänzt. Wir nehmen demnach auch das kleine Laboratorium für Proteinkulturen mit. Aber in eineinhalb Monden werden wir auf die Jagd gehen müssen oder wir lassen die entsprechenden Proteinspezialisten auf der Meriâ II zurück und müssten dann jeden halben Mond zu Meriâ II pendeln. Auch dieses Thema muss in der grossen Versammlung besprochen werden. Auf Meriâ II haben wir niemanden, der oder die jemals ein Tier zu Nahrungszwecken erlegt hätte. Geschweige denn wissen würde, wie man ein Tier oder gar so einen Mammut Giganten zerlegen würde. Da brauchen wir die Hilfe der Einheimischen.»

Vater Karmo drängte sich in den Kamerabereich: «Liebe Partnerin, die Drohne ist inzwischen auf knapp 2000 Meter gestiegen. Hier der Blick durch ihre Kamera. Da schau, das sind von unserem Standort gut 100 Kilometer. Da ist eine grössere Menschengruppe. Die werden in vier oder fünf Tagen hier eintreffen. Sonst sehen wir keine weiteren Gruppen. Ihr könnt also wie vorgesehen landen.

Anla, ich sehe die Frage in deinen Augen. Komm Kira zeig dich deiner Mutter.»

«Hallo Mutter, leider werden wir uns verpassen. Ihr landet wir starten. Meine Schüler brauchen mich, ich kann nicht hier auf dich warten.»

Jetzt sprach Ellisa: «Anla was schaust du so sorgenvoll? Bist halt auch eine Mutter. Aber wir versichern dir, deine (verzeih mir den Ausspruch) verwöhnte, rebellische Tochter macht sich prächtig. Und auch ihre vier Schüler sind unglaublich. Kira ist an ihrer Verantwortung gewachsen. Gestern bei der Geburt der einheimischen Zwillinge hat Kira sich bestens bewährt.»

Aus dem Hintergrund rief Karmo: «Partnerin, Vater und Tochter nehmen jeden Morgen ein Reinigungsbad im Fluss. Die Einheimischen zwingen uns dazu.» Allgemeines Lachen und eine gerunzelte Stirne bei Anla: «Karmo, das könnt ihr erzählen, wem ihr wollt. Das glaube ich kaum. Ihr beide seid doch bekennende Warmduscher. Wieso sollten euch die Einheimischen dazu zwingen können?»

«Mutter, wir erklären es dir später. Das war lediglich ein kleiner Insiderwitz. Es gibt hier nichts zu verstehen. Mutter, ich fühle mich so gut wie noch nie. Im Raumschiff war immer alles so eng aufeinander. Entschuldige, Mutter, auch du warst immer und bei allem präsent. Ich merke erst jetzt, wie mir die Luft zum Atmen fehlte. Es ist nicht gegen dich gerichtet, ich liebe dich Mutter. Ich liebe hier aber auch meine Freiheit. Tschüss, meine Schüler warten.»

Ich lachte zu Ellisa hin, diese sagte zu meiner Mutter: «Anla, schau nicht so konsterniert, es ist alles in Ordnung. Wir sind mächtig stolz auf deine Kira. Sie ist in der letzten Woche einfach erwachsen geworden.

Jetzt noch ein paar weitere Sachen. Also, wie abgemacht haben wir die Krankenstation ausgeladen und in das Zelt gestellt. Wir haben da noch eine Bitte von Pera. Sie möchte nicht zurückfliegen, damit sie ihre beiden Kinder hier empfangen kann, denn Perida muss als Ärztin auf die Meriâ II zurück. Perida ist jedoch einverstanden, dass ihr anstelle von Pera Kira bei den anstehenden Operationen assistiert.

Perida kann das Shuttle ja auch fliegen. So kann unsere zweite Ärztin Frana, so wie besprochen herunterkommen und hier die Krankenstation übernehmen.»

Bevor die Verbindung getrennt wurde, hörte ich noch wie Mutter wiederholte: «Unsere Tochter wird erwachsen...! Mein Mann nimmt bei Morgenfrost ein Bad im Fluss...!?»

Vater und ich lachten einander stumm an. Ich hatte eine plötzliche Einsicht: Ich wusste, dass sich meine Eltern liebten, aber Vater ging es ähnlich wie mir. Die überragende Kommandantin Anla von Cherisatâ nahm manchmal auch ihm die Luft zum Atmen; vor allem in dem geschlossenen, beschränkten Raum der Meriâ II. Er flüsterte mir ins Ohr: «Fühlt sich gut an, oder? Morgen nehme ich das Flussbad auch ohne dich.»

«Hier bin ich wieder, die Trennung der Verbindung war nur ein Versehen», Mutter hatte sich wieder im Griff: «O.k., wir starten demnach in 3h 50. Unser Flug führt dann fast senkrecht zu euch runter in weniger als vier Stunden gehen wir dann in Low Orbit, wobei wir die letzten Ausläufer der Atmosphäre als Bremse benutzen, einmal den Planeten umkreisen und demnach bereits nach fünf Stunden zum Landeanflug ansetzen. Erwartet unsere Landung um 4½ Stunden nach dem Höchststand der Sonne. Plant euren Start entsprechend.»

Ellisa antwortete: «Perida hat bereits mit den Checks und Startvorbereitungen begonnen, streng beobachtet von Kiras Schülern.»

«Liebe Ellisa», warf nun Anla ein, «ist das nun nicht etwas übertrieben: Vier Steinzeitmenschen bei den Startvorbereitungen eines Space-Shuttles!»

«Anla, warte bis du diese Menschen getroffen hast. Dieser Elwi und Cara..., ja ich wette bis in einem halben Planetenumlauf haben die unsere Technik soweit zur Benutzung verstanden, dass sie selbst ein Shuttle landen könnten. Auch die anderen zwei sind sehr gut, aber die Erstgenannten! Sie vergessen einfach nichts, einmal etwas begriffen, sitzt es. Beide sprechen praktisch ohne Fehler Murratalâ. Wenn der Elwi erst einmal richtig hört; also der ist ein Genie!»

Ich sah wie Mutter mit fragender Miene in die Kamera schaute, einmal ansetzte, wieder einen Moment verharrte und schliesslich sagte. «O.k., Ellisa bis bald», und die Verbindung trennte. Ich verstand, dass Mutter die Aussage von Ellisa nicht richtig einordnen konnte. Ich fühlte genau was Mutter dachte:

Also unsere Leute übertreiben die Fähigkeiten der Einheimischen gewaltig. Erst waren wir enttäuscht, als wir auf Chomâ keine technische Kultur angetroffen hatten. Wir sahen, dass es lediglich Steinzeitmenschen gab. Da meinten wir, sie würden sich auch wie solche benehmen und keine oder nur wenig Intelligenz aufweisen. Dann stellten wir fest, dass es ihnen tatsächlich an jeglicher Technik fehlt, aber die allgemeine geistige Entwicklung weit fortgeschritten war. Und jetzt werden sie vermutlich idealisiert.

Ich begab mich zu Perida und ihren Startvorbereitungen. «Kira, nichts gegen deine Schüler, aber die fragen mir ein Loch in den Bauch. Es fehlt mir dann an Konzentration. Könnte ich nicht für eine Weile allein sein?»

Cara meinte: «Kira, Lehrerin, Es dauert nicht mehr lange und wir müssen auf den Sitzen Platz nehmen und dann lange Zeit ruhig dasitzen. Bis es soweit ist könnten wir doch noch ein wenig in der Umgebung herumstreifen. Wir könnten dir zeigen, wie man geräuschlos durch den Wald eilt. Bei dir haben wir immer das Gefühl, es sei ein Mammut im Anmarsch.»

Die vier lachten über meinen beleidigten Gesichtsausdruck. Taro klopfte mir grosszügig auf die Schulter. «Nicht beleidigt sein, Lehrerin. Im gesamten nächsten Mond im Vogel Roc Mutter wirst du immer alles besser können als wir.

Bitte lass uns die Möglichkeit, dir vorher auch noch etwas beizubringen.»

Ich konnte das nachvollziehen, schob mein beleidigtes Ego beiseite und setzte in das Lachen ein: «Aber gerade ein Mammut, das ist nun wirklich übertrieben.»

«Ist mir egal, Mammut oder Ameise, lasst mich jetzt einfach allein, bitte!», schloss Perida.

79. Shuttle II landet

Bericht aus der Zeitkapsel mit dem Titel:
Auch Vogel Roc Schwester landet auf Chomâ.
Erzählerin, Anla von Cherisatâ:
1. Kommandantin der Meriâ II.

«Darf ich um eure Aufmerksamkeit bitten», rief ich in die
Runde. «Unten auf Chomâ haben unsere Leute genug Wasserstoff für zwei Starts produziert. Unser Shuttle II, gemäss
der Bezeichnung der Einheimischen ist dies Vogel Roc
Schwester, koppelt in Kürze von Meriâ II ab. Bitte an alle 56
Reisenden: Macht euch zum Einsteigen bereit. Die Eltern
helfen den 14 Kindern beim Bezug der Sitze und kontrollie-
ren alles ganz genau. Frana darf ich dir die Kontrolle der
beiden Kinder von Pera und Perida übertragen? Ihre Mütter
sind, wie bekannt, bereits unten. Also dann los; endlich
geht's an die frische Luft.»

Die Rede wurde mit allgemeinem Applaus verdankt. Es
herrschte eine nervöse Aufbruchstimmung. Eigentlich wäre
es nicht notwendig, doch die Nervosität hatte scheinbar
auch mich ergriffen. Überflüssigerweise fragte ich KI, ob alles bereit sei für den fehlerlosen Betrieb der Meriâ II mit nur
noch den restlichen acht verbleibenden letzten Passagieren.

«Kommandantin KI ist bereit, es wird keine Pannen geben. Gerne mache ich nochmals darauf aufmerksam, dass
ich unten im Kommandozelt auf Chomâ immer dazuge-
schaltet sein sollte. Erstens, damit es mir nicht *«langweilig»*
wird und zweitens, damit ich auf alle Übersetzungsamulette
Zugriff habe. Nicht alle beherrschen die jeweils andere
Sprache; das kann nur ich, eure KI.»

Jetzt räusperte ich mich, da ich realisierte, dass unsere KI gelobt werden wollte. Ich dachte: *«Ist ja verrückt!»* Laut sagte ich: «KI, du bist nicht vergessen. Wir brauchen und schätzen dich.» dabei verdrehte Anla theatralisch ihre Augen.

«Anla, das habe ich gesehen, was bedeutet dieses komische Zeichen mit deinen Augen?»

«KI, nichts Böses, bitte lass mir mein kleines Geheimnis.»

«Ich bitte um Präzisierung: Handelt es sich hierbei um eine Anregung oder einen Befehl?»

«KI, das ist ein Befehl!»

«Verstanden, Kommandantin Anla von Cherisatâ!»

Schon waren wir im Landeanflug. Unter uns sah ich das silbrige Band des Flusses Danu. Auf der geraden Linie des Flusses sah ich fünf Kilometer weiter stromaufwärts unser Shuttle I. Schon setzte ich zu einer sanften Landung an und liess das Triebwerk im Standby Modus auslaufen. Ich räusperte mich ins Mikrofon. «Hallo Perida! Die Landung ist perfekt gelaufen. Noch einen kurzen Moment! Hier kommt der automatische Überwachungs-Check. Ja alles in Ordnung. Mit den von euch bereit gestellten Wasserstofftanks können wir auch wieder starten. Die Sicherheit zur Zurückkehr ins Raumschiff ist demnach gegeben. Also, Perida, Startfreigabe.»

«Verstanden Anla. Bei uns ist alles schon seit einiger Zeit bereit. Triebwerk ist warmgelaufen. Start erfolgt... jetzt. Und Tschüss.»

Ich öffnete das Cockpitdach und liess die frische Planetenluft ins Shuttle wehen. Ich rief: «Die Kinder dürfen auf die Cockpit-Galerie steigen und direkt ins Freie schauen und unsere Bootsfahrt geniessen. So wie besprochen bis zum Landeplatz von Shuttle I, dann kommen die Grosseltern an die Reihe bis wir in einer weiteren halben Stunde hinter dem Wäldchen direkt bei den Höhlen vor Anker gehen. Dann endlich können alle aussteigen und beim Zelt erwartet uns Jaqua mit einem Willkommenstrunk. Nehmt alle die warmen Jacken mit, das Thermometer zeigt lediglich 12°, aber bei wolkenlosem Himmel und Sonnenschein.»

Meine Ansprache wurde mit grossem Applaus verdankt und alle 14 Kinder rannten auf die Galerie. Alle diese Kinder waren auf der Meriâ II geboren und hatten noch nie einen Planetenhimmel gesehen. Es folgte unendliches Schreien, Kreischen und überall wurde hingezeigt. Die meisten mussten von Zeit zu Zeit wegschauen oder die Augen schliessen; es wurde ihnen schwindelig, so ungewohnt war dies alles. Aber die Stimmung war total freudig und aufgekratzt.

Hinter dem Wald, wo ich das Shuttle ganz nahe ans Ufer driften liess, bis es den Grund berührte, fuhr ich die Grundanker aus. Jetzt war das Shuttle ziemlich gut gesichert, erstens gegen Sicht vom Land her und zweitens gegen das Abdriften in der Strömung. Bis ans trockene Ufer betrug die Distanz wenige Meter bei lediglich knietiefem Wasser. Alle wateten freudig durch den Fluss. Niemand störte sich an den nassen Füssen oder an der Kälte des Wassers. Unsere Leute trugen alle ein Übersetzungsamulett.

Jaqua begrüsste mich und stellte mich Fina der Clanchefin vor. Sie war eine stattliche Erscheinung, ebenfalls ihr Mann Alba wie ich natürlich bereits wusste. Die noch grössere muskulöse Frau wird wohl ihre Tochter Susa Umba sein. Wie die dastand mit ihrem Speer, das war schon beindruckend.

Inzwischen hatten unsere Leute mit dem Lastenarm ein extra zu diesem Zweck hergestelltes aufblasbares Floss ausgeladen und verankert. Jetzt konnte das Shuttle trockenen Fusses erreicht werden. Tische wurden aufgestellt und unsere Köche bereiteten die mitgebrachten Esswaren vor.

Clanchefin Fina meldete sich bei mir: «Anla, mir wurde gesagt, du seiest die oberste Clanchefin und der richtige Begriff dafür sei Kommandantin. Als Clanchefin des Zehn-

Höhlen-Clans begrüsse ich die Kommandantin von Vogel Roc Bruder und Schwester, sowie Vogel Roc Mutter, die nicht zu uns herabsteigen kann. Euer Lehrer Jaqua hat uns erklärt, dass ihr ein Begrüssungsessen vorbereiten würdet. Da nicht alle unseres grossen Clans daran teilnehmen können, haben Jaqua und ich abgemacht, dass nebst mir, mein Mann Alba, meine Tochter Susa Umba und meine Söhne Dado und Sereno daran teilnehmen. Zudem jede Höhlenführerin mit ihrem Mann. Darf ich dir die Führerin der zweitwichtigsten Familie vorstellen: Führerin Yora und ihr Mann.»

Ich drehte mich zu den Genannten. Ebenfalls eine grosse kräftige Frau, ich schätzte sie so gegen 50. Beide kreuzten wir die Arme und verneigten uns leicht. «Ich freue mich, eine weitere Clanchefin kennen zu lernen. Ihr kennt ja auch bereits unsere zweite Clanchefin Ellisa.» Damit wandte ich mich wieder an Fina, «eure zweite Tochter Cara Mammu ist nun auch unterwegs zu Vogel Roc Mutter. Wie ebenfalls Taro und seine Frau Besa, nicht zu vergessen Elwi. Wenn der in einem Mond wieder kommt, werdet ihr ihn kaum mehr erkennen. Medizinfrau Perida wird ihm eine neue linke Gesichtshälfte schenken und bessere Ohren.»

Yora meldete sich: «Wir werden sehen! Alles glauben wir jedoch nicht. Seht doch Durino, das heisst *der Dumme*. Er hat einen ganzen Tag im Vogel Roc Bruder geschlafen mit dem Versprechen, er werde dann nicht mehr der Dumme sein. Aber ausser, dass er seinen Namen gewechselt hat und sich jetzt angeberisch Sereno, das bedeutet *der Aufholende* nennt, haben wir noch nichts bemerkt.»

Ich merkte sofort die Spannung, die sich hier aufbaute. Dass diese Familie des Yora-Clans immer wieder provozierend auffällt, hatte uns Jaqua schon nach vier Unterrichtstagen ins Schiff gefunkt.

Ich antwortete: «Yora, du erinnerst dich sicher auch was unsere Medizinfrau sagte: In einem Mond werdet ihr schon eine Veränderung sehen und vor allem merken, wie Sereno sich benehmen wird, wenn es um das Lernen einer neuen

Sache geht. Wie lange ist es nun her seit seinem langen Schlaf.»

«Erst der vierte Teil eines Mondes.»

«Also, lassen wir Sereno doch mindestens noch die restlichen dreiviertel des Mondes. Darf ich erinnern, sein neuer Name bedeutet der Aufholende. Genau das macht er nun, er wird aufholen. Sereno bitte komm doch kurz zu mir.»

Zögernd trat dieser vor mich hin. Kreuzte perfekt seine Arme zum Gruss und wartete. Ich legte ihm meine Hand auf die Schulter. «Bitte hört ihr alle zu. Wir können nicht alles ändern oder anpassen. Aber was wir können, ist die Wiederherstellung der Ohren und des Gesichts von Elwi. Medizinfrau Perida konnte Dados Frau Arnea bei der Geburt der Zwillinge helfen und auch die Verstopfung im Blut von Sereno lösen. In einem Mond kommt Elwi völlig gesund zurück und bis dann werdet ihr auch die Fortschritte bei Sereno eindeutig feststellen, vor allem in seinem Gesicht. Sereno, junger Mann, bitte glaube meinen Worten. Denn wenn du daran glaubst, geht die Heilung umso schneller.»

Yora schnaubte verächtlich. Es passte ihr gar nicht, vor den versammelten Leuten so korrigiert zu werden. Daher ergänzte ich zu ihr, «Wie mir Jaqua mitgeteilt hat, hast du angeboten, zum heutigen Essen getrocknetes Umba-Fleisch zu spendieren. Das ist sehr grosszügig von dir. Unsere Leute werden das überaus zu schätzen wissen und danken dir schon jetzt dafür. In unserem Vogel Roc Mutter gibt es keinen Hirsch zum Jagen.»

Nochmals meldete sich Fina: «Alle, die heute an unserem gemeinsamen Essen teilnehmen, können bereits mit euren Werkzeugen essen, Jaqua hat uns dies gelehrt. Clanchefin Anla, bitte weise Jaqua an, dass er uns ab Morgen lehrt mit seinem glitzernden scharfen Stab, der alles zerschneiden kann, umzugehen.»

«Fina, der scharfe Stab, der alles zerschneidet heisst bei uns «Schwert»; wir besitzen nur wenige Exemplare. Der Umgang damit ist gefährlich. Über die Benutzung sprechen wir bestimmt auch wieder, aber erst später. Ich bitte dich dies vorläufig so zu akzeptieren.»

Ich bemerkte, dass Fina das anders sah. Vermutlich erhoffte sie sich gerade durch die offensichtliche Gefährlichkeit des Schwertes für ihren Clan einen Vorteil. Da erschien es mir umso wichtiger, mit allfälligen, bevorzugten Verteilungen vorsichtig zu sein.

Dasselbe galt für die Pfeilbögen. Das musste wohl überlegt werden.

80. Steinzeit trifft auf Hightech, Teil II

Bericht aus der Zeitkapsel mit dem Titel:
Fortsetzung von: Steinzeit auf Chomâ trifft auf Hightech von Amerâ.
Erzählerin, Kira von Cherisatâ:
Studentin, 2. Semester Medizin

So, wir hatten den Low Orbit erreicht. Zum ersten Mal erlebten unsere vier Passagiere die Schwerelosigkeit. Das dauerte jedoch nur wenige Minuten, dann trat das Fusionstriebwerk in Aktion und drückte uns wieder in die Sessel.

Jetzt dauerte es ein paar Stunden bis wir Vogel Roc Mutter erreichen würden. Wir schauten aus den kleinen Fenstern und notierten den immer grösser werdenden Abstand zur Erde. Elwi fragte: «Sind wir jetzt wie der Stein an der Schnur? Wir fliegen um die Erde herum, da wir aber schneller sind als die herunterziehende Kraft der Erde wird unser Abstand immer grösser, bis wir Vogel Roc Mutter erreichen? Ist das so Kira?»

«Ja Elwi, das hast du korrekt verstanden.»

«Kira, Lehrerin», fragte Cara», heute bevor deine Mutter von Vogel Roc Mutter abgeflogen ist sprach sie mit Ellisa, deinem Vater und mit dir. Ellisa hat bei diesem Gespräch gesagt, dass Pera nicht mit uns fliegen möchte, damit sie ihre beiden Kinder betreuen kann. Dann hörten wir, dass dies wichtig sei, weil Perida mit uns zu Vogel Roc Mutter fliegt. Wie müssen wir das verstehen? Wo sind dann die Männer von Pera und Perida?»

Von Peridas Pilotensitz hörte ich Lachen. «Cara, lass mich erklären.

Nun Cara höre! Menschen bilden in der Regel Paare. In den meisten Fällen verlieben sich ein Mann und eine Frau und bilden dann ein Paar. Es kommt jedoch auch vor, dass sich zwei Frauen ineinander verlieben und ein Paar bilden. So ist das mit Pera und mir.»

«Das geht?», staunte Taro, «wie konntet ihr dann zwei Kinder machen?»

Perida antwortete: «Als wir unsere Heimat verliessen, nahmen wir auch Samen von Männern mit und legten die in einen Raum, wo es immer gefroren ist. Nach acht Jahren entschieden Pera und ich, es sei nun die richtige Zeit für Kinder. Also führte die andere Ärztin Samen bei mir ein und ich gebar einen Jungen. Der ist nun acht Jahre alt. Ein Jahr später machte Pera dasselbe. Das Mädchen ist jetzt sieben Jahre alt.»

Die vier Danu sahen einander an, schnitten Grimassen und unter lachen und grölen begannen alle die eindeutigen Bewegungen einer Selbstbefriedigung. «Habt ihr so den Samen gekriegt», grölte Taro, «also manchmal ist es ja schon verrückt, was wir von euch hören.»

«Habt ihr das heimlich gemacht oder war die Mutter von Kira, Clanchefin Anla einverstanden?»

Besa bemerkte: «Verstehe ich das richtig, dass niemand etwas dagegen hat, wenn zwei Frauen als Paar zusammenleben. Das geht vielleicht bei euch, wenn ihr trotzdem Kinder kriegt. Bei uns wäre das unmöglich, wir brauchen viele Kinder für den Clan. Darum werden auch immer wieder Susa und Cara bedrängt, endlich einen Mann auszuwählen.» Schon begann Besa zu lachen, weil sie anscheinend ahnte, wie es sein könnte. Auch die anderen begannen zu lachen. «Sagt uns bloss, zwei Männer könnten auch ein Paar bilden.» Schenkelklopfen, grölen und obszöne Gesten. Für unsere vier Danu nicht vorstellbar.

Perida und ich schauten uns an.

Ich zuckte die Schulter: «Ja das ist so. Mein Patenonkel Une, den wir auf Vogel Roc Mutter treffen werden, lebt mit einem anderen Mann zusammen, der heisst Endo. Ihren Sohn Davo werden wir auch treffen.»

Wieder grölten alle: «Wie haben denn die ihren Sohn gemacht? Wo haben die den Samen hingedrückt?» Weitere obszöne Gesten. «Und niemand hat da etwas dagegen? Also das ist ja total verrückt. Das weiss jetzt jeder, dass es viele Kinder braucht. Was für eine Verschwendung; zwei Männer zusammen. Also wie geht es da?»

Dieses Mal antwortete Perida: «Wir führen wieder Samen bei einer Frau ein, welche zuvor selbstverständlich ihr Einverständnis gegeben hat. Dann haben wir so eine Art künstlichen Frauenbauch gebaut. Wenn das Baby dann gut drei Monde alt ist, machen wir, dass die Frau es auf die Welt bringt und wir legen es in den von uns gebauten Frauenbauch, wo das Baby sechs Monde heranwächst, bis es Zeit ist normal zu leben.»

Besa stiess einen Schrei aus: «Mein Baby kriegt ihr nicht!», schrie sie. Taro röhrte: «Niemals», schnallte sich los und wollte in Kampfstellung gehen. In einer Beschleunigungsphase mit null Gravitation keine gute Idee! Schon knallte es ihn an die Rückwand des Shuttles, an die Türe der Krankenstation. Dort klebte er wie ein Käfer an der Wand, röhrte wieder, «Niemals». Selbst Elwi und Cara setzten in das Schreikonzert ein. Dann folgte Stille.

Da hatten wir wohl den Urinstinkt, *«Erhaltung der Art unter allen Umständen»*, verletzt.

«Ach ist das schön ruhig» meldete sich nun Perida.

Ich sagte betont ruhig: «So hört doch auf. Niemand verlangt irgendwas von irgendwem. Gewisse Dinge sind einfach verschieden bei uns und bei euch. In sechs Monden wird Besa ihr Baby auf ganz normale Art zur Welt bringen, so wie es Vena wünscht.

Aber ihr wolltet ja alles von uns wissen. Wenn ihr das nicht versteht, ist das in Ordnung. Wir erwarten jedoch, dass ihr akzeptiert, dass bei uns gleichgeschlechtliche Paare als normal angesehen werden. Und ich verlange als eure Lehrerin, dass ihr gegenüber meinen Freundinnen, Pera und Perida, jede komische Bemerkung unterlässt. Dies gilt insbesondere auch, wenn wir meinen Patenonkel und seinen Sohn treffen. Der Partner meines Onkels landete heute auf Chomâ.»

Etwas kleinlaut meldete sich nun der Wandkäfer: «Kira, Lehrerin, wie lange muss ich an der Wand bleiben.»

Perida rief vom Cockpit nach hinten: «Taro, das war eine gute Vorstellung. Wenn du erlaubst, lachen wir jetzt alle zuerst einmal. Wenn du wieder ruhig bist und weder für dich noch die anderen eine Gefahr darstellst, schalte ich kurz den Antrieb aus.»

Die vier verstanden nicht recht, warum Taro hinten an der Wand klebte. Doch der Gesichtsausdruck von Elwi verriet, dass er nahe am Verständnis war. Er begann nun als erster zu lachen.

Taro meinte: «Ich verstehe es nicht, aber Kira wird uns dies sicher noch erklären. Vermutlich ist es am besten, ich lache nun auch, bitte lasst mich frei.»

Perida stoppte den Antrieb und Taro schwebte unbeholfen durch die Kabine zurück an seinen Platz. Kurz darauf rief er: «Ich bin wieder angebunden.»

Perida setzte den Antrieb wieder ein.

Längere Zeit herrschte Stille, dann räusperte sich Cara. «Kira, Lehrerin, ich habe nachgedacht. Ich denke, wir finden das nur vor dem Hintergrund komisch, dass wir viele Kinder haben müssen, weil immer wieder Kinder sterben. Wir brauchen aber viele, damit der Clan stark bleibt. Mit eurer Methode können ja auch zwei Frauen oder zwei Männer Kinder haben und der Clan bleibt gesichert. Da ist es eigentlich schön, dass man lieben kann, für den oder die man Liebe entwickelt. Ich denke, bei uns gab es auch schon Frauen, die lieber zusammen gewesen wären, als einen Mann zu wählen. Aber im Interesse des Clans haben sie dann doch mit einem Mann geschlafen. Aber bei Susa und mir ist es, weil wir Vena-Bewusste sind. Euer Erscheinen hat unsere Zurückhaltung bis jetzt bestätigt. Da wird sich in nächster Zeit noch einiges klären.»

Nun versiegten die Gespräche, die Danu dachten über das Erfahrene nach. Ich war sicher, sie würden auch dies korrekt einordnen können.

Jetzt der Bremsschub und schon erfolgte das Andockmanöver am Zentralmasten der Meriâ II.

Warum sie nun ohne Gewicht schwebten und durch den engen Tunnel in einen grösseren Raum gleiten mussten, verstanden die vier nicht. Aber sie akzeptierten es bald und fanden sogar Gefallen daran.

Besa rief: «Kira, kannst du uns das erklären.»

«Das mache ich, wenn wir im Vogel Roc Mutter angekommen sind. Versucht es euch ein bisschen vorzustellen wie mit dem Stein an der Schnur.»

Perida wies sie an: «Folgt jetzt Kira und schwebt durch dieses Loch. Bald ist es vorbei mit schweben.»

Schon schwebten wir im Vorraum. Die Schiebetüren des Lifts öffneten sich und Cara, Elwi und ich schwebten in den engen Liftraum.

Elwi wollte sofort die sich selbständig bewegenden Lifttüren untersuchen.

«Elwi, lass das jetzt, wir werden noch genug Zeit haben, den ganzen Vogel Roc Mutter kennen zu lernen.»

«Irgendwie erinnert mich diese Türe an etwas», murmelte Elwi und runzelte die Stirne.

Wir hörten das Summen der Liftmotoren und innert weniger Augenblicke wurden wir immer schwerer. Dann gab es einen leichten Ruck und die Türen öffneten sich. Vor der Türe stand der 3. Kommandant, der seit dem Abflug von Anla hier nun das Sagen hatte. Une war auch mein Patenonkel. «Hallo, Kira, schön dich wieder zu sehen. Wie ich hörte, warst du äusserst erfolgreich als Lehrerin bei einer Gruppe Einheimischer. Sie sollen ja ziemlich schlau sein, und sogar schon etwas von unserer Sprache verstehen. Also da wollen wir doch mal sehen: Du Frau, wirklich gross, das neben dir dein Mann? Du verstehen, was ich sagen?»

Cara und Elwi sahen fragend zu mir. Cara machte ein Zeichen, ich solle auf den Ohrknopf Umschalten. In ihrer Sprache und direkt in mein Ohr, so dass es niemand sonst hörte, sagte sie: «Dein Patenonkel ist doch der mit dem anderen Mann. Es ist nicht darum, dass er so komisch spricht. Er ist doch normal, oder?»

Ich lachte schallend: «Sprich normal mit ihm, Cara, gibs ihm.»

«Ich begrüsse den momentanen Kommandanten von Vogel Roc Mutter. Mein Name ist Cara, mein Ehrentitel Mammu, weil ich bereits bei zwei Mammut Jagden erfolgreich war. Kira, meine Lehrerin nannte mir deinen Namen, als wir in dem schwerer machenden Raum zu dir gekommen sind, du heisst demnach Une. Der richtige Name des schwerer machenden Raumes sei Lift, sagte Kira.

Jetzt habe ich eine Frage an den Kommandanten mit Namen Une. Hast du einen Sprachfehler? Warum redest du zu uns wie zu Kindern? Wie du hörst, spreche ich dein Murratalâ ganz normal.»

«Hör mal Kommandant Une», setzte jetzt Elwi ein, «Nur weil wir keinen Vogel Roc bauen können, heisst das nicht, dass wir dumm sind. Hiermit fordere ich dich auf, im kommenden Winter mit mir, mein Name ist Elwi Löwe und mit Cara Mammu auf Mammutjagd zu gehen. Da sehen wir dann, wen man besser brauchen kann. Ich verspreche dir aber, dich zu schützen, falls du versagst. Schau hier!» Dabei zeigte Elwi den Prankenhieb des Löwen an seiner linken Gesichtsseite. «Eine Sekunde nicht achtsam und schon passiert; aber trotzdem lebe ich noch. Das verdanke ich nur meinem grossen Geschick nach meiner unentschuldbaren Nachlässigkeit des kleinsten Momentes. Eure Medizinfrau meint, mich reparieren zu können; auch meine Ohren.»

Jetzt schaute Une fragend zu mir. Ich konnte nicht anders und musste wieder lachen. Cara und Elwi setzten ein.

Ich umarmte Une: «Ach Onkel, schön sehen wir uns wieder. Ich verstehe dich ja, es ist schwierig zu akzeptieren, dass diese Steinzeitmenschen bis jetzt nichts, aber auch gar nichts von Technik verstanden, aber trotzdem so unglaublich intelligent sind. Ich wette mit dir, bis wir in einem Mond wieder abreisen, haben Elwi und Cara, wie auch die beiden anderen, sie heissen Taro und Besa, das Prinzip des Elektromotors, der den Lift antreibt, begriffen.

Unsere Sprache haben sie jedenfalls innert sieben Planetendrehungen, sie nennen diesen Zeitabschnitt eine Woche, schon fast perfekt gelernt. Auch ich spreche schon die Sprache der Danu, aber weit weniger gut als sie Murratalâ.»

Une verbeugte sich leicht zu Cara und Elwi und entschuldigte seine falsche Annahme. Grossspurig antwortete Cara: «Wir verzeihen dir deine Nachlässigkeit. Wir hoffen du wirst auch unser Freund, so wie deine Kira Fast-Tochter.»

Aus dem Lift traten nun die anderen drei. Das gegenseitige Vorstellen wiederholte sich. Dieses Mal bediente sich Une ganz normaler Sprache.

Ich fragte meinen Onkel, ob es ihm recht sei, wenn ich meinen vier Studenten nun das Raumschiff zeigen würde. Perida warf jedoch ein, dass sie mit Elwi sogleich ins Spital wolle um Gewebeproben zu nehmen und die Operation vom rechten Ohr vorzubereiten. Sie wandte sich an Elwi: «Die zweite Medizinfrau Frana hat schon alles vorbereitet, bevor sie abgeflogen ist. Elwi es wird jetzt nicht immer angenehm für dich sein.

So wie du vertrauen musstest, als dir Cara die Axt ins Bein schlug, so musst du jetzt mir vertrauen, was nun alles passieren wird. Zum grossen Teil wirst du schlafen, aber vor und nach dem Schlaf musst du ganz genau machen was Kira und ich dir anweisen; keine Abweichung davon!

Kira, ich denke du und die anderen sollten uns auch begleiten. So können alle vier gleich unser Spital und Sere kennenlernen. Das Raumschiff kannst du deinen Schülern später zeigen, Elwi wird ja im Spital verbleiben.»

Etwas ängstlich schob sich nun Elwi in das Operationszimmer und musterte all die unbekannten Geräte. Aus dem Hintergrund trat nun Sere der Fachmann für die Proteinkulturen und Gewebezüchtungen hinzu. Mir fiel auf, dass sein Gang müde wirkte. Er und seine Partnerin beteiligten sich an unserem Unternehmen als «Alte Grosseltern». Sere befand sich in seiner 112. Sonnenwende. Selbst bei uns nahm die Vitalität irgendwann ab. Aber in seinem Fach war er immer noch sehr gut und kompetent.

Sere begutachtete die vernarbte linke Seite von Elwi. Dieser meinte zu Sere: «Bist du der Mann, der mir ein neues Ohr wachsen lässt? Du bist sicher schon sehr alt, wahrscheinlich schon 60 Sonnenwenden und hast grosse Erfahrung. Da wirst du mir bestimmt gut helfen können.»

Sere lachte, und zu mir: «Kira? Kennen die Einheimischen unsere Lebenserwartungen?»

Ich nickte, worauf Sere zu Elwi sagte: «Danke für deine Einschätzung junger Mann, aber ich zähle bereits 112 Sonnenwenden.»

«Ja, man hat mir gesagt, dass ihr extrem alt werdet. Es ist schwierig, aber ich versuche, nicht an deiner Aussage zu zweifeln. Es sollte mich mit zusätzlicher Hoffnung erfüllen, dass du machen kannst was mir versprochen worden ist.»

Wir liessen Elwi im Spital zurück und spazierten durch den Torus, während ich bemüht war, überall Erklärungen abzugeben und das Verständnis meiner drei Studenten zu wecken. Nun bogen wir in die grosse Sporthalle ab. «Es ist Zeit, dass ihr das Bogenschiessen lernt», sagte ich und griff nach einem der Geräte. Die drei kannten Bögen aus ihrer Kindheit als Spielgeräte. Sie hatten natürlich auch die Vorstellung von Pera und mir bei der grossen Fichte gesehen. Trotzdem musste ich ihnen immer wieder einschärfen, dass diese Bögen hier aus modifiziertem C-Stoff-120 wirklich keine Spielzeuge waren. «Wahrscheinlich sind diese Pfeilbögen sogar gefährlicher als der Bogen von Andermensch», stellte ich sicher.

«Kira, wie stark muss ich spannen?», fragte Taro.

Ich antwortete: «Das muss jeder selbst herausfinden, indem wir die Zielscheiben in verschiedenen Distanzen aufstellen und üben, darauf zu schiessen.» Ich überlegte, ob ich etwas sagen sollte bezüglich der Anvisierung der Zielscheiben. Entschied mich dann aber dagegen und sagte lediglich, sie müssten auf den roten Leuchtpunkt neben dem effektiven Zentrum der Scheibe zielen. Dieser verschob sich bei zunehmender Entfernung der Zielscheibe immer weiter nach rechts, wenn auch nur minim. Nach kurzer Zeit merkten sie das und fanden es äusserst interessant. Taro fragte: «Kira Lehrerin ist das nur hier oder auch auf der Erde so? Das verstehen wir nicht. Fliegen die Pfeile einen leichten Bogen?»

«Das ist nur hier, weil sich Vogel Roc Mutter dreht; der Grund heisst Corioliskraft.[11] Wir lernen das später. Denkt wieder an den Stein an der Schnur.»

Die wissbegierige Cara schien den Ansatz schon begriffen zu haben: «Kira, Lehrerin, du sagst Vogel Roc Mutter drehe sich? Ich merke aber nichts davon! Aber scheinbar merkt es der fliegende Pfeil. Er fliegt gerade, aber der Stein an der Schnur wirbelt im Kreis?»

«Ja so ungefähr! Kommt jetzt, wir üben weiter.»

Nach den Schiessübungen kamen wir bei den Fahrrädern vorbei. Sofort war ihr Interesse geweckt. Sie konnten sich nicht vorstellen, was mit denen gemacht werden könnte. Es dauerte jedoch keine Stunde, bis sie in der Sporthalle hin und her fuhren. Jede war schon zweimal gestürzt, weil sie zu langsam unterwegs waren und so das Gleichgewicht verloren. Doch dann merkten sie unter viel Freude und Lachen, wie man das Rad am besten benutzte. Das Schalten der Gänge freute sie am meisten. Bald bemerkte Besa: «Das ist ja alles lustig, aber eigentlich könnte man viel schneller fahren, wenn der Raum hier grösser wäre?»

---

[11] *Die Corioliskraft ist eine Schein- oder Trägheitskraft, die durch die Rotation der Erde (Raumschiff) Objekte seitlich ablenkt.*

Ich meldete mich bei Une: «Meine Freunde haben Radfahren gelernt und möchte jetzt die Halle für den Torus verlassen, um richtig Gas geben zu können. Wie sieht es mit der Benutzung vom Torus aus?»

«Ich kann eine Stunde für die Velos frei geben. In zehn Minuten übernimmt KI, folgt ihren Weisungen. Und Kira, nur mit Helm. Deine verrückten Studenten sind so voller Energie, die werden locker einen Dreissiger hinlegen.»

Drei Tage später besuchte ich mit meinen Studenten das Spital, wo Elwi eben dabei war, das Bett zu verlassen. Er trug noch einen Verband um den Kopf, um das operierte rechte Ohr zu schützen.

Besa sprach wie gewohnt eher laut und fragte Elwi, wie es ihm gehe. Der zog sogleich seine Brauen zusammen und sagte, «Besa, Besa, nicht so laut bitte. Alle Geräusche kommen mir so laut vor. Sprecht ihr immer so?»

«Bravo», kommentierte Besa, «wenn dir alles zu laut vorkommt heisst das, dass du nun alles in normaler Lautstärke hörst.»

Taro ergänzte: «Richtig, Elwi, so ist es, wir sprechen ganz normal, du bist dich nur nicht gewohnt.»

Elwi meinte: «Wirklich, es ist unglaublich, ich höre alles, und erst mit einem Ohr. Das ist, wie hiess doch gleich das Wort...?»

«Phänomenal», half ich ihm. «Perida, wie steht es mit seinem linken Ohr?»

«Sorge dich nicht um deinen Freund, Kira», gab Perida zur Antwort, «alles wie geplant, aber es dauert halt schon noch zehn Tage. Bis es soweit ist, kann Elwi wieder mit euch die Lerntätigkeit aufnehmen. Komm Elwi. Ich helfe dir aus dem Bett. Nach zwei Tagen Bett wäre eine Dusche angebracht. Kira, haben das deine Leute schon gelernt?»

«Ja haben sie. Zuerst habe ich mit Cara und Besa geduscht. Dann hat es Besa Taro gezeigt. Aber die zwei sind eine Ewigkeit nicht mehr aus der Dusche gekommen. Ich glaube die zwei...»

Besa fuhr freundlich aber bestimmt dazwischen: «Ach Kira, gib es nur zu, du bist bloss neidisch. Taro ist der Vater meines Kindes, wir durften das machen. Also so unter dem warmen Wasserfall Liebe machen.... Sehr schön.»

Wurde mein Kopf jetzt rot? «Das ist nicht die richtige Antwort: Diese lautet, dass Taro mit Elwi unter die Dusche geht und ihm zeigt wie das funktioniert. Taro, denk jedoch daran, der Kopfverband sollte nicht nass werden.»

Die nächsten zehn Tage lernten wir eifrig, sei es nun im sportlichen Bereich mit Bogenschiessen, Velofahren (lernte Elwi ebenfalls leicht), verschiedene Ballspiele oder mit dem Kennenlernen der verschiedenen Apparaturen und Geräte im Raumschiff. Zudem die theoretische Ausbildung mit Rechnen, Schreiben und Gesprächen über den Aufbau der Welt. Religiöse Aspekte besprachen wir zusammen mit dem alten Sere. Den respektierten meine vier Studenten sehr.

Dazwischen gab es logisch auch immer freie Zeit. Cara versuchte, Bücher zu lesen, Besa konnte nie genug beim Bogenschiessen üben. Taro setzte sich, wenn immer möglich aufs Rad. Schon bald bemerkte er: «Kira, wenn ich schnell fahre, habe ich das Gefühl, ich werde immer schwerer! Ist das wieder der Stein an der Schnur? Wenn ich den schneller wirble, wird er ja auch schwerer.»

«Das trifft es genau, Taro!» gab ich zur Antwort. Schon erstaunlich, wie schnell sie verstanden. Elwi besuchte meist Sere und interessierte sich für die Proteinkulturen.

Wir versuchten es ebenfalls mit verschiedenen Ballspielen. Da zeigten sich die Einheimischen am Anfang eher unbegabt. Es fehlte schlicht jegliches Gefühl für das Abfangen eines durch die Luft fliegenden Gegenstandes. Scheinbar gab es sowas in ihrer Welt kaum. Doch die vier warfen sich ohne Ermüdung verschiedene Bälle zu und versuchten sie wieder aufzufangen. Der Ehrgeiz hierzu war immens. Nach einer Woche spielten wir erstmals Volleyball. Meine vier Studenten und ich bildeten eine Partei. Die andere bildete sich aus den noch verbliebenen wenigen Bewohnern der Meriâ II. Anfangs hatten wir null Chancen. Doch am folgenden Tag funktionierte das Spiel bereits besser. Das letzte Nachmittagsspiel gewannen wir. Mit unheimlicher Geschwindigkeit entwickelten die vier ein gutes Ballgefühl. Cara mit ihrer Grösse schlug bald gekonnte Schmetterbälle übers Netz.

Cara kommunizierte inzwischen mit KI wie mit einem Besatzungsmitglied. Wenn alle anderen bereits müde waren, sass sie vor dem Bildschirm und lernte zusammen mit KI auf den verschiedensten Gebieten. Oftmals besetzte Elwi das andere Terminal und machte seine Suchanfragen. Taro und Besa zogen es vor, im Restaurant den Gesprächen zu lauschen. Dabei fragten sie meist direkt, wenn sie etwas nicht begriffen und wollten es erklärt haben. Das Lerntempo aller vier war unglaublich schnell und wurde immer zielgerichteter. Jede entwickelte ihr eigenes Spezialgebiet.

Genau nach zehn Tagen meldete Sere, das Ohr sei bereit zur Transplantation. Ohne weitere Bedenken meldete sich Elwi sofort für die Operation; er sei bereit. Zweifel gab es keine mehr.

Die anderen drei benutzten den Tag wieder für zahlreiche sportliche und geistige Aktivitäten. Ich assistierte wieder zur Zufriedenheit von Perida bei der Operation. Nach dem Nachtessen zogen sich die drei und ich in unsere Wohnung zurück.
Diese bewohnten wir alle zusammen, da wir dachten, es sei sicher von Vorteil, wenn unsere Gäste ohne lehrmeisterliches Gebaren bei mir abschauen konnten, wie man sich in einer normalen Wohnung ganz «normal» benahm. Also das, was wir in unserer Gesellschaft als normal betrachteten. Zum Beispiel: Unter laufendem Wasserhahn die Hände mit Seife zu waschen. Zähne putzen. Am Automaten einen Kaffeebecher füllen. Den Bord-TV anschalten und

Programme zu wechseln. Ins Bett zu steigen etc. etc. Ich muss sagen, ich fühlte mich mit diesen Menschen ausgesprochen wohl. Die Wohnung hatte drei Schlafzimmer. Eines stand dem jungen Paar Taro und Besa zur Verfügung, Elwi hatte sein eigenes Zimmer und ich teilte meines mit Cara.

Taro und Besa behaupteten müde zu sein und zogen sich in ihr Zimmer zurück. Cara und ich setzten uns im Wohnzimmer auf das Sofa, um noch etwas zu plaudern. Also plaudern war kaum das richtige Wort. Eher könnte man sagen, ich wurde von Cara mit Fragen gelöchert.

Oftmals nannte sie nicht meinen Namen allein, sondern fragte: «Kira, Lehrerin, wie muss ich das verstehen mit dem, was du Luftdruck nennst? Du hast gesagt, dass die Dichte der Luft hier im Vogel Roc Mutter, ihr nennt es Raumschiff mit Namen Meriâ II, gleich gross sei wie auf unserer Erde bei Zehn-Höhlen, das beginne ich nun langsam zu verstehen.

Also, ausserhalb von Meriâ II sagst du, gebe es gar keine Luft. Und unsere Erde sei so gross, dass sie alles auf sich herabziehen wolle. Demnach zieht Mutter Erde auch die Luft herab und je mehr Luft es gibt, desto grösser ist der Druck oder das Gewicht. Hat demnach auch die Wärme etwas damit zu tun? Ihr sagt, hier auf Meriâ II sei es 23° warm und bei uns bei Zehn-Höhlen sei es lediglich 15° gewesen. 15° von was?»

«Gute Frage, Cara», wie sie so konzentriert da auf dem Sofa sass! Ich schaute sie an. Unwillkürlich fiel mir wieder einmal auf, wie gut Cara aussah. Gross, schlank und wohlproportioniert, schönes Gesicht. Ach, was solls, also zurück zu ihrer Frage? «Bei besagtem Luftdruck gefriert Wasser bei null Grad und wenn es zu kochen beginnt so sagen wir, die Temperatur betrage hundert Grad. Mit dieser Einteilung können wir alle Temperaturen beschreiben. Mit der Zeit entwickelten wir ein Gefühl dafür. Wenn wir zum Beispiel sagten, das Wasser des Danu sei nur 12°. Dann können wir uns darunter etwas vorstellen und wissen, für unser Empfinden ist das kalt und lockt kaum zum Baden.»

«Ach, so! Wir sind uns eher an kältere Temperaturen gewohnt, darum empfinden wir es hier auf Meriâ II eigentlich immer als zu warm.»

Damit wollte sie den Reissverschluss ihres Combis öffnen. Prompt verklemmte der wieder. Mit der Feinmotorik hatten meine Freunde verschiedentlich noch etwas Mühe. «Kira, Lehrerin, was mach ich nur immer falsch mit diesen Verschlüssen. Lach nicht so blöd, hilf mir lieber.»

Ich zeigte ihr nochmals ganz langsam an meinem Verschluss, wie man den zu öffnen hatte, dann stand ich auf und beugte mich über sie. In diesem Moment hörten wir aus dem Nachbarzimmer die ersten Liebesgeräusche von Taro und Besa. Cara und ich schauten uns an und lächelten.

«Was ist mit deinem Verschluss nun? Der ist ja gar nicht verklemmt!»

«Kira, Lehrerin, das war ein Trick, eigentlich interessiert mich die Sache mit der Temperatur.» Dabei hielt sie ihre Hand auf meinen Busen, der nur durch das feine C-Stoff-120 bedeckt war. «Ich möchte mein Gefühl für die Temperaturangaben ebenfalls entwickeln. Wieviel Grade auf der Skala von gefrieren bis kochen hat dein schöner Busen?»

Ich sollte mich perplex oder erschrocken fühlen. War ich ehrlich, so traf keins von beiden zu. Ich genoss die Berührung einfach (im Nachbarzimmer näherten sie sich wohl dem Höhepunkt).

Ein wunderschönes Gefühl füllte meine Brust, «37°, Cara», dabei beugte ich mich weiter vor, und berührte ebenfalls ihren Busen. Alles ergab sich wie von selbst. Mein Mund näherte sich dem ihren: «Ich teste nur, ob deine Lippen ebenfalls die richtige Temperatur haben.» Und schon küssten wir uns.

Erschrocken standen wir beide auf und schauten einander unsicher an. Aus dem Nebenzimmer hörten wir nun das eindeutige Finale. Ich legte meinen Kopf an Cara's Schulter und flüsterte: «Komm wir gehen in unser Zimmer, diese Geräusche! Das ist ja nicht zum Aushalten.»

Im Zimmer angelangt, bemerkte ich zu Cara, sie solle doch leise Musik anmachen, sie wüsste jetzt ja genau, wie dieses Gerät zu bedienen sei. Sie stellte sich vor den Bildschirm und ich umarmte sie von hinten und begann sie zu streicheln.

«Was ist, kannst du nicht einschalten?»

«Doch, Kira, Lehrerin, kein Problem, es eilt jedoch nicht, solange du hinter mir stehst. Kira, Lehrerin, ist das wirklich kein Problem, wenn wir zusammen Liebe machen? Ich meine zwei Frauen. Als wir hierher geflogen sind, habe ich mit den anderen darüber Witze gemacht und blöd gelacht. Aber seither musste ich unablässig darum herum studieren. Alles, was ich bezüglich Männer und Babys gesagt habe, ist schon richtig. Seit ich dich getroffen habe und zudem beim Flug hierher hörte, dass es in Ordnung sei, wenn sich Frauen lieben, habe ich gemerkt, dass dies wohl bei mir der Fall ist. Ich habe noch nie so gefühlt wie mit dir. Kira, Lehrerin, ist das für dich auch in Ordnung?»

«Ach Cara, nun mach schon! Stell schöne Musik ein. Hörst du, die anderen fangen auch schon wieder an. Ich will dich nackt sehen und fühlen, überall. Es ist alles sehr in Ordnung. Ich beginne ebenfalls zu realisieren, warum mich Davo nie anmachte, obwohl er immer sehr anständig war. Cara dreh dich um, ich bin deine Lehrerin, ich muss prüfen ob es nicht noch wärmere Stellen gibt als deinen Busen, vielleicht zwischen den Beinen?»

Unter vielen Küssen, Umarmungen und Berührungen halfen wir uns aus den Combis, dann folgten die C-Stoff-120 Schutzkleider (die waren so bequem und daher so beliebt, dass sie die normale Unterwäsche ersetzt hatten), bis wir einander nackt gegenüberstanden.

«Kira, Lehrerin, du bist unglaublich schön, gefalle ich dir auch?»

«Was für eine Frage! Schau dich doch hier im Spiegel an, etwas Schöneres gibt es doch gar nicht. Schau im Spiegel, siehst du genau, was ich mache?» Ich küsste ihren Busen.

Doch bald lagen wir auf dem Bett und wollten gar nichts mehr sehen; nur noch fühlen.

Später überlegte ich nochmals, ob ich wohl tatsächlich Frauen vorziehe oder war dies nur eine Laune? Es schien doch bei uns beiden eine ähnliche Unsicherheit zu geben. Ich stellte diese Frage an Cara, die in meinen Armen lag.

«Kira, Lehrerin, ich kann nur für mich sprechen. Schau, wenn ich mit einem Mann zusammen bin dauert es nur kurze Zeit und dann bekomme ich ein Kind. Bei uns im Zehn-Höhlen-Dorf bist du mit Kind die ersten Jahre sehr eingeschränkt. Du musst nur Dados Frau ansehen. Für ihre Zwillinge, die wohl sehr niedlich und lieb sind, braucht sie in nächster Zeit alle ihre Energie. Für etwas anderes bleibt nichts mehr übrig. Klar gibt es Grosseltern, aber trotzdem brauchst du als Frau fast alle Energie für deine kleinen Babys und das für mehr als eine Sonnenwende.

Dann hast du als Frau wieder Lust und Freude mit deinem Mann zusammen zu sein. Und schon legt Vena ein weiteres Baby in deinen Bauch. Das ist alles gut und richtig. Da werde ich auch nicht darum herumkommen. Ich will jedoch jagen und kämpfen wie ein Mann, solange es geht. Schau meine Schwester Susa wie auch ich, wir sind die besten Kämpfer und Jägerinnen. Der Preis für dieses spannende Leben, das dem der Männer gleich ist, ist eben, dass ich auf so einen verzichte. Jetzt bin ich 18 Sonnenwenden alt. Wenn ich mein erstes Baby erst im Alter von 25 oder 27 Sonnenwenden kriege, reicht es immer noch für vier, oder gar fünf Kinder, mit dem daraus entstehenden, entsprechendem Ansehen. Susa und ich haben also noch ein paar freie Jahre als geachtete Jägerinnen vor uns.

Aber mit der Bekanntschaft von euch Roc-Leuten ändert sich nochmals alles. Wer weiss, vielleicht muss ich nie mit einem Mann ein Baby haben. Ihr habt ja andere Möglichkeiten. Aber das müssen wir nicht jetzt überlegen. Versuchen wir doch im Jetzt zu leben und es zu geniessen.

Du bist so schön und gleich verlangend wie ich. Wir sollten öfter zusammen die Nächte verbringen; mit uns gibt es keine Babys. Es ist so schön mit dir zu sein, komm wir beginnen nochmals mit Küssen und streicheln, bis es uns wieder fast zerreisst.»

Ich, Kira Lehrerin, hatte keine Argumente dagegen.

«Ihr könnt jetzt zu ihm gehen», sagte Perida, die Operation des Gehöres gestern und die Transplantation des Ohres sind ohne Komplikationen verlaufen, das hat euch sicher schon Kira erzählt. Zu sehen ist noch nichts, alles ist noch verbunden. Aber Elwi sollte nun besser hören als ihr alle. Sprecht leise, er muss sich erst an sein Supergehör gewöhnen.»

«Oh, macht doch die Türe leiser zu. Das dröhnt ja alles immens. Hallo Kira, was lächelst du, du siehst so zufrieden aus. Bist du zufrieden, weil du gestern bei der Operation helfen konntest. Da hast du sicher gut geschlafen in der Nacht.»

Ich befürchtete, ich lief rot an und drehte meinen Kopf automatisch zu Cara. Ah, dachte ich, auch Steinzeitmenschen können rot werden.

«Bist du so froh, mich gesund zu sehen? Kira, Lehrerin, du siehst so schön aus. Hat die Medizinfrau auch meine Augen verbessert? Darf ich dir das sagen? Als Mann mit schlechtem Gehör und hässlichem Gesicht getraute ich mich nicht, dir das zu sagen. Aber jetzt mit dem besten Gehör (das habe ich tatsächlich, ich höre alles) und bald mit normalem Gesicht und wieder normalen zwei Ohren, getraue ich mir dir das zu sagen. Sobald alles verheilt ist, also bereits in einem Viertel Mond, kann ich den Verband wegnehmen. Dann möchte ich, dass ihr vier, inzwischen seid ihr meine besten Freunde, mich anschaut und mir sagt wie ich aussehe. Nein, nein, nicht nur im Spiegel. Ich will es von euch direkt hören. Fünf lange Sonnenwenden, war ich nun nur halb zu gebrauchen. Ab jetzt werde ich wirklich versuchen der Beste zu sein. Kira, ich verstehe was du im Unterricht erzählst alles sehr gut. Ich glaube Vena hat mich sehr gescheit gemacht, aber ich konnte es nie richtig zeigen, weil meine Ohren so schwach waren.

Ich habe es gehört: Jemandem hat der Magen geknurrt. Nach dem langen Schlaf habe ich auch Hunger. Perida, darf ich Sere rufen? So wie er mein Ohr wachsen liess, lässt er wunderbare Fleischstücke wachsen. Wann darf ich aufstehen und ins Zimmer gehen, das ihr Restaurant nennt? Der zweite Koch dort, wie heisst er, ach ist ja egal. Der erste Koch arbeitet nun schon seit einiger Zeit unten auf dem Planeten. Also auch der zweite Koch bereitet sicher etwas Feines für uns alle vor.»

Wir lachten über den Redefluss von Elwi. Perida meinte, «ich dachte, ich hätte deine Ohren operiert, aber scheinbar war es dein Mundwerk.»

«Ach, Perida, Medizinfrau, ich spreche nur so viel, weil es mir unglaubliche Freude macht, meine eigene Stimme so laut und klar zu hören wie nie zuvor. Das pendelt sich schon wieder ein. Mein Naturell ist nicht das eines grossen Redners.»

Ich sagte zu Elwi, dass er es langsam angehen solle. Heute Abend würden wir wie immer gemeinsam ins Restaurant gehen und der zweite Koch Heno bereite bestimmt wie immer etwas Feines vor, jedoch für alle das gleiche, ob dies nun etwas von Sere sei, wisse ich nicht.

«Ab Morgen», ergänzte ich, «wirst du wieder normal an unserem Unterricht teilnehmen können und dabei alles ganz genau hören.»

Perida korrigierte mich, indem sie sagte, dass Elwi nochmals eine Nacht zur besseren Überwachung im Spital schlafen müsse. Je nachdem, wie er sich dann am zweiten Morgen fühle, könne er tatsächlich schon wieder am Unterricht teilnehmen.

Wir sassen alle im Kommandoraum und übten mit dem Teleskop. Inzwischen kannten meine vier Steinzeitmenschen die Idee und die Begriffe, was ein Planet und eine Sonne waren. Auch hatten sie durch direkte Beobachtung gesehen und verstanden, dass der Mond um die Erde kreist und diese zusammen mit dem Mond um die Sonne. Immer wieder brauchte ich den Vergleich vom Stein, der an die Schnur gebunden im Kreis herumgewirbelt werden konnte.

Nun versuchte ich die nächste Stufe: Die Sterne seien unendlich viel weiter entfernt als Sonne und Mond. Ich stellte das Teleskop auf Zwillingsstern ein. KI projizierte auf den grossen Bildschirm. «Seht, da stehen zwei Sterne ganz nahe beisammen, fast könnte man meinen, es sei nur ein einzelner Stern. KI kannst du noch mehr vergrössern?»

Als Antwort sprangen uns die beiden Punkte an und erschienen jetzt deutlich getrennt. «Diese zwei leuchtenden Punkte sind ungefähr gleich gross wie unsere Sonne, einfach viel, viel weiter entfernt. Oben rechts seht ihr nochmals einen ganz kleinen leuchtenden Punkt. Das ist der Stern Himâ, wo unser Planet Amerâ genau gleich um den Stern Himâ kreist wie eure Erde um den Stern Sonne. Da starteten wir vor 17½ Sonnenwenden unsere Reise.»

Besa fragte: «Also, dass das weit sein muss, ist ja klar, wenn ihr mehr als 17 Sonnenwenden benötigt habt. Aber gibt es eine Erklärung, wie weit das ist. Wenn ich da an eine Schnecke bei uns denke, hm... die kommt auch in 17 Sonnenwenden nicht weit, ganz im Gegensatz zu einem schnellen Umba-Hirsch. Der könnte in dieser Zeit um die ganze Erde springen, auch wenn die, wie wir von hier sehen, eine riesige Kugel ist. Oder vielleicht noch einen besseren Vergleich: Wenn wir von hier schauen, sehen wir wie weit der Mond von uns und der Erde entfernt ist. Gäbe es Luft, könnte der Umba wahrscheinlich in dieser Zeit von der Erde bis zum Mond eilen. Wie schnell ist dann Vogel Roc Mutter geflogen?»

«KI, bitte eine Uhr mit Sekundenzeiger.» Auf dem Bildschirm erschien eine grosse analoge Uhr. «Das haben wir schon besprochen. Das ist ein Zeitmessgerät. Manche tragen so eines auch als Schmuck am Handgelenk.» Ich sagte nichts mehr und schaute auf den Sekundenzeiger. Alle drei Sekunden klatschte ich in die Hand. Ich setzte die Schläge fort und sprach: «Bei jedem Schlag fliegt Vogel Roc Mutter die Distanz von der Erde zum Mond.»

Das machte die vier nun doch sprachlos. Ich konnte sehen wie sie dies zu verarbeiten suchten.

«Irgendwann werden wir das vielleicht verstehen, jetzt ist das aber schon schwierig. Ist dann Vena auch so weit weg?»

Auch hier geriet ich mit meiner Erklärung an die momentane Verständnisgrenze meiner vier Studenten. Ich war aber sicher mit der Zeit und verschiedenen Repetitionen würden sie es verstehen können.

Am Nachmittag gingen wir in die grosse Sporthalle. Dass man da einfach so aus Freude ohne sichtbare Notwendigkeit versuchte die Wand hochzuklettern, ergab für die Vier wenig Sinn. Davo erwartete uns bereits. Davo war 20 Jahre alt und sehr gut im IT-Bereich. Darum befand er sich überhaupt noch mit den letzten Passagieren auf der Meriâ II. Er half beim Programmieren aller Details für die automatische Versorgung des Raumschiffes für mindestens einen halben Umlauf des Planeten, wenn sich alle auf der Erde unten aufhalten würden.

Davo versuchte seit rund drei Jahren eine engere Beziehung mit mir einzugehen. Wenn ich ihn nun so im Sportdress sah: Gross, stark und wie ich wusste auch rücksichtsvoll und gescheit, war mir eigentlich selbst nicht klar, warum es bei mir nicht gefunkt hatte. Doch nach den Nächten mit Cara konnte ich mir nun eingestehen, was ich eigentlich schon lange wusste: Frauen gefielen mir besser.

Davo seinerseits konnte seine Augen kaum von uns Frauen abwenden. Alle drei nun auch im Sportdress. Tatsächlich Besa und Cara sahen umwerfend aus. Ich ertappte mich, wie ich schon wieder an die kommende Nacht dachte und ich mich ein wenig ärgerte, als ich den interessierten Blick sah, den Cara in Richtung Davo warf.

«Wenn ich es richtig verstehe», sagte Cara, «klettert ihr jetzt diese Wand hoch, einfach aus Lust an den Bewegungen ohne weitere Gründe. Das ist ähnlich, wie wenn Elwi aus persönlichen Gründen seine Figuren schnitzt?»

«Schon möglich», warf Elwi ein, «aber es macht Spass und ich fühle mich jeweils auch etwas stolz und befriedigt, wenn ich sehe, was ich gemacht habe; denn das kann nicht jeder. Wahrscheinlich ist hier der Vorteil, dass man sich geschickter zu bewegen lernt, was bei der Jagd von Vorteil sein könnte. Ich bin aber doch noch etwas müder als gedacht, ich mache Pause und schaue euch heute nur zu. Es schmerzt mich auch etwas unter dem Verband. Medizinfrau Perida hat dies vorausgesagt, es sei ein Zeichen für schnelle Heilung.»

Elwi setzte sich an den Seitentisch. Davo begann mit seinen Instruktionen, ich sicherte. Nach kurzer Zeit packten die Begeisterung und der Ehrgeiz unsere drei Freunde. Davo und ich konnten sie kaum bremsen. Elwi war eingeschlafen.

Davo flüsterte mir zu: «Die nehmen das zu wenig ernst. Sie realisieren nicht, dass sie abstürzen könnten.»

Ich nickte ihm zu und verstand: «Aber nicht zu hoch, die Matten fangen nicht alles auf.»

Davo sagte zu Taro: «Das sind drei Meter, spring runter.»

Ohne zu zögern liess sich Taro in die Matte fallen. Er erhob sich und griff an seinen Fuss, dabei verzog er sein Gesicht. Er humpelte zum Tisch, wo Elwi schlief und setzte sich. «Ich dachte, ich könnte von überall in die Matte springen, aber anscheinend geht das nicht. Stellt euch vor, ich wäre von ganz oben gesprungen. Da wäre mein Fuss jetzt hin. Der schmerzt doch ein wenig.»

«Also ihr drei Draufgänger. Merkt euch: Wir klettern wohl nur zum Spass die Wand hoch, das stimmt, aber dabei sind die Regeln, die ich euch erklärt habe, einzuhalten. Obwohl nur Spass, kann man sich ernsthaft verletzten. Das Herunterspringen habe ich nur angeordnet, um euch zu zeigen, dass dies eben nicht erlaubt ist. Niemand springt mehr herunter. Wir klettern rauf und der Partner oder die Partnerin am Seil lässt den oder die Kletterer jeweils immer sanft und langsam auf den Boden herab. Das gilt immer, zu jeder Zeit, ist das klar!»

Das hatte ich bei anderen Momenten schon festgestellt: Manchmal brauchten die Einheimischen klare Befehle und Grenzen. Diese befolgten und verstanden sie, wenn sie stimmig erschienen, ohne Murren.

Beim Nachtessen war Elwi schon wieder fast eingeschlafen. Seine Operation brauchte wohl doch etwas mehr Erholung als gedacht. Er meldete sich ab: «Ich gehe jetzt schlafen, ab Morgen bin ich aber wieder dabei»

Mir fiel auf, wie Davo, der sich zu uns an den Tisch gesetzt hatte, immer wieder zu Cara schaute. In ihrer direkten Art bemerkte Besa: Davo, du bist ein grosser, schöner Mann und wir sehen, dass dir Cara gefällt, frag sie doch!»

Davo lief rot an wie eine Tomate und die drei Danu lachten und freuten sich wie kleine Kinder. Ich lächelte ebenfalls ein wenig, wusste aber nicht so recht wie reagieren. Ich schaute entschuldigend zu Davo und meinte nur, «so sind sie halt, du gewöhnst dich daran.»

Cara lachte direkt ins Gesicht von Davo: «Da hat Besa recht Davo, du siehst echt gut aus. Bist auch wirklich gross, nur wenig kleiner als ich, auch vom Alter her würdest du ebenfalls gut zu mir passen. Aber in den nächsten Jahren passt kein Mann in meine Lebensplanung.

Schau hier unsere Besa! Sie ist so gescheit, hat Energie ohne Ende. Sie lernt mit uns, aber alles wird bald zu Ende sein, denn Vena hat schon ein kleines Baby in ihren Bauch gelegt. Auch der Vater des Kindes, unser Taro hier ist ein guter Kerl, ja also, fast wenigstens. Frage ihn nach der Narbe am Bein.» Wir lachten alle. «Aber so ist es mit den

Frauen und den Babys: In fünf Monden, wenn Vena das Baby aus Besa's Bauch in die Welt entlässt, zieht Taro weiterhin sein Ding durch, während Besa nichts anderes mehr machen kann, als sich um ihr Kind zu kümmern.

Davo, vielleicht schaust du in sechs oder sieben Sonnenwenden wieder bei mir vorbei. Von uns zwei könnte es gesunde, gute Babys geben. Ich weiss, das wird nicht der Fall sein. Bis dann hast du einer anderen Frau schon zwei oder drei Babys gemacht. Du ziehst dein Ding durch und deine Frau kümmert sich um deine Babys. Da kann man nichts machen, Vena hat es so eingerichtet.

O.k., auch ich bin müde und ziehe mich zurück. Davo, Morgen würde ich gerne wieder an die Kletterwand gehen. Danke, dass du uns zeigst und lehrst.»

Davo und die anderen Restaurantbesucher staunten über diese Rede von Cara; klare Lebensweisheit.

Taro, Besa, Cara und ich verabschiedeten uns. Wir zogen uns in die Wohnung zurück, wo wir an der Eingangstüre schon das Schnarchen von Elwi hörten. Besa gähnte demonstrativ um anzuzeigen, dass sie nicht mehr an allfälligen weiteren Gesprächen im Wohnzimmer teilnehmen wollte. «Wir wollen schnell einschlafen, um morgen wieder fit zu sein», schloss sie.

«Wir werden sicher bald hören, wie müde ihr seid», gab Cara zur Antwort.

Da hörten wir so etwas wie, «gleichfalls»

Wir verschwanden in unserem Zimmer.

«Ich kenne die kommenden Tage nicht», meinte Cara, «vielleicht möchte ich später tatsächlich einmal einen Mann für meine Babys, aber im Moment möchte ich dich.»

Ich warf mich in ihre Arme und begann ihr das Combi-Oberteil auszuziehen. «Ich möchte dich nur in dem engen Schutzkleid aus silbrig glänzendem C-Stoff-120 sehen. Um dir dieses dann ganz langsam auszuziehen, bis deine nackten Brüste auf den meinen liegen. Ach Cara, es ist das erste

Mal für mich, so intim mit einem anderen Menschen zusammen zu sein.»

Schon hörten wir auch wieder die Liebenden aus dem Nachbarzimmer. Eventuell waren wir auch nicht ganz ruhig, denn plötzlich stand ein schimpfender Elwi unter der Türe.

«Ich verstehe ja, dass sich junge Menschen lieben; ja selbst zwei Frauen? Erst haben wir darüber gelacht und Witze gemacht. Cara du passt dich scheinbar schnell an die Sternenreisenden an. Aber auch liebende Frauen kann ich hören. Ich höre einfach zu gut. Links und rechts von meinem Zimmer wird gestöhnt, wie soll ich da schlafen, meine Freunde?»

«Elwi, Medizinfrau Perida hat dir gesagt, dass du dich daran gewöhnen musst alles zu hören. Hat sie dir nicht auch so Stöpsel gegeben, um weniger zu hören, bis du dich gewöhnt hast?»

«Ja, was denn! Die beste Medizinfrau flickt mein Gehör, nur damit ich es wieder verstopfen muss.» Damit schlurfte Elwi in Richtung von seinem Zimmer. Da tönte von links ein gestöhntes «Ja! Ja! Jetzt!»

Ich sah noch, wie Elwi sich die Ohren zuhielt, und die Türe mit dem Fuss zuwarf. Cara und ich warfen uns aufs Bett und gegenseitig in die Arme. Dabei lachten wir als glückliche Menschenkinder.

Das eine Menschenkind aus einer Hochtechnologie, welches gerade in einem Raumschiff fast sieben Lichtjahre zurückgelegt hatte und das andere, welches bis vor einem Mond im Steinzeitalter lebte. Da war der Ausdruck: *«Liebe kennt keine Grenzen»* gar nicht so falsch.

Unser Lastenshuttle hatte den Andockplatz an Meriâ II verlassen. Das Dock war nun für Vogel Roc Schwester frei. Das Beladen ging zügig vonstatten. Die letzten acht Bewohner machten sich für den Abflug auf den Planeten bereit. Es schien ihnen nicht schnell genug zu gehen in Shuttle II zu wechseln, um so bald wie möglich zum Planeten geflogen zu werden.

Auf der Meriâ II verblieben lediglich sechs Personen: Perida, meine vier Freunde und ich. Wir werden noch eine gute Woche hier verbleiben, bis die Heilung von Elwi schon weiter fortgeschritten sein würde. Die Zeit verbrachten wir mit Lernen, Sport und guten Gesprächen. Perida verbrachte ebenfalls die allermeiste Zeit mit uns. Am letzten Tag vor unserem Rückflug schafften wir allerlei Esswaren, medizinische Geräte, Werkzeuge für einen vernünftigen Hausbau aus Holz sowie Nähmaschinen mit viel Stoff für Kleider; einfach alles, was wir zu benötigen vermuteten, ins Shuttle. Auf Befehl der Kommandantin liessen wir die Gewehre auf der Meriâ II zurück. Alle 20 Sportbögen luden wir jedoch ein.

Jetzt am letzten Abend entfernte Perida Elwi's Verband. Er präsentierte sich uns voller Freude. Drehte eine Pirouette und zeigte seine neue linke Seite ausgiebig und aus verschiedenen Blickwinkeln; ohne Verband. Wir bewunderten den neuen Elwi aufrichtig, was ihm sehr gut gefiel. In den letzten fünf Jahren, seit ihn der Löwe erwischte, hatte er sich angewöhnt, im Hintergrund zu bleiben. Jetzt stand er stolz da und posaunte in die Runde: «Und! Meine Freunde, ab sofort werde ich mich nicht mehr verstecken. Eins ist sicher: bei der nächsten Jagd bin ich wieder dabei! Es ist unglaublich, ich höre wirklich alles.»

Nach der Landung fuhren wir langsam zum Wäldchen bei den Höhlen und parkierten Vogel Roc Bruder direkt hinter Schwester.

Vom Flussufer bis zu den ansteigenden Hügeln betrug die Distanz rund 500 Meter bestehend aus schönem, flachem Wiesland. Gut 50 Meter vom Ufer entfernt, damit es auch bei Hochwasser geschützt wäre, stand das Schulzelt von Jaqua. Wie ich wusste, plante Anla gleich daneben unsere Häuser aus Holz zu erreichen. Da werden wir immer noch genügend Abstand zu den Höhlen der Einheimischen haben. Etwas Distanz schien uns schon von Vorteil zu sein. Wer weiss, ob das harmonische Zusammensein anhalten würde. Wir brachten natürlich eine unheimliche Unruhe in das Leben der Steinzeitleute. Bereits hörten wir Stimmen, wir würden die Familie der Clanchefin Fina bevorzugen. Irgendwie stimmte das ja auch, diese waren halt eindeutig schlauer als die meisten anderen; eben die, welche zu unserer Seelengruppe gehörten. Am klügsten aber war klar Elwi.

Kaum waren wir an Land, rannten viele Einwohner zu uns. Alle wollten Elwi sehen, denn so richtig geglaubt, dass wir ihm wieder ein normales Ohr verpassen könnten, hatte niemand. Es folgte das grosse Staunen, dann das Flüstern aus immer grösseren Distanzen. Nach ein paar Minuten war allen klar, dass die Versprechen, bezüglich guten Hörens mehr als nur eingehalten worden waren. Nun erschien auch Sereno und drängte sich zu Medizinfrau Perida durch.

Uns Neuankömmlingen fiel sofort der verfeinerte Gesichtsausdruck von Sereno auf. Der schmiss sich wie ein Sohn an den Hals von Perida, verdrückte ein paar Tränen und sagte in völlig normaler Sprechweise. «Mutter Medizinfrau, es geht mir viel besser, alle sehen das und freuen sich mit mir. Im Unterricht bin ich lange nicht der Beste, aber ich kann mithalten. Danke, Mutter Medizinfrau.»

Sereno wandte sich an mich: «Kira, Lehrerin, darf ich wieder in eurer Gruppe lernen?»

«Ja, weisst du, hm...!»

Jaqua kam mir zur Hilfe: «Sereno, du weisst, dass Cara einen ganzen Mond in riesigem Tempo im Vogel Roc Mutter gelernt hat. Jetzt hier einsteigen, wäre nicht nur für dich, sondern für viele zu kompliziert. Du weisst ja wie schlau Cara ist oder hast du das vergessen?»

Sofort baute sich Sereno vor Cara auf: «Nein, das vergesse ich nie. Cara ist die beste Schwester die es gibt. Sie hilft mir immer. Ich lerne weiter mit Jaqua, aber später schaffe ich es bestimmt zu ihrer Gruppe.»

«Das könnte möglich sein», schloss Jaqua.

Am nächsten Morgen stand ich mit Perida auf der Wiese. Wir rieben uns die Hände, da die Temperatur sicher nur wenige Grade über dem Gefrierpunkt lag. «Perida, darf ich etwas mit dir besprechen?»

«Klar, schiess los, was bedrückt dich?»

«Sieht man es mir an?»

«Ob das alle sehen weiss ich nicht. Mir ist es schon klar. Cara und du habt auf Meriâ II die Nächte als Liebespaar verbracht und jetzt hat Cara wieder in der Familienhöhle übernachtet. Mach nicht so überraschte Augen; ich liebe auch eine Frau. Pera und ich sind schon seit Jahren zusammen. Also bei uns auf der Meriâ II bist du mit uns aufgewachsen. Hat dich da unsere Partnerschaft je gestört? Oder dein Patenonkel mit Endo, ist doch völlig in Ordnung.»

«Also weisst du die Danu Leute sehen das etwas anders.»

«Schon, aber das ist nur so weil sie unbedingt Babys haben müssen. Wir müssen nicht, wir dürfen. Und Dank unseren technischen Möglichkeiten liegen ebenfalls Babywünsche drin. Schau, da kommen meine Kinder angerannt. Ein prächtiger Junge und ein prächtiges Mädchen. Für die ist es völlig normal zwei Mütter zu haben. Davo der Sohn deines Patenonkels und seines Partners Endo ist ebenfalls prächtig herausgekommen. Wie Davo euch Frauen anschaut, seine Orientierung ist eindeutig; der hätte auch sehr gerne mit dir angebandelt. Also: Bei uns kein Problem, daher vermute ich, dass es Cara in aller Kürze ganz zu uns, den Meriâ II Leuten und zu dir hinziehen wird. Wetten? Schau, nicht nur meine Kinder kommen angerannt auch deine Liebe. Ihr passt übrigens sehr gut zusammen. Zwei schöne Frauen seid ihr.

Grüss dich Cara, schöner Tag heute.»

Cara schaute zu mir, getraute sich aber nicht mich zu berühren, da viele Clanleute herumstanden.

«Perida, könntest du mit deiner Clanchefin sprechen», begann Cara. «Einen ganzen Mond lebte ich nun im Vogel Roc Mutter und lernte eure Lebensweise. Ich fühle mich in euren Kleidern viel wohler als in Fellen. Ich möchte bei euch leben. Du hast sicher auch schon bemerkt, wegen Kira und mir.» Und ganz leise: «Ist es dir auch recht? Kira, Lehrerin!»

Wie wir zwei uns anschauten, da gab es kaum mehr etwas zu verheimlichen. Da stand plötzlich Elwi neben uns.

«Oh, Elwi hast du mich erschreckt. Ich sah dich gar nicht kommen.»

«Ich bin eben wieder ein guter Jäger. Der Löwe hätte mich auch nicht gesehen», lachte Elwi. «Perida, von den Führungspersonen eures Clans kenne ich dich am besten. Du hast mich geflickt und wir lebten einen ganzen Mond in Vogel Roc Mutter. Bitte sprich mit der obersten Clanführerin. Ich habe mich an eure Kleider gewöhnt. Man bewegt sich viel leichter darin und sie geben ebenso warm wie unsere Felle. In der Höhle gibt es nicht mehr viel für mich zu lernen. Ich möchte mit euch leben.»

Perida und ich schauten uns an. Bevor wir etwas erwidern konnten riefen uns Taro und Besa von weitem einen guten Tag zu. «Perida, warte, wir möchten etwas besprechen.»

Cara, Elwi. Perida und ich schauten uns lachend an.

«Vermutet ihr dasselbe wie ich?», meinte Elwi.

Die Anträge der Vier stellten weder für Ellisa noch für Anla eine grosse Überraschung dar.

Das Einzige, was Anla sagte war: «O.k., wegen Leuten wie euch sind wir ja eigentlich hergekommen. Willkommen Seelenfreunde.»

Bald begann Jaqua's Unterricht. Der Andrang hatte bereits etwas abgenommen. Ich begab mich mit meinen vier Studenten (Schüler war nicht mehr das richtige Wort) in Shuttle I. Wir hatten mit Mathematik begonnen. Jetzt genügten meine Kenntnisse noch ohne Weiteres. Doch ich sah es schon kommen, dass bald Mashel übernehmen musste und ich in diesem Fach ebenfalls wieder Studentin sein würde.

In einer Pause begann Elwi: «Kira, wir sollten heute Nachmittag einen kleinen Ausflug in eine andere Wohnhöhle machen. Da lebt eine junge Frau, die war als Mädchen krank und seither ist ein Bein kürzer und daher ihre Hüfte schief. Auch sonst ist sie sehr klein gewachsen, wahrscheinlich hat dies ebenfalls einen Zusammenhang mit der Krankheit.»

«Du meinst wohl Ilea vom Gere-Clan», fragte Besa, «lebt die überhaupt noch? Ich habe sie schon lange nicht mehr gesehen.»

Jetzt wieder Elwi: «Ich befürchte eben nicht mehr lange, dabei bin ich sicher, sie ist ebenfalls eine Vena-Bewusste.»

Das machte mich sofort hellhörig und ich forderte Elwi auf zu erzählen.

Dieser begann: «Da ich nie gut hörte, wollte keine junge Frau mit mir etwas zu tun haben. Denn alle befürchteten, unsere Babys würden dann auch nicht gut hören. Ich beobachtete das Heranwachsen von Ilea, denn ich dachte heimlich sie würde mich vielleicht als Mann akzeptieren. Sonst hatte bestimmt kein anderer an dem hinkenden Mädchen Interesse. Auch wenn sie hinkte, sie kam doch auf die Jagd mit. So lernten wir uns kennen und merkten auch, dass wir uns ein wenig an unseren Aufenthalt bei Vena erinnern konnten. Als sie 14 war überlegte ich, ob ich ihre Mutter fragen sollte. Da erwischte mich der Löwe. Das war vor fünf Jahren. Demnach ist Ilea jetzt 19 Sonnenwenden alt.

Als wir von Vogel Roc Mutter zurückkamen, ich völlig geheilt mit super Gehör, erinnerte ich mich plötzlich an Ilea. Ich habe sie gestern besucht.

Einige Jahre konnte sie die Schmerzen in ihrer Hüfte ignorieren und war eine akzeptable Jägerin. Doch alles ist so schief! Die Hüfte ist wohl abgenutzt. Ilea kann nicht mehr schnell rennen. Sie sitzt jetzt nur noch in der Höhle und fällt ihrem Clan zur Last. Zu Essen kriegt sie die Resten. Sie ist schon stark abgemagert. Der Clan hat akzeptiert, dass Ilea bald zu Vena zurückkehren wird. Ich weiss aber, dass Ilea auch zu uns gehört.» Plötzlich war Elwi's Kopf rot und er schloss sehr leise. «Ich bin nun 32 Sonnenwenden und werde es schwierig haben eine Frau zu finden. Wer will so einen alten wie mich? Ilea wird sicher keinen Mann finden, in ihrem Zustand. Kira, wenn ihr allenfalls helfen könnt Ilea zu flicken? Sie wäre eine die mich akzeptieren dürfte. Das auch, weil wir uns dies, wie wir beide vermuten, bei Vena versprochen haben. Ilea selbst hat so eine Bemerkung in dieser Art gemacht. Ebenfalls bezüglich der Ankunft weiterer Vena-Leute, da meinte sie euch.»

«Wir gehen jetzt sofort», rief ich, «wartet draussen ich hole noch Perida.»

Elwi begrüsste die Clanführerin respektvoll: «Gere, wir sind gekommen, um mit Ilea zu sprechen. Vielleicht können die Vogel Roc-Leute ihr helfen. Das hier ist Perida ihre beste Medizinfrau. Schau, wie sie mich geheilt hat.»

Gere gab zur Antwort: «Sereno sieht jetzt deutlich besser aus; seine Sprache ist ebenfalls besser. Und dich haben sie ebenfalls wie versprochen zusammengeflickt. Geh rein und hole sie, es geht ihr nicht gut, sie ist bereit für die Rückkehr zu Vena. Uns schmerzt das, aber eigentlich wäre ihre Rückkehr für den Clan das Beste.»

Elwi verschwand in der Höhle und kam bald darauf mit einer richtigen Jammergestalt am Arm zurück. Also viel Hilfe erfuhr die Kranke von ihrem Clan nicht mehr. Es sah so aus, wie wenn alle auf das Ende warten würden. Mangels Alternative hatte sich der Clan darein gefügt und betrachtete es als Schicksal; der normale Lauf der Dinge eben. Bleich und abgemagert, gerade mal etwa 1.60 gross sowie ungepflegte Felle und Haare.

Ilea wandte sich sofort an Perida und mich. Die Amulette übersetzten: «Hat euch Vena zu guter Letzt doch noch gesandt. Ich glaubte nicht mehr daran, obwohl es mir in meinen Träumen immer wieder zugesichert wurde. Danke Elwi für deine Intervention. Als du mich gestern besucht hast glaubte ich auch kaum an deine Ernsthaftigkeit. Wie es den Anschein macht, bist du mit mir doch irgendwie über unsere Vena verbunden. Danke.»

«Gere, bist du einverstanden», wandte sich Perida mit einer respektvollen Verbeugung an die Clanchefin, «wenn wir Roc-Leute ab sofort die Verantwortung für Ilea übernehmen und wir sie zu uns mitnehmen? Ist sie deine Tochter?»

«Nein, aber sie gehört zur erweiterten Familie. Ja, bitte, nehmt sie mit, wir können sowieso nichts mehr tun.»

Wir gingen langsam zum Schulzelt zurück. Gleich daneben sahen wir, wie unsere Leute Holz aus dem Wald herrichteten, um bald mit dem Bau des ersten Hauses beginnen zu können.

Besa und ich gingen zusammen mit Ilea an den Danu, wo wir mit ihr eine Reinigung vornahmen. Wir beide erschraken über den ausgezehrten Körper. Wir legten ihr ein Tuch über die Schulter und mit grosser Mühe kletterte Ilea über die Leiter ins Shuttle I, wo Besa für Ilea eine Vorstellung auf der Toilette gab. Dann ab in den Medizinraum, wo bereits Perida wartete.

Ängstlich legte sich Ilea aufs Bett. «Sprich du zu ihr», sagte Perida zu Besa, «als eine von der gleichen Clangemeinschaft. Nach deinem Mond im Vogel Roc Mutter kannst du Ilea alle ihre Fragen am besten erklären und ihr die Angst nehmen. Ilea, ganz gerade hinlegen.»

Besa machte das sorgfältig. «Ilea, wir haben das alles auch schon erlebt. Es ist in Ordnung, du brauchst keine Angst zu haben. Denk nur, wie sie Elwi geheilt haben. Die Medizinfrau sticht dich jetzt in den Arm, das ist etwas unangenehm, du musst ganz still liegen bleiben, ohne Bewegung. Dann lässt sie Kraft in deinen Körper fliessen. Du fühlst dich gleich besser. Da oben dieses Auge kann in deinen Körper sehen und feststellen, wo und wie am besten dein zu kleines Bein gesundgemacht werden kann.»

Das Schulzelt konnte beheizt werden und inzwischen war eine mobile Küche angebaut. Beim Essen übernahm es Besa Ilea zu helfen. Dabei realisierte Besa wieviel sie im letzten Monat schon gelernt hatte und bereits als selbstverständlich anschaute. Dann zeigte Besa Ilea im hinteren Teil des grossen Zeltes den Platz, wo sie sich schlafen legen konnte. Es gab verschiedene mit Vorhängen abgeteilte Schlafstätten.

Ich sah wie Besa sich von Ilea verabschiedete und winkte sie an unseren Tisch zurück. «Kommandantin Anla erklärt uns wie es weitergeht.»

«Heute ist mit Ilea überraschend ein weiteres wichtiges Mitglied in unserer Gruppe aufgetaucht. Unsere Führungscrew bestehend aus Ellisa, dem dritten Kommandanten Une, Medizinfrau Perida und mir als Kommandantin hat folgendes beschlossen: Sofort bereitet KI alles vor, für eine Operation an Ilea. In fünf Tagen starten wir zur Meriâ II. Das Kommando hat Perida. Kira geht als Assistentin mit. Der Aufenthalt wird wiederum etwa einen Mond dauern.

Inzwischen besitzen zwölf Einheimische Pfeilbögen und können mit denen auch umgehen. Das bietet die Möglichkeit, dass Susa, Dado und Sereno hier abkömmlich sind; es würden dann immer noch neun ausgebildete Schützen zur Clansicherung hier verbleiben. Wenn sie möchten, können sie mitfliegen, um ebenfalls einen ganzen Mond intensiv mit Kira zu lernen. Ob sie das möchten, klären Morgen Taro und Besa ab. Falls ja, beginnt sofort die Schulung für den Flug.»

Taro und Besa freuten sich über die ihnen zugeteilte Aufgabe, waren aber enttäuscht, dass keine Erwähnung zum erneuten Mitfliegen ausgesprochen wurde; ebenfalls Elwi.

«Jetzt sind wir schon zu sechst», bemerkte Anla. Dabei sah sie zu den drei nicht eingeladenen.

«Also Clanführerin Anla», begann Elwi, «weisst du, ich würde auch gerne mitfliegen. Nirgendwo lernt sich besser als in Vogel Roc Mutter. Frag doch bitte Taro und Besa nach deren Meinungen.»

«Ach ihr drei! Das haben wir doch alle gewusst, dass ihr unbedingt nochmals hochwollt. Wir wollen das auch, dann habt ihr wieder ein Stück auf uns aufgeholt. Mit euch drei sind dann neun Sitze belegt. Ich denke der zehnte wird auch noch gebraucht. Das werde ich Morgen selbst abklären.»

Ich sah, wie die Augen der drei glänzten. Besa schaute zu mir und meinte schelmisch: «Kira, das wird dir sicher sehr gut gefallen. Wir alle beziehen dann zusammen wieder die gleiche Wohnung und die gleichen Zimmer. Ist halt nicht immer ganz leise.» Damit hielt sie sich die Ohren zu und nickte zu Elwi hinüber.

81. Dado Umba

Bericht aus der Zeitkapsel mit dem Titel:
Wieder einmal ein Mann mit dem Umba-Titel.
Erzählerin, Susa:
Umba vom Clan der Zehn-Höhlen-Leute

Taro und Besa schlenderten Hand in Hand zu unserer Höhle. Zum ersten Mal fiel mir jetzt der doch schon leicht gerundete Bauch von Besa auf. Insbesondere da sie nun kaum mehr unsere Fellkleidung trugen; sie beide bevorzugten die enganliegenden Kleider der Roc Leute. Während das bei Besa bald nicht mehr von Vorteil sein dürfte, musste ich Taro unweigerlich bewundern; gross und stark stand er da.

«Hallo ihr zwei Glücklichen, was führt euch zu mir?»

«In vier Tagen fliegt Vogel Roc Bruder wieder zu Vogel Roc Mutter, hoch über der Erde. Wir gehen auch wieder mit. Der eigentliche Zweck des Fluges ist jedoch die Reparatur des Beines von Ilea.»

«Ich habe davon gehört. Hoffentlich funktioniert das alles so, wie es sich unsere Roc Freunde vorstellen. Ich bin sicher, Ilea auch schon einmal auf Vena getroffen zu haben. Ich habe aber nie mit ihr darüber gesprochen. Sie war ja in letzter Zeit kaum mehr aus der Höhle gekommen.

Ein wenig beneide ich euch schon. Eine Reise zu Vogel Roc Mutter würde mich schon auch interessieren. Wenn ich da sehe, wie sich meine Schwester verwandelt hat. Wow, wenn die mit den Kleidern der Roc Leute erscheint, schauen ihr alle nach. Und eure Lehrerin diese Kira…! Ist da wirklich etwas dran, das sie und Schwester…?»

Besa und Taro schauten einander an. «Bevor wir weiter erklären, ist dein Bruder Dado in der Nähe?»

«Nochmals so zwei glückliche, er und Arnea mit den Zwillingen, vergehen fast vor Stolz. Wann hat es zum letzten Mal Zwillinge gegeben? Das Ansehen der zwei ist immens angestiegen.» Ich drehte mich um und rief in die Höhle: «Dado, Arnea, Besuch für euch.»

Strahlend tauchten die zwei im Freien auf, je einen Wonneproppen im Arm. Die werdende Mutter Besa geriet in Entzücken. Dado machte eine Bemerkung über das gute Aussehen der Besucher. «Diese dünnen Häute sehen wirklich super gut aus an euch. Stimmt es, dass man sich darin besser bewegen kann und sie genau so warm geben wie unsere Felle? Ich hörte vorhin, dass ihr schon wieder zu Vogel Roc Mutter reisen werdet.»

Taro sagte nun: «Darum sind wir hier. Es sind noch drei Plätze frei, für dich, Susa und Sereno, falls ihr möchtet. Dann lernt ihr ebenfalls so viel wie Besa und ich. Also unser Leben hat sich total verändert; es ist unglaublich.»

Bruder Dado gab zur Antwort: «Taro, das ist alles sehr interessant. Selbstverständlich möchte ich da auch dabei sein. Aber da müsste ich Arnea und meine beiden Kinder zurücklassen. Das geht auf keinen Fall: Diese drei Menschen sind im Moment das Wichtigste in meinem Leben, aber Schwester Susa, die sich nach wie vor weigert, einen Mann auszusuchen, ist frei um mitfliegen zu können.» Und zu mir gewandt: «Aber liebe Susa nicht, dass wir dann die gleichen Gerüchte hören wie von Schwester Cara; mit einer Frau. Wer empfängt dann die Babys von Vena? Wenn noch Sitze frei sind, nehmt doch auch unseren Sereno mit. Der hat in kaum zu glaubender Weise, schon viel aufgeholt. Der neue Name stimmt.»

«Danke Bruder für deine Fürsprache», kam meine Erwiderung, «Ich ginge sehr gerne mit zu Vogel Roc Mutter. Ich möchte ebenfalls lernen. Aber da ich die Umba bin, könnte ich nur weg, wenn wir eine zusätzliche zweite Umba hätten;

Schwester wäre da wohl kaum bereit mich abzulösen. Die will unter allen Umständen zurück zu Vogel Roc Mutter.»

Besa und Taro lachten. «Vielleicht noch mehr zu ihrer Lehrerin, als zu Vogel Roc.»

Ich versank ins Grübeln. In meinen von Zeit zu Zeit auftretenden Traumreisen und den darin enthaltenen Erinnerungen an verschiedene Personen unseres Clans, wie auch den Roc Leuten ist klar, dass ich irgendwie dazu gehörte. Mein Bruder Dado jedoch nicht. Er hat keinerlei Erinnerungen an seinen Aufenthalt bei Vena. Was das Ganze soll und wo es hinführen wird, konnte ich mir nicht zusammenreimen. Aber mir wurde plötzlich klar: Wenn ich jetzt nicht mitmache werde ich die Gelegenheit verpassen. So klar wie es auch ist, dass keiner der Vier, also: Besa, Taro, Elwi und Schwester zu unserem Höhlen Clan zurückkehren werden. Bis in einer Sonnenwende werden sie echte Roc Leute geworden sein.

Ich überlegte weiter, dass es keine Vorschrift gab, dass ein Mann Umba und somit für die Verteidigung des Clans verantwortlich sein könnte. Mein Bruder war stark und gescheit, hatte lediglich keine Erinnerung an Vena (das hatten sowieso die allerwenigsten), und jetzt mit der Geburt der Zwillinge achteten ihn alle stark. Alles was ihm fehlte, war der Jagderfolg; also das Erlegen eines grossen Umba-Hirsches. «Wann startet Vogel Roc!», rief ich.

«Sagten wir schon, in vier Tagen, warum?»

Ich sah in der Distanz beim gemeinsamen Feuerplatz Mutter und Vater sitzen. «Wartet auf mich, ich bin gleich zurück», rief ich und sauste davon.

Ich bat Mutter und Vater zur Seite, damit wir ungestört sprechen konnten...!

Zum Schluss sagte Vater: «Auf meinen Seelenreisen habe ich gesehen, dass die Roc Leute irgendwann wieder fortgehen werden. Ich glaube einige von uns werden sie dann begleiten. Susa Tochter ich unterstütze deine Idee. Die Roc

Leute sind ja gemäss ihren eigenen Aussagen wegen uns Vena-Bewussten hergekommen. Auch wenn wir dies alles noch nicht so richtig einordnen können. Ebenfalls unklar ist mir bis jetzt, woher sie effektiv gekommen sind.

Fina, Frau, wir sollten schauen, dass auch wir zwei Kontakt und Anschluss finden können. Aber jetzt zu Vogel Roc Mutter fliegen ist noch nicht möglich. Helfen wir unserem Dado bei der Umba Jagd, dann ist wenigstens für Susa und Sereno der Weg schon mal frei. Susa, Mutter und ich kommen mit auf die Jagd. Wir sind immer noch gute Läufer.»

Mutter wand sich und sagte schliesslich: «Alba, Ich zähle jetzt 43 Sonnenwenden. Luft für langes Rennen und starke Beine habe ich gewiss noch. Doch meine Brüste haben sechs Kinder genährt. Sie sind gross und schwer geworden, sie schmerzen mich beim Dauerlauf für die Jagd, das ist nicht mehr wie bei unserer Tochter. Die verweigert sich den Männern, darum ist sie auch die stärkste und wendigste Umba. Beides geht auf Dauer einfach nicht.»

Ich erinnerte mich was Schwester erst vor kurzem bezüglich der unzerreissbaren Unterkleider erwähnt hatte.

«Mutter, Vater, kommt bitte mit, vor unserer Höhle warten Taro, Besa wie auch Dado. Lasst uns die Jagd zu Ende besprechen.»

Ich winkte Besa und erklärte ihr Mutters Problem. Besa entledigte sich ihrer blauen «Haut» welche die Fremden Combi oder Jacke nannten und zog dann ihre darunter liegende noch engere «Haut» aus. Besa sagte diese heisse «Cestoff120» und reichte sie an Fina.

Mutter meinte: «Ach Besa, schau dich doch an. Du bist 16 Sonnenwenden alt, das erste Mal mit Kind und daher schön und schlank wie unsere Vena selbst. Was soll ich mit dieser dünnen Haut, die passt doch nie und Nimmer über meinen oberen Körper mit den Brüsten von sechs Geburten.»

«Clanchefin Fina, mit euch allen ist es immer dasselbe. Zu Beginn glaubt ihr immer es funktioniere nicht. Immer muss man es euch zuerst beweisen. Entschuldige mich Chefin Fina, bitte lass mich nur machen.»

Mit diesen Worten begann Besa mit dem lösen der Schnüre, die Fina's Fell zusammenhielten. Ich hatte Mutter selbst schon lange nicht mehr mit nacktem Oberkörper gesehen und staunte nun über die schwer herabhängenden grossen Brüste. Ja damit stundenlang einen Umba-Hirsch zu verfolgen, dürfte tatsächlich schwierig sein. Ich schaute zu Besa, ich war selber sehr gespannt.

«Komm Chefin Fina, jetzt zwängen wir dich in diesen kleinen Fetzen, der weitet sich und passt sich deiner Form an. Siehst du, alles wird schön und richtig angepresst.»

«Fina», staunte Alba, «mit diesen *«Cestoff»* bist du wirklich wieder in einen jüngeren Körper geschlüpft.»

Während Mutter fast wie ein junges Mädchen zum Feuerplatz und zurückeilte, sprach ich Dado an und erklärte ihm meinen Vorschlag.

Mutter flog regelrecht zurück und freute sich: «Unglaublich wie das alles zusammenhält. Es drückt auch meine Schultern zurück. Ich denke, so kann ich wieder wie früher stundenlang rennen. Oh! Der Umba-Hirsch nimmt sich besser in Acht!»

Wildtiere lebten in den unendlichen Wäldern und Wiesen nördlich des Danu im Überfluss. Eine Herde Umbas aufzuspüren war nicht schwierig. Auch ein Umba-Kind oder Umba-Weibchen zu treffen war nicht besonders schwierig. Aber einen Clan-Chef, den Umba-Hirsch mit seinem riesigen Geweih in eine Ecke zu treiben und dann mit dem Speer in einem Wurf zu treffen, das war schon eine schwierige Angelegenheit. Traf man nicht korrekt mit dem ersten Wurf, war der Hirsch weg. Vielleicht starb er später, finden tat man den aber kaum jemals.

Unser Vorhaben hatte sich schnell herumgesprochen. Früh am nächsten Morgen standen alle Teilnehmer der Jagd um das Clanfeuer herum. Ich als Umba führte das

Kommando und gab Anweisungen, wer zu den Treibern gehören soll und wer bei Dado als Zeuge dabei sein musste.

Zu den Zeugen durfte ich als Umba nicht gehören, aber Cara. Selbstverständlich gehörte auch ein Sohn des Yora-Clans dazu. Das war wichtig, jemand der unserer Familie traditionsgemäss nicht wohlgesonnen war, musste dabei sein, um den entscheidenden Wurf auf den Hirsch, als von Dado getätigt zu bestätigen. Nur so war schlussendlich seine Anerkennung zum Umba möglich.

Da durfte gar nichts schiefgehen, waren doch die Yoras äusserst skeptisch, wenn jetzt ein Mann unserer Familie zum zweiten Umba gekürt werden soll. Dies speziell, da die vier erstgeborenen der Yora alles ehrgeizige Männer waren, die akzeptieren mussten, dass ein Umba Titel für sie nicht in Frage kam. Die kleine Schwester als Nachzüglerin, war noch nicht zehn Sonnenwenden alt. Für die Yoras wurde sie jedoch bereits als zukünftige Leaderin aufgebaut. Andererseits war es natürlich für die Yora Brüder auch interessant, sollte nun seit langer Zeit wieder einmal ein Mann den Umba Titel erhalten; dann waren sie auch wieder im Rennen.

Ich hielt einen Moment inne. Seit diese Vogel Roc Leute angekommen waren überschlugen sich die Ereignisse bei uns. Festgefahrene sicher geglaubte Werte begannen sich plötzlich zu wandeln: Die Erde soll eine riesige Kugel sein! Frauen lieben Frauen und bekommen trotzdem Kinder! Dasselbe mit Männern! Kleider die Axtschläge aufhalten! Apparate die unsichtbares sichtbar machen!

Die Liste der Unmöglichkeiten könnte fortgesetzt werden, wie zum Beispiel, dass Elwi ein neues Ohr bekommen hatte und nun besser hörte als alle. Ah, da kommt er ja gerade.

«Grüss dich Elwi, bist du für die Jagd bereit? Grüss dich auch Kira, meinst du mit uns Schritt halten zu können? Ich sehe du hast deinen Pfeilbogen auf deinem Rücken montiert. Und wer bist du? Ja, du bist ein ganz schön kräftiger

Mann. Kräftig heisst aber noch lange nicht ein guter Läufer zu sein. Was trägst du auf dem Rücken.»

In einem einzigen Schwung und blitzschnell zog er ein Glitzerding, das alles zerschneidet und bevor ich reagieren konnte, lag die Spitze auf meiner Brust. Das gibts doch gar nicht. Ich war doch die mit den besten Reflexen. Ebenso schnell steckte das Glitzerding wieder in der Röhre auf seinem Rücken. «Ich heisse Davo», dabei verbeugte er sich elegant zu mir hin und fügte an: «Ich kenne bereits deine Schwester und freue mich, jetzt auch die bekannte Susa Umba kennen zu lernen. Deiner Schwester habe ich das Klettern beigebracht. Das Glitzerding heisst Schwert.»

Um von meinem Erschrecken abzuwenden und nicht zeigen zu müssen wie beeindruckt ich war, fragte ich betont langsam: «Was ist klettern, Kira?»

«Lass uns mit der Jagd beginnen, alles andere ergibt sich dann später.»

«Bitte kurze Aufmerksamkeit», rief ich, «die Zeugen sind bestimmt. Sie unterstehen Cara Mammu, die Treiber mir. Wer das Tempo nicht mehr mithalten kann, fällt zurück und ist selbst verantwortlich, um zu den Höhlen zurück zu finden. In keinem Fall nimmt der Tross auf den oder die zurückfallende Person Rücksicht. So sind die Regeln seit Urzeiten. Sollte ein Unfall passieren, liegt die Verantwortung bei jedem selbst. Auf keinen Fall wird einem anderen Clanmitglied eine Schuld überantwortet. Als vor fünf Sonnenwenden Elwi vom Löwen erwischt wurde, war es absolut seine und nur seine eigene Schuld. Alle Teilnehmenden wissen das.

... Ich höre!»

Die Antwort aller im Chor: «Wir gehorchen und unterstehen unserer Umba und akzeptieren die Jagdregeln. Hurra, los geht's!»

Ich eilte vorne weg in Richtung der bewaldeten Hügel.

Nach einiger Zeit erstarben die Gespräche und jede konzentrierte sich auf den Rhythmus der Atmung und auf das Arbeiten der Beine. Kira und Davo hielten gut mit, ihr Auftreten war jedoch nicht besonders leise. Oftmals traten sie direkt auf Äste anstatt daneben. Das Knacken hörte bestimmt auch die Umba Gruppe.

Ich als Führerin rannte vorneweg, zusammen mit Cara und ihren zwei Roc Freunden: «Könnt ihr nicht leiser Rennen! Ihr seid doch keine Mammuts! Ihr vertreibt ja alle Umbas.»

In diesem Moment machte Cara eine Bewegung. Alle stoppten synchron. Nur die zwei Rocs brauchten noch drei Schritte bis sie das merkten; was für Trampel. In der Distanz schimmerte eine Lichtung zwischen den Bäumen und grasende Umbas waren zu sehen. Ich hatte richtig gewählt, der Wind kam von vorne. Ich gab die wenigen notwendigen Zeichen. Dado, der Yora Sohn und ein paar Weitere schlugen sich unter der Leitung von Cara rechts zwischen die Bäume. Cara gab ein leichtes Signal und ihre Kira folgte nach.

Wir schlichen uns geräuschlos links weg. Ich schaute den Schwertmann Davo scharf an, das hiess ganz klar: Keine Geräusche jetzt. Davo verstand und gab sich sichtlich Mühe darauf zu achten wo er hintrat. Das gefiel mir, doch seine Geschwindigkeit liess nach. Schnell und keine Geräusche: Da war der Schönling überfordert. Jetzt wurden auch wir langsamer. Je näher wir kamen, desto ruhiger mussten wir sein. Wir hatten unsere Position erreicht und warteten auf den Schrei des Raubvogels. Den konnte Cara nachahmen und der war dann auf grosse Distanz zu hören. Was bewegte sich dieser Schönling schon wieder? Ich gab ihm energische Zeichen still zu sein. Jetzt das Vorzeichen, das erste «Piiuu...». Alle reckten sich und machten sich bereit. Jetzt drei Mal «Piiuu...»

Wir erhoben uns blitzartig, begannen zu schreien und stürmten auf die Lichtung auf der sich die Umbas befanden. Wie gewollt stürmten die in entgegengesetzter Richtung davon. Ich sah eben noch das grosse Geweih des Umba-Hirschs auf der anderen Seite im Wald verschwinden. So, unser Teil war getan, wir mussten nur noch auf das Freudengebrüll der Jäger warten.

Wir passten gar nicht mehr auf. Da stürmte aus dem hohen Gras ein erschrecktes Wildschwein direkt auf Mutter zu. Die war durch ihre Euphorie, dass sie wieder wie in früheren Jahren mitrennen konnte, überhaupt nicht mehr achtsam gewesen.

«Mutter», schrie ich. Der Ton meiner Stimme liess Mutter sofort reagieren. Aus den Augenwinkeln sah sie den grossen Keiler anstürmen und konnte sich gerade noch abdrehen, bevor er sie mit seinen Hauern voll in die Seite erwischte. Neben mir explodierte der Schwertmann. In unmöglichen Sprüngen, zuletzt mit einem riesigen Hechtsprung warf er sich über den Keiler und rammte ihm sein Glitzerding in den Hals, dann gab er dem Tier einen Tritt, so dass dieses wegflog (wieviel wog so ein Keiler?) und bückte sich zu Mutter. Da ertönte der Jubelschrei der anderen Gruppe. Die meisten hatten das mit dem Wildschwein gar nicht mitbekommen und rannten ebenfalls schreiend zu den anderen. Ich bückte mich ebenfalls zu Mutter die mit schmerzverzerrtem Gesicht auf dem Boden lag.

«Tschüss Tochter», stöhnte Mutter kaum hörbar, «er hat mich unter der Achsel aufgespiesst. Ist Vater da?»

Zwischenzeitlich hatte Davo mit seinem Schwert das Fell von Mutter aufgeschnitten. Plötzlich stiess er einen Schrei aus, stand auf, lachte und führte einen Freudentanz auf. Da stürmte Vater heran, dem klopfte der Schönling lachend auf die Schulter.

Ich war sicher, das schöne Weichei konnte den grausigen Anblick der aufgespiessten Mutter nicht ertragen und war irre geworden.

Doch da rührte sich Fina, wälzte sich auf die Seite und stand schwankend auf. Vater und ich stützten sie. «Es geht schon wieder», sagte Mutter bereits wieder kräftiger, «schaut einmal nach wie schlimm es aussieht.»

Neben mir grinsten jetzt Taro und Elwi. War ich nun von lauter Verrückten umgeben! Davo drehte Mutter sorgfältig aber kräftig und schlug ihr aufgeschnittenes Fell zurück. Ich hob ihren Arm.

«Schau da, da hat das Viech deine Mutter erwischt, das gibt einen kräftigen Bluterguss; ist aber in zwei Wochen vorbei.»

Vater und ich sowie ein paar andere schauten fragend und verwirrt zu Davo. Mutter sagte: «Und wie sieht es aus. Es fühlt sich irgendwie alles so komisch an, aber schaut, ich kann den Arm schon wieder bewegen.»

Davo deutete auf Taro, der öffnete seine blaue zweite Haut das «*Combi*» und zeigte uns die gleiche untere Haut die auch Mutter von Besa übernommen hatte und der sie es verdankte, dass sie wieder rennen konnte ohne Schmerzen in den Brüsten. Taro erklärte: «Also die untere Haut der Roc Leute besteht aus einem Material das sie C-Stoff-120 nennen, was das ist haben Elwi und ich noch nicht verstanden, aber es ist so zäh, dass keine Speerspitze es durchdringen kann, geschweige denn die Hauer eines Keilers. Der Druck vom ganzen Gewicht des Tieres war natürlich vorhanden. Das gibt blaue Flecken aber sonst nichts.»

«Jetzt zu dir, Davo», sagte ich, «kannst du uns deine gewaltigen Sprünge bitte erklären.»

«Susa, lass mir vorläufig ein kleines Geheimnis.»

«Elwi, Taro, ich warte!»

Elwi erwiderte: «Davo entscheidet selbst über sein Geheimnis.»

«O.k., Davo, ich frage da nicht mehr, aber ich frage, ob unsere Leute solche untere Kleider erhalten könnten.»

«Das musst du mit Kommandantin Anla besprechen, wir haben zum jetzigen Zeitpunkt nicht genug für alle.»

«O.k., lasst uns aus Ästen eine Bahre machen um das Wildschwein nach Hause zu tragen. Das gibt zusammen mit dem Umba einen riesigen Festschmaus. Dein Schlag mit dem Schwert, Davo, ist bemerkenswert. Schwerter habt ihr auch nur wenige?»

«Im Ganzen nur fünf.»

«Ihr vier macht die Bahre, wir anderen gehen zu Cara und hören ob Bruder Dado erfolgreich war.»

Sereno kam angesaust: «Wo bleibt ihr nur. Dado hat seinen Speer perfekt und alleine geführt. Und wie er den Hirsch anschliessend niedergerungen hat, grossartig! Auch der Yora-Sohn anerkennt die Jagd als Umbawürdig.

Bei der Gruppe angekommen schloss ich Bruder Dado in meine Arme. «Gut gemacht Dado. Erst einmal inoffiziell: Ich gratuliere dir zum Umba Nummer zwei unseres Clans der Zehn-Höhlen. Offiziell werden es dann beim Festmahl die Yora und unsere Mutter zelebrieren.»

Ich wandte mich spontan zu Davo um: «Jetzt wird es mir möglich sein in eurem Vogel Roc Mutter mit den anderen zusammen zu lernen. Da will ich aber dann schon noch wissen, wie man solche Sprünge macht. Könnte ich diese so ausführen wie du, wäre ich die absolute und unschlagbare Jägerin.» Und nochmals zu Dado, «schade konnte ich deinen Speerwurf und das Niederringen des Umbas nicht sehen. Cara du musst es mir im Detail schildern.»

Gegen Abend erreichten wir unser Dorf und wurden mit grossem Geschrei und Freude empfangen. Die Geschichte mit Mutter und dem Keiler wurde natürlich ebenfalls zehnmal auf verschiedene Art erzählt. Mutter musste immer wieder die Stelle zeigen an welcher sie aufgespiesst wurde. Also die war nun wirklich blau angelaufen und schmerzte auch. Aber ohne das spezielle untere Kleid: «Ich glaube ich hätte es nicht überlebt. Besa darf ich es behalten?»

Kira erhob sich: «Liebe Danu, ich habe noch eine Überraschung. Wie ihr wisst, haben wir Geräte, die sehr viele Bilder zeichnen können. Werden diese zusammengesetzt, bewegen sich die Bilder und man kann sehen, was zu einem anderen Zeitpunkt geschehen ist. Seht das hier auf meiner Brust. Das hier ist das Gerät, welches eure Sprache übersetzt. Das brauche ich bald nicht mehr. Und dieses hier hat die Bilder gezeichnet von Dados Kampf mit dem Umba-Hirsch. Kommt zu unserem Schulzelt, da kann das Gerät die Bilder an die weisse Wand zeichnen.»

Der ganze Clan schaute sich die Bildsequenz geschätzte zehnmal an. Ich hatte alle Hände voll zu tun, um sicher zu stellen, dass die aufgestellten Wachen ihre Posten nicht verliessen. Immer mit dem Versprechen, dass sie auch noch an die Reihe kämen das Geschehene zu verfolgen. In den nächsten Tagen wurden die Zeichnungen (Kira sagte Film) unzählige weitere Male abgespielt.

Sehr zur Freude von Dado. Unser Bruder gab eine sehr gute Figur ab, beim Speerwurf wie auch beim Niederringen des Tieres.

82. Spritzen

Bericht aus der Zeitkapsel mit dem Titel:
Was Spritzen mit schönen Frauen zu tun haben.
Erzähler, Davo von Ophiâ:
IT-Spezialist, Schwertmann

Nach der Jagd fühlte ich mich richtig müde, aber äusserst zufrieden. Natürlich befand ich mich in ausgezeichneter körperlicher Verfassung. Jeden Tag zehn Kilometer im Torus gab eine gute Grundkondition, aber es konnte niemals das Joggen und Rennen durch die freie Natur ersetzen. Zudem merkt man die um 10% höhere Gravitation von Chomâ. Ich schlief fest und traumlos.

Jetzt war gerade Sonnenaufgang und einige nahmen wieder ihr Morgenbad. Kira und ihr Vater waren auch dabei. Da hatte sich in letzter Zeit eine Art Ritual herausgebildet. Obwohl eisig kalt, hörte ich Freude überall. Ja, schau Susa plantschte mit. Typisch konsequent wie immer, diese Einheimischen. Nach der gestrigen Jagd übernahm nun Dado, der Bruder von Susa, vorübergehend ihr Amt als Umba, das bedeutete den Job als Verteidigungschef für den ganzen Zehn-Höhlen-Clan. So war für Susa nun der Weg frei für einen Besuch in unserem Raumschiff Meriâ II; dieser dürfte sicher einen Mond dauern.

Susa hatte mich gesehen und winkte mir zu. Etwas unsicher trat ich direkt ans Ufer. «Deine Schwertführung gestern war bewundernswert, aber zum Baden im Fluss bist du wohl zu verwöhnt. Dabei ist es überhaupt nicht kalt.» Dabei trat sie näher ans Ufer, um besser mit mir sprechen zu können. Ach, diese Naturmenschen. Da stand Susa, 20

Sonnenwenden alt, gross und schön wie eine Göttin, ohne die geringste Scham. Badeanzüge kannten sie nicht. Kira hatte sich als erste daran gewöhnt. Als sich dann ihr Vater zum ersten Mal für das Morgenbad überwinden konnte, haben ihm Tochter Kira und Cara unter schreien und jubeln aller die Badehose vom Leib gerissen.

Susa ergänzte: «Wir sind bereits am Lernen, wir machen nicht nur Spass. Kira sagte, das Wasser sei 12° warm, wir sollen versuchen dafür ein Gefühl zu entwickeln. Sie sagte auch, für einen wie dich sei das viel zu kalt. Ist das wahr, bist du so ein Temperatur Schwächling?»

Zum Glück rettete mich Anla, unsere Kommandantin vor einer Antwort. «Davo, hättest du einen Moment Zeit für mich?»

«Ein Bad liegt leider nicht drin Susa, wie du siehst, verlangt meine Clanchefin nach mir.

Anla was ist dein Anliegen?»

«Ist eine schöne Frau diese Susa, wie ihre Schwester auch. Und beide so intelligent, dass es gar nicht normal ist. Gefällt sie dir.»

«Ach Anla, alle fragen mich dasselbe. Nun einmal im Vertrauen Anla. Du kennst mich ja, als wir abreisten, war ich ein kleines Kind von drei Jahren und du warst mit Kira schwanger. Wenn mir meine beiden Väter zu viel waren, suchte ich bei dir die Mutter. Kira war dann meine Spielgefährtin. Die anderen Kinder wurden ja erst später geboren.

Seit Kira zur jungen Frau heranwuchs vor etwa drei Jahren verliebte ich mich in sie. Sie war die einzige in meinem Alter. Die ganzen Jahre habe ich um sie geworben, ohne Erfolg. Schau deine Tochter an, sie ist wunderschön. Dann erreichten wir endlich diesen Planeten. Und finden was? ...Keine technische Zivilisation, sondern Steinzeitmenschen. Diese sind obwohl ohne jegliche Technik hoch intelligent. Wir müssen das bald einmal thematisieren, vor allem unsere Seelenverwandtschaft.

Aber hör jetzt weiter. Kaum sind die ersten von uns gelandet kommen sie zurück zur Meriâ II. Wer kommt! Zwei der schönsten vorstellbaren Frauen. Die eine jedoch mit ihrem Mann und schon schwanger. Die andere noch schöner, ich kann kaum hinschauen. Und was passiert! Sie und Kira bilden ein Paar. Anla es ist einfach nur unglaublich und kaum auszuhalten.

Es geht noch weiter: Wir holen diese kleine mit dem Kinderlähmungsbein aus der Höhle. Ich habe ihr Gesicht gesehen und ihre Augen. Wenn wir die mit unserer super Medizintechnik geheilt haben, wird auch das eine schöne Frau sein. Zudem eine der wenigen Höchstintelligenten hier. Die wird jedoch mit dem Genie Elwi eine Partnerschaft eingehen. Sie sind Seelenverwandte.

Jetzt, gerade vorhin stand Susa nackt im Fluss vor mir. Wiederum eine göttliche Schönheit. Hat aber schon ein paarmal konstatiert, dass eine Partnerschaft für sie in den nächsten Jahren nicht möglich sei. Schau in den Fluss, da stehen vier Göttinnen und keine ist erreichbar für mich. Anla, ich bin 20, ich kann nicht am Bad teilnehmen, ich fürchte ich bekäme eine Erektion.

Ich bin echt froh, starten sie alle wieder zur Meriâ II. Ich befürchte, ich beginne mich komisch zu benehmen.

Aber eigentlich bist du hergekommen, um mir etwas mitzuteilen, oder? Was ist es?»

Anla legte ihren mütterlichen Arm um meine Schulter. «Ja, das mit Kira ist wirklich schade für dich, ihr wäret ein schönes Paar geworden. Ich denke, Kira hat selber nie so richtig gewusst, warum sie dich verschmähte. Jetzt wissen wir es alle. Auch Kira und Cara sind ein schönes Paar. So wie es scheint, sind beide total glücklich: Steinzeit und Hochtechnologie, schon irgendwie verrückt. Aber es ist uns allen klar, dass die zwei ebenfalls Seelenverwandte sind. Wie gesagt, sobald wir hier besser Fuss gefasst haben, wird dies das grosse Thema. Es fehlt immer noch Andermensch und sein Clan. Fina meinte er hätte schon längst vorbeikommen müssen. Sie und Alba befürchten, dass ihnen etwas zugestossen ist.

Nun aber zurück zum Thema: Es ist noch ein Sitz frei.»

«Was! Nein das geht nicht. In der Nacht hört man die Liebenden. Frage Elwi, der hatte schon Probleme damit und konnte nicht schlafen. Als dies erzählt wurde, fanden das logisch alle lustig und entlockte manche Lacher. Aber ich halte das nicht aus, ich werde komisch.

Was für eine Funktion sollte ich denn deiner Meinung nach auf der Meriâ II übernehmen?»

«Du gingst bei Jaqua jahrelang in den Schwert-Unterricht, bist einer der besten Kletterer und die Studenten lernen dermassen schnell, dass Kira bei der Erklärung der IT bald nicht mehr mitkommt; das ist dein Spezialgebiet. Ebenfalls beim 3D-Drucker, da bringt KI nicht die gleiche Qualität in den Details wie ein Mensch.

Wegen deinen Hormonproblemen, das haben Perida und ich schon besprochen, ...»

«Man merkt es mir also schon an; wie peinlich!»

«Perida verabreicht dir eine Spritze, die hält etwa ein bis eineinhalb Monde an. Sie senkt deinen Testosteronspiegel drastisch. Du wirst locker mit den vier Beautys umgehen können. Eventuell halten dich die Frauen dann sogar für Homosexuell, auch wegen deiner Väter; also Kira natürlich nicht, die kennt dich.

Jetzt verrate ich dir noch etwas als Frau: Susa möchte unbedingt einen Mann, ihre Hormone spielen ebenfalls verrückt. Sie stemmt sich nur mit aller Kraft dagegen, da sie partout jetzt kein Kind will. Wenn du Zeit mit den Studenten verbringst und sie täglich lehrst, wird der richtige Moment für dich kommen, um Susa zu erklären, dass wir das babykriegen mit Spritzen so lange verhindern können wie gewünscht. Du gefällst ihr, ich als Frau und Mutter spüre das ganz klar. Ebenfalls klar scheint mir auch hier irgendeine tiefere Verbindung über zeitliche und räumliche

Dimensionen hinweg zu bestehen. Hast du selbst noch nie etwas in diese Richtung gefühlt?

Und, was machst du jetzt? Schau mal zum Zelt zurück, da steht Perida. Oh! Sie winkt.»

«Das ist ja ein richtiges Komplott. Da bin ich machtlos», sagte ich und bewegte mich Richtung Zelt.

Nach dem Bad begann Kira wieder mit dem Unterricht ihrer Studenten. Speziell Susa wurde nun im Eiltempo für den Shuttleflug getrimmt. Schon zweimal ertappte ich Susa, wie sie sich von der Gruppe wegschlich, um sich in ihren neuen Kleidern in den Solarpanels zu bewundern. Als sie wieder an den Tischen vorbeikam bemerkte ich: «Und gefällt dir was du siehst?»

«Ja, ganz bestimmt, ich dachte immer Schwester sehe in ihren Kleidern von euch unglaublich gut aus, das denke ich nun auch von mir, oder was meinst du?»

«Du hast mir schon in deinen Fellen gefallen, jetzt ist es einfach noch besser.»

«Danke Davo. Weisst du schon, dass mein Bruder Sereno entschieden hat nicht nach Vogel Roc zu fliegen? Er sagt, er gehe lieber hier bei Jaqua ins Schulzelt, da komme er mit den normalen Schülern gut mit. Bei uns Supergescheiten müsste er sich nur immer wieder ärgern. Also diese Erkenntnis allein zeugt doch davon, dass seine Intelligenz zugenommen hat. Somit wäre doch jetzt nochmals ein weiterer Sitz frei, den letzten wollte ja Clanführerin Anla selber an jemanden vergeben. Du könntest doch den Sitz meines Bruders einnehmen?»

Ich fragte möglichst beiläufig: «Warum möchtest du das?»

«Ich möchte unbedingt lernen mit dem Glitzerding, das ihr Schwert nennt, umzugehen. Kira sagte mir, dass nur Jaqua besser sei als du. Zudem sagte Cara, du seiest sehr gut im Klettern. Wobei ich mir hier noch nicht so richtig vorstellen kann was das ist. Ist das etwas was Frauen so zusammen mit Männern machen?

Und jetzt höre mal was ich schon in deiner Sprache gelernt habe.» Damit stellte sie das Amulett ab und begann: «Du Davo sein 20 Sonnenwenden, gleich wie ich Susa. Ich nur wenig grösser. Du gross und stark. Du mir zeigen, wie kämpfen Schwert. Auch mir zeigen, wie du machen so grosse Sprung. In zwei Tagen nicht mehr nötig Amulett. Schnell lernen, dein Murratalâ nicht schwierig. Ich gefallen dir mit Kleider Vogel Roc. Schau hier, kennen nun Reissverschluss, machen rrrr..., wenn auf und zu. Jetzt viel warm ist darum jetzt auf!»

Damit öffnete sie ihr Combi und es zeigte sich ihr durchtrainierter, lediglich mit C-Stoff-120 bedeckter, perfekter Oberkörper. Ich lachte zur Ablenkung, spürte einen Druck zwischen den Beinen und dachte: *«Verdammt, wann beginnt endlich die Wirkung der Spritze!»* Laut meinte ich: «Das ist wirklich erstaunlich, wie du schon unsere Sprache gebrauchen kannst. Zu deiner Info: Anla hat mir bereits einen Sitz angeboten. Ich fliege also auch mit.»

«Oh, das freut mich. Da werden wir ja einen ganzen Mond oder länger zusammen lernen können. Ich muss jetzt zurück zu Vogel Roc Bruder. Die anderen haben viel Vorsprung auf mich, vielleicht sollte ich mich auch umbenennen auf *«Serena, die Aufholende»*, gleich wie mein Bruder», und weg war sie.

Wir befanden uns seit einem Tag in der Meriâ II. Perida hatte mit Kira als Assistentin und mit Hilfe von KI einen perfekten dreidimensionalen Scan von Ilea erstellt. Dieser drehte sich nun auf dem Schirm in alle Richtungen. Ich war auch dabei, weil ich helfen sollte, mittels 3D-Drucker die perfekten neuen Beinknochen aus modifiziertem C-120 herzustellen. Auf dem Schirm erschienen nun zwei identische Scans und zwar in Originalgrösse. Perida wies darauf hin, dass selbst das gesündere Bein im Verhältnis zum Oberkörper etwas zu kurz geraten sei. Das hiess, auch hier hatte sich die Krankheit ausgewirkt.

«KI, ergänze den linken Scan mit folgenden Kriterien: …»
Der linke Scan begann sich zu strecken, das Becken
wurde gerade, beide Beine gleichlang. Da vergrösserte sich
auch die linke Hand.

«Stopp», rief da Perida, «Die etwas zu kleine linke Hand
könnten wir nur mit allergrösstem Aufwand verbessern.
Das lassen wir. Mit einer nur wenig zu kleinen linken Hand
lässt sich gut leben. Ilea ist wie die meisten der Danu rechts
orientiert.»

«Hier KI, ich blende nun einen Massstab ein. Auf dem
rechten Scan misst Ilea 1.59. Mit gleichlangen Beinen im
linken Scan seht ihr 1.64. Soviel macht die schiefe Hüfte
durch das kürzere Bein aus. Und ganz links seht ihr unsere
Kira gescannt, sie misst 1.70. Ich ziehe nun eine Linie in die
Scans und zwar durch die Gelenkpfanne der Oberschenkel,
also eigentlich die Definition der Beinlängen. Es ist ersichtlich, dass die Oberkörper praktisch gleich sind. Wenn wir
Ilea im gleichen Verhältnis die Beine verlängern…, seht den
Scan, das Mass steigt auf 1.68. Es gibt natürlich auch Leute
die im Verhältnis etwas längere Beine haben. Du erlaubst
Perida?»

«Ist o.k., ja».

«Also hier ist das Verhältnis von Peridas Partnerin Pera
übertragen auf Ilea.»

Der mittlere Scan von Ilea streckte sich nochmals, das
Mass zeigte nun 1.71. «Das würde Ilea zu dem machen, was
ihr eine schöne Frau nennen würdet. Hier sind die Knochen
der beiden Beine für Ober- und Unterschenkel, wie wir sie
per sofort im 3D-Drucker innerhalb 48 Stunden herstellen
können.

Die 3D-Scans für die Gelenkpfannen sollte unser Davo
unter der Vergrösserung in den Zehnteln konfigurieren und
an den Drucker speisen. Dann wird es mit allergrösster
Wahrscheinlichkeit keine Gelenkschmerzen geben. Das Mo-
difizierte C-120 hält auf jeden Fall länger als die normale
Lebenszeit von Ilea.

Auch diese habe ich durchgerechnet, Ilea kann etwa mit einer normalen Lebenserwartung von 75 Jahren rechnen. Mit unseren perfekten Blut-Messengern und dem dadurch verlangsamten Zellzerfall und besserer Regenerierung würde ihre Lebenserwartung auf 110 erhöht. Auf Grund ihrer Jugend liegt viel drin, nicht unser Maximum, aber doch eine beträchtliche Verbesserung.»

«Danke KI wie immer gute Arbeit ...,»

«Ich weiss, ich bin eure KI!»

«, ...wir sollten dies nun mit allen unseren Fünf Steinzeitkindern, die bald keine mehr sind, im Detail besprechen. Einmal getätigt, gibt es für sie kaum mehr ein zurück in ihre Höhlen.

Davo hole sie doch in der Sporthalle ab, ein bisschen Bewegung tut dir auch gut und bringe sie ins Restaurant. KI, dort bitte auf den grossen Schirm.»

Gerade lief ein Ballspiel. Das war nichts für Ilea. Sie hatte sich in den paar Tagen seit sie mit uns war schon unheimlich gut erholt. Regelmässiges Essen in genügenden Mengen wirkte Wunder. Zum Gehen verwendete sie zwei Krückstöcke, welche sie hoffentlich bald nicht mehr brauchen würde.

«Liebe Freunde», begann Perida, «wir haben alles vorbereitet und möchten das mit euch nun besprechen. Unser Auge, das auch in die Körper hineinschauen kann, hat alles aufgezeichnet. Seht hier auf den grossen Wandschirm. Da hat unsere KI unsere Ilea so gezeichnet, wie sie jetzt aussieht. Wie bei den Temperaturen haben wir auch für die Beschreibung von Grösse eine Skala entwickelt. Seht den feinen Strich bei den Füssen und oben am Kopf. Das ist die Grösse von Ilea. Wir definieren diese Grösse als 1 Meter 59 Zentimeter; ausser Ilea und Susa könnt ihr das bereits selbst lesen und verstehen.

KI, nächstes Bild! Unsere Kira, sie misst 1.70. Seht, dies sind die Knochen im Körperinneren, die tragen unseren

Körper. Es ist gut ersichtlich wie schief und verdreht bei Ilea die Knochen sind. Ilea, du bist noch nicht lange bei uns, verstehst du alles.»

Etwas unbeholfen schaute Ilea zu Elwi: «Elwi du sagst mir, wenn etwas nicht stimmt, es ist schon schwierig für mich zum Verstehen. Aber was ich ganz sicher verstehe: Kira ist nicht schief, viel grösser und viel, viel schöner. So werde ich nie sein können, aber wenn ich nicht mehr hinken müsste, wäre ich schon zufrieden.»

Jetzt füllte KI den Scan von Kira mit der Abbildung von Kleidern und Haaren. Der Schirm zeigte nun Kira wie auf einem Foto. Daneben erschien nun der Scan der operierten Ilea, aber ohne Gesicht. Keine schiefen Hüften mehr, lange Beine, zwischen den Strichen las Besa 1.71.

«KI, wen stellt das dar?», fragte Besa, welche wohl hoffte, sie würde jeden Moment ebenso vorteilhaft dargestellt auf dem Schirm erscheinen wie Kira.

«Eure KI hat von euch Menschen sogar etwas Dramatik abgeschaut, seht her.»

Langsam in Zeitlupe begann von den Füssen her ein Foto zu wachsen in den gleichen Kleidern wie Kira. Zum Schluss erschien der Kopf mit Gesicht. Aber nicht der von Besa sondern der von Ilea.

«Hier eure KI: So, wird unsere Ilea aussehen. In drei Wochen wird sie langsam gehen können. In einem Mond braucht sie keine Stöcke mehr. In zwei Monden wird Ilea zum ersten Mal wieder an einer Jagd teilnehmen können.»

Mit einem Plopp erschien nun ein drittes Foto, eines von Besa.

«Hier wieder eure KI: Nur zur Beruhigung von Besa, sie ist nicht vergessen. Sie braucht jedoch keine Operationen. Sie und Kira gehören schon jetzt zu den jungen, kräftigen und gesunden Menschenkindern. Ilea du brauchst jetzt noch ein paar Wochen.»

Ilea schlug die Hände vor ihr Gesicht und begann zu weinen. Vor Freude, oder weil sie befürchtete, mit leeren

Versprechungen gelockt zu werden, war nicht klar. Doch ihre nächste Frage gab hier wohl die Antwort.

«Elwi, ich war mein ganzes Leben lang eine Aussenseiterin, die unglaublich kämpfte, um trotzdem dem Clan nützlich zu sein. Dies bis vor kurzem, bis ich einfach nicht mehr rennen konnte vor Schmerzen. Der Einzige, der mir dann noch so etwas wie Freundschaft entgegenbrachte, warst du. So wie du mich vor ein paar Tagen auch zu den Vogel Roc Leuten gebracht hast. Elwi, soll ich dies alles glauben?»

Kiras und Besas Blicke trafen sich. Dann nahmen beide Frauen die weinende Ilea in ihre Arme, zeigten auf die drei Fotos auf dem Schirm. Kira sagte: «Wir drei werden Freundinnen sein, alle gleich gross und gleich im Leben stehend, studieren und gescheit werden, um unser eigenes, gutes und selbstbestimmtes Leben zu führen.»

«Ich bin schon mit Kind, schau auf dem Foto kann man es auch schon leicht sehen. Wenn du möchtest, wirst du auch ein Kind haben können. Sogar Kira, das können hier auch zwei Frauen zusammen.»

«Elwi?»

«Ilea, du musst nicht alles verstehen, ich verstehe schon mehr als du, aber noch nicht alles. Aber wenn Medizinfrau Perida sagt, du wirst in einer Woche so aussehen und gleich gross sein wie Kira und Besa so stimmt das.»

Perida sagte: «Wegen Ilea müssen wir unser gesamtes Medizinarsenal in Gang setzen, da wäre es gleich noch möglich, Änderungen an eurem Blut vorzunehmen. Diese Änderungen würden euch ein langes gesundes Leben, praktisch ohne Krankheiten in Aussicht stellen. Aber es würde im Laufe weniger Jahre natürlich eure gesamte Lebenseinstellung ändern. Ihr wäret dann eher wie wir und würdet euch kaum mehr in euren Höhlen und bei euren Leuten wohlfühlen. Ihr würdet dann vermutlich immer mit uns leben wollen, auch wenn wir vielleicht wieder von hier fortgehen. Es ist also keine leichte Entscheidung.

KI sagt euch nun wie alt ihr ungefähr werden könnt, wenn wir euer Blut anpassen.

KI, deine Berechnungen für die normalen Lebenserwartungen und dann diejenige nach einer allfälligen Blutanpassung.»

«Ilea: 75 und 110. Elwi: ... ...»

«Denkt darüber nach», schloss Perida, «In zehn Tagen müsst ihr euch entschieden haben. Sprecht darüber.»

Ich schaute in angespannte Gesichter. Beobachtete die vier schönsten Frauen in Natura und auf dem Wandschirm..., ...und spürte keine Regung: *«Scheisse, die Spritze wirkt»*, schoss es mir durch den Kopf.

Ich nahm ein hölzernes Übungsschwert in die Hand. «Also gehen wir die Bewegungsabfolgen nochmals durch. Locker stehen und...zack, ...zack ja genau so.» Alle fünf Studenten wie auch ich waren verschwitzt. Wir trainierten nur in den C-Stoff-120 Base-Layer. Also die Frauen waren umwerfend, jetzt war ich tatsächlich froh um die Spritze von Perida, sonst hätte ich eindeutig zu viel Energie zum Ignorieren verbraucht. Also, Mann, etwas unheimlich war es schon; es regte sich seit Tagen gar nichts mehr. Auf scheue Rückfrage bei Perida versicherte sie mir, das komme schon wieder. Ich sei sichtbar so aufgeladen gewesen, sie hätte mir die Dosis für ein Pferd gegeben. Auf meine erschreckte Reaktion brach sie in Lachen aus.

Kaum dachte ich an Perida tönte ihre Stimme aus dem Lautsprecher: «Ilea ist wach, ihr könnt sie besuchen. Sie liegt nun im Bett und bewegt ihre Beine. Funktioniert bereits alles perfekt.»

Sofort legten wir unsere Utensilien zur Seite und machten uns auf den Weg ins Spital. Ilea begrüsste uns frohgemut.

Schon wieder eine Woche um. Was haben wir alles studiert! Jeden Tag unendlich. Susa ist die beste Kletterin. Inzwischen glaube ich auch, dass sie Interesse an mir hat. Jetzt kann ich das ganz locker nehmen.

Unter Applaus macht Ilea in der Sporthalle ihre ersten Gehversuche, dann setzt sie sich wieder in den Rollstuhl, fährt vor den grossen Spiegel und wuchtet sich wieder in eine stehende Position. Mühsam dreht sie sich, um sich von allen Seiten zu betrachten.

Wieder eine Woche später. Ilea geht schon mit schnellen Schritten an den Krücken. Perida hat entschieden nicht in einer Woche, wie ursprünglich geplant, sondern erst in zwei zurückzukehren. Bis dann könne Ilea schon fast normal gehen. Das sei unten auf dem Planeten, wo automatisch weniger Rücksicht genommen werden konnte bedeutend besser. Die Anziehung sei hier ja auch etwas geringer als unten, und daher für die Genesung von Vorteil. Ilea sass stundenlang an den Sportgeräten zur Muskelbildung; auch sie ein Fall mit grenzenlosem Willen und Energie

Jetzt ging es zum Essen. Die Vorbereitungen hierzu wurden zu einem schönen Teil von Elwi geleistet. Er war sogar so weit, dass er mittels Direktverbindung mit Sere und dessen Anweisungen selbst mit den Hydro- und Proteinkulturen hantierte. Es schien kaum etwas zu geben, das Elwi nicht interessierte und dann schnell begriff und anwenden konnte.

Susa machte mir schöne Augen. Das gefiel mir logisch sehr. Sie schien sich auch schon gewundert zu haben über meine geringe Reaktion. Ehrlich, ich war etwas überfordert. Drei Jahre lang hatte ich um Kira geworben und mich anscheinend in ein «Abweisungsschema» hineinmanövriert. Ich merkte es selber, aber irgendwie steckte ich darin fest. Vermutlich auch da meine Sexualität mit der Spritze im Moment gegen Null tendierte. Also mein Verhalten konnte kaum als normal bezeichnet werden.

Beim Essen sprach mich Susa in der typischen direkten Art der Danu Leute vor allen Freunden an. «Sag mal Davo, du hast verschiedentlich gesagt, du findest mich schön. Da du mir ebenfalls gefällst, also natürlich nur als normaler Freund, ich will keine Babys, aber so einmal ein Kuss oder so... Das scheint dich nicht zu interessieren. Magst du wie deine Väter lieber Männer als Frauen? Das würde ich schade finden.»

Ich wusste nicht was ich antworten sollte.

Das tat Kira für mich: «Susa, das ist ganz bestimmt nicht der Fall. Davo hat sich jahrelang um mich bemüht. Ich wunderte mich stets selbst, warum ich nicht auf sein Werben eingegangen war. Das weiss ich nun erst, seit ich Cara getroffen habe. Aber Davo, irgendwas stimmt wirklich nicht mit dir. Dein Benehmen ist komisch.»

Ich mochte meine Angelegenheit nicht öffentlich besprechen, auch wenn mir Perida ihren Fuss ans Bein schlug und mich anlächelte. Ich stand vom Tisch auf und murmelte: «Susa, wir sollten kurz zusammen etwas besprechen. Komm bitte mit.»

Ich erhaschte einen Blick von Perida: «Davo, ich denke, die Zeit ist richtig.»

Susa und ich spazierten durch den Torus. Ich erklärte das mit der Spritze und fügte an. «Susa, wenn du es möchtest, könnte dir Perida ebenfalls eine Spritze geben, dann könnten wir uns lieben, ohne dass du ein Baby bekommst. Eine Spritze hält eine ganze Sonnenwende lang vor, dann gibt es keine Babys. Bis ich jedoch als Mann wieder funktioniere dauert es sicher noch zwei Wochen.»

«Vielleicht kann dir Perida ja auch eine Spritze dagegen geben und mir gleich auch die richtige. Davo, seit Jahren kämpfe ich mit eisernem Willen gegen meinen Körper. Ich hätte so gerne einen Mann. Ich habe mich bereits für eure Blutbehandlung entschieden, also demnach auch für ein Leben mit euch. Den Mann, den ich aus den Reihen der unsrigen aussuchen müsste, wäre ein Sohn der Yora. Das sind nun alles Idioten.» Sie schaute mich schelmisch an. «Da wärst du mir sogar noch lieber!»

Ich fiel darauf herein und stand mit hängendem Kopf da und dachte mein «*Abweisungsschema*» hätte wohl wieder zugeschlagen. Schon wollte ich mich umdrehen, da spürte ich Susa's Arme an meinen Schultern. Sie drehte mich um, schloss mich innig in ihre Arme und begann mich zu küssen. Ausser Atem schauten wir uns an. Beide zusammen riefen «Perida» und rannten wie die Gestörten zurück ins Restaurant, direkt zu Perida. Wir rissen sie förmlich von der Bank: «Perida, wir brauchen deine Spritzen, jetzt sofort!»

Es dauerte nur eine Sekunde bis alle im Takt auf die Tische schlugen und unsere Namen skandierten. Alle freuten sich. Doch Perida dämpfte unsere Freude etwas indem sie sagte, dass sie gegen meine momentane Schwäche nichts tun könne: «Tut mir leid, ihr zwei, aber bis unser Davo performen kann, dauert es sicher noch zwei Wochen, eher drei.»

Die Zeit verging schnell. Jetzt verblieb uns noch eine Woche, bevor es zurück gehen würde. Ich befand mich auf der achten Joggingrunde im Torus, da sah ich vor mir zwei Personen aus der Rundung auftauchen. Die zwei bewegten sich in sehr langsamen Joggingschritten. Ich glaubte es kaum, es waren Elwi und Ilea. Ilea konnte schon joggen? Ich passte mein eher grosses Tempo dem ihrigen an. «Wow, Ilea, das ist kaum zu glauben. Oh ich sehe, du hast dein Übersetzungsamulett nicht bei dir.»

Ilea lachte mich an: «Habe ich heute früh abgelegt, brauche ich nicht mehr. Elwi und ich haben abgemacht, auch zusammen nur noch Murratalâ zu sprechen. Wir beide haben uns für ein Leben bei euch entschieden.» Und leise, ganz verschwörerisch: «Im Vertrauen Davo, Elwi und ich wollen es auch zusammen versuchen. Heute früh besuchte ich Perida.»

«Da gratuliere ich euch. Was da auf unserem Schiff abgeht! Die Vena-Bewussten finden anscheinend zwangsläufig zusammen. Ilea, habe ich dir schon gesagt, dass du wunderschön aussiehst? Noch ein paar Kilos mehr ansetzen und du bist perfekt.»

Perida schloss: «Unsere Zeit auf Meriâ II ist für dieses Mal beendet. Wie wir sehen, kann Ilea ohne die kleinste Einschränkung gehen. Mit weiterhin regelmässigem Training und gutem Essen wirst du bei der nächsten Jagd tatsächlich dabei sein können.

Macht euch zum Rückflug bereit. In zwei Stunden wechseln wir in das Shuttle.»

83. Elwi Löwe

Bericht aus der Zeitkapsel mit dem Titel:
Elwi realisiert:
Der Löwe und ich sind auf Augenhöhe.
Erzähler, Elwi Löwe:
Figuren-Schnitzer im Zehn-Höhlen-Clan

Nach unserem fünf wöchigen Aufenthalt auf Vogel Roc
Mutter landeten wir gestern mit Roc Bruder wieder auf dem
Danu. Sofort strömten die meisten unseres grossen Clans
zur Landestelle. Alle wollten Ilea sehen, ob sie nun tatsächlich, wie von den Roc Leuten versprochen, geheilt worden
sei. Zuerst stiegen wir anderen aus und bildeten einen
schützenden Halbkreis am Ufer. Denn wir befürchteten,
dass alle Ilea berühren, drehen und begaffen wollten; das
könnte leicht zu viel für sie werden. Körperlich war Ilea voll-
ständig wieder hergestellt. Jedoch begreiflicherweise noch
etwas unsicher auf den Beinen. Es fehlte noch an Kraft.

Ilea kletterte noch etwas mühsam die Leiter herunter und
kam gerne in unsere Mitte.

Fina kämpfte sich durch die Menge und stellte sich vor
Ilea hin. Dabei wirkte sie (und nicht nur sie, sondern alle
Gaffer) völlig verängstigt. «Also, hm…, ja das Gesicht ist das
von Ilea, aber sonst, hm…, bist ja fast so gross wie ich geworden. Und das in etwas mehr als einem Mond? Geh doch
einmal hier hin und da her! Nichts mehr schief, kein Hinken. Also was soll ich als Chefin hier sagen!»

Ich nahm Ilea bei der Hand und trat vor unsere Clanchefin hin, verneigte mich und begann. «Fina, wir wissen, dass
die Vogel Roc Leute unglaublich viele Möglichkeiten

besitzen, um Menschen gesund zu machen. Es ist ähnlich wie bei mir. Sie konnten mir ein neues Gesicht und Ohr machen, so haben sie nun bei Ilea zwei neue grössere Beine gemacht. Doch auch die Möglichkeiten der Roc Leute sind begrenzt. Seht die linke Hand ist immer noch zu klein. Da kam selbst Medizinfrau Perida an ihre Grenzen.»

Fina drückte Ilea etwas unbeholfen: «Du bist so still, warum lässt du Elwi für dich sprechen?»

«Fina», begann Ilea, «es ist jetzt bei mir gleich, wie es bei Elwi vor einem Mond war. Auch er musste zuerst lernen, sich nicht immer in den Hintergrund zu drücken, so wie er es gewohnt war, nachdem der Löwe seine linke Gesichtshälfte ruinierte. Ich hielt mich ebenfalls immer im Hintergrund, um möglichst nicht aufzufallen, nicht dass jemand auf die Idee kommen könnte, ich sei eine Belastung für den Clan.

Doch schau mich an, ich werde täglich trainieren, schon bald werde ich an einer der nächsten Jagden teilnehmen können. Fina, es ist ein Wunder. Die Vogel Roc Leute haben dies alles getan, ohne von mir oder von Elwi eine Gegenleistung zu verlangen. Medizinfrau Perida und Clanchefin Anla haben lediglich gesagt, dass es sich so richtig anfühle. Elwi und ich sind inzwischen sicher, uns von Vena her zu kennen. Es fühlt sich daher ebenfalls richtig an, dass wir ein Paar bilden werden. Dürfen wir um deine offizielle Anerkennung und Segnung an der nächsten Versammlung bitten.»

Ich ergriff wieder Ilea's Hand und wir verneigten uns Richtung unserer Clanführerin Fina.

Weitere Gedanken von Elwi: Bei dieser Gelegenheit ist der richtige Zeitpunkt, um folgendes zu erwähnen. Während meines jetzigen zweiten Aufenthaltes in Vogel Roc Mutter habe ich realisiert, dass es für Vena wirklich möglich ist, unsere Geburt an verschiedenen Orten geschehen zu lassen. Ich bin inzwischen sicher, mich an ein Leben in der Heimat der Vogel Roc Leute erinnern zu können. In besagtem Leben wohnte ich zeitweise ebenfalls in einer Vogel Roc Mutter. Es passierte an jenem Tag als Ilea mühsam an den Stöcken langsam mit mir durch den Teil spazierte der Torus genannt wurde. Schon bei meinem ersten Roc Aufenthalt, noch mit defektem Gehör und Gesicht, interessierte ich mich sofort für den schwerer machenden Raum, den sie Lift nennen.

Also jetzt spazierten wir an diesen Lift heran und ohne, dass ich weiter überlegte sagte ich zu Ilea. «Diesen Lift habe ich früher schon repariert!» Wir beide schauten uns erstaunt an ob dieser Aussage. Dann wurde es uns beiden plötzlich schwindelig. Sofort half ich der noch unbeholfenen Ilea sich neben mich auf den Boden zu setzten. Wir bekamen einen Tunnelblick. Wir wussten, dass wir beide dasselbe sahen: Ich kniete bei der offenen Lifttür und suchte nach der Ursache, warum diese nicht mehr zuging. Hinter mir stand Ilea und reichte mir verschiedene Werkzeuge. «Da haben wir es, es ist lediglich die Lichtschranke.» Obwohl ich bis dahin noch nie von einer Lichtschranke gehört hatte, verstanden wir beide es als selbstverständlich. Dann packte ich Ilea (oder besser gesagt ihre «Vorgängerin») und zog sie in den Lift, die Türe schloss sich nun. Das war uns sowieso viel wichtiger als irgendwelche Lichtschranken, denn: Wir waren ein Liebespaar.

Susa trat vor: «Mutter, wie macht sich Bruder Dado als Umba, gab es Probleme mit den Yora Söhnen?»

«Schau, da kommt er, frag ihn selbst.»

«Hallo Schwester. So, du trägst jetzt also auch die Kleider der Fremden, die Felle sind anscheinend nicht mehr gut genug. Deine Haare hast du dir auch schneiden lassen. Und wie siehst denn du aus Cara. Das ist jetzt aber schon ein komischer Haarschnitt. Wahrscheinlich gefällt das deiner Freundin. Also gut seht ihr beide aus, genauso, wie sich eine Frau gibt, wenn sie unbedingt einen Mann verführen will. Es passt aber sicher nicht zu unserer Lebensweise.

Und, Schwester, willst du deine Umba Stellung sofort wieder übernehmen und mich ins zweite Glied zurückschieben? Wir sind übrigens am Vorbereiten für eine Umba Jagd für Yora Bero, bei Erfolg wäre er sogar bereit, mit dir eine Familie zu gründen.»

Wieder einmal konnte ich nur staunen, wie gescheit unsere Roc Freunde waren. Denn praktisch genau mit diesen Worten hatte uns Anla gewarnt, wie es kommen könnte. Natürlich nahm ich an, dass sich Susa seit dieser Warnung ihre Gedanken machte. Doch mit dem was nun geschah, rechnete wohl niemand.

Susa sah Sereno bei den Zuschauern: «Sereno Bruder, spring in die Höhle und bring mir meine Fellkleidung, ich warte.»

Während dieser davonrannte, entledigte sich Susa des Pfeilbogens. Dann zog sie zuerst ihr Combi aus, dann die untere *«Haut»*. Sie stand nackt vor allen Leuten. Dado ahnte wohl, was nun kommen könnte, denn er trat unsicher von einem Bein aufs andere. Susa stand da wie eine Statue. Auch ich konnte sie nur bewundern. Nicht ein Zucken der Augenbrauen. Von der Menge hörte man keinen Ton. Da sauste Sereno heran und reichte Susa ihre Felle. Betont langsam zog sie diese nun an und zurrte alles fest.

Mit kalter, emotionsloser Stimme bat sie die Menge einen grossen Kreis zu bilden und trat selbst in die Mitte. «Dado, lege deinen Speer und deine Axt zur Seite; nur das Messer.»

Da trat Anla von der Seite vor: «Susa, lass gut sein. Das kann sicher auch bei einem vernünftigen Gespräch geregelt werden.»

Susa's Körperhaltung straffte sich nochmals. Der unbändige Wille und die natürliche Kraft zeigten sich in ihrem Gesicht, als sie schneidend Anla zurechtwies. «Anla, da ist kein Verhandlungsspielraum, trete zurück! Jetzt, sofort! Mein Bruder kannte die Spielregeln von Anfang an.»

Welche Autorität. Niemand wagte noch einen Einwand. Dado blieb jetzt auch nichts anderes mehr übrig. Die

Kontrahenten umkreisen sich. Eine Finte hier, ein Probestich da. Die Menge hielt den Atem an. Ich war zuversichtlich für Susa. Geistig war sie ihrem Bruder weit überlegen. Zudem hatte sie den letzten Mond täglich mit Davo am Schwert geübt. Jetzt wurde mir auch klar, warum sie nach der Vermutung von Anla, es könnte in Zehn-Höhlen eine Revolution geben, ihre Trainingseinheiten mit Davo verdoppelte.

Jetzt kam die erste richtige Attacke von Dado. Susa tauchte weg, stellte ihrem Bruder gleichzeitig das Bein und wirbelte herum und griff nun selbst an. Ebenfalls unglaublich schnell und kraftvoll. Tatsächlich streifte Dado jedoch den linken Oberarm von Susa.

Die Menge murmelte erschrocken oder erstaunt als Blut zu fliessen begann. Dado triumphierte, doch zu früh. Susa rollte über den Boden (genau das hatte uns Davo dutzende Male vorgemacht) und schon knallte ihre Ferse in Dados Oberschenkel, so dass er rückwärtsfiel. Noch während er mit den Armen ruderte, um seinen Fall abzufangen, rollte Susa auf ihre Beine und sprang wie ein Löwe über den fallenden Dado, packte seine langen Haare und zerrte seinen Kopf zurück. In einer einzigen Bewegung riss sie ihm mit Gewalt und Hilfe des Steinmessers ein grosses Büschel aus. «Dado, wie mir scheint hast auch du eine neue Frisur.»

Schon ritzte das Messer seinen Hals. Wir hielten die Luft an. Etwas schwer atmend aber absolut klar und für jede verständlich schrie Susa: «Ich höre...!»

Darauf Dado gepresst: «Ich gehorche und unterstelle mich; ich akzeptiere Susa als meine Umba!»

«Lauter...!»

Der Druck des Steinmessers verstärkte sich, es lösten sich einige Tropfen Blut.

Dado schrie aus Leibeskräften: «Ich gehorche und...»

Susa stand auf blickte voll von Adrenalin in die Runde. Sie schrie: «Bero vom Yora Clan, deine Umba befiehlt dir herzukommen. Bring dein Messer mit!»

Aus der Menge, die immer noch ohne jeden Ton gebannt im Kreis stand, löste sich Bero, 19 Sonnenwenden alt. Noch der letzte der vier Yora Söhne ohne Frau.

Ich musste schon staunen. Wie konnte dieser Idiot nur mit Dado darauf verfallen, er könnte zweiter Umba werden und dann die abgesetzte Susa zur Frau erhalten. Also auch an dem Geisteszustand von Dado musste ich zweifeln. Der war doch immer so vernünftig.

Nun jetzt, ein sichtbar ängstlicher Bero trat in den Kreis. «Susa, ich gehorche dir», rief er laut.

Da lachte die ganze Gemeinschaft und buhte Bero aus. Selbst sein älterer Bruder rief, er solle kein Feigling sein. Ohne lange zu fackeln ging Susa zum Angriff über. Bero wehrte sich nicht schlecht, hatte aber keine Chance. Nicht lange und Susa hielt auch ihm ihr Messer an den Hals.

«Ich höre...!»

«Ich gehorche und unterstelle mich; ich akzeptiere Susa als meine Umba!»

Susa stellte sich nun in die Mitte des Kreises: «Liebe Danu. Ich, Susa Umba vom Zehn-Höhlen-Clan erlaube meinem Bruder Dado zweiter Umba zu bleiben. Sollte er es nochmals wagen, sich gegen mich zu stellen, so werde ich ihn im Zweikampf töten; das gleiche gilt für Yora Bero.»

Links von mir sah ich Davo stehen, wie er völlig verkrampft sein Schwert in der Hand hielt. Ich denke, wenn Susa verloren hätte, hätte er sich nicht zurückhalten können. Zum Glück war dies nicht der Fall. Das hätte unweigerlich zur Katastrophe und auch zu seinem Ende geführt. Schwert hin oder her, gegen den ganzen Clan hätte auch das nicht gereicht. Auch darüber musste gesprochen werden; es wird sicher wieder ein nächstes Mal geben. Es gibt immer ein nächstes Mal!

Jetzt wieder Susa. «Dass die Fremden aus dem Vogel Roc Probleme und Änderungen bei uns verursachen, sehen wir nun. Schon vier von uns haben bereits wunderbare Hilfen erfahren. Das sind Sereno, Elwi, Arnea und Ilea. Unsere

Freunde haben uns geholfen, nicht weil sie müssen, sondern weil sie können und das für sie richtig erscheint.

Trotz allem ahne ich, dass weitere Probleme voraussehbar sind, unsere Lebensweisen sind stark verschieden. Meine Mutter als Clanchefin wird dies in nächster Zeit thematisieren. Auch unsere Roc Freunde werden dies in nächster Zeit besprechen müssen. Jetzt folgen die drei Sommer Monde. Lasst uns die gemeinsam geniessen und lasst uns gemeinsam voneinander lernen. Wenn der Winter kommt sehen wir weiter.

Zur Entspannung der Lage veranstalten wir in den nächsten Tagen unter meiner Führung eine kleine Jagd und zur Sommersonnenwende eine Grosse mit anschliessendem Fest, zusammen mit unseren Roc Freunden. Vater Alba, wann ist die Sonnenwende?»

Gemäss Vater Alba dauert es jetzt nur noch zwei Tage bis zur Sonnenwende und die von Susa vor knapp zwei Wochen angekündigte grosse Jagd konnte beginnen. Geplant war das Erlegen von ein paar Wildschweinen. Falls es sich ergab, würden auch ein oder zwei Umba Kinder nicht verschont.

Bei der kleinen Jagd nach dem Zweikampf war Ilea noch nicht dabei. Jetzt bei der Grossen wollte sie es unbedingt versuchen. Ich versprach ihr, falls sie aufgeben müsste, bei ihr zu bleiben.

«Alle bereit? Wer das Tempo nicht mehr mithalten kann fällt zurück und ist selbst verantwortlich, um zu den Höhlen zurück zu finden. In keinem Fall nimmt der Tross auf den oder die zurückfallende Person Rücksicht. So sind die Regeln seit Urzeiten. Dieses Mal gibt es jedoch eine kleine Ausnahme. Fällt Ilea zurück, so darf Elwi bei ihr bleiben; aber nur er! Verstanden!

...Ich höre...!»

«Wir gehorchen und unterstehen unserer Umba und akzeptieren die Jagdregeln. Hurra, los geht's!»

Lange Zeit zeigte sich nirgends Wild. Doch dann sahen wir die ersten Wühlzeichen einer Wildschweinrotte. Wir waren bestimmt schon mehr als zwei Stunden im Jagdlaufschritt unterwegs. Ich sah, wie Ilea kämpfte. Uns beiden wurde klar, dass ihre Beine noch zu wenig Muskeln entwickelt hatten, um noch viel länger den Laufschritt mithalten zu können. «Elwi, noch weiter zu rennen bringt es nicht, wir müssen ja auch noch zurück.»

Wir stoppten, die Jagdgruppe nahm es zur Kenntnis und verschwand hinter den nächsten Bäumen. «Ilea, das ist schon in Ordnung, bis zur nächsten Jagd werden deine Beine stark genug sein. Lass uns ausruhen, dann kehren wir in ganz lockerem Jagdschritt zu den Höhlen zurück. Ich finde, du warst grossartig. Es ist klar ersichtlich, dass du eine gute Jägerin werden wirst. Versuche dich zu erinnern: Vor sechs Wochen hattest du mit deinem Leben abgeschlossen und jetzt …, schon wieder dabei.»

«Ich beklage mich ja nicht Elwi, ich betrachte es selbst als Wunder. Also komm, leichter Laufschritt Richtung Höhlen. Du gehst bitte vorneweg und schaust auch ein wenig auf Dornen und nasse Stellen, bitte.»

Etwas weiter vorne bemerkte ich eine lichte Stelle im Wald mit hohem Gras. Mit meinem super Gehör hörte ich ein Knacken, welches ich sofort als nicht von Ilea stammend einordnen konnte. Ich wirbelte herum. Scheinbar war ich schneller gerannt als Ilea, diese trat 20 Meter hinter mir auf die Lichtung. Ilea schien ebenfalls etwas gehört zu haben und sprang hinter eine kleine junge Buche. Gleichzeitig schnellte von rechts mit riesigem Fauchen ein Höhlenlöwe aus dem Gebüsch. Lediglich die kleine Buche stand zwischen dem Löwen und Ilea. Alles ging blitzschnell. Die Gedankenabfolgen waren so schnell, dass sich die Zeit verlangsamte.

Ich musste korrigieren, es war eine Löwin. Sie bewegte sich nicht, schaute nur zu Ilea hin. Sie knurrte und drehte den Kopf in meine Richtung. Meine Realisation: Es war «*meine*» Löwin, die mich vor fünf Jahren erwischte und sie hatte ein kleines, hinkendes Baby im Schlepptau. Dieses schloss nun langsam immer wieder bei jedem Schritt heulend zur Mutter auf. Während ich den Speer zum Wurf ansetzte, erkannte ich auf einer tieferen Ebene meines Geistes, dass die Löwin irgendwie auch mich erkannte. Noch bei den letzten fünf Zentimeter meiner Speerabgabe veranlasste etwas in mir die Schussrichtung zu ändern. Der Speer streifte lediglich die Flanke und hinterliess dort einen roten Striemen. Der Speer blieb jedoch im Fell haften, da sich die Löwin eigenartiger Weise nicht bewegte, sondern abwechslungsweise Ilea, dann wieder mich anknurrte. Auf meiner tieferen Ebene, ich würde sagen «*Seelenebene*» realisierten die Löwin und ich, wer wir waren. Ich nahm meine Axt und schritt langsam auf das knurrende Tier zu. Ilea spürte den lautlosen Austausch ebenfalls. Die Löwin schaute mir ruhig in die Augen. Gedanklich empfing ich ihre Nachricht:

«Vor langer Zeit, da war ich jung und stark. Ich hätte dich damals töten können, etwas hinderte mich daran. Jetzt bin ich alt geworden. Wohl zum letzten Mal gebar ich drei Babys, jetzt lebt nur noch dieses und das hat einen bösen Fuss. Hilf ihm, dann verschone ich dein Kleines hinter dem Baum.»

Das alles dauerte keinen Wimpernschlag.

Ganz langsam bewegte ich mich auf die Löwin zu, ergriff das Ende des Speeres und zog diesen sachte von ihrer Flanke weg. Das Junge hielt «*meine*» Löwin mit ihrer Schnauze nieder, so wie, wenn sie zeigen möchte «*Schau, so kann ich dich nicht beissen*».

Ich schaute die Pfote des Kleinen an. Da steckte ein spitziger Ast zwischen den Zehen, welcher bei jedem Schritt ins Fleisch drückte.

Der Ast war angespitzt, demnach aus einer Tierfalle stammend. Ich konnte das spitze Teil gut fassen und mit einem Ruck herausziehen. Das Kleine hätte mich sicher gebissen, wenn es gekonnt hätte. Langsam, um alles ruhig zu halten, bewegte ich mich hinter den Baum zu Ilea und hob doch zur Sicherheit wieder meinen Speer. Ilea hatte schon längst einen Pfeil am Bogen.

Ich schaute wieder in die Augen der Löwin. Dabei realisierte ich wiederum in Gedankenschnelle:

«Die Löwin und ich sind auf Augenhöhe. Bei Vena gibt es keine Urteilung wie «mehr Wert» oder «weniger Wert», alle sind gleich! In der Schöpfung der unendlichen Vena hängt alles zusammen. Wir sind gleichwertig, lediglich auf verschiedenen Entwicklungsstufen.
Elwi Löwe wünscht dir Glück, Löwin Elwi!»

Die Löwin erhob sich. Ich war völlig aufgewühlt. Ich sah die stolzen, anmutigen Bewegungen der Raubkatze. In meinem Kopf sah ich das Gedankenbild von Löwin Elwi:

«Mensch, du hast recht, vor Vena sind wir alle gleich.»

Obwohl ich weiss, dass so etwas nicht möglich ist, bin ich sicher, es so oder ähnlich empfangen zu haben. Die Löwin verschwand im Wald. Wir hörten ein letztes Knurren; ein Dank?

Jetzt erst realisierten wir so richtig was sich ereignet hatte. Wir mussten uns setzten.

«Elwi, ich habe es auch empfangen. Die Löwin war deine und wir sind alle eins. Ich danke Vena für dieses Erlebnis.»

«Seit unsere Roc Freunde bei uns angekommen sind ereignen sich unbekannte Dinge. Es scheint, dass wir uns gegenseitig antreiben, verschüttete Erinnerungen freizulegen. Anla hatte schon am Anfang gesagt, sie seien wegen Seelenverwandten überhaupt erst zu uns gekommen. Ilea, schon im Vogel Roc Mutter haben wir uns entschlossen mit den Roc Leuten zu leben. Ob wir das definitiv so machen wollen, müssen wir uns bald entscheiden. Ich meine, auch die Auseinandersetzung zwischen Susa und Dado ist sicher nicht beendet. Susa zieht es ja auch zu den Roc Leuten und zu ihrem Davo.

Hm..., ich weiss nicht ob bei dem die Wirkung der Spritze schon abgeklungen ist und ob sie schon ein richtiges Paar werden konnten. Es ist jedoch nur eine Frage der Zeit, bis sich Susa, Cara, Taro und Besa abschliessend für Roc entscheiden.»

«Ich denke, eben weil es zwischen Susa und Davo noch nicht geklappt hat, reagierte Susa so heftig. Sie weiss im Moment selbst nicht mehr, auf welcher Seite, ob Roc oder Höhle, es weitergehen könnte. Wahrscheinlich glaubt sie er will nicht, dabei kann der arme Kerl immer noch nicht. War das wirklich nur ein Scherz, als Perida sagte sie habe ihm die Dosis für ein Pferd gegeben?»

Nun lachten wir beide.

«Lieber Elwi, das Wunderbare ist, dass wir uns in nächster Zeit in all unseren Facetten kennenlernen können, auch die Nächte verbringen, ohne dass es ein Baby gibt. Das ist ein grosses Geschenk. Ich bewundere Susa, dass sie genau aus diesem Grund bis jetzt standhaft bleiben konnte und auf einen Mann verzichtete. Ich wünsche ihr, dass es mit Davo funktioniert.»

Wir setzten den Heimweg in lockerem Laufschritt fort. Beide waren wir ruhig und hingen unseren Gedanken nach. Das mit *meiner* Löwin, war ja schon verrückt. Ich war aber sicher, dass die Roc Leute die Geschichte ohne weiteres akzeptieren würden. Einige nannten mich jetzt schon Elwi Löwe.

In den letzten Wochen war ich immer mit der Welt der Vogel Roc Leute beschäftigt gewesen. Nie hatte ich mich mit meinen Schnitzarbeiten beschäftigt. Dabei lag schon seit langem ein Stück eines Mammutzahnes, ein Geschenk von Cara Mammu an mich, bereit um bearbeitet zu werden.

Ich stoppte: «Ilea, in nächster Zeit werde ich wieder vermehrt schnitzen.

Aus Cara's Mammutzahn schnitze ich *«Elwi Löwe»*, oder *«Löwin Elwi»*, so wie es Vena, oder war es der Löwe, uns vorhin übermittelte: Im Seelenreich sind wir eins und dasselbe.
Damit möchte ich *«meine»* Löwin und unsere Vena ehren.»

84. Gedankenspiele

Bericht aus der Zeitkapsel mit dem Titel:
Wohin gehöre ich:
Zu den Höhlen oder zu Vogel Roc?
Wir nehmen teil an den Gedanken von:
Susa Umba vom Clan der Zehn-Höhlen-Leute

Elwi und Ilea hatten ihr Erlebnis mit der Löwin schon viele Male erzählt. Unter anderem auch am Sonnenwendenfest vor drei Monden. Wie nicht anders zu erwarten war, hatten die Roc Leute das Erlebnis angenommen und sich sehr interessiert für alle Details gezeigt. Auch viele der unsrigen freuten sich darüber, wie sich Vena wieder einmal bemerkbar gemacht hatte.

Doch es gab ebenfalls eine Gruppe, welche scheinbar nicht willens war, das Geschehene einzuordnen und es daher als *«Wahnvorstellung der noch geschwächten Ilea und dem bekannten Spintisieren von Elwi»* abtaten. Zu dieser Gruppe gehörte leider auch Bruder Dado. Diese Gruppe behauptete dann auch, es sei typisch, dass beides *«Behandelte»* seien. Sie meinten damit wohl *«Beeinflusste»* der Roc Leute. Die meisten freuten sich echt über die unglaubliche Genesung und die allgemeine Verbesserung der Lebensumstände von Elwi und Ilea. Die anderen waren vermutlich neidisch über das neue Leben, das die zwei führten.
Dado hatte hier ebenfalls seine Probleme, sah er doch die eindeutigen Steigerungen in allen Belangen von Bruder Sereno. Wie er auch zugeben musste, dass seine Frau Arnea

kaum mehr leben würde ohne die Geburtshilfe von Medizinfrau Perida.

Und trotzdem war Dado immer mehr gegen die Roc Leute eingestellt; das war schon eigenartig. Immer öfter war er mit den Yora Brüdern zu sehen. Ich war sicher, es war lediglich eine Frage der Zeit, bis er sich wieder gegen mich erheben würde.

Ich musste dies unbedingt mit meinem Partner Davo besprechen. Ach Davo, jetzt musste ich innerlich gleich selber lachen.

Und zwar darum: Bei uns hatten sich verschiedene Zusatznamen eingeschlichen. Zum Beispiel: *«Elwi Löwe»* und *«Ilea Kleinhand»*. Allgemein bekannt war auch: *«Kira Lehrerin»*. Oder seit seinem idiotischen Abschnallen in der Beschleunigungsphase von Vogel Roc Bruder: *«Taro Kleber»*.

Inzwischen verstanden wir alle, was es mit *«Beschleunigung»* auf sich hat. Da gab es noch weitere Ergänzungs-Namen, eben auch: *«Davo Pferd»*.

Jetzt im Nachhinein können wir alle lachen, aber wir zwei konnten es nicht begreifen und hielten es kaum mehr aus. Bis wir uns ein erstes Mal richtig lieben konnten, vergingen nicht wie von Perida angekündigt *«zwei, maximum drei Wochen»*, sondern fast sechs. Davo war verzweifelt, er behauptete heute noch, Perida hätte ihm die Dosis für ein Pferd verabreicht.

Vor zwei Tagen vertraute mir Arnea an, sie sei bereits wieder mit Kind und das nur vier Monde nach der Geburt ihrer Zwillinge! Ich überlegte. In dem Fall wäre sie schon anfangs dritter Monat. Sie beklagte sich auch, dass Dado sich verändert habe, seit er vermehrt mit den Yoras verkehre. Er sei oftmals unzufrieden mit seinem Status als zweiter Umba. Das nährte meine Befürchtungen bezüglich Dado ebenfalls.

Schwester Cara hatte nach der Sonnenwende Mutter Fina offiziell um Erlaubnis gefragt, sich den Roc Leuten anschliessen zu dürfen. Sie lebte jetzt offiziell mit ihrer Kira

Lehrerin in einem Zimmer der aus Holz erstellten Häuser. In zwei anderen Zimmern waren es Elwi und Ilea, sowie Taro und Besa; die vor vier Tagen ihr Kind geboren hatte.

Schon wieder eine Abschweifung, Besa's Geburt. Also das ging so: Wir nahmen wie gewohnt unser Morgenbad. Da kam mühsam Besa daher, gestützt von Taro. Ich sah ihren runden Bauch der erschien, wie wenn er demnächst platzen würde.

Ich rief: «Besa, wie geht's, ist sicher bald soweit?»

Diese winkt ab. Taro antwortet an ihrer Stelle: «Medizinfrau Perida meint, es könnte jetzt jeden Tag soweit sein. Wir wären froh, Besa kann bald nicht mehr.»

Alle Badenden schauten zu Besa. Es war ersichtlich, wie es ihr schwerfiel überall freundlich zu lächeln und immer wieder «es geht schon» zu antworten.

Dann fragte Besa zu Kira gewandt: «Kira, Lehrerin, du bist ja bald selbst Medizinfrau. Darf ich bei meinem nächsten Baby euren künstlichen Frauenbauch beanspruchen. Schau mal wie riesig mein Bauch ist. Kann da mein Mädchen normal aus mir herauskommen? Ist Perida bereit falls sie mich aufschneiden muss?»

Ich ging zu Besa hin und legte meine Hand beruhigend auf ihre Schulter: «Schau, da kommen Perida und Pera mit ihren Kindern, sogar die haben sich zum Morgenbad überwunden.»

Perida trat zu Besa und tastete behutsam ihren Bauch ab. Sie stutzte: «Ja, Besa ich denke es ist so weit. Nach dem Bad mache ich den Spitalraum im Vogel Roc Bruder bereit. Kommt dann vorbei. Schau nicht so verängstigt, es ist alles in Ordnung. Alle 14 Kinder auf Vogel Roc Mutter sind mit meiner und Franas Hilfe gesund zur Welt gekommen. Das kriegen wir auch bei dir hin. Ah, hallo Frana, ich bitte um deine Meinung. Ich denke wir werden heute einleiten.»

«Einleiten», auch das verstand ich inzwischen. Die Roc Leute hatten die Mittel, um eine Geburt zu beginnen, wann sie den Zeitpunkt für richtig hielten. Nach dem Mittag war es soweit. Taro zuckte bei jedem Schrei zusammen der aus dem Geburtsraum von Vogel Roc drang. Alles verlief glatt. Auf der Wiese vor Vogel Roc Bruder hatte sich praktisch der ganze Clan versammelt. Schon hörte man das Schreien des Babys und bald hielt Taro das Bündel seiner Erstgeborenen von der Galerie des Cockpits in die Höhe und rief den versammelten Clan Leuten zu: «Es ist ein Mädchen und bekommt den Namen Susa, damit es auch einmal Umba werden kann.» Da brandete Jubel und Applaus auf. Da war ich natürlich auch etwas stolz.

Und sowieso: So eine Geburt ist immer etwas Schönes.

Nun zurück zu meiner angefangenen Erzählung mit den verschiedenen Zimmern:

In einem weiteren schlief Davo, wo er jede Nacht hoffte ich würde ihn besuchen. Solange ich jedoch die Umba bin, war dies nur beschränkt möglich. Einfach den Clan verlassen wie Schwester konnte ich nicht. Es war im Moment keine geeignete Nachfolge für mich in Sicht. In nächster Zeit wird dies wohl so bleiben.

Es ging jetzt gegen Winter zu. Im Frühjahr tauchten Andermensch und seine Familie nicht auf. Vater meinte, sie hätten vielleicht einen anderen Weg nach Norden genommen. Wenn ihnen nicht etwas zugestossen war, werden sie spätestens in zwei Monden hier vorbeikommen. Dann werden ebenfalls die Mammuts gegen Süden ziehen, wo selbst in der kalten Jahreszeit ein wenig Gras wächst. Vielleicht könnten wir zusammen auf die Jagd gehen. Es nützte nichts im Sommer nach Mammuts Ausschau zu halten. Erstens waren dann nur wenige hier und zweitens gelang es nie die riesige Menge Fleisch haltbar zu machen, wenn es keine Frostnächte gab.

Da waren noch Mutter und Vater. Beide waren Vena-Bewusste. Vater hatte einige der Roc Leute erkannt. Beide fühlten sich ebenfalls zu den Roc Leuten hingezogen. Fast täglich gingen sie ins Schulzelt. Sie wussten und verstanden inzwischen sehr viel. Auch hier war es ersichtlich: Längerfristig gehörten sie mit ihrem Wissen nicht mehr in die Höhlen. Es war gewiss ebenfalls hier lediglich eine Frage der Zeit, bis Mutters Führerschaft angezweifelt würde.

Mutter sah sowieso zehn Jahre jünger aus, seit sie eine Woche im Krankenzimmer von Vogel Roc Bruder verbrachte. Perida hatte ihre Brüste verkleinert. Was die alles für Möglichkeiten haben, echt krass. Mutter sieht jetzt aus, wie wenn sie meine ältere Schwester wäre. Vater, wie auch Mutter wurden zudem mit *«Blut Messengern»* behandelt. Sie werden ihr Erscheinungsalter, also ihre relative Jugend, ab jetzt etwa 25 Sonnenwenden lang beibehalten können.

Vieles zeichnete sich ab, und trotzdem stagnierte alles. Es schien, dass alle blockiert waren. Komisch, wie viele Male kündigte Anla schon eine grosse Zusammenkunft an; konkret wurde dies bis jetzt noch nie. Während die Roc Leute am Anfang sagten, sie gedachten hier eine neue Heimat aufzubauen und sie wollten nicht mehr fortgehen, zweifelte ich inzwischen daran. Vor allem je mehr ich lernte. Sie sagten, dass von dort wo sie herkommen, der ganze Planet mit Leuten so wie sie bewohnt sei. Also alle wissen ebenso viel wie sie. Man stelle sich das nur einmal vor: Auf dem ganzen anderen Planeten, der wie unsere Erde eine riesige Kugel sei (habe ich selbst gesehen von Vogel Roc Mutter aus), leben unbeschreiblich viele Menschen, alle könnten lesen, schreiben, rechnen und verstanden alle die Mathematik und der Aufbau der Welten (Es soll Millionen davon geben). Also ehrlich, was wollten die Roc Leute hier? Natürlich sie kamen, weil sie auf Grund verschiedener Seelenreisen wussten, dass hier Seelenverwandte lebten. Ich denke im nächsten Jahr fliegen wir alle nach Himâ zurück. Alle Roc Leute mit allen Vena Bewussten von unserem Clan; da wäre ich dann wohl auch dabei!

Irgendwie glaube ich, dass es erst wieder Bewegung geben wird, wenn Andermensch hier eintrifft. Ich habe das Gefühl, er ist der Schlüssel. Dass er nicht im Frühjahr gekommen ist musste wohl so sein. Wenn er kommt wird er sicher vieles erklären können.

Jetzt nochmals zurück wegen dem zögerlichen Verhalten von Anla. Wenn ich in mich hineinhöre war es bei mir dasselbe. Nach dem Kampf mit Dado sagte ich, wir werden jetzt die drei Sommermonde zusammen geniessen, dann würden wir weitersehen. Also die drei Sommermonde waren jetzt um! Aber einen Plan für das weitere Vorgehen oder die Gestaltung meines Lebens hatte ich immer noch nicht gefunden.

Nachdem ich schon so viel gelernt hatte, kam ein Mann aus unserem Clan sowieso nicht mehr in Frage. Ich könnte mich nur mit einem gebildeten wie Elwi oder Taro zusammentun. Da diese schon in Partnerschaften lebten, kamen beide nicht in Frage. Elwi wäre gar nicht so schlecht, obwohl er schon 32 Sonnenwenden zählte. Also gegen Davo kam er logisch nicht an, aber immerhin. Ilea und er gaben ein schönes Paar ab. Ilea hatte seit ihren Operationen Gewicht zugelegt; sie ist wirklich eine schöne Frau geworden. Und rennen kann sie so gut wie Cara oder ich, das will etwas heissen!

Ja der Elwi, der hatte wirklich viele Talente. Seit seinem Erlebnis mit dem Löwen arbeitete er in den letzten Monden konsequent an seiner Elfenbein Figur und stellte sie erst vor kurzem fertig. Die war wirklich sehr gut geworden. Er erklärte, dass ihre Grösse nicht zufällig sei. Er habe die Figur seiner Ilea gewidmet. Das Mass sei exakt «Ilea Kleinhand», das heisst die Distanz von der Beuge des Ellenbogens bis zu den Fingern, eben der kleineren Hand. Das Kennzeichen von Ilea. Kira reichte ihm darauf sofort einen Messstab und wir alle mussten die Grösse mit den bei den

Roc Leuten üblichen sogenannten Centimetern ablesen. Jeder von uns mass natürlich ein wenig anders. Unter Gelächter einigten wir uns auf den Durchschnitt (mussten wir berechnen; also Kira machte die Angelegenheit gleich wieder zu einer Unterrichtsstunde) von 31.1 cm. Das war interessant und gefiel allen. Elwi ergänzte voller Stolz, dass wir genau hinschauen müssten beim linken Ohr und linken Arm. Tatsächlich fanden sich beim Ohr wie auch beim Arm längliche Einritzungen.

Elwi sagte: «Es sind die Spuren der Löwenpranke. Beim Arm nur leicht, beim Ohr wisst ihr ja was passierte. Aber um die Statue schön und kunstvoll zu gestalten, habe ich es nur angedeutet. Ich konnte ja nicht das abgerissene Ohr darstellen. Ihr habt mich ja alle vor meinen Operationen gesehen. Also die Statue sieht schöner aus als ich es war. Und jetzt das Beste: Als ich realisierte, dass die Löwin und ich vor Vena gleichwertig sind, habe ich dies unterstrichen indem ich meinen Kopf durch den *«meiner Schwester, Löwin Elwi»* ersetzt habe. Das ist mir echt gut gelungen, findet ihr nicht auch?»

Da waren wir alle baff über diese tiefgründigen Erklärungen und wir lobten Elwi für seine gelungene Arbeit.

Ilea war fast noch stolzer als Elwi selbst, als sie sagte, dass Elwi ihr die Statue geschenkt habe. «Sie steht jetzt immer neben dem Bett, wo wir sie anschauen können. Betrachte ich den gelungenen Löwenkopf, sehe ich immer wieder die echte Löwin vor mir, nur getrennt durch den spärlichen Schutz der kleinen Buche. Aber der Blick von *«Schwester, Löwin Elwi»* war nicht der einer Jägerin, sondern der einer besorgten Mutter; Vena hatte es so gerichtet.»

Nach diesen Erläuterungen zur Statue *«Elwi Löwe»* beziehungsweise *«Schwester, Löwin Elwi»* stellte sich mir eine weitere Frage. Ich wollte von Elwi wissen, warum er seine Vena Figur dermassen unförmig, also richtig dick mit riesigen Brüsten und ohne Gesicht dargestellt habe. «Schau doch uns an Elwi, wir sind gross und schlank, auch deine

Ilea hat doch keinerlei Ähnlichkeiten mit dieser dicken Vena.»

Elwi lachte und meinte: «Ihr versteht aber auch gar nichts. Unsere Roc Freunde würden sagen *«Exportartikel gemäss Kundenwunsch»*, denn diese Vena schnitzte ich für Gruppen von Andermenschen. Die sind viel massiver gebaut als wir, sie lieben diese Art Frauenfiguren und tauschen so auch mehr Feuersteine, weil sie diese Art von Vena dann unbedingt haben wollen. Darum ist sie auch so klein. Einen riesigen, schweren Stein will niemand mitschleppen. Das Gesicht habe ich absichtlich noch weggelassen. Wenn dann so ein verliebter Andermensch seiner Frau ein Geschenk machen will, hätte ich vor ihren Augen das Gesicht seiner Liebsten eingeritzt; das hätte noch zusätzliche Feuersteine gebracht. Damit das nicht zu lange dauern würde (Andermenschen sind nicht gerade für ihre Geduld bekannt), habe ich ihr übliches krauses Haar bereits dargestellt. Aber wie wir alle wissen, sind in diesem Frühjahr keine Andermenschen bei uns vorbeigezogen. So ist halt auch die Figur nicht fertig geworden.»

Also unser Elwi, der hatte doch auf jede Frage eine echte (oder erfundene) Antwort.

Gescheit war Elwi schon immer gewesen.

Ach immer wieder schweifen meine Gedanken ab. Also wo war ich? Ach ja, bei den möglichen Männern. Weder Taro noch Elwi! Es blieb wirklich nur Davo. Ich lächle schon wieder in mich hinein, denn es ist nicht *«es blieb nur Davo»*. Das tönt wenig begeistert. In Wahrheit ist er der Beste von den dreien. Gross, schön, lieb und stark; ach..., ein guter Liebhaber..., und im Moment sorgt die Spritze, dass es keine Babys gibt. Also, das ist schon schön...!

«So Susa, bitte bringe deine Gedanken in Ordnung», wies ich mich selbst zurecht.

Davo liebte mich, mir gefiel er auch ungemein. Schlussendlich war die Familiengründung mit ihm das einzig richtige. Jetzt konnten wir uns so oft lieben wie es die Umstände zuliessen. Dank dem Wissen von Perida werden wir, wie gesagt, im Moment kein Baby kriegen.

Also verfolgte ich diesen Gedanken weiter: Wenn keiner aus dem Clan in Frage kam war es gegeben, dass ich mich ebenfalls ganz den Roc Leuten anschliessen würde. Ja! Wenn ich ehrlich bin hiess dies, dass ich nächstes Jahr mit den Roc Leuten den Rückflug antrete. Ja! Hallo, 17 Sonnenwenden auf ihren Raumschiff Meriâ II.

Wenn wir dann endlich auf ihrem Planeten Amerâ ankommen, werde ich etwa 40 Sonnenwenden alt sein. Dank ihren *Blut Messengern*, sehe ich dann immer noch wie erst 30 aus und meine Lebenserwartung beträgt gemäss KI 120 Jahre. Ich musste wieder ein wenig lächeln: Und mit Davo Liebe machen bis wir hundert sind.

Ich konnte 17 Jahre lang auf dem Raumschiff alles studieren, am liebsten möchte ich auch Medizinfrau werden. Wenn wir ihre Heimat erreichen, werden Davo und ich zwei Kinder haben, welche schon fast erwachsen sein werden. Also das waren doch gute Aussichten.

So jetzt! Plötzlich durchströmte Freude meine Brust: Endlich, mein Ziel war erkannt. Davo sagte schon immer, er staune wie konsequent wir ein Ziel verfolgen würden. Nun dann: Wie arbeitete ich ab jetzt am besten daran, um es auch erreichen zu können?

Es war jetzt Abend. Mir war plötzlich egal was meine Leute denken würden: *«Ich gehe zu Davo, jetzt.»* In Gedanken rief ich nach ihm. *«Davo, ich komme!»*

Ich weiss: Nach der Liebe lässt sich am besten über die gemeinsame Zukunft spekulieren.

85. Mammutjagd

Bericht aus der Zeitkapsel mit dem Titel:
Ich darf bei der Mammutjagd dabei sein.
Erzählerin, Kira von Cherisatâ:
Studentin, 4. Semester Medizin,
Vizemeisterin im Bogenschiessen.

Es war schon später Herbst, jede Nacht gab es nun Frost. Unsere Holzhäuser konnten wir gut heizen, das galt auch für das Gemeinschaftszelt. Selbstverständlich hatten wir die Fenster unserer Räume mit leichtem, teilweise Licht-durchlässigem C-Stoff-120 abgespannt, um die Heizwärme besser halten zu können. Unsere Solarpanels lieferten hierzu genügend Energie, auch für elektrische Leuchtmittel.

Unsere Drohne hatte eine Lagerstätte von Quarzsand hatte rund 20 km Flussabwärts entdeckt. Da mündet in einer flachen Gegend ein kleinerer Fluss in den Danu. Unsere Danus sagten der Name sei Krem und die Menschen dort nennen sich Krem-Leute. Es sei ein friedlicher Clan, schon einige unserer Danu-Frauen hätten da tüchtige, starke Männer ausgewählt. Auch umgekehrt, hätten schon einige Krem-Frauen Männer von uns ausgewählt. Ohne wissenschaftliche Kenntnisse haben die Einheimischen scheinbar gemerkt, dass es von Vorteil ist, wenn nicht immer die gleichen Menschen miteinander wieder Kinder kriegen.

Ja aber eigentlich wollte ich das mit dem Quarzsand schildern: Genügend Energie für die Herstellung von Glas gäbe es nur in der Meriâ II; da stellte sich die Frage von Aufwand und Ertrag!

Die Abende im Gemeinschaftszelt bei gutem Essen und Gesprächen waren jeweils gemütlich.

Als es im Herbst deutlich kühler wurde, kamen immer mehr der Einheimischen in unser Zelt. Inzwischen hatten wir es schon zwei Mal erweitert. Nun fand der ganze Gross-Clan der Zehn-Höhlen darin Platz. Die Einheimischen genossen es sichtlich, die langen dunklen Abende im Licht und an der Wärme zu verbringen.

Seit unserer ersten Landung sind bereits mehr als acht Monde vergangen; mein 18-ter Geburtstag liegt hinter mir. In dieser Zeit haben unsere Leute 50 kleine separate Holzzimmer gebaut. Taro hatte sich unserem Bautrupp angeschlossen. Er konnte inzwischen mit allen Werkzeugen und Geräten umgehen. Jede Familie und jedes Paar unserer Gruppe hatte mindestens ein Zimmer.

Das waren die einzigen Privatsphären, sonst spielte sich das Leben im Gemeinschaftszelt ab. Die im Halbkreis angeordneten privaten Räume aus Holz von den nahen Wäldern waren gesamthaft mit einer Plane überspannt. Dieser Halbkreis bildete mit der Plane somit einen sehr grossen überdeckten Hof. Seit ein paar Tagen ist der Hof zusätzlich mit Seitenwänden, teils aus Holz, teils aus Planen, abgegrenzt und kann auch temperiert werden. Hier hielten wir Besprechungen unter uns Roc Leuten ab. Im Gemeinschaftszelt war dies nicht möglich, da war immer ein riesiger Lärm und nie Ruhe.

Draussen auf dem Vorplatz vor dem Gemeinschaftszelt brannte stets ein grosses Feuer. Egal ob es regnete, schneite oder stürmte; Tag und Nacht. Auch da sassen immer viele Clan-Leute darum herum. Im Herbst hatten sie im Wald wilde Trauben gelesen und diese fermentierten nun in irdenen Töpfen; es ergab sich ein Vorläufer von Wein. Dieser hatte zum Glück nur wenig Alkohol. Wer zu viel trank wurde kaum betrunken, doch immer wieder einmal einer oder eine rissen den Lendenschurz herunter und spurtete in den Danu. Jedes Mal unter riesigem Gelächter aller. Die Gärung ging halt in den Eingeweiden weiter.

Es war eigentlich fast immer eine Freude mit diesen Leuten zusammen zu sein. Sie waren extrem lebensbejahend und immer guter Laune. Es gab fast keine alten, die ältesten waren vermutlich so um die 60. Es war in dieser Gesellschaft normal, dass jede überall mitmachte, solange es der Körper zuliess. Dann folgte das zurückgezogene Leben in der Höhle mit hüten der kleinen Kinder und helfen, wo es nötig war. Reichte die Kraft auch für das nicht mehr, ergab sich bald ein Konsens zwischen der Clanführerin, der entsprechenden Familie und der betroffenen Person, ohne dass viel gesprochen wurde. Es war dann bald so, wie es auch mit Ilea gewesen war: Es wurden noch Reste verteilt, die Person wurde aber sich selbst überlassen und bereitete sich bewusst auf die Rückkehr zu Vena vor.

Verschiedene verabschiedeten sich auch und kündigten an, sie gingen auf «*die letzte Jagd*». Dies soll jeweils vor allem in den Wintermonaten ausgeübt worden sein. Wer zur letzten Jagd aufbrach, tat dies unter Winken und gegenseitigen guten Wünschen und zog am Abend aus dem Dorf aus. Die traditionellen Worte dabei seien: «Wir treffen uns wieder bei Vena.» Wer sich auf seine letzte Jagd begab, legte sich irgendwo nieder und begab sich in den letzten Schlaf. Der Nachtfrost liess die Alten auf der letzten Jagd friedlich einschlafen und nicht mehr aufwachen. Den Rest besorgte die Natur. Das hatte mir meine Cara so erzählt, ich selbst erlebte noch keinen Winterabschied.

Obwohl es uns an nichts mangelte, hatten wir längst festgestellt, dass es für uns hier kaum eine Zukunft geben wird. Verschiedentlich wurde dies schon besprochen. Es fehlte jedoch auf komische Weise an definitiven Entscheiden.

Diejenigen, die spürten, dass sie zur Gruppe der Seelenfreunde gehörten (da gehören Cara und ich ganz bestimmt auch dazu), spürten auch, dass noch ein wichtiges Teil oder Mitglied fehlte. Inzwischen glaubten alle, es müsste sich um Andermensch und seinen Clan handeln. Da bestand bei den Meisten das Gefühl, er müsste demnächst auftauchen. Ich war sicher, ich würde ihn als Seelenbruder erkennen. Inzwischen herrschte der unausgesprochene Gedanke, dass wir nicht hierbleiben werden.

Es wird nicht möglich sein, die Menschen hier gesamthaft an unseren Lebensstiel anzupassen, so wie es ebenfalls nicht möglich sein wird, dass wir die Lebensweise der Einheimischen annehmen würden. Bleiben wir jedoch, werden wir längerfristig unseren hohen Standard an Technik verlieren. Das heisst, wir würden selbst zu Steinzeitmenschen. In wenigen Generationen gäbe es keinen Unterschied mehr. Nicht dass dies schlecht wäre, auch nicht erschreckend. Ich könnte nicht sagen, welches Leben «schöner» oder «besser» sei, ihres oder unseres! Eigentlich sehe ich nur glückliche zufriedenen Menschen, die mit beiden Beinen fest auf dem Boden stehen.

Die kleine Gruppe der Einheimischen, welche zu unserer Seelenfamilie gehörte, wollte ihr neu gewonnenes Wissen auf keinen Fall zurückgeben. Sie befanden sich emotional bereits näher bei uns Roc Leuten als bei ihrem Höhlen Clan. Susa und Cara waren beide überzeugt, dass wir im nächsten Jahr die Rückreise antreten würden.

Susa hatte für sich bereits ausgerechnet (in ihrer gewohnten Konsequenz durchdacht), dass sie, sobald die Reise beginnt mit Davo zwei Kinder haben möchte.

Sie hielt fest: «Dann bin ich noch nicht einmal 40, mit schon fast erwachsenen Kindern, wenn wir bei Zwillingsstern ankommen. Dank euren medizinischen Behandlungen bin ich dann immer noch sehr, sehr jung, kann mich in eure Gesellschaft integrieren, bewähren und nochmals Neues anfangen.»

Meine Cara denkt da ganz ähnlich. Obwohl Susa und Cara wissen, dass sie über hundert Sonnenwenden an Lebensjahren vor sich haben und bis etwa 65 problemlos Kinder haben könnten, ist ihre Prägung so gerichtet, dass sie bis jetzt trotzdem überzeugt geblieben sind, unbedingt sofort Kinder haben zu müssen. Ihre Jugendprägung blieb bei ihnen in der Steinzeit und in deren kurzen Lebenserwartung verhaftet.

Cara und ich führten im Moment vermutlich das bestmögliche Leben, das man sich vorstellen kann.

Unsere beiden Ärztinnen Perida und Frana konnten ihr Wissen und Können voll ausschöpfen. Der Strom von Kranken und Verletzten riss nicht ab. Und ich war die Assistentin in Ausbildung zur Medizinfrau. Nun schon im zweiten Studien-Jahr. Es gab praktische Anwendungen ohne Unterlass. Ich lernte schnell und hatte bereits meine eigene «Untergebene».

Es ist unglaublich, Ilea möchte ebenfalls Medizinfrau werden. Ich bin sicher, sie wird dies können. Wir sind beste Freundinnen, ein toller Mensch diese Ilea. Was sagte sie mir gestern? «Im Vertrauen Kira, Lehrerin, wenn wir nächstes Jahr abgereist sind, möchten Elwi und ich unbedingt ein Baby. Bei der Geburt wünsche ich, dass du mir als meine «Kira, Lehrerin» beistehst. Versprochen?»

Ich liebte meine Ausbildung, so wie Cara die ihre. Bei Davo studierte sie die Computeranwendung und bei Mashel Mathematik. Sie löste inzwischen Gleichungen mit drei Unbekannten. Mashel war begeistert: «Bis in einem halben Jahr werden wir zwei höhere Mathe diskutieren, die sonst niemand mehr versteht.» Bei den Nachtessen berichten wir uns jeweils gegenseitig von den Ausbildungserfolgen. Wir sind total aufgeladen…, und so geht es dann in die gemeinsame Nacht.

Der Himmel und Vena sind uns im Moment sehr nahe.

Ruft «*Susa Umba*» wieder zu einer Jagd auf, verwandelt sich meine Cara wieder in «*Cara Mammu*». Die Schwestern ziehen dann den ganzen Clan in ihren Bann. Selbst der auf Revolution gesinnte Dado macht dann ohne jeden Protest begeistert mit. Sereno kann bei diesen Gelegenheiten wieder seiner Lieblingsschwester direkt folgen. Er vermisste sie während ihren langen Abwesenheiten sehr, und wusste oft nicht, welcher Seite er sich anschliessen sollte: Roc oder Höhle.

Bei diesen Jagden konnte ich die Kraft, Anmut und Gewandtheit meiner Cara nur bewundern. Freudig rannte ich jeweils mit meinem Bogen mit. Seit die wichtigen Mitglieder des Clans mit unseren Bögen ausgerüstet worden sind, gestalteten sich die Jagden bedeutend einfacher.

Alle sind bereit, gerüstet und warten auf den ersten Durchzug der Mammuts zu ihren Winterquartieren.

Soeben sind wir aufgestanden und haben uns an den Fluss begeben. Das machen wir alle: Direkt aus dem Bett in den Fluss. Die meisten Clanleute nehmen auch bei Frost ihr Morgenbad, bei den Rocs nur einige. Je kälter die Luft, desto wärmer empfand man das Wasser. Ich habe mich richtig an die Morgenbäder gewöhnt. Ich finde diese tun so richtig gut und geben mir einen guten Start in den neuen Tag. Vater war auch regelmässig dabei. Mir viel auf, wie er nie Mutter animieren wollte auch teilzunehmen. Mutter hatte dies auch gemerkt und akzeptierte unser Vater-Tochter Unternehmen. Vor allem auch, seit sie meine und Vaters kleine Revolution bezüglich ihres dominierenden Wesens akzeptiert und verdaut hatte. Vater lachte oft über unser «*heimliches morgendliches Revolutionsbad*».

Das Frühstück war beendet und die allgemeine Schule begann. Kaum hatte Jaqua seine Kinder an den Tischen gebändigt, hetzte einer der Späher auf den Platz und schrie: «Mammuts, eine ganze Familie, sie kommen den Danu herunter. Sie werden Morgen hier durchziehen.

Alles war vergessen, nur noch die Mammuts waren in allen Köpfen.

Aus dem Zelt eilten die Kinder, wie auch Cara. Die schrie noch zurück: «Tut mir leid Mashel keine Mathematik jetzt, ich muss den Späher sprechen und vorbereiten.» Mit glänzenden Augen raste Susa herbei zur nervös diskutierenden Menge. «Alles bereit machen für die Jagd. Heute Abend wird alles besprochen, auch wer teilnehmen darf. Morgen ist ein grosser Tag. Späher hierher, dein Bericht; im Detail!»

Späher: «Susa Umba, wie gewöhnlich ist kein Bulle dabei, jedoch vier Kühe mit drei Jungtieren. Ein kleines und zwei grössere. Das eine der grösseren hinkt, aber sonst sieht es ebenfalls wohlgenährt aus. Das kleine ist vor einem Jahr, die beiden anderen vermutlich vor zwei Jahren geboren.»

Susa nickte zu Cara: «Wir jagen das grössere Jungtier, welches hinkt. Die anderen lassen wir ziehen. Es werden weitere Mammuts durchziehen, die wir jagen können. Es ist anzunehmen, dass die Mutter seinem Jungen zur Hilfe eilen wird. Nur dann dürfen die Mutter oder die anderen Erwachsenen angegriffen und verscheucht werden. Wenn möglich nur vertreiben, wenn notwendig auch richtig angreifen. Verstanden!»

Im ganzen Clan vibrierte es. Mammut Jagden waren immer Höhepunkte im Jahresverlauf der Danu Leute, bedeutete es doch unendlich viel Fleisch und ebenso viel Prestige für die Teilnehmer. Aber auch viel Enttäuschung und Streit für diejenigen, die nicht teilnehmen durften. Es hatte sich bewährt den Jagdtrupp klein zu halten, mehr Jäger und Jägerinnen als 25 brachten nichts; man versperrte sich sonst nur selbst die Wurflinien für die Speere.

Dieses Mal verlief die Vorbereitung für die Jagd total anders als sonst. Mit dem grossen Versammlungszelt stand den Danu erstmals ein trockener, beleuchteter Ort, in welchem der gesamte Clan Platz fand, zur Verfügung. Nach dem Essen sprang Fina als oberste Clanchefin auf den Tisch in der Mitte und bat um Ruhe. «Wir sind die Jäger des weiterum bekannten Zehn-Höhlen-Clans. Wir sind auf weite Distanz der grösste und reichste Clan, weil wir die schönsten Höhlen unser Eigen nennen. Über 200 Leute unterstehen meiner Führung. Wir sind auch stark, weil wir gelernt haben unseren Führerinnen und Umbas zu gehorchen. Wer das nicht machen will, kann meinen Sohn Dado fragen, er weiss was dann passiert; er hat seine Lektion gelernt.»

Ich dachte, dass dies nicht gerade geschickt war zu erwähnen, auch wenn das Gesagte stimmte. Hörte man doch jetzt verschiedentlich höhnisches Lachen. Der zornige Ausdruck von Dado zeigte jedoch, dass dieser seine Niederlage noch nicht überwunden hatte.

Fina fuhr fort: «Aber eine weitere Stärke von unserem Clan ist, dass wir jeweils die Meinung der gesamten Versammlung in unsere Entscheidungen einfliessen lassen. Es folgt nun wieder das Winterhalbjahr. Noch nie hatten wir es so bequem, warm und hell wie dieses Jahr. Unsere von Vena gesandten Freunde haben die Fähigkeit mit ihren Spiegeln das Sonnenlicht einzufangen und es in der Nacht langsam wieder frei zu lassen. Ja nicht nur das Licht, sondern auch die Wärme der Sonne. Darum sitzen wir nun gemeinsam in dieser künstlichen Höhle der Roc Leute und keiner friert.»

Nach kurzer Kunstpause fuhr Fina fort: «Wir wissen aber auch, dass unsere Roc Leute keine Ahnung von der Jagd haben. Wie mir Clanchefin Anla sagte, jagte oder tötete noch nie einer der ihrigen ein Tier. Die Ausnahme ist Schwertmann Davo der mich vor dem Wildschwein verteidigte.» Allgemeines Lachen und zustimmendes Nicken zu Davo hin. «Daher haben wir nicht die Absicht, sie an der Mammutjagd teilnehmen zu lassen. Sie können eines ihrer Augen in den Himmel steigen lassen. Dieses macht dann hunderte von Zeichnungen und an der weissen Wand können wir dann anhand der Bilder sehen wie die Jagd verlaufen ist. Wer hat die gleiche Meinung?»

Es hoben sich die Mehrheit der Hände.

«Weiter, Cara Mammu hat entschieden, dass ihre Lehrerin zur Jagd eingeladen wird. Wagt es jemand gegen Cara Mammu zu stimmen?»

Es erhoben sich verschiedene gemurmelte Kommentare, aber keine Hände. Neben mir sassen Mutter Anla, Vater Karmo und weitere unserer Crew. Sie schauten zu mir hin. Mutter meinte: «Also, Demokratie geht anders, aber dafür ist es vermutlich noch ein paar tausend Jahre zu früh.»

«Mutter, soll ich ablehnen?»

«Ich denke nicht, das würde nur dem Prestige von Cara schaden. Schau bloss dazu, dass dich Cara bis in einem Jahr nicht total dominiert und dir befiehlt. Wäre sie ein Mann würden wir Cara wohl als Macho bezeichnen.»

Jetzt wandte sich Fina an mich: «Kira, du bist dabei, natürlich mit deinem Bogen. Susa Umba gibt nun die Namen der Jagdteilnehmer bekannt.»

Susa sprang auf den Tisch: «Vom Gere-Clan nehmen teil..., vom Yora-Clan sind es..., ..., so, das sind jetzt total 23. Bei der nächsten Jagd werden Andere teilnehmen können.

...Ich höre!»

«Wir gehorchen und unterstehen unserer Umba und akzeptieren die Auswahl der Jäger und Jägerinnen, sowie die Jagdregeln. Hurra, Morgen geht's los!»

Ich schaute in die Runde. Die gewählten Teilnehmer markierten die Grosszügigen beim Trostspenden der nicht Ausgewählten. Einige von denen hatten echt Probleme und verdrückten sogar die eine oder andere Träne. Nicht nur ehrgeizige Männer, nein ich sah auch Frauen.

Fina zeigte nun auf den Späher, welcher nun auf den Tisch sprang. «Susa Umba, ich denke, wir sollten uns bei Tagesanbruch zum Bärenfelsen begeben. Zwischen diesem und dem Danu sind es weniger als hundert Meter. Hinter dem Felsen beginnt der Wald. Nach meiner Einschätzung ziehen die Mammuts dort vor Sonnenhöchststand durch. Die Distanz nach hier ist nur eine knappe Stunde im Jägerschritt. Wenn die Mammut Mutter realisiert hat, dass ihr

Junges tot ist, werden sie sicher noch eine Weile herumstehen, aber bald weiterziehen. Dann ziehen sie noch hier vorbei und weiter bis vielleicht ins Sonnenfeld. Also keine Gefahr für uns.»

«So machen wir es», schloss Susa, «die Teilnehmer sollten sich nun zur Nachtruhe begeben. Falls es noch nicht alle gesehen haben: Es schneit! Es liegt bereits eine Handbreit Schnee. Wir sehen uns in der Morgendämmerung.»

Der Wächter hatte das Feuer bereits wieder angefacht. Als Cara und ich hinzutraten, standen schon einige um das wärmende Feuer herum. Von den Höhlen her näherte sich Susa. Sie schaute, wie mir schien, etwas sehnsüchtig auf meine Füsse. Die ihren waren durch das einheimische Schuhwerk geschützt, auch nicht schlecht, aber die Felle kamen schon nicht an meinen Hightech Stiefel aus der Produktion der Meriâ II heran.

Geschneit hatte es nicht mehr. Die ersten Sonnenstrahlen schienen über den Danu und brachten doch ein wenig Wärme. Die breite Ebene wurde schmäler, die bewaldeten Hügel zogen sich näher zum Fluss hinab. Jetzt folgten wir direkt dem schmalen Uferstreifen. Dann folgte der Hügelvorsprung der Bärenfels genannt wurde. Hier etwas erhöht und frei von Bäumen sahen wir weit voraus wieder die breiten, flachen Uferbereiche unseres Flusses.

Nicht lange und wir bemerkten einige schwarze Punkte, welche sich in unsere Richtung bewegten. Um diese sich langsam bewegenden Punkte sahen wir links und rechts schnellere Bewegungen.

Yora Bero hatte gute Augen: «Es sind auch Pferde dabei.»

Es blieb nichts anderes als zu warten. Ich staunte über die Kälteresistenz der Danu Leute. Ohne meine perfekten Winterkleider hätte ich stark gefroren. Die Danus waren sich die Temperaturen, knapp über dem Gefrierpunkt gewohnt. Jetzt waren die Mammuts auf ungefähr zwei Kilometer heran. Die Nervosität stieg.

«Wohin wollen die», rief die Frau vom Gere-Clan, «doch etwa nicht in die Hügel?»

«Wir warten auf den Späher», entschied Susa.

Der kam bald angewetzt: «Umba, sie ziehen den Grimbach hoch in die Hügel.»

Ich war erstaunt, das ratlose Gesicht von Susa zu sehen. Da trat ein Mann etwa im gleichen Alter wie Elwi vor. «Umba, das habe ich schon einmal erlebt, ich würde sagen vor neun Sonnenwenden. Es war, wie wenn die Mammuts der Engstelle ausweichen wollten. Damals zogen sie vom Grimbach über die Hügel und den Ödbach wieder an den Danu herunter. Es blieb uns nur der Angriff in den offenen Wiesen auf den Hügeln. Da liegt jetzt mehr Schnee als hier. Die Mammuts können sich da besser bewegen und wehren. Manchmal kommt es mir vor, wie wenn sie unsere Anwesenheit erspüren könnten. Umba, du weisst was damals passierte! Wir müssen vorsichtig sein.»

«O.k., wir gehen von hier direkt in Richtung der Hügelwiesen und schneiden ihnen den Weg ab. Wir alle wissen was damals war: Meine älteste Schwester, die *feurige Sana* war damals 16 und zu feurig, oder auch zu übermütig; sie wurde aufgespiesst. Das als Warnung: Wir werden mutig sein, aber nicht übermütig.»

In lockerem Dauerlauf erreichten wir in einer Stunde die baumfreien Hügelkuppen, links ein leichtes Tal und wieder aufsteigend die nächste Kuppe. Da sahen wir die Mammutfamilie, wie sie sich gerade anschickte ins kleine Tal hinabzusteigen.

Susa gab ihre letzten Anweisungen: «Jetzt gut ausruhen, in kurzer Zeit kommen sie dort aus dem Wald auf die Wiesen. Wie ihr seht, bewegen sich die Jungtiere zwischen den Erwachsenen. Wir warten bis das Leittier gut 200 Meter vom Waldrand entfernt in der offenen Wiese steht. Der Angriff auf das hinkende Jungtier erfolgt auf mein Zeichen, nicht vorher! Und seid vorsichtig und achtet auf die Mütter.»

Langsam kamen mir Bedenken. Betrachtete ich die Steinzeitjäger stellte ich fest, dass die von einem echten Jagdfieber gepackt wurden. Jeder und jede vibrierte vor sich hin. Da lagen so viel Ehre und Prestige in der Luft. Nicht verwunderlich wurde scheinbar die älteste Schwester in ihrem Übereifer des damals 16-jährigen Teenagers aufgespiesst. Ich sah meine Cara: Wo waren da die Gleichungen mit drei Unbekannten? Alles was blieb, war jetzt Cara Mammu, die ihren dritten Ehrenerfolg anstrebte.

Ich rief: «Cara, bitte pass auf dich auf.» Diese hörte mich gar nicht. «Nur noch wenige Minuten», flüsterte eine andere.

Etwas verloren stand ich abseits. Ich realisierte erst jetzt so richtig, was die Mammutjagd bedeutete und welche Ehre mir Cara zukommen liess, indem sie mich Kraft ihrer Autorität teilnehmen liess. Ich schaute auf meinen Bogen. Wiederum realisierte ich neu, dass ich damit töten kann.

Ich dachte an Elwi und seine Löwin. Mir wurde klar warum Elwi, als Eingeladener auf die Jagd mit fadenscheiniger Ausrede verzichtete. «Vor Vena sind wir alle gleich», meinte er von seiner Löwin empfangen zu haben. Er hatte die Löwin mit seinem absichtlichen Fehlschuss verschont; die Löwin hatte Ilea verschont. Alles war eins, alles gehörte auf der Seelenebene zusammen. Ich schaute wieder auf meinen Bogen.

Es gab zwei Möglichkeiten: Entweder ich lief jetzt heulend davon und überliess die Mammuts den Danu, oder ich beteiligte mich mit meinem High-Tech Bogen aus C-Stoff-120 an der Jagd und half eines der wunderbaren göttlichen Geschöpfe zu töten.

Die Danu mussten die Tiere jagen, um zu überleben; ich jedoch konnte ein Syntho-Steak in die Pfanne schmeissen. Töten war für mich keine Notwendigkeit mehr: «Vor Vena sind wir alle gleich.» Ich sinnierte noch über mein Dilemma nach, da brach das Leittier aus dem Gehölz.

Ich glaubte zu fantasieren. Vier Meter Schulterhöhe! Stosszähne, wie lange? Vermutlich mehr als acht Tonnen

Lebendgewicht. Einfach wunderbar, unglaublich. Innerlich seufze ich, ich wandte mich an die Gottheit der Einheimischen: «*Ich weiss, für die Danu ist es richtig, für mich falsch. Vena, entschuldige mich, ich kann nicht mehr zurück.*»

Mit unglaublicher Disziplin kauerten die Danus neben mir. Die Luft vibrierte so stark, man glaubte, ein Summen zu hören. Die Mammuts merkten etwas. Sie waren unruhig. Da jedoch nichts zu sehen war, zogen sie weiter in die Wiese hinaus. Das vorderste Jungtier hinkte leicht.

Susas Hand gab das ersehnte Zeichen. Die Jäger stürmten auf die Familie los. Die Distanz betrug etwa hundert Meter. Sobald die Jäger sahen, dass die Tiere sie ebenfalls bemerkt hatten, war es mit der Ruhe vorbei. Die ersten warfen ihre Speere, aber nur die, welche ihre Emotionen nicht im Griff hatten. Viel zu früh waren die geworfen. Ich rannte mit allen mit. Ich konnte mich der Gruppendynamik nicht entziehen. Die ersten Speere landeten ohne Ziel im Schnee. Unglaublich schnell hatten die erwachsenen Tiere ihr Gewicht bewegt und schoben sich vor die Jungen. Gerade noch im letzten Moment flogen die Speere der Champions haarscharf an den Rüsseln der Grossen vorbei und schlugen in die Flanke des Hinkenden. Jetzt trompeteten alle Mammuts. Das Kleine heulte seine Schmerzen hinaus. Die drei Kühe gingen zum Angriff über. Oh! Oh! Acht Tonnen in meine Richtung! Noch hielten sich alle daran, nicht auf die Erwachsenen zu schiessen. Obwohl erstaunlich wendig, waren die riesigen Tiere den schnellen Bewegungen und Ausweichmanövern der durchtrainierten Danus nicht gewachsen.

Ich traute meinen Sinnen nicht, ja sind die wahnsinnig?! Ich sah wie Susa, Cara und der dritte musste Yora Bero sein, unter den Rüsseln und Stosszähnen hindurchtauchten. Das war vermutlich derselbe Trick, den vor neun Jahren die feurige Sana versucht hatte. Vor der Jagd hatte

Susa allen aufgetragen nicht übermütig zu sein. Es gab mir einen Stich ins Herz.

Schon wieder eine Realisation: *«Cara, Cara, bitte nicht, ich liebe dich!»* Die drei hatten es geschafft, ergriffen sich je einen der im Schnee liegenden Speere und rammten diese praktisch synchron in die Flanke des Jungtieres. Mit jämmerlichem Tröten kippte dieses zur Seite, während die drei erfolgreichen Jäger ihr Triumphgeheul anstimmen. Die anderen rannten in alle Richtungen vor den erbosten Kühen davon. Diese blieben bald stehen, drehten sich um und trotteten zu dem gefallenen Jungtier zurück. Die Mütter stiessen Klagelaute aus und liessen ihre Rüssel über das Gefallene streifen. Das Junge zuckte noch ein paarmal hin und her, der Schnee verfärbte sich rot. Die Jäger waren nun wieder still.

Dann erhob sich ein Klagegesang. In sicherem Abstand der Herde bildeten die Jäger einen lockeren Kreis und stimmten in den Singsang ein. Ich begriff, es war ihre Art der Entschuldigung für das Töten des Mammuts. Jetzt wurde es mir plötzlich zu viel. Ich zog mich ein wenig zurück, wo ich mich übergeben musste und begann zu weinen.

Es war nun längere Zeit still. Auch die Klagelaute der Mütter verstummten. Die Leitkuh drehte sich und nahm ihren weiteren Weg unter ihre baumstammdicken Beine. Die Jäger bildeten eine weite Gasse und unter dem leisen Singsang der Jäger zogen die Mammuts davon. Als sie hinter dem Hügel verschwunden waren, brachen die Jäger wieder in Jubelschreie aus. Alle gratulierten den drei erfolgreichen Jägern. Ich gesellte mich wieder dazu. Alle riefen und schrien durcheinander. Susa befahl Ruhe: «Späher, du rennst nun den anderen entgegen. Sie müssten irgendwo auf dem Weg sein. Das Mammut ist für die Zerlegung bereit. Wenn dich die Leute fragen, teile ihnen mit: Yora Bero darf sich ab jetzt *«Bero Mammu»* nennen und Schwester *«Cara Mammu»* war schon zum dritten Mal erfolgreich.»

«Als neuer *«Bero Mammu»* steht es mir zu: Ich konstatiere, dass unsere Umba ebenfalls erfolgreich war. Umba und Mammu, das kommt nicht allzu oft vor.»

Immer bei Erfolgen benehmen sich die Menschen grosszügig. Jene, die ohne Erfolgt geblieben waren, hofften auf die nächste Jagd. Wobei Susa trotz totaler Fokussierung auf ihre eigene Jagd mutmasslich genau geschaut hatte, wer bei einem nächsten Mal erfolgreich sein könnte. Ob die Nervenschwachen, die ihre Speere lediglich in den Schnee geworfen hatten bei der nächsten Jagd dabei sein würden, war eher fraglich.

Mit glänzenden Augen trat Cara auf mich zu: «Kira, Lehrerin hast du meinen Einsatz gesehen. Den habe ich für dich getan, um dir zu zeigen wie ich dich liebe.»

«Du spinnst ja», schrie ich, «mach das bitte nie wieder.» Ich warf mich in ihre Arme und begann wieder zu weinen; ich war völlig fertig. Cara zögerte zuerst. Doch dann drückte sie mich fest. Obwohl bestimmt die meisten von der Beziehung von Cara und mir wussten, oder wenigstens ahnten: Jetzt war es wohl offiziell.

Cara immer noch voll Adrenalin rief in die Runde: «Wir waren zusammen auf Vena. Wir können trotzdem Babys haben!»

Ein Raunen ging durch die Jäger. Irgendwann merkten Cara und ich, dass es gar nicht wegen uns war.

«Andermensch?»
«Andermensch!»
«Ja, es ist Andermensch und sein Clan.»

86. Andermensch

Bericht aus der Zeitkapsel mit dem Titel:
Mein eindrückliches erstes Treffen mit
Andermensch.
Erzählerin, Kira von Cherisatâ:
Studentin, 4. Semester Medizin.
Vizemeisterin im Bogenschiessen.

Über den Schnee kam eine Menschengruppe auf uns zu.
Ich zählte etwa 25 Personen. Unsere Jäger stellten die be-
gonnenen Zerlegungsarbeiten beim Mammut ein. Es war
plötzlich ruhig. Beim Näherkommen der Gruppe bemerkte
ich bald Unterschiede. Unsere Jäger waren die meisten
gross und schlank, mit heller Haut, oftmals auch hellen
Haaren. Die Ankommenden waren kaum kleiner, aber wesentlich breiter und schwerer gebaut. Was war mit ihren
Köpfen? Trugen sie ein schwarzes Tuch vor den Gesichtern,
um sich von der Schneereflektion zu schützen? Sie kamen
näher. Nein kein Tuch. Es war ihre Haut selbst: Die war
schwarz. Tatsächlich auch ihre Arme, Hände und (sofern
unter den Fellen sichtbar) auch ihre Beine. Schwarze Menschen, wo gab es denn sowas? Jetzt erkannte ich ihre Gesichter besser. Der vorderste musste wohl dieser Andermensch sein.

Diese Bezeichnung passte gut. Er sah wirklich anders
aus, nicht nur er, die ganze Gruppe. Diese starken Augen-
wülste, die tiefliegenden Augen, die Backenknochen und
das prominente Kinn, fast ohne Bart. Andermensch trat
nun alleine vor. An seiner Seite bewegte sich ein riesiger (ich
würde sagen Hatu Suyu) Hund. Dieser schien aber gut

erzogen zu sein, hielt er sich doch dezent, aber doch nicht zu übersehen und aufmerksam neben seinem Meister.

Die Augen von Andermensch: Obwohl tiefsitzend waren sie als leuchtende Punkte zu sehen. Wie er dastand und uns musterte. Er strahlte Kraft und Sicherheit aus. Die Haare bildeten einen krausen, schwarzen Kranz auf dem Kopf, genau so wie von Elwi bei seiner Vena Figurine dargestellt. Plötzlich ein Blitz in meinen Gedanken: Der Name von Andermensch war Javi! Er gehörte wie schon allseits vermutet zu unserer Seelenfamilie, in unseren «Karass»; ich erkannte ihn. Woher hatte ich den Namen «Karass» plötzlich in meinem Kopf?

Unsere Jägergruppe stand still. Susa machte den Anfang liess sich auf ein Knie nieder, alle folgten: «Susa Umba Mammu begrüsst im Namen von Clanchefin Fina vom Zehn-Höhlen-Clan unseren Freund Andermensch und seine Familie. Wir warten seit langem auf eure Ankunft. Wir befürchteten, deinem Clan sei etwas Schlechtes passiert. Wir freuen uns dich gesund zu sehen und laden dich ein, dich in unseren Höhlen auszuruhen und zu stärken.» Nach dieser Begrüssung erhoben sich alle und nahmen die unterbrochenen Tätigkeiten wieder auf.

«Andermensch, ich bin Yora Bero, seit wenigen Minuten ebenfalls Mammu. Das Auftauchen deines Clans unmittelbar nach unserer erfolgreichen Jagd erachten wir als gutes Omen. Auch ich begrüsse dich im Namen meiner Mutter Chefin Yora.» Nochmals ehrerbietendes Verneigen.

Jetzt Andermensch: «Kommt, wir treten zur Seite, damit wir die Arbeiten der Jäger nicht behindern. Gerne kommen wir mit euch in eure Höhlen. Gerne suchen wir ein wärmendes Feuer.» Was für eine Stimme, sie strahlte natürliche Autorität aus.

Der Blick von Andermensch blieb nun auf mir liegen: «Ich sehe, die Sternenreisenden sind angekommen. Da ich dies wusste, kamen wir im Frühjahr nicht vorbei. Doch jetzt ist die richtige Zeit. Ich grüsse dich Mary.»

Meine erste Begegnung mit Andermensch

Was soll das! Sicher erkannte er mich ebenfalls, aber Mary? Soll ich ihn mit Namen ansprechen? Besser noch nicht alles verraten.

«Ich grüsse Andermensch. Du hast recht, in bin eine der Sternenreisenden, aber mein Name ist Kira.»

Andermensch lachte: «Ein Name reicht in der Regel nur für ein Leben. Wir werden sicher noch viele Abende haben, um diese und ähnliche Angelegenheiten zu besprechen. Wenn es euch recht ist, würden wir gerne bald eure Höhlen erreichen. Wir sind müde von der langen Wanderung. Dieses Jahr ist der Winter früh eingebrochen. Auch die Gletscher im Norden sind wieder grösser geworden.»

Susa rief: «Jäger! Cara und ich begleiten Andermensch und seine Leute zu unseren Höhlen. Hier übernimmt unser neue Bero Mammu. Heute Abend sitzen wir alle in der künstlichen Höhle unserer Roc Freunde an der Wärme, geniessen Fleisch von unserer Jagd und lauschen den spannenden Geschichten von Andermensch und seinem Clan.

O.k., wir können. Andermensch, ist dir der Jäger Schritt recht? Dann dauert es keine Stunde bis nach Hause.»

Andermensch drehte sich zu einer jungen, ebenfalls sehr stämmigen Frau um, welche ein Baby auf den Hüften trug.

«Meine Tochter Jana hat erst vor einem halben Mond ihr erstes Kind geboren und seither blutet sie immer wieder zwischen den Beinen. Es geht ihr nicht besonders gut. Sie kann nicht rennen. Entweder sie kann sich in euren Höhlen erholen oder wir müssen sie zurücklassen.»

Susa: «Medizinfrau Kira!» Und zu Jana: «Gib dein Baby an Schwester Cara und folge Medizinfrau Kira etwas zur Seite. Nein, du bleibst hier, auch wenn du vermutlich Janas Mann bist. Lass die Frauen allein.»

Ich begab mich mit Jana hinter ein kleines Gebüsch, legte mein zusätzliches Fell in den Schnee und wies Jana in der Sprache der Danu an, sich in den Schnee zu legen und die Beine zu spreizen.

Ich sah sofort was es war. Sie hatte sicher eine schwierige Geburt gehabt, dabei hatte es sie, wie das vorkommen kann, regelrecht zerrissen. Kaum geboren, keine medizinische Pflege und immer wieder tagelanges Wandern, waren nicht gerade heilungsfördernd. Immer wieder Blutverlust. Dass sich Jana überhaupt noch auf den Beinen halten konnte zeigte wie robust diese Andermenschen waren.

«Jana, du sprichst die Sprache der Danu.»

«Selbstverständlich, wir sind ja nicht das erste Mal hier. Du bist also von den Sternen gekommen? Das scheint mir stimmig zu sein. Hast du nicht auch das Gefühl, wir hätten uns schon einmal getroffen, vermutlich auf Vena?»

Sie sprach mit Akzent aber gut verständlich. Ich nickte lediglich zustimmend und half ihr auf die Beine. Wir gingen zu den anderen zurück.

«Andermensch, deiner Tochter können wir gut helfen mit unserer Sternenmedizin. Ich rufe jetzt unsere beste Medizinfrau, die auch mich lehrt eine echte Medizinfrau zu werden, damit sie alles vorbereiten kann. Mit diesem Gerät hier kann ich durch die Luft sprechen, bis zu unseren Höhlen... Hallo Anla ist Perida da... Hallo Perida ... Sag bitte Jaqua er soll mit dem Boot zur Einmündung des Ödbaches fahren. Wir sind in einer Stunde dort.

Andermensch, deine Ankunft ist nun allen bekannt, du wirst mit Freuden erwartet, ...Javi.»

«Oh, schön, du hast mich also ebenfalls erkannt. Stört es dich, wenn ich dich Kira Mary nenne?»

«Nein, vermutlich ist diese Mary ebenfalls eine wichtige Persönlichkeit in unseren verknüpften Beziehungen», antworte ich.

Andermensch lachte: «Lasst uns aufbrechen.» Dann wandte er sich noch allgemein an seine Leute. «Ich verstehe im Moment ebenfalls nicht, wie Kira Mary durch die Luft sprechen konnte. In vielen meiner Seelenreisen habe ich jedoch noch Erstaunlicheres gesehen. Nehmen wir einfach als gegeben hin, was Kira Mary und ihr Clan von den

Sternen mitgebracht haben. Ich habe gesehen und weiss: Es sind gute Menschen; wir können ihnen vertrauen.»

Als wir den Ödbach herunterkamen und den Danu erreichten, wartete Jaqua bereits mit dem Boot. Unsere zweite Ärztin Frani war auch dabei. Wir halfen Jana ins Boot. Ihre Beine zeigten wieder Blutspuren.

Cara sagte: «Medizinfrau Frani, nimm das Neugeborene. Es hat sich die ganze Zeit nie geregt, ich hoffe es ist nicht tot.»

Frani entwickelte das Baby, dann sog sie erschrocken die Luft ein: «Kira, dein Kommunikator. Verbindung zu Perida, schnell. Perida! Brutkasten, Beeilung. Jaqua Vollgas, sofort.»

Andermensch verstand nicht mehr so richtig, was los war und wollte sich einmischen. Ich berührte seinen Arm mit Muskeln wie Seile. Ja, der spannte den Bogen sicher zur Genüge: «Lass sie, sie wissen was sie tun.»

Da surrte der Elektromotor und das Boot sauste mit grosser Geschwindigkeit davon.

«Kira Mary, ist meine Tochter sicher?»

«Sie schon, aber nicht das Baby. Meine Freunde machen was sie können und das ist nicht wenig. Beruhige deinen Schwiegersohn. Es nützt niemandem, wenn er herumschreit.»

Ein kurzes Wort von Andermensch, der Schwiegersohn war ruhig und der Clan setzte sich im Jäger Schritt in Bewegung.

Schon nach zehn Minuten öffnete sich das Gelände und durch die laublosen Bäume glitzerten Vogel Roc Bruder und Schwester. Ich konnte gerade noch erkennen, wie das Boot mitsamt Passagieren in Vogel Roc Bruder verschwand. Nochmals zehn Minuten später erreichten wir unser Dorf. Die Andermenschen wurden freundlich empfangen und ans Feuer eingeladen. Alba und Fina begrüssten ihren lange erwarteten Freund Andermensch.

Dieser verneigte sich leicht zu Fina: «Clanchefin, was hast du gemacht, du siehst jünger und frischer aus..., die Sternenreisenden?»

«Ja, ist es nicht erstaunlich. Medizinfrau Perida meint, ich könnte nun bis gegen 90 Sonnenwenden alt werden. Schau mein Busen.» Schon stand sie mit entblösstem Oberkörper vor Andermensch.

«Tatsächlich, gleich wie bei deinen Töchtern. Kannst du wieder einen Tag lang den Tieren nachrennen?»

Zum ersten Mal meldete sich nun die alternde Frau von Andermensch. Sie zerrte an seinem Arm: «Javi, du sprichst mit dieser Medizinfrau.»

Andermensch zeigte auf mich. «Was antwortet Kira Mary meiner Frau Ula?»

Bevor ich antworten konnte, drängten sich drei weitere ältere Frauen (Also älter? Wahrscheinlich hatte noch keine die 40 überschritten) an mich heran, öffneten ihre Felle und zeigten mir ihre grossen hängenden Brüste. Ich dachte:

«Für diese Leute waren ihre Brüste keine sexuellen Objekte, sondern einzig zweckdienlich für die Babys. Wenn die Zeit der Babys vorbei war, entwickelten sich die Brüste oftmals zum Ärgernis, wenn zu gross, weil sie die Bewegungen behinderten. Wenn sie mir nun ihre Brüste hinhielten, so war das, wie wenn wir sagen würden: «Schau, mein Fuss ist geschwollen, ich kann nicht mehr schnell rennen.»

Brüste, so gross wie bei der Vena Statue von Elwi. Dass dies für die sich stets in Bewegung befindenden Andermenschen ein Problem ergab war logisch.

Und alle waren sie schwarz wie unser Boot. Und wie, hm... unförmig. Nun ja, Schönheit liegt im Auge des Betrachters! Sie schienen aber ebenfalls Frohnaturen zu sein.»

Laut sagte ich: «Wenn ihr zwei Monde Zeit habt hier zu bleiben, können wir das machen. Aber alles muss organisiert werden. Es sind dann ja auch 25 Personen mehr, die essen müssen. Und wenn ich sehe, wie kräftig ihr gebaut seid, ist das wahrscheinlich nicht wenig.»

Ula schrie: «Wir wollen so aussehen wie Chefin Fina, damit auch wir das Wild wieder stundenlang verfolgen können. Ihr Sternenreisenden, wenn ihr es tatsächlich könnt, kümmert euch bitte darum. In dieser Zeit können die Männer jagen gehen und für die Ernährung sorgen.»

Unter allgemeinem Lachen schloss eine der anderen Frauen: «Für etwas haben wir uns schliesslich die Tüchtigsten unter ihnen ausgewählt.»

Nun kam Elwi aus dem Zelt: «Ich war mit Kocharbeiten beschäftigt», dabei verschränkte er seine Arme und grüsste respektvoll zu Andermensch und seiner Gruppe.

Betont laut antwortete Andermensch: «Es freut mich Elwi, dass du deinem Clan anscheinend immer noch nützlich bist und jetzt sogar noch eine nützliche Tätigkeit bei den Sternenreisenden gefunden hast, da bleibst du uns doch noch ein paar Sonnenwenden erhalten. Hast du wieder neue Figuren geschnitzt?»

Die Herumstehenden lachen laut, Susa klopfte Andermensch freundlich auf seine Schulter. «Was habe ich verpasst?», lachte Andermensch retour.

Elwi verzog theatralisch seine Augen. Er stand immer noch so, dass seine linke Seite verborgen blieb.

«Andermensch sprich nicht so laut mit mir, ich habe von allen hier das beste Gehör..., und das schönste Gesicht.»

Er drehte sich um. Allgemeines Staunen bei den Andermenschen.

«Elwi, haben das auch die Sternenreisenden gemacht», flüsterte Andermensch? «Du hörst wirklich alles?»

Jetzt ganz leise: «Wirst du auch 90 Sonnenwenden alt werden können?»

«Nein, bei mir sind es gut 100. Also dein Flüstern verstand ich ohne Problem. Bitte, begrüsse meine Frau Ilea...»

«Ilea? Die Kranke, Kleine, Schiefe. Also das ist nun wohl kaum möglich, trete näher. Doch ich erkenne dein Gesicht und deine Ausstrahlung einer Vena Bewussten. O.k., ich akzeptiere, dass ich hier nicht mitkomme, aber ich sehe auch, dass unsere Seelenfreunde von den Sternen ein grosses Wissen haben und bereit sind, dieses mit uns zu teilen.»

«Andermensch, Andermensch», tönte es da von den Höhlen her.

Echt freudig winkte nun Andermensch: «Oh, meinen lieben Durino gibt es auch immer noch. Los macht Platz für den jungen Mann. Äh, Durino, also...»

Schon warf sich Durino an die Brust von Andermensch: «Du warst immer nett zu mir, aber ich heisse nicht mehr Durino, sondern Sereno.»

«Sereno? Was willst du denn aufholen?»

«Ach Andermensch, alle sagen immer du seiest der Gescheiteste von allen, aber jetzt begreifst du gar nichts. Schau mich an, mein Gesicht ist schon fast normal und ich bin auf keinen Fall mehr der Dumme. Sei bloss vorsichtig was du sagst.»

Wieder lachten die Umstehenden.

Andermensch: «Was soll ich sagen? Wieder die Sternenreisenden?»

«Medizinfrau Perida ist meine zweite Mutter geworden. ...Oh! Und das hier? Dein neuer Hund, Andermensch der ist ja riesig, darf man den berühren?»

«Ira, geh zu Sereno, dem Aufholenden. Er ist mein Freund und so auch deiner.»

Ira schnüffelte die Hand von Sereno und liess sich anschliessend streicheln; nicht nur von Sereno, alle Kinder drängten nun vor. Irgendwann wurde es Ira zu viel und sie knurrte. Sofort liessen die Kinder von ihr ab.

«Es sieht so aus, dass unsere Freunde von den Sternen an vielen Orten helfen können und wollen», sprach Andermensch. «Doch auch wir haben etwas zu bieten. Darum sind wir alle hier zusammengekommen. Im Moment sieht es aus wie Zufall. Wir werden in den nächsten Monden sehen: In der Unendlichkeit gibt es keine Zufälle, jedoch die Realisation, dass alles miteinander verbunden ist. Lasst uns die verschiedenen anstehenden Vergleiche, Besprechungen und die daraus entstehenden Erkenntnisse langsam angehen, so dass wir alle den Themen folgen und sie verstehen können.

Leichter geht dies immer auch, wenn man satt ist. Elwi, du scheinst hier zu einem Spezialisten der Essenszubereitung geworden zu sein. Mein Clan und ich sind hungrig.

Oh! In all der Aufregung habe ich ganz vergessen unserem Elwi einen Gruss auszurichten.» Andermensch schaute auffordern zu Elwi.

«Einen Gruss?»

Andermensch machte nun Sereno nach: «Ach Elwi, alle sagen immer du seiest so gescheit, aber jetzt begreifst du gar nichts..., wir sind Löwin Elwi über den Weg gelaufen. Das war komisch, sofort wollte einer unserer Jäger den Speer werfen. Ich konnte ihn gerade noch stoppen. Dann hatte ich plötzlich einen Geistesbild im Kopf, sie hat mir ziemlich genau euer Treffen übermitteln können. Ich habe es als Gruss und Dank verstanden. Sie stupste ihr Kleines an und zusammen verschwanden sie im Wald. Wir jagen die Tiere, weil wir uns ernähren müssen, aber manchmal sagen uns Tiere auch etwas! Elwi?»

Sichtlich bewegt standen Elwi und Ilea da. Ilea sagte: «Andermensch, ich habe es auch empfangen, Löwin Elwi dachte: *Vor Vena sind wir alle gleich*», Andermensch warte!» Damit rannte Ilea davon in ihr Zimmer und kam Momente später mit der geschnitzten Elfenbein Figur von Elwi Löwe zurück.

«Die Erkenntnis aus unserer Begegnung hat Elwi animiert, diese wunderbare Figur zu schnitzen. Er hat sie mir geschenkt. Ich schenke sie nun dir. Falls du wieder Löwin Elwi treffen wirst, zeig ihr den Löwenmenschen; sie wird es verstehen.»

«Danke Ilea und Elwi, ich werde euern Löwenmenschen in Ehren behalten.»

Fina führte die Gäste ins grosse Gemeinschaftszelt. Elektrisch beleuchtet und beheizt. Überall Tische und Bänke. Wiederum das grosse Staunen. Sie erklärte, dass wir Sternenleute nicht mit den Händen, sondern mit Werkzeugen essen würden. Dies hätten nun schon viele ihres Höhlenclans übernommen. Diejenigen, die das nicht wünschten, sassen jeweils an den Tischen im Seitentrakt. «Andermensch, auch darüber werden wir sprechen. Jetzt ist es sicher am einfachsten ihr esst so, wie ihr es gewohnt seid mit dir als Clan-Chef hier im Seitentrakt zusammen mit unseren Leuten. Zu erzählen habt ihr ja genug. Wenn ihr alle satt seid, kannst du gerne zu uns an den Tisch kommen. Gerne hören wir über eure Leben seit der letzten Sonnenwende.

Nun noch etwas, Andermensch. Hier in der geheizten Höhle unserer Sternenfreunde erleichtert sich niemand. Sag das deinen Leuten. Alle gehen immer in den Danu. Das ist keine Empfehlung, sondern ein Befehl von Fina Zehn-Höhlen.»

Wir waren mit Essen fertig. Im Zelt herrschte wie gewohnt ein grosses Stimmengewirr. Nur mit lautem Sprechen oder eher fast schon mit Schreien war die Verständigung möglich. Andermensch trat an unsere Tische und wandte sich an Perida. «Medizinfrau: Wie geht es meiner Tochter und deren Sohn?»

«Andermensch, ich habe deine Tochter operiert, deinen Enkel mit Nahrung versorgt und dann beide mit unseren Möglichkeiten schlafen gelegt. Sie werden erst in einem Tag erwachen. Dann benötigen beide ein paar Tage Ruhe. Bis in einer Woche sind beide wieder gesund.»

«Medizinfrau was bedeutet operiert?»

«Da, wo deine Tochter immer wieder blutete wegen der Geburt des Söhnchens, habe ich sie zusammengenäht. Schau nicht so, zuerst legte ich sie in tiefen Schlaf; sie hat nichts gespürt.»

Anla intervenierte: «Wir sollten uns in das Vorzelt bei den Schlafzimmern begeben. Es ist da nicht ganz so warm wie hier, aber es lässt sich viel besser diskutieren als in diesem Lärm. Es scheint mir auch richtig, wenn wir uns endlich gegenseitig vorstellen, vor allem diejenigen welche meinen, sich aneinander erinnern zu können.»

«Lass uns dies auf Morgen verschieben. Für heute haben wir genügend neue Eindrücke gesammelt. Für mich wird es ein Einfaches sein, mich an euren Lebensstiel anzupassen, ebenfalls für Tochter Jana. Wir sind Vena Bewusste, ich noch mehr als nur das. Als Anfang würde ich morgen, wenn es Tag ist, mich im Danu waschen und dann gerne eure Kleider ausprobieren. Andere von meinem Clan werden später sicher nachziehen.

Gerne hätte ich dabei die Gesellschaft von Kira Lehrerin, und ihrer Partnerin Cara Mammu.»

«Woher weisst du...»

«Ich habe eben schon gesagt, dass ich mehr bin als nur ein Vena Bewusster, Kira Mary, Lehrerin.

Fina, dürfen wir bei unseren Tischen in der warmen Höhle deiner Sternenfreunde schlafen?»

«Ja, das ist in Ordnung. Aber, Andermensch, nur im Danu, kein Gestank im Zelt.»

«Wenn ich es anweise, halten sich alle daran. Wie ich gehört habe, gibt euer Jaqua jeden Tag hier in der Höhle, die ihr Zelt nennt, Unterricht. Um unsere gegenseitigen Aufgaben besser erfassen zu können, brauchen wir unbedingt euren Unterricht an unseren Clan der Andermenschen und zwar in einer «Sereno Art» zum Aufholen. Bitte beginnt mit dem Unterrichten meines Clans in zwei Tagen.

Für mich und meine Tochter wünsche ich Intensivunterricht von Kira Lehrerin und Cara Mammu. Meine Frau Ula wird den normalen Unterricht besuchen und kümmert sich um das Baby; sie ist keine Vena Bewusste.

Meine Tochter und ich haben die Fähigkeit, vieles zu verstehen, jedoch fehlt uns jegliche Technik, daher können wir unser Wissen nur in einfachen Bildern beschreiben. Bis in einem Mond werden wir vieles verstanden haben. Dann erst können wir zu ergründen versuchen, warum wir überhaupt hier zusammen sind. Das ist auch der Grund, dass wir nicht im Frühjahr vorbeigezogen sind. Nämlich, damit ihr vom Zehn-Höhlen-Clan genügend Zeit für die Wissens-aneignung der Roc Leute hattet.

Also, danke für den warmen Schlafplatz.»

Spätestens nach dieser Rede war jedem klar, dass Javi kein gewöhnlicher Andermensch sein konnte.

Ich nickte zu Cara: «kommst du mit in Vogel Roc Schwes-ter? Wir müssen da an der Gewebemaschine für C-Stoff-120 noch grössere Oberteile, Slips und Leggings programmie-ren. Selbst bei aller Dehnbarkeit, passt keines der beste-henden Stücke für Andermensch und seinen Clan.»

87. Wie hängt das alles zusammen?

Bericht aus der Zeitkapsel mit dem Titel:
Andermensch und ich werden Partner sein?
Erzählerin, Ella von Axarkan: Geologin.

Nach Aussage der Einheimischen folgte jetzt der kälteste Mond im ganzen Jahr. Die Wintersonnenwende war vorbei und die Zählung der Tage startete wieder bei eins. Dank den relativ warmen Winden aus West ist es zum Aushalten. Nicht jede Nacht gibt es Frost, es wird aber auch nicht jeden Tag wärmer als fünf bis acht Grad, obwohl die Sonne viel scheint. Die Regenmenge ist gering. Stärkere Regen werden erst wieder so ab Tag 60 nach der Sonnenwende einsetzen, wenn die wärmere Luft wieder mehr Feuchtigkeit vom West-Ozean herbeitragen könne.

Manchmal lag Schnee auf den Wiesen, manchmal nicht. Das breite, offene Wiesenland, das zu jeder Zeit noch etwas Gras zum Fressen bot, lockte allerlei Wildtiere an. Die Jäger erlegten auf einfache Weise Pferde, Rotwild und Wildschweine. Die Bären lagen im Winterschlaf, Löwen mieden die menschlichen Siedlungen.

Die täglichen Pflichten der Einheimischen und die Nahrungssicherung konnten in der Regel als Halbtagsarbeiten erledigt werden. Allen blieb viel Freizeit. Bei Sonnenschein wurden verschiedene Wettkämpfe auf den flachen Wiesen veranstaltet. Die Männer begaben sich oftmals in Gruppen auf irgendeine Jagd, wie es schien aus reiner Freude an der Bewegung. Das gleiche taten auch die Frauen. Verschiedentlich gerieten sich die Männer in die Haare, ich dachte manchmal, sie hätten schlicht zu wenig Aufgaben.

Interessanterweise trugen sie ihre Zwistigkeiten meist irgendwo am Rand der Wiese aus. War dies nicht der Fall, wurden sie schnell von Fina oder Susa Umba zurechtgewiesen; das wurde ausnahmslos akzeptiert. Jedem war bewusst, dass er sonst die nächste Teilnahme an einer Mammutjagd verpassen würde. Es leuchtete mir inzwischen auch ein, dass der Umba-Titel, also die oberste Clanverteidigung und das oberste Jagdgesetz von einer Frau ausgeübt werden musste.

Für Susa war klar, dass sie mit uns Roc Leuten abreisen würde. Noch stand jedoch keine würdige Umba Nachfolge zur Verfügung. Dass ihr Bruder hierzu nicht die notwendigen Fähigkeiten hatte war klar ersichtlich. Bei ihm würde es eine Männer Günstlingswirtschaft geben. Susa war hier absolut kompromisslos aber fair gegenüber allen; alle Achtung. Susa meinte letzthin: «Dado als Umba ist eine Fehlbesetzung, da hat sich Yora Bero, der früher ein Idiot war, bedeutend besser entwickelt. Unter der Führung einer Umba Frau könnte er einen guten zweiten Umba abgeben. Hm..., ich sehe da allenfalls eine Konstellation. Ich muss den Weg bald finden, wenn ich mit euch Sternenleuten abreisen will. Was macht sonst mein Davo ohne mich!»

Die allgemeine Schulbildung war so weit fortgeschritten, dass die meisten wenigstens der Spur nach verstehen konnten woher wir kamen. Ich schätzte, dass etwa ein Drittel zu lesen gelernt hatte. Zu dumm dazu wäre niemand, aber viele sahen für diese Kunst keine Notwendigkeit. Betrachtete ich ihre Leben, so kann ich diese Einstellung nachvollziehen. Die Menschen hier besassen eine begrenzte aber gut funktionierende Kultur. Ihr Leben war erfüllt. Wir kannten Ähnliches aus unserem Geschichtsunterricht auf Amerâ. Sogenannte Entwicklungshilfe von aussen brachte selten die gewünschten Erfolge. Die Gesellschaften, wo auch immer, mussten sich in ihrem eigenen Tempo von innen heraus entwickeln.

Natürlich gab es immer in jeder Gesellschaft Ausnahmemenschen. In der jetzigen Generation waren das wir selbst, die wir uns im Laufe kurzer Zeit um Anla von Cherisatâ geschart hatten, weil wir innerlich die Notwendigkeit spürten nach Chomâ zu fliegen. Die Gründe hierzu konnten wir nie ganz genau definieren. Genügte unser Wissen aus verschiedenen Astralreisen, dass hier Seelenverwandte leben würden? Dass diese Menschen jedoch in der Steinzeit lebten, sah niemand voraus. Wir kamen hierher in der Meinung, hier mit unseren Seelenverwandten zusammen zu leben und uns in der hiesigen (technischen) Kultur zu integrieren und entwickeln; in der Hoffnung eines grossen Entwicklungsschubes. Diesen Schub machten nun unsere Freunde hier, wenn sie sich uns anschlossen. Und wir? Unsere Rechnung ging bis jetzt nicht auf. Doch nun könnte es endlich weitergehen.

Vor zwei Monden erschienen Andermensch und sein Clan auf der Bildfläche. Etwas Besonderes in dieser Gruppe von 25 waren nur Andermensch selbst und seine Tochter. Die meisten nennen ihn nicht bei seinem Namen Javi, sondern einfach nur Andermensch; der Name seiner Tochter ist Jana. Die Andermenschen haben sich gut in den Zehn-Höhlen-Clan integriert. Da sich diese eher auf tieferem geistigem und kulturellem Niveau befanden, jedoch keine Probleme hatten, wenn ihnen die Danu Leute die Richtung vorgaben, funktionierte das Zusammenleben bestens. Für die Gruppe von Javi bedeutete das Leben im beheizten Zelt mit Licht sowie den regelmässigen Jagden einen grossen Komfort- und Wohlstandsanstieg. Die Allermeisten hatten auch gelernt unsere sanitären Einrichtungen zu benutzen und sauber zu halten, wer nicht, benutzte weiterhin den Danu.

Perida hatte das Blut von Jana und ihrem Baby untersuchen können. Das daraus erstellte Genom zeigte lediglich eine Abweichung von 0.5% (Wir Ameraner waren praktisch identisch mit den Andermenschen). Abweichungen fanden sich unter anderem in den drei Genen, welche die Pigmentierung der Haut beeinflussten; das erklärte die schwarze Farbe. Aber sonst müssten sie eigentlich gleich oder ähnlich wie wir aussehen und trotzdem war der Körperbau so anders. Eine exakte Begründung konnte Perida bis jetzt nicht finden.

Ebenfalls keine Erklärung gab es bis jetzt für das erhaltene Blutbild. Unsere Technik war ja gerade im Bereich des Blutes in extremis fortgeschritten. Konnten wir doch mit den personalisierten Blut Messengern praktisch jede Krankheit heilen, wie auch den Zellzerfall bei der normalen Alterung stark verzögern. Ich denke es hat schon jemand einmal erwähnt, dass unsere Lebenserwartung 140 Jahre beträgt?

Also zurück zum Blutbild. Perida meinte, man könnte fast meinen, die Andermenschen seien einmal strahlenverseucht gewesen und hätten da jetzt als Reaktion extrem starkes Hämoglobin entwickelt. Bei einer natürlichen Abwehrentwicklung hätte die Evolution hierfür jedoch Jahrhunderte, wenn nicht länger gebraucht. Das wären ideale Voraussetzungen um Leukämie zu heilen, schloss Perida.

Bei den Andermenschen könnte man gar von einer «zweiten Menschenart» sprechen. So etwas war uns unbekannt. Auch auf den bewohnten Planeten von Zwillingsstern gab es nur Menschen wie wir oder wie die Danu. O.k., das Äusserliche ist nicht wesentlich. Auf der Seelenebene schienen Andermensch und seine Tochter uns ebenbürtig oder eventuell sogar überlegen zu sein.

Jedenfalls hatten sich die beiden in den letzten zwei Monden unser Wissen in unheimlichem Tempo angeeignet. Javi hatte sich bis heute geweigert mit uns ernsthaft zu diskutieren. Seine Devise: «Erst lernen wir, dann sprechen wir auf Augenhöhe vom Gleichen. Alles andere mündet in unqualifizierten Vermutungen.» Javi und Jana hatten schon alle aus unserer Gruppe viele Male befragt und so ihr Wissen über uns gezielt erweitert.

Der Hund Ira wich kaum von Javi's Seite. Das war ein wohlerzogenes intelligentes Tier.

Heute am Tisch sagte Andermensch zu Anla, dass er sich nun bereit fühle für eine erste Runde ernsthafter Gespräche mit uns und den Seelenverwandten der Danu. «Ich denke, ich könnte nun anfangen die Zusammenhänge richtig zu interpretieren. Zusammen mit eurem Wissen werden wir hoffentlich einige Fragen klären können.»

Also sassen wir am Abend in unserer temperierten Vorplatz-Überdachung bei den Zimmern. Alle gut angezogen mit warmen Jacken. Den Danus genügte das Combi Oberteil. Andermensch und seine Tochter begnügten sich nur mit den C-Stoff-120 Unterkleidern. Grossmutter Ula versorgte das Baby.

Andermensch begann in Murratalâ: «Alles, was wir an Technik gelernt haben, ist in der Sprache unserer Sternenfreunde beschrieben, viele Ausdrücke gibt es gar nicht in der Sprache der Danu, die unserem Dialekt sehr ähnlich ist. Folglich erscheint es logisch, unsere Besprechungen in Murratalâ zu führen.

Zuerst möchte ich ein paar universelle Begriffe klären. Diese Begriffe bedeuten keine eigentliche Sprache, sondern sind Teil der Schwingungen, welche den ganzen Kosmos immer und ewig durchströmen. Diese Schwingungen äussern sich in bestimmten Lauten, welche sich überall gleich manifestieren. Für mich war es daher verwunderlich, dass euch der Begriff «Karass» nichts sagte. Es funktioniert eben nicht immer alles im gleichen Rahmen, auch das ist Teil der Unendlichkeit. Warum ich dies als Steinzeitmensch alles weiss? Warum und wieso kann ich nicht sagen.

Ich weiss jedoch, dass ich ein Avatar bin. Jana spielt in diesem Leben meinen Seelenbegleiter, auch wenn sie meine Tochter ist. In einem nächsten Leben sind dann die Vorzeichen vermutlich wieder getauscht. Ihr kennt ja selbst auch solche Paare.» Dabei zeigte er auf Ellisa und Jaqua, diese bezeichneten sich oft als Seelenzwillinge.

Ich fragte: «Javi, das lässt etwas bei mir anklingen, ist es möglich, dass wir...»

«Ja, Ella. Wir waren schon Partner und werden wieder Partner sein.

Ihr versteht alle was ein Avatar ist, und kennt ebenfalls den Begriff für das kosmische Gedächtnis *«Akasha»*. Natürlich auch die Bezeichnungen der zyklischen Zeitalter. Euer Planet Amerâ befindet sich, wie ihr selbst wisst, im aufsteigendem *«Treta Yuga»*, unser Planet Chomâ im absteigenden *«Satya Yuga»*.

Hier die Erklärung des Begriffes *«Karass»*:

«Karass – Eine Gruppe von Leuten welche in einer kosmischen, bedeutsamen Weise verbunden sind, auch wenn diese Verbindungen nicht offensichtlich erkennbar sein müssen.»

In der Akasha Chronik ist nicht nur die Vergangenheit konserviert, nein auch die Anlagen für die Zukunft sind vorhanden, wenn auch nicht genau festgelegt. Wäre die Zukunft definitiv festgelegt, würde uns ja der freie Wille für Entscheidungen fehlen. Der freie Wille für Entscheidungen ist jedoch das Wichtigste in der Schöpfung. Nur begreifen dies die Menschen meistens nicht. Vor allem, wenn sie aufgrund schlechter Entscheidungen leiden müssen, finden sie das jeweils ungerecht. Liegt ein Leiden vor, zeigt gerade dieses oftmals erst den jeweiligen Entwicklungsstand des betroffenen Menschen. Wird jemand anderem die Schuld gegeben? Oder liegt bereits die Fähigkeit vor, die begangenen eigenen Fehler zu erkennen?»

Javi erzählte weiter: «Ich bin nun 42 Sonnenwenden alt und seit ich mich erinnern kann studiere ich über mein ungewöhnliches Leben nach. In den jeweiligen Zeitdauern von einer Sonnenwende zur nächsten ergaben sich Ereignisse, welche mir jeweils wieder eine Frage, oder mehrere beantworteten. Manchmal ergaben sich daraus auch neue

Fragen. Immer hatte ich Einblicke ins kosmische Gedächtnis. Ich reiste viel in die Vergangenheit, seit ein paar Jahren vermehrt in eine der möglichen Zukünfte. Ich bin ziemlich sicher, dass ich als Avatar (also, als erleuchteter Seelenmensch der freiwillig eine Mission übernommen hat), vorläufig nur dieses eine Mal auswählen durfte, um eine spezielle Mission zu erfüllen. Auf lange Zeit werde ich in meinen nächsten Leben wieder ein normaler Erdenbürger sein; warum jetzt anders? Fragt die ewige Unendlichkeit.

Aber meine Mission ist unser *«Karass»* im Hier und Jetzt. Wir alle gehören dazu.»

«Das empfinden wir ähnlich», meldete sich nun Anla. «Obwohl du hier absolut ohne Technik aufgewachsen bist, verstehst du inzwischen ja was Technik bedeutet. Über unser Raumschiff hast du wieder auf deinen Planeten heruntergeschaut und gelernt, was ein Planet überhaupt ist, beziehungsweise die Bestätigung gefunden, was du schon lange aufgrund deiner Besuche in der Akasha Chronik gewusst hast. Auf unserem Planeten Amerâ erreichte die Technik schon vor 1500 Sonnenwenden den Stand, dass wir andere Planeten besuchen konnten. Damals erfolgte das verschiedentlich. Seither hat sich die Technik weiterentwickelt und wie wir aus den grossen Flare-Zyklen wissen, werden wir bald das Maximum erreicht haben. Vermutlich waren wir die letzte Gruppe, die in diesem Grosszyklus eine Sternenreise unternahm. Solche Reisen erfolgen im Zeitalter des Dwapara Yuga bis in das (ungefähr) erste Viertel des Treta Yuga Zeitalters; da wo wir uns jetzt befinden.

Denn es ist so, dass bei weiter fortschreitender geistiger Entwicklung entsprechend dem ansteigendem Zeitalter Treta Yuga die Gründe für Besuche anderer Welten geringer werden. Der Mensch schaut für seine weitere Entwicklung nach innen nicht mehr nur nach aussen. Die Realisation setzt ein, dass der Sinn des Lebens im Inneren und daher in der geistigen Entwicklung liegt und nicht in irgendeinem anderen Sonnensystem.»

«Entschuldigt mich», mischte sich nun Ilea ein, «Der Begriff Akasha Chronik ist für mich nicht unbekannt, den hat Alba verschiedentlich erwähnt. Auch durfte ich selbst schon eine kleine Vision erleben. Und natürlich die Begegnung mit Löwin Elwi. Aber was hat es mit den Grosszyklen und Weltenaltern auf sich? Da habe ich anscheinend eine Wissenslücke.»

Anla blickte zu mir: «O.k., Mein Beruf ist die Geologie. Ilea, das ist die Kunde der Gesteine und vom Aufbau des gesamten Planeten. Aber auch mit den verschiedenen Zeitaltern oder Evolutionszyklen kenne ich mich aus, übrigens wie mein Partner Mashel.

Bei unserem Planeten heisst so ein Zyklus «Grosses Flare» und dauert 18'250 normale Flares, also ziemlich genau 20'000 Jahre oder Sonnenwenden. Schon als wir in eurem System ankamen vermutete Mashel, dass hier der Zyklus 24'000 Sonnenwenden dauern würde, was etwa dem entspricht was Andermensch herausfand.

Also ganz kurz: Der Anfang eines Grosszyklus kann überall auf dem Kreis definiert werden. Oftmals jedoch dargestellt wie zwölf Uhr auf einem Zifferblatt. Mir gefällt der Beginn um sechs Uhr besser. Das liegt «unten» was auch auf «dunkel» hinweist. Der entsprechende Planet befindet sich da beim Aphel, also am weitesten vom geistigen Zentrum oder von Vena entfernt. Im dunklen Zeitalter verstehen die Menschen nur materielle Dinge. Die Angelegenheiten des Geistes werden verneint, da nicht verstanden. Nach dem dunklen folgen drei aufsteigende Zeitalter in denen der Mensch immer mehr von seiner Umwelt und seiner Schöpfung, wie auch vom eigentlichen Schöpferprinzip, welches weiblich ist, verstehen kann.

Das geht so weiter bis zum Maximum im goldenen Zeitalter. Da soll der Mensch sogar fähig sein den göttlichen Geist selbst zu begreifen. Dann geht es wieder langsam zurück bis im dunklen Zeitalter der Kreis geschlossen wird, um mit dem nächsten «Grossen Kreis» wiederum neu zu beginnen.»

«Ich erzähle weiter», schloss Anla wieder an. «Bei uns war es so, dass die Regierung sich überlegte, was mit der Meriâ II zu tun sei. Da man nicht voreilig handeln wollte, liess man das Raumschiff weiter im geostationären Orbit stehen.

Evolutionszyklus dauert 24'000 Jahre

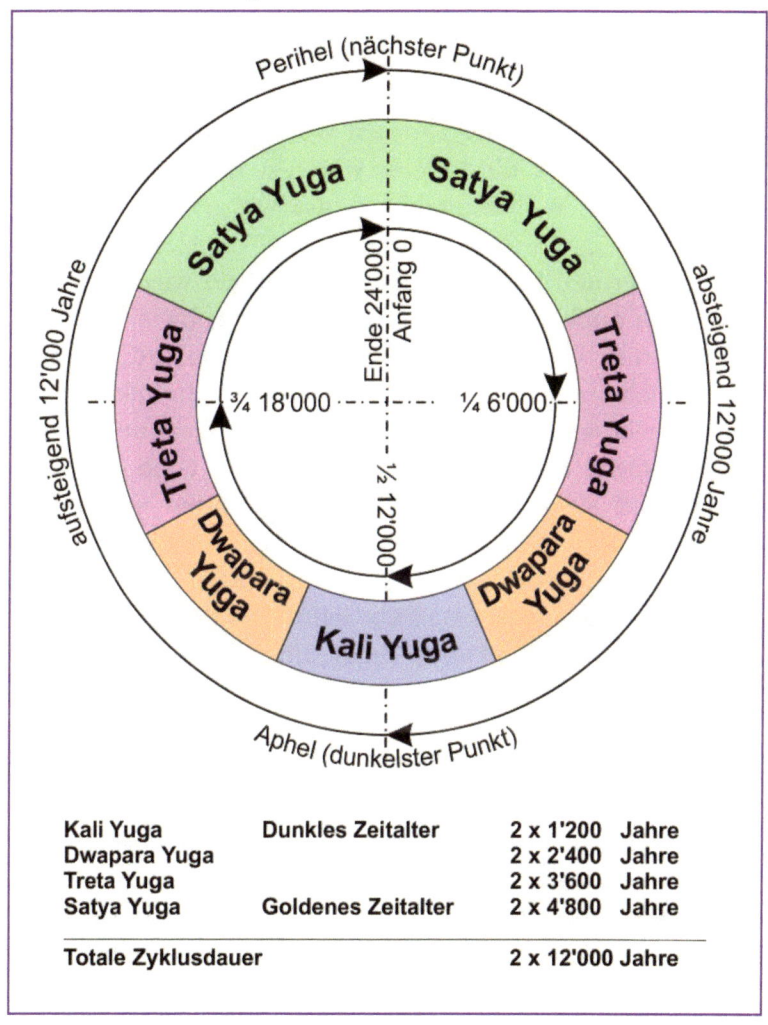

Kali Yuga	Dunkles Zeitalter	2 x 1'200	Jahre
Dwapara Yuga		2 x 2'400	Jahre
Treta Yuga		2 x 3'600	Jahre
Satya Yuga	Goldenes Zeitalter	2 x 4'800	Jahre
Totale Zyklusdauer		2 x 12'000	Jahre

Der «Grosse Kreis» dauert 24'000 Jahre

Dann begann sich unser «*Karass*» (den Namen haben wir erst jetzt von Andermensch gelernt, aber er macht absolut Sinn) bewusst zu bilden. Warum wissen wir nicht. Als wir unser Anliegen erklärten war die Regierung nicht abgeneigt unserer Gruppe das Schiff zu überlassen. Unsere Expedition mit Esswaren und sonst mit allem Notwendigen auszustatten kostete nicht mehr als der Rückbau gekostet hätte.

Je mehr von unserem «*Karass*» zusammenfanden, desto stärker und klarer wurden auch unsere Begegnungen mit Leuten von euch in der astralen Welt. Vor allem natürlich mit Alba und Fina, die anderen waren zu dieser Zeit ja noch kleine Kinder. Wir empfanden, dass wir gerufen würden. Alba?»

«Also, gerufen habe ich nicht, aber immer wieder gefragt und mich auch gefreut, da wir uns ja irgendwie kannten. Ob das nun Vena oder Akasha oder Seelenland genannt wird, spielt kaum eine Rolle. Jedenfalls seid ihr gekommen. Hat aber lange gedauert. Wenn ich zurückrechne komme ich auf mehr als 18 Sonnenwenden. Für euch auf dem Raumschiff seien nur gut 17 Sonnenwenden vergangen. Das habe ich bis jetzt noch nicht begriffen, ist mir aber auch egal. Das heisst wohl, dass bei unserem Rückflug ebenfalls ein Jahr verloren geht. Da habe ich nichts dagegen.»

In die entstehende Pause fragte Anla Richtung Javi, ob er weitererzählen möchte.

«Ella», begann Andermensch, «ich glaube ich weiss was dir soeben durch den Kopf geht.»

«Tatsächlich, unsere Gespräche setzen Gedanken frei. Vorhin hast du erwähnt, dass du vermehrt in zukünftige Ereignisse, also mögliche Zukünfte sehen konntest. Eben schien ich mich erinnert zu haben, dass wir in einer sehr fernen Zukunft ein Kind zusammen haben werden. Da tauchte plötzlich deine Tochter Jana auf (die dannzumal deine Partnerin sein wird und nicht deine Tochter), und bringt ebenfalls ein gleichaltriges Kind mit. Irgendwie vermute ich als Setting ein Sternenschiff über Amerâ.

Also Andermensch! Wirst du es tatsächlich so toll mit zwei Frauen treiben.»

Alle lachten, selbst Andermensch.

«Also erstens werde ich dann kein Andermensch sein, wie meine Tochter auch nicht. Zudem kennen wir die Moralvorstellungen in dieser potenziellen Zukunft nicht.

Doch zu viel Information aufs Mal ist schwer verdaulich. Ich schlage vor, wir sitzen morgen oder in zwei Tagen wieder zusammen. Lasst uns über das Gesprochene nachdenken.»

«Ich brauche wirklich auch Zeit. Wie erkläre ich meine Beziehung zu Javi meinem Mashel?» Und zu ihrem Partner: «Liegt ja alles noch in weiter Zukunft, mein Freund.»

«Ich kann damit leben, kein Problem. Aber Ella versuch dich zu erinnern, was es in diesen Fall heisst, *in der fernen Zukunft*, das könnte interessant sein.»

«Wir hatten jetzt drei Tage Zeit, über die erste Gesprächsrunde nachzudenken. Sind wir bereit für die zweite Runde», begann Anla? «Ella, hast du über die ferne Zukunft nachgedacht?»

«Ja, haben wir. Mashel und ich gelangen zu unglaublichen Zeiträumen. Rückwärts und vorwärts gedacht gelangen wir jedoch in etwa immer wieder zu den gleichen Zahlen. Sehen wir doch einmal wie das auf euch und Javi wirkt.

Denken wir zunächst an unsere Ankunft zurück. Da stellten wir fest, dass der Planet Chomâ nur sehr dünn besiedelt ist. Der westliche Doppelkontinent, wie auch die riesige südliche Insel sind frei von Menschen. Die geschätzte Gesamtzahl ist so klein, dass wir eine technische Entwicklung in den nächsten Jahrtausenden als gering ansehen. Wir sehen auch kaum die Möglichkeit einer grossen Vermehrung der Menschen. Zudem werden die geistigen Fähigkeiten mit dem Näherrücken des dunklen Zeitalters abnehmen.

Alle diese Aspekte lassen uns vermuten, dass selbst im folgendem grossen Zyklus immer noch zu wenig Menschen für einen Kulturschub existieren. Mashel, deine Berechnungen bitte.»

«Fahre nur fort, Ella, falls ich etwas ergänzen möchte melde ich mich.»

«Also dann: Gemäss den Berechnungen von Mashel geht die jetzige Kältephase von Chomâ erst in einem weiteren grossen Zyklus, also in 24'000 Jahren zu Ende. Erst ab diesem Zeitpunkt rechnen wir mit einer grossen Zunahme der Bevölkerung auf allen Kontinenten, da das mildere Klima dies dann wesentlich begünstigen wird. Da dürften sich endlich die ersten richtigen Kulturverbände herausbilden, welche aber wiederum durch das nächste dunkle Zeitalter gebremst werden dürften.

Aber darauf folgt ja wieder der nächste Anstieg. Vergleichen wir mit dem uns bekannten eigenen Aufstieg auf Amerâ, so dürften die Menschen hier etwa nach dem ersten Drittel im Dwapara Yuga die Technik für das Verlassen der Planetenoberfläche erreichen, dann dauert es nochmals ein paar Jahrhunderte bis zur Schaffung eines Sternenschiffes. Nehmen wir jetzt an, unser zukünftiges Treffen, also das zwischen Javi, Jana, mir und den gleichaltrigen Töchtern finde auf so einem Sternenschiff statt, wie ich dies gesehen zu haben meine, so erreichen wir diese Zukunft in... 34 bis 35'000 Sonnenwenden!»

Allgemeines Staunen, teilweise Unglauben.

Cara räusperte sich: «Bis vor kurzem glaubte ich, Vena hätte unsere Welt vor wenigen tausend Sonnenwenden erschaffen. In grösseren Zahlen konnte ich gar nicht denken. Dann lehrte mich meine Kira Lehrerin, was eine Million ist. Da brauchte ich einige Tage, um das zu erfassen. Dann erklärte mir Kira Lehrerin, dass tausend dieser *«unendlich grossen»* Millionen eine Milliarde sei und unser Stern Sonne lebe nun seit 4'500 dieser eben kaum zu erfassenden Millionen Sonnenwenden.

Und ich? Ich denke, ich sei wichtig mit meinem Leben von nicht einmal 19 Sonnenwenden! Das ist alles so verrückt, da ist eine zukünftige Handlung in 35'000 Sonnenwenden entweder absolut unmöglich oder einfach nur eine gewöhnliche Möglichkeit. Ich habe mich für die gewöhnliche Möglichkeit entschieden. Vielleicht werden wir dann, Kira Lehrerin und ich, ebenfalls als Mann und Frau zusammenleben und zwei Kinder auf einem Sternenschiff haben; zwei und gleichalt! Demnach Zwillinge. Ich weiss gar nicht was wir hier sagen sollen? Das ist doch alles ganz normal!»

Die spürbare Spannung löste sich mit allgemeinem Gelächter, Schenkel- und gegenseitigem Schulterklopfen. Zwischen den Lachern riefen alle im Chor: «Das ist doch alles ganz normal!»

Schliesslich kehrte wieder Ruhe ein. Anla fragte Andermensch, ob er weiter ausführen könne, wie er das verstehe, wenn er sage, seine Mission sei unser «Karass».

«Es hat mit etwas zu tun, welches ihr als krankes Blut bezeichnet. Mir fehlen hier die richtigen Worte. Ich glaube, meine Tochter hat dies besser verstanden als ich. Jana, wie ist das mit dem grossen Feuer der Sonne oder technisch ausgedrückt: Mit der grossen Explosion.»

«Einst sah ich in einer Vision ein sonnenhelles Feuer, dort wo unser Clan ursprünglich herkommt. Das ist am anderen grossen Fluss, der im Norden an die Gletscher fliesst und dort im Sommer einen grossen See bildet. So wie ihr hier am Danu, leben Leute von uns dort am Ren. Unsere Leute hätten sich gegen Vena aufgelehnt und diese hätte als Strafe eine Sonne auf sie herunterfallen lassen.

Mashel zeigte mir verschiedene Bilder und erklärte mir, wie die Welt aus ganz kleinen Teilchen aufgebaut sei, so klein, dass man diese nicht sehe. Demnach etwa so, wie wir manchmal die Erschütterungen des Himmels spüren und daraufhin Ereignisse aus der Seelenwelt wahrnehmen können. Mashel erklärte weiter, dass ihr so eine künstliche Sonne selber erzeugen könntet. Dass so eine künstliche Sonne euer Sternenschiff antreiben würde. Es gibt zwei Arten zur Erzeugung dieser künstlichen Sonne: Eine mache die kleinen Teilchen noch kleiner, die andere mache aus zwei Teilen ein einziges. Für euer Sternenschiff benutzt ihr die zweite Möglichkeit. Die ist wie Mashel sagt ungefährlich. Die erste jedoch kann ausser Kontrolle geraten. Dann würden mit der explodierenden Sonne auch Vibrationen freigesetzt welche den Menschen krank machen, besonders das Blut.

Nach all diesen Erklärungen von Mashel denke ich, es war nicht Vena, sondern der erste Vogel Roc aus den Erzählungen der Ahnen, welcher vielleicht durch einen Fehler der Passagiere zur Sonne wurde und unser Blut krank machte. Nicht nur das Blut auch die Männer, denn seither haben wir viel weniger Kinder bekommen und sind jünger gestorben. Da dieses Ereignis schon so viele Sonnenwenden her ist hat sich unser Blut wieder selbst heilen können; Kinder kriegen wir aber immer noch weniger. Darum werden wir Andermenschen gesamthaft immer weniger. Könnt ihr das verstehen?»

«Das verstehen wir sehr gut», antwortete Anla, «du hast das auch sehr richtig von Mashel verstanden. Aber was das mit uns zu tun hat ist mir noch nicht klarer geworden.»

Javi schloss: «Langsam sehen wir einen Zusammenhang. Wir müssen weiterhin eure Technik besser zu verstehen lernen. Dann werden wir lernen Ereignisse, welche wir verschiedentlich auf unseren Seelenreisen gesehen haben, in eurer Sprache der Technik auszudrücken.

Nicht Vena hat dann eine Sonne geworfen, sondern die Spaltung von den kleinsten Teilen aus denen unsere Welt aufgebaut ist geriet ausser Kontrolle. Wie heisst das bei euch richtig ausgedrückt?»

Ich sagte: «Der Kernreaktor des Spaceshuttles ist als kleine Atombombe explodiert. Die freigesetzten Strahlen machten die Menschen krank, vor allem im Blut; die Krankheit heisst Leukämie.»

Perida ergänzte: «Ja, das muss so gewesen sein. Erst machte diese Strahlung euch schwach, aber da ihr so robust seid, hat sich mit der Zeit euer Blut gegen die Strahlung zur Wehr setzen können und jetzt habt ihr so starkes Blut, dass diese schlechte Strahlung euch nichts mehr anhaben kann. Würden wir euer Blut mit unseren Blut Messengern behandeln und personifizieren, könnten wir Leute, die von den Strahlen geschädigt sind, wieder gesund machen; das ist doch sehr erstaunlich. Wir müssen auch prüfen, ob wir etwas gegen eure gesunkene Fruchtbarkeit unternehmen können.»

So ging unser Forschen, Nachfragen und Kombinieren über viele Tage und Wochen weiter. Man spürte bereits den Frühling kommen und somit setzten auch grössere Regenfälle ein mit dem Resultat vieler aufgeweichter Böden. Sehr ungünstig für das Jagen. Andermensch und Jana hatten viel von unserem Wissen mindestens im Ansatz verstanden und konnten sich entsprechend ausdrücken. Dasselbe galt für unsere Seelenfreunde der Danu Leute. Immer wieder erreichten wir Teilabschnitte und Verbesserungen in unserem Verständnis.

Echt hilfreich waren die Aussagen von Alba. Es schien, dass er sich selber in einer möglichen Ausprägung dieser fernen Zukunft verschiedentlich wahrnehmen konnte. Manchmal völlig wirr, manchmal als weiteres Teil in unserem sich langsam füllenden Puzzle. Und mit steigendem Technikverständnis nicht nur religiös verbrämt, sondern oft logisch nachvollziehbar.

«Vater Alba», fragte Cara, «bald sind doch seit der Sonnenwende wieder 83 Tage vergangen, dann wird mein 19. Geburtstag sein. An diesem Tag vor einem Jahr landeten unsere Sternenfreunde zum ersten Mal auf unserem Danu. Damals sagten wir: «Schaut, Vena fällt aus dem Himmel». Seither hat sich viel, ja eigentlich alles verändert.

Ich würde es begrüssen, wenn wir nun bald unsere endlosen Diskussionen in einer guten Zusammenfassung, von allem was wir herausgefunden haben, erstellen und dann die weiteren Schritte in Angriff nehmen. So wie wir jetzt leben ergibt sich keine gute Zukunft.

Wir, welche sich dem Lebensstil der Roc Leute angepasst haben, können kaum mehr zu dem ursprünglichen Jägerleben zurückkehren. Der grösste Teil unseres Clans fühlt sich je länger je mehr ausgegrenzt, wenn wir hier Abend für Abend Probleme wälzen, welche für sie gar nicht existieren. Der Clan der Andermenschen fühlt sich ebenfalls eingeschränkt, da sie nicht mehr herumziehen. Ihre Körper sind aber dazu geschaffen. Nach meinem Geburtstag beginnt wie immer die warme Jahreszeit. Dann wird es höchste Zeit für unseren «*Karass*», um aufzubrechen. So geht es kaum weiter.

Schwester Susa muss sich bis dann auch entschieden haben, ob sie mit den Roc Leuten wegzieht oder bei unseren Danus bleibt.»

Vater gab zur Antwort: «Tochter du hast recht. Dein Geburtstag ist übrigens in acht Tagen. Wir sollten diesen Tag als Marke für unsere Entscheidungen ins Auge fassen. Wer will kommt mit dir ins Sonnenfeld, um den Sonnenaufgang über deinem Stein zu beobachten und gleichzeitig von seinem Leben und vom Clan Abschied zu nehmen.»

Am folgenden Tag ergänzte Andermensch: «Jana und ich sind Cara's gestrige Vorschläge nochmals durchgegangen. Es ist die richtige Zeit für den Aufbruch. In den nächsten Tagen formulieren wir unser gemeinsames Wissen. Wir können sonst nichts mehr zum weiteren Fortgang der Ereignisse beitragen, das obliegt dann den Roc Leuten. Anschliessend begleiten wir Cara ins Sonnenfeld, nehmen Abschied und ziehen in den Norden an den Ren, wo wir sicher weitere Clans von Andermenschen antreffen werden.

Wenn ihr uns noch ein Abschiedsgeschenk geben möchtet: Versorgt bitte auch noch die letzten unseres Clans mit euren Blut Messengern, damit unser Clan lange lebt und sich möglichst stark vermehren kann.»

88. Revolution

Bericht aus der Zeitkapsel mit dem Titel:
Dado glaubte seine Zeit als Clan Chef sei gekommen.
Erzählerin, Kira von Cherisatâ:
Studentin, 4. Semester Medizin.
Vizemeisterin im Bogenschiessen.

Heute war ein verhältnismässig warmer Tag. Viele fanden sich wieder beim Morgenbad ein. Susa kam auf mich zu. Ich konnte sehen, dass sie in nachdenklicher Stimmung war. Der Entscheid vorgestern, ausgelöst durch die Rede von Cara gab zu denken.

«Da ich in Ruhe nachdenken wollte, habe ich wieder einmal in der Höhle übernachtet. Dabei besprach ich mich mit Arnea und stellte mit Überraschung fest: Erstens Bruder Dado war nicht da und zweitens Arnea ist bereits im achten Monat.

Wo Dado hin ist konnte mir Arnea nicht genau sagen. Er sei schon vor einigen Tagen mit den drei älteren Yora Söhnen flussaufwärts aufgebrochen. Auf ihre Frage nach dem Ziel habe er nur unwirsch gesagt, das gehe sie nichts an.

Als ich Arnea nach ihrer Schwangerschaft fragte, machte sie einen beunruhigten Eindruck. Ich tastete ihren Bauch ab und vermutete, das Kind liege wieder falsch. Kira, bitte komm nach dem Bad mit zu Arnea; ich möchte gerne deine Meinung hören.»

Wenig später machten wir uns auf den Weg zur Höhle. Ich winkte Cara herbei, sie möge uns doch begleiten. Auf halben Weg kam uns aus der Yora Höhle Bero entgegen.

Seit seiner Ernennung zum Bero Mammu hatte er sich zu einem verantwortungsvollen, angenehmen jungen Jäger entwickelt, zudem sah er gut aus.

«Susa, ich mache mir Sorgen», begann Bero, «ich hätte dir das schon vor ein paar Tagen berichten müssen. Meine drei älteren Brüder sind mit Dado verschwunden. Du weisst selbst: Seit längerem intrigieren sie gegen dich. Seit wir Freunde geworden sind bin auch ich Zielscheibe ihrer Ausfälligkeiten. Meine Mutter Yora findet ebenfalls keinen Gefallen am Verhalten ihrer Söhne, dies obwohl sie verschiedentlich an eurem Clan herummäkelt. Bei uns ist der Höhlenfriede dahin. Irgendwas hecken die nun zusammen aus. Dein Bruder hatte schon einmal gemeint gegen dich antreten zu müssen. Es tut mir heute noch leid, dass ich ihn dabei unterstützte. Aber gegen dich zu kämpfen war keine gute Idee.

Sag, ist es richtig, dass Andermensch in Anbetracht seines baldigen definitiven Aufbruches nach Norden in wenigen Tagen von hier aus zu einer «Test-Jagd» aufbrechen will, um zu sehen, wie und ob seine Leute durch das bequeme Leben hier schon verweichlicht worden sind?»

«Das ist so, Bero. Was liegt hinter deiner Frage?»

«Also falls Dado mit meinen Brüdern einen Hinterhalt oder sonst eine Gemeinheit plant, könnte es dann geschehen. Niemand ist so verrückt sich mit Andermensch und seinem Clan anzulegen.

Meine Brüder hatten Verschiedenes besprochen und sich nicht daran gestört, dass unsere Ise, die kleine Schwester mithörte. Sie dachten wohl sie sei noch zu klein. Aber Ise hatte mir berichtet, die Brüder wollten zu den grossen flachen Wiesen flussaufwärts gehen. Etwa eine Tagesreise von hier. Die Wiesen, welche wir die «Eberwiesen» nennen. Und wer wohnt dort: Der Eber-Clan. Im letzten Jahr haben uns zweimal Leute von dort besucht, weil sie das Gerücht der Roc Leute gehört hatten. Beide Male sind sie negativ aufgefallen mit ihren frechen Forderungen an unsere Freunde. Die sind alle bloss neidisch auf unseren Wohlstand, speziell auf das grosse Zelt mit Licht und Heizung. Wenn unsere vier denen genug versprechen, zum Beispiel die C-Stoff-120 Unterkleider, machen die jede Schandtat (sagen wir es ruhig: Auch einen Angriff) mit.

Ich weise darauf hin: Dein Bruder Dado besitzt diese Unterkleider, um die Ebers Leute damit anzustacheln!»

«Bero, wir sind eben auf dem Weg zu Arnea, komm doch auch mit, anschliessend sprechen wir weiter über deine Befürchtungen.»

Nach vier Semester Studium bei Perida hatte ich schon einiges an medizinischen Kenntnissen angesammelt. Bei Arnea spürten meine Hände bald, dass das Kind wiederum falsch lag. Das war eindeutig, das bedurfte wiederum eines Kaiserschnitts, ich wollte das aber nicht so direkt sagen. Darum nahm ich Arnea bei der Hand und sagte zu den anderen: «Es ist alles in Ordnung, aber um ganz sicher zu sein, machen wir nun einen Spaziergang zu Perida. Sie ist im Moment im Vogel Roc Bruder. Ihr könnt in Ruhe das Anliegen von Bero besprechen. Ich empfehle jedoch streng, besprecht es umgehend mit Anla. Es müssen Vorkehrungen getroffen werden.»

Bero meinte: «Glaubst du wirklich, sie werden so etwas Verrücktes wie einen Angriff auf die eigenen Leute wagen!»

«Da bin ich sicher», gab ich zur Antwort.

«Arnea», begann Perida, «wir müssen dir wieder den Bauch aufschneiden, es geht nicht anders. Zuvor müssen wir sehr ernsthaft noch etwas Zusätzliches besprechen.

Wieso bist du nur wenige Wochen nach der Geburt der Zwillinge schon wieder schwanger geworden. In eurer Gesellschaft bestimmen doch die Frauen wann sie mit einem Mann schlafen. Auch kennt ihr verschiedene Waldkräuter und Pilze, die euch helfen hier eine gewisse Kontrolle auszuüben. Nicht alle haben so einen starken Willen wie Susa. Und als Taro es mit Männerkraft bei Cara versuchte, hatte sie ihm ihr Messer in den Oberschenkel getrieben. Du bist ebenfalls eine grosse, selbstbewusste und starke Frau.»

«Ich weiss es eigentlich selbst nicht so recht. Dado hat mich täglich bedrängt. Seit er mit den Yoras Freundschaft geschlossen hat, ist er ziemlich aggressiv geworden. Und ich wollte nicht immer mit ihm streiten. Da fingen jeweils die Zwillinge wieder zu schreien an.»

Perida sah mich an, «Kira, du bist näher an ihrem Alter, von dir nimmt Arnea es vielleicht leichter an.»

«Arnea, wir befürchten Dado mit den drei Yoras zetteln einen Aufstand gegen Susa an, weil Dado selbst erster Umba werden will. Er weiss, dass Susa, Clanchefin Fina und Vater Alba mit uns weggehen möchten und erachtet seine Chance im Moment als intakt. Seien wir ehrlich, eine mögliche vernünftige Umba für den Clan wärest du. Der Clan würde dann als Chefin die Yora und dich als Umba problemlos akzeptieren, da diese Positionen eigentlich fast immer Frauen bekleiden.

Dich als grösste Konkurrentin schaltete Dado aus, indem er dafür sorgte, dass du sofort wieder schwanger wurdest.

Jetzt sage ich dir aber noch etwas und merke es dir gut. Schon zweimal fanden deine Babys nicht die richtige Lage in deinem Bauch. Mit allergrösster Wahrscheinlichkeit wird das auch in einer dritten Schwangerschaft so sein. Wenn deine Zeit dann gekommen ist, reisen Perida und ich irgendwo zwischen den Sternen. Eine normale Geburt wirst du nicht überleben.»

Arnea schlug ihre Hände vors Gesicht und sagte gepresst: «Ihr habt recht, eigentlich weiss ich es schon länger, wollte es aber nicht wahrhaben. Ehrlich wollte ich mich bereits nach der Geburt der Zwillinge von Dado trennen. Doch Kinder kriegen braucht so viel Energie, da hatte ich zu wenig Kraft die Idee umzusetzen, dabei hätte mir Fina bestimmt geholfen. Sie sah schon lange, wie ihr Ältester ins Negative abdriftete. Aber sie ist halt auch Mutter und hatte die Augen vor der Realität verschlossen. Wisst ihr was das Hauptproblem von Dado ist?»

Perida antwortete: «Das ist nicht schwierig zu erraten. Er kann es nicht verkraften, dass seine Eltern und beide Schwestern Vena-Bewusste sind und er nicht. Dann war bis letztes Jahr wenigstens noch sein kleiner Bruder da, der Dumme. Aber auch das gilt nicht mehr. Sereno ist inzwischen mindestens so schlau wie er.

Susa machte Dado in einem Versuch ihn zu versöhnen, zum zweiten Umba. Seit langer Zeit wieder einmal ein Mann. Dado hatte aber nicht die Fähigkeit, dies richtig einzuordnen, genau so wenig wie der provozierte Zweikampf mit Susa; der ging nach hinten los! Inzwischen ist er jenseits klarer Einordnung. Für ihn bleibt nur noch die Revolution mit Gewalt. Für so eine Aktion findet man immer Anhänger. Sozusagen gleichgesinnte Idioten. Er fühlt sich benachteiligt, was er tatsächlich gegenüber seinen superintelligenten Schwestern auch ist. Das ist jedoch von der Natur so gegeben, da hat niemand Schuld.

Die Unendlichkeit ist nach menschlichem Massstab nicht immer gerecht, …hm, ja …eigentlich nie.»

«Jetzt kommt es, pass genau auf», sagte ich zu Arnea. «Wenn du leben willst, kannst du keine weiteren Kinder mehr haben. Wenn Perida dein Kind aus dem Bauch holt, kann sie auch machen, dass du nie wieder schwanger wirst, gleich wie oft du mit einem Mann schläfst. Du wirst aber drei Kinder haben und daher auch geachtet sein, vor allem wenn es dir gelingt Umba zu werden.»

«Perida, Medizinfrau, ist es sicher, dass ich keine weiteren natürliche Geburten überleben könnte; bist du ganz sicher?»

«Ja!»

«Ihr Sternenreisenden seid jetzt seit einer ganzen Sonnenwende hier und nie habt ihr etwas Falsches gesagt oder getan. Also glaube ich auch das. So bleibt nur eins: Bitte holt mein Baby sofort aus meinem Bauch und macht das, was ihr eine Operation nennt, damit ich keine weiteren Babys empfangen kann.»

«Möchtest du das noch mit Clanchefin Fina oder mit Dado besprechen; oder mit deiner Mutter vom Gere-Clan?»

«Nein! Ich entscheide für mich und auch für meine zukünftige Umba Position, damit Susa euch begleiten kann. Fangt an!»

Perida und ich schauten einander an. Ich begab mich auf die Galerie des Cockpits und schaute hinaus. Da sah ich Taro und Besa, wie sie mit ihrem Baby ihr Morgenbad genossen.

«Ihr zwei, kommt doch kurz einmal zu uns in Vogel Roc Bruder.»

Zehn Minuten später standen sie fragend vor uns. Perida sagte: «Arnea erzähle doch bitte unseren Freunden Taro und Besa, was du vorhin aus freien Stücken selbst entschieden hast. Wir möchten auf keinen Fall, dass es heisst, wir hätten dich zu etwas überredet.»

Drei Stunden später lag das Baby, ein Junge, im Brutkasten.

Vier Stunden nach Mittag sassen wir wieder einmal unter dem Vorzelt unserer Zimmer in einer vorgezogenen Versammlung. Perida verkündete die gesunde Geburt des Jungen Sono und dass es der Mutter gut gehe, der Vater aber nicht anwesend sei. Dann gab sie direkt an Susa weiter, welche den mutmasslichen Grund für die Abwesenheit von Dado bekannt gab.

Darauf fragte Andermensch, ob sie ihre Jagd verschieben sollten, um bei einem allfälligen Angriff zu helfen.

Susa studierte die Antwort, da kam ihr Cara zuvor: «Das würde ich nicht empfehlen. Der jetzt schwelende Konflikt würde nur verschoben. Das müssen wir nun ein für alle Mal klären und zwar bevor wir zu den Sternen aufbrechen. Schwesterherz, wie sehen deine Ideen für deine Umba Nachfolge aus. Unser Bruder Dado wird es auf keinen Fall sein können.»

Ich blickte zu Perida: «Soll ich?» Perida nickte bejahend. Da erzählte ich die näheren Umstände bezüglich Arnea, deutete dabei auch auf Bero, der neben Susa sass. «Arnea sehen wir als zukünftige Umba. In eineinhalb Monden wird sie für die Jagd bereit sein. Bero wird ihr als Bero Mammu zur Seite stehen und zu einem späteren Zeitpunkt zweiter Umba werden können.»

Fina runzelte die Stirn: «Das tönt ja alles logisch. Kann mir jemand sagen, wie wir unseren Dado zur Vernunft bringen. Er kommt mit den Leuten des Eber-Clans daher gestürmt und wir sagen «Dado, mach mal langsam, wir haben beschlossen, dass...», und dann sitzen wir zusammen und alles ist geregelt? Also so wird das wohl kaum ablaufen.»

Die Diskussion wogte hin und her. Ich dachte an meinen Bogen. Müsste ich womöglich Pfeile auf die Eber-Leute abschiessen, jemanden verletzen oder ...gar töten. Was machen wir, wenn die Eber-Leute, die nichts von unserer Technik verstehen, unsere Solarpanels angreifen und zerstören. Den beiden Rocs können sie nicht nichts anhaben, die bestehen aus C-Metall-120. Auch entern liegt nicht drin, wenn wir die Cockpits schliessen. Beide sind vollgetankt und können jederzeit zur Meriâ II starten. Bis wir aber definitiv von hier verschwinden, sollte jeder Shuttle sicher noch fünf bis sieben Mal pendeln. Für 17 Jahre Raumflug fehlt noch einiges an frischem Wasser. Also die Panels müssen zwingend verteidigt werden.

Nach diesen Überlegungen fragte ich Bero: «Wie viele Leute von diesem Eber-Clan können als Krieger und Kriegerinnen mobilisiert werden?»

Bero wiegte den Kopf: «80 oder gar 100?»

«Wisst ihr was ich soeben realisiere», begann ich. «Meine Partnerin Cara ist ein Kind von hier und entsprechend naturnah, das heisst hart und kompromisslos, aufgewachsen.

Was bedeutet dies für dich Cara, wenn übermorgen 100 bis an die Zähne bewaffnete Krieger und Kriegerinnen hier auf der Wiese erscheinen?»

«Da gibt es nur eine Antwort: Mein Speer muss schneller fliegen als der andere!»

«Liebe Roc Leute. Ich bin die jüngste Erwachsene von euch und ganz in unserem Raumschiff Meriâ II aufgewachsen, wohlbehütet und immer in Frieden.

Übermorgen, wenn Andermensch und sein Clan auf die angekündigte Jagd gehen, erscheinen hier allenfalls die Eber-Leute mit Dado und den Yora Söhnen. Es ist anzunehmen in kriegerischer Absicht.

Das heisst: Ich werde meinen Bogen spannen und auf Menschen schiessen, um sie möglichst zu töten. Wie halten wir das aus? Zögern wir, fliegen die anderen Speere zuerst.

Pera, du bist Meisterin im Bogenschiessen, was machst du? Wir haben Zeit, dieses Dilemma bis übermorgen zu lösen. Wir haben wohl unsere C-Stoff-120 Unterkleider gegen einen Speerwurf. Wie sieht es aus bei mehreren Würfen oder eine Steinaxt im Schädel?» Plötzlich musste ich würgen und spurtete aus dem Zelt.

Als ich zurück kam herrschte immer noch bedrücktes Schweigen. Wir Roc Leute wurden uns bewusst, dass wir versagen würden und zwar aus dem einfachen Grund, da wir Skrupel haben werden. Zögerten wir und sei es auch nur den Bruchteil einer Sekunde, dann wird der Angreifer schon schneller sein. Niemand von uns hatte schon einmal eine vergleichbare Situation erlebt.

Da hüstelte Mutter: «Tochter, du hast absolut recht. Nur mal was, rein hypothetisch. Es ist jetzt fünf Stunden nach dem Mittag. Wenn wir einen Blitzstart hinlegen, docken wir morgen um sieben Uhr an und können fünf Stunden später wieder abdocken. Dann landen wir gerade noch vor dem Eindunkeln so gegen 20 Uhr wieder auf dem Danu.»

Iremo von Valetîs unser Spezialist für Flora und Fauna hielt die Augen geschlossen, den Kopf gesenkt. Dann murmelte er doch ziemlich laut hervor: «Ich verwalte weit über 1000 Schuss für 20 Jagdgewehre, ...äh, ...äh!» Seine Stimme driftete davon.

Absolute Stille. Dann Cara: «Was ist denn mit euch los? Was ist passiert. Kira Lehrerin, da hast du nie etwas gesagt! Was ist ein Jagdgewehr?»

Stille. Verwirrt meinte nun Susa: «Partner Davo, was habt ihr Roc Leute hier für ein Geheimnis. Was sind Jagdgewehre. Warum sind die immer noch in Vogel Roc Mutter?»

«Hier spricht KI. Ich verstehe, dass es euch emotionalen Menschen schwer fällt diese Möglichkeit ernsthaft in Betracht zu ziehen und dass niemand darüber sprechen will. Es war Kommandantin Anla, die vor einem Jahr verfügte, dass die Gewehre bei mir bleiben. Aber eben vor fünf Minuten war es wiederum Kommandantin Anla, welche die Gewehre als potenzielle Möglichkeit in Betracht zog.

Aus logischen Gründen betrachtet, wären die Gewehre die allerbeste Variante. Alle Angreifer tot oder davongerannt, aber keiner von uns verletzt. Aber mit meinem eingebauten Gesetz vom immerwährenden Menschenschutz könnte ich die Gewehre nicht einsetzen, selbst wenn ich Hände hätte. Es ist auch für mich ein Dilemma.

Wenn meine Kommandantin erlaubt, werde ich aber unseren Freunden eine Erklärung abgeben. Dies sogar mittels eines Filmes auf die weisse Wand.»

Zehn Minuten später herrschte das reinste Tohuwabohu in unserer Versammlung. So eine Waffe war jenseits des Verständnisses in einer Gesellschaft die akzeptierte, dass jeder sich verteidigte wie es seine persönlichen Kräfte und sein Geschick zuliessen. Aber solche Zauberstäbe, wie sollte man diese einordnen?

Andermensch erhob sich: «Ich möchte kein solches Gewehr. Das passt nicht zu meiner Lebensauffassung. Stellt euch vor, wir gingen so auf Mammutjagd, die hätten überhaupt keine Chancen mehr.

Erinnert euch wie euch Kira Mary die Mammutjagd, als wir uns getroffen haben, erzählte. Ich erinnere daran wie bewegt unsere Kira Mary damals war, als sie feststellte, wie wir zusammen mit den Tieren den Trauergesang anstimmten und die Überlebenden ziehen liessen. Jedes Tier ist edel, wir jagen es nur, weil wir essen müssen. Denkt auch an Löwin Elwi: *«Vor Vena sind wir alle gleich».* So ein Gewehr ist nur für einen feigen Jäger.»

Mutter senkte nun ihrerseits den Kopf und sprach leise: «Bitte entschuldigt meinen Vorschlag. Es könnte aber sein, dass in zwei Tagen einige von uns beerdigt werden müssen. Auch diesen Gedanken müssen wir in Betracht ziehen.»

«Das ist so, Kommandantin Anla», antwortete Andermensch, «hättet ihr das nicht gewollt, hättet ihr in eurer Sicherheitsblase der Meriâ II bleiben sollen, um mit Garantie eure 140 Sonnenwenden alt werden zu können.

Ich könnte mir aber vorstellen, dass diese 140 Jahre weniger interessant sein könnten als meine vielleicht 60 Jahre hier. Anschliessend sehen wir uns wieder bei Vena. Da vergleichen wir unsere Leben und stellen fest, dass ich allenfalls in 60 Jahren mehr erlebt und mehr gelernt habe als ihr mit 140.

Je schneller ihr mit euren Superbögen schiesst, desto grösser die Chance, dass ihr überlebt.»

Mit diesen Worten setzte sich Andermensch wieder hin. Wir Roc Leute hatten hier sichtlich ein Problem. Eher verzweifelt wandte sich Mutter an Fina. «Siehst du als Mutter von Dado eine Alternative?»

«Nein, Dado wird sein Ding durchziehen. Es gibt für ihn und die Yora Söhne kein Zurück mehr.» Und zur Chefin Yora: «Um weitere interne Konflikte zu vermeiden, weise ich als oberste Clanchefin an, dass der Yora Clan übermorgen ebenfalls auf eine Jagd gehen wird.»

«Fina, wir hatten oftmals Probleme miteinander infolge verschiedener Ansichten bezüglich der Führung unseres reichen Zehn-Höhlen-Clans, aber dass unsere Söhne dafür ungeeignet sind, ist uns beiden klar. Da du dich entschlossen hast mit den Roc Leuten fortzugehen, ist es logisch, dass ich die Nachfolge als oberste Chefin antrete. Um längere interne Streitigkeiten oder gar einen internen Krieg zu vermeiden, müssen wir unsere Söhne stoppen. Wir alle wissen, dass dies nur auf eine Art geht. Wer nicht gegen meine Söhne kämpfen will, wird übermorgen an unserer Jagd teilnehmen. Bero?»

«Mutter, ich bleibe und hoffe auf dich als Clanchefin.»

Die Yora erhob sich schwer: «Danke, Bero Mammu. Überleg es dir nochmals. Es sind deine Brüder. Falls deine Entscheidung bleibt, du weisst es: Keine Kompromisse.»

Mutter und Sohn standen einander gegenüber. Über ihre Wangen liefen einzelne Tränen. «Ich bleibe, Mutter.»

Die Yora wandte sich ab und mit bebenden Schultern verliess sie das Vorzelt. Ich realisierte: Die Yora hatte eben ihre drei Söhne zum Abschuss freigegeben. Links sehe ich Fina mit ihrem Kopf an der Schulter von Alba weinen; auch ihr Sohn Dado ist nun vogelfrei.

Nun erhob sich Ilea mit ihrem Bogen in der Rechten. «Im Ganzen sagen die Roc-Leute, sie hätten 20 Bögen. Davon haben sie 13 uns Danu geschenkt. Drei haben Dado und die Yora Söhne bei sich. Vier sind im Besitz des übrigen Yora-Clans, die werden übermorgen auf die Jagd mitgenommen, also verbleiben bei uns sechs und den Roc-Leuten die restlichen sieben. Was planen diese sieben Bogenschützen? Warum ich diese Frage stelle ist wohl klar: Die treffsichere Reichweite der Bögen ist mindestens doppelt so gross wie die Wurfweite der Speere.»

«Ich sehe es folgendermassen», begann nun Susa, «Der Auslöser der Probleme sind unsere Roc Freunde. Sie haben mit ihrem Erscheinen alles durcheinandergebracht. Doch auch ohne ihr Erscheinen hätte sich unser Bruder irgendwann gegen mich gestellt. Die Roc Freunde lieferten lediglich einen Vorwand. Ebenfalls ist ersichtlich, dass unseren Roc Freunden die notwendige Härte und Erfahrung fehlt mit so einer Krise umgehen zu können.

Entschuldigt mich, ihr wisst wohl viel, fliegt von Stern zu Stern, aber hier nützt das alles gar nichts. Im Kontext mit unserer Kultur seid ihr für diese Krise einfach nur ungeeignete Weichlinge. Ihr denkt zuerst (möglichst zwei Mal), dann handelt ihr. Übermorgen wird es umgekehrt sein: Wir handeln zuerst und wenn alles vorbei ist denken wir wieder; anders werden wir Führungspersonen nicht überleben können.

Ich kann es euch nicht befehlen, aber am besten wäre es, ihr alle würdet übermorgen in den beiden Rocs verbleiben und uns nicht im Weg herumstehen. Die 14 Kinder gehören sowieso in die Rocs.»

Jetzt handelte ich bevor ich dachte: «Ich werde an der Seite von Partnerin Cara stehen, mit meinem Bogen.»

«Susa, ich bin dein Schwertmann», warf Davo ein.

«Davo, die Krieger und Kriegerinnen vom Eber-Clan sind alle unheimlich schnell und gewandt, gleich wie die besten von uns. Das ist ähnlich wie bei Elwi und seiner Löwin: Ein Wimpernschlag nicht achtsam und die Pranke nahm das Ohr mit. Stimmt doch Elwi!»

«Nicht ganz, Susa Umba. Es war nur ein halber Wimpernschlag.»

Endlich mal eine kleine Auflockerung mit einem Spruch, der zum Lachen animierte.

«Danke Elwi für diese Auflockerung», warf nun Pera ein, «hier ist noch eine: Bis jetzt haben wir noch nicht herausfinden können, ob unsere C-Stoff-120 Unterkleider tatsächlich einen Speer aufhalten, erst der Eber Zahn wurde getestet. Also ich ziehe mich entsprechend an und stelle mich als Bogenmeisterin an Kiras Seite.» Niemand lachte über diesen versuchten Witz. «War wohl nicht der Brüller! Ich stehe trotzdem mit Kira. Dabei werde ich versuchen absolut kompromisslos zu sein, für Perida und unsere Kinder.»

Jetzt blieb es einen Moment still. Susa wollte gerade wieder etwas sagen, da erhob sich Anla: «Meine Bogenkunst ist auch nicht schlecht. Tochter, ich stehe ebenfalls an deiner Seite.»

Da erhob sich Ellisa, doch bevor die richtig stand rief Anla: «Der 2. Kommandantin verbiete ich die Teilnahme am Konflikt...,» und ganz leise, «...nur so im Fall!»

«Ja, bitte, Bero.»

«Ich schlage vor, dass wir uns auf folgende Art vorbereiten. Das Zelt …, und die Sonnenpanels …»

Der nächste Tag wurde benutzt, um das Zelt und die Solarpanels auf den zu erwartenden Angriff vorzubereiten. Da konnte Andermensch verschiedene nützliche Anweisungen geben.

In aller Frühe am zweiten Morgen verabschiedeten sich Andermensch und sein Clan zur Jagd. Sie verschwanden flussabwärts, um ja nicht den erwarteten Eber-Leuten aus dem Norden zu begegnen. Bero erschien und meldete, dass seine Leute schon vor einer halben Stunde direkt im Tal des Willenbachs verschwunden waren. Nach dem Frühstück begaben sich unsere Sternenleute in die beiden Shuttles. Die Kinder in den Lastenshuttle mit nur zehn Sitzen, da blieb mehr Platz zum Spielen.

Die Zehn-Höhlen-Leute zählten ohne die Jäger vom Yora Clan immer noch über 150 Personen. Die Meisten, vor allem die Jüngeren, welche sich an den erwarteten Kämpfen beteiligen würden sassen an den Tischen vorne im Zelt. Die Älteren und die Kinder hatten sich in den hinteren Teil des Zeltes zurückgezogen. Da sass auch Arnea, noch blass und müde nach der Geburt ihres Sohnes, und noch unfähig einen Speer zu führen. Wenigstens wusste sie ihr Baby im Spitalzimmer von Vogel Roc Bruder in Sicherheit. Würden die Eber-Leute wirklich kommen? Und das unter der Führung ihres Mannes Dado. Verschiedentlich musste sie sich von den anwesenden alten Frauen Kritik anhören wie etwa: «Dass du da nie etwas bemerkt hast? Ist schon komisch. Und dann sofort wieder ein Kind von so einem. Warum hatte Susa den nur zum zweiten Umba gemacht; wohl nur weil er ihr Bruder ist. Schwache Entscheidung.»

Anfangs hatte sie jeweils noch geantwortet, jetzt mochte sie gar nichts mehr sagen.

Plötzlich hörte man fernes Schreien. Die Verteidiger sprangen sofort von ihren Tischen auf. Zu viert trugen sie je einen Tisch vor das Zelt, wo sie hochkant als Schutz gegen die erwarteten Speerwürfe aufgestellt wurden. Mit zehn Tischen rannten einige nach links, Richtung Fluss, wo sie in gleicher Weise 50 Meter vor den Solarpanels aufgestellt wurden.

Ich stand auf der Seite der Panel Verteidiger und sah wie die sechs Bogenschützen der Danu Leute die ersten Pfeile auf die Angreifer abschossen, als diese etwa 80 Meter entfernt waren. Die johlenden Angreifer hielten Schilde vor sich. Trotzdem sanken drei nieder. Schon flogen die nächsten Pfeile, wieder stoppte dies zwei der Eber-Leute.

Doch jetzt flogen sicher 10 Speere Richtung Zelt. Mit Getöse schlugen diese in die aufgestellten Holztische.

Jetzt waren wir dran: Wir sieben Bogenschützen der Roc-Leute. Schon vor dem Angriff hatten wir alle einander Mut gemacht und versprochen, erst zu schiessen, dann zu denken. Also flogen unsere sieben Pfeile von links und mindestens vier trafen seitwärts hinter die Schilde. Die zweite Reihe der Angreifer sah sofort, woher die Pfeile geflogen kamen und wandten sich in unsere Richtung. Die Speere kamen angeflogen. Schnell hinter die Tischplatten geduckt. Peng! Peng! Die Einschläge. Dann sofort wieder sieben Pfeile losgeschickt und wieder und wieder. Dann waren die Kämpfer zu uns herangerückt und wurden von den Speerträgern der Danus empfangen. Wir Bogenschütze traten ein paar Schritte zurück, um die Bögen wieder mit mehr Platz und besserem Abstand spannen zu können. Es fiel mir nicht schwer einen Pfeil nach dem andern abzufeuern, das Denken hatte wirklich ausgesetzt.

Die Angriffswelle wurde gestoppt. Eine unserer Kriegerinnen lag bewegungslos am Boden. Ein anderer junger Krieger gleich neben mir hielt sich den Oberschenkel und schrie wie verrückt. Der Schaft war gebrochen und im Schenkel steckte die Steinklinge.

Ich trat zu ihm hin und ohne zu zögern griff ich eine der vorbereiteten Schmerzspritzen aus meiner Overall-Brusttasche, hieb sie dem Schreienden neben der Wunde ins Fleisch und zog mit einem Ruck die Klinge heraus. Die Wunde blutete zwar noch, aber ohne jegliches Schmerzempfinden griff der Junge nach einem am Boden liegenden Speer, schaute mich dankend an und stürzte sich wieder in die Schlacht.

In meinem Hinterkopf regte sich etwas, ich liess die Gedanken nicht aufkommen, sondern spannte erneut den Bogen. Mein Blick zum Zelt zeigte, dass dort die Angreifer bereits in Rücklage geraten waren. Sicher gegen 20 Angreifer lagen am Boden. Doch es war auch mit den Angreifern dasselbe wie mit mir. Keine Gedanken, sondern nur weitermachen, das ist auch dem Selbsterhaltungstrieb geschuldet. Jetzt zweifeln würde das Leben nicht verlängern.

Rechts von mir preschten nun die drei Schwertkämpfer Davo, Jaqua und Sereno gegen die Angreifer vor. Begleitet von den beiden Furien Cara und Susa mit Messer und Axt bewaffnet. Jetzt bei diesen Kämpfen von Frau gegen Frau halfen die Speere kaum noch. Pfeile verschossen wir nur noch, wenn wir sicher waren, nicht die unsrigen zu gefährden.

Da standen plötzlich die Yoras mit Dado vor unseren Kämpfern. Ich war mir bewusst: *«Jetzt erfolgte der Showdown.»*

Ich sah das Zögern und hörte Davo: «Dado, lass gu...». Schon knallte die Steinaxt auf Davos Kopf. Der ging lautlos zu Boden, wo sich eine rote Lache bildete. Gleichzeitig flog ein Speer aus der hinteren Reihe und traf meine Cara voll in die Brust. Der Schrei und das Niedersacken von Cara. Der höhnische Schrei von Dado, das erneute Anheben seiner Axt, dieses Mal gegen Cara. Das *«twäng»* meines Pfeiles mit gleichzeitigem irrem Schrei... Und der durchbohrte Hals von Dado sowie sein langsames, röchelndes zu Boden gehen.

Dadurch ergab sich der notwendige halbe Wimpern-schlag Unachtsamkeit der Yoras! Sereno schlug dem einen eine tiefe Wunde in den Oberarm, während Jaqua den an-deren am Oberschenkel erwischte. Susa kämpfte mit dem dritten. Beide waren wendig und stark. Da flog eine Axt von der Seite und schlug dem dritten Yora ins Schulterblatt. So-fort war Susa über ihm und holte zum finalen Schlag aus. Da fiel ihr der Axtwerfer, es war Bero, in den Arm. «Susa Umba, bitte, er ist mein Bruder, trotz allem.»

«Und der mit dem eingeschlagenen Schädel war mein Partner!», schrie Susa unmenschlich laut und schlug zu.

Vom Zelt her eilten uns nun alle zu Hilfe, denn dort war die Schlacht zu Ende. Auch wir wähnten uns bereits als Sieger, da rauschte aus den hinteren Reihen ein verirrter Pfeil heran und traf Mutter voll ins Auge. Mit einem Schrei ging sie zu Boden. Immer noch keine Gedanken. Es ist meine Mutter, die da getroffen wurde, doch mit den anderen Bogenschützen schossen wir nun einen Pfeil nach dem an-deren ab. Die Bogenschützen auf der Seite des Zeltes be-gannen uns zu unterstützen. Von den Angreifern gingen ei-nige zu Boden. Ohne ihre Anführer, im dauernden Pfeilhagel, was tun? Wie auf Kommando drehten sie sich da um und ergriffen die Flucht.

«Sie haben schöne Speere und Äxte. Los die holen wir uns.»

Alle die noch genügend Kraft hatten und das waren un-sere euphorisierten Kriegerinnen und Krieger eigentlich alle, also mehr als hundert Schreiende hetzten den Fliehen-den nach und diese liessen bald ihre Speere und Äxte fallen. Mit heulendem Triumpf-Geschrei wurden diese Stücke je-weils in Besitz genommen.

«Jetzt ist es vorbei», dachte ich, der normale Denkprozess setzte wieder ein: «Mutter», schrie ich. Da lag sie bewusstlos mit Pfeil im Auge. Gleich daneben Susa, die weinend und schreiend den zertrümmerten Kopf ihres Partners und ihres jungen kurzen Glücks in Armen hielt.

Ich eilte zu Cara. Ihre ganze Vorderseite war blutig, Cara nur halb bei Bewusstsein. Sie sah mich kommen und streckte schwach eine Hand nach mir aus. Fina kniete ebenfalls neben ihr. «Kira, Lehrerin, Geliebte, bitte halte mich. Du hattest recht, mit eurem Cestoff120 kann man sogar den Speer überleben», damit lächelte sie leicht und wurde ohnmächtig. Fina und ich fielen einander in die Arme und liessen unseren Tränen freien Lauf.

Nun hatte ich doch tatsächlich Mutter vergessen. Ich eilte die paar Schritte zurück. Pera war bei ihr. «Nicht anfassen Kira. Perida ist schon unterwegs. Ich denke, du solltest so schnell wie möglich Ilea, Elwi, Taro und Besa um dich scharen und euch um die Verwundeten kümmern. Wir helfen selbstverständlich allen. Versucht sicherzustellen, dass unsere Höhlen-Leute die verwundeten Feinde nicht töten. Nimm auch Fina, die ist ebenfalls vernünftig. Da nimm den Arztkoffer. Hast du auch noch Schmerzspritzen?»

Alle hetzten den fliehenden Feinden nach, ausser meine Studentengruppe. Mit Hilfe der Alten, im Zelt verbliebenen Danus stellten wir die Tische auf und legten darauf die Verwundeten. Schon 13 mit verletzten Beinen oder Armen durch Speerwürfe hatten wir gelagert. Wir desinfizierten die meist einfachen Wunden, legten Druckverbände an und ich gab Schmerzspritzen. Bei fünfen entschied ich, dass genäht und operativ gerichtet werden musste. Da erschien Frana unsere zweite Ärztin. «Pera assistiert bei der Operation von Anla; sie wird ihr rechtes Auge verlieren, das ist jedoch alles, sonst wird sie wieder ganz gesund. Davo ist tot. Besa, ich denke, du solltest zu Susa gehen, vielleicht hilft es ihr. Bero hilft ihr auch, obwohl er eigentlich selber Hilfe nötig hätte wegen seiner drei Brüder.» Wortlos entfernte sich Besa.
Frana machte sich gleich an die Arbeit. Die Verwundeten begriffen überhaupt nicht, dass eine Medizinfrau mit einer Nadel an ihren Wunden herumflickte und sie ohne jegliche

Schmerzen dabei zuschauen konnten. «Taro, Elwi, Ilea, erklärt es ihnen. Auch dass sie ein paar Tage liegen müssten und dass die Schmerzen wieder kommen. Sagt ihnen, dass sie solange hierbleiben können, falls sie das wollen. Dann entlassen wir sie mit kleinen Geschenken nach Hause. Wenn sie dort gut über uns und den Zehn-Höhlen-Clan berichten, bringt das für die Zukunft mehr, als wenn wir sie hier bei uns noch verurteilen wegen dem Überfall auf uns.»

Ich ging weiter und fand nochmals fünf ernsthafte Speerverletzungen im Bauch- oder Rückenbereich. Diese versetzte ich in Tiefschlaf; wir hoben sie auf Tische. Frana entschied, welche als nächstes in den OP gelangen sollten.

Auf unserer Seite gab es sechs tote Einheimische und unser tote Davo, sowie 17 Verletzte. Bei zweien beurteilten wir es als kritisch. Bei den Angreifern legten wir 22 Tote in Reih und Glied.

Auf einem Tisch sah ich nun Davo liegen und mit versteinerter Miene standen seine Väter Une und Endo daneben. Sie hielten sich an den Händen, während sich ihre Schultern bebend bewegten. Susa war nirgends zu sehen. Vermutlich ging sie in Begleitung von Besa dem Danu entlang. Ich nahm meinen Patenonkel Une in die Arme und wir weinten still vor uns hin. Endo schob sich an meine andere Seite und weinte an meiner Schulter.

In diesem Moment sah ich im Geiste den Pfeil, den ich Dado durch den Hals geschossen hatte, im buchstäblich letzten halben Wimpernschlag bevor er meine Cara erschlagen hätte.

So ist das Leben: Für irgendwen ist es immer den einen letzten halben Wimpernschlag; entweder zu früh oder zu spät!

89. Aufbruch

Bericht aus der Zeitkapsel mit dem Titel:
Ich fliege mit Vogel Roc Mutter zu den Sternen.
Erzählt von: Susa Umba Mammu vom Zehn-Höhlen-Clan

Der Zehn-Höhlen-Krieg war seit zwei Wochen vorbei. Von unseren 17 Verletzten war leider einer noch gestorben; demnach sieben tote Danu und mein Davo. Wir waren ja noch nicht sehr lange ein Paar. Er war mein erster Mann, weil ich mich vorher über Jahre geweigert hatte, einen Mann zu wählen. Mir war es wichtiger Umba zu werden und die beste Kriegerin zu sein.

Schon vor einiger Zeit hatte ich mich entschieden mit den Sternenreisenden mitzugehen, logisch mit Davo als Partner. Jetzt ist Davo nicht mehr. Bei den Sternenleuten werde ich keinen anderen möglichen Partner für eine Familiengründung finden. Sollte ich trotzdem mit ihnen fortziehen? Sie sagten, die Reise zu ihrem Stern Himâ dauere 17 Sonnenwenden. Alle Paare um mich herum haben dann Kinder. Auch die, welche jetzt zehn oder elf Jahre alt sind, werden später untereinander Partnerschaften eingehen. Und ich? Dann lebe ich allein auf Vogel Roc Mutter. Es ergeht mir dann wie einst Elwi: Ich höre das Liebesgestöhn der anderen und liege selbst alleine im Bett.

Und wenn ich hierbleiben würde? In Anbetracht meiner Abreise hatte ich bereits meine Ablösung als Umba organisiert. Arnea war nach ihrer Niederkunft wieder topfit und ein wacher Geist. Sie stammte aus dem Gere-Clan, auch das war stimmig. Meine Mutter und Vater als Vena-

Bewusste folgen auf jeden Fall den Sternenreisenden, wie auch Schwester und ihre Liebe Kira. Da bliebe nur Bruder Sereno, der hatte sich wirklich erstaunlich entwickelt im letzten Jahr. Der würde mir noch passen, er war nicht mehr der Dumme und in einem Jahr sicher zehn Centimeter grösser geworden. Aber er war mein Bruder. Dass Yora ihren letzten verbliebenen Sohn Bero zum 2. Umba neben Arnea machen wird, ist auch logisch: der wäre noch ein echt guter Partner. Dasselbe dachten vermutlich auch die Yora und Arnea selbst, nachdem sie als Witwe mit bereits drei Kindern nicht mehr besonders begehrt sein dürfte.

Was war wohl der Grund, dass Bero mit 20 noch keiner Frau gefallen hatte? Also der sah doch echt gut aus, war gescheit und nun auch Mammu. Bero und Arnea! Das gäbe dem Grossclan Stabilität für viele Jahre.

Was ich gedanklich auch durchspielte, ich selbst blieb immer aussen vor. War das mein Schicksal? Ich musste mein Problem mit Kira Lehrerin besprechen, die hatte grosses Wissen und war eine echte Freundin. Sie, wie auch Besa hatten mir in den letzten zwei Wochen immer geholfen. Besa? Nein vom Wissen her und für Ideen war Kira besser.

Ich stieg die Leiter zu Roc Bruder hinauf und schaute ins Innere. Da sass Kira am Computer und erörterte mit KI anscheinend ein mathematisches Problem. Als sie mich sah, rief sie: «Hallo Susa, schade warst du gestern im Sonnenfeld nicht dabei. Wir hatten einen perfekten Sonnenaufgang. Allerdings war die Verschiebung von elf Tagen beim Geburtsstein von Cara bereits zu bemerken. Aber so lange brauchte meine Cara, um sich vom Speerwurf zu erholen.

Das bedeutet auch, dass wir genau vor einer Sonnenwende und elf Tagen bei euch gelandet sind. Deine Schwester ist jetzt 19; hat sich viel ereignet in diesem Jahr!

Schau hier, KI hat mir die Parameter unseres Heimfluges bekannt gegeben, mit Zwischenstopp hier beim vierten Planeten. Ich versuche nun möglichst genau die Flugdauer auszurechnen und die Zeit, welche auf unserem Heimatplaneten Amerâ vergehen wird, um somit zu vergleichen, wieviel weniger Zeit für uns dann auf der Meriâ II vergeht. Cara wird dasselbe zu lösen versuchen, dann vergleichen wir mit Mashel. Was führt dich zu mir?»

«Kira, es verbleiben mir noch wenige Monde um zu entscheiden, ob ich mit euch komme oder hierbleibe. Ich habe schon alles hundert Mal in Gedanken durchgespielt und gelange zu keinem Ergebnis. Hättest du Zeit für einen Spaziergang entlang dem Danu?»

«Gib mir zehn Minuten, dann bin ich bereit. Warte doch bitte draussen auf mich.»

«Komm, Susa wir schlagen die Richtung flussaufwärts ein, sonst müssen wir durchs Wäldchen, da ist es noch nass vom letzten Regen. Selbstverständlich habe ich zusammen mit Besa verschiedentlich über dich gesprochen. Wir beide finden, dass du zuerst einen neuen Partner aussuchen musst und zwar schnell. Wie gesagt es verbleibt dir lediglich die Zeitspanne weniger Monde.

Hast du einen neuen Partner, könnt ihr zusammen entscheiden, ob ihr hierbleibt oder mitfliegt. Alleine, ohne Partner mitfliegen macht wenig Sinn. 17 Jahre ohne Partner auf der Meriâ II: Vergiss es!»

«Soweit bin ich auch schon gekommen. Es sind erst zwei Wochen seit dem Tod von Davo. Und schon soll ich einen neuen Partner wählen. Ja, ich weiss, es sind spezielle Umstände. Euer Abflug findet statt, ob ich dabei bin oder nicht.

Kira, wo zaubere ich einen Partner aus dem Fell? Hier bei uns sehe ich höchstens noch zwei Männer, die ich als ansprechend erachte: Bruder Sereno und Bero. Sereno kommt nicht in Frage. Kinder unter Geschwistern funktionieren schlecht, es würde auch die körperliche Anziehung fehlen. Bero? Das sieht doch jede, dass er und Arnea unter der Führung der Yora zusammenfinden werden; scheint mir auch logisch. Alle anderen Männer, zum Beispiel der Bruder von Arnea hat schon eine Familie oder dann sind sie fünf Jahre jünger als ich. Die Gleichaltrigen, die noch ohne Familie sind? Ja, die sind ohne Frau, weil es Idioten sind!»

«Susa, Susa, hast du nun deinen Frust los? Hast du Bero schon einmal selbst gesprochen? Oh, schau mal da vorne steht Besa, mit wem..., du das scheint Bero zu sein. Was für ein Zufall. Hallo ihr Zwei, was führt ihr denn für gemeinsame Spaziergänge entlang dem schönen blauen Danu aus? Besa, weiss Taro davon?»

«Ach Kira, hör schon auf, ich erledige nur deinen Auftrag, wie es sich für eine gute Freundin gehört. Aber wenn es euch nicht stört, bleibe ich hier, denn es könnte spannend werden.»

Ich merkte natürlich, was hier gespielt wurde, Bero auch, er bekam einen roten Kopf, meiner fühlte sich auch heiss an. In Sekundenschnelle überschlug ich meine Optionen und in konsequenter Realisation und Umsetzung (Kira würde sagen: «Typisch, absolut konsequent unsere Steinzeitjägerin!») nickte ich Bero zu.

Ich merkte, er hatte bereits verstanden als ich sagte: «Bero, die zwei Frauen haben ein Komplott ausgeheckt. Es könnte für uns zwei jedoch einen logischen Abschluss bedeuten. Wärst du bereit mit mir eine Partnerschaft einzugehen?»

Jetzt Kira, wie vorhin vermutet: «Typisch, absolut konsequent unsere Steinzeitjägerin!»

Bero antwortete mir: «Susa, ich fand dich schon immer grossartig, ich könnte aber nicht behaupten, dass ich verliebt wäre. Dasselbe gilt jedoch für Arnea. Ich denke, wir könnten gute Partner werden, dann kommt sicher auch noch die Liebe hinzu.»

Ich sagte: «Bero, lass es uns versuchen. Es ist doch aber nicht so, dass du lieber Männer hättest. Ich meine, du bist jetzt auch 20 und immer noch ohne Frau.»

«Auf keinen Fall, immer wenn ich eine schöne Frau sah, hatte ich mich gewundert, was an mir nicht passte. Seit unsere Sternenfreunde die Sonnenspiegel stehen haben, habe ich mich oft selbst angeschaut und festgestellt, dass ich genau so gut wie die anderen aussehe; dümmer bin ich auch nicht. Vielleicht gehöre ich doch auch in euren «Karass», heisst es in dessen Definition doch, dass sich die darin Reisenden manchmal nicht erkennen? Vielleicht habe ich unbewusst gewartet, um schlussendlich mit dir zu den Sternen zu fliegen!»

Für Andermensch war klar, dass er seinen Clan nicht verlassen würde. Der ganze Clan erhielt in den letzten Wochen personifizierte Blut Messenger. Bei dieser Gelegenheit wurde allen Erwachsenen je ein halber Liter Blut entnommen. Die vier älteren Frauen freuten sich über ihr verjüngtes Aussehen und rannten die ganze Zeit herum, vor lauter Freude, weil dies mit den verkleinerten Busen wieder so leicht möglich war wie damals, als sie noch die jungen Mütter waren.

Schon bald zwei Monde lebten nun Bero und ich als Partner zusammen. Doch, Bero war ein feiner Kerl, wir werden es gut haben zusammen

Andermensch drängte zum Aufbruch. «Es ist höchste Zeit Richtung Ren loszuziehen. Eigentlich hätten wir schon vor einem Mond aufbrechen müssen. Wenn wir uns beeilen, erreichen wir den Ren etwa am längsten Tag des Jahres und haben dann die guten Sommermonde vor uns. Ich denke, dieses Mal werden wir auch den kommenden Winter am Ren verbringen. Es ist Zeit wieder zu unserem gewohnten Leben zurück zu kehren.» Jeder sagte noch etwas zum Abschied. Elwi wollte seine nie ganz fertig gewordene Vena Statue Jana mit auf den Weg geben: «Du wirst sicher noch jemanden finden, der dein Gesicht einschnitzen kann.»

Jana gab zur Antwort: «Danke Elwi, aber ich denke du solltest die Statue im Sonnenfeld vergraben, bevor du zu den Sternen fliegst.»

«Warum das?»

Andermensch lachte: «Damit deine Vena in einer fernen Zukunft gefunden werden kann und die Leute dann wissen wie wir, die Andermenschen, die es dann nicht mehr gibt, ausgesehen haben: So schön rund und wohlgenährt, nicht so magere Gestalten wie ihr und die Zukunftsmenschen. Dann lassen wir diese Zukunftsmenschen auch studieren und diskutieren, warum das Gesicht fehlt. Ich nehme gerne deine Löwin Elwi mit, ich bin sicher: Irgendwie wird auch sie den Weg in die Zukunft finden.

Hm…! Wie findet aber unsere Ira den Weg in die Zukunft? Clanchefin, Anla Einauge, könntet ihr auf Vogel Roc Mutter einen Hund gebrauchen? Du musst nicht nachdenken Anla, auf einer meiner Zukunftsreisen habe ich Ira an einem schönen grossen See mit Kindern spielen sehen. Da war sogar eine spätere Ausgabe deiner selbst dabei. Es gibt gewisse Dinge, die scheinen vorbestimmt und irgendwie notwendig, und müssen angesprochen werden.

Wir werden uns nie mehr sehen Anla. Später versuche ich eine Seelenreise zu dir.»

Der Clan liess ein Hurra-Geschrei los, drehte sich um und ohne zurückzublicken verschwanden sie im Wald.

Ich beachtete den Hund Ira, der sass winselnd bei Anla und liess sich von ihr trösten. Die Hündin hatte verstanden, dass sie bei Clanchefin Anla bleiben musste und akzeptierte diese als neue Meisterin.

Am folgenden Tag starteten Elwi und Ilea Richtung Sonnenfeld, um die Vena Statue zu vergraben. Er sprach zu mir: «Susa, ich werde sie unter meinem Elwi Geburtsstein verstecken. Anschliessend führen wir den Auftrag von Anla aus und springen weiter zu den Krem-Leuten. Diese besitzen die gleichen Hunde wie unsere Ira.

Zudem fragen wir die Krem-Leute, ob Jaqua mit dem Boot bei ihnen von dem speziellen Sand, den die Roc-Leute Quarzsand nennen, holen darf. Ich werde den Krem-Leuten erklären, wir möchten diesen Sand für die Kinder zum Spielen. Das ist für mich auch logisch und verständlich. Aber wie unsere Roc Freunde aus diesem Sand ein neues Auge für Anla machen wollen kann ich überhaupt nicht nachvollziehen. Doch vermutlich kriegen sie das auch wieder irgendwie hin.»

«Ja Elwi, Kira Lehrerin hat mir dies alles genau erklärt. Richtig verstanden habe ich es jedoch nicht. Doch es wird sicher so sein. Macht euch jetzt auf den Weg.»

Unsere Roc Freunde bereiteten sich weiterhin auf den definitiven Abflug vor. Alle fünf Tage konnten sie mit den Sonnenspiegeln Treibstoff für einen Flug mit den Baby Rocs herstellen. Aus den nahen Wäldern schleppten sie grosse Mengen von Holz herbei. Denn sie würden das Zelt für den weiteren Gebrauch des Zehn-Höhlen-Clans stehen lassen. Die Sternenleute freuten sich, auf Vogel Roc Mutter selbst neue Tische anzufertigen.

Die Heizung und Beleuchtung wie auch die Sonnenspiegel wurden jedoch abgebaut und mitgenommen. Meinem Höhlen-Clan fehlten die technischen Möglichkeiten, diese Dinge längerfristig in Gebrauch zu halten.

Die Yora meinte: «Eine künstliche, gewärmte Höhle war eine gute Sache. Ein wärmendes Feuer in einer schönen, echten Höhle kaum schlechter. Es war ein spezielles Jahr. Zurück zum Gewohnten ist längerfristig sicher am besten.»

Einen Mond später stand unser Clan zur Umba Jagd bereit. Es war kurz nach Tagesanbruch, als ich meine Stimme erhob: «Ich, Susa Umba Mammu leite euch zum letzten Mal zur Jagd an. Es ist alles organisiert. Wir hoffen, am Abend wird Arnea den Umba Titel tragen dürfen und wird mich ablösen können, wenn ich in neun Tagen mit den Roc Freunden zu den Sternen aufbreche.»

Allgemeines Murmeln und Schwatzen

«Bitte um Aufmerksamkeit», rief ich, «die Zeugen sind bestimmt. Sie unterstehen, auch zum letzten Mal, Cara dreifach Mammu, die Treiber mir. Wer das Tempo nicht mehr mithalten kann, fällt zurück und ist selbst verantwortlich, um zu den Höhlen zurück zu finden. In keinem Fall nimmt der Tross auf die zurückfallende Person Rücksicht. So sind die Regeln seit Urzeiten. Sollte ein Unfall passieren, liegt die Verantwortung bei jedem selbst. Auf keinen Fall wird einem anderen Clanmitglied eine Schuld überantwortet. Als vor sechs Sonnenwenden Elwi vom Löwen erwischt wurde, war es absolut seine und nur seine eigene Schuld. Alle Teilnehmenden wissen das.

… Ich höre!»

Die Antwort aller im Chor: «Wir gehorchen und unterstehen unserer Umba und akzeptieren die Jagdregeln. Hurra, los geht's!»

Ich eilte vorne weg Richtung der bewaldeten Hügel, mit einem Stich im Herzen: All das gebe ich nun auf. Herrschaft nochmal, was hatte ich doch für ein gutes Leben hier. Ich erhaschte einen Blick von Bero und bemerkte eine Träne in seinen Augen. Im Laufschritt schrie er zu mir herüber: «Verdammt Susa, machen wir das Richtige!»

Neben mir erschien Bruder Sereno, wie immer mit seinem Schwert; er war jetzt der Schwertmann: «Verdammt Schwester, ich werde dich vermissen!» Dann zog er weiter und rannte zu seiner Lieblingsschwester, um mit ihr diese letzte Jagd zu geniessen.

Vier Tage später brachte Vogel Roc Schwester die ersten 56 zurück zu Vogel Roc Mutter. Drei Tage später war Roc Schwester zurück, füllte die Tanks auf, nahm die nun leeren Tanks an Bord sowie die halbe Anzahl der Solarpanels und weitere 15 Passagiere.

Alleine schwamm nun Vogel Roc Bruder auf dem Danu. Die Tanks waren gefüllt und gestern konnten die letzten Solarpanels eingeladen werden. Schon vor ein paar Tagen wurde ein elfter Notsitz ins Lasten Shuttle eingebaut. Dies auf expliziten Wunsch von Kira, damit sie beim Abschied der Clanleute untereinander dabei sein konnte. Mit ihrer Beziehung zu Cara fühlte sie vielleicht stärker mit den zurückbleibenden Clan-Leuten als die anderen.

Es war am Morgen nach dem gemeinsamen Frühstück im sonnenwarmen Zelt des gesamten Zehn-Höhlen-Clans. Es wurde hin und her gesprochen, der Abschied hinausgezögert. Da stand Perida die Pilotin und Medizinfrau auf und sagte sie gehe schon mal in den Vogel Roc. Das ging nicht so einfach wie gedacht. Im gesamten Clan gab es wohl kaum jemand, der im vergangenen Jahr nicht von Peridas Medizinkünsten profitiert hätte. Alle wollten sie umarmen, drücken und ein paar letzte Worte anfügen. Da sprang Perida auf einen Tisch und rief in die Versammlung: «Das Schicksal oder unsere Vena, die wir alle verehren, hat es nicht gewollt, dass wir zusammenbleiben. Es war ein gutes Jahr bei euch. Damit wir euch besser in Erinnerung halten können, wird nun dieses Gerät viele Zeichnungen anfertigen, die wir uns von Zeit zu Zeit wieder ansehen können.» Damit liess Perida eine Drohne steigen, welche über KI gesteuert alles im Zelt aufnahm. Da unsere Leute dies kannten, versuchte jeder eine besonders gute Grimasse zu schneiden in der Hoffnung, so gefilmt zu werden. Perida sah das und das allgemeine Lachen folgte sofort.

Sie schrie über den Lärm hinweg: «Ihr seid wunderbar!» Dann wurde sie von einem Weinkrampf geschüttelt. Sie nutzte das Durcheinander, rannte aus dem Zelt die Leiter hoch auf die Galerie des Cockpits. Die Drohne folgte ihr und sie nahm sie in Empfang, um für weitere Aufnahmen von ihrem erhöhten Standort bereit zu sein.

Arnea wandte sich mit lauter Stimme an mich: «Susa wir alle bewunderten dich als unsere Umba. Ich hoffe, dich würdig ersetzen zu können. Persönlich bewundere ich dich für die Kraft, welche du hattest um bis 20 ohne Mann zu leben, nur damit du ohne Babys den Clan als Umba führen konntest. Mein Weg war anders, mit 20 hatte ich schon drei Babys zur Welt gebracht und Perida hat gemacht, dass es keine weiteren mehr geben kann. Also habe ich nun eine sehr lange Zeit als überragende Jägerin und Kriegerin vor mir und muss trotzdem nicht auf den Genuss eines Mannes verzichten. Bero hat den Weg an deiner Seite gewählt.

Mein Befehl an dich als neue Umba: Ihr macht dann schon Babys, wenn die Zeit gekommen ist!»

Stampfen und Grölen im ganzen Zelt.

Arnea lachte nun übers ganze Gesicht: «Susa, ich hoffe es freut dich, wenn ich dir sage, dass ich deinen Bruder Sereno für die Partnerschaft mit mir gefragt habe. Er ist zwar etwas jünger als ich, aber er hat auf- und überholt; wir werden es gut haben zusammen. Alleine zu leben macht wenig Freude.»

Wieder applaudierte der ganze Saal.

«Ich bin Sereno und habe alle aufgeholt. Die neue Umba wählte mich zu ihrem Partner. Und dies alles nur dank meiner zweiten Mutter der Medizinfrau Perida, die jetzt für immer von uns geht...» Ich sah, dass er noch rufen wollte, er sei der Schwertmann. Doch seine Stimme versagte und er sass schlussendlich schluchzend am Tisch. Ich dachte, wenn das so weitergeht...!

Es folgten Umarmungen und beste Wünsche zwischen Mutter und der Yora. Irgendwann standen wir alle auf der Cockpit Galerie und riefen und winkten dem versammelten Clan zu. Langsam senkte sich das Cockpitdach. Da trat Sereno vor, streckte sein Schwert in die Luft und schrie:

«Ich werde meine Familie und meinen Clan verteidigen, ich bin der starke Schwertmann:

«Eo ho Sereno u tes Excalibur».»

Jetzt war das Cockpitdach geschlossen und Perida steuerte Vogel Roc langsam in die Mitte des grossen Flusses. Nach letztem Winken begaben wir uns auf unsere Sitze und schnallten uns an.

Mit tränenverschmierten Augen sah Kira zu mir: «Susa, was hat dein Bauder geschrien, war das ein Danu Dialekt?»

«Er schrie:

«Eo ho Sereno u tes Excalibur».

Das hiess so etwa:

«Ich habe aufgeholt und führe die Hartscharte!»

So wie ihr gesagt habt, hält C-Metall-120 unendlich lange. Irgendwann wird vielleicht sein Excalibur auch einmal in der Zukunft gefunden, so wie Andermensch das von Elwi's Vena- und Löwenstatue vorausgesagt hatte.

Wer weiss das schon, Kira Lehrerin.»

90. Roc Bruder bleibt zurück – Die lange Reise

Bericht aus der Zeitkapsel mit dem Titel:
Unser Wissen wartet in Shuttle I bei L4
Die Reise nach Hause dauerte 16 Flares / 2-Fünftage.
Erzählerin, Anla von Cherisatâ:
1. Kommandantin der Meriâ II / Vogel Roc Mutter

Ich fragte: «KI, Wie lange genau lebten wir auf Chomâ?»

«Kommandantin Anla, die erste Landung erfolgte 83 Tage nach der Wintersonnenwende und vorgestern als wir Abschied nahmen waren das zwei Tage nach der Sommersonnenwende. Das ergibt den exakten Zeitraum von einem Jahr und 101 Tagen.»

«Danke KI! Und wie sind die Himmelskonstellationen. Wie gelangen wir am besten aus unserem stationären Orbit von Chomâ zum Librationspunkt, welcher dem vierten Planeten vorauseilt.»

«Kommandantin Anla, am besten erreichen wir L4, wenn wir uns mit mittlerer Beschleunigung gegen die Planetenbahn davonmachen, denn der vierte Planet liegt weit hinter uns. Da genügt eine mittlere Beschleunigung, ohne Umbau der Meriâ II und wir können den Librationspunkt L4 des vierten Planeten in einem Monat erreichen. Mathematiker Mashel hat meine Angaben bereits überprüft und gutgeheissen. Der Antrieb sollte um 20:24 Bordzeit auf 32.6% hochgefahren werden.»

«O.k. KI, bitte so ausführen.»

Bis wir den Librationspunkt 4 des vierten Planeten der Sonne Chomâ erreichten und dort zur relativen Ruhe kamen, dauerte es genau 35 Tage und 2 Stunden. Wir hatten auf der Reise zu diesem Punkt alles vorbereitet und konnten jetzt Shuttle I (den Lastenshuttle) bereit machen.

Alle 17 Halbliter Blutkonserven beschrieben wir im Detail, mit Blutgruppe und von welcher Person (Mann oder Frau und Alter) wir sie entnommen hatten. All unser in extremis vorhandenes Wissen bezüglich personifizierten *«Blut Messengern»* war notiert und in verständlichen Abfolgen erklärt. Mit allen Molekülverbindungen, zusammen mit den Gensequenzen, Gen-Scheren und -Weichen; kurz mit unserem gesamten umfangreichen Wissen. Das notwendige Wissen vorausgesetzt, werden die Menschen der Zukunft hier alles finden, um gegen Strahlenverseuchung gezielt vorgehen zu können. Wie diese zukünftigen Menschen dies tun werden, in Frieden, oder in kriegerischer Agonie gegeneinander gerichtet, wussten wir nicht. Wir hatten getan was für uns machbar war.

Nebst diesen medizinischen Aspekten, zeigten wir in einzelnen nachvollziehbaren Schritten auf, wie unser Mini-Fusionstriebwerk aufgebaut war. Auch hier wieder: Technisches Knowhow vorausgesetzt, werden die Zukunftsmenschen unser Mini-Fusionstriebwerk nachbauen können.

Aufgrund der Berechnungen und Annahmen von Ella und Mashel mussten wir bis zum Auffinden unseres Shuttle I am Librationspunkt L4 mit bis zu 35'000 Jahre rechnen. Es ist nicht anzunehmen, dass unsere Blutkonserven der Andermenschen nach diesem unendlichen Zeitraum noch zu gebrauchen sein werden, auch wenn sie nahezu beim absoluten Temperatur-Nullpunkt aufbewahrt sein würden, doch die dannzumaligen Entdecker werden entsprechende Untersuchungen anstellen und das Blut künstlich nachbauen können, um als Hilfe für verseuchte Menschen einsetzbar zu machen; oder ganz allgemein zur Erhöhung der Lebenszeit bei nicht verseuchten.

Während die einen mit Shuttle I, wir nannten das Gefährt meistens nur noch Roc Bruder, beschäftigt waren, bauten die anderen die Meriâ II für die Beschleunigungsphase um und führten die zahlreichen notwendigen Tests und Kontrollen aus.

In Erinnerung an unseren Aufenthalt bei den Steinzeitmenschen von Chomâ entschieden wir bereits vor zwei Wochen, das Raumschiff umzubenennen. Wie könnte es anders sein? Nach diesem Beschluss bestanden unsere Danu Leute darauf, dass sie die Umbenennung vornehmen würden. Mit gewohnter Zielstrebigkeit lernten sie den Umgang mit den Raumanzügen. Bei unserer Ankunft am Librationspunkt L4 verlangsamten wir die Rotation der Meriâ II fast auf null. Jetzt hatten unsere Freunde des Zehn-Höhlen-Clans vier Stunden Zeit für die Neubeschriftung. Die Aussenkamera nahm alles auf. Beim Nachtessen, nachdem das Raumschiff wieder die gewohnte Rotation aufgenommen hatte, musste KI die Aufnahme viele Male in gekürzter Form abspielen. Jedes Mal beim Schlussbild, wenn wieder grosse Freude aufbrandete meldete sich KI mit: «Völlig unlogisch, sich wegen der geänderten Schrift derart zu freuen; das ergibt keinen Sinn.»

Dann freuten wir uns jeweils umso mehr. Gross prangten die neuen Worte bei zwei Modulen: *«Vogel Roc Mutter»*.

Auch unser mobiles Labor, im Shuttle I (Shuttle I war jetzt logisch mit *«Roc Bruder»* beschriftet), wie auch die Krankenstation waren mit vielen weiteren Details beschriftet. Das dürfte für die späteren Entdecker ebenfalls eine grosse Hilfe darstellen.

Jetzt wurde Roc Bruder aus seiner Verankerung gelöst und wir drifteten langsam mit minimalstem Schub davon. Mathematisch befand sich Roc Bruder genau im Zentrum des Librationspunktes; hier würde er auf ewig bleiben.

Nun die allerletzten Tests, sowie die Ausrichtung genau auf Zwillingsstern. Zwei Chomâ-Tage (an die hatten wir uns gewöhnt) nach dem Abkoppeln von Shuttle I waren wir bereit. Gemäss der Zeitskala von Chomâ, also mit der Zeitzählung ab unserer Landung am Tag 83 nach der Wintersonnenwende, dem 18. Geburtstag von Cara dreifach Mammu, verbrachten wir ein Jahr und 101 Tage auf Chomâ. Anders konnten wir das Datum nicht ausdrücken, da uns eine Referenzzählung fehlte. Gemäss unserem Amerâ Kalender starteten wir auf die lange Reise am 2-5'594. Irgendwie hatten wir den genauen Bezug zu unserem Kalender verloren. Die Uhr im Restaurant mit der 16-er Teilung zeigte 07:04 und passte überhaupt nicht in die Chomâ Zeit von 12:00 Uhr und Zeit für das Mittagessen.

«KI wann ergeben die verschiedenen Zeitabläufe eine Übereinstimmung?»

«Anla das erfolgt in genau 13 Tagen. Da ist die Mitte des Tages einfach die Mitte beider Abläufe.»

«O.k., KI in 13 Tagen stellen wir wieder auf unseren Zeitablauf und Kalender um. Bitte gib das verschiedentlich allgemein bekannt. Wir kehren mit allen Facetten die es gibt nach Hause zurück. Erteile in meinem Namen den Auftrag an Tochter Kira, dass sie den neuen Zeitablauf unseren Steinzeitleuten vermittelt. Weiter...»

«Kommandantin Anla, entschuldige meine Unterbrechung, es erfolgt der Countdown zum Start mit 100% Triebwerksleistung in..., vier, drei, zwei, eins..., jetzt».

Endos Kochkunst tendierte wieder zu normal, das heisst sehr gut. Die ersten Tage nach unserem Start von Chomâ war er kaum zu gebrauchen. Ich befürchtete, die Trauer um seinen Sohn Davo würde ihn zerstören. Une, sein Mann konnte sich da etwas besser beherrschen.

Seit dem definitiven Start zur langen Reise waren jetzt 13 Tage vergangen. Ab heute 12:00 Uhr Chomâ-Zeit galt nun wieder 10:00 Uhr Amerâ-Zeit für das Mittagessen.

Ich stand auf und rückte meine Augenbinde zurecht, die hatte die Tendenz zu verrutschen. Zeit für die Glasherstellung hatte Stano von Wali-Axarkan, der Metallbauer bis jetzt noch keine gehabt. Er meinte jedoch, dass es ihm gelingen werde, ein Glasauge herzustellen. Der kurz vor Abflug gesammelte Quarzsand sei qualitativ hochwertig.

«Also, ab jetzt wieder wie abgemacht der Amerâ Kalender», sagte ich. «Unsere Susa möchte nun noch etwas ankündigen, Susa bitte.»

Susa begann: «In den letzten Tagen haben Clanchefin Anla, Medizinfrau Perida, mein Partner Bero und ich ernsthafte Diskussionen geführt. Ich war die Partnerin von Davo. Leider war unserem Glück nur kurze Zeit vergönnt. Ich hatte kaum Gelegenheit meinen Schmerz zu verarbeiten. Die Umstände zwangen mich sofort zu einer neuen Partnerwahl. Es blieb nur Bero. Das ist nicht despektierlich gemeint. Denn weder Bero noch ich waren ineinander verliebt; es war eine reine Zweckentscheidung.»

Bero erhob sich und umarmte Susa: «Wie ihr sicher alle bemerkt habt, hat sich unsere anfängliche Zweckgemeinschaft in den fünf Monden seit wir zusammen sind, geändert. Wir haben uns entschieden, möglichst bald Kinder zu haben. Ich unterstütze jedoch den Vorschlag von Susa; ich bin einverstanden.»

Nun wieder Susa: «Anla und Perida finden es moralisch vertretbar und sind ebenfalls einverstanden.»

Ich dachte, dass Susa wirklich etwas von Dramatik verstand, denn inzwischen wunderte sich jedefrau, was mit so viel Vorlauf wohl angekündigt werden könnte.

«Also, ich habe Une und Endo beobachtet, wie sie unter dem Verlust ihres Sohnes leiden und ich war wie gesagt die Partnerin von Davo; demnach sind sie ein wenig wie meine Väter. Ich habe mich entschieden, dass mir Perida Samen einsetzt und ich drei Monate lang das Kind, vielleicht ein neuer Davo oder auch eine Dava, heranwachsen lasse.

Dann kommt es in den künstlichen Frauenbauch, bis die Zeit zur Geburt reif ist.

Une, Endo, das ist mein Angebot als Tribut an meinen gefallenen Davo; falls ihr das möchtet. Eine Bedingung noch: Bero und ich werden die Pateneltern sein.»

Zuerst Stille, dann tosender Applaus. Endo setzt sich an den Tisch und weinte wie ein kleines Kind. Une ging zu Susa und bedankte sich etwas steif, aber nur weil er ebenfalls die Tränen zurückhalten musste. Une setzte sich zu seinem Partner. Sie nahmen sich bei den Händen und nickten; Endo heulte wieder drauflos.

Dann reinigte er seine Nase, sprang auf den Tisch und kündigte an: «Susa dir gefällt es immer, wenn du mich in der Küche singen hörst. Danke, danke! Höre, das ist nur für dich.» Und schon schmetterte Endo eines seiner Liebeslieder in den Saal. Dies selbstverständlich zur Freude aller. Nicht lange und alle sangen mit. 16 Flares Reisezeit liess sich am besten mit positiver Grundhaltung überbrücken. Une sprang nun auch auf den Tisch und klatschte den Rhythmus zum schönen Gesang seines Partners. Ich dachte, dass wir die Fähigkeit haben werden, diese 16 Flares unbeschadet zu überstehen.

14 davon hatten wir hinter uns. Ich gab bekannt: «Alles ist bereit für die Bremsbeschleunigung. Die Habitate sind in die richtigen Winkel gestellt, darum stehen wir alle so schief. KI, bitte fahre das Triebwerk hoch.»

Wir spürten die Vibration des nun immer kräftiger arbeitenden Fusionstriebwerkes. «Kinder stellt euch mit geschlossenen Beinen in den Raum», meldete sich KI, «in Kürze werdet ihr merken, wie ihr immer senkrechter zum Boden zu stehen kommt. In einer Stunde ist alles wieder so wie es sein muss; und das bleibt es auch für die nächsten zwei Flares. Dann werden wir in unserem Heimatsystem den relativen Ruhepunkt erreicht haben.»

«Also nur noch zwei Flares bis Amerâ», sagte ich erleichtert, «Jetzt noch etwas. Unser Vogel Roc Mutter wurde für

100 Personen ausgelegt. Vor einer Woche sind Pera und Perida Grosseltern geworden. Tochter Delia gebar das 17. unserer Kinder seit der Abreise. Somit leben nun 99 Menschen auf Vogel Roc. Diese 17 Kinder haben jedoch unsere Systeme stark beansprucht; mehr als dies normale Erwachsene tun. Der Reinigungsgrad des Wassers reicht nur noch knapp zum Trinken.

Die Schiffsführung hat beschlossen, dass keine zusätzlichen Kinder mehr auf dem Raumschiff geboren werden sollten. Diejenigen jungen Erwachsenen mit Kinderwunsch bitten wir, mit der Zeugung von weiterem Nachwuchs zuzuwarten damit dieser dann erst auf Amerâ geboren wird. Für diesen äusserst persönlichen Bereich der Lebensgestaltung möchten wir als Schiffsführung auf einen Befehl verzichten; wir appellieren jedoch an euer Verständnis.»

Ganz ohne Gemurmel lief diese Ankündigung nicht ab. Für einige der Jungen, Verliebten, kaum erst 20 geworden, bedeuteten zwei Flares eine lange Zeit.

Ich dachte, dass es schon auch eine schöne Zeit war, so 20 und verliebt. Damals studierte ich sehr hart und trotzdem war Zeit, um mit Karmo die verrücktesten Dinge zu unternehmen. Ja, und mein Alter? Demnächst werde ich 64 Flares alt. Beim Aufbruch von Amerâ war ich 32, also verbrachte ich genau mein halbes bisheriges Leben zuerst auf der Meriâ II, jetzt auf Vogel Roc Mutter. Ist schon irgendwie irre!

«Liebe Roc Leute, beinahe haben wir es geschafft. In vier Fünftagen erreichen wir den Ruhepunkt von unserem System der Sonne Himâ, KI!»

«Es gibt eine minime Abweichung. Vom Ruhepunkt bis zum Planeten Amerâ werden wir nochmals sechs Fünftage benötigen. Woher die Abweichung kommt, kann Mashel nur vermuten; die Zeitdilatation ist etwas anders als errechnet.»

«Auch das werden wir noch aushalten», bemerkte ich, «Liebe Freunde, unsere Anfrage an die Provinzregierung ist vor Kurzem eingetroffen; sie wurde genehmigt.»

Überall freudiges Rufen.

«Liebe Leute, es ist nun mal so, dass ich, eure Kommandantin, eine *«von Cherisatâ»* bin, ich bin mich an das kältere Klima gewohnt, welches am Cheris See auf über 4000 Meter Höhe herrscht. Tut mir leid für die: *«von Patîn, von Arrunatâ, von Littorâ»* und so weiter, also für alle die in Städten am Meer gross geworden sind.

Aber das haben wir gemeinsam entschieden: Nach 32 Flares zusammen auf einem Raumschiff sind wir eine grosse Familie geworden und wir wollen weiterhin als eine Grossfamilie leben. Unsere Familienmitglieder aus dem Zehn-Höhlen-Clan werden sich zudem am Cheris-Leâ wohler fühlen als am Meer, wo es an jedem Abendtag über 40° heiss wird, bei 60% mehr Luftdruck als am Cheris-Leâ.

Jetzt aber das Beste: Die Regierung stellt uns für unser neues Dorf Land direkt am See zur Verfügung.»

«Wo, wo!» wurde gerufen, «hoffentlich in der Nähe von Merratâ, da sind die besten Schulen und sonstige Ausbildungsmöglichkeiten; auch die Universität.»

«Anscheinend ist uns die Regierung wohlgesonnen. KI, auf den Schirm.»

Das Bild zeigte einen Ausschnitt des Sees. Die Provinzhauptstadt am Fluss Cherisatâ, dort wo er in den See floss. Rechts davon die Bucht und etwas weiter nur gerade zehn Kilometer von der Stadt die Halbinsel.

«Hier auf der Halbinsel direkt am See bauen wir unser neues Dorf für die ganze Familie von 99 Menschen. Sere, es freut uns ungemein, dass du als unser Ältester mit 117 Flares auch wieder die Reise in die Heimat miterleben darfst.

Nur noch einen Moment Ruhe, bitte. Die Schiffsführung hat beschlossen, das Dorf *«Danu»* zu nennen; Danu am Cheris-Leâ. Wir sind die Danu Familie, von mir aus auch der Danu Clan!»

Die Begeisterung war gross

Taro rief: «KI, bitte zeige uns Bilder oder Filme von unserer neuen Heimat.»

«Flugleitung wir kommen. Die Landebucht ist abgesperrt? Seht ihr uns schon? Eben treten wir in die Atmosphäre ein.

Achtung nochmals Bremsschub, ich fahre die Flügel aus. O.k., Kontrolltower: Vogel Roc Schwester ist gelandet.»

Unsere Landung verursachte einen riesigen Menschenauflauf. Sechs Lichtflare hin und sechs Lichtflare zurück, mit fremden Leuten vom Planeten Chomâ an Bord. Begleitet von zwei Hunden, grösser als jeder Hatu Suyu Hund; und deren Welpen.

Unsere Steinzeitfreunde konnten sich eine Show nicht verkneifen. Alle zogen sie sich ihre Felle an. Barfuss mit Speer kletterten sie aus dem Cockpit auf den Landesteg. Da stellten sie sich auf. Zuvorderst die beiden Schwestern Susa und Cara, strahlend in ihrem Aussehen, machtvoll mit den Speeren und den Äxten. Alle wesentlich grösser als die unsrigen. Natürlich hatten wir das abgesprochen. Wir wussten auch, dass dieser Auftritt planetenweit übertragen wurde. Unsere Leute erwarteten Steinzeitmenschen, also gaben wir ihnen Steinzeitmenschen.

Susa: «Ich, Susa Umba Mammu führe euch nun auf die Jagd unser Hund Ira mit Nachwuchs kommt mit!»

Damit brachen unsere neun Steinzeitler plus Kira (die liess sich nicht abwimmeln) in riesiges Kriegsgebrüll aus, begleitet vom Kläffen der Hundefamilie. Im lockeren Laufschritt rannten sie dem Seeufer entlang bis in das nahe Wäldchen und wieder in verschärftem Tempo zurück, direkt vor die Stadtpräsidentin von Merratâ. Flankiert von ihren Töchtern überraschte Fina nun in perfektem Murratalâ mit der Überbringung von Grüssen vom Planeten Chomâ, der leider zurzeit in Eis gefangen sei und wenig an technischer Kultur aufweisen könne.

«Doch, Clanchefin von Merratâ, unser bester Künstler aus dem Zehn-Höhlen-Clan vom Fluss Danu, hat dir auf

der langen Reise nach Amerâ, als Geschenk einen zweiten
«Elwi-Löwen» geschnitzt. Aus Elfenbein, welches meine beiden Töchter hier selbst erjagten. KI hat euch ja bereits Filme
geschickt, ihr wisst wie riesig diese Tiere sind.»

Es folgten weitere Vorstellungen und Reden. Perida
nickte mir zu und ging zum Shuttle zurück. Mit Hilfe des
Krans wechselte sie die Tanks aus. Schon eine Stunde später fragte sie um Starterlaubnis. So schnell wie möglich
sollte der Rest der Passagiere abgeholt werden.

Etwas müde bezogen wir gegen Abend die von der Regierung bereit gestellten Häuser.

Nachdem die Offiziellen gegangen waren, setzte ich mich
müde und nachdenklich an einen der Tische mit freier Sicht
auf den wunderbaren See.
Da hatte ich schon als Kind gebadet. Jetzt war ich also
wieder zuhause.

So endete unsere Space Odyssee – oder auch:

«Expedition Chomâ».

91. Im Dorf Danu am Cheris-Leâ

Letzter Bericht aus «Expedition Chomâ» mit dem Titel:
Die Zeitkapsel wird am Lagrange L4 deponiert.
Erzählerin, Anla von Cherisatâ:
Clanführerin vom Dorf Danu.

Schon lebten wir seit vier Flares im Dorf Danu am Cheris-Leâ. Alle hatten ihren Platz in der Gesellschaft gefunden. Auch die Jüngsten, also meine Enkel und Enkelinnen waren schon wieder erwachsen. Die meisten steckten noch in der Ausbildung. Tochter Kira arbeitete als Ärztin in Merratâ, während Partnerin Cara (das Steinzeitkind) Mathematik unterrichtete. Ich könnte jetzt aufzählen was aus allen geworden ist, doch es ist zu bedenken, dass wir unser gesamtes Chomâ Abenteuer hauptsächlich nur für unseren zukünftigen *«Karass»* so im Detail erzählt haben; beim Rückflug hatten wir genügend Zeit dafür.

Oh, da kommt meine jüngste Enkelin aus der Schule. Rena ist bereits 12.

«Hallo Grossmutter, was machst du so alleine hier am Tisch, warst du schwimmen?»

«Das ist richtig! Wenn du deine Aufgaben gemacht hast, können wir nochmals zusammen schwimmen oder Ball spielen gehen; es ist schon recht warm für einen Morgentag.

Aber Rena, Liebes, spring doch schnell in meine Wohnung. Auf dem Tisch stehen meine Augentropfen. Wie so oft nach dem Baden schmerzt mein rechtes Auge etwas.»

Schon sauste Rena los. Alles war ihr lieber als die Hausaufgaben sofort zu machen.

«Da Grossmutter, das Auge ist wirklich etwas entzündet. Ich gebe dir die Tropfen. Aber sonst sieht es in Ordnung aus, es dreht sich zusammen mit dem Gesunden. Wenn ich die Geschichte nicht schon hundert Mal gehört hätte, würde ich nicht merken, dass das Auge aus Glas ist. Aus Glas, das Onkel Stano selbst gemacht hat. Und Elwi zusammen mit Perida haben künstliche Muskeln anbringen können. Diese bewegen das Auge wie echt. Aber Grossmutter, ich hätte dich auch gerne, wenn du wie zu Beginn die schwarze Augenklappe tragen müsstest; also, so habe ich es ebenfalls hundert Mal gehört. Selbst war ich da noch gar nicht geboren. Schon klar, für dich ist das Auge, so wie es ist, also wie echt, natürlich besser. Gehen wir jetzt schwimmen?»

«Deine Aufgaben? Du machst jetzt zuerst diese Aufgaben, dann kann ich noch eine Weile meinen Träumen nachhängen. Bis du fertig bist kommen vermutlich noch andere zum Schwimmen, dann gibt's vielleicht sogar ein Wasserball Spiel.»

Rena machte sich maulend davon. Ich schaute mich um. Schön hatten wir es hier. Die meisten sind geblieben. Schau, da geht immer noch Sere und macht seine langsamen Runden an den Stöcken. Einige waren natürlich auch weggezogen, meistens wegen des Studiums. Wird dann in der fremden Stadt die grosse Liebe gefunden, ist die Rückkehr nicht immer gegeben. Manchmal wurde der Partner oder die Partnerin jedoch ins Dorf Danu gebracht. Es liess sich gut wohnen hier. Merratâ bot nicht ganz, aber fast alles. Und das Klima hier war einfach besser als auf Meereshöhe (sage ich, weil hier geboren).

«Sere komm setz dich, ich studierte eben wieder einmal an der Aussage von Andermensch, als er festhielt: «Dieser «Karass» ist meine Mission», so sagte er doch, oder?»

«Ja! Ach Anla, wie oft haben wir schon darüber diskutiert. Wir alle denken, dass es nun geklärt ist, wenigstens in den groben Zügen. Die Details sind kaum herauszufinden, ausser es käme wieder einmal ein neuer mit neuen Erkenntnissen in unseren *«Karass»*, aber für uns alle ist es so wie es ist doch ganz in Ordnung. Unsere Zeitkapsel wird sicher gefunden werden, wenn die richtige Zeit erreicht ist. Ha, ein richtiges Wortspiel. Danke, aber mich setzten möchte ich im Moment nicht. Ich überlasse dich deinen eigenen Gedanken.»

Also dann halt eine kurze Zusammenfassung von mir alleine für die zukünftigen Sternenreisenden:

Gemäss verschiedenen alten Schriften verlaufen Entwicklungen auf Planeten in Zyklen. Es gibt dunkle Zeitalter und goldene Zeitalter und alles was dazwischen liegt.

Wir befinden uns jetzt in einem aufsteigenden Zeitalter, wo sich die Menschen so weit entwickelt haben, dass sie mehr als nur reine materielle Angelegenheiten verstehen können. Die geistige Entwicklung ist soweit gediehen, dass wir den mehrdimensionalen Aufbau der Universen zum Teil verstehen können. Wir erhalten im jetzigen Zeitalter des Treta Yuga manchmal die Fähigkeit *«hinter die Materie zu blicken, dort wo die Seelen existieren»*. Diese Blicke können auch in die Zukunft gerichtet sein.

Seelen bilden immer Gruppen. In diesen aufsteigenden Zeitaltern inkarnierte Seelen können sich manchmal wiedererkennen. Sie bilden bewusst oder unbewusst *«Hilfsgruppen»* entweder für sich selbst oder ganze Gemeinschaften. Ein solcher *«Karass»* kann sehr, sehr lange andauern. Wie lange? Jedenfalls bedeutend länger als ein grosser Zyklus; bei uns Grosses Flare genannt.

Ein wesentlicher Teil unseres *«Karass»* traf sich auf dem Planeten Chomâ. Andermensch startete für uns die Bewegung die in einer späteren Zukunft die Möglichkeit, gegen eine Strahlenverseuchung anzukämpfen, bieten wird.

In schätzungsweise 34'000 Jahren (Zeitmass auf Chomâ), bei uns etwa 31'000 Flares dürfte der Planet Chomâ seinen

Flaschenhals erreichen. Das heisst, dass vermutlich wieder einmal eine Welt durch Unvernunft seiner Bewohner an den Rand der Vernichtung gelangen wird.

Solche Grossereignisse haben oftmals mit der Atomenergie zu tun. Und oftmals bilden sich auf natürliche oder eben durch irgendwelchen «Karass» indizierte Schutzmassnahmen dagegen aus. Die unbegreifliche Geisteskraft der Unendlichkeit bemüht sich stets, Planeten und deren Leben zu schützen; was leider nicht immer gelingt. Die unglaublichen idiotischen Ereignisse, welche solchen Grossereignissen stets vorausgehen, sind manchmal schlicht und ergreifend zu stark.

Hier ist, was wir wissen oder zumindest vermuten!

Als Gegenmassnahme der sich abzeichnenden Selbstzerstörung auf Chomâ werden sich einige Mitglieder unseres «Karass» (etwa 450 Flares vor dem mutmasslichen Atomereignis) finden und unbewusst Massnahmen dagegen einleiten.

Dabei vermuten wir eben in dieser Zeit ein einschneidendes Ereignis, welches am Anfang der Hilfsmassnahmen steht. Wir denken, dass eine spätere Ausgabe meiner selbst und Alba daran beteiligt sein werden. Irgendwie liegen die Anlagen dafür bereits in mir, ohne dass ich sie im Moment zu fassen kriege.

Das dürfte auch der Grund sein, warum speziell Alba und ich immer wieder daran herum studieren.

Hallo, Menschen aus der Zukunft:

Diese Hilfsmassnahmen, welche von unserem «Karass» in der Zukunft gestartet werden und für die Entdecker der Zeitkapsel in der Vergangenheit liegen, gipfeln im Sternenflug von euch Chomâ-Menschen nach Amerâ.

Es ist gegeben, dass ihr, die zukünftigen Reisenden aus Chomâ, unsere Zeitkapsel entdecken werdet.

So werden die Informationen unserer Zeitkapsel ihren Zweck erfüllen und den Weg wieder zurück nach Chomâ finden können.

Hier mein Schlusswort für die zukünftigen Sternenreisenden: Macht das Beste aus unseren Bemühungen. Schaut die Bilder von uns an.
Der «Karass» ist derselbe; ich bin sicher, ihr werdet einige erkennen. Denkt daran:

«Vor Vena sind alle gleich».

Friede! Clanchefin vom Dorf Danu. Anla von Cherisatâ. Datum: 2-5'615 + 15-4 16:00.[12]

Ende Buch 3: Expedition Chomâ

Schlussbeobachtung vom «Autor»:
Anla schloss gedankenverloren ihren Bericht.
Da schlenderte Ilea an den Tisch: «Anla, komm wir spazieren an den See runter. Ich weiss, du hast eben eine Nachricht an unseren zukünftigen «Karass» gesprochen. Irgendwie hat sich bei mir ein Gefühl eingestellt! Ich «höre», dass die unendliche Unendlichkeit uns ruft. Ich bin sicher die unendliche Unendlichkeit oder Vena will uns einen Blick «hinter die Materie, dort wo die Seelen existieren» gewähren».
«Du auch? Los, gehen wir.»

Anla erhob sich und reichte Ilea ihre Hand. Gemeinsam spazierten sie Richtung See. Nach wenigen Metern hörten sie Schritte hinter sich. Als sie sich umdrehten sahen sie, dass weitere Mitglieder der Familie anscheinend den «Ruf» empfingen und sich zum See hinunter bewegten.

---

[12] *2-5'615 + 15-4 = 23.07.32'120 v.Chr.*

AUTOR

Alfred Rüttimann absolvierte die Berufslehre als Bauzeichner. Nach dieser Erstausbildung folgten verschiedene Reisen und Arbeitsaufenthalte im Ausland.

Wieder zurück in der Schweiz standen Weiterbildungen und Familiengründung an.

Etwas später erfolgte die Eröffnung des eigenen Ingenieurbüros, welches Alfred Rüttimann erfolgreich bis zu seiner Pensionierung führte.

Nach Aussage des Autors schrieb er die vorliegende Tetralogie *«im Kopf seit dem 18.02.2011»*, konnte sie aber aus Zeitgründen erst nach der Pensionierung zu Papier bringen.

Der Autor lebt heute mit seiner Partnerin im St. Galler Rheintal, Schweiz.

DIE HAUPTPERSONEN IM ROMAN

Erde

Benjamin The Pious	Führer von:
	The True Children Of The Lord
Albert Kobelt I	Petras Urahn
	Lebte im 21. Jahrhundert

Mars

Albert Kobelt III	Tech. Leiter Spital, Ares-Krater, Mars
	Mitglied im «Rat der Neun»
Linda Henning	Partnerin von Albert III
Giulia Rossetti	Neue Gouverneurin
	Ares-Krater, Mars
JANE	Mars KI mit Nanochips Mars-JC
Kaiwen Cheng	Gouverneurin. Tiântáng Gû Huôxing
Albert Kobelt IV	Enkel von Albert III
	Dr. Physik im Forschungszentrum

Raumschiffe

Sabine Westerhoff	Gouverneurin. Ares-Krater, Mars
	Kommandantin «Proxima Centauri II»
	Oberkommando der Auswanderer
Juanita Cortés	Ärztin. Auswanderin
	in Partnerschaft mit Sabine
Esther Cortés	Tochter von Juanita und Sabine
Lieke de Jong	Kommandantin «Europa»
Lien An Tri	Kommandantin «Jiàn Xīng»

Nach Amerâ ausgewanderte

Anna Matt	Kommandantin vom Dorf Shiga
Murielle Dumont	Kommandantin Stv.
Pierre Allemand	Physiker, Fusionsantrieb
Javier Gomez	Robotik Genie. *Chomâ Air and Space*
Esther Schumann	IT-Spezialistin
Juanita Schumann	Tochter von Esther und Javier
Petra Kobelt	Forscht über ihren Urahn Albert I
Suzan Chu	Ärztin, Partnerin von Alwin
Alwin Collins	Proteinkulturen
Johann van Vosmeer	Arzt
Hans Kobelt	Partner von Petra, Mathematiker
Ernesto Manzoni	Koch
Susan McKenzie	Chefärztin in Littorâ
Caren McKenzie	Provinzregierung Cherisatâ
	Kampfsporttitel: *Pentesilea*
Sophie Verhofstad	*«Alte Grossmutter»*, Musikerin
Frederick Stuensee	*«Mittlerer Grossvater»*, Musiker
Jane Clarke-Osborne	Eine echte Cyborg
HAL	Künstliche Intelligenz (KI)
Lucette	Hologramm-Ausprägung von HAL

Einheimische Amerâner

Kiruna von Murratâ	Kontinentalrätin, Murratâ
Ardemo v. Cherisatâ	Partner von Kiruna
	Sicherheitschef
Beruno v. Cherisatâ	Geheimdienst Provinz Cherisatâ
Lemuro v. Cherisatâ	Leibwächter, Pilot
	Partner von Jane
Kirdemo v. Murratâ	Partner von Caren
Akrina von Murratâ	Präsidentin von Murratâ

Raumschiff Meriâ II (Vogel Roc Mutter)

Anla von Cherisatâ	Kommandantin
Karmo von Nikratâ	IT, Partner von Anla
Kira von Cherisatâ	Tochter von Anla und Karmo
Jaqua von Ophiâ	Lehrer und Schwertmann
Davo von Ophiâ	IT Speziallist, Schwertmann
Ella von Axarkan	Geologin
Ellisa von Patîn	Kommandantin Stv.
Mashel von Arrunatâ	Mathematiker
Pera von Littorâ	Pilotin, Infrastruktur
Perida von Littorâ	Pilotin, Ärztin
Iremo von Valetîs	Flora / Fauna
Sere von Lasserû	Proteinkulturen
Areno von Patîn	Philosoph

Zehn-Höhlen-Clan

Fina	Clanchefin und Priesterin vom Zehn-Höhlen-Clan.
Alba	Medizinmann und Venabewusster
Cara Mammu	Erfolgreiche Jägerin
Susa Umba	Umba vom Zehn-Höhlen-Clan
Elwi Löwe	Künstler vom Zehn-Höhlen-Clan
Ilea Kleinhand	Gere-Clan, Partnerin von Elwi
Taro und Besa	Junges Paar
Dado Umba	Meint der Umba-Posten sei für ihn
Arnea Umba	Der Umba-Posten ist für sie
Durino / Sereno	Der Dumme / Der Aufholende
Bero	Yora-Clan, fliegt zu den Sternen
Javi	Andermensch / Avatar
Jana	Andermensch / Venabewusste

MUSIK

Zur Geschichte im Buch gehören drei Musikstücke.
Diese können im Internet aufgerufen werden:

- *Polo's Schmetterding, 1979:*
  «Wen mys letschte Schtündli schlat»
- *Polo's Schmetterding, 1979:*
  «Oh, Ramona»
- *W. A. Mozart, 1778:*
  «Konzert für Flöte, Harfe und Orchester», KV 299

TRUE FICTION

Geschichte wird von Siegern und Starken geschrieben.

Um selbst in besserem Licht zu erscheinen wird in der Regel jeweils auch eine Portion «Fiction» den tatsächlichen Ereignissen beigemischt und natürlich behauptet, alles sei die reine Wahrheit; also «Truth».
Gerne werden auch bekannte Geschichtsereignisse den momentanen Begebenheiten oder Notwendigkeiten angepasst.

In der vorliegenden Tetralogie nehmen einige unserer Heldinnen an einer «Kildarina» teil. Bei uns wäre dies ein «Marathon».

Als 1896 in Athen die ersten Olympischen Spiele der Neuzeit stattfanden, fehlte noch so ein richtiger Kracher um die Spiele gebührend vermarkten zu können. Die Verantwortlichen suchten in den unzähligen Werken antiker griechischer Autoren nach herzanrührenden oder verehrungswürdigen Geschichten; davon gibt es hunderte.
Welche würde sich für einen sportlichen Wettbewerb am besten eignen?
Da passte Pheidippides. Der wurde von Athen nach Sparta gesandt, um Hilfe gegen die Perser zu erbeten, welche in Marathon 490 v.Chr. aufmarschiert waren.
Die 240 Kilometer nach Sparta soll der Bote in weniger als zwei Tagen zurückgelegt haben.

Das wäre nun wirklich ein Knaller, aber für einen olympischen Wettkampf doch etwas zu gross. Also dichtete man die Geschichte etwas um: Pheidippides sei von Marathon nach Athen gerannt um den sensationellen Sieg gegen die überlegenen Perser zu verkünden. Jetzt noch einen obendrauf: Nach der Verkündigung des Sieges sei Pheidippides tot zusammengebrochen.

Das ist wirklich eine Heldengeschichte, die liess sich gut vermarkten. So entstand der erste Marathonlauf.

Seit 1896 hat sich der Marathonlauf im kollektiven Gedächtnis der Menschheit festgesetzt. Der erfundene, fiktionale *(Fiction)* Marathonlauf ist inzwischen zur geschichtlichen Wahrheit *(Truth)* avanciert.

Demnach von «*Science-Fiction*» zu «*True Fiction*».

Liebe Lesende, in diesem Sinne ist meine Tetralogie die reine Wahrheit!

Eben, echte:

«*True Fiction*».

SCHLUSSWORT

Liebe Leserin. Lieber Leser

Buch 3 der Tetralogie *«Der Grosse Kreis»*, welches sie eben in Händen halten, beginnt am 15.05.2473. An diesem Datum erfahren die Menschen der Erde und des Mars, dass auf dem Planeten Amerâ eine gleichwertige Kultur existiert.

Aus dem Marsorbit starten im gleichen Jahr drei weitere Schiffe auf die lange 14-jährige Reise nach Amerâ.

Am Schluss von **Part 1** des dritten Buches haben die drei Schiffe die Hälfte des Weges hinter sich.

Und am Schluss von **Part 2** des dritten Buches sind die Mitglieder der *«Expedition Chomâ»* endlich in ihre Heimat Amerâ zurückgekehrt.
Nach über 30 Jahren Leben auf dem Raumschiff Vogel Roc Mutter möchten sie als Grossfamilie zusammenbleiben.

Die Regierung ist verständig und lässt sie am Cheris-Leâ (Cheris-See) ihr eigenes Dorf aufbauen.

Schluss Buch 3:	Anla von Cherisatâ sinniert über ihr aussergewöhnliches Leben nach.
Dazwischen:	Geografische Distanz = Null.
	Zeitliche Distanz = 34'600 Jahre.
Beginn Buch 4:	Anna Matt von Shiga sinniert über ihr aussergewöhnliches Leben nach.

DANK

Die Idee für so eine umfangreiche Tetralogie entsteht im eigenen Kopf.

Die Umsetzung ist aber niemals alleine Möglich.

Ich bedanke mich bei allen Freunden, Familie und besonders bei meiner Partnerin Therese für die ausdauernde Unterstützung und Hilfe über die letzten fünf Jahre.

St. Galler Rheintal
VSE, Provinz Schweiz
April 2025
Alfred Rüttimann